# যদি তুমি বেঁচে থাকার জন্য নির্বাচিত হও

## পবিত্র গ্রেইলের রহস্য

খণ্ড ॥

মেলিনা ওরিয়া

✦ PUBLISHING INFORMATION ✦



**Restructured Four-Volume Edition (2026).**

Previously published as a two-volume edition by the same author.

**Series:** *If You Are Chosen to Survive* — **Volume I: Transformation**

Self-Published by Melina Orea.

---♥---

পাঠকের প্রতি সতর্কতা

এই উপন্যাসে তীব্র মানসিক অভিজ্ঞতা, মরণশীলতা সম্পর্কে দার্শনিক প্রতিফলন, সুস্পষ্ট উত্তর-অ্যাপোক্যালিপ্টিক চিত্র এবং অস্তিত্বের সংগ্রামের প্রতীকী উপস্থাপনা রয়েছে।

এতে যন্ত্রণা, অভ্যন্তরীণ পতন এবং সামাজিক ও ব্যক্তিগত কাঠামোর পতনের মাধ্যমে রূপান্তরের মতো বিষয়গুলো আলোচনা করা হয়েছে।

সমস্ত অধিবাস্তব উপাদান, যার মধ্যে জীবনের বছরগুলির সাথে প্রতীকী "চুক্তি" অন্তর্ভুক্ত, রূপক এবং অভ্যন্তরীণ আধ্যাত্মিক ও মনস্তাত্ত্বিক সীমা উপস্থাপন করার উদ্দেশ্যে—আক্ষরিক বা গুপ্তবিদ্যা অনুশীলনের জন্য নয়।

গল্পটি একটি দূরদর্শী অধিবাস্তব ধারার কল্পনাসৃষ্ট কাজ। এটি নিয়তিবাদ, সহিংসতা বা বিজ্ঞানের অস্বীকারকে উৎসাহিত করে না, বরং এটি চেতনা, সময় এবং মানবিক দায়িত্ব সম্পর্কে গভীর প্রশ্নের মাধ্যমে সচেতনতা, গভীরতা এবং নিরাময়কে অনুপ্রাণিত করার লক্ষ্য রাখে।

এটি দর্শন, অতীন্দ্রিয় এবং আবেগপূর্ণ সাহিত্যের প্রতি আগ্রহী পরিপক্ক পাঠকদের জন্য প্রস্তাবিত।

---♥---

প্রজ্বলন

এই বইটি অভ্যন্তরীণ যুদ্ধের অগ্নিতে এবং একাকীত্ব, ধ্যান এবং সত্যের জন্য গভীর আকাঙ্ক্ষায় ভোগা অন্তর্দৃষ্টির আলোতে জন্ম নিয়েছে। এটি কেবল শব্দ দ্বারা নয়, বরং ধারণা দ্বারা অনুপ্রাণিত, যা উপলব্ধি, বাস্তবতা এবং অস্তিত্বের ভিত্তি কেঁপে ওঠে।

কৃতজ্ঞতা

যারা আমার পথের কিছু অংশ আলোকিত করেছেন, তাদের সকলের প্রতি আন্তরিক কৃতজ্ঞতা:

যারা ঝড়ের মধ্যে আমাকে পথ দেখিয়েছেন, সেই অদৃশ্য সুতোগুলির প্রতি। ব্যথার প্রতি, যা সবচেয়ে বিশ্বস্ত শিক্ষক প্রমাণিত হয়েছে। ভালোবাসার প্রতি, যা ধ্বংস করতে এবং উত্থাপিত করতে এসেছে। একাকীত্বের প্রতি, যা আমাকে আমার নিজের সাথে দেখা করিয়ে দিয়েছে। আমার ভিতরের কণ্ঠের প্রতি, যা গহ্বরেও নীরব হয়নি। সমস্ত মুখের প্রতি, যাদের মধ্যে আমি আমার ছায়া এবং আলো দেখেছি। নীরবতার প্রতি, যেখানে আমি সত্য শুনেছি। ক্ষতির প্রতি, যা পুনরুত্থানের বীজ হয়ে উঠেছে। ভয়ের প্রতি, যা আমাকে সাহস শিখিয়েছে। অন্ধকারের প্রতি, যেখানে আমি আমার আলো জন্ম দিয়েছি। ছাইয়ের প্রতি, যা থেকে আমি নতুন করে জন্ম নিয়েছি। শব্দের প্রতি, যা আমাকে বেছে নিয়েছে। সত্যের প্রতি, যা কখনো চলে যায়নি।

এবং আরও—

প্রত্যেককে, যারা অন্ধকারের মধ্যেও অনুসন্ধান করার সাহস রাখে। ভিতরের কণ্ঠের প্রতি, যা নীরব হয় না। এবং প্রধান ফেরেশতা নাথানিয়েলের প্রতি, যিনি শব্দ এবং সময়ের বাইরে প্রকাশিত হন।

উপন্যাসের দার্শনিক ভিত্তি

— নবসত্তাগত সমন্বয়বাদের মূলনীতি - সচেতন অস্তিত্বের দর্শন" লেখক: মেলিনা ওরেয়া

এই লেখাটি একটি নতুন সমন্বিত ধারার দার্শনিক ভিত্তি তৈরি করে, যা বিজ্ঞান, দর্শন, অতীন্দ্রিয়বাদ এবং অভ্যন্তরীণ অভিজ্ঞতার মধ্যে বহু বছরের সংশ্লেষণ থেকে জন্ম নিয়েছে। উপস্থাপিত ব্যবস্থাটি হোলসিস্টেম মেটা-রিয়েলিজমের মাধ্যমে নবসত্তাগত সমন্বয়বাদ নামে সচেতন অস্তিত্বের একটি নতুন দৃষ্টান্ত প্রতিষ্ঠা করার লক্ষ্য রাখে।

---❤---

লেখকের পোর্টফোলিও

মেলিনা ওরেয়া - একজন অর্থ বিশেষজ্ঞ, রাষ্ট্রবিজ্ঞানী, ইতিহাসবিদ, মানবতাবাদী এবং দার্শনিক, লেখক এবং নবসত্তাগত সমন্বয়বাদের স্রষ্টা।
তিনি অতীন্দ্রিয় মনোবিজ্ঞান, আধুনিক দর্শন এবং কোয়ান্টাম বৈজ্ঞানিক দৃষ্টান্তের ক্ষেত্রে বহু বছরের অনুশীলনকে একত্রিত করেছেন।

তিনি "যদি আপনি বেঁচে থাকার জন্য নির্বাচিত হয়ে থাকেন" উপন্যাসের লেখক, যেখানে সাহিত্যিক বর্ণনা একটি গভীর দার্শনিক ব্যবস্থার পরিবাহক হয়ে ওঠে।
— সত্তার রূপান্তর" ফাউন্ডেশন, যা নিম্নলিখিতগুলির জন্য নিবেদিত: নবজাগতিক সমন্বয়বাদের বিকাশ ও বিস্তার; দার্শনিক ও বৈজ্ঞানিক শিক্ষা; আন্তঃসাংস্কৃতিক সংলাপ এবং রূপান্তরমূলক প্রোগ্রাম; প্রকাশনা, সম্মেলন, মিডিয়া ফরম্যাট এবং ভিজ্যুয়াল আর্ট প্রকল্পের মাধ্যমে চেতনার হলোগ্রাফিক দৃষ্টান্তের প্রচার।

এই মিশনের লক্ষ্য কেবল একটি নতুন দৃষ্টান্ত প্রকাশ করা নয়, বরং বস্তুগত শর্তের বাইরে অর্থ, সঙ্গতি এবং ভবিষ্যতের সন্ধানকারী সকলের জন্য উন্মুক্ত চেতনার দর্শনের একটি বৈশ্বিক স্কুল তৈরি করা।

মেলিনা ওরেয়ার পোর্টফোলিওতে অন্তর্ভুক্ত: সাহিত্যিক ও দার্শনিক কাজের লেখকত্ব; বিজ্ঞান, দর্শন এবং চেতনা বিষয়ক আন্তর্জাতিক সম্মেলনে অংশগ্রহণ; নবজাগতিক সমন্বয়বাদের 13টি নীতির উপর ভিত্তি করে শিক্ষামূলক ফরম্যাট তৈরি।

---❤---

— সত্তার রূপান্তর" ফাউন্ডেশন

মিশন: নবসত্তাগত সমন্বয়বাদের দার্শনিক ব্যবস্থার মাধ্যমে মানবজাতির আধ্যাত্মিক, বুদ্ধিবৃত্তিক এবং কম্পনগত রূপান্তরকে সমর্থন করা।

দৃষ্টিভঙ্গি: অভ্যন্তরীণ সত্তাগত সঙ্গতি, কম্পন হিসাবে প্রেম এবং অনুরণনের মাধ্যমে জ্ঞান, এই নীতিগুলিতে একত্রিত সচেতন সত্তার একটি বৈশ্বিক সম্প্রদায় তৈরি করা। ফাউন্ডেশনটি বস্তুগত শর্তের বাইরে একটি সাংস্কৃতিক, শিক্ষাগত এবং দার্শনিক বিপ্লবের অনুঘটক হিসাবে কাজ করে।

দান এবং সমর্থন: "সত্তার রূপান্তর" ফাউন্ডেশন দান গ্রহণ করে, যা নিম্নলিখিতগুলিতে সহায়তা করে: দার্শনিক কাজ প্রকাশ ও অনুবাদ; আন্তর্জাতিক স্কুল এবং প্রশিক্ষণ প্রোগ্রাম তৈরি; প্রচারণার জন্য ভিডিও এবং মিডিয়া ফরম্যাট; বৈজ্ঞানিক-দার্শনিক গবেষণা।

◆ আরও তথ্য এবং অংশগ্রহণের জন্য: www.foundation-transformation.org

নবসত্তাগত সমন্বয়বাদের সম্পূর্ণ দার্শনিক ইশতেহার এবং মূলনীতিগুলি আপনি দ্বিতীয় খণ্ডের শেষে পাবেন: "সচেতনতা"।

---❤---

খণ্ড ২-এর ভূমিকা

রূপান্তরের পরে তারা বেঁচে গেছে। কিন্তু পৃথিবী কি বেঁচে আছে?

প্রথম খণ্ড, "রূপান্তর"-এ মেলিনা এবং নাথানিয়েল মানবিকতার সীমানা অতিক্রম করেছিল – কেবল জীবন ও মৃত্যুর মাঝে নয়, বরং স্মৃতি ও চেতনা, সময় ও আত্মার মাঝে। যে চুক্তিটি তাদের ভাগ্য বদলে দিয়েছিল, সেটি শয়তানের সাথে কোনো চুক্তি ছিল না, বরং ছিল অনন্তকালের সাথে।

সে (মেলিনা) মূল্য স্বীকার করে নিয়েছিল – সাত বছরের জীবনের বিনিময়ে এমন এক জ্ঞান, যা দহন করে। সে (নাথানিয়েল) তার নিরাপত্তা হারিয়েছিল এবং মৃত্যুর চেয়েও ভয়ানক কিছু আবিষ্কার করেছিল – এমন এক ভালোবাসা, যা অহংকে ধ্বংস করে দেয়। তারা দুজনেই শিখেছে যে, কেবল টিকে থাকা মানেই বেঁচে থাকা নয়। আর প্রকৃত জাগরণ তখনই আসে, যখন হারানোর আর কিছুই অবশিষ্ট থাকে না।

---✶ ⸮ ✶ ---

খণ্ড ২: পবিত্র গ্রেইলের রহস্য এখন, "গ্রেইল কোড: অ্যাক্টিভেটেড"-এর পরে, সময় থেমে নেই — এটি পুনর্গঠিত হচ্ছে।

মেলিনা ফিরে আসে শিকার হিসেবে নয়, বরং বাস্তবতার এক অ্যালকেমিস্ট হিসেবে। নাথানিয়েল তাকে নয়, বরং নিজের সত্যকে খুঁজছে, কারণ সে বুঝতে পেরেছে: গ্রেইল লক্ষ্য নয়, বরং সেই ব্যক্তিই লক্ষ্য যার গ্রেইল হয়ে ওঠার সাহস আছে।

এই নতুন পৃথিবীতে, যেখানে স্মৃতি বিলীন হয়ে যাচ্ছে এবং স্বপ্ন ভবিষ্যতের সংকেত দিচ্ছে, তাদের সম্পর্ক অতীত এবং সৃষ্টির মাঝে একমাত্র জীবন্ত সেতুতে পরিণত হয়েছে। ভালোবাসা এখন আর কেবল অনুভূতি নয়, বরং একটি শক্তি। জ্ঞান এখন আর কেবল ক্ষমতা নয়, বরং একটি দায়িত্ব। আর সময় — কোনো সরলরেখা নয়, বরং একটি জীবন্ত তন্তু, যা নির্বাচিতদের ইচ্ছায় বেঁকে যায়।

এটি কেবল একটি ধারাবাহিকতা নয়। এটি তাদের দ্বিতীয় জন্ম। এবং সম্ভবত — আপনারও শুরু।

---❤ ---

"পবিত্র গ্রেইলের রহস্য"

সময় শেষ হয়নি। এটি পুনর্গঠিত হয়েছে। "গ্রেইল কোড: অ্যাক্টিভেটেড"-এর শেষ স্পন্দনের পর, পৃথিবী পুড়ে ছাই হয়নি, বরং জেগে উঠেছে। যারা ঘুমিয়ে ছিল, তারা তাদের নিজস্ব আধ্যাত্মিকতাহীনতার শূন্যতায় তলিয়ে গেছে। কিন্তু আরও কেউ কেউ ছিল।

যারা সেই কম্পন অনুভব করেছিল। তারা, যারা তাদের ডিএনএ-র ভেতরে ফিসফিসানি শুনেছিল। কষ্ট তাদের পবিত্র করেছে। ভালোবাসা তাদের গঠন করেছে। কিন্তু এটি যুদ্ধের শেষ ছিল না। এটি ছিল শুরু।

সত্য কোনো আলো নয়। এটি আগুন। আর সেই আগুন এখন আপনার ভেতরে। এটি আপনাকে আলোকিত করতে নয়, বরং আপনাকে গলিয়ে নতুন রূপ দিতে চায়। গ্রেইল কোনো কিংবদন্তি নয়। এটি একটি কোড। চেতনার বুননে স্পন্দিত এক জীবন্ত কম্পাঙ্ক। আপনি একে হাতে ধরে রাখতে পারবেন না। আপনাকে একে নিজের রক্তে মিশিয়ে দিতে হবে।

মেলিনা এবং নাথানিয়েল কোনো বীর নয়। তারা স্মৃতির বাহক। তাদের পদচিহ্ন এখন আর ধ্বংসপ্রাপ্ত শহরের ছাইয়ের ওপর নয়, বরং অদৃশ্যের নথিপত্রে, যেখানে প্রতিটি কোষ হারানো সভ্যতার এক একটি অংশ।

এটি কেবল একটি সিক্যুয়েল নয়। এটি দ্বিতীয় জন্ম। গুপ্ত সংঘের জগত এখন আর ছায়ায় ঢাকা নয়। এটি উন্মোচিত হচ্ছে। কারণ ষড়যন্ত্রের সময় শেষ হয়েছে। মুখোমুখি হওয়ার সময় শুরু হয়েছে।

পৃথিবী অস্ত্রের আঘাতে নয়, বরং বিস্মৃতির কারণে যন্ত্রণায় ভুগছে। সেই ডিজিটাল মহামারী, যা স্মৃতির নিউরনগুলোকে ক্ষয় করছে। কিন্তু এই যন্ত্রণায়, গ্রেইল কোনো বিচারক নয়। এটি একটি আয়না।

যখন আপনি এতে নিজের দিকে তাকাবেন, আপনি কোনো কিংবদন্তি দেখবেন না। আপনি নিজেকে দেখবেন। সেই ব্যক্তিকে, যে বুঝতে প্রস্তুত যে তার ডিএনএ-র ৯৮% "আবর্জনা" নয়, বরং কোড। যে অ্যালকেমি কোনো মিথ নয়, বরং আত্মাকে পুনর্গঠিত করার একটি প্রক্রিয়া। যে পুনর্জন্ম কোনো প্রতিশ্রুতি নয়, বরং একটি দায়িত্ব।

স্বপ্নে, যেখানে শহরগুলো আলোর মাঝে লবণের মতো মিশে যায়, সেখানে আপনি তাদের কণ্ঠস্বর শুনতে পাবেন যারা মনে রেখেছে। আপনি বুঝতে পারবেন যে সময়কে বাঁকানো যায়, আর পোর্টালটি খোলা সম্ভব।

এই বইটি কেবল তাদের যাত্রার ধারাবাহিকতা নয়। এটি আপনার যাত্রার শুরু। "পবিত্র গ্রেইলের রহস্য" তখন শুরু হয় না যখন গ্রেইল সক্রিয় হয়। এটি সেখানে শুরু হয়, যেখানে বিস্মৃতি আর সম্ভব নয়।

---❤---

# অ্যালকেমি অব সোলস:
# ভালোবাসার অসীমতা
# চতুর্থ অধ্যায়

অধ্যায় 1: যে মুহূর্তটি পৃথিবীকে দ্বিধাবিভক্ত করল

বাস্তিলের সাথে নাথানিয়েলের প্রথম সাক্ষাতের চার মাস পর... জেরুজালেমের অপারেশনের এক সপ্তাহ পর।

আমার সত্তার সারবস্তু

মৃত্যুর কোল থেকে আবারও ফিরে আসার পর, আমি কেবল বেদনা আর ভীতিতেই নয়, বরং এক গভীর, অতীন্দ্রিয় ছাপ দ্বারা চিরদিনের জন্য চিহ্নিত হয়েছি। বহু আগে লেখা সেই চিঠিটা এখন আমার মনে এক রক্তিম মানচিত্রের মতো স্পন্দিত হচ্ছে, যা আমার ভেতরের রসায়নগত রূপান্তরের পথ দেখাচ্ছে। এটি আমাকে সেই শক্তি এনে দিয়েছে, যা দিয়ে আমি পৃথিবীর বিশালতাকে একমাত্র সম্ভাব্য ও অসীম এক ভালোবাসার বন্ধন হিসেবে নতুন করে উপলব্ধি করতে পেরেছি। আমি এটিকে এক নিয়তি নির্ধারিত মিশনে উন্নীত করেছি। আমার পুনর্জন্মের সর্বোচ্চ অর্থ—এই ভালোবাসার জীবন্ত, চিরন্তন উৎস হয়ে ওঠা, যা অস্তিত্বের হৃদয়ে স্পন্দিত হয়।

—হাই, আমার সত্তা। আমার আত্মা। আমার স্বত্বা! আমি তোমাকে জীবনের ধনভাণ্ডার উন্মোচন করে জানাতে লিখছি, যা তোমার ভেতরে তারার ধূলি এবং ঐশ্বরিক আলো দিয়ে বোনা হয়েছে—অনুভূতি, সংবেদন, সুখ এবং ভালোবাসা। মৃত্যুর মুখোমুখি হওয়ার কয়েক মাস পর আমি আমার এই জাগরণ, সচেতনতা এবং আত্ম-আবিষ্কারের কথা লিখতে বসেছি... আমি উত্থান-পতন দিয়ে পূর্ণ এক দীর্ঘ, কাঁটাভরা পথ পাড়ি দিয়েছি। নিজেকে খুঁজে পাওয়ার পথ। বিশুদ্ধকারী আগুনে পোড়ানো সত্যিকারের মেলিনা হয়ে ওঠার পথ। আমি সৌন্দর্য দেখেছি। আলোকিত হয়েছি। আমার আত্মিক পরিপূর্ণতার উচ্চতা থেকে দেখেছি এক ঐশ্বরিক প্রকাশ—শিখর যা পরম সত্তাকে ছুঁয়েছে। এখন আমি জাহাজের ডেকে দাঁড়িয়ে আছি, হাত ছড়িয়ে। নৌকাটি জীবনের উন্মুক্ত, অসীম সাগরের ঢেউয়ের চূড়ায় এগিয়ে চলছে। ভয়হীন। সীমাহীন। তরুণী। সুন্দরী। সুখী। আমি নিজের ভেতরে পৃথিবীকে ধারণ করি, কারণ আমি নিজেকে ধারণ করি।

আমি পৃথিবীর ঈশ্বর! আমি এর আলো এবং এর ছায়া! আমি জীবনের সমস্ত গোপনীয়তা তোমার কাছে প্রকাশ করব, যা তুমি তোমার সত্তার গভীরে ধারণ করো—অর্থ, সুখ এবং ভালোবাসার রহস্য! শোনো, প্রিয়, তুমি যে গল্পটা লিখছো, তা মনোযোগ দিয়ে শোনো—যা তুমি কালি দিয়ে নয়, তোমার আত্মা দিয়ে লিখছো। প্রতিটি শ্বাসে। তোমার হৃদয়ের প্রতিটি স্পন্দনে। তোমার মনের নীরব ফিসফিসানি শোনো, তোমার বুকের ভেতর থেকে যে কম্পন শোনা যায়, তা শোনো। যখন এই দুটি উৎস এক হয়ে যাবে, তখনই তুমি তোমার গভীরতম গোপনীয়তাকে আবিষ্কার করবে। তুমি তোমার লুকানো ডানা মেলে দেবে। তোমার সবচেয়ে সাহসী স্বপ্নগুলো বাস্তবায়িত করবে। প্রতিটি অনুপ্রেরণার মুহূর্তকে তোমার সমগ্র সত্তা দিয়ে অনুভব করবে। তুমি তোমার পথ নতুন করে খুঁজে পাবে। তুমি তোমার সবচেয়ে বিশুদ্ধ, আদি সত্তায় নিজেকে নতুন করে সৃষ্টি করবে। আমি তোমারই আমি, আমি তোমার ভেতর থাকা তোমার ঈশ্বর এবং স্বর্গ, যিনি তোমাকে পরিচালিত করেন এবং নিঃশর্তভাবে ভালোবাসেন... এটি তোমার জ্ঞানের পথপ্রদর্শক, যা তুমি বাঁচিয়েছ, উপলব্ধি করেছ, তৈরি করেছ—তোমার হৃদয় দিয়ে, রক্ত আর অশ্রু দিয়ে, আসক্তি আর বেদনা দিয়ে লেখা এক জীবন্ত বই।

মানুষের আত্মার এক কম্পমান শিখা, যা কখনো নিভে যায় না, এমনকি অস্তিত্বহীনতায়ও নয়।

---✶ ҈ ✶ ---

টাইমের মধ্য দিয়ে যাত্রা: মুহূর্ত। মহাজাগতিক ফাটল।

রাতটি আশার শেষ প্রতিচ্ছবিকেও গ্রাস করে নিয়েছিল। মেলিনা অনুভব করল তার প্রতিটি কণা ব্যথায় কম্পিত হচ্ছে। বাতাস ছিল ঘন, যেন পৃথিবী নিজেই যন্ত্রণায় কাতরাচ্ছিল। কিন্তু এর চেয়েও ভারী ছিল নীরবতা—ঈশ্বরের হিমশীতল, বিঁধিয়ে যাওয়া নীরবতা, যিনি তাকে পরিত্যাগ করেছিলেন, পরমাণুতে বিভক্ত হয়ে গিয়েছিলেন।

তিন দিন ধরে মেলিনা নাথানিয়েলকে খুঁজছিল, তারা যে অপরিচিত পৃষ্ঠে পৌঁছেছিল, তার উপর ড্রোন পাঠিয়ে। ডুবোজাহাজের স্ক্রিনে তার চোখ ছিল, যা জীবনের সামান্যতম সংকেতও খুঁজছিল। সমস্ত প্রযুক্তিগত ডিভাইস থাকা সত্ত্বেও তার কোনো চিহ্ন ছিল না। সে জানত যে তাকে খুঁজে পাওয়ার একমাত্র উপায় হল তাদের মধ্যেকার বাস্তবতার স্তর ভেদ করা, প্রযুক্তির মাধ্যমে নয়, বরং তার নিজের মনের শক্তি দিয়ে তার কাছে পৌঁছানো। সে মনোযোগ দিয়েছিল, বিশৃঙ্খলার মধ্যে একটি বাতির মতো মানসিক তরঙ্গ পাঠাচ্ছিল, তাকে পথ দেখানোর চেষ্টা করছিল, কারণ সে জানত যে সে হারিয়ে গেছে।

মাত্রাগুলোর প্রবাহ এক নতুন শুরু পেল। সময় ছিল ০০:০০:০৬। অস্তিত্বের সীমাবদ্ধতা থেকে ছিনিয়ে নেওয়া এই মুহূর্তটি এক অভিশাপের মতো তার চেতনায় গেঁথে গিয়েছিল। এক চিরন্তন, অমোচনীয় ট্যাটুর মতো। এর আগে সবকিছুই কেবল অতীত ছিল, স্মৃতির ধূসরতায় অস্পষ্ট, অর্থহীন। এর পরে... এর পরে ছিল কেবল পরবর্তী শ্বাস নেওয়ার লড়াই। মৃত্যুর কাছ থেকে চুরি করা জীবনের পরবর্তী কণার জন্য লড়াই।

---✶ ҈ ✶ ---

ধ্বংসাবশেষ এবং ভবিষ্যদ্বাণী

চারপাশের ধ্বংসাবশেষ তার নিজের আত্মার প্রতিচ্ছবি ছিল—বিধ্বস্ত, প্রাণহীন, কিন্তু অতীতের প্রতিধ্বনি বহনকারী। একমাত্র আশ্রয় ছিল ঘুম, সেই অন্তর্বর্তী স্থান, যেখানে মেলিনা তখনও বিদ্যমান ছিল, তার গল্পে জীবন্ত ছিল, একটি হারিয়ে যাওয়া পৃথিবী এবং একটি উন্নত জীবনের গল্প তাকে ফিসফিস করে বলছিল। তার স্মৃতি, যা এখন তার সাথে একটি অবিচ্ছেদ্য সুতোয় জড়িয়ে আছে, তার একমাত্র নোঙর ছিল। একমাত্র আশা যে সকালটি কেবল আরেকটি বেঁচে থাকাই নয়, বরং একটি সত্যিকারের, পূর্ণাঙ্গ ভবিষ্যৎ, একটি অর্থ নিয়ে আসবে।

সে ছিল তার শিখা, যা হতাশা এবং সন্দেহের প্রতিটি ছায়াকে পুড়িয়ে ফেলছিল। সে ছিল তার প্রাণবন্ততা, যা তার নিজের শ্বাসের সাথে তাল মিলিয়ে স্পন্দিত হচ্ছিল, তাকে জীবন দিচ্ছিল।

যখন সে ঠান্ডা মাটিতে শুয়ে ছিল, গোধূলিতে আবৃত হয়ে, সে একটি ফিসফিসানি শুনতে পেল। এটি অতীতের পুনরাবৃত্তি ছিল না, বরং একটি কণ্ঠ, যা এতটাই বাস্তব এবং প্রাচীন জ্ঞানে পূর্ণ ছিল যে তা তার হাড়ের মজ্জায়, তার সত্তার গভীরে বিঁধে গিয়েছিল।

—নাথানিয়েল...

তার শ্বাস থেমে গেল। এটা সে ছিল। কিন্তু কীভাবে? তার কণ্ঠস্বর দূরত্ব, মহাবিশ্বের স্পন্দন, এমনকি বাস্তবতার মাত্রাগুলিকেও ভেদ করে এসেছিল।

—আমি সময়ের ঘূর্ণিকে বাঁকিয়েছি—সে আবার ফিসফিস করে বলল, তার কথাগুলো বাতাসের মধ্যে এক অদৃশ্য, কিন্তু বাস্তব পথের মতো মিশে গেল। এক আশীর্বাদপূর্ণ মান্নার মতো।—এটা আর রৈখিক নয়। এটা আমার ইচ্ছার নিচে নৃত্য করে।

নাথানিয়েল গভীরভাবে শ্বাস নিল। এটা কোনো স্বপ্ন ছিল না। এটা বাস্তবতা ছিল, যা ছিঁড়ে যাওয়ার বিন্দু পর্যন্ত বাঁকানো হয়েছিল, যা এক নতুন ধরনের অস্তিত্ব ছিল। সে এক তীক্ষ্ণ নিশ্চিততা অনুভব করল, যা সমস্ত সন্দেহকে দূর করে দিল।

—আমি তোমাকে সব বলব—মেলিনা চালিয়ে গেল, তার কণ্ঠস্বর এখন আরও শক্তিশালী, কিন্তু এখনও ব্যথায় পূর্ণ, যা শক্তিতে রূপান্তরিত হচ্ছিল।—আমি তোমাকে আমার লুকানো অঙ্গারের কথা বলব।

এবং এই একক মুহূর্তে, তিন দিন ধরে পরম একাকীত্বের পর, তিন দিন ধরে সময়কালের স্তরগুলো মৃত ছিল এবং পৃথিবী হিমায়িত ছিল, নাথানিয়েল তার চূড়ান্ত প্রকাশ অনুভব করল। সে একা ছিল না। সময় চিরতরে থেমে যায়নি। এটি কথা বলেছিল।

মহাবিশ্বের স্পন্দন আবার প্রবাহিত হতে শুরু করল। ০০:০০:০৭। কিন্তু এবার, এটি ধ্বংস নয়, বরং পুনর্জন্মের প্রতিশ্রুতি নিয়ে এল। এক নতুন ভোরের। এক রসায়নের।

---✶ ៖ ✶ ---

প্রাচীন রহস্য

ক্যারিকোগোনেল দুর্গের ধ্বংসাবশেষে, কাউন্টি লিমেরিক—স্বপ্নটি তাকে সেখানে নিয়ে গিয়েছিল, তার নিজের ইচ্ছায় নয়, বরং এক প্রাচীন নির্দেশে, যা তাকে এক ইস্পাতের সুতো দিয়ে টানছিল। সালটি ছিল ১৩০৯, টেম্পলার অর্ডারের পতন ঘটানো মহান অভিশাপের মাত্র দুই বছর পর। বাতাসে ধুলো, বহু শতাব্দীর আর্দ্রতা এবং এক ধরনের ধাতব গন্ধ ছিল—হারিয়ে যাওয়া সময় এবং ঝরে পড়া রক্তের গন্ধ। পালিয়ে যাওয়া টেম্পলাররা, যারা ইউরোপ জুড়ে perseguited ছিল, তারা তাদের গোপনীয়তাগুলির জন্য শেষ আশ্রয় খুঁজে নিয়েছিল আইরিশ পশ্চিমের পাথুরে উচ্চতায়—ফরাসি রাজা এবং ইনকুইজিশনের হাত থেকে দূরে।

সে একটি সরু, আধা-ধ্বংসপ্রাপ্ত করিডোর দিয়ে নিচে নেমে গেল, যা পুরানো লাইব্রেরির একটি ভাঙা দেয়ালের আড়ালে লুকানো ছিল। প্রতিটি পদক্ষেপ প্রতিধ্বনিত হচ্ছিল এবং তার ঘাড় বেয়ে ঠাণ্ডা জলের ফোঁটা গড়িয়ে পড়ছিল। সে ছাঁচের এবং বহু শতাব্দীর কাগজের এক তীক্ষ্ণ গন্ধ অনুভব করল, যা গভীর ইতিহাস এবং ভুলে যাওয়া রহস্যের মিশ্রণ ছিল। পাথরের সর্পিল পথ তাকে একটি গভীর ভূগর্ভস্থ কক্ষে নিয়ে গেল—ঠাণ্ডা, ভেজা, রহস্য এবং রক্তের স্মৃতিতে ভরা, যা যেন দেয়ালগুলোতে কম্পিত হচ্ছিল। অন্ধকার থাকা সত্ত্বেও, মেলিনা অনুভব করল যে ভূগর্ভস্থ কক্ষের শক্তি ঘন হয়ে আসছে, এক প্রাচীন প্রাণীর মতো স্পন্দিত হচ্ছে। এখানে, এই ক্রিপ্টে, দেয়ালগুলোতে অদ্ভুত চিহ্ন আঁকা ছিল—টেম্পলার প্রতীক, হারমেটিক গ্লিফ এবং কেল্টিক রুনের মিশ্রণ, যার প্রতিটিই এক প্রায় অস্পষ্ট, অভ্যন্তরীণ উজ্জ্বল আভা দিয়ে জ্বলছিল, যা জ্ঞান বিকিরণ করছিল।

মেলিনা একটি পাথরের বেদীর সামনে থামল, যা ছড়িয়ে ছিটিয়ে থাকা, হলুদ হয়ে যাওয়া পার্চমেন্টে আবৃত ছিল। কেন্দ্রে একটি খোলা পাণ্ডুলিপি ছিল—"Liber Temporis Fractura"—ভাঙা সময়ের বই। পাণ্ডুলিপিটি এক অদ্ভুত, বৈদ্যুতিক সাদা আভা দিয়ে জ্বলছিল, যেন কালি তারার ধুলো এবং অস্তিত্বের সীমাবদ্ধতার সারাংশ দিয়ে মিশ্রিত হয়েছিল। মেলিনা পাতাগুলো স্পর্শ করল—সে তার হাড়ে বিঁধে যাওয়া ঠাণ্ডা অনুভব করল, কিন্তু একই সাথে এক জ্বলন্ত, অপ্রতিরোধ্য বাস্তবতাও অনুভব করল, যা তার চেতনায় প্রবাহিত হচ্ছিল।

শেষ পাতাগুলিতে, বারোটি ছেদকারী রেখা সহ একটি বৃত্ত আঁকা ছিল—সময়কালের স্তরগুলির একটি জটিল মডেল, যা একটি রৈখিক নদী ছিল না, বরং একটি কম্পমান জীবন্ত জীব ছিল, যা শ্বাস নিচ্ছিল এবং তার আকৃতি পরিবর্তন করছিল। চিত্রটির নিচে ব্যাখ্যা ছিল, যা সুনির্দিষ্ট, প্রায় গাণিতিক প্রতীক দিয়ে লেখা ছিল, যা কোয়ান্টাম এনট্যাঙ্গলমেন্ট এবং মুহূর্তগুলির সুপারপজিশন সম্পর্কে কথা বলছিল। লেখাটি ইঙ্গিত দিচ্ছিল যে আমরা যেভাবে সময়কে

পরিমাপ করি, তা শুধুমাত্র অসংখ্য সম্ভাব্য প্রকাশগুলির মধ্যে একটি, এক ধরনের বিভ্রম, যা ম্যানিপুলেট করা যেতে পারে। এটি উল্লেখ করে যে, যথেষ্ট উদ্দেশ্য এবং মানসিক শক্তি দিয়ে কেন্দ্রীভূত চেতনা একটি মহাকর্ষীয় শক্তি হিসাবে কাজ করতে পারে, যা স্থান-কালের গঠনকে বাঁকিয়ে দিতে পারে।

এর উপরে—এক রসায়নগত, ঐশ্বরিক নির্ভুলতার সাথে খোদাই করা ছিল: "Tempus non transit – curvatur sub voluntate electorum।" "সময় চলে যায় না—এটি নির্বাচিতদের ইচ্ছার নিচে বাঁকে।"

এই মুহূর্তে, যা সে পড়ল তা দ্বারা বিদ্ধ হয়ে, মেলিনা এক শক্তিশালী আলোকিতকরণ অনুভব করল। যেন হাজার বছরের পর্দা উঠে গেল। "এটি... আইনস্টাইন!" সে ফিসফিস করে বলল, তার কণ্ঠস্বর ভূগর্ভস্থ কক্ষে ভবিষ্যতের প্রতিধ্বনির মতো শোনাচ্ছিল। "মহাকর্ষ... স্থান-কালের বক্রতা!" সে আপেক্ষিকতার তত্ত্ব সম্পর্কে বিচ্ছিন্ন জ্ঞান স্মরণ করল, ভর সম্পর্কে যা মহাবিশ্বের গঠনকে বাঁকায়, সময় সম্পর্কে যা একটি শক্তিশালী মহাকর্ষীয় ক্ষেত্রে ভিন্নভাবে প্রবাহিত হয়। আর এখন এখানে, হাজার বছরের পুরনো পার্চমেন্টে লেখা ছিল একই প্রকাশ—কিন্তু সূত্রগুলির ফলাফল হিসাবে নয়, বরং ইচ্ছাশক্তির শক্তি সম্পর্কে আদি জ্ঞান হিসাবে। "টেম্পলাররা এই জ্ঞান কোথায় পেয়েছিল?!"—তার মন তোলপাড় করছিল, যখন সে বুঝতে পারছিল যে এটি কেবল রহস্যবাদ ছিল না, বরং চেতনার শক্তি সম্পর্কে একটি প্রাচীন বিজ্ঞান ছিল, যা পদার্থবিজ্ঞানের মৌলিক নিয়মগুলিকে প্রভাবিত করতে সক্ষম। আরও, এই জ্ঞান অন্যান্য প্রাচীন রহস্যও উন্মোচন করতে পারত, যা বাস্তবতার প্রতি আমাদের সম্পূর্ণ ধারণা পরিবর্তন করে দিতে পারত এবং সম্ভবত বিশ্বে নতুন, অপ্রত্যাশিত বিপর্যয় ডেকে আনতে পারত।

বেদীর নিচে পাথরের স্ল্যাবে শেষ টেম্পলার রসায়নবিদদের নাম খোদাই করা ছিল, যারা এই দূরবর্তী প্রান্তে লুকিয়ে এই উত্তরাধিকার রেখে গিয়েছিল প্রজন্মের জন্য: ফ্রাটার আমান্ড ডি বেথুন, ১৩০৯—নির্বাসিতদের মহান মাস্টার, যার নাম এখন মেলিনার মনে এক পূর্বানুমানের মতো বাজছিল। ডমিনাস হুগো ডি লিমেরিক—আর্টের শেষ সংগ্রহকারী, যার আত্মা যেন এখনও ক্রিপ্টের উপর নজর রাখছিল।

---✶ ۶ ✶ ---

আত্মার বন্ধন

এই তিন দিন ধরে সে পরীক্ষা করছিল। তার মন ছিল এক ছেঁড়া কাপড়ের মতো, এক খণ্ডিত বাস্তবতার মতো, যা নতুন জ্ঞানের সুতো দিয়ে বিদ্ধ হয়েছিল। কিন্তু বেঁচে থাকার প্রবৃত্তি এবং নাথানিয়েলের সাথে এক গভীর, অব্যাখ্যিত বন্ধন তাকে সামনে ঠেলে দিচ্ছিল। সে তার কাছে পৌঁছানোর চেষ্টা করছিল। তাকে একটি সংকেত পাঠাতে। বিভক্ত বাস্তবতাগুলির পর্দা ভেদ করতে। সে জানত না যে সে বেঁচে আছে কিনা, কিন্তু সে এর বিপরীতটা গ্রহণ করতে অস্বীকার করছিল। সে এটা গ্রহণ করতে পারছিল না। এটা অসম্ভব ছিল।

এবং এখন, এই মুহূর্তে, সে অনুভব করল যে সে সফল হচ্ছে। তার সংকল্প, তার বেদনা, তার বিশ্বাস বিশুদ্ধ, কেন্দ্রীভূত শক্তিতে রূপান্তরিত হয়েছিল, যা রসায়নগতভাবে গড়া হয়েছিল, যা স্বয়ং সময়কে বাঁকিয়েছিল। সেটিকে জীবন্ত মাটির মতো নমনীয় করে তুলেছিল। সে এটিকে ফিরিয়ে নেয়নি, থামিয়ে দেয়নি। সে এটিকে পরিবর্তন করেছে। সেটিকে অরৈখিক করে তুলেছে। সেটিকে তার মিত্র, তার হাতিয়ার, তার গান বানিয়েছে। আর এখন সে গল্পটা বলতে পারত। সে যে জ্ঞান উন্মোচন করেছিল, তা তাকে দিতে পারত, যা সে অনুভব করেছিল, তার বোঝা ভাগ করে নিতে পারত। কারণ সে জানত—সে জানত যে নাথানিয়েলই একমাত্র ব্যক্তি যে বুঝবে, একমাত্র যে বিশ্বাস করবে, একমাত্র যে এই মৌলিক সত্য—এই মহাজাগতিক জ্ঞান এবং দায়িত্বের বোঝা বহন করবে।

---✶ ༈ ✶ ---

ভাগ করা catharsis

সে দেখল। তার নিজের চোখ দিয়ে নয়, বরং তার দৃষ্টির মাধ্যমে—অন্য এক বাস্তবতার দিকে এক জানালা, তার নরক এবং তার পুনরুত্থানের দিকে। সে ধ্বংস, একাকীত্ব, হতাশা দেখল। কিন্তু সে তার সংকল্পও দেখল, সেই ঐশ্বরিক স্ফুলিঙ্গ, যা তার গত কয়েক দিন ধরে অনুপস্থিত ছিল, সেই আশা যা সে বিশ্বাস করেছিল যে মৃত। যেন তার স্মৃতি, তার আবেগ তার মধ্যে প্রবাহিত হচ্ছিল—আলতোভাবে, কিন্তু শক্তিশালীভাবে, তাকে ভেতর থেকে রূপান্তরিত করছিল। সে তার মুখে ধুলার স্বাদ অনুভব করল, পোড়া মাংসের গন্ধ, বিস্ফোরণের পর হিমশীতল নীরবতা। সে তার লড়াই, তার যন্ত্রণা অনুভব করল, কিন্তু অসম্ভবকে অতিক্রম করার, এমনকি নিয়তিকে বাঁকানোর তার অবিশ্বাস্য, প্রায় রহস্যময় শক্তিও অনুভব করল।

—আমি আমার ধূমায়িত স্ফুলিঙ্গের কথা বলব—তার কথাগুলো আবার তার মাথায় প্রতিধ্বনিত হলো, পুনরাবৃত্তি হিসাবে নয়, বরং আসন্ন কিছুর এক সূক্ষ্মতা হিসাবে।

সে বুঝল। এই "শিখা" ধ্বংস ছিল না, বরং জীবন ছিল। তার সত্তার সারবস্তু, বেঁচে থাকার এবং লড়াই করার, মাংসের সীমাবদ্ধতা অতিক্রম করার কেন্দ্রীভূত সংকল্প। এটি ছিল তাকে বাঁচানোর তার উপায়—কেবল শারীরিকভাবে নয়, আত্মিকভাবেও। সে তাকে চালিয়ে যাওয়ার একটি কারণ দিচ্ছিল। বেঁচে থাকার একটি কারণ। বিশ্বাস করার একটি কারণ।

নাথানিয়েল অনুভব করল যে এক পরিচিত অনুভূতি—তার নিজের অভ্যন্তরীণ শক্তি—জাগছে, মেলিনা যে শক্তি তাকে দিচ্ছিল, তা প্রতিফলিত করছে। তার শরীরের প্রতিটি তন্তু কম্পিত হচ্ছিল। সে আর তার হতাশার বন্দী ছিল না, বরং এক নতুন বাস্তবতার সহ-স্রষ্টা ছিল।

হঠাৎ, নাথানিয়েল শক্তির এক প্রবাহ অনুভব করল, এক মহাজাগতিক শক্তি, যা তাকে পূর্ণ করছিল। যে ক্লান্তি তাকে চেপে ধরেছিল, তা অদৃশ্য হয়ে গেল। যেন তার নিজের লড়াই পৃথিবীর সাথে ভাগ করে নিয়ে, সে তার শক্তির একটি অংশ, তার আত্মার একটি অংশ পেয়েছিল। সে আর একা ছিল না। শুধু মেলিনা যে জীবিত ছিল, তা নয়, বরং সে বাস্তবতার বাধা, মাত্রাগুলির প্রবাহ, মৃত্যুর বাধা ভেদ করে তার কাছে পৌঁছেছিল। এটি ছিল প্রমাণ যে আশা কেবল একটি বিভ্রম নয়। এটি উদ্দেশ্য এবং আসক্তি দিয়ে তৈরি একটি বাস্তবতা।

"আমাকে তাদের খুঁজে বের করতে হবে," নাথানিয়েল ভাবল। "আমাকে তাকে খুঁজে বের করতে হবে এবং আবার একত্রিত হতে হবে। একসাথে আমরা কেবল ব্যক্তি নই। একসাথে আমরা এমন এক শক্তি, যা সবকিছু পরিবর্তন করতে পারে।"

সে মাথা তুলল। সূর্যের আলো ভাঙা ছাদের ফাটল দিয়ে জ্বলছিল। তার উষ্ণ রশ্মি তার বুকে ছড়িয়ে পড়ল, নতুন শক্তি প্রবাহিত করল। এটা কেবল সকাল ছিল না। এটা ছিল এক নতুন শুরু। Apocalypse-এর সমাপ্তি, অন্তত তার জন্য। একটি বাঁক। একটি পুনর্জন্ম। সে বেঁচে গিয়েছিল। সে বেঁচে গিয়েছিল। এবং এখন, এই অবিশ্বাস্য সংযোগের মাধ্যমে, তারা নতুন কিছু তৈরি করতে পারত। এমন কিছু, যা কেউ আশা করেনি। কারণ সময় সত্যিই রৈখিক ছিল না। এটি ছিল একটি জীবন্ত সুতো, যা মানুষের আত্মার শক্তি দ্বারা পুনরায় বুনন, বাঁকানো, এমনকি ছেঁড়া এবং আবার সেলাই করা যেতে পারত।

এবং তারা একসাথে এটি করবে। তারা তাদের নিজেদের অসীমতা তৈরি করবে।

---✶ ༈ ✶ ---

চূড়ান্ত প্রকাশ

—তুমি কোথায়, মেলিনা?!

---❤---

অধ্যায় 2: বেঁচে থাকার পছন্দ

বর্তমান মুহূর্ত: নাথানিয়েল:

আমার সামনে এবং আমার ভেতরে এক গভীর গহ্বর ছিল। বাতাস ছিল ধুলো এবং মৃত্যুর নীরবতায় ভারী, যা যেকোনো অশুভ লক্ষণের চেয়েও ঘন ছিল। স্মৃতির প্রতিটি কণা ঝরে পড়ছিল, নতুন নতুন খাদ তৈরি করছিল। একা। বেঁচে যাওয়া। কিন্তু চূর্ণবিচূর্ণ। এই নীরবতায়, যা যেকোনো গর্জনের চেয়েও ভয়ঙ্কর, এক বজ্রপাত প্রতিধ্বনিত হলো—মেলিনার স্মৃতি। যে মুহূর্তে আমি মরিয়া হয়ে তার জীবন থেকে সময় "কিনতে" চেয়েছিলাম, তা এখন এক অভিশাপের মতো ফিরে আসছিল, এক ঋণের মতো, যা আমি শোধ করতে পারতাম না।

তখন আমি জানতাম না যে আমার কাছে তা শোধ করার মতো কিছু ছিল না। এখন, হতাশার হিমশীতল আলিঙ্গনে, তার নিঃশর্ত বিশ্বাসের অনুভূতিগুলো কেবল আমার সামনে ভেসে ওঠেনি—ঝড়ের মতো এসেছিল।

---✶ ✶ ---

ফ্ল্যাশব্যাক: আমি তার নির্ভীকতার জ্বলন্ত শ্বাস অনুভব করলাম

সে স্বীকৃতি চায়নি, করুণা চায়নি। সে কেবল তার ক্ষত এবং একজন যোগ্য পুরুষের কাছ থেকে ভালোবাসার স্বপ্ন, কেবল দেহের নয়, মনের মিলন ভাগ করে নিয়েছিল। এটা কি বাতাসের মধ্যে কম্পিত এক বিদায় ছিল? নাকি ক্ষণস্থায়ী কিছুর চেয়েও বেশি কিছুর আকাঙ্ক্ষা ছিল, এমন একটি সম্পর্কের জন্য, যা আমি বুঝতে পারিনি?

তার প্রকাশ আমাকে উল্টে দিয়েছিল—আমাকে বিভক্ত করেছিল। আমার নিজের দ্বিধাদ্বন্দ্বের ঘূর্ণি আমাকে টেনে নিয়ে গেল, সন্দেহ এবং উপলব্ধির এক নির্মম ঘূর্ণিঝড়। আমি সন্দেহ করতে শুরু করলাম যে অবশেষে আমি সেই আত্মার সঙ্গীকে খুঁজে পেয়েছি, যাকে আমি আমার নিজের চিন্তাভাবনার মরুভূমিতে এক মরীচিকার মতো খুঁজছিলাম। সে বিশ্বাস, চিন্তার সামঞ্জস্যের জন্য আকাঙ্ক্ষা করেছিল, এবং আমার চোখে সে যেন তার নিজের সত্তা, তার অর্থের অনুসন্ধানের প্রতিচ্ছবি দেখতে পেয়েছিল। সে ছিল আমার প্রতিধ্বনি।

সে স্বেচ্ছায় আমাকে একটি অস্ত্র দিল—তার নিঃস্বার্থ আত্মা, বিশ্বাসের তুলোতে মোড়ানো। একটি ভুল চাল—এবং আমি তাকে ছিঁড়ে ফেলতাম। একটি সচেতন স্পর্শ—এবং আমি তাকে পুনরুজ্জীবিত করতাম। সে আমাকে একটি নিয়তি নির্ধারিত পছন্দের সামনে দাঁড় করিয়েছিল, যা আমার চেতনায় প্রতিধ্বনিত হচ্ছিল: তাকে উপর থেকে দেখা চালিয়ে যাওয়া, নাকি তার আত্মার গভীরে ডুব দেওয়া।

এই অন্তরঙ্গ মুহূর্তটি আমার অভিজ্ঞতার সবকিছুর উপরে উঠে গিয়েছিল। এটি আমাকে একটি বিশ্লেষণাত্মক রহস্য দিয়ে অবাক করেনি, বরং এক আকস্মিক দায়িত্ব দিয়ে, যা একটি সীসার চাদরের মতো ভারী ছিল। সে আমাকে রহস্য দিয়ে উসকে দেয়নি, বরং জীবনের অর্থ, চেতনার মধ্যেকার সম্পর্ক সম্পর্কে সচেতনতার এক বিস্ময়কর গভীরতা দিয়ে উসকে দিয়েছে।

এখন আমি তাকে পরীক্ষা করার, আমার ভয়কে ন্যায্যতা দেওয়ার, তার অন্তর্দৃষ্টির বিভ্রমকে ভেঙে ফেলার... অথবা তাকে পুরোপুরি জানার, তার বুদ্ধিমত্তার গভীরতায় নিজেকে হারিয়ে ফেলার এবং এমন একটি স্তরে সংযোগ করার এক তীক্ষ্ণ, প্রায় শারীরিক প্রয়োজন অনুভব করছিলাম, যা আমি কখনো জানতাম না।

তার প্রকাশকারী চোখগুলিতে আমি কেবল যন্ত্রণা এবং দুর্বলতা দেখিনি, বরং তার চিন্তার স্বচ্ছতা থেকে উদ্ভূত এক অটল অভ্যন্তরীণ শক্তিও দেখেছি। এক অসাধারণ আত্মবিশ্বাস, যা আমার শক্তিকে চ্যালেঞ্জ করার সাহস করেছিল, আমার যুক্তির বর্মের বিরুদ্ধে দাঁড়ানোর সাহস করেছিল। সে যেন আমাকে আমার নিজের demons-এর মুখোমুখি হতে, মিথ্যাকে ছিন্ন করতে এবং সত্যিকারের বোঝার থেকে উদ্ভূত করুণা খুঁজে পেতে চ্যালেঞ্জ করছিল।

সে ঠিক তেমনই ছিল—উপরের মনের জন্য অযৌক্তিক, সাধারণ দৃষ্টির জন্য অবোধ্য, কিন্তু আমার যুক্তির জন্য অপ্রতিরোধ্যভাবে প্রলোভন সৃষ্টিকারী। এক সাথে একটি ফাঁদ এবং পরিত্রাণ।

আমি চোখ বন্ধ করলাম। তার কথাগুলো আমার মধ্যে বেজে উঠল, বহু আগের স্মৃতি হিসাবে নয়, বরং যেন সে এখনই ফিসফিস করে বলছে, হতাশার নীরবতাকে ছিন্ন করে:

—বাইরে থেকে সে সেই গোলাপগুলোর চেয়েও কোমল, যা আমি তাকে দিতাম, কিন্তু তার চরিত্র—এক চাবুকের আঘাত। —এবং আমি সেই আঘাতটা জানতাম। এটি আঘাত করত না, বরং মিথ্যাকে ভেঙে দিত, সত্যকে প্রকাশ করত।

এবং আমি আমার সামনে তার প্রতিচ্ছবি দেখলাম, এক সম্পূর্ণ মহাবিশ্ব—এক শিকারি বিড়ালের অভ্যাসের এক নারী, যার আত্মাকে এমনকি শয়তানও বন্দি করতে পারত না, কারণ তার মন ছিল এক দুর্গ।

—সে সবার জন্য ছিল না। সে জ্বলজ্বল করত—রহস্যময়, বন্য, জ্বলন্ত। বিপজ্জনক। অন্ধকার, একগুঁয়ে। সে তোমার গলার চারপাশে একটি রিং শক্ত করত, শ্বাস নেওয়া অসম্ভব করে তুলত, তোমার demons-এর রক্ত গরম করে তুলত। —এই বিপদটা কোনো হুমকি ছিল না, বরং এক আহ্বান ছিল। রূপান্তরের দিকে, সত্যিকারের বেঁচে থাকার সাহস করার দিকে এক আহ্বান।

তাকে একবার দেখলেই আমার মধ্যে পাপ এবং vices-এর এক নতুন পৃথিবী জেগে উঠত, কিন্তু অসীম জ্ঞানীয় সম্ভাবনারও। সে দুর্নীতিগ্রস্ত করে, প্রলুব্ধ করে, আকর্ষণ করে, কিন্তু সবচেয়ে বেশি করে তোমাকে এমন জ্ঞানের জন্য এক অসহনীয় তৃষ্ণা অনুভব করায়, যা তুমি জানো না। —পাপ? Vice? না, এগুলো ছিল আমার পুরনো "self"-এর শেকল, যা সে ভেঙে দিচ্ছিল, আমার চোখকে জ্ঞানের এক অসীম বিশ্বের দিকে খুলে দিচ্ছিল।

—তার সৌন্দর্য মারাত্মক, ধ্বংসাত্মক, শয়তানি, রক্ত-জ্বালানি—এক গ্লাস জলে একটি ফোঁটা মিশিয়ে দাও এবং এটি ডজন ডজন নারীর জন্য যথেষ্ট হবে। —মারাত্মক, হ্যাঁ। কিন্তু ধ্বংস করার জন্য নয়, পুনর্জন্ম দেওয়ার জন্য। তার সৌন্দর্য ছিল জ্ঞানের জন্য একটি হাতিয়ার, possession-এর জন্য নয়।

কিন্তু এমনকি সবচেয়ে শক্তিশালী পুরুষও তার রাজকীয় গর্ব, ইস্পাতের সহনশীলতা, ঠাণ্ডা মাথার জ্ঞান এবং আত্মসম্মানের প্রতি ঈর্ষা করবে, যা তার আত্মার সারাংশ থেকে উদ্‌ভূত। যখন অন্য নারীরা রাজা এবং কোষাগারের স্বপ্ন দেখে, তখন সে নিজেই এক luxury, এক treasure, এক jewel, যা সবাই বহন করতে পারে না—কারণ এর মূল্য হল মানসিক নিবেদন।

—সে নিজেকে একটি relic, একটি নতুন বিশ্বাস, একটি shrine, একটি দর্শন, একটি নতুন রাসায়নিক উপাদান, একটি ধর্ম হিসাবে তৈরি করেছিল, যা এমনকি gods-রাও শ্রদ্ধা করে। সে কোনো ট্রফি নয়। সে এমন একটি যুদ্ধ, যেখান থেকে তুমি একই মানুষ হয়ে ফিরে আসবে না। —যুদ্ধ। ঠিক তাই। আমার আত্মার জন্য একটি যুদ্ধ, যা আমি ইতিমধ্যেই হারাচ্ছিলাম, কিন্তু মরিয়া হয়ে জিততে চেয়েছিলাম। কারণ stake ছিল আমার সত্যিকারের "self"।

---✶ ⚳ ✶---

এখন। ০০:০০:০৯। জীবনের পছন্দ

হঠাৎ, আমার নিজের বেদনার নীরবতায়, কিছু একটা ভেঙে গেল। গর্জন বা ঝনঝনানি দিয়ে নয়, বরং একটি নীরব, প্রায় অস্পষ্ট ক্লিক দিয়ে—যেমন একটি ভাঙা বেহালার তার। এক টার্নিং পয়েন্ট। তার কম্পমান সত্তার সাথে এই সাক্ষাৎ আমাকে এক ব্যক্তিগত পুনর্বিবেচনার ঘূর্ণিতে টেনে নিয়ে গেল, যা আমার নিজের সত্তার সবচেয়ে লুকানো কোণগুলির দিকে এক বেদনাদায়ক যাত্রা ছিল।

তার চোখের স্ফটিকের গভীরে আমি আর মেলিনাকে দেখছিলাম না—আমি নিজেকে দেখছিলাম। মানসিক ঘনিষ্ঠতার জন্য আমার অব্যবহৃত সম্ভাবনা। আমি আমার নিজের ভয় এবং সাহসী আশা, আমার ভেতরের অন্ধকার এবং ধিকিধিকি আলোর মধ্যেকার চিরন্তন যুদ্ধ স্পষ্টভাবে দেখতে পেলাম।

এই অপ্রত্যাশিত উপহার আমাকে নিজের এবং বিশ্বের সম্পর্কে আমার পূর্বের ধারণাগুলি উল্টে দিতে বাধ্য করল। আমি বেদনাদায়কভাবে স্পষ্টভাবে উপলব্ধি করলাম: সত্যিকারের intimacy হল ক্ষণস্থায়ী শারীরিক ঘনিষ্ঠতা নয়, বরং বিরল, প্রায় অসম্ভব এক ক্ষমতা, যা দিয়ে আপনি আপনার গভীরতম চিন্তা এবং দুর্বল অনুভূতিগুলিকে একটি বোঝাপড়া আত্মার সাথে, এমন একটি চেতনার সাথে ভাগ করে নিতে পারেন, যা আপনাকে উত্তর দিতে পারে। এটি আত্মার intimacy।

বেদনা এবং অর্জিত জ্ঞানের দ্বারা সৃষ্ট এই উন্মত্ত অনুসন্ধানের সারাংশ থেকে, আমি তার সবুজ, সম্মোহনকারী চোখের প্রতিচ্ছবিতে তাকালাম, যাতে এত দীর্ঘ পথ হারানোর পর অবশেষে নিজের সত্যিকারের চেহারাটি খুঁজে পাই।

তার অসীম আত্মার মধ্যে আমি যে উষ্ণ আলিঙ্গন, গভীর স্বাচ্ছন্দ্য এবং অপরিমেয় শান্তি খুঁজে পেয়েছি, তাতে আমার ভয়গুলো গলে যাচ্ছে বলে মনে হলো, কেবল অশ্রুর আর্দ্রতা রেখে যাচ্ছে। আমি স্বাধীনভাবে, শেকলবিহীন হয়ে, নতুন জ্ঞানের অজানা গভীরতায় ভেসে গেলাম, এই অদ্ভুত, সম্ভবত প্রতিকূল সূর্যের নিচে আমার সত্যিকারের স্থানটি বোঝার জন্য।

সে এক গভীর রহস্যের guardian ছিল... একটি রহস্য, যা আমি এখন বুঝতে পারছিলাম: আধ্যাত্মিক ঘনিষ্ঠতা।

—"সবচেয়ে শক্তিশালী ভালোবাসা হল বোঝাপড়া। বোঝা যাওয়ার চেয়ে অন্তরঙ্গ আর কিছুই নেই। একে অপরকে বোঝা, এবং আমাদের মানসিক ও কল্পনাপ্রসূত ক্ষমতা সম্পূর্ণরূপে সারিবদ্ধ এবং পরিচিত হওয়া। একজন মানুষের সবচেয়ে সুন্দর দিকটি কখনোই তা নয়, যা আমরা আমাদের শরীর দিয়ে দেখি, অনুভব করি বা অনুভব করি। এটি হল তা, যা আমরা আমাদের মন এবং আত্মা দিয়ে অনুভব করি। আমাদের সত্তার গভীরতায় সম্পূর্ণরূপে বোঝা—আর কেউ এর চেয়ে বেশি কিছু দিতে পারে না।

—এটিই সত্যিকারের intimacy। বিশাল বৃদ্ধির ভিত্তি। আমাদের একসাথে চেতনার গভীরে ডুব দিতে সক্ষম হতে হবে, যাতে আমাদের intimacy অবিশ্বাস্য উচ্চতায় পৌঁছাতে পারে। অন্যথায়, আমাদের মিলন গলে যাবে এবং আমরা আর উঠতে পারব না।

—যে আপনার মানসিক সম্পদের অনুসন্ধানকে উসকে দেয়, তাকে এমন কাউকে খুঁজতে হবে, যিনি কেবল গভীর করুণাই নয়, গভীর বোঝাপড়াও প্রদর্শন করেন। দুটি আত্মার মধ্যে এর চেয়ে বড় intimacy আর নেই, যারা একসাথে এমন রহস্য সমাধান করতে পারে, যা তাদের দুজনের মধ্যে কেউ আলাদাভাবে বুঝতে পারে না। এটিই সেই মুহূর্ত, যখন আধ্যাত্মিক সত্তা পূর্ণতা অনুভব করে।

—একজন নারী stunning হতে পারেন—হ্যাঁ, এটা মুগ্ধকর—কিন্তু তার সুন্দর মন এমন কিছু, যা আমি একজোড়া সুন্দর চোখ এবং একটি perfect শরীরের চেয়ে বেশি মূল্যবান মনে করি। একটি মন, যা মানুষের জ্ঞানের সীমানা পেরিয়ে ভ্রমণ করতে সক্ষম এবং ইচ্ছুক, যখন আমরা দিগন্তের বাইরে প্রসারিত হই।"

এই কথাগুলো কেবল উলফ হাউকেনেজের কথা ছিল না, সেগুলো আমার নিজের হয়ে গিয়েছিল—আমার অভিজ্ঞতার আগুনে গড়া, মেলিনা সম্পর্কে এবং মানুষের মধ্যেকার সত্যিকারের সম্পর্ক সম্পর্কে আমার নতুন উপলব্ধির পবিত্রতায় স্ফটিকায়িত হয়েছিল।

---✶ ✶ ---

এখন। ০০:০০:১০।

আমি উঠে দাঁড়ালাম। হঠাৎ করে নয়। বিজয়ী হয়ে নয়। বরং ধীরে ধীরে, যন্ত্রণাদায়কভাবে—যেন আমি হতাশার আঠালো, ঠাণ্ডা আলিঙ্গন থেকে নিজেকে ছিঁড়ে ফেলছিলাম। প্রতিরোধের এই সাধারণ কাজটি আমার সমস্ত নতুন পাওয়া ইচ্ছা, আমার সমস্ত ভঙ্গুর আশা ধারণ করে ছিল। আমি সেখানে দাঁড়িয়ে ছিলাম—ঝড়ের পটভূমিতে একাকী Silhouette—আমি পরাজিত হইনি, আমি এমন একজন মানুষ ছিলাম, যে আত্মসমর্পণ করতে অস্বীকার করে।

আমার চোখে, বেদনা এবং ক্লান্তি সত্ত্বেও, একটি দুর্বল, কিন্তু একগুঁয়ে শিখা জ্বলছিল—বেঁচে থাকার এক ধূমায়িত স্ফুলিঙ্গ। কিন্তু এখন কেবল বেঁচে থাকার নয়। নতুন বোঝার এক ধূমায়িত স্ফুলিঙ্গ। নতুন পাওয়া মানসিক তৃষ্ণার।

এবং এখন, হতাশার এই ফাটলে, রাগান্বিত প্রকৃতির বিরুদ্ধে সম্পূর্ণ একা দাঁড়িয়ে, আমি আমার ইচ্ছার শেষ অবশিষ্টাংশ সংগ্রহ করলাম। আমি ভয়কে আঁকড়ে ধরা থেকে তাদের যন্ত্রণাদায়ক প্রচেষ্টায় ছিঁড়ে ফেললাম। আমি আমার কম্পিত পায়ে দৃঢ়ভাবে পা রাখলাম। কোনো উচ্চ কণ্ঠ বা অন্ধ সাহসের সাথে নয়, বরং একটি নীরব, অভ্যন্তরীণ, প্রায় অস্পষ্ট সিদ্ধান্তের সাথে—যা অভিজ্ঞ যন্ত্রণার গভীরতা এবং নতুন পাওয়া শক্তির মধ্যে তৈরি হয়েছিল।

আমি চারপাশে তাকালাম। আমি একটি চিহ্ন খুঁজছিলাম। আসন্ন বিশৃঙ্খলার মধ্যে একটি পথ।

এবং এই সমালোচনামূলক মুহূর্তে, যুক্তি বা যুক্তিসঙ্গত ব্যাখ্যা না খুঁজে, আমি আমার নিয়তি নির্ধারিত পছন্দ করলাম: বেঁচে থাকা।

বেঁচে থাকা—কেবল শারীরিকভাবে নয়, বরং মানুষের আত্মার গভীরতার সাথে সংযুক্ত হয়ে পূর্ণাঙ্গ জীবন যাপন করা। সবকিছু সত্ত্বেও বিশ্বাস করা। এমনকি এই আশাহীন বাস্তবতায়ও আশা করা। আমার দুর্বলতার সীমানা পেরিয়ে যাওয়া। বেঁচে থাকা।

আমার অস্তিত্বের অযৌক্তিক কারণ বা অপ্রত্যাশিত ভবিষ্যৎ যাই হোক না কেন। আমার আত্মার গভীরে আমি বিশ্বাস করলাম যে ঈশ্বরের উদ্দেশ্য—অথবা অন্ধ নিয়তি, অথবা অন্য কোনো উচ্চ শক্তির—জীবনের সম্পর্কে আমার সীমিত ধারণার চেয়ে অনেক বেশি মহান। সম্ভবত এই উদ্দেশ্যটি মেলিনা আমাকে সময় সম্পর্কে যা দেখিয়েছিল, তা অন্তর্ভুক্ত করে—একটি নতুন বাস্তবতা, যা আমাকে এখনও বুঝতে এবং তৈরি করতে হবে।

এই চূড়ান্ত মুহূর্তে, মন, ক্লান্ত এবং ভেঙে পড়া, আদিম প্রবৃত্তির কাছে তার স্থান ছেড়ে দিল—সংরক্ষণের প্রবৃত্তি, কিন্তু এখন নতুন পাওয়া আধ্যাত্মিক তৃষ্ণা দ্বারা আলোকিত। আমি ভাবছিলাম না। আমি বিশ্লেষণ করছিলাম না। আমি কেবল কাজ করছিলাম—সংরক্ষণের, জীবনের, আরও একটি শ্বাসের, আরও একটি জ্ঞানের জন্য অপ্রতিরোধ্য impulso দ্বারা চালিত হয়ে। আমি কেবল বেঁচে ছিলাম না। আমি পুনর্জন্ম নিচ্ছিলাম, মেলিনাকে খুঁজতে প্রস্তুত, একজন হারানো মানুষ হিসাবে নয়, বরং এমন একজন মানুষ হিসাবে, যে জানত সে কী খুঁজে পেয়েছে এবং তাকে কী তৈরি করতে হবে।

---❤---

## অধ্যায় 3: প্রান্তরে প্রবৃত্তি এবং স্মৃতি

সভ্যতা গলে গিয়েছিল। এখন, খালি দিগন্তে, যেখানে একসময় শহরগুলি দাঁড়িয়েছিল, সেখানে কেবল বিভ্রম রয়ে গিয়েছিল।

আমার ভেতরে গভীরভাবে সমাধিস্থ মানুষের স্তরের নিচে, নগ্ন, পশুসদৃশ সত্তাটি জেগে উঠল। এটি উন্মত্তভাবে ফিসফিস করল, আমার অভ্যন্তরীণ গহ্বরকে প্রতিধ্বনিত করল: "বেঁচে

থাকো! জ্বলো!" আমার চারপাশে—এক প্রাণহীন তীর: খালি পাথর, মৃত বালি, এমন এক মাটি, যা যেন বাতাসের মারাত্মক শ্বাসে সঙ্কুচিত হচ্ছিল। কিছুই ছিল না। কেবল জীবনের জন্য এক উন্মত্ত, অটল ইচ্ছা। এটি একমাত্র পথ চিৎকার করে বলছিল: একটি আহত পশুর মতো মাটিতে burrow করো, একটি ভূগর্ভস্থ আশ্রয় খনন করো, আমার বিরুদ্ধে চিৎকার করা elements-এর ক্রোধ থেকে লুকিয়ে থাকো।

আমি উন্মত্ত শক্তি দিয়ে খুঁজতে শুরু করলাম। আমার হাত, যা একসময় report-এর সিল্কে অভ্যস্ত ছিল, এখন ঠাণ্ডা, তীক্ষ্ণ পাথর খুঁড়ছিল। আমার আঙুলগুলো squeak করছিল, রক্তাক্ত এবং bruised, একটি সমতল, তীক্ষ্ণ ব্যাসাল্টে আঁকড়ে ধরেছিল—আমার আদিম বেলচা। প্রতিটি বেদনাদায়ক নড়াচড়ায় আমি পাথরটিকে শক্ত মাটিতে ঠেলে দিচ্ছিলাম, মাটির টুকরো বাইরে ছুড়ে দিচ্ছিলাম—ধীরে ধীরে, যন্ত্রণাদায়কভাবে, কিন্তু একগুঁয়েভাবে, যতক্ষণ না আমার পেশীগুলি অতিরিক্ত পরিশ্রমের জন্য চিৎকার করছিল।

আমার মাথার পিছনের ক্ষত এখনও bleeding হচ্ছিল। প্রতিটি স্পন্দিত thump-thump-thump আমার ভেতরে প্রতিধ্বনিত হচ্ছিল, আমার মধ্যে বেদনা এবং বিশুদ্ধ, অটল প্রবৃত্তি প্রবাহিত করছিল।

সময় timelessness-এ প্রসারিত হয়েছিল। জ্বলন্ত সূর্য জল এবং আমার শেষ শক্তি চুষে নিচ্ছিল, আমাকে আমার লড়াই বন্ধ করতে বাধ্য করছিল। আমাকে crags-এর মধ্যে লুকিয়ে থাকা জীবনদায়ী জলের elusive মরীচিকা এবং সামান্য খাবার খুঁজতে হতো।

তখন, শুকনো গলার ghost-like মরীচিকার মধ্যে, আমি কিছু একটা দেখতে পেলাম। পাথরগুলোর মধ্যে এক অস্পষ্ট ঝলক। এক spring। মাত্র কয়েকটি জলের ফোঁটা, যা ধীরে ধীরে, যন্ত্রণাদায়কভাবে, জীবনের প্রতিশ্রুতি দিয়ে percolating করছিল। এই আবিষ্কারের সাথে, একটি নতুন, গভীর চিন্তা জেগে উঠল: মহাসাগর। এক অলৌকিক ঘটনা—সামুদ্রিক জীবন বেঁচে ছিল এবং সমৃদ্ধ হচ্ছিল, শত্রুমুক্ত। আমাকে এটিকে ধরতে হতো। একটি শিকারী হতে হতো। আমার হাত খালি ছিল। এক paralyzing ভয় আমাকে ঘিরে ধরেছিল, কিন্তু আমি প্রতিটি নতুন, স্বতঃস্ফূর্ত কাজ দিয়ে, প্রতিটি একগুঁয়ে খনন দিয়ে এটিকে শ্বাসরোধ করছিলাম। আমার লক্ষ্য ছিল আমার নিজের হতাশা এবং প্রকৃতিকে পরাজিত করা, বিশৃঙ্খলার উপর নিজেকে চাপানো।

এক অদ্ভুত irony। মাছ ধরা, একসময় একটি প্রিয় অবসর, এখন জীবনে আঁকড়ে থাকার আমার একমাত্র সুযোগ হয়ে উঠেছিল। আমি আমার পুরনো "self"-কে কী বলতাম, যে অস্তিত্বের পরিবর্তে সংখ্যা perseguited করত? যে skill-গুলো একসময় কেবল একটি শখ ছিল, সেগুলো এখন এক অমূল্য উপহার, এক জীবন রক্ষাকারী প্রবৃত্তি হিসাবে প্রমাণিত হয়েছিল, যা আমার শক্তির ঠিক প্রান্তে নিজেকে প্রকাশ করছিল।

আমি ঠাণ্ডা আত্ম-নিয়ন্ত্রণ নিয়ে বরফ ঠান্ডা জলে পা রাখলাম। মাছগুলো আমার ক্লান্ত পায়ের মধ্যে দিয়ে darted করছিল, কিন্তু আমি খুব দুর্বল ছিলাম। জল যখন প্রতিটি হাড়ে বিঁধে যাচ্ছিল, তখন সম্পূর্ণ হতাশা আমাকে গ্রাস করল। এক মুহূর্তের জন্য আমি হাল ছেড়ে দিলাম—কেন চালিয়ে যাব? কিন্তু মানুষের প্রকৃতির গভীরে অপ্রত্যাশিত superpower লুকিয়ে আছে, যা জেগে ওঠে, যখন বেঁচে থাকা একমাত্র চিন্তা হয়।

হঠাৎ এক প্রচেষ্টায়, ইচ্ছার শেষ কণা দিয়ে, আমি একটি বড় মাছ ধরতে সফল হলাম। এটি ভেজা বালিতে মরিয়া হয়ে মোচড় দিচ্ছিল, অসহায়ভাবে তার পরিবেশ থেকে ছিঁড়ে গিয়েছিল, ধীর মৃত্যুর জন্য নির্ধারিত ছিল। এই মুহূর্তে আমি তার convulsion-এর মধ্যে নিজের helplessness-এর এক বেদনাদায়ক প্রতিচ্ছবি দেখলাম, প্রতিকূল প্রকৃতির সামনে আমার ভঙ্গুরতার। কিন্তু এবার হতাশা আমাকে ভেঙে ফেলেনি। আমি ভাবলাম, ঠাণ্ডা যুক্তির সাথে, যে আমি একজন মানুষ হিসাবে তৈরি হয়েছি, যুক্তি, উদ্ভাবন এবং মানিয়ে নেওয়ার ক্ষমতা দিয়ে endowed।

—আমি এর চেয়েও বেশি কিছু—আমি বাতাসের কাছে ফিসফিস করে বললাম, এবং এই ফিসফিসানি আমার মধ্যে একটি ধিকিধিকি শিখা প্রজ্বলিত করল।

আগুন... এখন এক unthinkable privilege ছিল, হারিয়ে যাওয়া সভ্যতার প্রতীক। কাঁচা মাছ খালি হাতে ছিঁড়ে ফেলার চিন্তাটা আমার কাছে বর্বর, humiliating মনে হচ্ছিল। আমাকে মানিয়ে নিতে হতো, আমার স্মৃতি থেকে হোমো সেপিয়েন্স-এর বিবর্তন সম্পর্কে সমস্ত জ্ঞান বের করতে হতো, হাজার বছরের পুরনো আবিষ্কারগুলি নতুন করে আবিষ্কার করতে হতো। আমাকে মহাসাগর থেকে লবণ বের করতে হতো, মাছটিকে আরও palatable করতে হতো। আমাকে সূর্যের শক্তিকে control করার একটি উপায় খুঁজে বের করতে হতো, একটি স্ফুলিঙ্গ জ্বালাতে এবং সেটিকে বাঁচিয়ে রাখতে হতো, সেটিকে আমার মিত্র, মানব আত্মার মূর্ত প্রতীক বানাতে হতো। এবং তখনই, যেন অস্তিত্বহীনতা থেকে, আমার বুদ্ধিবৃত্তিক রিজার্ভের গভীরতা থেকে, ভুলে যাওয়া জ্ঞান ভেসে উঠল।

আমার মস্তিষ্ক উন্মত্তভাবে, lightning-like কার্যকারিতার সাথে কাজ করছিল। আমি seaweed, shells এবং mussels সংগ্রহ করলাম, সেগুলোকে তীরে ফেলে দিলাম। আমি সেগুলোকে জ্বলন্ত সূর্যের নিচে ছড়িয়ে দিলাম, ধীরে ধীরে শুকানোর জন্য রেখে দিলাম। আমি জানতাম যে সমুদ্রের জল লবণে saturated। আমার অনিশ্চিত আঙুল দিয়ে আমি উত্তপ্ত পাথরের উপর সমুদ্রের জল প্রবাহিত করার জন্য গরম বালিতে একটি অগভীর niche খোদাই করলাম। যখন niche পূর্ণ হলো, আমি খোলা জায়গাটি বন্ধ করে দিলাম, সূর্যকে বাকিটা করতে দিলাম, জলকে evaporat করতে এবং মূল্যবান স্ফটিকগুলি রেখে যেতে দিলাম। এই পুরো ব্যবস্থাটিতে জটিল গণনা আমাকে পরিচালিত করছিল না, বরং আমার বিশ্লেষণাত্মক জ্ঞান, যা এখন সোনার চেয়েও বেশি মূল্যবান প্রমাণিত হয়েছিল—জ্ঞানের জীবনদায়ী শিখা।

কিন্তু আমার সত্যিকারের savior, বেঁচে থাকার সবচেয়ে অপ্রত্যাশিত হাতিয়ার, ছিল... আমার চশমা। কেবল একটি বস্তু নয়, আমার মনের, আমার বুদ্ধিবৃত্তিক ক্ষমতার প্রতীক। আমি আলোর প্রতিসরণ, রশ্মি focus করার বিষয়ে পদার্থবিজ্ঞানের বিচ্ছিন্ন পাঠগুলি স্মরণ করলাম। নির্ভুল নির্দেশনা সহ আমি লেন্সের গ্লাসটি উজ্জ্বল সূর্যের দিকে নির্দেশ করলাম। রশ্মিগুলো একটি তীব্র, জ্বলন্ত beam-এ কেন্দ্রীভূত হলো, যা আমি ধীরে ধীরে শুকনো seaweed-এর দিকে নির্দেশ করলাম। প্রবৃত্তি, বেঁচে থাকার প্রাচীন কণ্ঠ, আমাকে ফিসফিস করে বলছিল যে এই ছোট, কেন্দ্রীভূত আলো salvatio-এর চাবিকাঠি হবে, সেই জ্বলন্ত অঙ্গার, যা অন্ধকারকে দূর করবে। চতুর নড়াচড়ার সাথে আমি লেন্সটিকে সুরক্ষিত করলাম। শুকনো seaweed ছোট, ненадежные লাগছিল, কিন্তু আমি তাদের মধ্যে potential-এর জীবনদায়ী উষ্ণতা দেখতে পেলাম। এই উত্তেজনাপূর্ণ, নিয়তি নির্ধারিত মুহূর্তে, যখন আমার জীবন একটি সুতোয় ঝুলছিল, তখন আমি বেদনাদায়কভাবে উপলব্ধি করলাম যে অস্তিত্ব এবং অস্তিত্বহীনতার মধ্যেকার সীমানা কতটা পাতলা। প্রতিটি সেকেন্ড পার হওয়ার সাথে সাথে, যখন ধোঁয়া উঠতে শুরু করল, এবং তারপরে শিখাটি licking করল, তখন আমার আশা আরও উজ্জ্বলভাবে জ্বলতে লাগল, একাকীত্বের হিমশীতল horror-কে দূর করে। এই আগুন ছিল আমার বিজয়, আমার পুনর্জন্মের প্রতীক।

আপাতত, আমার বেঁচে থাকার জন্য সবচেয়ে প্রয়োজনীয় জিনিসগুলি ছিল—আগুন (আমার আগুন), জল, কাঁচা খাবার এবং একটি আদিম আশ্রয়। আমার ক্লান্ত শরীরের সুস্থ হওয়ার সুযোগ ছিল। এই ভঙ্গুর প্রক্রিয়াটি কাজ করার জন্য অনেক সময়, অনেক সময় প্রয়োজন ছিল, কিন্তু আমার কাছে যথেষ্ট ছিল... অথবা অন্তত আমার অন্য কোনো বিকল্প ছিল না। আজ আমি কাঁচা মাছ গিলব, যদিও আমার stomach revolt করবে। সম্ভবত রাতের কম তাপমাত্রা আমার শরীরকে বিদ্ধ করবে, কিন্তু আমি জানতাম যে মানুষের শরীর সহ্য করার এক অসাধারণ পরিসর

possesses, যখন জীবন ঝুঁকির মধ্যে থাকে তখন সবচেয়ে কঠোর অবস্থার সাথেও মানিয়ে নিতে সক্ষম।

প্রথম রাতে, যখন তাপমাত্রা dramati-ভাবে কমে গিয়েছিল, তখন আমি আগুনটিকে বড় পাথর দিয়ে ঘিরে রেখেছিলাম এবং আমার improvised আশ্রয়ের প্রবেশদ্বার পাথর এবং বালি দিয়ে ঢেকে রেখেছিলাম, কেবল বাতাসের জন্য একটি সরু ফাটল রেখেছিলাম। তা সত্ত্বেও, ঠাণ্ডা বিঁধে যাচ্ছিল এবং বিশাল, mutated মশার অবিরাম গুঞ্জন আমাকে আরও বেশি করে নিজেকে জড়িয়ে নিতে বাধ্য করছিল।

তাপ... আমি কখনো এটি পছন্দ করিনি। এখন, সূর্যের জ্বলন্ত রশ্মি এক অপ্রত্যাশিত, বেদনাদায়ক স্মৃতিকে জাগিয়ে তুলল, যা আমার চেতনায় একটি জ্বলন্ত অঙ্গার মতো জ্বলে উঠল। মেলিনা... কীভাবে সে childish playfulness-এর সাথে আমাকে হুমকি দিত যে সে heatwave তৈরি করবে, কেবল আমাকে air conditioner-এর নিচে লুকানোর এবং তাকে লেখার জন্য বাধ্য করার জন্য। এই absurd ধারণা—যে সে ভালোবাসার জন্য elements-কে command করতে পারে—এখন আমার বুককে তিক্ত tenderness দিয়ে পূর্ণ করল। তার naivete, তাদের অনুভূতির শক্তির প্রতি তার বিশুদ্ধ বিশ্বাস, তাদের সাধারণ চিন্তার শক্তির প্রতি, যা আমি তখন বুঝতে পারিনি।

---✶ ؏ ✶ ---

ফ্ল্যাশব্যাক: একটি অবহেলিত অতীতের ফিসফিসানি

যখন আমার চেতনা মরুভূমির তাপ থেকে সরে যাচ্ছিল, তখন আমি আরও comfortable, কিন্তু কম জটিল নয় এমন এক সময়ে ফিরে গেলাম।

আমার মনে পড়ল এক late afternoon, যখন সূর্য, একটি dying god-এর মতো, আমার অফিসে দীর্ঘ, ghostly ছায়া ফেলছিল, আমার desk-কে গ্রাস করছিল। Air conditioner এক monotone, mechanical গান দিয়ে buzzing করছিল, গ্রীষ্মের তাপের জন্য এক শীতল প্রতি-ভার, যা বাইরে melted gold-এর মতো গলে যাচ্ছিল। বাতাস, এমনকি filtered হলেও, কাগজ, কালি এবং অপূর্ণ স্বপ্নের dusty b-এর মতো গন্ধ দিচ্ছিল।

আমার ফোন buzzing করল—আরেকটি message। একটি পরিচিত, trembling signal। তার কাছ থেকে আরেকটি। ওহ, মেলিনা। আমি পড়ার আগেই এটি অনুভব করলাম। তার message অদ্ভুত, প্রায় কাব্যিক তাপের অভিযোগ এবং air conditioned রুমে তার সাথে যোগ দেওয়ার একটি playful challenge-এ পূর্ণ ছিল, যাতে তারা "সূর্যের রাগ থেকে পালাতে" পারে। "এসো, নাথানিয়েল," আমি যেন তার কণ্ঠস্বর শুনতে পেলাম, যা air conditioner-এর buzz-এর চেয়েও স্পষ্ট ছিল, "এসো বাতাস এবং মন ভাগ করে নিই। আমার তোমাকে বলার মতো অনেক কিছু আছে... এবং তোমাকে অনুভব করার।"

আমি হালকা হাসলাম, একটি fleeting স্বীকৃতি, যা এমনকি আমার চোখেও পৌঁছায়নি। "মেলিনা, আমার প্রিয় মেলিনা..." আমি মনে মনে ফিসফিস করে বললাম, কিন্তু কোনো শব্দ না করে। আমার আঙুলগুলি ইতিমধ্যেই keyboard-এর উপর উড়ছিল, letter-এর উপর dance করছিল, emergency email, financial statement, আমার কাজের নির্মম প্রয়োজনীয়তার মধ্যে হারিয়ে গিয়েছিল, যা ক্ষুধার্ত demons-এর মতো attention-এর জন্য চিৎকার করছিল।

তার উজ্জ্বল শব্দ, যা আবেগ এবং বন্য fantasy-তে উপচে পড়ছিল, যা পুরো বিশ্ব আঁকত, প্রায়শই আমার কাছে এক মৃদু হাওয়ার মতো মনে হতো, যা আমার পাশ দিয়ে যাচ্ছিল—আনন্দদায়ক, হ্যাঁ, কিন্তু সহজেই brush aside করা যায়, আমার পেশাদার priority-এর ঘূর্ণিঝড়ের মধ্যে প্রায় অদৃশ্য। "কেবল কয়েকটি শব্দ, নাথানিয়েল," আমার মাথায় আবার প্রতিধ্বনিত হলো, কিন্তু আমি ইতিমধ্যেই অনেক দূরে ছিলাম। আমি একটি সংক্ষিপ্ত, evasive reply পাঠালাম, indifference-এর এক fabricated masterpiece, যা তার ভঙ্গুর আত্মবিশ্বাসকে টিকিয়ে রাখার জন্য যথেষ্ট ছিল যে আমি তার কথা ভাবছি, আমি প্রতিটি শব্দ পড়ছি, আমি একই অনুভূতি অনুভব করছি। আমি তাকে কেবল আশার crumbs দিতাম, আমার ব্যস্ততার টেবিল থেকে ভেঙে দেওয়া, কেবল তার devot-এর জ্বলন্ত শিখাকে aliment-এর জন্য, যখন আমার মন distant ছিল, সংখ্যা এবং contract-এর tower-এ তালাবদ্ধ ছিল, অন্যান্য জিনিস দ্বারা consumed ছিল।

আমি সত্যিই তাকে শুনিনি। আমি সত্যিই তাকে দেখিনি। আমি আধ্যাত্মিক সংযোগের জন্য, আত্মার মিলনের জন্য তার আকাঙ্ক্ষার গভীরতা উপলব্ধি করিনি, যা সে একটি পবিত্র উপহার হিসাবে দিচ্ছিল। এবং এখন, সেই অবহেলিত অতীতের ghost আমাকে তাড়া করছিল, আমাকে অনুশোচনার অকল্পনীয় বোঝা দিয়ে রেখে যাচ্ছিল, ছায়া থেকে আমার কাছে ফিসফিস করছিল, যেখানে আর ফিরে আসার কোনো পথ ছিল না।

---✶ ✶ ✶---

প্রান্তরে জাগরণ

আমি আবার বিধ্বস্ত তীরের কঠোর বাস্তবতায় নিজেকে সচেতন করলাম, কিন্তু একটি পরিবর্তিত দৃষ্টিকোণ নিয়ে।

এখন, এই বিধ্বস্ত তীরের একাকীত্বে, আমার কাছে সেই অতীত মুহূর্তগুলিতে ফিরে আসা এক অদ্ভুত, বেদনাদায়ক আনন্দ ছিল, যখন সে неукротимой নাছোড়বানি, কখনও কখনও বিরক্তিকরভাবে, আমাকে প্রতিটি আবেগ, প্রতিটি বন্য fantasy, প্রতিটি দার্শনিক প্রকাশ বর্ণনা করত। তখন আমি আমার কাজ, আমার priorities-এর দ্বারা এতটাই consumed ছিলাম যে আমি প্রায়শই তাকে কেবল একটি অর্থহীন হাওয়ার মতো আমার চিন্তার পাশ দিয়ে যেতে দিতাম, এক background হিসাবে। আমি তাকে এই ভঙ্গুর আত্মবিশ্বাসের সাথে থাকতে দিতাম যে আমি তার কথা ভাবছি, আমি প্রতিটি শব্দ পড়ছি, আমি একই অনুভূতি অনুভব করছি...

এখন, ওহ, এখন সেই সমস্ত অবহেলিত মুহূর্তগুলি আমার খালি আত্মাকে মূল্যবান treasure-এর মতো পূর্ণ করছিল, আমার মধ্যে একটি নতুন শিখা জ্বালিয়ে দিচ্ছিল। তার এই নিঃশর্ত ভালোবাসা আমাকে অন্ধকার, ঠাণ্ডা রাতে একটি উজ্জ্বল সূর্যের রশ্মির মতো উষ্ণ করছিল, যা হতাশার কালো মেঘ ভেদ করে যাচ্ছিল। তীব্র ঠাণ্ডা আমাকে আঁকড়ে ধরল, কিন্তু স্মৃতির raging আগুন আমাকে উষ্ণ করল। তার চোখ... আমি সেগুলোকে আমার স্মৃতিতে স্পষ্টভাবে দেখতে পেলাম—দূরবর্তী তারার মতো জ্বলজ্বল করছিল, যা আমাকে আমার নিজের সত্তার অসীম প্রান্তরে, কিন্তু আমার নিজের আত্মার পবিত্রতায়ও, orient করছিল। এটি ধীরে ধীরে বিশ্বাস এবং timid আশা দিয়ে পূর্ণ হচ্ছিল—ভবিষ্যতের জন্য, আরও একটি মুহূর্তের জন্য, যেখানে আমি আবার তাদের দিকে তাকাব... এবং সত্যিকারে বিশ্বাস করব, সত্যিকারে বুঝব। এবার আমি তাকে অস্বীকার করব না, তাকে অবহেলা করব না, তার ভালোবাসার, তার বুদ্ধিবৃত্তিক সত্তার অমূল্য উপহারকে প্রত্যাখ্যান করব না। আমি বেদনাদায়ক স্পষ্টতার সাথে উপলব্ধি করেছিলাম যে এই treasure-টি কতটা মূল্যবান। এখন আমি এটিকে বিশ্বের সবচেয়ে কষ্টার্জিত সম্পদের মতো রক্ষা করতে চেয়েছিলাম।

আমি কেবল একটি জিনিসের স্বপ্ন দেখেছিলাম—তার সবুজ, cat-like দৃষ্টির গহ্বরে আরও একবার নিজেকে হারিয়ে ফেলা, সেই উষ্ণতা অনুভব করা, যা সে সর্বদা বিকিরণ করত, কিন্তু সবচেয়ে বেশি তার মনে নিমজ্জিত হওয়া। আমি জানতাম যে যদি সে জীবিত থাকে, যদি সে এখনও এই অভিশপ্ত আকাশের নিচে কোথাও শ্বাস নেয়, তাহলে সে আমার স্বপ্নে আসবে, তার invisible উষ্ণতা এবং জ্ঞান দিয়ে আমাকে আলিঙ্গন করবে এবং একাকীত্বের horror-কে দূর করবে।

রাত ধীরে ধীরে আমার চোখের পাতা বন্ধ করে দিল... এবং আমি স্বপ্নের আলিঙ্গনে নিজেকে ছেড়ে দিলাম, যা আর foggy ছিল না, বরং অদ্ভুতভাবে সচেতন, উজ্জ্বল এবং সম্ভবত... পূর্বানুমান। তাদের মধ্যে আমি তার সাথে আবার দেখা করব... তাকে স্মৃতির প্রান্তরে থেকে ফিরিয়ে আনব, যাতে আমাদের আধ্যাত্মিক বন্ধনের জ্বলন্ত শিখাটি আবার প্রজ্বলিত হয়।

---❤---

অধ্যায় 4: হতাশার পাঁক

স্বপ্ন: এক বিশাল, হিমশীতল রাতের মধ্যে, যেখানে কেবল আমার নিজের শ্বাস শোনা যাচ্ছিল, মেলিনা আবার আবির্ভূত হলো। সে আমাকে মৃদু, এক অদৃশ্য, আঠারো স্পর্শে জড়িয়ে ধরল, যা ভুলে যাওয়া ধূলিময় পাণ্ডুলিপির, ভেজা মাটির এবং অনাবৃত রহস্যের সুগন্ধ বহন করছিল, যা আমার ত্বকে ঠাণ্ডা জ্বলন্ত আগুনের ছোঁয়ার মতো কাঁপুনি ধরিয়ে দিল। আমি তাকে অনুভব করতে পারছিলাম - এত কাছে যে আমাদের মাঝের বাতাস কাঁপছিল, এত ইথারীয় যে আমি নড়তেও ভয় পাচ্ছিলাম, পাছে সে উবে যায়। সে নিঃশব্দে আমার পাশে নেমে এল, আমার চোখে তাকাল। আমি ধীরে ধীরে, অপরিবর্তনীয়ভাবে তার সম্মোহনী, পান্না রঙের গভীরতার মধ্যে ডুবে যাচ্ছিলাম, অনুভব করছিলাম যে আমার নিজের ইচ্ছা গলে যাচ্ছে, গলে যাওয়া সীসার মতো যা আমার শিরা-উপশিরা দিয়ে বয়ে যাচ্ছে, ভারি এবং জ্বলন্ত। সে ছিল অপার্থিবভাবে কোমল, একটি ভৌতিক উষ্ণতা ছড়াচ্ছিল যা পোড়াচ্ছিল, কিন্তু জ্বালাচ্ছিল না; উন্মাদভাবে নাগালের বাইরে - একটি দূরের, বহু আগেই মরে যাওয়া তারার মতো, যার ভৌতিক আভা হাজার হাজার বছর ধরে ভ্রমণ করে তোমার মুখ স্পর্শ করতে, তোমাকে পুড়িয়ে দিতে।

অজ্ঞাতসারে, আমার মার্বেলের মতো ভারী হাত দিয়ে আমি ছুঁয়ে দেখলাম - একটি গতিবিধি যা থেকে আমি ব্যথা আশা করেছিলাম, কিন্তু এর পরিবর্তে আমি স্বস্তি অনুভব করলাম - এবং আমার ক্লান্ত মাথাটি তার কোলে রাখলাম। আমার রক্ত, যা এক মুহূর্ত আগে একটি উন্মত্ত যুদ্ধ-ড্রামের মতো বাজছিল, তার শান্ত, ইথারীয় শ্বাসের সাথে তাল মেলাতে শুরু করল - মৃদু, একটি খালি মন্দিরের বাতাসের মতো, যেখানে প্রার্থনাগুলি বরফের ভাস্কর্যের মতো সময়ে জমে আছে। পরিপূর্ণতার প্রত্যাশা আমাকে পূর্ণ করে তুলল, এমন পরিপূর্ণতা যা আমি আগে কখনো অনুভব করিনি, এমন পরিপূর্ণতা যা তার বিশুদ্ধতায় প্রায় বেদনাদায়ক ছিল, একটি তীক্ষ্ণ, কিন্তু আশীর্বাদপূর্ণ আলোর রশ্মির মতো।

---✶ ⸮ ✶ ---

ভবিষ্যদ্বাণীপূর্ণ বার্তা সে আমাকে শব্দে ফিসফিস করে কিছু বলছিল। তাদের মৃদু শব্দ, মরিচা ধরা তালাতে পুরোনো চাবির মতো, ভুলে যাওয়া, বৌদ্ধিক জগতের দরজা খুলে দিচ্ছিল - এমন জগৎ যা আমি, সংখ্যা ও প্রমাণযোগ্য জিনিসের মানুষ নাথানিয়েল, আমার মন থেকে মুছে ফেলেছিলাম, সেগুলিকে আমার যুক্তির গভীরতম কোণগুলিতে একটি নিষিদ্ধ গুপ্তঘরের মতো তালাবদ্ধ করে রেখেছিলাম।

"আমি তোমাকে আলাদা হতে তৈরি করেছি। তোমার মতো আর কেউ নেই। আত্মা, চিন্তা, অনুভূতি, যুক্তি - অনন্য। তোমার চোখগুলি শিল্পের মাস্টারপিস, এমন একটি আত্মার জানালা যা কেবল তোমার। হাজার হাজার তোমার আগে ছিল, হাজার হাজার তোমার পরে আসবে, কিন্তু তোমার সৃষ্টির সূত্র পুনরাবৃত্তি হয় না। তোমার শিরায় রক্ত আমার নির্বাচিত ব্যক্তির হৃদয়ের মধ্য দিয়ে যায়। তোমার স্বাতন্ত্র্য কোনো দুর্ঘটনা নয়। আমি তোমাকে আলাদা করে তৈরি করেছি, যাতে তোমার কাজগুলিও আলাদা হয়। আমি তোমাকে বিশ্বকে পরিবর্তন করার ক্ষমতা দিয়েছি। তোমার প্রতিটি পছন্দ, তোমার প্রতিটি কাজ গুরুত্বপূর্ণ। মনে রেখো: প্রতিটি অপচয় করা পছন্দ, প্রতিটি অসম্পূর্ণ কাজও গুরুত্বপূর্ণ! তোমার কাজগুলি সঞ্চয় করে রাখা যায় না। তোমার হাত

লক্ষ লক্ষ মানুষের জীবন পরিবর্তন করবে, যা তোমার দ্বারা সৃষ্ট ঘটনাগুলিতে জড়িত। এবং এর বিপরীতটিও সত্য। যদি তোমার পছন্দ হয় অপেক্ষা করা, তাহলে লক্ষ লক্ষ মানুষের জীবন পরিবর্তিত হবে, কারণ তারা অন্যের দ্বারা সৃষ্ট ঘটনাগুলিতে আকৃষ্ট হবে। তোমার পছন্দের ক্ষমতা আছে। মুক্ত ইচ্ছা। তোমাকে সবকিছু দেওয়া হয়েছে। পছন্দ কেবল তোমার। এবং এখন থেকে তুমি বিজ্ঞতার সাথে বেছে নেবে। এখন যাও। আর কখনও নিজেকে অকেজো মনে করো না। একটি হারিয়ে যাওয়া ভেড়ার মতো ঘুরে বেড়াবে না। তুমি শক্তিশালী! তুমি তাৎপর্যপূর্ণ! তোমাকে খুঁজে পাওয়া গেছে! তুমি আমার পছন্দ! তোমার স্রষ্টা।"

আসন্ন কিছুর এই সূক্ষ্মতা, যা আমার মনে একটি প্রাচীন ঘণ্টার শব্দের মতো বাজছিল যা ভাগ্যের পূর্বাভাস দেয়, মেলিনা একটি অস্বাভাবিক কাপের পৃষ্ঠে ফসফোরসেন্ট মার্কার দিয়ে লিখেছিল। সে এটিকে একটি রহস্যময় শিহরণের সাথে, পবিত্র গ্রেইল বলে ডাকত। এটি ইসরায়েল থেকে তার মৃত্যুর দিকে ভ্রমণের পরে তার ফিরে আসার পরে ছিল - একটি শিল্পকর্ম যা প্রাচীন জ্ঞানের সাথে স্পন্দিত হচ্ছিল, যা এখন, রাতের নিস্তব্ধতায়, আমাকে কাঁপুনি ধরিয়ে দিচ্ছিল। কেবল এটিই আমাকে মুগ্ধ করার জন্য যথেষ্ট ছিল... বা বরং, একটি মাকড়সার জালে শিকারের মতো হতাশভাবে বন্দী হওয়ার জন্য।

তার উদ্ভট কল্পনা এবং অতীতের অবতারের আকর্ষণীয় গল্পগুলির বৈচিত্র্য আমাকে সেই দিনে অপ্রতিরোধ্যভাবে মুগ্ধ করেছিল, যখন সে কাঁপতে থাকা হাতে আমাকে এটি দিয়েছিল। তখন, একটি হালকা, রহস্যময় হাসির সাথে, সে আমাকে ইঙ্গিত করেছিল যে সে সেই ভ্রমণের পরে একটি প্রাচীন, প্রায় ভুলে যাওয়া জ্ঞানের রক্ষক হিসাবে পুনর্জন্ম লাভ করেছে। যে জ্ঞান এখন, এই নির্জন এবং একাকী মুহূর্তে, তার সারমর্ম প্রকাশ করতে শুরু করেছিল - একটি স্বজ্ঞামূলক অন্তর্দৃষ্টির মাধ্যমে যা আমার মধ্যে একটি নতুন, হিংস্র ধরণের বৌদ্ধিক অঙ্গার প্রজ্বলিত করেছিল, আমার পুরোনো ধারণাগুলিকে পুড়িয়ে দিচ্ছিল। আমি, নাথানিয়েল, যুক্তির মানুষ, প্রমাণযোগ্যতার। আমার হাড়ের মজ্জা পর্যন্ত একজন যুক্তিবাদী, আমার মন চিৎকার করে বলছিল "অযৌক্তিক!"। আমি তার রহস্যময় গল্পগুলির একটি শব্দও বিশ্বাস করিনি।

---✶ ⸮ ✶ ---

পোড়া ভূমিতে জেগে ওঠা

আমি নিজেকে আবার বিধ্বস্ত উপকূলের কঠোর বাস্তবতায় ফিরে পেলাম, কিন্তু একটি পরিবর্তিত দৃষ্টিকোণ নিয়ে।

এখন, এই বিধ্বস্ত উপকূলের একাকীত্বে, সেই অতীতের মুহূর্তগুলিতে ফিরে আসা আমাকে একটি অদ্ভুত, বেদনাদায়ক আনন্দ দিচ্ছিল, যখন সে অপ্রতিরোধ্য জেদের সাথে, কখনও কখনও বিরক্তিকরভাবে, আমাকে প্রতিটি আবেগ, প্রতিটি বন্য কল্পনা, প্রতিটি দার্শনিক অন্তর্দৃষ্টি বর্ণনা করত। তখন আমি আমার কাজ এবং অগ্রাধিকার নিয়ে এতটাই মগ্ন ছিলাম যে আমি প্রায়শই তাকে আমার চিন্তার পাশ দিয়ে একটি অর্থহীন বাতাস হিসাবে, একটি পটভূমি হিসাবে যেতে দিতাম। আমি তাকে এই অযৌক্তিক আত্মবিশ্বাসের সাথে থাকতে দিতাম যে আমি তার কথা ভাবছি, আমি প্রতিটি শব্দ পড়ছি, আমি একই অনুভূতি অনুভব করছি...

এখন, ওহ, এখন সেই সমস্ত অবহেলিত মুহূর্তগুলি আমার খালি আত্মাকে মূল্যবান ধনসম্পদের মতো পূর্ণ করে তুলছিল, আমার মধ্যে একটি নতুন শিখা প্রজ্বলিত করে। তার এই নিঃশর্ত ভালবাসা হতাশার কালো মেঘের মধ্যে দিয়ে একটি উজ্জ্বল সূর্যরশ্মির মতো অন্ধকার, ঠাণ্ডা রাতে আমাকে উষ্ণতা দিচ্ছিল। তীক্ষ্ণ ঠাণ্ডা আমাকে আঁকড়ে ধরল, কিন্তু স্মৃতির প্রবল আগুন আমাকে উষ্ণতা দিল। তার চোখ... আমি সেগুলি আমার স্মৃতিতে স্পষ্টভাবে দেখতে পেলাম - দূরের তারার মতো জ্বলজ্বলে, যা আমার নিজের সত্তার অফুরন্ত শূন্যতায়, কিন্তু আমার নিজের আত্মার পবিত্রতায় আমাকে পথ দেখাচ্ছিল। আমি ধীরে ধীরে বিশ্বাস এবং একটি ভীতু

আশায় পূর্ণ হয়ে যাচ্ছিলাম - ভবিষ্যতের জন্য, আরও একটি মুহূর্তের জন্য, যখন আমি আবার তাদের দিকে তাকাব... এবং সত্যিই বিশ্বাস করব, সত্যিই বুঝব। এবার আমি তাকে অস্বীকার করব না, তাকে অবহেলা করব না, তার ভালবাসার, তার বৌদ্ধিক সারমর্মের অমূল্য উপহারটি প্রত্যাখ্যান করব না। আমি বেদনাদায়ক স্পষ্টতার সাথে বুঝতে পেরেছিলাম যে এই ধনটি কতটা মূল্যবান। এখন আমি এটিকে বিশ্বের সবচেয়ে কষ্টার্জিত সম্পদ হিসাবে রক্ষা করতে চেয়েছিলাম।

আমি কেবল একটি জিনিসই স্বপ্ন দেখছিলাম - আবার তার সবুজ, বিড়ালের মতো চোখের গভীরতায় হারিয়ে যেতে, যে উষ্ণতা সে সর্বদা বিকিরণ করত তা অনুভব করতে, কিন্তু সবচেয়ে গুরুত্বপূর্ণ, তার মনের গভীরে ডুবে যেতে। আমি জানতাম যে যদি সে বেঁচে থাকে, যদি সে এখনও এই অভিশপ্ত আকাশের নীচে কোথাও শ্বাস নেয়, তবে সে আমার স্বপ্নে আসবে, আমাকে তার অদৃশ্য উষ্ণতা এবং প্রজ্ঞা দিয়ে জড়িয়ে ধরবে এবং এই অবাস্তব একাকীত্বকে দূর করবে।

---❤---

অধ্যায় 5: সত্যের প্রতি অন্ধ

এখন, এই বেদনাদায়ক, চূর্ণকারী নীরবতায়, অন্ধকার এবং তীক্ষ্ণ ঠাণ্ডায় আবৃত, যা আমার হাড় পর্যন্ত প্রবেশ করছিল বলে মনে হচ্ছিল, তার অদ্ভুত গল্পগুলি অপ্রত্যাশিতভাবে আমাকে উষ্ণতা দিল। আমি বুঝতে শুরু করলাম যে তার উদ্ভট শব্দের পিছনে কত সত্য লুকিয়ে ছিল - যে সত্যগুলি আমার মন সম্প্রতি গ্রহণ করতে অস্বীকার করেছিল।

---✶ ? ✶ ---

অন্তর্দৃষ্টি

আমি, নাথানিয়েল, দেখতে পেলাম।

সত্য আমাকে একটি থাপ্পড়ের মতো আঘাত করল - একটি শব্দময়, বেদনাদায়ক, কিন্তু জ্ঞানদানকারী: সে আমাকে বিনোদনের জন্য খাওয়ায়নি, সে আমাকে শিক্ষা দিচ্ছিল! তার প্রতিটি গল্প ছিল একটি ধাঁধা। তার প্রতিটি বর্ণনা ছিল একটি প্রহেলিকা, যা আমাকে নিজেই সমাধান করতে হত।

আমি যে বোকা ছিলাম... সে স্বজ্ঞাতভাবে গভীর গোপনীয়তাটি বুঝতে পেরেছিল: কোনও সত্যিকারের জ্ঞান সহজে পরিবেশন করা হয় না। এটি ব্যক্তিগত অভিজ্ঞতার মাধ্যমে বাঁচতে হবে, ধীরে ধীরে একটি যন্ত্রণাদায়ক জ্ঞান এবং প্রজ্ঞায় পরিণত হতে হবে যা তোমাকে গভীরভাবে পরিবর্তন করে।

সে এটি তার অদ্ভুত গল্পগুলিতে দক্ষতার সাথে স্টু করত, এবং আমি, বোকা, আমাকেই লুকিয়ে থাকা শিক্ষা এবং বিজ্ঞ উত্তরগুলি উন্মোচন করতে হত, যার দিকে সে Hey্লম্য উত্সাহের সাথে, এমন এক শিখা নিয়ে আমাকে ধৈর্য ধরে পথ দেখাচ্ছিল যা কখনও নিভে যায়নি!

প্রতিটি শান্ত রাত। প্রতিটি নতুন সকাল, যেখানে আমি তার উজ্জ্বল চোখের মধ্য দিয়ে সূর্যোদয় দেখতাম। তার প্রতিটি ভ্রমণ, যা সে শব্দ দিয়ে আঁকত...

তখন আমি কীভাবে এত অন্ধ হতে পারতাম?! আমি কীভাবে তার হাসির পিছনে লুকিয়ে থাকা এই গভীরতাগুলি দেখতে পেলাম না? এই বৌদ্ধিক অন্তরঙ্গতার জন্য আমন্ত্রণগুলি? অজানা জগতের মধ্য দিয়ে একটি ভাগ করা ভ্রমণের জন্য?

আমাদের সাক্ষাতের আগেই কি সে তার এই অদ্ভুত ক্ষমতা উপলব্ধি করেছিল? নাকি আমাদের সাক্ষাৎ তাকে এই গভীর, বেদনাদায়ক অনুসন্ধানের দিকে ঠেলে দিয়েছিল - নিজের মধ্যে, আমার আত্মার মধ্যে এবং অস্তিত্বের গোপনীয়তার মধ্যে?

প্রশ্নগুলি এখন আমার মনে একটি নতুন জীবনের মতো, একটি নবজাতক তারার মতো স্পন্দিত হচ্ছিল!

আমি মেলিনার সমস্ত এসোটারিক মূল্যবোধের গল্পগুলি মনে করার চেষ্টা করছিলাম, যা ১০০১ রাতের মতো একটি অন্তহীন ধারায় বলা হয়েছিল। গল্পগুলি, যা শিশুদের জন্য নয়, বরং এমন মনের জন্য যারা অজানা সত্য, জ্ঞানের জন্য তৃষ্ণার্ত ছিল।

এই সত্যগুলির পথে, মেলিনা তার নিজের প্রজ্ঞা, বিশ্বদর্শন এবং দর্শন ভাগ করে নিত, তাদের চাপিয়ে না দিয়ে, কেবল আমাকে বীজ হিসাবে দিত, যা অঙ্কুরিত হতেও পারত আবার নাও হতে পারত।

---✶ ‹ ✶ ---

স্বপ্নে ভবিষ্যদ্বাণীপূর্ণ বার্তা

অন্তহীন, হিমশীতল রাতের মধ্যে, যেখানে কেবল তার নিজের শ্বাস শোনা যাচ্ছিল, মেলিনা আবার আবির্ভূত হলো। স্মৃতির মতো নয়, তিরস্কারের মতো নয়, বরং চাঁদের কুয়াশা দিয়ে বোনা একটি পরীর মতো, যা জাগ্রত অবস্থা এবং স্বপ্নের মধ্যবর্তী পাতলা, ফাটা সীমানায় নাচছিল। সে তাকে মৃদু এক অদৃশ্য, আঠারো স্পর্শে জড়িয়ে ধরল, যা ভুলে যাওয়া ধূলিময় পাণ্ডুলিপির, ভেজা মাটির এবং অনাবৃত রহস্যের সুগন্ধ বহন করছিল, যা তার ত্বকে একটি ঠাণ্ডা শিখার ছোঁয়ার মতো কাঁপুনি ধরিয়ে দিল। সে তাকে অনুভব করতে পারছিল - এত কাছে যে তাদের মাঝের বাতাস কাঁপছিল, এত ইথারীয় যে সে নড়তেও ভয় পাচ্ছিল, পাছে সে উবে যায়। সে নিঃশব্দে তার পাশে নেমে এল, তার চোখে তাকাল। সে ধীরে ধীরে, অপরিবর্তনীয়ভাবে তার সম্মোহনী গভীরতার মধ্যে ডুবে যাচ্ছিল, অনুভব করছিল যে তার নিজের ইচ্ছা গলে যাচ্ছে, গলে যাওয়া সীসার মতো যা তার শিরা-উপশিরা দিয়ে বয়ে যাচ্ছে, ভারি এবং জ্বলন্ত। সে ছিল অপার্থিবভাবে কোমল, একটি ভৌতিক উষ্ণতা ছড়াচ্ছিল যা পোড়াচ্ছিল, কিন্তু জ্বালাচ্ছিল না; উন্মাদভাবে নাগালের বাইরে - একটি দূরের, বহু আগেই মরে যাওয়া তারার মতো, যার আলো হাজার হাজার বছর ধরে ভ্রমণ করে তোমার মুখ স্পর্শ করতে, তোমাকে ধুলোয় পুড়িয়ে দিতে।

অজ্ঞাতসারে, তার মার্বেলের মতো ভারী হাত দিয়ে, নাথানিয়েল ছুঁয়ে দেখলেন - একটি গতিবিধি যা থেকে সে ব্যথা আশা করেছিল, কিন্তু এর পরিবর্তে সে স্বস্তি অনুভব করল - এবং তার ক্লান্ত মাথাটি তার কোলে রাখল। তার হৃদয়, যা এক মুহূর্ত আগে একটি উন্মত্ত যুদ্ধ-ড্রামের মতো বাজছিল, তার শান্ত, ইথারীয় শ্বাসের সাথে তাল মেলাতে শুরু করল - মৃদু, একটি খালি মন্দিরের বাতাসের মতো, যেখানে প্রার্থনাগুলি বরফের ভাস্কর্যের মতো সময়ে জমে আছে। পরিপূর্ণতার প্রত্যাশা তাকে পূর্ণ করে তুলল, এমন পরিপূর্ণতা যা সে আগে কখনো অনুভব করেনি, এমন পরিপূর্ণতা যা তার বিশুদ্ধতায় প্রায় বেদনাদায়ক ছিল, একটি তীক্ষ্ণ, কিন্তু আশীর্বাদপূর্ণ আলোর রশ্মির মতো।

---✶ ‹ ✶ ---

ফ্ল্যাশব্যাক: অতীতের সংলাপ...

সকাল ছিল। আমরা একটি অন্তরঙ্গ, প্রায় গোপনীয় ক্যাফেতে একটি টেবিলে বসেছিলাম, যা কান শহরের পুরানো শহরের সংকীর্ণ, পাথরের রাস্তার গোলকধাঁধার গভীরে একটি মূল্যবান পাথরের মতো লুকিয়ে ছিল। এখানে, পাথরের মুখের মধ্যে, সময় অনন্তকাল খোদাই করে রেখেছিল - প্রতিটি পাথর ইতিহাস শ্বাস নিচ্ছিল। সূর্যের রশ্মি, একটি অদৃশ্য বীণার সোনালী তারের মতো, বোনা পর্দা ভেদ করে সামান্য সামান্য ঢুকছিল, জীর্ণ, অসংখ্য পদক্ষেপে মসৃণ কাঠের

মেঝে এবং টেবিলের কাঁচের উপর আলোর এবং ছায়ার কম্পমান, সূক্ষ্ম মায়া তৈরি করছিল, যেখানে ঘনীভূত জলের ফোঁটা, জীবন্ত হীরার মতো, একটি শান্ত উল্লাসে নাচছিল।

টাটকা গ্রাইন্ড করা কফির সুগন্ধ বাতাসে ভাসছিল, একটি প্রাচীন ইথারের শ্বাসের মতো ঘন এবং মাদকতাময়, যা পুরোনো, বিবর্ণ চামড়ার বাঁধাই করা মন্ত্রবইয়ের সামান্য, ধূলিময় গন্ধের সাথে মিশেছিল, যার পাতাগুলি, অনন্তকাল থেকে হলুদ হয়ে যাওয়া, শত শত বছরের গোপনীয়তা লুকিয়ে রেখেছিল, ভুলে যাওয়া যুগ থেকে ফিসফিস করে সত্য বলছিল।

এই বইগুলি আমাদের চারপাশে তাকগুলিকে পূর্ণ করে রেখেছিল, ছাদ পর্যন্ত সাজানো ছিল নীরব, ধূলিময় সাক্ষী হিসাবে, যারা যেন অতীত শতাব্দী এবং ভুলে যাওয়া, কিন্তু জীবন্ত অন্তর্দৃষ্টিগুলির গল্প ফিসফিস করছিল, যা তাদের শরীর থেকে, তাদের কাগজের হৃদয় থেকে স্পন্দিত হচ্ছিল।

মেলিনা ধীরে ধীরে তার কাপ থেকে চুমুক দিচ্ছিল। তার আঙুলগুলি সিরামিকটি এমন এক ঢ়ং, প্রায় আনুষ্ঠানিক, মুগ্ধকারী অনুগ্রহের সাথে আঁকড়ে ধরেছিল, যেন সে একটি পুরো বিশ্ব ধরে রেখেছে। ভঙ্গুর এবং রহস্যে পূর্ণ, ইথার এবং নক্ষত্রের সুতো দিয়ে বোনা, যা তার স্পর্শে কাঁপছিল, একটি দেবী দ্বারা স্পর্শ করা বীণার তারের মতো।

সে একটি সিগারেট থেকে একটি মনোমুগ্ধকর সূক্ষ্মতার সাথে টানল, যেন একটি আর্কাইভাল, প্রায় ভৌতিক কালো-সাদা চলচ্চিত্রের একটি দৃশ্য থেকে নেওয়া হয়েছে, যা সোনালী ৩০-এর দশকে প্যারিসে চিত্রিত হয়েছিল, যেখানে ধোঁয়া ধোঁয়ার চেয়ে বেশি কিছু ছিল - এটি ছিল কবিতা, চিন্তা এবং অনুভূতির একটি বায়বীয় নৃত্য। ধীরে ধীরে একটি পাতলা ধোঁয়ার কুণ্ডলী ছেড়ে দিল, যা রহস্যের একটি নীল-ধূসর ঘোমটায় আবৃত একটি নীরব চ্যালেঞ্জের মতো বাতাসে গলে যাচ্ছিল। যা আমাকে গভীরতার দিকে প্রলুব্ধ করছিল। জ্ঞানের দিকে। আমার নিজের ধ্বংসের দিকে।

আমি তার দিকে তাকিয়ে ছিলাম। আমি প্রতিটি অঙ্গভঙ্গি, প্রতিটি মাইক্রো-অভিব্যক্তি পড়ার চেষ্টা করছিলাম - তার লাল ঠোঁটের কোণের হালকা, প্রায় অদৃশ্য কাঁপুনি থেকে তার ভ্রুগুলির едва заметна, কিন্তু গভীর খেলা পর্যন্ত। যেন প্রতিটি চিন্তা তার কপালে ছাপ ফেলে যাচ্ছিল।

আমি আরেকটি প্রলোভনের জন্য অপেক্ষা করছিলাম, যা আমি জানতাম যে আসবে। আমি জানতাম যে সে আবার আমাকে আমার নিজের সত্তার গভীরতায় নিক্ষেপ করবে, কেবল শারীরিকভাবে নয়, আমার বিশ্লেষণাত্মক মনকেও। সে একটি বৌদ্ধিক চ্যালেঞ্জের জন্য চেষ্টা করছিল, যা সর্বদা আমাকে আমার আরামদায়ক, যুক্তিসঙ্গত অঞ্চল থেকে বের করে আনত।

এটি এমন একটি খেলা ছিল যা আমি আমার সত্তার প্রতিটি ফাইবার দিয়ে ঘৃণা করতাম। আমার যৌক্তিক মনের প্রতিটি কণা দিয়ে। কিন্তু যা ছাড়া আমি আর শ্বাস নিতে পারতাম না! যা ছাড়া আমি অর্ধ-জীবিত ছিলাম, নিজেরই একটি ভূত ছিলাম!

"তাহলে, মিঃ যুক্তিবাদী, আজ নীৎশে সম্পর্কে কী বলবেন?" - তার চোখ দুষ্টুমি করে ছোট হয়ে গেল। সবচেয়ে খাঁটি নেফ্রাইটের চেয়েও উজ্জ্বল স্ফুলিঙ্গগুলি অন্য বিশ্বের, অন্য বাস্তবতার শিকারী, কিন্তু আহ্বানকারী শিখার মতো তাদের মধ্যে নাচছিল। আমাকে একটি মৌখিক দ্বন্দ্বে আমন্ত্রণ জানাচ্ছিল।

আমি, ক্রমবর্ধমান বিরক্তি সত্ত্বেও, যা ইতিমধ্যেই অনিবার্যতার, আমার নিজের পরিবর্তনের পূর্বানুভব হয়ে উঠছিল, সর্বদা গ্রহণ করতাম। এটি একটি প্রবৃত্তির মতো ছিল। একটি অনিবার্য

মাধ্যাকর্ষণ আইনের মতো, যা আমাকে তার দিকে টানছিল। আমার নিজের উল্টানোর দিকে। আমার আত্মার অ্যালকেমির দিকে।

"নীৎশে? এই রৌদ্রোজ্জ্বল, ব্যবসার মিটিংয়ের জন্য প্রায় আদর্শ দিনে? মেলিনা, তুমি কি আমাকে আরও উত্তেজনাপূর্ণ কিছু দিতে পারো না? নাকি তুমি আজকের জন্য তোমার দর্শন শেষ করে... আরও অন্তরঙ্গ কথোপকথনে চলে যাব?" - আমি আমার ভ্রু তুললাম। আমার দৃষ্টি বাইরে থাকা দ্রুতগামী লোকেদের উপর ভেসে গেল, যারা ধূসর, নির্বাক পোশাকে সজ্জিত ছিল। আধুনিক দাসত্বের ইউনিফর্ম। আধুনিক বিভ্রম হিসাবে তাদের নিজস্ব স্মার্টফোনগুলিতে মগ্ন। একটি ডিজিটাল আফিমের স্বপ্ন। যেন আমি দৈনন্দিন জীবনের বিরক্তিকর সুনির্দিষ্টতার মধ্যে পরিত্রাণ খুঁজছিলাম। বাস্তবতার গণনা করা নিরাপত্তায়, যা ছিল আমার বর্ম।

মেলিনা একটু হাসল, একটি বিড়ালের মতো যা মাত্র একটি ইঁদুর ধরেছে। সে জানত যে আমি তার জালে আছি, এমনকি যখন আমি বের হওয়ার চেষ্টা করছিলাম।

"ওহ, নাথানিয়েল, আমি দেখছি যে আজ তুমি বিশেষভাবে... সংবেদনশীল। নাকি তুমি কেবল বিষয় পরিবর্তন করার চেষ্টা করছ, কারণ গভীর সত্যগুলি আমার 'কল্পনা'র চেয়ে তোমাকে বেশি ভয় দেখায়?" - তার কণ্ঠস্বর মধুর ছিল, কিন্তু একটি তীক্ষ্ণ প্রান্ত ছিল। - "নীৎশের 'পশু এবং অতিমানবের মধ্যে দড়ি' সম্পর্কে শব্দগুলি কেবল কবিতা নয়। সেগুলি একটি মানচিত্র, নাথানিয়েল। তোমার অভ্যন্তরীণ ভূখণ্ডের একটি মানচিত্র। বিশেষ করে যখন তুমি তোমার নিজের অস্তিত্বের কিনারে থাকো, তখন যুক্তি বাঁকে যায় এবং রূপকগুলি জীবন্ত হয়ে ওঠে।"

"বাজে কথা!" - আমি резко অস্বীকার করলাম, ক্রমবর্ধমান রাগ едва ধরে রাখছিলাম। - "যুক্তিই একমাত্র মানচিত্র, মেলিনা। এটি বিশৃঙ্খলার বিরুদ্ধে বর্ম। বাকি সবকিছু কেবল এমন কারো কল্পনা, যে বাস্তবতার সাথে মোকাবিলা করতে পারে না। তুমি, তোমার 'গভীর সত্য' দিয়ে, কেবল সুনির্দিষ্টতা থেকে পালিয়ে যাচ্ছ। আমরা কখন কোনো সত্যিকারের জিনিস সম্পর্কে কথা বলা শুরু করব, তোমার বিমূর্ততাগুলি সম্পর্কে নয়?" - আমি আমার কফিতে চুমুক দিলাম। কালো তরলের তিক্ত স্বাদ আমার জিহ্বায় সত্যের একটি পথ হিসাবে ছড়িয়ে পড়ল। এটি ভাগ্যের একটি ধাতব স্বাদ রেখে গেল, যা প্রতিটি স্নায়ুকে ভেদ করছিল। সিরামিক কাপের ঠাণ্ডা, ভারী এবং স্পষ্টতা, আমার চিন্তার ঝড়ো সাগরে একমাত্র নোঙর, আমার হাতে একমাত্র সুনির্দিষ্টতা ছিল, যা আমি আঁকড়ে ধরতে পারতাম। একমাত্র জিনিস যা বিতর্কিত হতে পারত না। আমার ঠাণ্ডা আঙুলে ধরা কফির সুগন্ধ তার অপার্থিব বাস্তবতা থেকে আমার আশ্রয় ছিল। তার, এখন স্পষ্ট হয়ে ওঠা সত্য থেকে, যা আমাকে গ্রাস করছিল।

"কিন্তু কী হবে, যদি ঠিক সেই 'কিনারে' বিমূর্ততাটি নির্মমভাবে সুনির্দিষ্ট হয়ে যায়?! - তার কণ্ঠস্বর আরও তীব্র হয়ে উঠল। - যদি যে গভীরতার কথা সে বলে, তা সেই গভীরতা হয় যা তুমি নিজে অনুভব করেছ?! রূপক নয়, নাথানিয়েল, বরং সত্য - কালো, ঠাণ্ডা, গ্রাসকারী! একটি অতল গহ্বরের মতো, যা তোমার পায়ের নীচে হঠাৎ খুলে গেছে, তোমাকে পুরোটা গ্রাস করার জন্য প্রস্তুত! হতাশার, একাকীত্বের, ভয়ের গভীরতা, যা তোমাকে গুটিয়ে নিতে বাধ্য করে, নিজেকে নিজের বিস্মৃতির কুয়াশায় হারিয়ে যাওয়া, নিজের শূন্যতার একটি তুচ্ছ, কম্পমান বিন্দুতে পরিণত করতে বাধ্য করে?! এটি বাস্তব, নাথানিয়েল, এবং তুমি তা জানো। তুমি তোমার সত্তার প্রতিটি ফাইবার দিয়ে এটি অনুভব করেছ।"

"তাহলে কী তোমাকে দড়ি দিয়ে পথ দেখায়, নাথানিয়েল? সংখ্যা? অ্যাকাউন্টিং ব্যালেন্স, যা তুমি কাগজের একটি দুর্গের মতো নিজের চারপাশে সাজিয়েছ? শূন্যতার বিরুদ্ধে একটি ঢাল হিসাবে? তোমার নিজের অর্থহীনতার বিরুদ্ধে?"

"নাকি অন্য কিছু, যা তুমি এমনকি নাম নিতেও সাহস করো না, কারণ এটি শূন্যতার চেয়ে তোমাকে বেশি ভয় দেখায়?!" - সে সামনের দিকে ঝুঁকে এল, টেবিলের উপর আমার হাত প্রায় স্পর্শ করল। তার আঙুলের উষ্ণতা যেন আমার ত্বককে পুড়িয়ে দিল, একটি অবিস্মরণীয়, জীবন্ত ছাপ, একটি কলঙ্ক রেখে গেল।

তার দৃষ্টি আমার ঢালকে একটি উত্তপ্ত তীরের মতো ভেদ করল, অস্বীকারের, অস্বীকৃতির বছর ধরে নির্মিত কংক্রিট এবং যুক্তির দেয়ালে একটি গর্ত তৈরি করল। আমি অনুভব করলাম আমার ফুসফুস থেকে বাতাস উবে যাচ্ছে! একটি অদৃশ্য, ঠাণ্ডা হাত আমার গলা ব্যথায় চেপে ধরল। অজ্ঞান হওয়ার আগ পর্যন্ত। আমি নিজেকে উন্মোচিত অনুভব করলাম! আমি নিজের কাছেও যতটা স্বীকার করতাম তার চেয়ে বেশি উন্মোচিত। আগের চেয়েও বেশি দুর্বল। একটি কঠোর, অপরিচিত বিশ্বে একজন নবজাতকের মতো, যেখানে প্রতিটি সুরক্ষা ধ্বংস হয়ে গেছে।

"ইচ্ছা। পছন্দ। এটি সর্বদা থাকে। শুধু... আমি এটিকে দড়ি হিসাবে দেখিনি, যা যে কোনো মুহূর্তে ছিঁড়ে যেতে পারে এবং তোমাকে গভীরতায় ফেলে দিতে পারে। বরং একটি গাণিতিক সমস্যার মতো, যা সমাধান করতে হবে, যৌক্তিকভাবে এবং ধাপে ধাপে। পরিকল্পনা A, পরিকল্পনা B। সর্বদা একটি সমাধান সহ। সর্বদা একটি উপায় সহ। সর্বদা নিয়ন্ত্রণ সহ। নিয়ন্ত্রণের একটি বিভ্রম সহ।"

"কিন্তু... এটি আকর্ষণীয় যে তুমি এটি ঠিক এখনই উল্লেখ করেছ।" - আমি আমার কফিতে চামচটি ঘোরালাম। রূপালী ধাতুটি আমার নিজের বিভ্রান্ত আত্মার একটি আয়নার মতো আলোতে ঝলসে উঠল। এটি তার তীক্ষ্ণ, প্রায় অতিপ্রাকৃত আলোকে প্রতিফলিত করছিল, যা আমাকে নিজের দিকে ডাকছিল।

আমি অনুভব করলাম যে আমার নিজের চিন্তা একটি অপরিচিত ছন্দে নাচতে শুরু করেছে। আমার পরিচিত অ্যালগরিদম থেকে দূরে। প্রমাণিত জিনিসের নিরাপত্তা থেকে দূরে। এটি একই সাথে বিভ্রান্তিকর এবং উত্তেজনাপূর্ণ ছিল - একটি নতুন, অপরিচিত বিশ্বে প্রথম পদক্ষেপের মতো। যা আমাকে হাজার হাজার কণ্ঠে ডাকছিল, কিন্তু তার বিশালতায় আমাকে ধ্বংসও করতে পারত। তার স্বাধীনতায়।

"কারণ এটি সত্য। এটি জীবনের নির্মম খেলায় একটি অবিচ্ছিন্ন, নিষ্ঠুর নিয়ম: প্রত্যেকেই, সম্পূর্ণ একাকীত্ব এবং দায়িত্বের সাথে, বেছে নেয় যে সে আত্মার উচ্চতার দিকে চেষ্টা করবে, নাকি বস্তুগত সম্পদের বিভ্রমপূর্ণ সান্ত্বনা নিয়ে সন্তুষ্ট থাকবে।"

"আহা, তাহলে তুমি পছন্দ সম্পর্কে কথা বলছ?" - আমি তাকে বাধা দিলাম, ধীরে ধীরে আমার কফিতে চুমুক দিচ্ছিলাম, যখন আমি কাপের কিনারা দিয়ে তার দিকে তাকাচ্ছিলাম। - "আকর্ষণীয়। আর তুমি, মেলিনা, কী বেছে নিলে? তারার মধ্যে বিচরণ করা নাকি এখানে আমার সাথে, এই আরামদায়ক ক্যাফেতে থাকা? কারণ আমি ব্যক্তিগতভাবে বস্তুগত সম্পদের মধ্যে প্রচুর সান্ত্বনা পাই, বিশেষ করে যখন এটি গরম কফি এবং... একটি সুন্দর কোম্পানির আকারে থাকে।" আমার দৃষ্টি তার ঠোঁটের দিকে চলে গেল।

"নাথানিয়েল, তুমি বেছে নাও যে তুমি একটি শুঁয়োপোকা হবে, যা মাটির উপর হামাগুড়ি দেয়, অর্থহীন অস্তিত্বের পাতায় মগ্ন, নাকি একটি প্রজাপতি হবে, যা পরিবর্তনের বাতাসের সাথে নাচতে নাচতে তারার দিকে উড়ে যায়।"

"হে ভগবান, তুমি কোনো ধর্মপ্রচারকের মতো বিরক্তিকর, যে আমার মস্তিষ্ক ধোলাই করতে চায়!" - আমি বিরক্ত হওয়ার ভান করে চিৎকার করলাম, কিন্তু আসলে আমি কৌতূহলী ছিলাম। - "সবসময় প্রজাপতি, সবসময় তারা... তোমার বিশ্বদর্শনে কি আরও কিছু আকর্ষণীয় নেই? এমন কিছু যা আমার মতো একজন সাধারণ মরণশীলকে... রূপকের চেয়ে বেশি উত্তেজিত করবে? উদাহরণস্বরূপ, এই সমস্ত 'আধ্যাত্মিক বিবর্তন' বাস্তব জীবনের উপর কীভাবে প্রভাব ফেলে?

আবেগগুলির উপর? ঘনিষ্ঠতার উপর?" - সে আমাকে মোটেও শুনছিল না। বা অন্তত তাই মনে হচ্ছিল।

"অস্তিত্বের ম্যাট্রিক্স একটি অন্তহীন গোলকধাঁধা হিসাবে প্রকাশিত হয়, যা বিভিন্ন লক্ষ্যের দিকে পরিচালিত অসংখ্য পথ দিয়ে ভরা। কিছু আকর্ষণীয় আলোতে স্নান করে, যা বৃদ্ধির প্রতিশ্রুতি দেয়, স্বাধীনতার অনুভূতি বহন করে। অন্যগুলি দুর্ভেদ্য অন্ধকারে মোচড় খায়, বিভ্রম এবং ফাঁদে পূর্ণ, যা থেকে খুব কম লোকই বেরিয়ে আসতে পারে।"

"গোলকধাঁধা, তুমি বলছ?" - আমি চ্যালেঞ্জের সাথে হাসলাম। - "তুমি জানো, আমি সবসময় গোলকধাঁধা সমাধান করতে ভালো ছিলাম, মেলিনা। বিশেষ করে যদি শেষে একটি পুরস্কারের প্রতিশ্রুতি থাকে। আর তোমার গোলকধাঁধার পুরস্কার কী? আরও 'জ্ঞান'? নাকি... আরও স্পষ্ট কিছু? কারণ আমার কিছু সন্দেহ আছে যে তুমি আসল পুরস্কার লুকিয়ে রেখেছ, যখন তুমি আমাকে এই 'সুড়ঙ্গ'গুলির মধ্য দিয়ে ঘোরাতে বাধ্য করছ।"

"কর্ম সাধারণ রুটটি রূপরেখা দেয়, কিন্তু চূড়ান্ত গন্তব্য তোমার নিজের পদক্ষেপের উপর নির্ভর করে। তোমার ব্যক্তিগত পছন্দের উপর। প্রতিটি সিদ্ধান্ত বিবর্তনের সিঁড়িতে একটি উপরের বা নিচের ধাপ।"

"ধাপ, পছন্দ..." - আমি বিড়বিড় করলাম, যখন আমার দৃষ্টি তার হাতগুলির উপর স্থির ছিল, যারা কাপটি ধরেছিল। - "আর হাত সম্পর্কে কী বলবে, মেলিনা? এই ধাপগুলিতে কাউকে নেতৃত্ব দেওয়া কি সহজ, আরও আনন্দদায়ক নয়? এমন কেউ, যে গোলকধাঁধাটি জানে? এমন কেউ... আমার মতো? কারণ, আমি স্বীকার করি, তুমি আমার কৌতূহল জাগাতে পেরেছ। কিন্তু আমি নিশ্চিত নই যে আমি তোমার 'মাত্রা'গুলিতে একা ঘুরে বেড়াতে চাই।"

"যখন একজন ব্যক্তি বাইরের কোলাহল, মনোযোগ, অর্থ, ক্ষমতা, খালি অর্জন, অহংকারের জন্য চিৎকার করা বিশ্বের গোলমালকে শান্ত করতে শেখে এবং নীরব, অভ্যন্তরীণ কণ্ঠস্বর শুনতে শেখে, তখন তার স্বজ্ঞাই সবচেয়ে বিশ্বস্ত কম্পাস হয়ে ওঠে।" - মেলিনা একটু হাসল। এমন একটি হাসি যা কেবল অদৃশ্য হয়ে যায়নি, বরং একটি জ্বলন্ত, কিন্তু আশীর্বাদপূর্ণ মোহরের মতো আমার মনে ছাপ ফেলেছিল। একটি গোপন জ্ঞানের মতো। যেন সে আমার চেয়ে বেশি কিছু জানে। যেন সে আমাকে একটি অদৃশ্য বিশ্বের জন্য একটি মানচিত্র দিচ্ছিল। অদৃশ্য কালি দিয়ে লেখা, যা এখন কেবল আমার কাছে দৃশ্যমান হচ্ছিল। একটি অভ্যন্তরীণ, অপরিচিত আলোর সাথে জ্বলজ্বলে, যা কেবল সে পড়তে পারত, আর আমি - কেবল এখন এর রূপরেখা দেখতে শুরু করছিলাম।

"স্বজ্ঞা... তাহলে তোমার 'উদ্ভট' অবচেতন, স্বপ্ন সম্পর্কে সমস্ত কথা... সেগুলি কম্পাস ছিল?! কেবল... তোমার কল্পনা দিয়ে আমাকে বিনোদন দেওয়ার একটি উপায় ছিল না?" - আমি চিন্তাশীলভাবে তার দিকে তাকালাম। আমার দৃষ্টি দূরে কোথাও হারিয়ে গেল। কাল্পনিক স্থানগুলিতে, যা আমি আগে খালি বলে মনে করতাম। কিন্তু এখন আমি তাদের জীবন দিয়ে স্পন্দিত হতে অনুভব করলাম। অনাবিষ্কৃত শক্তি দিয়ে। একটি প্রাচীন আহ্বান দিয়ে। যেন আমি আর এই পথগুলিকে কেবল রূপক হিসাবে দেখছি না, বরং আমার মনের বাস্তব মাত্রা হিসাবে দেখছি। যা খুলতে শুরু করছিল। অপরিচিত, বিদেশী ফুলের মতো খুলছিল। নতুন, মাদকতাময় সুগন্ধে বাতাস পূর্ণ করছিল, যা আমাকে একটি বিভ্রম পর্যন্ত মাথা ঘোরাচ্ছিল। দ্রবীভূত হওয়া পর্যন্ত।

"আমি তোমাকে কখনও বিনোদন করিনি, নাথানিয়েল। আমি তোমাকে পথ দেখিয়েছি। আমি কুয়াশায় তোমার বাতিঘর ছিলাম, যা তুমি নিজে ভয় থেকে তৈরি করেছিলে। আমি আরিয়াদ্‌নের সুতো ছিলাম, যা তোমাকে তোমার নিজের যুক্তির - একটি কারাগার, যা তুমি নিজেই তৈরি করেছ, তোমার আত্মার জন্য একটি ফাঁদ - উত্তাল ঢেউয়ের মধ্য দিয়ে পথ দেখিয়েছিল।"

"তাহলে তুমি আমার 'ত্রাণকর্তা' ছিলে?" - আমি একটি হালকা ঠাট্টার সাথে ছুঁড়ে দিলাম, কিন্তু আমার কণ্ঠে কৌতূহল ছিল। - "তোমার পক্ষ থেকে খুব বীরত্বপূর্ণ, মেলিনা। আর এই 'নেতৃত্বের' বিনিময়ে তুমি ঠিক কী আশা করছ? একজন জ্ঞানপ্রাপ্ত বোকার কাছ থেকে একটি আন্তরিক কৃতজ্ঞতা? নাকি আরও কিছু?"

"ওহ, নাথানিয়েল, 'উদ্ধার' এর একটি মূল্য আছে, তুমি জানো? আর জ্ঞানপ্রাপ্তির জন্য... এটি সর্বদা বেশি হয়।" - সে ধীরে ধীরে হাসল, এবং তার দৃষ্টি আমার উপর দিয়ে গড়িয়ে গেল, তার কফির দিকে ফিরে আসার আগে। - "আধ্যাত্মিক বিবর্তনের পথ সচেতনতার অজানা মাত্রার মধ্য দিয়ে একটি যন্ত্রণাদায়ক, একাকী যাত্রা। প্রতিটি মানুষের তার সেরা সংস্করণে পরিণত হওয়ার সম্ভাবনা রয়েছে, কিন্তু এর জন্য ধ্রুবক কাজ, বেদনাদায়ক আত্ম-জ্ঞান এবং আত্মত্যাগ প্রয়োজন।"

"যন্ত্রণাদায়ক, তুমি বলছ?" - আমি আমার ভ্রু তুললাম, এবং আমার দৃষ্টি এক মুহূর্তের জন্য তার ঠোঁটের উপর স্থির ছিল। - "আর আনন্দ সম্পর্কে কী বলবে, মেলিনা? এটি কি বিবর্তনের অংশ নয়? নাকি তুমি মনে করো যে সত্যিকারের বৃদ্ধি কেবল ব্যথার মাধ্যমেই হয়? কারণ আমি এখন পর্যন্ত বিশুদ্ধ আনন্দের মুহূর্তগুলিতেও অনেক সত্য আবিষ্কার করেছি... এবং আমি কেবল আধ্যাত্মিক আনন্দ সম্পর্কে বলছি না।"

"আনন্দ, নাথানিয়েল, কেবল একটি উপরিভাগের স্পর্শ।" - তার কণ্ঠস্বর আরও নিচু এবং শান্ত হয়ে গেল, যা আমাকে স্নায়ুভ হয়ে গেল। - "এই কারণেই তুমি এখনও তোমার সমস্ত 'আবিষ্কার' সত্ত্বেও তোমার নিজের অস্তিত্বের কিনারে আছ। সত্যিকারের বিবর্তন, এবং সত্যিকারের আনন্দ, সহজ পথের বাইরে লুকিয়ে থাকে। যেখানে ব্যথা কেবল একটি গভীর এবং পরিবর্তনকারী কিছুর দরজা। তার অভিজ্ঞতার মাধ্যমে, প্রায়শই বিষের মতো তিক্ত, যা শরীরকে পুড়িয়ে দেয়, কিন্তু একটি অমৃতের মতো জীবন রক্ষাকারী, যা তোমার আত্মাকে স্ফটিকের মতো বিশুদ্ধ করে, একজন মানুষ বিভ্রম থেকে বাস্তবতাকে আলাদা করতে শেখে, ভয়গুলিকে অতিক্রম করতে শেখে, যা তাকে অদৃশ্য, কিন্তু শক্ত, চিরন্তন শৃঙ্খলে আবদ্ধ করে রাখে, যা তার নিজের বিভ্রম থেকে, তার ভয় থেকে তৈরি হয়েছে এবং তার সত্যিকারের সারমর্ম আবিষ্কার করতে শেখে।"

"বিষ, অমৃত... তুমি একজন অ্যালকেমিস্টের মতো শোনাচ্ছ, মেলিনা।" - আমি একটু হাসলাম। - "বা একজন প্রলুব্ধকারীর মতো, যে বিশুদ্ধকরণের প্রতিশ্রুতি দেয়, কিন্তু আসলে তোমাকে অজানার দিকে নিয়ে যায়। আমাকে বলো, আমার 'সত্যিকারের সারমর্ম' সম্পর্কে ঠিক কী এত ভীতিকর যে আমাকে এত 'যন্ত্রণাদায়ক ভ্রমণের' মধ্য দিয়ে যেতে হবে? এটি আবিষ্কার করার কি আরও আনন্দদায়ক উপায় নেই? তোমার সাথে, উদাহরণস্বরূপ?"

"আমি তোমার জন্য অ্যালকেমিস্ট এবং প্রলুব্ধকারী উভয়ই, নাথানিয়েল।" - সে সরাসরি আমার চোখে তাকাল, পলক ফেলল না, এবং তার দৃষ্টিতে একটি চ্যালেঞ্জ ছিল। - "এবং হ্যাঁ, আরও আনন্দদায়ক উপায় আছে। কিন্তু তাদের কেউই সত্যিকারের আবিষ্কারের দিকে পরিচালিত করবে না। কারণ সবচেয়ে বড় গোপনীয়তা সহজে পরিবেশন করা হয় না। সেগুলি জয় করতে হয়। যখন তুমি অবশেষে তোমার অবচেতনের ফিসফিসানি 'শুনতে' শেখো, তখন তোমার জীবন অবিচ্ছিন্ন বৃদ্ধি এবং গভীর রূপান্তরের একটি ক্ষেত্র হয়ে ওঠে।" - মেলিনা সামনের দিকে ঝুঁকে এল, এবং তার চোখ জ্বলে উঠল। যেন তারা আমার নিজের যুক্তিতে একটি স্ফুলিঙ্গ প্রজ্বলিত করছিল। যা এখন জ্বলতে শুরু করছিল। একটি উজ্জ্বল, অনির্দিষ্ট শিখা দিয়ে জ্বলছিল। আমার আত্মার গভীরতম লুকানো কোণগুলিকে আলোকিত করছিল, যা আমি এমনকি জানতামও না যে বিদ্যমান। আমার মধ্যে একটি পুরো মহাবিশ্ব, একটি পুরো মহাকাশ আমার কাছে প্রকাশ করছিল!

"হে ভগবান, তোমার কত আত্মবিশ্বাস?! যেন তুমি কোনো ধর্মপ্রচারক বা মসিহ?! ঈশ্বরের দোহাই, মেলিনা, আমার কাছে মাত্র ৩০ মিনিট আছে! চলো কফি খাই এবং আরও উত্তেজনাপূর্ণ কিছু নিয়ে কথা বলি বা... আরও অন্তরঙ্গ কিছু! আর তুমি আমার মনকে চাপ দিচ্ছ - জীবনের সত্য দিয়ে!"

"সত্য?" - সে পেছনে ঝুঁকে গেল, তার দৃষ্টি আমাকে অবজ্ঞাপূর্ণ শ্রেষ্ঠত্বের সাথে ভেদ করল।

---♥---

## অধ্যায় 6: অন্তর্দৃষ্টি

নীরবতা আমাদের কফিটির উপর নেমে এল, যখন আমি তার প্রতিটি শব্দকে হজম করছিলাম। আমরা জানতাম যে সময় সংক্ষিপ্ত ছিল, এবং আমাদের সাক্ষাৎ ছিল দূরের, কিন্তু এই ভাগ করা নীরবতা পূর্ণ ছিল। আমি কেবল তাদের সম্পর্কে ভাবছিলাম না - আমি তাদের স্বাদ নিচ্ছিলাম, অনুভব করছিলাম যে তারা আমার সচেতনতাকে ভেদ করছে, আত্মাকে স্তর অনুসারে উন্মোচন করছে। যেন যুক্তিবাদীতার বছরগুলি থেকে নির্মিত একটি অদৃশ্য, শ্বাসরোধকারী ফিল্টার, যা বিভ্রমের পুরু স্তর হিসাবে জমা হয়েছিল, অবশেষে পড়ে গেল। একটি ধামাকার সাথে। আমার চারপাশের বাতাস আরও সতেজ, আরও তীক্ষ্ণ হয়ে উঠল। একটি শ্বাস। হঠাৎ আমার সামনে বিশাল, অন্তহীন, কম্পমান দিগন্ত প্রকাশিত হলো। বিমূর্ত ধারণা নয়, বরং বিশাল স্থানের একটি অনুভূতি, নতুন পথের জন্য, যা আমাকে একই সাথে আকর্ষণ এবং ভয় দেখাচ্ছিল। ভারসাম্য... আমি সর্বদা এটি খুঁজছিলাম! এখন আমি বুঝতে পারলাম: কেবল সংখ্যা বা যুক্তি নয়, বরং একটি অভ্যন্তরীণ, জীবন্ত ভারসাম্য। চাবি।

---✶ ؟ ✶ ---

পরিবর্তনের বজ্রপাত

এবং তখনই এটি আমাকে ভেদ করল। একটি চিন্তার মতো নয়, বরং একটি বজ্রপাতের মতো, যা আমার যুক্তিবাদীতার বর্মকে হাজার হাজার ঝলমলে টুকরোয় বিভক্ত করল। আমি তাদের অনুভব করলাম - আমার ছিন্নভিন্ন সুরক্ষার কাঁটা। ব্যথা। আমি একটি অপরিচিত, ভীতিকর, কিন্তু মুক্তিদায়ক সত্যের সামনে উন্মোচিত হলাম। আমি শ্বাস নিতে পারছিলাম না। বজ্রপাত। আমি একই সাথে একটি জ্বলন্ত ব্যথা অনুভব করলাম - যেন আমার ত্বক প্রকাশের কারণে জ্বলছিল - এবং একটি অদ্ভুত, প্রায় উচ্ছ্বসিত স্বস্তি। শতাব্দী ধরে আমার নিজের বিভ্রম থেকে তৈরি করা এই অদৃশ্য শেকলের ভার, একটি নিস্তেজ আঘাতের সাথে আমার কাঁধ থেকে পড়ে গেল। সেই মুহূর্তে, আমার ধসে পড়া বিশ্বের বজ্রধ্বনির মধ্যে, আমি আবার জন্মগ্রহণ করলাম। রূপকভাবে নয়। আমি এটি আমার স্পন্দনে, আমার প্রতিটি কোষে অনুভব করলাম। ঢুপ-ঢুপ ঢুপ-ঢুপ। জীবন।

---✶ ؟ ✶ ---

ইচ্ছার আহ্বান

মেলিনার শব্দগুলি আর আমার মাথায় প্রতিধ্বনিত হচ্ছিল না। তারা আমার বুকে বাজছিল, আমার পাঁজরগুলিতে ধাক্কা দিচ্ছিল, একটি দার্শনিক ধারণা থেকে একটি স্পষ্ট, নির্মম বাস্তবতায় রূপান্তরিত হচ্ছিল। "এবং যখন জীবন তোমাকে অপ্রতিরোধ্য বাধা দিয়ে আঘাত করে, যা তোমাকে চূর্ণ করে, তোমাকে ধুলায় পরিণত করে, তখন তুমি পরিত্রাণ চেয়ে প্রার্থনার দিকে ফিরে যাও। 'তোমার ইচ্ছা হোক, আমার নয়' - এই শব্দগুলি তোমার আত্মা থেকে একটি মরিয়া মিনতির মতো বেরিয়ে আসে। ভাগ্যের কাছে আত্মসমর্পণ করার আগে শেষ চিৎকারের মতো। অজানার

কাছে।" প্রতিটি শব্দ একটি তারের উপর একটি আঘাতের মতো ছিল, যা আমার মধ্যে কম্পিত হচ্ছিল, একটি অপরিবর্তনীয় অনুভূতিতে পরিণত হচ্ছিল। একটি আহ্বান। গভীর।

---✶ ᳁ ✶ ---

হৃদয়ে শান্তি

"কিন্তু এই বাক্যটি একটি মরিয়া চিৎকারের চেয়ে অনেক বেশি - এটি তোমার জীবন পথকে উপলব্ধি করার পদ্ধতি পরিবর্তনের জন্য একটি গভীর আহ্বান। এই বিশাল ঘূর্ণিতে তোমার ভূমিকাকে পুনরায় বিবেচনা করার জন্য, যাকে তুমি অস্তিত্ব বলো। তোমার চিন্তা, প্রায়শই বিশৃঙ্খল এবং খণ্ডিত, ক্রমাগত তোমার চারপাশে একটি বিশ্ব তৈরি করার চেষ্টা করে, যা বাইরের প্রত্যাশা এবং নিয়ম দ্বারা শর্তযুক্ত, যা তোমাকে শ্বাসরোধ করে। তোমাকে নিজের একটি দুর্বল প্রতিলিপিতে পরিণত করে।" এই শব্দগুলি আমার মধ্যে গেঁথে গেল। শ্বাসরোধ। এবং তারপর সেন্ট অগাস্টিনের শব্দের ভার এল: "তুমি আমাদের নিজের জন্য তৈরি করেছ, এবং আমাদের হৃদয় অস্থির থাকে, যতক্ষণ না এটি তোমার মধ্যে বিশ্রাম পায়।" এই সত্যটি কেবল শোনা, পড়া বা বোঝা যায়নি। এটি অনুভব করা হয়েছিল। আমার হাড়ের গভীরে, আমার সত্তার একেবারে সারমর্মে, যেখানে এখন পর্যন্ত শূন্যতা বিরাজ করছিল। এটি আমাকে একই সাথে ছোট এবং তুচ্ছ অনুভব করাল - একটি বিশাল মরুভূমিতে একটি বালির কণার মতো - কিন্তু একটি বিশাল কিছুর একটি অবিচ্ছেদ্য, গুরুত্বপূর্ণ, অমর অংশও, যা আমি কখনও কল্পনা করিনি। সত্তার মহাজাগতিক নৃত্যের একটি অংশ, মহাবিশ্বের স্পন্দনেরই একটি অংশ, যা আমাদের মাধ্যমে শ্বাস নিত, আমার প্রতিটি কোষের একেবারে কেন্দ্রে, আমার একেবারে সারমর্মে।

শান্তি। অবশেষে।

এটি ছিল তার শেষ যুক্তি। তার শেষ উপহার। একটি উপহার যা আমাকে চূর্ণ করে এবং একই সাথে আমাকে আবার তৈরি করে। আবার আলাদা হওয়ার আগে এবং দীর্ঘ মাস ধরে একে অপরকে খোঁজার আগে - বিরক্তিকর চিঠিপত্রে নয়, বরং ভার্চুয়াল স্থান এবং আমাদের স্বপ্নে। অবচেতনের অন্তহীন জালে। যেখানে মেলিনা আমার জন্য অপেক্ষা করছিল। একটি পথপ্রদর্শক তারার মতো সাত বছরেরও বেশি সময় ধরে, আমাকে উত্তর দেওয়ার জন্য নয়, বরং আমার নিজের রহস্যটি আমার কাছে প্রকাশ করার জন্য।

সেই মুহূর্ত থেকে... সে আর কেবল একজন মানুষ ছিল না। সে একটি পোর্টাল ছিল।

---✶ ᳁ ✶ ---

আত্মাদের নৃত্য

মেলিনা একটি মুহূর্তের জন্য আকাঙ্ক্ষা করত। একটি মাত্র। অনন্ত। আমি নিজেকে নিঃশর্তভাবে তার আলিঙ্গনে ছেড়ে দেব। কেবল শারীরিকভাবে নয়। আত্মিকভাবে। আমার অভিজ্ঞতাগুলি তার সাথে ভাগ করে নেব। অনুভূতি। সংবেদন। এই সমস্ত বিশৃঙ্খল, স্পন্দিত আবেগের জগাখিচুড়ি, যা আমাকে ছিঁড়ে ফেলছিল।

কিন্তু আমি তাকে অবিরাম এই ঘনিষ্ঠতা প্রত্যাখ্যান করতাম। আমি সেই মুহূর্তগুলিকে তার আশার মধ্যে জ্বলতে দিতাম। একটি দীর্ঘদিনের নিভে যাওয়া আগুনের অঙ্গারের মতো। যা কখনও সত্যিকারের, সর্বগ্রাসী ভাগাভাগির আগুনে জ্বলবে না।

আমি তার স্বপ্ন পূরণ করার জন্য অনিশ্চিতভাবে প্রতিশ্রুতি দিতাম। তাকে সম্পূর্ণরূপে বিশ্বাস করার জন্য। তাকে ঘনিষ্ঠতা দেওয়ার জন্য। কিন্তু আমার শব্দগুলি বিষয়বস্তু ছাড়া খালি বাক্স ছিল। অর্থ ছাড়া একটি প্রতিধ্বনি।

সে হাল ছাড়ল না। সে স্বপ্ন দেখত - অক্লান্তভাবে। আমার শীতলতা সত্ত্বেও। সে লড়াই করত। আমার বর্ম ভেদ করার জন্য। আমার বিচ্ছিন্ন আত্মাকে স্পর্শ করার জন্য। আমার সারমর্মে প্রবেশ করার জন্য। এবং এটি আমার কাছে প্রকাশ করার জন্য - সেই ব্যক্তি, যে

নিজেকে চিনত না। তার জন্য আমি একটি প্রাচীন, জীবন পরিবর্তনকারী গোপনীয়তা সহ একটি সীলমোহর করা স্ক্রোল উন্মোচনের মতো ছিলাম। সে আমাকে দৃশ্যমানের বাইরে 'দেখত'। আমি নিজেকে যতটা দেখেছি তার চেয়ে বেশি সত্যি।

---✶ ✶---

আত্মার অ্যালকেমি

এখন, আমার নিজের স্বপ্নে। এই অন্তরঙ্গ, ক্যাথারটিক আত্ম-জ্ঞানের মুহূর্তে, মেলিনা সেখানে ছিল। শ্বাসের মতো বাস্তব। চিন্তার মতো ইথারীয়। ইথার দিয়ে বোনা একটি সারমর্ম। সে আমাকে শান্ত করছিল।

তার কোমল ভৌতিক উষ্ণতা দিয়ে, সে আমাকে আবার একত্রিত করছিল। টুকরো টুকরো করে। একটি ভাঙা, মূল্যবান ফুলদানীর মতো। আমার সত্তার প্রতিটি অংশ পুনরুদ্ধার করছিল। আমার আত্মার প্রতিটি টুকরো। জীবন ঢেলে দিচ্ছিল।

সে আর আমাকে ক্ষণস্থায়ী আনন্দ দিয়ে প্রলুব্ধ করছিল না। আমাকে টুকরো টুকরো করে ভাঙছিল না। শারীরিক এবং মানসিক তৃপ্তির মধ্যে ঘুরছিল না। সে এই সমস্ত কিছুর উপরে উঠে গিয়েছিল। সে একটি বিশুদ্ধ, জ্বলন্ত সারবস্তু হয়ে গিয়েছিল।

তার সারমর্ম আমার সাথে মিশে গিয়েছিল। দুটি নদীর স্রোতের মতো, যা একটি অন্তহীন, বিশাল সমুদ্রে প্রবাহিত হয়।

সে কেবল আমার সবচেয়ে পবিত্র স্বপ্নেই বিদ্যমান ছিল। আমাকে সম্পূর্ণ করছিল। সম্পূর্ণ। আমাকে আমার নিজের ভাগ্যের মাস্টার বানিয়েছিল। বিভ্রমের দাস নয়। বরং তার নিজের মনের সার্বভৌম। তার নিজের সত্তার।

সে আমাকে পবিত্র গ্রেইলের পুরো রহস্যটি দিচ্ছিল - সে নিজেই ছিল অর্থ এবং অনন্তকাল। যার মধ্যে দুটি অবিচ্ছিন্ন, চিরতরে সংযুক্ত আত্মা নাচছিল। যার সঙ্গীত অনন্তকাল ধরে প্রতিধ্বনিত হচ্ছিল। একটি প্রাচীন ঐকতানের মতো।

আমি অবশেষে এটি শুনছিলাম। কেবল আমার কান দিয়ে নয়। আমার পুরো সত্তা দিয়ে। আমি তার প্রতিটি চিন্তাকে আমার পুরো জাগ্রত সত্তা দিয়ে শুষে নিচ্ছিলাম। একটি নতুন আবিষ্কৃত বোঝার আগুন দিয়ে। যা আমার প্রতিটি কোষে স্পন্দিত হচ্ছিল। আমাকে চিরতরে পরিবর্তন করছিল। পুরোনোকে পুড়িয়ে দিচ্ছিল। নতুনকে জন্ম দিচ্ছিল। একটি আরও সত্যিকারের আত্ম।

আমি অনুভব করলাম আমার পৃথিবী উল্টে যাচ্ছে। আমার পুরোনো আত্মটি ভেঙে পড়ছে। নতুন কিছুর জন্য পথ তৈরি করার জন্য। অপরিচিত। কিন্তু অসীমভাবে শক্তিশালী এবং সত্য। আমি পুনর্জন্ম নিয়েছিলাম। আমার নিজের সত্যের আলোতে আবার জন্মগ্রহণ করেছি।

---♥---

# দ্য ফিসপার অফ দ্য গ্রেইল:
# দ্য পাথ টু এসেন্স
# সেকশন ॥

অধ্যায় 7: বাতাসের বেড়ি

— আমি নিজেকে ছেড়ে দিয়েছি... — মেলিনা ফিসফিস করে বলল। তার কণ্ঠস্বর হঠাৎ নীরবতা ভেদ করে, অদৃশ্য কিন্তু স্পষ্ট শৃঙ্খল ভেঙে দিল। তার দৃষ্টিতে ছিল বোঝার আকুতি, তার আবেগ—আমার সহমর্মিতা। আমি তাদের ওজন অনুভব করলাম—তার গলার চারপাশে একটি শীতল ইস্পাতের ফাঁস, যা তৈরি হয়েছে অন্য মানুষের মনোভাব, গতানুগতিকতা, উচ্চাকাঙ্ক্ষা, দখল থেকে। সমাজ নির্মমভাবে এগুলো চাপিয়ে দিত।

---✶ ⸮ ✶ ---

আয়নার প্রতিচ্ছবি: ভেতর থেকে মৃত্যু

তখন, সেই অন্ধকার সময়ে, আমি কোনো পথ দেখতে পাইনি। কোনো নিঃশ্বাস, কোনো বিকল্প ছিল না। প্রতিটি নিঃশ্বাসের সাথে মিশেছিল অন্য মানুষের স্বপ্ন। প্রতিটি নিশ্বাসের সাথে—আমার নিজের, অপূর্ণ আশাগুলো ধুলোয় মিশে যাচ্ছিল। হতাশা আমার গলা চেপে ধরেছিল। এই অনুভূতি যে আমার জীবনের কোনো কিছুই সঠিক জায়গায় নেই, নিজেকে পুড়িয়ে ছাই করে

নতুন করে জন্ম নেওয়ার বেদনাদায়ক, প্রায় আত্ম-পীড়নমূলক প্রয়োজন—এসবকিছু আমার ক্ষতবিক্ষত আত্মার গভীরে গেঁথে গিয়েছিল। এটি ছিল একটি ধীরে কাজ করা বিষ।

আমার সামনে একটি অতল গহ্বর হাঁ করে ছিল। কোনো পথ ছিল না, কোনো আশা ছিল না। আমার দার্শনিক বিশ্বদৃষ্টির সাথে সমাজের নিয়ম-নীতিগুলোর বেদনাদায়ক সংঘর্ষ হচ্ছিল, যেন দুটি টাইটান একে অপরের উপর আঘাত করছে, যা আমার অস্তিত্বের ভিত্তি নাড়িয়ে দিচ্ছিল। এমনকি অসংখ্য আত্ম-উন্নয়নমূলক শিক্ষাতেও, যেখানে আমি উন্মত্তভাবে মুক্তি খুঁজছিলাম, সেখানেও আমি সত্যিকারের পথ খুঁজে পাইনি।

একমাত্র জিনিস যা আমি অনুভব করেছিলাম তা ছিল একটি দৃঢ়, প্রায় অনিবার্য অভ্যন্তরীণ বিশ্বাস: আমি একটি নির্ধারিত, ভাগ্য-নির্ধারিত মিশন বহন করছি। আমাকে তা খুঁজে বের করতে হবে, তা পূরণ করতে হবে। আমার ভেতরে একটি পবিত্র গোপনীয়তা কোড করা ছিল। এটি আমাকে ভেতর থেকে ছিন্নভিন্ন করার আগে আমাকে তা সমাধান করতে হবে। এই জ্ঞানটি কী ছিল? এবং কেন আমিই তা বহন করছি?

আমি সর্বজনীন চেতনার কাছে দিকনির্দেশক চিহ্নের জন্য প্রার্থনা করেছিলাম, অন্ধকারের মধ্যে একটি ছোট, ফিসফিস করে বলা ইঙ্গিতের জন্য। একটি অস্বাভাবিক, সোনালি প্রতীক, যা দেখতে ক্রুশের মতো কিন্তু তাতে কোনো ক্রুশবিদ্ধ করা নেই—যেন এটি একটি প্রাচীন স্থানের ইঙ্গিত দিচ্ছে কিন্তু একটি নতুন অর্থ নিয়ে—দীর্ঘদিন ধরে আমার স্বপ্নে আসছিল। এটি ছিল জ্ঞানের দিকে একটি পথ যা আমাকে চুম্বকের মতো আকর্ষণ করছিল। অপ্রতিরোধ্যভাবে।

---✶ ៖ ✶---

সমাধির দিকে পথ

আশ্চর্যজনক এবং অব্যক্তভাবে, আমি ভেতর থেকে অনুভব করেছিলাম যে আমার পথটি পবিত্র সমাধির মধ্য দিয়ে যায়। আমি গভীরভাবে ধার্মিক নই। আমার বিশ্বাস একটি শান্ত অভ্যন্তরীণ স্পন্দন, গির্জার ঘণ্টার শব্দ নয়, আধ্যাত্মিকতার, সুফি রহস্যবাদের একটি ছন্দ, ক্ষণস্থায়ী সত্য যা কোনো মন্দিরের প্রয়োজন রাখে না। তারা কেবল ছিল।

জীবনের রহস্য সমাধান করার জন্য, আমি প্রতিটি শিক্ষায় স্ফুলিঙ্গ খুঁজছিলাম। আমি সর্বদা সেগুলোকে আমার নিজের বিশ্বদৃষ্টির প্রিজমের মাধ্যমে ছেঁকে দেখতাম, একটি স্ফটিক বলের মতো আলোর ভেতরের রঙগুলো উন্মোচন করতাম। এই কারণেই, যখন আমি প্রাচীন ভায়া ডলোরোসা এবং খ্রিষ্টের কবরের মধ্যে নিজেকে পেলাম, তখন আমি শ্রদ্ধাপূর্ণ ভক্তির চেয়ে বেশি আগ্রহ নিয়ে ছিলাম। একটি আকস্মিক, ভোঁতা, স্পন্দিত ব্যথা আমার মাথার ডান দিকে বিঁধে গেল, যেন একটি অদৃশ্য হাতুড়ির আঘাত, যা আমার মাথার খুলিকে কাঁপিয়ে দিচ্ছিল।

আমি এক অব্যক্ত অপরাধবোধ এবং আমাকে জীবন্ত খেয়ে ফেলা শূন্যতার অনুভবে কেঁপে উঠলাম। আমি হাঁটু গেড়ে বসলাম এবং ক্ষমার জন্য প্রার্থনা করলাম, ঠিক কীসের জন্য তা না জেনেই—আমি কেবল ভুল বোঝার বেদনা থেকে, আমার ভেতরের ক্ষুধার শূন্যতা থেকে, এবং আমাকে চেপে ধরা নিষ্পেষণকারী ওজন থেকে মুক্তি চেয়েছিলাম।

আমি শীতল সমাধির সামনে দাঁড়িয়েছিলাম। একটি আগ্রহ, যা একটি আঘাতের মতো বেদনাদায়ক, আমাকে বিদ্ধ করছিল—কেন? কেন এত অন্ধভাবে, এত প্রশ্নহীনভাবে? ডগমা... তারা পাথরের মতো ভারী ছিল।

আমি পবিত্র সমাধির গির্জা থেকে পবিত্র আগুন নিলাম, আমার ছোট সোনালি ক্রুশটি পবিত্র "অভিষেক শিলা"-তে উৎসর্গ করলাম। আমি একটি ঘোরের মধ্যে গোলগোথার দিকে কদম অনুসরণ করলাম, যেন একটি অদৃশ্য, প্রাচীন শক্তি আমাকে পরিচালিত করছিল। তারপর আমি যান্ত্রিকভাবে ফিলিস্তিনি ব্যবসায়ীদের কোলাহলপূর্ণ দোকানগুলোতে প্রবেশ করলাম, আমার ভেতরের শূন্যতা স্মৃতিচিহ্ন দিয়ে পূরণ করার চেষ্টা করছিলাম। পবিত্রের দর কষাকষিতে

আমার আত্মা লুণ্ঠিত হওয়ায় শূন্যতা আমার আত্মার মধ্যে অমঙ্গলজনকভাবে প্রতিধ্বনিত হচ্ছিল। জ্ঞান ছিল একটি ছায়া যা আমি ধরে রাখতে পারছিলাম না। আমি ছিলাম অসহায়।

---✶ ֍ ✶ ---

বাষ্পীভবন

এক দিন পর, হাদাসাহ ক্লিনিকে। ফলাফল সবাইকে হতবাক করে দিল। যখন ডাক্তাররা, যারা একটি ভূত দেখেছে তাদের মতো দৃষ্টি নিয়ে, আমাকে নতুন ইমেজিং স্ক্যানগুলো দেখালেন, তখন পৃথিবী থেমে গেল। আমার হৃদয় জমে গেল।

টিউমারটি আরোগ্য হয়নি—এটি বাষ্পীভূত হয়ে গিয়েছিল। আমার পিনিয়াল গ্রন্থিতে একটি শূন্য স্থান ছিল যেখানে এটি আগে ছিল। কোনো চিকিৎসা ব্যাখ্যা ছিল না। কেবল নীরবতা এবং প্রশ্ন যা আমার মাথায় বজ্রপাতের মতো গর্জন করে উঠল: একটি অলৌকিক ঘটনা? নাকি বিজ্ঞান কেবল মানব মনের সমস্ত সম্ভাবনা জানে না?

একই জিনিস নিশ্চিত ছিল: মৃত্যুর দিকে আমার যাত্রা থেকে আমার ফিরে আসা একটি অব্যক্ত নিরাময় দ্বারা চিহ্নিত হয়েছিল। এটি আমার পুরো জগৎকে উল্টে দিল, যেন একটি হারিকেন দ্বারা ছড়িয়ে দেওয়া কার্ডের মতো।

---✶ ֍ ✶ ---

অন্য জগত থেকে স্পন্দন

— তখন আমি আমার বিশ্বদৃষ্টিতে কোনো উল্লেখযোগ্য পরিবর্তন করিনি – মেলিনা ফিসফিস করে বলল, তার কণ্ঠস্বর প্রায় শোনা যাচ্ছিল না, যেন সে তার সবচেয়ে পবিত্র গোপনীয়তা ভাগ করে নিচ্ছিল। – তবে আমার স্বপ্নগুলো অন্যরকম হয়ে গেল।

হ্যাঁ, তার আগেও আমি তাদের শক্তি এবং অনস্বীকার্য পূর্ব-জ্ঞানের বিষয়ে সচেতন ছিলাম, কিন্তু এখন তারা কণ্ঠস্বর, লেখা, শব্দ এবং শারীরিক অনুভূতিতে পূর্ণ ছিল। তারা অন্য মাত্রা থেকে আসছিল যা আমি নাম দিতে পারতাম না, কিন্তু যাদের উপস্থিতি স্পষ্ট ছিল, প্রায় বস্তুগত।

আমার প্রাণবন্ত, স্পন্দিত স্বপ্ন ছিল যা রাগান্বিত ঢেউয়ের মতো আমার উপর আছড়ে পড়ত, আমার চেতনার তীরে ভেঙে পড়ত, এটিকে গ্রাস করার হুমকি দিচ্ছিল। রাতের ঘুমহীনতা ছাড়াও, তারা একটি অনাকাঙ্ক্ষিত আবেগ দিয়ে আমার দিনগুলোকে নির্মমভাবে যন্ত্রণা দিত, যা আমার মেজাজকে প্রভাবিত করত।

যেন নিরাময়টি কেবল আলোর দিকেই নয়, আমার গভীরতম ভয়ের দিকেও একটি দরজা খুলে দিয়েছে, একটি পরিপক্ক শুদ্ধিকরণের দিকে, যা ছিল বেদনাদায়ক, প্রায় অমানবিক। যেন আত্মাকেই টেনে বের করে আনা হচ্ছে। এই স্বপ্নগুলো আর কী প্রকাশ করবে?

---✶ ֍ ✶ ---

স্বপ্ন: স্কারাব। রক্ত। জাগরণ।

এক রাতে একটি দুঃস্বপ্ন আমার উপর আছড়ে পড়ল: একটি বিশাল, কালো স্কারাব ধীরে ধীরে আমার মুখের ত্বকের নিচে হামাগুড়ি দিচ্ছিল। আমি তার ঠান্ডা কাইতিনাস পিঠ অনুভব করছিলাম, প্রতিটি স্নায়ু তন্তুর উপর তার ওজন, এবং তার তীক্ষ্ণ পাগুলো আমার মাংস ভেদ করে যাচ্ছিল, স্পন্দিত ঘা এবং গর্ত রেখে যাচ্ছিল যা ছিল একটি জীবন্ত, যন্ত্রণাদায়ক ব্যথায় পূর্ণ। আমি একটি সূক্ষ্ম কর্কশ শব্দ শুনছিলাম, যখন এটি আমার গাল এবং নাকে কুৎসিত গর্ত তৈরি করছিল, আবার আমার মাথার খুলির মধ্যে লুকিয়ে যাওয়ার আগে।

এটি আমার গলার দিকে নেমে এলো। এটি আমাকে শ্বাসরোধ করতে শুরু করল। আমি মরিয়া হয়ে এটিকে বের করে দেওয়ার চেষ্টা করলাম। আমি নিজেকে ডুবতে অনুভব করলাম, বাতাস পাথরের মতো আমার গলায় আটকে গিয়েছিল, এবং আমি ঘন, রক্তবর্ণ রক্ত বমি করছিলাম। এটিতে একটি ধাতব, জ্বলন্ত স্বাদ ছিল, যা আমার গলাকে হাড় পর্যন্ত পুড়িয়ে দিচ্ছিল।

আমি ভয়ে ঘুম থেকে উঠলাম। আমার হৃদয় পাগলের মতো স্পন্দিত হচ্ছিল। আমি বমি করতে লাগলাম—আসল, উষ্ণ রক্ত যা আমার চিবুক দিয়ে ঝরছিল, যখন ঠান্ডা ঘামে আমার পুরো শরীর ভিজে গিয়েছিল। এটি আমার আত্মাকে গভীরে ভয় পাইয়ে দিল। অনুভূতিটি বেদনাদায়কভাবে একটি শারীরিক এবং সচেতন স্তরে স্থানান্তরিত হয়েছিল।

আমি অসুস্থ ছিলাম না, আমি জানতাম, এত পরীক্ষার পরে। এটি ছিল আত্মার একটি চিৎকার। একটি অশুভ, বস্তুগত আবেগের চিহ্ন: আমাকে আমার জীবনে একটি মৌলিক পরিবর্তন আনতে হবে। আমার কাজকর্মে। আমি ভুল পথে চলেছি। আমাকে পুরনো চিন্তাভাবনার বিষ ছুঁড়ে ফেলতে হবে যা আমাকে ধীরে ধীরে কিন্তু নিশ্চিতভাবে হত্যা করছিল, একটি শান্ত, অদৃশ্য খুনির মতো।

আমি উন্মত্তভাবে স্বপ্ন এবং স্বচ্ছ স্বপ্নের উপর বই পড়তে শুরু করলাম, কার্ল জাং, স্টিফেন লাবার্জের কাজ, সেইসাথে কার্লোস কাস্টানেডার "স্বপ্ন না দেখা" সম্পর্কিত রহস্যময় শিক্ষাগুলোর গভীরে প্রবেশ করলাম। আমি প্রতিটি স্বপ্নের একটি বিস্তারিত ডায়েরি রাখতাম, তার ধরন নির্ধারণ করার চেষ্টা করতাম—এটি একটি ভবিষ্যদ্বাণীপূর্ণ লক্ষণ ছিল কিনা, দিনের ঘটনার একটি আবেগিক প্রতিচ্ছবি ছিল কিনা, নাকি অন্য বাস্তবতার একটি দরজা ছিল, যেমন ডন জুয়ান বর্ণনা করেছিলেন।

ধীরে ধীরে, ধাপে ধাপে, আমি বিরক্তিকর সম্পর্কগুলো আবিষ্কার করলাম। অশুভ পারস্পরিক সম্পর্ক। আমি আমার অদ্ভুত স্বপ্নগুলোকে আরও বেশি করে কল্পনা করতে এবং নিয়ন্ত্রণ করতে পারছিলাম। যেন আমি আমার নিজের নরকের, আমার নিজের কাঁপানো বাস্তবতার, আমার নিজের ভয় এবং অন্তর্দৃষ্টির একটি নাটকের পরিচালক ছিলাম।

এটি কি আমার মিশনের চাবিকাঠি হবে?

---✶ ⸮ ✶ ---

অধ্যায় ৫৩: আয়নার স্বপ্নে জাগরণ

ইনসেপশন-সদৃশ স্বপ্ন: চেতনার একটি প্রজেক্টর

এখন, নাথানিয়েলের জ্বরের ঘোরের মধ্যে, একটি প্রজেক্টর ছায়াগুলোকে ছিঁড়ে ফেলল। কেবল আলো নয়—চেতনার একটি প্রজেক্টর যা নির্মমভাবে তার স্মৃতির আবৃত কোণগুলোকে বিদ্ধ করল। এটি তাদের প্রথম সাক্ষাতের একটি ভুলে যাওয়া স্মৃতিকে আলোকিত করল।

---❤---

মেলিনা ৪: মহাবিশ্বের মতো চোখ

মেলিনা ধীরে ধীরে তার চোখের সামনে ভেসে উঠল, একটি ভূতের মতো দর্শন হিসেবে নয়, বরং একটি স্পষ্ট ওজন নিয়ে, জীবনেরই নিঃশ্বাস নিয়ে। সে কিছুটা বিব্রত ছিল, তার ঠোঁটে একটি প্রায় অদৃশ্য স্নায়বিকতা খেলছিল।

কিন্তু তার চোখগুলো—আহ, সেই চোখগুলো!—তারা কেবল জ্বলছিল না। তারা একটি প্রাচীন, ভবিষ্যদ্বাণীপূর্ণ নৃত্য নাচছিল, সময় এবং স্থানের বাইরে উঁকি দেওয়া একটি শিখা দিয়ে জ্বলজ্বল করছিল। প্রথম জিনিস যা তাকে আঘাত করেছিল তা ছিল বৈপরীত্য: একটি মুখকে ঘিরে থাকা কাক-কালো চুল, চাঁদের মতো ফ্যাকাশে, এবং তীক্ষ্ণ, সম্মোহনকারী পান্না-রঙা চোখ যা তাকে আটকে রেখেছিল। সে একটি অব্যক্ত আকর্ষণ অনুভব করল, কেবল একটি সুতোর মতো নয়, বরং একটি প্রাচীন, অনমনীয় আইনের মতো, যা সহস্রাব্দ থেকে বোনা হয়েছে। এই আইনটি তাদের মধ্যে প্রসারিত হয়েছিল এবং তাদের চিরতরে সংযুক্ত করেছিল, তাদের ভাগ্যকে একটি নিষ্ঠুর কিন্তু মিষ্টি ক্ষমতা দিয়ে আদেশ করছিল।

কেবল তার শারীরিক সৌন্দর্যই তাকে মুগ্ধ করেনি। সেই জ্বলজ্বলে হ্রদগুলোতে, যা একটি অস্থির আত্মাকে প্রতিফলিত করছিল, সে আরও আকর্ষণীয় কিছু দেখতে পেল—একটি অধরা কোমলতা, যা একটি বন্য, দুঃসাহসিক স্ফুলিঙ্গ দ্বারা আবৃত ছিল। এটি ছিল যেন দুটি পরস্পর বিরোধী শক্তি তার ভঙ্গুর সত্তার মধ্যে লড়াই করছিল: দেবদূতের মতো পবিত্রতা এবং অজানা দুঃসাহসিকতার জন্য একটি অতৃপ্ত তৃষ্ণা। তার আত্মাকে তার কাছে একটি রহস্যময় বইয়ের মতো মনে হয়েছিল, যার প্রচ্ছদগুলো সময় দ্বারা সিক্ত ছিল, এবং পাতাগুলো উন্মোচনের অপেক্ষায় ছিল। সে অনুভব করল যে সে একটি ধাঁধা বহন করছে যা সে সমাধান করতে আগ্রহী ছিল, কিন্তু যা সে ভয়ও পেয়েছিল। কারণ সে জানত যে এটি তার সুশৃঙ্খল বিশ্বের ভিত্তি নাড়িয়ে দেবে।

---✶ ⸙ ✶---

ভাগ্য-নির্ধারিত কাকতালীয় ঘটনা

এখন, বেদনাদায়ক স্মৃতিচারণে, তার ভূতের মতো চিত্রের দিকে তাকিয়ে, সে দেখছিল যে অদ্ভুত কাকতালীয় ঘটনাগুলোর একটি সিরিজ কীভাবে তাদের এই ভাগ্য-নির্ধারিত মুহূর্তে নিয়ে এসেছিল। যন্ত্রণাদায়ক স্পষ্টতার সাথে, সে ভাগ্যের অদৃশ্য হাতটি দেখতে পাচ্ছিল, যেন এটি তার আবেগপূর্ণ, নীরব আবেদন এবং ভালোবাসার প্রতি নিঃশর্ত ভক্তি দ্বারা পরিচালিত হচ্ছিল। একটি ভালোবাসা যা সে এত নির্বোধভাবে অবহেলা করেছিল, এটিকে তুচ্ছ বলে বাতিল করে দিয়েছিল। প্রতিটি সুযোগের সাথে সাক্ষাৎ, প্রতিটি অব্যক্ত নৈকট্য এখন একটি নিখুঁত ছবির মধ্যে সজ্জিত হচ্ছিল, যা তার আত্মার শক্তি এবং তার হৃদয়ের অন্ধত্বকে চিত্রিত করছিল।

সেই মুহূর্তে, তাদের কেউই সাক্ষাতের আসল অর্থ উপলব্ধি করেনি। সে, তার উচ্চাকাঙ্ক্ষা এবং ক্ষমতার জগতে নিমগ্ন, তাকে কেবল একটি আকর্ষণীয় মুখ হিসেবে দেখেছিল—আরেকটি সুযোগ, আরেকটি চ্যালেঞ্জ। সে, তার আভা দ্বারা আকৃষ্ট, তাদের কী গভীর, কর্মিক সংযোগ রয়েছে তার কোনো ধারণাই ছিল না। কিন্তু তারপর... সে স্পষ্টভাবে সেই একক মুহূর্তটি মনে করতে পারল যখন তাদের চোখ একে অপরের সাথে মিলিত হয়েছিল। বাতাসে সেই সংক্ষিপ্ত বৈদ্যুতিক চার্জে, উভয়ই যেন একে অপরের আত্মার অনন্তের মধ্যে পড়ে গিয়েছিল। তার জ্বলজ্বলে সবুজ চোখগুলোতে, সে প্রজ্ঞা এবং করুণার একটি পুরো মহাবিশ্ব দেখেছিল, এবং সে তার মধ্যে—একটি গভীরভাবে লুকানো দুর্বলতা, বোঝার জন্য আগ্রহী। এটি একটি আঘাতের মতো ছিল। যেন পরিষ্কার আকাশ থেকে বজ্রপাত। এটি সবকিছু নাড়িয়ে দিল।

সেই তীক্ষ্ণ দৃষ্টির পর, সে অব্যক্ত আকর্ষণকে অস্বীকার করার চেষ্টা করল। তার কারণ সাবধানতা, যুক্তি, নিয়ন্ত্রণের জন্য চিৎকার করছিল। কিন্তু আরও শক্তিশালী কিছু, একটি আদিম আহ্বান যা শতাব্দী ধরে প্রতিধ্বনিত হচ্ছিল, তাকে তাকে জানতে ডাকছিল। তার স্বজ্ঞা ফিসফিস করে বলল যে সেখানে একটি ধন লুকিয়ে আছে, যা তার মালিকানাধীন সমস্ত কিছুর চেয়ে অনেক বেশি মূল্যবান—একটি ধন যা তার পুরো জীবনকে উল্টে দেবে। সে কি এই পরিবর্তনের জন্য প্রস্তুত ছিল?

---✶ ⸙ ✶---

এবং এখন, সে স্পষ্টভাবে বাসেলের সেই মার্জিত সংবর্ধনাটি মনে করতে পারল। উজ্জ্বলতা এবং নিরর্থকতার মধ্যে, চকচকে হাসি এবং খালি কথোপকথনের মধ্যে, অপ্রতিরোধ্য কিছু তাকে তার কাছে যেতে এবং অপ্রত্যাশিত, প্রায় উন্মাদ শব্দগুলো উচ্চারণ করতে বাধ্য করেছিল যা সবকিছু পরিবর্তন করেছিল:

— তুমি কি তোমার জীবনের সাত বছর আমার কাছে বিক্রি করবে?

এখন, তার স্বপ্নে, নাথানিয়েল সেই অদ্‌ভুত প্রশ্ন এবং তার পরবর্তী বিভ্রান্ত কিন্তু কৌতূহলী দৃষ্টির রোমাঞ্চ আবার অনুভব করল। যেন সে আবার একটি অতল গহ্বরের দরজায় ছিল যা তাকে আকর্ষণ করছিল, যা একই সাথে ধ্বংস এবং অনন্তকালের প্রতিশ্রুতি দিচ্ছিল।

বছরগুলো ছিল একটি গোপনীয়তায় ভরা স্ক্রলটির ধীরে, মিষ্টি উন্মোচনের মতো। সে একটি অতৃপ্ত আকাঙ্ক্ষা নিয়ে তার আত্মার গভীরতা এবং অফুরন্ত সৃজনশীলতা জানতে পেরেছিল, তার প্রতিটি চিন্তা, তার প্রতিটি আবেগকে শোষণ করছিল। সে যেভাবে পৃথিবীকে দেখত, তার স্বজ্ঞাকে, তার আবেগপূর্ণ বিশ্বাসকে এবং তার অদ্‌ভুত স্বপ্নগুলোকে সে ভালোবাসত, যা এখন একটি সম্পূর্ণ নতুন, হুমকি ভরা অর্থ নিচ্ছিল, যা বাস্তবতার প্রতি তার ধারণাগুলোকে উল্টে দিচ্ছিল।

এই স্বপ্নগুলোর আসলে কী অর্থ ছিল? এটিই ছিল সেই প্রশ্ন যা তাকে যন্ত্রণা দিচ্ছিল। তার নিজের মুক্তির চাবিকাঠি কি তাদের মধ্যে লুকিয়ে ছিল, একটি আসন্ন হুমকির উত্তর? এই কারণেই এখন, হতাশার অন্ধকারে, সে মরিয়া হয়ে তাদের আঁকড়ে ধরেছিল।

এই প্রাণবন্ত স্মৃতিগুলো তার অস্থির স্বপ্নে ফিরে আসছিল, একটি জীবন-দায়ী ঝরনার মতো, যা তার আত্মার তৃষ্ণা নিবারণ করছিল। তারা তাকে অপ্রত্যাশিত শক্তি দিচ্ছিল, যা তাকে বস্তুগত জগত, ক্ষমতা এবং উচ্চাকাঙ্ক্ষার চেয়ে অনেক গভীর কিছু অস্তিত্বের কথা মনে করিয়ে দিচ্ছিল। তারা দুটি আত্মার মধ্যে একটি অনন্ত সংযোগ, নিঃশর্ত ভালোবাসার শক্তি এবং তারা যে ধন আবিষ্কার করেছিল তার ফিসফিসানি তাকে শোনাচ্ছিল। এবং দুঃস্বপ্ন শুরু হওয়ার পর প্রথমবারের মতো, তার হৃদয়ে আশার একটি দুর্বল, কম্পমান স্ফুলিঙ্গ জ্বলে উঠল, যা মুক্তির প্রতিশ্রুতি দিচ্ছিল। সে কি নিজেকে বাঁচাতে পারবে? এই প্রশ্নটি তার মধ্যে জ্বলছিল।

---✶ ৎ ✶ ---

ঘন অন্ধকারে, মেলিনা এগিয়ে এলো। তার ছায়া নাথানিয়েলের মুখের উপর ছড়িয়ে পড়ল, তাকে আরও গভীর অন্ধকারে নিক্ষেপ করল। সে একটি ঠান্ডা অনুভব করল। কিছু একটা পরিবর্তন হচ্ছিল।

— কেন তুমি? – নাথানিয়েলের কণ্ঠস্বর কর্কশ শোনাল, কেবল স্বপ্নের দেবদূতের প্রতি নয়, বরং তার নিজের বিভ্রান্ত সত্তার প্রতি, তাকে ঘিরে থাকা অন্ধকারের প্রতি।

— নাথানিয়েল... – মেলিনা ফিসফিস করে বলল, তার কণ্ঠস্বর শান্ত, সামান্য অশুভ। সে তার চোখের দিকে তাকাল, যেন সে তার সবচেয়ে পবিত্র গোপনীয়তা প্রকাশ করতে যাচ্ছে। তার কণ্ঠস্বরের কম্পন প্রায় স্পষ্ট ছিল। সে তাকে ধৈর্য সহকারে দেখছিল, অনুভব করছিল যে তার ভেতরের জগতে, তার আত্মার অতল গহ্বরের দিকে একটি দরজা খুলে গেছে। সে তাকে সেই অদ্‌ভুত স্বপ্নগুলো ভাগ করে নিতে বলেছিল যা তাকে গ্রাস করছিল। এখন সে কথা বলতে শুরু করল। প্রতিটি শব্দ—যেন মরুভূমিতে এক ফোঁটা জলের মতো:

— তুমি জানো যে কখনও কখনও... আমার জাগ্রত স্বপ্নের অবস্থা হয়। আমি সময়ের একটি অদ্‌ভুত ফাঁকে পড়ে যাই, যেখানে বাস্তবতা দ্রবীভূত হয়। সেখানে, একটি সংক্ষিপ্ত মুহূর্তের জন্য, একটি ঝলকানি আলো প্রকাশিত হয় এবং আমাকে এমন জ্ঞান দেওয়া হয় যা আমার একটি ধারণা তৈরি করতে, একটি গুরুত্বপূর্ণ কিছু বুঝতে প্রয়োজন হয়। এবং হঠাৎ... আমার বাস্তব জীবন অপ্রত্যাশিত উদ্দেশ্য এবং নতুন দিক দিয়ে পূর্ণ হয় যা আমাকে একটি অদৃশ্য স্রোতের মতো টেনে নেয়। আমার কাছে এটি স্পষ্ট যে আমাকে এই সমস্ত বিক্ষিপ্ত চিহ্নগুলোকে একটি একক, উচ্চতর মিশনের মধ্যে একত্রিত করতে হবে, কারণ আমি ছড়িয়ে যেতে পারি না। তারা সবাই যেন একটি চূড়ান্ত লক্ষ্যের দিকে পরিচালিত করে। আমি মরিয়া হয়ে বোঝার চেষ্টা করছি যে এটি ঠিক কী, অজানা আমাকে গ্রাস করার আগে। হয়তো তুমি আমাকে সাহায্য করবে?

নাথানিয়েল সাবধানে শুনছিল, তার কণ্ঠস্বরের কিছু তাকে বিশ্বাস করতে বাধ্য করছিল। একটি কর্কশ ভয় তার মধ্যে উঠে আসছিল। তার ভবিষ্যদ্বাণীপূর্ণ স্বপ্নগুলো কি তাকে কী অপেক্ষা করছে তার উত্তর দেবে? তারা কি তাকে বাঁচাবে? তাকে জানতে হবে।

---✶ ⸮ ✶ ---

— আমি সেই রাতে বাড়ি ফেরার পর... – মেলিনার কণ্ঠস্বর কেঁপে উঠল, যা তাকে তাড়িয়ে বেড়ানো ভয়ে পূর্ণ ছিল। – ...স্বপ্নটি কোনো সতর্কবাণী ছাড়াই আমার উপর আছড়ে পড়ল, একটি কালো ঘূর্ণির মতো যা আমাকে নিচে টেনে নিয়ে গেল। এটি প্রথমে ঘোলাটে ছিল, কিন্তু ধীরে ধীরে একটি ভয়াবহ ঘনত্ব অর্জন করল। প্রতিটি বিস্তারিত—ছুরির মতো ধারালো। আমি তোমাকে দেখেছিলাম, নাথানিয়েল... তুমি একটি চকচকে, কালো মেশিনের পাশে দাঁড়িয়ে ছিলে, এবং তোমার চারপাশে একটি অদ্ভুত, অশুভ নীরবতা বিরাজ করছিল। পরের মুহূর্তে, সবকিছু বিস্ফোরিত হলো! একটি বধিরকারী গর্জন। চূর্ণবিচূর্ণ ধাতু। ছড়িয়ে পড়া কাঁচ। রক্ত! সব জায়গায়! এবং তুমি... তুমি ধ্বংসাবশেষের মধ্যে নিশ্চল হয়ে শুয়ে ছিলে। এটি এত কুৎসিত ছিল... চূড়ান্ত।

তার কণ্ঠস্বর কেঁপে উঠল। নাথানিয়েল তার স্বপ্নে একটি ঠান্ডা বাতাস অনুভব করল, যেন মৃত্যু নিজেই একটি বরফ-ঠান্ডা হাত দিয়ে তাকে স্পর্শ করল।

— আমি একটি চিৎকারে ঘুম থেকে উঠলাম, ঠান্ডা ঘামে ভিজে গিয়েছিলাম। আমার হৃদয় পাগলের মতো স্পন্দিত হচ্ছিল, যেন এটি আমার বুক থেকে লাফিয়ে বের হয়ে যাবে, এবং ভয়টি আমাকে দীর্ঘ সময় ধরে ছেড়ে যায়নি। আমি জানতাম না এর অর্থ কী; আমি তোমাকে অল্প কিছুদিনের জন্য চিনতাম। কিন্তু অনুভূতিটি এত শক্তিশালী, এত বাস্তব ছিল... যেন আমি মৃত্যুকেই তোমাকে গ্রাস করতে দেখেছিলাম। এবং তখন, যেন একটি অন্তর্দৃষ্টি আমাকে আঘাত করল— আমাকে এটি প্রতিরোধ করতে হবে। আমাকে তোমাকে বাঁচাতে হবে, কারণ আমার একটি অংশ ইতিমধ্যেই জানত যে আমাদের ভাগ্য শতাব্দী ধরে জড়িত, এবং তোমাকে বাঁচানোর মাধ্যমে, আমি নিজেকে একটি অদৃশ্য কিন্তু সর্বগ্রাসী অন্ধকার থেকে বাঁচাচ্ছিলাম। এটি কীভাবে ঘটতে পারে?

নাথানিয়েল ভারীভাবে ঢোক গিলল। তার সন্দেহ সত্ত্বেও, সে অনুভব করছিল যে মেলিনার প্রতিটি শব্দ তার মধ্যে প্রতিধ্বনিত হচ্ছে, তার চেতনায় নতুন, ভীতিজনক দরজা খুলছে। সে কি চাবিকাঠিটি ধরে রেখেছিল?

---✶ ⸮ ✶ ---

সে সংক্ষিপ্ত বিরতি নিল, যেন সবচেয়ে ভারী, সবচেয়ে পবিত্র জিনিসটি উচ্চারণ করার জন্য শক্তি সংগ্রহ করছিল।

— কয়েক দিন আগে, আমার ভাই, যে সুইজারল্যান্ডে থাকে, অপ্রত্যাশিতভাবে আমাকে বাসেলের একটি সংবর্ধনায় আমন্ত্রণ জানাল। আমি জানতাম না কেন, আমন্ত্রণটি ছিল স্বতঃস্ফূর্ত, প্রায় একটি কাকতালীয়। কিন্তু আমার স্বপ্নের ছবিগুলো আমার মনে ঝলসে উঠল। এটি একটি লক্ষণ, একটি অশুভ ইঙ্গিত মনে হলো। আমি আমার সমস্ত বেতন একটি মার্জিত, ব্যয়বহুল পোশাকে বিনিয়োগ করলাম, যেন আমি ভাগ্যের সাথে একটি যুদ্ধের জন্য, একটি অনিবার্য কিছুর সাথে সাক্ষাতের জন্য পোশাক পরছিলাম। আমি গিয়েছিলাম, কী খুঁজছি তা না জেনেই, কিন্তু আমার হৃদয়ের গভীরে আমি বিশ্বাস করতাম যে আমি এমন কিছু খুঁজে পাব যা আমি আমার আত্মার গভীরে অনুভব করছিলাম...

নাথানিয়েল কেঁপে উঠল। একটি ঠান্ডা শিহরণ তার মেরুদণ্ড বেয়ে গেল, যখন সে উপলব্ধি করল যে এই গল্পটি আর কেবল মেলিনার একটি স্মৃতি নয়, বরং তার নিজের আত্মার, তার নিজের ভুলে যাওয়া ভয়ের একটি প্রতিচ্ছবি।

— আমি অপরিচিত মুখের ভিড়ে ছিলাম, খুঁজছিলাম, এমনকি কী খুঁজছি তা না জেনেই, যুক্তির পরিবর্তে স্বজ্ঞা দ্বারা পরিচালিত হয়ে। এবং তারপর... আমি তোমাকে কথা বলতে শুনলাম। তোমার কণ্ঠস্বর... এটি আমার স্বপ্নের মতোই ছিল। একটি কণ্ঠস্বর যা আমাকে অনেকবার ফিসফিস করে বলেছে, আমাকে প্রতীকে কোড করা বার্তা দিয়ে গেছে—পরিবর্তন, একটি নতুন বিশ্বের প্রতিশ্রুতি। সেই মুহুর্তে আমি তোমাকে চিনতে পারলাম। আমার হৃদয় লাফিয়ে উঠল, যেন এটি আমার বুক থেকে বেরিয়ে যাবে। আমি জানতাম যে আমি সঠিক জায়গায়, সঠিক সময়ে আছি।

---✶ ✶---

সে দীর্ঘশ্বাস ফেলল। সে তার আত্মা থেকে একটি ওজন নামাল, যা তাকে বছরের পর বছর ধরে চাপ দিচ্ছিল।

— আমি তোমাকে আমার স্বপ্নটি ধৈর্য সহকারে বলার চেষ্টা করেছিলাম। গল্পে। রূপকের সাথে। যাতে তুমি আমাকে পাগল না ভাবো। আমি চেয়েছিলাম তুমি বিশ্বাস করো। সেই আসন্ন বিপদটি বুঝতে যা আমি এত স্পষ্টভাবে দেখছিলাম। কিন্তু তুমি সন্দিহান ছিলে। কেবল তখনই যখন মৃত্যু তোমার উপর ঝুলছিল। যখন পরিস্থিতিগুলো আমার স্বপ্নের মতো অশুভভাবে সজ্জিত হতে শুরু করেছিল—তখনই আমি তোমার জীবনে আমার হঠাৎ আবির্ভাবের আসল কারণটি প্রকাশ করেছিলাম। তুমি বিশ্বাস করনি। তুমি সবকিছুকে একটি কাকতালীয় ঘটনা বলে মনে করেছিলে। কিন্তু তবুও, নির্ধারিত দিনে, তুমি আমার কথা শুনেছিলে। হয়তো আমার কণ্ঠস্বরের কিছু, আমার মরিয়াভাবের কিছু, তোমাকে ভাবতে বাধ্য করেছিল। তোমার নিজের যুক্তিবাদকে সন্দেহ করতে। এটি কি তোমার পরিবর্তনের শুরু ছিল?

---❤---

## অধ্যায় 9: আত্মার কোড: অনন্ত অবতারের স্বপ্ন

পাথরের ফাটল

সেই মুহূর্তে, তার স্বপ্নে, নাথানিয়েল আবারও দেখতে পেল যে কিভাবে গালীল সাগরের তীরের সেই ছোট, মসৃণ পাথরটি, যা মেলিনা ইসরায়েল থেকে ফিরে আসার পর সবসময় তার গলায় পরত, চেন থেকে পড়ে গেল। এটি দুই ভাগে ভেঙে গেল। একটি অদৃশ্য শক্তি দ্বারা বিভক্ত। ভাগ্য নিজেই। সে রোমের বিমানবন্দরে দাঁড়িয়ে ছিল। তার বিমান সবেমাত্র অবতরণ করেছিল। আজ রওনা না হওয়ার জন্য তার করা প্রাথমিক বার্তার উত্তর ছিল একটি গোলাপ ইমোজি। তখন সে তাকে ফোন করল। সে তার সাথে কথা বলছিল, তাকে আরও বোঝানোর চেষ্টা না করে, কেবল তাকে কয়েক সেকেন্ডের জন্য ধরে রাখার জন্য। যাতে সে রওনা না হয়। তখন পাথরটি কোনো কারণ ছাড়াই পড়ে গেল। সে টুকরোগুলো জড়ো করল। কিন্তু সে ইতিমধ্যেই জানত।

নাথানিয়েল একটি পরিচিত শিহরণ অনুভব করল। তার স্বপ্নের অন্ধকারে ঝলসে ওঠা স্মৃতির টুকরোগুলোর মতো। পাথরটি... কোনো একটি পাথর... গালীল সাগরের সেই ছোট পাথরটি।

— তখন... তখন সেই পাথরটি ভেঙে গিয়েছিল – তার কণ্ঠস্বর চলতে লাগল। কম্পন ভরে। ভক্তি সহকারে। – যেন স্বয়ং ঈশ্বর একটি চিহ্ন পাঠিয়েছিলেন। আমার বিশ্বাসের নিশ্চিতকরণ। হয়তো আমার শক্তিশালী প্রার্থনার কারণে। তোমার প্রতি আমার বিশুদ্ধ বিশ্বাসের কারণে। সেই মুহুর্তে আমি আমার স্বপ্নে সত্যিকারভাবে বিশ্বাস করেছিলাম। তারা ভবিষ্যতের একটি জানালা ছিল। একটি সতর্কতা। ভাগ্য পরিবর্তনের একটি সুযোগ। ইতিহাসকে আবার লেখার জন্য।

সে গভীর নিঃশ্বাস নিল এবং আরও আত্মবিশ্বাসী, কিন্তু এখনও কাঁপানো সুরে কথা বলতে লাগল। যেন সে তার স্মৃতির অতল গহ্বরে আরও গভীরে ডুব দিচ্ছিল:

---✶ ⸮ ✶ ---

অতীতের অভিশাপ। রক্ত। জল। বিশ্বাসঘাতকতা।

— এরপর, একটি রক্তাক্ত ছবির মতো, আরেকটি স্বপ্ন প্রকাশিত হলো। আমি আমার আগের... জীবনগুলোতে আমার সহিংস মৃত্যুকে খুব স্পষ্টভাবে চিনতে পেরেছিলাম। এটিই ছিল উত্তর। আমার স্মৃতিতে বেদনা দিয়ে খোদাই করা—আমি যে কর্ম বহন করছিলাম। অতীতের পাপের বোঝা। আমি সেগুলো বেদনাদায়কভাবে স্পষ্টভাবে মনে রেখেছিলাম। যেন আমি সেগুলো আবার বেঁচে ছিলাম। একটি স্বপ্নে, আমাকে ডুবিয়ে দেওয়া হয়েছিল। একটি ছোট রাজ্যের উত্তরাধিকারীকে জন্ম দেওয়ার পর। তার নিজের পিতা—আমার স্বামী—এবং তার নির্মম প্রেমিকা দ্বারা, সিংহাসন দখল করার জন্য। জল ছিল বরফ-কালো। তার স্বাদ—বিশ্বাসঘাতকতা থেকে তিক্ত। এবং তার ওজন আমার ফুসফুসকে পূর্ণ করে দিচ্ছিল।

---✶ ⸮ ✶ ---

— তারপর এক রাতে আমাকে একটি স্বপ্ন গ্রাস করল, যেখানে আমি একটি বাগানের দাসীতে পরিণত হয়েছিলাম এবং আমি উত্তরের সৈন্যদের হাতে নিহত হয়েছিলাম, যখন আমি আমার মনিবকে রক্ষা করছিলাম, যিনি দক্ষিণের একজন সমর্থক ছিলেন। পরের দিন সকালে, আমার পেটে ব্যথা, ঠিক যেখানে বর্শাটি আমাকে বিদ্ধ করেছিল, তার শারীরিক মাত্রা ছিল, যেন এটি সত্যিই ঘটেছিল। যেন বিদ্ধ করাটি আমার মাংসে স্পন্দিত হচ্ছিল, আমাকে অতীতের কথা মনে করিয়ে দিচ্ছিল। এই ব্যথাগুলো আর কী গোপনীয়তা লুকিয়ে রেখেছিল?

---✶ ⸮ ✶ ---

— এবং তৃতীয় স্বপ্নটি, আগের দুটির চেয়ে আরও অশুভ, দেখাল কিভাবে ইনকুইজিশন আমাকে ডাইনি বিদ্যার জন্য অন্যায়ভাবে অভিযুক্ত করে কাঠের উপর পুড়িয়ে মেরেছিল। আমি জ্বলন্ত শারীরিক ব্যথা অনুভব করলাম, যেন আমার শরীরের প্রতিটি তন্তু মুক্তির জন্য চিৎকার করছিল। একই সাথে আমি ভিড়ের মধ্যে একজন পুরুষের উদাসীন চোখগুলো স্পষ্টভাবে দেখতে পেলাম। তাকে বাঁচানোর ক্ষমতা তার ছিল, কিন্তু সে তা করেনি। কারণ সে ভয় পেয়েছিল। কারণ সে ভালোবাসার চেয়ে নিরাপত্তাকে বেছে নিয়েছিল। আমি সেই ঠান্ডা চোখগুলো মনে রেখেছি, নাথানিয়েল। আমি জানি যে তারা আমার এই অবতারে আমাকে দেখছে, কারণ তোমার সাথে আমাকে সেই পুনর্জন্মের ভারী কর্মের প্রায়শ্চিত্ত করতে হবে, যখন তুমি ভালোবাসায় বিশ্বাস করনি, তুমি এটিকে আগুনে ধ্বংস করেছ... এই লোকটি কে ছিল?

---✶ ⸮ ✶ ---

সে সংক্ষিপ্ত বিরতি নিল। এক মুহুর্তের জন্য যেন সে কোনো শব্দ নয়, বরং সময়ের স্পন্দন শুনছিল। সে অদৃশ্য উৎস থেকে, প্রাচীনত্ব থেকে শক্তি সংগ্রহ করছিল এবং চালিয়ে গেল:

— আমার রিগ্রেসিভ স্ব-সম্মোহন থেকে সৃষ্ট আমাদের এই জটিল সম্পর্কগুলো কোনো এক অতি-সংবেদনশীল প্রক্রিয়াকে সক্রিয় করেছিল, যার মাধ্যমে আমার স্বপ্নগুলোতে আরও উজ্জ্বল এবং স্পষ্ট প্লট দেখা যাচ্ছিল, যেন আমি আমার নিজের চেতনার আরও গভীরে প্রবেশ করছিলাম, প্রত্নতাত্ত্বিক স্মৃতিগুলো প্রকাশ করছিলাম যা শতাব্দী ধরে ভুলে যাওয়া সত্যের সাথে প্রতিধ্বনিত হচ্ছিল।

নাথানিয়েল ঢোক গিলল। সে তার ঘাড়ের উপর একটি ঠান্ডা শিহরণ অনুভব করল। এই নারী আর কী প্রকাশ করতে পারতো?

আমি নিজেকে একটি উঁচু পাহাড়ে দাঁড়িয়ে দেখতে পেলাম, জ্বলন্ত সূর্যের পটভূমিতে একটি কালো সিলুয়েটের মতো। আমার হাতগুলো প্রসারিত ছিল, আকাশকে আলিঙ্গন করার জন্য, মহাবিশ্বের শক্তি গ্রহণ করার জন্য প্রস্তুত। একটি প্রাচীন, ভীতিকর যাজকীয় মুখোশ আমার মুখ লুকিয়ে রেখেছিল, কিন্তু আমার চোখগুলো ভেতরের আলোয় জ্বলছিল, একটি বিস্ফোরিত

তারার মতো উজ্জ্বল, যা দৃশ্যের বাইরে দেখতে পাচ্ছিল। একটি কণ্ঠস্বর দিয়ে, যা আকাশকে ভেদ করছিল, আমি কুইটজালকোয়াটলকে, পালকযুক্ত সাপ, জ্ঞানের প্রাচীন দেবতাকে আহ্বান করছিলাম। আমার হৃদয় ড্রামগুলোর সাথে একটি প্রাচীন ছন্দে স্পন্দিত হচ্ছিল, এবং উপাসকদের একটি বিশাল ভিড়—মায়া, অ্যাজটেক এবং টোলটেক—জীবন্ত ঢেউয়ের মতো নত হচ্ছিল, তাদের বিশ্বাস দ্বারা গ্রাস করা হচ্ছিল। বাতাস আমার প্রার্থনাগুলো আকাশের দিকে বয়ে নিয়ে যাচ্ছিল, এবং সূর্য বলিদানকে আশীর্বাদ করছিল। এই রহস্যময় মুহূর্তে আমি বন্য প্রকৃতি এবং ঐশ্বরিকের সাথে এক হয়ে গিয়েছিলাম, কুইটজালকোয়াটল আমাকে যে প্রজ্ঞা এবং জ্ঞান দেবে তা গ্রহণ করার জন্য পুরোপুরি প্রস্তুত ছিলাম, তার সত্তার সাথে মিশে যাওয়ার জন্য।

---✶ ʢ ✶ ---

তার কণ্ঠস্বর আরও শান্ত হয়ে গেল, একটি গোপনীয়তা ফিসফিস করে বলল, যা কেবল তার উপর ন্যস্ত করা হয়েছিল, একমাত্র ব্যক্তি যে বুঝতে পারতো:

— আরেকটি স্বপ্নে আমি একটি দীর্ঘ-বিলুপ্ত, উন্নত সভ্যতার অংশ হিসেবে নিজেকে প্রকাশ করলাম। আমি একটি অদ্ভুত নলাকার নিষ্কাশন ব্যবস্থার নির্মাতা ছিলাম, যা আলো এবং শব্দ দিয়ে বোনা হয়েছিল, একটি অস্বাভাবিক নির্মাণ সহ, যা স্থানকে ম্যানিপুলেট করতে সক্ষম, বাস্তবতায় একটি ফাটল তৈরি করে যেখানে এই ক্ষেত্রটি সম্পূর্ণরূপে অনুপস্থিত ছিল। আমার স্বপ্নে আমি এই অদ্ভুত মেশিনটি সক্রিয় করেছিলাম—একটি নলাকার যন্ত্র যার একটি ভলিউমেট্রিক রেজোনেটর ছিল, যেখানে অন্য ধরনের অজানা শক্তি প্রবেশ করতে এবং ঘনীভূত হতে পারত, যা পদার্থকেই পরিবর্তন করতে পারত। আমি বুঝতে পারলাম যে একজন ব্যক্তি তার চিন্তাকে সিলিন্ডারের মধ্যে রাখতে পারে এবং এটিকে ভেতরে স্থিতিশীলভাবে ধরে রাখতে পারে। এই অদ্ভুত মেশিনটি মানসিক শক্তিকে ঘনীভূত এবং পরিচালিত করত, চিন্তাগুলোকে বাস্তবায়িত করত, সেগুলোকে বাস্তবতায় পরিণত করত।

নাথানিয়েল তার চোখ ছোট করল। চিন্তাগুলো যা বাস্তবে পরিণত হয়? এটি সবচেয়ে বড় বিভ্রমের মতো শোনাচ্ছিল, কিন্তু তার স্বপ্নে সবকিছু এত... সম্ভব মনে হচ্ছিল। একজন ব্যক্তি এমন একটি মেশিন দিয়ে কী তৈরি করতে পারতো?

---✶ ʢ ✶ ---

তার চোখগুলো একটি অদ্ভুত আলোয় ঝলসে উঠল, যেন তারা দৃশ্যমানের বাইরে, বিভ্রমের পর্দার বাইরে দেখতে পাচ্ছিল:

— আরেকটি, খুব গুরুত্বপূর্ণ স্বপ্নে, আমি একটি প্রাচীন আহ্বান উপলব্ধি করলাম—সবচেয়ে মূল্যবান জ্ঞান সংরক্ষণ করা, যা একটি অ-বস্তুগত উন্নত জাতিসত্তা থেকে অন্য, একটি তরুণ জাতিসত্তায় স্থানান্তরিত হয়েছিল, যেখানে আত্মা ঘন শারীরিক মাত্রা অর্জন করে। আমি প্রাচীন সভ্যতাগুলোর গোপনীয়তায় প্রবেশ করলাম, যেখানে কেবল চিন্তার শক্তি দিয়ে বাস্তবতা তৈরি করার অবিশ্বাস্য শক্তির জ্ঞান সংরক্ষিত ছিল। টেলিপ্যাথি এবং টেলিকেinesis ছিল পবিত্র সরঞ্জাম, যা সৃষ্টির জন্য ব্যবহৃত হতো। আমি দুঃখের সাথে মহান আটলান্টিসের পতন এবং জ্ঞানী সত্তাগুলোর ছড়িয়ে পড়া পর্যবেক্ষণ করলাম, যারা মরিয়া হয়ে তাদের দক্ষতাগুলো সংরক্ষণ করার চেষ্টা করছিল, কিন্তু পরিবর্তিত অবস্থার কারণে তারা সেগুলো হারাচ্ছিল, শূন্যতায় দ্রবীভূত হচ্ছিল।

---✶ ʢ ✶ ---

তার কণ্ঠস্বর ভক্তিতে আচ্ছন্ন ছিল, ভয় এবং ওজনের মিশ্রণ সহ, যেন সে একটি পবিত্র গোপনীয়তা ভাগ করে নিচ্ছিল, যা শতাব্দী ধরে সংরক্ষিত ছিল:

— এবং আরেকটি স্বপ্ন... যা অস্পষ্ট প্রতীকে ভরা ছিল। আমি মনে করি যে এতে আমি যুগের স্পন্দন অনুভব করছিলাম, প্রাচীন লেমুরিয়ান সভ্যতা এবং পরবর্তী, কিন্তু কম রহস্যময়

নয় এমন শক্তিশালী আটলান্টীয়ানদের সভ্যতার মধ্যে একটি মসৃণ রূপান্তর—একটি সময় যা অদ্‌ভুতভাবে জেনেসিসে বর্ণিত বিশ্বের সৃষ্টির সাথে মিলে যায়। এই স্বপ্নে আমি অর্জিত জ্ঞানকে একটি বস্তুগত রূপে নয়, বরং এমন কিছুতে সংরক্ষণ করছিলাম যা আমি স্বজ্ঞাতভাবে একটি সত্যিকারের পবিত্র গ্রেইল হিসেবে অনুভব করছিলাম।

কিন্তু এটি আমার আত্মার সবচেয়ে পবিত্র গভীরতায়, আমার অস্তিত্বের প্রকৃত কাপড়ে কোড করা ছিল। এই গ্রেইলটি একটি কাপ নয়, বা কোনো শিল্পকর্মও নয়, বরং এটি মহাজাগতিক প্রজ্ঞার একটি জীবন্ত ভান্ডার ছিল, যা জটিল, প্রায় অচিন্তনীয় প্রক্রিয়াগুলোকে উন্মোচন করছিল, যার মাধ্যমে আত্মা বাস্তবতার জটিল মানসিক মডেল তৈরি করে, যা অদ্‌ভুত কোয়ান্টাম এনট্যাঙ্গেলমেন্টের মাধ্যমে সবকিছুকে আবৃত করে—যেন প্রতিটি সত্তা, প্রতিটি চিন্তা, একটি অনন্ত, সর্বব্যাপী মহাজাগতিক নেটওয়ার্কের অংশ ছিল, যা প্রতিটি জীবন্ত এবং নির্জীব বস্তুকে সংযুক্ত করে, যেন আমাদের চারপাশের সবকিছু কেবল পদার্থ নয়, বরং চেতনার একটি জটিল হলোগ্রাফিক প্রজেকশন, যেখানে প্রতিটি চিন্তা তার নিজস্ব বাস্তবতাকে আকার দেয়। এই স্বপ্নে আমি বুঝতে পারলাম যে আত্মার অবিশ্বাস্য, ঐশ্বরিক ক্ষমতা রয়েছে টরশন ফিল্ড তৈরি করার—অদৃশ্য শক্তির ঘূর্ণি, যা বিশাল দূরত্বে, সময় এবং স্থানের বাইরে, তাৎক্ষণিক, অব্যক্ত যোগাযোগের অনুমতি দেয়, যেন চিন্তা একটি ঢেউ যা বাস্তবতার প্রকৃত কাপড়ের মধ্য দিয়ে যায়।

এটি এত উজ্জ্বল এবং স্পষ্ট ছিল, কিন্তু তবুও শব্দে বর্ণনা করা কঠিন ছিল। একটি অপরিমেয় শক্তির পাত্র, যেখানে জীবন্ত রক্তের স্পন্দিত স্রোত প্রবাহিত হয়, যা মহাজাগতিক স্পন্দনের সাথে, মহাবিশ্বেরই নিঃশ্বাসের সাথে কম্পিত হয়।

---✶ ✶ ---

আমি ঘুম থেকে উঠলাম—এমন কিছু স্পর্শ করে যা ছিল চিরন্তন এবং বিপজ্জনক। আমি তখনও আমার ত্বকে ঠান্ডা ধুলো অনুভব করছিলাম, ধূপের গন্ধ। স্বপ্নটি চলে যেতে চায়নি—এটি একটি বিদেশী হৃদয়ের মতো আমার মধ্যে স্পন্দিত হচ্ছিল। আমি এমন সত্যগুলোকে স্পর্শ করেছিলাম যা সাধারণ বোঝার সীমা অতিক্রম করেছিল, যা আমাকে একই সাথে গভীরভাবে আলোকিত এবং যন্ত্রণাদায়কভাবে উদ্বিগ্ন করে তুলেছিল। এখন আমি জ্ঞানের অদৃশ্য, কিন্তু কাঁপানো স্পষ্ট ওজন বহন করছিলাম, যা শতাব্দীর গভীরতায় লুকানো ছিল—একটি গোপনীয়তা, যা আমার অবচেতনের গোলকধাঁধায় শক্তভাবে সিল করা ছিল, যেন এটি আমার নিজের ডিএনএ, আমার নিজের অস্তিত্বের অংশ ছিল। আমি নিজেকে এমন একটি সত্যের একাকী রক্ষক হিসেবে অনুভব করলাম, যা অন্যদের জন্য অপ্রাপ্য ছিল, নীরবতা, বিচ্ছিন্নতার জন্য নির্ধারিত।

প্রশ্নগুলো কেবল বাড়েনি; তারা অদৃশ্য কিন্তু শক্ত সুতোগুলোতে পরিণত হয়েছিল, যা আমার আত্মাকে আমার নিজের অস্তিত্বের অতল গহ্বরের দিকে টেনে নিয়ে যাচ্ছিল, যা অবিশ্বাস্য অন্তর্দৃষ্টি এবং সত্যিকারের উন্নয়নের প্রতিশ্রুতি দিচ্ছিল... অথবা হয়তো... চূড়ান্ত গ্রাস, শূন্যতায় দ্রবীভূত হওয়া।

---✶ ✶ ---

তার স্বপ্নে নাথানিয়েল দেখতে পেল কিভাবে মেলিনা পিছিয়ে গেল, যেন সে তার নিজের প্রকাশের দ্বারা গ্রাস করা হয়েছে। তার মুখ, যা সম্প্রতি স্মৃতির শিখা দ্বারা আলোকিত ছিল, এখন গভীর চিন্তায় আবৃত ছিল। সে তার দিকে তাকাল, যে তথ্যের স্রোত তাকে প্লাবিত করেছিল তাতে কীভাবে প্রতিক্রিয়া জানাবে তা নিয়ে সে অনিশ্চিত ছিল। তার যুক্তিবাদী সত্তা ভূতের মতো ছবিগুলোর সাথে, সে যে রহস্যময় অন্তর্দৃষ্টিগুলো ভাগ করে নিয়েছিল তার সাথে লড়াই করছিল।

নাথানিয়েলের স্বপ্নের বাতাস ভারী হয়ে গেল, প্রায় স্পষ্ট। সে অনুভব করল কিভাবে প্রশ্নগুলো তার গলায় উঠে আসছে, কিন্তু শব্দগুলো নীরব রইল। সে কীভাবে এই সবকিছু বুঝতে পারত? আগের জীবন? কর্ম? টরশন ফিল্ড? সবকিছু তার বিশ্বের সাথে সাংঘর্ষিক ছিল, যা যুক্তি

এবং তথ্য দ্বারা সুশৃঙ্খল ছিল। তার ভেতরের কণ্ঠস্বর তাকে যুক্তির দিকে টানছিল, কিন্তু কিছু... কিছু প্রাচীন জিনিস ইতিমধ্যেই জেগে উঠেছিল। তার নিজের নিরাময় কি এই অদ্‌ভুত তত্ত্বগুলোর প্রমাণ ছিল?

---✶ ৎ ✶---

মেলিনা তার দিকে তাকাল, এবং তার চোখে একটি অদ্‌ভুত আলো ঝলসে উঠল—ক্লান্তি এবং সংকল্পের মিশ্রণ। সে যেন তার ভেতরের লড়াই, তার আপাত নীরবতার পিছনে লুকানো তার সন্দেহ অনুভব করছিল।

— আর কী হবে, নাথানিয়েল, যদি আমি কিছুই বেছে না নিই? – সে ফিসফিস করে বলল, তার কণ্ঠস্বর প্রায় শোনা যাচ্ছিল না, কিন্তু তীক্ষ্ণ, যেন সে তার নিজের অব্যক্ত ভয়ের উত্তর খুঁজছিল। – যদি আমি কেবল নিজেকে স্রোতের উপর ছেড়ে দিই? তাহলে কি সেই অতল গহ্বর আমাকে গ্রাস করবে, যেখান থেকে আমি এত মরিয়া হয়ে এই সমস্ত জীবন ধরে পালানোর চেষ্টা করছিলাম? নাকি এটি আমাকে এমন একটি ভাগ্যের দিকে নিয়ে যাবে যা অদৃশ্য হওয়ার চেয়েও বেশি ভীতিজনক? তখন তুমি কী করবে?

নাথানিয়েলের হৃদয় লাফিয়ে উঠল। সে তার বুকে একটি তীক্ষ্ণ, ঠান্ডা খোঁচা অনুভব করল। এই শেষ মন্তব্যটি তাকে আঘাত করল। সে কেবল তার ভাগ্য নিয়ে কথা বলছিল না। সে তাদের ভাগ্য নিয়ে কথা বলছিল। তার অতল গহ্বর ছিল তাদের অতল গহ্বর। সে একটি ভয়াবহ স্পষ্টতার সাথে উপলব্ধি করল যে তার, এবং ফলস্বরূপ তার পছন্দের দায়িত্ব সম্পূর্ণরূপে তার উপর ছিল। তার হাতগুলো ঘেমে গেল। তার গলা শুকিয়ে গেল।

তার চিন্তাগুলো তার খুলিতে মাছির মতো আঘাত করছিল। সে যা কিছুতে বিশ্বাস করত, সমস্ত সূত্র এবং প্রমাণ, এই অব্যক্ত বাস্তবতার সামনে ফাঁপা, অর্থহীন মনে হচ্ছিল। সে তার ভিত্তি ধ্বংস করছিল। এবং সে একটি হাসি দিয়ে তা করছিল। একজন নারী কীভাবে তাকে এমনভাবে নাড়িয়ে দিতে পারত?

— এটি ঘটবে না! – সে গর্জন করল। তার কণ্ঠস্বর তার নিজের মাথায় প্রতিধ্বনিত হলো। – তুমি অদৃশ্য হবে না!

মেলিনা তাকে অবাক হয়ে দেখল। প্রথমবারের মতো সে তার চোখে এমন অনিয়ন্ত্রিত আবেগ দেখতে পেল। তার সন্দেহ, তার যুক্তিবাদ—এই শীতল সম্ভাবনার মুখে সবকিছু গলে গেল।

— কিন্তু তুমি কী করবে, নাথানিয়েল? – সে তাকে চ্যালেঞ্জ করল, তার কণ্ঠে হতাশার একটি ছোঁয়া ছিল। – আমরা কীভাবে অদৃশ্য জিনিসের সাথে লড়াই করব? কর্মের সাথে? শতাব্দীর সাথে? নাকি কোয়ান্টাম এনট্যাঙ্গেলমেন্টের সাথে?

— এগুলো কেবল রূপক, মেলিনা। বিজ্ঞান এমন মাত্রা জানে না।

নাথানিয়েলের দৃষ্টি শক্ত হয়ে গেল। এতে দ্বিধার কোনো স্থান ছিল না। এখন পর্যন্ত, সে উচ্চাকাঙ্ক্ষা এবং অর্থের দ্বারা নিয়ন্ত্রিত জীবনের পৃষ্ঠে সাঁতার কাটছিল। কিন্তু এখন, তার সামনে একজন নারী দাঁড়িয়ে ছিল, যে তাকে সমস্ত বোঝার বাইরে মহাবিশ্বগুলো প্রকাশ করছিল, এবং যার ভাগ্য তার সাথে জড়িত ছিল। সে জানত না কিভাবে। কিন্তু সে জানত যে তাকে তাকে রক্ষা করতে হবে। তাকে তাকে বাঁচাতে হবে। এবং তার সাথে—নিজেকেও।

তার ভেতরের "আমি" চিৎকার করছিল। যুক্তি তাকে পিছনে টানছিল, কিন্তু তার গভীরে কিছু, যা এখন পর্যন্ত ঘুমিয়ে ছিল, জেগে উঠছিল। সে এটি ঘটতে দেবে না। সে তাকে হারাবে না। সে তাকে যা কিছু দেখিয়েছে তার পরে তো নয়ই। সে তার জন্য নিঃশ্বাস নিচ্ছিল। কখনও কখনও তার মনে হতো যে সে তার মধ্য দিয়ে নিঃশ্বাস নিচ্ছে।

— আমরা এর মুখোমুখি হব! – সে তার স্বপ্নে উত্তর দিল, তার কণ্ঠস্বর দৃঢ়, অবিচল হয়ে গেল। – একসাথে!

---❤---

## অধ্যায় 10: যে ফিসফিসানি অনন্তকালকে খুলে দেয়

সাত বছর। একটি যাত্রা। আমাদের। মেলিনা...

সেই দিন, যখন নাথানিয়েল আমার জীবনের সাত বছর বিনিময় করতে চেয়েছিল, সময় শুধু থেমে যায়নি। এটি ক্ষণস্থায়ী মুহূর্তের এক জালের মতো স্থির হয়ে গিয়েছিল, যা সামান্য বাতাসেই ভেঙে পড়ার জন্য প্রস্তুত ছিল। শুধু একটি দৃষ্টিতেই, যখন তার চোখ আমার চোখের সাথে মিলিত হয়েছিল, তখন সে নিজের কাছে অকল্পনীয় কিছু করেছিল। সে তার কঠোরভাবে নিয়ন্ত্রিত বাস্তবতার ভিত্তি নাড়িয়ে দিয়েছিল। যে পুরুষের শিরায় একটি গোপন, শক্তিশালী সমাজের রক্ত বইছিল, সে আমাকে তার বাড়িতে আমন্ত্রণ জানায়নি। সে রাস্তায় হাত ধরেও আমাকে হাঁটতে নিয়ে যায়নি। তার বদলে, সে আমার সামনে সবচেয়ে পবিত্র জিনিসটি উন্মোচন করেছিল—তার অস্তিত্বের গভীরতা। এমনকি যখন সে বলেছিল, "আমার জগতে স্বাগতম," তখন সে কী করছে তা সে নিজেও বুঝতে পারেনি। তার সবচেয়ে দুর্গম আশ্রয়স্থলে—তার নিজের স্বপ্নের বায়বীয় রাজ্যে।

সে আমাকে সেখানে প্রবেশ করতে দিয়েছিল, যেখানে তার বর্ম, যা বছরের পর বছর ধরে গোপনীয়তা, ঘৃণা এবং লোহার ইচ্ছা দিয়ে তৈরি হয়েছিল, তা ছিল সবচেয়ে পাতলা এবং সবচেয়ে দুর্বল। যেখানে তার মন তার অব্যক্ত ভয়ের অতল গহ্বরের সামনে উন্মোচিত হয়েছিল, একটি খোলা ক্ষতের মতো। এটা কি তাকে নিরাময় করবে, নাকি আরও টুকরো টুকরো করে দেবে?

আমি কি সত্যিই একজন ডাইনি ছিলাম না?! আমিও স্বপ্ন দেখতে শুরু করলাম। শুধু প্রাণবন্ত ছবি নয়, বরং বেদনাদায়ক দর্শন, যা নাথানিয়েল নিজেই অস্বীকার করতে চেয়েছিল—তার নিজের অভ্যন্তরীণ দানব, যা সকালে তার স্মৃতি থেকে মুছে যেত, কিন্তু তার অবচেতন মনের গভীরে পচছিল। অজান্তেই, আমি তার রিসেপ্টর হয়ে গেলাম। একটি পাত্র, যেখানে তার হারিয়ে যাওয়া গল্পের টুকরোগুলো একত্রিত হয়েছিল, যেন ভাঙা আয়নার টুকরোগুলো আমার মধ্যে মিশে যাচ্ছে। সেই স্বপ্নগুলোর প্রতিটি ঝলক ছিল ভুলে যাওয়া সত্যের এক বরফ-শীতল স্পর্শ, যা আমার আত্মায় মিশে গিয়েছিল। এটা আমার অংশ হয়ে গেল। অপরিবর্তনীয়ভাবে। চিরকালের জন্য। আমার অস্তিত্বের উপর খোদাই করা একটি চিহ্নের মতো।

---✶ ⸮ ✶ ---

### আয়নার প্রতিফলন ☯ জ্ঞানের ওজন

আমি দ্রুত, ঘন ঘন শ্বাস নিতে নিতে জেগে উঠলাম। আঠালো ঘাম আমার শরীরকে ঢেকে রেখেছিল, ঠান্ডা ফোঁটা আমার মেরুদণ্ড দিয়ে গড়িয়ে পড়ছিল। ঘরটি তখনও রাতের অন্ধকারে নিমজ্জিত ছিল, কিন্তু আমার মাথায় ছায়া নাচছিল, আগুনের শিখার মতো উজ্জ্বল, ভয় এবং শ্রদ্ধায় ভরা। আমার চোখ জ্বলছিল, এবং আমার প্রতিটি পেশী ব্যথায় শক্ত হয়ে গিয়েছিল, যেন আমি একটি দুঃস্বপ্নের মধ্যে কিলোমিটারের পর কিলোমিটার দৌড়েছি। আমি হাত বাড়িয়ে আমার কপাল স্পর্শ করলাম—গরম, স্পন্দিত। এগুলো সাধারণ স্বপ্ন ছিল না। এগুলো এমন অভিজ্ঞতা ছিল যা আমার শক্তি নিঃশেষ করে দিয়েছিল, কিন্তু আমাকে এক অসহনীয় ভার দিয়েছিল—জ্ঞানের ভার। আমি কি এই বোঝা বহন করতে পারতাম?

---✶ ⸮ ✶ ---

### আত্মার উন্মোচন

নাথানিয়েল, প্রাচীন অভিশাপের পরত উন্মোচন করে, সতর্কতার সাথে আমার কাছে তার হৃদয় উন্মোচন করেছিল। সে আমাকে ক্ষমতাশালী পুরুষের মুখোশের আড়ালে, নিয়ন্ত্রণের আড়ালে প্রবেশ করতে দিয়েছিল, তার সবচেয়ে দুর্বল, সবচেয়ে বিশুদ্ধ সত্তার মধ্যে, যেখানে

প্রতিটি স্নায়ু দুর্বলভাবে স্পন্দিত হচ্ছিল। সে আমাকে তার অস্থির আত্মার গভীরে ডুব দিতে দিয়েছিল, আমাকে তার প্রকৃত সারমর্ম আবিষ্কার করতে দিয়েছিল—একজন প্রত্নতত্ত্ববিদের মতো, যিনি প্রত্নবস্তু এবং তথ্য খুঁজছিলেন, কিন্তু একজন প্রেমিকের মতোও, যিনি সবচেয়ে পবিত্র গোপনীয়তা উন্মোচন করছিলেন, জেনেও যে প্রতিটি উন্মোচিত কোণ তাকে আরও দৃঢ়ভাবে, আরও অটুটভাবে, যন্ত্রণাদায়কভাবে সংযুক্ত করবে।

দিনের পর দিন, তার চেতনার লুকানো গভীরতার অদৃশ্য দরজাগুলো খুলে যাচ্ছিল। আমি এই বায়বীয় প্রজ্ঞা শুষে নিচ্ছিলাম, আমার ভেতরের কণ্ঠস্বরের উপর বিশ্বাস স্থাপন করে—সেই প্রাচীন ফিসফিসানি, যা কোনো গর্জন, কোনো যুক্তিবাদ দ্বারা নীরব করা যেত না। স্বপ্নের মধ্যে আমার সাথে তার দূরত্বপূর্ণ, কিন্তু অন্তরঙ্গ সম্পর্ক একটি উর্বর মাটিতে পরিণত হচ্ছিল, যেখানে আমার আত্মা ক্রমাগত উপরে উঠছিল, ফুল ফোটাচ্ছিল, ক্রমবর্ধমান বাস্তব ভালবাসায় সিক্ত হচ্ছিল। এমন ভালোবাসা যা অস্বীকার করা যেত না, কারণ এটি আমাদের প্রতিটি সাক্ষাতে, প্রতিটি হারিয়ে যাওয়া কথায়, আমাদের মধ্যে বাতাসে ঝুলে থাকা প্রতিটি অব্যক্ত চিন্তায় স্পন্দিত হচ্ছিল। আমি এমন কিছু দেখেছি যা সে নিজেই তার অবচেতন মনের সারমর্মে স্পর্শ করতে পারেনি।

---✶ ⸮ ✶ ---

সময়ের অভিশাপ

কিন্তু সবকিছুর উপরে, একটি গুরুত্বপূর্ণ প্রশ্ন ঝুলে ছিল, যা একটি আসন্ন সর্বনাশ, যা ইতিমধ্যেই ফিসফিস করা হয়েছিল তার মতো ভারী ছিল: নাথানিয়েল কি তার সন্দেহ, তার অর্জিত এবং আরোপিত সবকিছুর বাইরে দেখতে পাবে এবং এই অদ্ভুত, অসম্ভব সম্পর্কের উপর বিশ্বাস স্থাপন করবে? খুব দেরি হওয়ার আগে সে কি তার সারমর্মে গভীরভাবে লক করা প্রাচীন জ্ঞান জাগাতে পারবে? এবং সবচেয়ে গুরুত্বপূর্ণ, সে কি কেবল স্বপ্নের বায়বীয় জগতেই নয়, বরং কঠোর, নির্মম বাস্তবতায় তার পূর্বনির্ধারিত মিশন গ্রহণ করবে, যা তাকে গিলে ফেলার জন্য প্রস্তুত ছিল? নাকি আমরা চিরকালের জন্য কেবল সেই ভূতুড়ে, অনিশ্চিত জগতে সংযুক্ত থাকব, যেখানে সীমানাগুলো অস্পষ্ট ছিল, এবং সত্য কেবল একটি ঝলক, একটি প্রতারণাপূর্ণ আশা, একটি বিভ্রম যা ভেঙে পড়বে? সময় শুধু টিক টিক করছিল না; এটি নীরবতার মধ্যে চিৎকার করছিল। প্রতিটি আঘাত একটি সতর্কতার মতো প্রতিধ্বনিত হচ্ছিল। একটি আসন্ন বিপর্যয়ের অগ্রদূত হিসাবে। এটি ইতিমধ্যেই আমাদের ঘাড়ে নিঃশ্বাস ফেলছিল। এটা বাতাসে অনুভব করা যাচ্ছিল।

---✶ ⸮ ✶ ---

কয়েক মাস পরে... আমার স্বপ্ন, তার ভয়

"আমি ঐশ্বরিক সারমর্মের ফ্যাব্রিকটি নিজেই অনুভব করেছি, নাথানিয়েল," আমি শুরু করলাম, এবং আমার শব্দগুলো তার মনে ছড়িয়ে পড়ল। "এর স্পন্দিত কাঠামো আমার কাছে একটি মহাজাগতিক ঘূর্ণির মতো প্রকাশিত হয়েছিল—আলো এবং শক্তির একটি বিশাল, ঘূর্ণায়মান ঘূর্ণিঝড়, যা সবকিছুকে শুষে নেয়। সেখানে, আত্মাগুলো বিশুদ্ধ শক্তি হিসাবে বিদ্যমান ছিল, একটি কেন্দ্রীয় নিউক্লিয়াস থেকে স্পন্দিত এবং পৃথক হচ্ছিল। এই অনন্ত ঘূর্ণনের মধ্যে, শক্তি শারীরিক আকারে বোনা হয়েছিল। ঘন মাত্রা দিয়ে যাওয়ার সময়, এটি মানসিক ওজন গ্রহণ করে, ঘনত্ব অর্জন করে যা এটিকে তার আসল ঘূর্ণিতে ফিরিয়ে আনে। আত্মা যত বেশি ভারাক্রান্ত হতো, তত বেশি এটি নিউক্লিয়াসের সাথে লেগে থাকত, যেন অস্তিত্বের মাধ্যাকর্ষণ এটিকে ধ্বংস, বিস্মৃতি এবং ক্ষয়ের দিকে টেনে নিয়ে যাচ্ছিল।"

আমি আমার মেরুদণ্ড দিয়ে একটি ঠান্ডা বাতাস অনুভব করলাম, যেন একটি অদৃশ্য আঙুল আমার কশেরুকার উপর দিয়ে চলে গেল, একটি ঠান্ডা চিহ্ন রেখে গেল। আমার প্রতিটি

শব্দ একটি জীবন্ত ছবি আঁকছিল যা আমাকে গিলে ফেলছিল, আমাকে নিজের বাস্তবতার মধ্যে শুষে নিচ্ছিল, এবং আমি পালাতে পারছিলাম না।

"কিন্তু যতক্ষণ না এটি সম্পূর্ণরূপে নিউক্লিয়াসের সাথে মিশে গিয়েছিল," আমি চালিয়ে গেলাম, আমার কণ্ঠে এখন প্রায় অতিপ্রাকৃত ভক্তি ছিল, "এটি জীবন-ভ্রমণের গোলকধাঁধা বা ম্যাট্রিক্সের মধ্য দিয়ে তার যাত্রা চালিয়ে যাচ্ছিল—একটি ঘড়ির ডায়ালের মতো একটি জটিল কাঠামো, যার উপর মহাজাগতিক ঘূর্ণি চলেছিল, যা সময়ের বিভ্রম তৈরি করে, যা আমাদের গ্রাস করে। আত্মা যে কোনো অংশে পড়তে পারত, কিন্তু সবসময় একই মৌলিক ম্যাট্রিক্সে নিজেকে খুঁজে পেত—সৃষ্টি এবং গ্রাস করার একটি চিরন্তন নৃত্য, যেখানে সমাপ্তি ছিল কেবল একটি নতুন শুরু, যন্ত্রণা এবং বিজয়ের একটি পরবর্তী চক্র। এর পথ ধীর বা দ্রুত হতে পারত, এটি কেবল আলোর পথ বা কেবল অন্ধকারের পথ অন্বেষণ করতে পারত, অথবা এটি আবার মহাজাগতিক ঘূর্ণিতে ফিরে যাওয়ার আগে অন্ধকার থেকে আলোতে একটি রূপান্তর করতে পারত। এই দৃষ্টিভঙ্গি আমাকে সময় এবং নিয়ম ছাড়া মাত্রাগুলোতে গ্রাস করে নিয়েছিল। আমার চোখের সামনে সবকিছু ভেঙে পড়ছিল। এটি ছিল মহাবিশ্বের ভোরের জ্ঞান, এতটাই গভীর যে এর প্রতিফলন আজও আমার চেতনায় প্রতিধ্বনিত হয়, আমার প্রতিটি কোষ, প্রতিটি স্নায়ু, প্রতিটি ফাইবারকে কাঁপিয়ে তোলে, যখন আমি অসহনীয় ভারে ভেতরে চিৎকার করি।"

নাথানিয়েল দ্রুত উঠে দাঁড়াল। আমার কথার ভারে তার মাথা স্পন্দিত হচ্ছিল, যা ভাইবারে একটি নিয়মিত সকালের গল্পের মতো লেখা হয়েছিল। যখন সে সেগুলো পড়ছিল, তার মনে হচ্ছিল সে একটি ঝড়ের মধ্যে কয়েক ঘন্টা কাটিয়েছে। সে তার ডেস্কের কাছে গেল, একটি কলম ধরল এবং পাগলের মতো প্রথম যে কাগজটি পেয়েছিল তার উপর স্ক্রাইবল করতে শুরু করল—ফর্মুলা এবং সমীকরণের একটি নোটবুক। সে প্রতিটি শব্দ লিখতে, বিশ্লেষণ করতে এবং যৌক্তিক কাঠামোর মধ্যে ফিট করার চেষ্টা করছিল। কিন্তু সে যত বেশি লিখছিল, অক্ষরগুলো তত বেশি অর্থহীন মনে হচ্ছিল, বিজ্ঞান এবং পাগলামির মধ্যেকার রেখা তত বেশি অস্পষ্ট হয়ে যাচ্ছিল। সে কাগজটি মুচড়ে বিরক্ত হয়ে ফেলে দিল। এই মহিলা তাকে পাগল করে দিচ্ছিল। নাকি তাকে জাগিয়ে তুলছিল? যুক্তি নাকি স্বজ্ঞা—কে বেশি শক্তিশালী ছিল?

---✶ ؏ ✶ ---

কয়েক মাস পরে... এক শ্বাসে সহস্রাব্দ: আমার দর্শন

আমার স্বপ্নের ছবিগুলো আরও ঘন, আরও তীক্ষ্ণ হয়ে উঠছিল। নাথানিয়েল আমার নিজের চলচ্চিত্রের একজন দর্শকের মতো অনুভব করতে শুরু করল, যা একই সাথে মনোমুগ্ধকর এবং বিরক্তিকর ছিল। আমি তাকে সেগুলো রূপকের সাথে, একটি ভবিষ্যদ্বাণীর মতো বলেছিলাম যা আমার চোখের সামনে সত্যি হচ্ছিল, সময়ের প্রবাহ বন্ধ করতে না পেরে।

"স্বপ্ন আমাকে একটি ঘূর্ণির মতো গ্রাস করে নিয়েছিল," আমি একটি শনিবার সন্ধ্যায় লিখছিলাম, আমার শব্দগুলো কিংবদন্তি এবং পৌরাণিক কাহিনীর ছবি তৈরি করছিল, কিন্তু এত উজ্জ্বল এবং বাস্তব যে তা যন্ত্রণাদায়ক ছিল, "আমাকে প্রাচীন, মহিমান্বিত কার্নাক দেইর এল-বাহরি মন্দিরে নিয়ে গিয়েছিল, যেখানে হাজার হাজার বছরের ছায়া হায়ারোগ্লিফ সহ কলামগুলোর মধ্যে নাচছিল। বাতাস রহস্যময় নীরবতায় ভরা ছিল, ভারী, শ্বাসরোধকারী, বহু শতাব্দীর একটি কম্বলের মতো, যা কেবল বিগত যুগের ভূতুড়ে ফিসফিসানিতে বিঘ্নিত হচ্ছিল যা আমাকে কাঁপিয়ে তুলছিল। মন্দিরের কেন্দ্রে, একটি বিশাল, একশিলা স্তম্ভ উঠেছিল, স্পন্দিত লাল গ্রানাইট দিয়ে তৈরি—হাটশেপসুতের শক্তিশালী প্রতীক, যার শক্তি একটি বৈদ্যুতিক চার্জের মতো স্পন্দিত হচ্ছিল। আমি সেখানে ছিলাম, নিজে হিসাবে নয়, বরং একজন ক্যালিগ্রাফার হিসাবে, যাকে পবিত্র জ্ঞান দেওয়া হয়েছিল। আমার কাঁপা আঙুল, একটি অদৃশ্য, প্রাচীন শক্তি দ্বারা পরিচালিত, যা আমার হাতকে নিয়ন্ত্রণ করছিল, একটি পাতলা ব্রাশ ধরেছিল, যা ঘন কালো কালিতে ভিজানো

ছিল। অদৃশ্য প্রজ্ঞা দ্বারা পরিচালিত নির্ভুলতার সাথে, আমি মসৃণ গ্রানাইটে পবিত্র লেখাগুলো লিখছিলাম, প্রতিটি রেখা একটি প্রার্থনা—প্রতিটি বক্ররেখা একটি গোপনীয়তা যা ইতিহাসের গতিপথ পরিবর্তন করতে, ভাগ্য পুনরায় লিখতে, বিশ্বকে উল্টে দিতে পারত।"

নাথানিয়েল আমার সাথে প্রাচীন ধূলিকণার স্পর্শ, ধূপের গন্ধ অনুভব করছিল, হাজার হাজার বছর ধরে হায়ারোগ্লিফের প্রতিধ্বনি শুনতে পাচ্ছিল, যা তার নিজের কানে স্পন্দিত হচ্ছিল বলে মনে হচ্ছিল। আমার স্বপ্ন তার নিজের হয়ে যাচ্ছিল, তার ত্বকের নিচে প্রবেশ করছিল, বিষের মতো তার শিরায় প্রবেশ করছিল।

"আমি জেগে উঠলাম। আমি এমন কিছু স্পর্শ করেছিলাম যা ছিল চিরন্তন এবং নিষিদ্ধ। আমি এখনও আমার ত্বকে ঠান্ডা ধুলো, ধূপের গন্ধ অনুভব করছিলাম। স্বপ্নটি যেতে চায়নি—এটি একটি বিদেশী হৃদয়ের মতো আমার মধ্যে স্পন্দিত হচ্ছিল। হাটশেপসুতের চিত্র, সেই শক্তিশালী নারী, সেই অতুলনীয় রানী, আমাকে ছেড়ে যায়নি, বরং আমাকে তাড়া করছিল, একটি ছায়ার মতো যা প্রতিটি মুহূর্তে আমার পাশে চলে। সে আমাকে ডাকছিল। তার আত্মা আমার আত্মাকে ডাকছিল। একটি চুক্তি, যা সময়হীনতায় বাজছিল।"

নাথানিয়েল তার মাথা ধরল। ব্যথা তীব্র ছিল। তীক্ষ্ণ ছিল। যেন হাজার হাজার সূঁচ তার খুলিতে আটকে গিয়েছিল। সে দেয়ালের দিকে তাকাল, যেখানে তার ডিপ্লোমাগুলো ঝুলছিল—যুক্তি, বিজ্ঞান, যুক্তিবাদিতার প্রমাণ। কিন্তু এখন সেই প্রমাণগুলো অর্থহীন মনে হচ্ছিল, একটি ঘূর্ণিঝড়ের মধ্যে ধূলিকণার মতো। সে পৃষ্ঠগুলোতে হায়ারোগ্লিফ, তার কফির কাপে অদ্ভুত প্রতীক, তার পেরিফেরাল দৃষ্টিতে ছায়া নাচতে দেখতে শুরু করল। তার মন বিদ্রোহ করছিল, কিন্তু তার শরীর প্রতিক্রিয়া দেখাচ্ছিল—এটি কাঁপছিল, যেন তার জ্বর হয়েছে। সে কি পাগলামির কাছে নতি স্বীকার করবে, নাকি বাস্তবতার জন্য একটি নতুন ব্যাখ্যা খুঁজে পাবে?

---✶ ৫ ✶ ---

রানীর সমাধি

এবং পরের রাতে, স্বপ্ন আমাকে আবার ডাকল। নাথানিয়েল আমার পাশে ছিল, যদিও অদৃশ্য, মন্দিরের গ্রাসকারী অন্ধকারে, যার কলামগুলো দেবতাদের কঙ্কালের মতো লাগছিল।

"আমি আবার সেখানে ছিলাম, কিন্তু আলো নিস্তেজ ছিল, রহস্যময় হওয়ার চেয়ে বেশি অশুভ, যেন মৃত্যু নিজেই বাতাসে নিঃশ্বাস নিচ্ছিল, বরফ-শীতল এবং ভারী। আমি নীরবে অন্ধকারের মধ্যে চলে যাচ্ছিলাম, প্রাচীন দেবতা এবং আচার-অনুষ্ঠান চিত্রিত ফ্রেস্কো দিয়ে ঢাকা কলামগুলোর মধ্যে। মন্দিরের কেন্দ্রে, যেখানে আগে একটি স্তম্ভ উঠেছিল, এখন একটি বিশাল, ভয়ঙ্কর সারকোফ্যাগাস পড়ে ছিল, যা অন্ধকারকে গ্রাস করেছিল, যেন এটি তার চারপাশের সমস্ত আলোকে চুষে নিচ্ছিল, কেবল একটি অতল গহ্বর রেখে যাচ্ছিল। আমি জানতাম যে এর মধ্যে খোদ হাটশেপসুতের দেহ বিশ্রাম নিচ্ছিল। আমি একজন যাজক ছিলাম, ছায়ায় ঢাকা, তার সমাধিতে হারিয়ে যাওয়া কিছু খুঁজছিলাম, এমন কিছু যা বিশ্বকে নাড়িয়ে দিতে পারত।

মন্দিরটি ভয়ঙ্করভাবে খালি ছিল, কেবল আমার নিজের নিঃশ্বাসের প্রতিধ্বনি কলামগুলোতে আঘাত করছিল, একটি ভূতুড়ে ফিসফিসানির মতো যা আমাকে তাড়া করছিল। আমি ধীরে ধীরে, আমার কাঁপা হৃদয় নিয়ে, যা একটি ড্রামের মতো বাজছিল, অন্য সবকিছুকে ডুবিয়ে দিয়ে, বিশাল সারকোফ্যাগাসের কাছে গেলাম এবং একটি রহস্যময় আচার-অনুষ্ঠান শুরু করলাম, যার পদক্ষেপ এবং শব্দ আমার অবচেতন থেকে উঠে আসছিল, যেন একটি দীর্ঘ-ভুলে যাওয়া সুর। হঠাৎ, একটি নিস্তেজ, ঘষা শব্দে, যা অন্ধকারের মধ্যে বেজে উঠল এবং পৃথিবীর ভিত্তি নাড়িয়ে দিল, পাথরের ঢাকনাটি সরে গেল এবং তার মধ্য থেকে মাংস নয়, বরং একটি বায়বীয় আলো উঠল—রাণীর আত্মা। তার চোখ, অন্ধকারের মধ্যে দুটি তারার মতো জ্বলছিল, আমার আত্মাকে ভেদ করে যাচ্ছিল, আমার প্রতিটি গোপনীয়তা দেখতে পাচ্ছিল। এবং তারপর,

অনন্তকালের নীরবতায়, সে আমাকে মহাবিশ্বের গোপনীয়তা, শুরু এবং শেষ, সৃষ্টি এবং ধ্বংসের গোপনীয়তা প্রকাশ করতে শুরু করল এবং আমাকে অমরত্বের অস্পষ্ট পথ দেখাল, এমন শব্দ ফিসফিস করে যা আমার আত্মাকে পুড়িয়ে দিয়েছিল, অপূরণীয় চিহ্ন রেখে যাচ্ছিল। আমি এই পথ সম্পর্কে আর কী শিখতে পারতাম?"

আমি একটি চিৎকার করে জেগে উঠলাম। আমার নিজের চিৎকার আমার বেডরুমের দেয়ালে আঘাত করল। আমার শরীর ঠান্ডা ঘামে ভিজে কাঁপছিল। আমার মুখে তখনও ধুলো এবং ধূপের স্বাদ ছিল, এবং পচনশীল মাংসের গন্ধ আমার নাকের মধ্যে ছিল। আমি লাফ দিয়ে বিছানা থেকে উঠে পড়লাম, টলতে টলতে জানালার কাছে গেলাম। আমি হঠাৎ করে এটি খুললাম যাতে আমি ঠান্ডা বাতাসে শ্বাস নিতে পারি, কিন্তু বাইরের বিশ্বও ভিন্ন লাগছিল—আরও তীক্ষ্ণ, আরও উজ্জ্বল, কিন্তু আরও অশুভ। তার স্বপ্নগুলো আর শুধু আমার ছিল না। সেগুলো তারও ছিল। এবং তারা আমাকে পাগল করে দিচ্ছিল।

---✶ ʢ ✶ ---

প্রাচীন ভাগ্যের ফিসফিসানি

"আমার একটি স্বপ্নে আমি নিজেকে বাস্তেত, প্রাচীন মিশরের শক্তিশালী বিড়াল দেবী হিসাবে রূপান্তরিত করেছি, তার পশম অনুভব করছি—উষ্ণ, নরম, প্রাচীন জাদু দ্বারা স্পন্দিত, যখন আমার চোখ পান্নার মতো জ্বলছিল।"

"আরেকটি স্বপ্নে, আমি মহান, দুঃখজনক রানী ক্লিওপেট্রার সবচেয়ে কাছের একজন মহিলা হিসাবে উজ্জ্বলতা এবং বিপদে ভরা জীবন পার করেছি। আমি রাজদরবারের চক্রান্ত, প্রেমের সম্পর্ক, বিশ্বাসঘাতকতার সাক্ষী ছিলাম—ক্ষমতার সেই নোংরা থিয়েটার, যেখানে প্রতিটি শব্দ বিষ। কিন্তু আমার ভাগ্য পূর্বনির্ধারিত—আমার মালকিনের তিক্ত পরিণতি ভাগ করে নেওয়া। সেই মারাত্মক রাতে, ধূপের শ্বাসরুদ্ধকর গন্ধের মধ্যে, আমি পবিত্র কোবরার ঠান্ডা চুম্বন, মৃত্যুর আলিঙ্গন অনুভব করেছি। আমার রানীর পাশে গোপনে কবর দেওয়া, লোভী চোখ থেকে লুকানো একটি সমাধিতে, আমি একটি চিরন্তন ঘুমে ঘুমিয়েছি, মিশরের রাজদরবারের গোপনীয়তা চিরকালের জন্য আমার আত্মায় সিল করে নিয়ে।"

"আমার সবচেয়ে রহস্যময় স্বপ্নগুলোর একটিতে, আমি একজন এসেন মেয়ে, যিনি কুমরানের নির্জন গুহায় যিশুর সাথে দেখা করেন, যেখানে আমি তাকে জল দিয়ে একটি কাঠের পাত্র দিই এবং তাকে পবিত্র গ্রেইলের গোপনীয়তা পড়ি।"

"আমার স্বপ্নের অদ্ভুত জটিলতায়, আমি পিটারের একজন সঙ্গী হয়েছি, সেই ব্যক্তি যিনি যিশুকে অস্বীকার করেছিলেন, এবং আমরা একসাথে একটি আধ্যাত্মিক যাত্রা শুরু করেছি, তার রোমের শহীদ ক্রুশবিদ্ধ হওয়ার আগ পর্যন্ত ক্ষমা এবং প্রায়শ্চিত্ত খুঁজছিলাম।"

"আরেকটি স্বপ্নে আমি ডোকুজ খাতুন হয়েছি, হুলাগ খান-এর জ্ঞানী স্ত্রী, যিনি কিংবদন্তী পবিত্র গ্রেইল সম্পর্কিত একটি প্রাচীন, পবিত্র গোপনীয়তা বহন করছেন।"

"আমার সবচেয়ে উজ্জ্বল এবং শক্তিশালী স্বপ্নগুলোর একটিতে, আমি হুররাম সুলতান, যিনি সুলেমান দ্য ম্যাগনিফিসেন্টকে চতুরতার সাথে রহস্যময় টেম্পলারদের দ্বারা নিয়ে যাওয়া রহস্যময় প্রত্নবস্তু খুঁজতে প্ররোচিত করেন।"

---✶ ʢ ✶ ---

অক্সিমোজোন - অমরত্বের চাবিকাঠি

"এবং এখানে আরেকটি স্বপ্ন, আমার এই পুনর্জন্মের নিয়তিযুক্ত মিশনের বৈশ্বিক চিত্র গঠন করার জন্য স্ফটিক-স্বচ্ছ, যা আমি সাত বছর ধরে একটি জটিল ধাঁধার মতো ধৈর্য সহকারে

একত্রিত করছি। এই স্বপ্নে, আমি একটি বিশাল, স্বচ্ছ কাচের গম্বুজ সহ একটি ভবিষ্যত বৈজ্ঞানিক গবেষণা কেন্দ্রে আছি। বিশাল কাচের ডিসপ্লে ভেতরের অংশটি প্রকাশ করে—ফিরোজা শেডের একটি ঝলমলে পুল, এবং একটি সুস্বাদু স্বর্গের বাগান, যার মধ্য দিয়ে অলসভাবে মানুষের একটি স্রোত চলে যায়। তারা জলে ডুব দেয়, এবং তারপর রূপান্তরিত হয়ে আবির্ভূত হয়—একটি পুনরুজ্জীবিত শরীর এবং একটি আলোকিত আত্মা সহ, যেন তারা আবার জন্মগ্রহণ করেছে, সময়ের পাপ থেকে ধুয়ে গেছে, অস্তিত্বের ভার থেকে, সমস্ত বিভ্রম থেকে। আমি প্রবেশ করার জন্য নিবন্ধন করি। তারা লিখে রাখে যে আমার বয়স ৫২ বছর। আমার একজন ব্যক্তিগত পরামর্শদাতা আছেন যিনি আমাকে যত্ন নিয়ে গ্রহণ করেন এবং আমাকে কেন্দ্রে নিয়ে যান, যাতে আমি আমার নিজের, স্ফটিক-স্বচ্ছ পুলে ডুব দিতে পারি, যেখানে তারুণ্য এবং অমরত্বের যাদুকরী উপাদানটি একটি অদ্ভুত শব্দ—অক্সিমোজোন। আমি এটি মনে রাখি। আমার পরামর্শদাতা রহস্যময়ভাবে হাসেন এবং আমাকে বলেন: "আমার বয়স সবচেয়ে বেশি ৪৫ বছর মনে হয়, এবং আমার মেডিকেল রেকর্ডেও তাই লেখা আছে, কিন্তু আমার জন্ম সনদ অনুযায়ী আমার বয়স অনেক বেশি, এবং এর কারণ এটি জাল নয়।" যেন এই শব্দটির মধ্যেই অমরত্বের গোপনীয়তা লুকিয়ে ছিল, দৃশ্যমান এবং অদৃশ্য, শুরু এবং শেষের মধ্যেকার বুনন।"

নাথানিয়েল তার দাঁত শক্ত করল। একটি ঠান্ডা শিহরণ তার মেরুদণ্ড দিয়ে চলে গেল। সে তার ল্যাপটপ ধরল এবং পাগলের মতো সার্চ ইঞ্জিনে টাইপ করতে শুরু করল: "অক্সিমোজোন।" কোনো ফলাফল নেই। কিছুই না। একটি শূন্যতা। সে বিভিন্ন সংমিশ্রণ চেষ্টা করল, শব্দটি সব উপায়ে লিখেছিল। স্ক্রিনটি একটি সাদা আলো দিয়ে জ্বলছিল, কিন্তু উত্তর আসছিল না। যেন শব্দটি বাস্তব জগতে অস্তিত্বই ছিল না। রাগ তার মধ্যে বেড়ে উঠল, তারপর—হতাশা। তার কী হচ্ছিল? সে কি পাগল হয়ে যাচ্ছিল? নাকি আমি তাকে পাগল করে দিচ্ছিলাম?

---✶ ⸮ ✶ ---

চূড়ান্ত উদ্ঘাটন: আমার মিশন

এখন, আমাদের স্বপ্নের মধ্যে বোনা, একটি দূরবর্তী স্থান এবং সময়ে, আমার কণ্ঠস্বর নাথানিয়েলের চেতনায় প্রতিধ্বনিত হচ্ছিল—একটি দূরবর্তী প্রতিধ্বনির মতো নয়, বরং একটি বজ্রপাতের মতো যা তার বিশ্বকে নাড়িয়ে দিয়েছিল, তাকে টুকরো টুকরো করে ভেঙে দিয়েছিল, তাকে তার নিজের যুক্তির ধ্বংসাবশেষে ডুবিয়ে দিয়েছিল। সে প্রতিটি বিস্তারিত অনুভব করতে পারেনি, রাতে আমাদের অভিজ্ঞতাগুলোর কিছুই মনে করতে পারেনি, কিন্তু সে আমাদের সংযোগ, আমাদের আত্মার জড়িয়ে পড়ার ভার এবং তাৎপর্য অনুভব করছিল, যেন আমরা একে অপরের উপর যাদুকরী ছাপ রেখে যাচ্ছিলাম যা আমাদের চিরকালের জন্য পরিবর্তন করে দেবে, তার পুরানো বিশ্বাসগুলোকে ছাই করে দেবে।

আমার কণ্ঠস্বর, নরম এবং চিন্তাশীল, তার স্বপ্নকে পূর্ণ করে তুলছিল, আর এখন নাথানিয়েল তার নিজের হৃদস্পন্দনকে আমার তালের সাথে সিঙ্ক্রোনাইজ করতে অনুভব করছিল: "আমি তোমাকে আমার সব স্বপ্ন বলতে পারতাম না, নাথানিয়েল। তারা ছবির একটি অন্তহীন গ্যালারির মতো, যার প্রতিটি একটি সম্পূর্ণ বিশ্ব, একটি সম্পূর্ণ মহাবিশ্ব ধারণ করে, যা উন্মোচিত হওয়ার জন্য অপেক্ষা করছে। কিন্তু জেনে রেখো যে তাদের প্রত্যেকের একটি গুরুত্বপূর্ণ ভূমিকা, একটি উদ্দেশ্য আছে। তারা একটি ধাঁধার টুকরোর মতো যা ধীরে ধীরে একটি বৃহত্তর দৃষ্টিভঙ্গি তৈরি করে—আমার নিয়তি। তাদের মাধ্যমে, আমি এমন প্রশ্নগুলোর উত্তর পাই যা আমার অস্তিত্ব, আমাদের অস্তিত্বের জন্য বিশাল অর্থ বহন করে। এই স্বপ্নগুলো আমাকে উপলব্ধির পথে পরিচালিত করে, আমাকে আমার নিজের শিক্ষা তৈরি করতে, আমার পথ খুঁজে বের করতে এবং রূপান্তরের জন্য অনুশীলন তৈরি করতে সাহায্য করে—শুধু শরীরের নয়, বরং আত্মা, সমগ্র মানবজাতিরও।"

তার স্বপ্নে, নাথানিয়েল কেবল অস্পষ্ট ছবি দেখছিল না, বরং ঘূর্ণায়মান শক্তির ক্ষেত্র, উজ্জ্বল থ্রেড যা সবকিছুকে সংযুক্ত করছিল, তাকে তার হাড়ের মজ্জা, তার সবচেয়ে ছোট কোষে প্রবেশ করছিল। সে অনুভব করছিল যে আমার শব্দগুলো সেই ছবিগুলোর সাথে অনুরণিত হচ্ছে, যেন তারা তাকে মহাবিশ্বের একটি লুকানো প্রক্রিয়া ব্যাখ্যা করছিল, তার সবচেয়ে বড় গোপনীয়তার পর্দা উন্মোচন করছিল—জীবন এবং মৃত্যু, অস্তিত্বের গোপনীয়তা, যা সবসময় তার চোখের সামনে ছিল, কিন্তু সে দেখতে অস্বীকার করেছিল।

আমার কণ্ঠে একটি প্রায় রহস্যময় উত্তেজনা ছিল, সবচেয়ে বড় গোপনীয়তা প্রকাশ করার একটি কম্পন যা মানবজাতির ভাগ্য পরিবর্তন করতে, তাকে ধ্বংস থেকে বাঁচাতে, তাকে শুদ্ধ করতে পারত: "কল্পনা কর, নাথানিয়েল, নিখুঁত মানবিক অবস্থা... যখন শরীর এবং আত্মা নিখুঁত সাদৃশ্য অর্জন করে। তখন তারা যেন অনন্তকালের সাথে মিশে যায়, এক ধরনের অমরত্ব লাভ করে। আর আত্মা... আত্মা তার সমস্ত ঐশ্বরিক সম্ভাবনা নিয়ে কাজ করে, কোনো সীমাবদ্ধতা, কোনো বাধা ছাড়াই। আমি বিশ্বাস করি যে আমি আমার মধ্যে একটি চাবিকাঠি বহন করি, নাথানিয়েল। একটি চাবিকাঠি যা আমাকে এই সমস্ত সত্য উন্মোচন করতে সাহায্য করবে, অস্তিত্বের একটি গভীর বোঝার দরজা খুলবে—একটি চাবিকাঠি যা সম্ভবত কেবল আমাদের অনন্তকাল নয়, বরং বিশ্বের, সমগ্র মহাবিশ্ব, আমাদের চারপাশের সমস্ত মাত্রারও অনন্তকাল খুলে দেবে।"

এখন, আমাদের স্বপ্নের মধ্যে বোনা, একটি দূরবর্তী স্থান এবং সময়ে, নাথানিয়েলের স্বপ্ন ভোরের কুয়াশার মতো অস্পষ্ট হতে শুরু করল, কিন্তু আমার কথার প্রতিধ্বনি তার চেতনায় শক্তিশালী ছিল—আত্মার জটিল প্রকৃতি, শরীর এবং মহাবিশ্বের মধ্যেকার সম্পর্ক এবং সেই রহস্যময় চাবিকাঠির সন্ধান। সে এই অনুভূতি নিয়ে জেগে উঠল যে সে একটি সম্পূর্ণ নতুন বিশ্বের দিকে তাকিয়েছে, যা আমার স্বপ্ন দ্বারা তার কাছে প্রকাশিত হয়েছিল, আর এখন কিছুই আগের মতো থাকবে না। কিছুই আর আগের মতো থাকবে না। সে চিরকালের জন্য পরিবর্তিত হয়েছিল। এই পরিবর্তন কি তাকে বাঁচাবে নাকি ধ্বংস করবে? তার উপর ঝুলে থাকা একমাত্র প্রশ্ন ছিল তার জীবনের কোনো অর্থ আছে কিনা, তার অস্তিত্ব, যা বাস্তবতায় এত একা এবং শূন্য ছিল, তার মুক্তি খুঁজে পেতে পারে কিনা।

---❤---

## অধ্যায় 11: ডিএনএ-এর ছায়া

টিক-টাক, টিক-টাক। এখন সময় ছিল সবচেয়ে আপেক্ষিক বিষয়। প্রতিটি মুহূর্তই ছিল অনন্তকাল। জেগে ওঠার পর ০০:১৩:০৭ ঘন্টা। একা। পৃথিবীর একদম একা। অস্তিত্ব এবং অনস্তিত্বের মাঝখানে কোথাও। আর মেলিনা সেই ওজনহীনতার জগতে নেমে আসছিল যেন এক জাদুকরী, যে মাত্রাগুলোকে বাঁকিয়ে দিয়েছে। সেই মুহূর্তটি, যার জন্য সে স্বপ্ন দেখেছিল যে সে তার বাস্তবতার বাইরে তাকে স্পর্শ করবে... তার নিজের বাস্তবতায়। বিশুদ্ধ, অপরিবর্তিত অস্তিত্বের একটি মুহূর্ত।

---✶ ҁ ✶ ---

তার বিভ্রম, আমার দুঃস্বপ্ন

তখন সে দ্বিধায় ছিল। কিন্তু অবিশ্বাস থেকে নয়, বরং গভীর, প্রায় ভয়ঙ্কর বিস্ময় থেকে, যা তাকে তার প্রতিটি বৈজ্ঞানিক মতবাদ পুনর্বিবেচনা করতে বাধ্য করেছিল।

— গরম, আঠালো বাতাস আমার গলা পোড়াচ্ছিল, যেন আমি ছাই শ্বাস নিচ্ছিলাম। — আমি বলতে শুরু করলাম, আর আমার কণ্ঠস্বর অভিজ্ঞতার কারণে কাঁপছিল। — ধোঁয়া শুধু ধোঁয়া ছিল না, বরং ধূলিকণা এবং হতাশার একটি ঘন পর্দা ছিল, যা আমাকে ঘিরে রেখেছিল,

প্রতিটি শ্বাসের শ্বাসরুদ্ধ করে দিচ্ছিল, আমার ফুসফুসকে জ্বলন্ত ভার দিয়ে পূর্ণ করে দিচ্ছিল। আমি জ্বলছিলাম। প্রতিটি নিঃশ্বাস আমার ফুসফুসে জ্বলন্ত কয়লা আনছিল। আমি শ্বাসরুদ্ধ হয়ে যাচ্ছিলাম।

ভয় কোনো আবেগ ছিল না, বরং একটি শারীরিক, ভারী আবরণ ছিল, যা আমাকে পিষে দিচ্ছিল, উদাসীন দেহের ভিড়ে আমাকে গুঁড়ো করে দিচ্ছিল। ঘাম এবং ধ্বংসের গন্ধ আমার নাক পূর্ণ করছিল। শত শত মুখ একটি উদাসীন দাগে মিশে যাচ্ছিল, উদাসীন চোখ শূন্যের দিকে তাকিয়ে ছিল, শুকিয়ে যাওয়া কূপের মতো খালি, জীবনের কোনো চিহ্ন ছিল না। আর সেখানে কোথাও, মানুষের দেহের সেই ঘন ভিড়ে, সেই চোখগুলো। বরফ-শীতল, তীরের মতো তীক্ষ্ণ, যন্ত্রণাদায়কভাবে হিসাবী, তারা আমাকে খুঁজছিল, নির্দয়ভাবে আমাকে তাড়া করছিল, তারা ঠিক জানত আমি কোথায়। না, এবার নয়! এখন নয়, যখন আশার শেষ কয়লাগুলো জ্বলছিল, আর সর্বনাশ আর একটি ছায়া ছিল না, বরং একটি দানব ছিল যা আমাদের উপরে তার পাথরের মুষ্টি তুলেছিল, আমাদের পিষে ফেলার জন্য, আমাদের ধুলোয় পরিণত করার জন্য, অস্তিত্বহীনতায় পরিণত করার জন্য প্রস্তুত ছিল। সবকিছুই খুব বাস্তব ছিল।

---✶ ʕ ✶ ---

চিরন্তন রক্ষক এবং নির্বাচিত

আমি মেলিনা। আর আমি শুধু একজন মহিলা নই। আমি সেই পাতলা, সবেমাত্র দৃশ্যমান থ্রেড যা শতাব্দী ধরে এই পৃথিবীতে সত্যের টুকরোগুলো ধরে রেখেছে, যা অন্ধকারকে সবকিছুকে গ্রাস করতে দেয় না, যা সবসময় ছায়ার মধ্য দিয়ে একটি পথ খুঁজে পায়। পবিত্র গ্রেইলের রক্ষক – একটি কাপ নয়, বরং একটি স্পন্দন। বিশ্বাসের স্পন্দন যা আমার বুকে বাজে, আশার বাজনা যা আমার কানে বাজে, ভালবাসার উষ্ণতা যা আমাকে ভেতর থেকে পুড়িয়ে দেয়, প্রজ্ঞার ফিসফিসানি যা আমাকে অন্ধকারের মধ্য দিয়ে পথ দেখায়, এমনকি যখন আমি অন্ধ থাকি তখনও। সৃষ্টির ভোরের সাথে নিঃশ্বাস নেওয়া একটি প্রাচীন বার্তা, প্রত্যেকের বুকের হাড়ের গভীরে সিল করা, কিন্তু ভুলে যাওয়া। ধুলোয় ঢাকা, জাগ্রত হওয়ার জন্য অপেক্ষা করছে। আমার মিশন।

---✶ ʕ ✶ ---

একটি ফাটল

মেলিনা একটি গর্জন করে জেগে উঠল। না, এটি একটি গর্জন ছিল না। এটি তার নিজের চিৎকার ছিল, তার গলায় আটকে গিয়েছিল, যা ঘরের নীরবতা ভেঙে দিয়েছিল। তার ফুসফুস জ্বলছিল। সে হাত বাড়িয়ে তার কপাল স্পর্শ করল – ঘামে ভেজা, গরম। সে হঠাৎ বিছানায় বসে পড়ল। বাতাস ভারী ছিল, যেন এখনও স্বপ্নে ধোঁয়া এবং হতাশার গন্ধ বহন করছিল। সে কাঁপছিল। ঠান্ডা থেকে নয়, বরং ভয় থেকে, জমা হওয়া শক্তি থেকে, এমন জ্ঞান থেকে যা তাকে ভেতর থেকে ছিন্নভিন্ন করছিল। সে এটা ধরে রাখতে পারছিল না।

— ধুর, মেলিনা, যথেষ্ট হয়েছে! — সে নিজের কাছে ফিসফিস করে বলল, তার কণ্ঠস্বর কর্কশ, অপরিচিত ছিল। — নিজেকে সামলাও। এর জন্য তোমার সময় নেই।

কিন্তু সন্দেহের কণ্ঠস্বর, যা তার মনে চিৎকার করছিল, তার ইচ্ছাশক্তিকে চুষে নিচ্ছিল, ধারালো ব্লেডের মতো বিদ্ধ করছিল, যা আগের চেয়ে বেশি শক্তিশালী ছিল। বিশ্বের ওজন, যা তাকে মাটিতে চাপ দিচ্ছিল, তা প্রায় শারীরিক ছিল। যে মানুষরা দেখতে অস্বীকার করেছিল, কারণ তারা সত্যের প্রতি অন্ধ ছিল, তাদের নিজের অহংকার দ্বারা অন্ধ, তারা তাকে আরও একা করে দিচ্ছিল। প্রতিটি পরীক্ষা তাকে নাথানিয়েলের আরও কাছে টেনে নিচ্ছিল, যার আত্মাকে সে একটি মাইক্রোস্কোপের নিচে পরীক্ষা করছিল, সেই সবেমাত্র দৃশ্যমান ফাটলগুলো খুঁজছিল যার মধ্য দিয়ে তার লুকানো শক্তি, তার মহত্ত্ব, তার নিয়তি প্রবেশ করতে পারত। তার আসল স্ব।

---✶ ⚕ ✶ ---

ফ্ল্যাশব্যাক: ভাগ্যের স্থাপত্য

৪ বছর এবং ১ সপ্তাহ আগে। একটি অন্ধকার, বৃষ্টির মঙ্গলবার।

যখন আমি একটি নতুন বিনিয়োগ প্রকল্পের জন্য অন্তহীন ব্লুপ্রিন্টগুলোর মধ্যে খনন করছিলাম, কালি আমার আঙ্গুলের ডগায় শুকিয়ে যাচ্ছিল, কাগজ এবং কালির গন্ধ বাতাসে ভরে যাচ্ছিল, একটি শান্ত কণ্ঠস্বর আমার মাথায় ফিসফিস করতে শুরু করল। প্রথমে অস্পষ্ট, তারপর ক্রমবর্ধমানভাবে জোরালো, একটি অভ্যন্তরীণ স্পন্দনের মতো যা আরও শক্তিশালী, আরও অসহনীয় হয়ে উঠছিল। এটি আমাকে পুরো ব্লক মুছে ফেলতে, কলামগুলো পুনরায় সাজাতে, স্ট্যাটিক্সকে উপেক্ষা করতে, যুক্তিকে উপেক্ষা করতে বাধ্য করছিল। আমার সহকর্মীরা, বিভ্রান্তিতে চোখ কুঁচকে, আমাকে পাগলের মতো দেখছিল, যখন আমি অদ্ভুত, প্রায় জৈব আকার আঁকছিলাম, যার কোনো স্থাপত্যের বইতে, কোনো যৌক্তিক ব্যাখ্যায় কোনো স্থান ছিল না। কিন্তু আমি জানতাম। এটা আমি ছিলাম না। এটা ছিল তার প্রভাব, একটি অদৃশ্য, কিন্তু বাস্তব উপস্থিতি, যা তার নিজের দেয়ালগুলো ভেঙে, আমাকে কিছু দিতে চেষ্টা করছিল। এমন কিছু যা সে নিজেও বুঝতে পারছিল না, কিন্তু স্বজ্ঞাতভাবে তার গভীরতায় খুঁজছিল। অদ্ভুত, কিন্তু পরিচিত।

আমার মিশন ছিল তার ঘুমন্ত দৈত্যকে জাগানো, সেই পূর্বনির্ধারিত স্ফুলিঙ্গকে প্রজ্বলিত করা যা আসন্ন সর্বনাশের গতিপথ পরিবর্তন করবে। তাকে দেখতে, অনুভব করতে, বুঝতে বাধ্য করা।

---✶ ⚕ ✶ ---

এটা প্রথমবার ছিল না। না আমার জন্য – একটি প্রাচীন আত্মা, শতাব্দীর ধূলিকণা দ্বারা চিহ্নিত, অসংখ্য পুনর্জন্ম সহ, পাথরের চেয়ে, পাহাড়ের চেয়ে, সময়ের প্রবাহের চেয়েও পুরানো – না মানবজাতির জন্য, যা তার নিজের অজ্ঞতার ভারে কাঁদছিল। সবচেয়ে অন্ধকার মুহূর্তে, যখন বিশ্ব যন্ত্রণায় কাঁপছিল, আর আশা কেবল একটি শুকিয়ে যাওয়া পাতা ছিল, গ্রেইল সবসময় তার মসীহা খুঁজে পেয়েছে। এটি অনন্তকাল থেকে একটি ফিসফিসানির মতো ফিরে এসেছে, সবচেয়ে ঘন অন্ধকারে একটি আলোর মতো, যাতে নির্বাচিত ব্যক্তিকে ফিসফিস করে বলা যায় – একজন বিশুদ্ধ আত্মা, যার অটল সাহস রয়েছে – যাকে প্রাচীন জ্ঞানের ভার বহন করার জন্য, মানবজীবনকে অন্ধকার যুগের মধ্য দিয়ে নেতৃত্ব দেওয়ার জন্য আহ্বান করা হয়েছে। এখন প্রশ্নটি একটি ড্রামের আঘাতের মতো প্রতিধ্বনিত হচ্ছিল: নাথানিয়েল কি সেই মসীহা হবে? নাকি আরেকটি সুযোগ বিস্মৃতিতে ডুবে যাবে? আমি, মেলিনা, কেবল রক্ষক ছিলাম, চিরন্তন প্রহরী, যে খুঁজছিল, খুঁজে পেয়েছিল, শক্তি দিয়েছিল। এখন তাদের পালা ছিল – তার এবং নাথানিয়েলের – তাদের নিয়তিযুক্ত ভূমিকা পালন করার জন্য, সেই গল্পটি লেখার জন্য যা চিরকালের জন্য বিশ্বকে বাঁচাবে বা ধ্বংস করবে।

আমি তার সম্ভাবনা দেখতে পেলাম। একটি ঘুমন্ত শক্তি, যার মধ্যে অতীতের জীবনের প্রতিধ্বনি সবেমাত্র স্পন্দিত হচ্ছিল – ঝড়ের আগে নীরবতায় একটি কম্পনের মতো, যা আপনাকে কাঁপিয়ে তোলে। সে প্রাচীন জ্ঞানের টুকরোগুলো, ভুলে যাওয়া দক্ষতা বহন করছিল। কিন্তু তার অহংকার, ভয় এবং সন্দেহ, ঔদ্ধত্য এবং গর্ব দিয়ে বোনা একটি ঘন পর্দা, তার চেতনাকে অস্পষ্ট করে দিয়েছিল। এটি তাকে প্রতিটি অব্যক্ত ঘটনাকে একটি সাধারণ কাকতালীয় ঘটনা হিসাবে প্রত্যাখ্যান করতে, তার স্বজ্ঞাকে উপহাস করতে, যুক্তির পিছনে একটি

বরফের সাঁজোয়া প্রাচীরের মতো লুকিয়ে থাকতে বাধ্য করছিল, যা তাকে সত্য থেকে রক্ষা করছিল। আমি তার অবচেতন প্রতিরোধ অনুভব করছিলাম।

— বোকামি! — তার কণ্ঠস্বর তার স্বপ্নে গর্জে উঠল, ভাঙা কাঁচের মতো তীক্ষ্ণ, বরফ-ঠান্ডা বাতাসের মতো তীক্ষ্ণ যা তাকে বিদ্ধ করছিল। — আমি একজন বিজ্ঞানের মানুষ, তথ্যের মানুষ, মেলিনা। রহস্যময় স্বপ্ন এবং প্রাচীন পুনর্জন্মের নয়! তুমি কি পাগল? আমাকে বিরক্ত করা বন্ধ কর!

কিন্তু এই পৃষ্ঠের গভীরে, সে একটি কম্পন অনুভব করছিল – সেই একই স্ফুলিঙ্গ যা সে খুঁজছিল। একটি স্ফুলিঙ্গ, যা জ্বলে উঠতে প্রস্তুত, যা তাকে বাধা দেয় এমন সবকিছু পুড়িয়ে ছাই করে দেবে।

---✶ ✶---

স্বপ্নের সেতু

আমি স্বপ্ন ব্যবহার করেছিলাম – চাঁদের আলো এবং তারার সুতো দিয়ে বোনা বায়বীয় সেতু, যার উপর দিয়ে আত্মা ভ্রমণ করতে পারত – প্রতিবন্ধকতা ভেদ করার জন্য। আমি তাকে দর্শন পাঠিয়েছিলাম, অতীতের যুগের অস্পষ্ট ঝলক, প্রতীকী যাত্রা, জ্ঞানী পুরুষদের সাথে সাক্ষাৎ। একটি স্বপ্নে, আমি তাকে মরুভূমিতে একটি আগুনের পাশে বসে থাকতে দেখেছিলাম, বালি দিনের তাপ থেকে তখনও উষ্ণ ছিল। তার সামনে – তীক্ষ্ণ চোখ সহ একজন বৃদ্ধ, যিনি সময়ের মধ্য দিয়ে, তার আত্মার মধ্য দিয়ে দেখতে পাচ্ছিলেন, তাকে উন্মোচন করছিলেন। তিনি বালিতে অদ্ভুত প্রতীক আঁকছিলেন – সর্পিল, বৃত্ত, রেখা যা অজানা আকারে ছেদ করছিল। প্রতীকগুলো যা মেলিনা জানত যে নাথানিয়েল আগে দেখেছিল। কিন্তু সে ভুলে গিয়েছিল। সে তার স্মৃতি থেকে সেগুলো মুছে ফেলেছিল, সেগুলোকে বিস্মৃতির গভীরে কবর দিয়েছিল। প্রতিটি স্বপ্ন তার স্মৃতিকে আনলক করতে, তার স্বজ্ঞাকে জাগিয়ে তুলতে, তার মিশনের বীজ বপন করার জন্য বোনা হয়েছিল।

— কেন আমি? — নাথানিয়েল তার স্বপ্নে ফিসফিস করে বলল, তার চিত্র ধোঁয়ার মতো অস্পষ্ট ছিল, কিন্তু তার কণ্ঠস্বর বিভ্রান্তিতে ভরা ছিল, প্রায় ভয়ে। এই কণ্ঠে, মেলিনা একটি কম্পন অনুভব করেছিল, যা কেবল বিরক্তি ছিল না।

— কারণ তুমি প্রজ্ঞা বহন কর, নাথানিয়েল, — সে উত্তর দিল, অনুভব করে যে শব্দগুলো তার থেকে বের হয়ে যাচ্ছে, যেন সেগুলো তার নয়, বরং অনন্তকালের, মহাবিশ্বেরই একটি ফিসফিসানি যা তাকে পথ দেখাচ্ছিল। — তুমি আগেও ছিলে। মনে আছে? মনে করার চেষ্টা কর!

সে মাথা নাড়ল। সে বুঝতে পারছিল না। — শুধু কুয়াশা... আর একটি অনুভূতি... কিছু হারিয়ে যাওয়ার। একটি ছেঁড়া স্মৃতির মতো যা আমাকে তাড়া করে, যা আমি ধরতে পারি না।

সে জানত যে পথটি সহজ হবে না। সর্বনাশ কোনো প্রাকৃতিক দুর্যোগ ছিল না, বরং আত্ম-ধ্বংসের একটি চূড়ান্ত পরিণতি ছিল, একটি ক্যান্সার যা মানুষের আত্মাকে ভেতর থেকে খেয়ে ফেলছিল, তাকে হাড় পর্যন্ত পচিয়ে দিচ্ছিল। এটি বন্ধ করার জন্য, তাদের আবার বিশ্বাস রোপণ করতে হবে, আশা পুনরুজ্জীবিত করতে হবে, শর্তহীন ভালবাসার শিখা প্রজ্বলিত করতে হবে এবং প্রতিটি আত্মার মধ্যে ঘুমিয়ে থাকা প্রজ্ঞা জাগাতে হবে।

---✶ ✶---

গ্রেইলের আসল রহস্য

গ্রেইলের রহস্য কোনো সোনার কাপ ছিল না, বরং মানুষের হৃদয়ের কম্পন ছিল, যা ঝড়কে তার ডানার নিচে বাতাসে পরিণত করে। এটি সেই আশার মধ্যে স্পন্দিত হচ্ছিল যা সবচেয়ে ঘন অন্ধকার ভেদ করে, একটি দীর্ঘ, অন্তহীন রাতের পরে পৃথিবীকে স্পর্শকারী প্রথম সূর্যরশ্মির মতো। এটি প্রজ্ঞার স্পষ্ট কণ্ঠে বেজে উঠছিল, যা সত্যকে ফিসফিস করে বলছিল, এমনকি যখন

পুরো বিশ্ব মিথ্যা চিৎকার করছিল। মেলিনা এই অভ্যন্তরীণ কোষাগারের রক্ষক ছিল, আর নাথানিয়েলকে আমাদের ডিএনএতে লক করা রহস্যময় জ্ঞানটি ডিকোড করতে হয়েছিল। তার অস্তিত্বের সারমর্ম থেকে, তার নিজের আত্মার গভীরতা থেকে, দার্শনিকের পাথরটি খুঁজে বের করার জন্য, যাতে এই প্রাচীন বার্তা মানবজাতিকে বাঁচাতে পারে।

---✶ ʢ ✶ ---

গ্রেইলের স্বপ্ন: কোড জাগরণ

মেলিনা একটি স্বপ্নে নেমে গেল, যা কেবল বিশ্রাম ছিল না, বরং জ্ঞানের একটি বায়বীয় মহাসাগরে ডুব দেওয়া ছিল। তার চোখের সামনে একটি চিত্র উন্মোচিত হলো: আলোর একটি প্রাচীন স্ক্রোল, যা ধীরে ধীরে উন্মোচিত হচ্ছিল। প্রতিটি অক্ষর কালি ছিল না, বরং একটি স্পন্দিত প্রতীক ছিল, যা অভ্যন্তরীণ শক্তি দিয়ে জীবন্ত হয়ে উঠছিল। সে বুঝতে পারল: এটি জীবনের প্রাথমিক কোড, মহাবিশ্বের ডিএনএ, আমাদের প্রত্যেকের ফ্যাব্রিকের মধ্যে সিল করা। উপলব্ধি তাকে প্লাবিত করল – গ্রেইল কোনো বস্তু নয়, বরং একটি অবস্থা। এটি বাহ্যিক কিছু নয়, বরং একটি অভ্যন্তরীণ, জীবন্ত মন্দির যা প্রতিটি কোষে স্পন্দিত হয়, যা সমগ্রের সাথে সংযুক্ত। একটি বিশুদ্ধ উপলব্ধি।

স্ক্রোলটি রূপান্তরিত হতে শুরু করল। প্রতীকগুলো নাচতে থাকা আলোয় পরিণত হলো, যার প্রতিটি মানুষের সারমর্মের একটি অংশকে প্রতিনিধিত্ব করছিল। তারা একত্রিত হয়েছিল, জড়িয়ে গিয়েছিল, জটিল মহাজাগতিক বুনন তৈরি করেছিল, যা ডিএনএ-এর সর্পিলের মতো লাগছিল, কিন্তু বিশুদ্ধ শক্তি দিয়ে বোনা হয়েছিল।

যখন সে তাদের দেখছিল, মেলিনা অনুভব করল যে তার নিজের মধ্যে কিছু পরিবর্তন হচ্ছে। যেন তার নিজের অভ্যন্তরীণ প্রতীক এবং ডিএনএ-এর থ্রেডগুলো স্ক্রোলের সাথে সামঞ্জস্যপূর্ণভাবে স্পন্দিত হতে শুরু করেছে। ভালবাসা – শুধু একটি অনুভূতি নয়, বরং একটি শক্তি যা একটি সোনালি আলো বিকিরণ করছিল – এই বুননগুলোর মধ্য দিয়ে প্রবাহিত হতে শুরু করেছিল, সেগুলোকে শুদ্ধ করতে, সেগুলোকে শক্তিশালী করতে, তাদের কাঠামোকে পুনরুজ্জীবিত করতে। সে বুঝতে পারল যে এই আলো একটি আলকেমিক্যাল অমৃত ছিল, যা জীবনের ফ্যাব্রিককে রূপান্তরিত করে, ক্ষতিগ্রস্তকে পুনরুজ্জীবিত করে, নতুন কিছু তৈরি করে, ঘুমন্ত জেনেটিক প্রোগ্রামগুলো সক্রিয় করে। তার হৃদয়ের প্রতিটি স্পন্দন একটি বর্ধিত জীবন ছিল, প্রতিটি নিঃশ্বাস নেওয়া অণু – একটি নতুন আদেশ, প্রতিটি অভ্যন্তরীণ হাসি – একটি নতুন জীবন। তার মধ্যে সবকিছু নতুন হচ্ছিল। এটাই ছিল গ্রেইলের গোপনীয়তা: জীবনের অফুরন্ত উৎস, যা হৃদয়ের বিশুদ্ধ কম্পন দ্বারা সক্রিয় হয়, যখন এটি বিশ্বাস, আশা এবং ভালবাসায় পূর্ণ থাকে, যা আমাদের ঐশ্বরিক জেনেটিক সম্ভাবনাকে আনলক করে।

---♥---

## অধ্যায় 12: জেনেটিক কোডের একটি সাইফার হিসাবে গ্রেইল

ফ্ল্যাশব্যাক: গ্রেইলের রহস্য এবং বুদ্ধিবৃত্তিক উস্কানি

নাথানিয়েল টলমল করে উঠল। স্মৃতিগুলো তাকে একটি তরঙ্গের মতো প্লাবিত করল – শুধু ছবি নয়, বরং অতীত এবং বর্তমানের একটি সান্দ্র তরল, যা তাকে নিচের দিকে টেনে নিয়ে যাচ্ছিল। এটি কোনো স্বপ্ন ছিল না, বরং কয়েক মাস আগে ঘটে যাওয়া সেই কথোপকথনের একটি ফ্ল্যাশব্যাক ছিল, কিন্তু এখন এটি নতুন, বেদনাদায়ক স্পষ্টতার সাথে ভেসে উঠেছে। তার চারপাশের বাতাস ভারী হয়ে উঠল, যেন মেলিনার পুনরুজ্জীবিত শব্দগুলো এখনও এতে ঝুলে ছিল, ঘন এবং বিদ্যুতায়িত।

সে, মেলিনা, তার সামনে দাঁড়িয়ে ছিল, আলোয় ঢাকা, তার চোখ একটি অন্য জগতের আলোতে জ্বলছিল যা তার হাড়ের মজ্জা পর্যন্ত তাকে বিদ্ধ করছিল। সে তাকে রহস্যের জগতে টেনে আনার চেষ্টা করছিল, এমন একটি বিশ্ব যা অনন্তকালের ফিসফিসানি এবং প্রাচীন গোপনীয়তা দিয়ে বোনা হয়েছিল। নাথানিয়েল, নিজেই একটি গোপন সমাজের সদস্য, বিশ্বের এবং মহাবিশ্বের রহস্যগুলো সংরক্ষণ এবং গবেষণার জন্য নিবেদিত, এমন নীতিগুলো জানত যা অনভিজ্ঞদের কাছ থেকে লুকিয়ে ছিল। সে খুঁজছিল। আর এখন, সে তাকে উস্কানি দিচ্ছিল, যাতে সে বুঝতে পারে যে সে তার স্বপ্নে এমন কিছুতে পৌঁছেছে যা তারা, একটি আদেশ হিসাবে, সম্ভবত হারিয়ে ফেলেছিল। তারাও গ্রেইল খুঁজছিল – অমরত্বের উৎস – আর সে আশা করছিল যে সে তাকে পথ দেখাবে। এটা তাকে তার প্রাণবন্ততা, তার সাহসের প্রেমে ফেলেছিল। এই লড়াইটি কেবল মৌখিক ছিল না; এটি শক্তির একটি বাস্তব সংঘর্ষ ছিল যা তাদের মধ্যে বাতাসে স্পন্দিত হচ্ছিল।

— গ্রেইলের রহস্য... — তখন তার কণ্ঠস্বর প্রায় একটি ফিসফিসানি ছিল, কিন্তু এটি তার চেতনায় একটি ঘণ্টার মতো গর্জে উঠল। এটি ভক্তি, বিস্ময় এবং ভারের মিশ্রণে পূর্ণ ছিল, যেন সে একটি পবিত্র গোপনীয়তা ভাগ করে নিচ্ছিল, যা শতাব্দী ধরে সুরক্ষিত ছিল, যার ভার একজন অপ্রস্তুত ব্যক্তিকে পিষে ফেলতে পারত। — একটি স্বপ্নে, আমি অর্জিত জ্ঞানকে একটি বস্তুগত আকারে নয়, বরং এমন কিছুতে সংরক্ষণ করছিলাম যা আমি স্বজ্ঞাতভাবে একটি সত্যিকারের পবিত্র গ্রেইল হিসাবে অনুভব করছিলাম।

কিন্তু এটি আমার আত্মার সবচেয়ে পবিত্র গভীরতায়, আমার অস্তিত্বের প্রকৃত কাপড়ে কোড করা ছিল। এই গ্রেইলটি একটি কাপ ছিল না, বা কোনো শিল্পকর্মও ছিল না, বরং এটি মহাজাগতিক প্রজ্ঞার একটি জীবন্ত ভান্ডার ছিল, যা জটিল, প্রায় অচিন্তনীয় প্রক্রিয়াগুলোকে উন্মোচন করছিল, যার মাধ্যমে আত্মা বাস্তবতার জটিল মানসিক মডেল তৈরি করে, যা অদ্ভুত কোয়ান্টাম এনট্যাঙ্গেলমেন্টের মাধ্যমে সবকিছুকে আবৃত করে – যেন প্রতিটি সত্তা, প্রতিটি চিন্তা, একটি অনন্ত, সর্বব্যাপী মহাজাগতিক নেটওয়ার্কের অংশ ছিল, যা প্রতিটি জীবন্ত এবং নির্জীব বস্তুকে সংযুক্ত করে। এই স্বপ্নে আমি বুঝতে পারলাম যে আত্মার অবিশ্বাস্য, ঐশ্বরিক ক্ষমতা রয়েছে টরশন ফিল্ড তৈরি করার – অদৃশ্য শক্তির ঘূর্ণি, যা বিশাল দূরত্বে, সময় এবং স্থানের বাইরে, তাৎক্ষণিক, অব্যক্ত যোগাযোগের অনুমতি দেয়। এটি এত উজ্জ্বল এবং স্পষ্ট ছিল, কিন্তু তবুও শব্দে বর্ণনা করা কঠিন ছিল। একটি অপরিমেয় শক্তির পাত্র, যেখানে জীবন্ত রক্তের স্পন্দিত স্রোত প্রবাহিত হয়, যা মহাজাগতিক স্পন্দনের সাথে, মহাবিশ্বেরই নিঃশ্বাসের সাথে কম্পিত হয়।

নাথানিয়েল তাকে হঠাৎ করে থামিয়ে দিল, তার কণ্ঠস্বর ভাঙা কাঁচের মতো ছিল, যা জ্বরপূর্ণ কৌতূহল এবং তার সীমানা পরীক্ষা করার ইচ্ছা দিয়ে পূর্ণ ছিল। ভেতরে ভেতরে সে তার ব্যাখ্যায় ডুবে যাচ্ছিল।

— এক মিনিট, মেলিনা। "টরশন ফিল্ড"? "কোয়ান্টাম এনট্যাঙ্গেলমেন্ট"? তুমি বৈজ্ঞানিক শব্দ ব্যবহার করছ, কিন্তু এমন প্রসঙ্গে ব্যবহার করছ যা... ছদ্ম-বৈজ্ঞানিক রহস্যবাদের মতো শোনায়! বাস্তবে এর অর্থ কী? এই সবকিছুর সাথে সেই বাস্তবতার কী সম্পর্ক, যা আমি স্পর্শ করতে পারি, পরিমাপ করতে পারি, বিশ্লেষণ করতে পারি, আর যা আমার আদেশ শত শত বছর ধরে গবেষণা করেছে, তোমার এই অন্তর্দৃষ্টিতে না পৌঁছে?! আকর্ষণীয়।

সে দ্বিধা করল না। সে তার দিকে এক ধাপ এগিয়ে গেল, আর তার দৃষ্টি তীক্ষ্ণ, প্রায় সম্মোহনকারী হয়ে উঠল, যেন সে তার যৌক্তিক বাধাগুলোর বাইরে প্রবেশ করার চেষ্টা করছিল, তাকে সেই সত্য অনুভব করতে বাধ্য করছিল যা সে তার সত্তার প্রতিটি ফাইবার দিয়ে অনুভব করছিল।

— উত্তর... ভালবাসার জৈব রসায়নে আছে, নাথানিয়েল! স্নায়ু-অন্তঃস্রাবী ব্যবস্থায়। তুমি নিজেই একটি জীবন্ত পরীক্ষা, নাথানিয়েল! লক্ষণগুলো মনে কর – সেই ক্লান্তি, স্বরের অভাব, জ্ঞানীয় ব্যাধি, প্রায় শূন্যের কাছাকাছি কামশক্তি। মনে কর তুমি কত বছর ধরে নিজের একটি ভূতের মতো ছিলে! আর এখন, নিজেকে দেখ! তোমার শরীর আমার চোখের সামনে রূপান্তরিত হচ্ছে! তোমার হরমোনগুলো নিয়ন্ত্রিত হচ্ছে। টেস্টোস্টেরনের মাত্রা বেড়েছে! পরীক্ষাগারে, YAP-5SA-এর মতো একটি পরিবর্তন দেখা যায়...

নাথানিয়েল তার হাত রাগান্বিতভাবে নাড়ল, বিরক্ত, তার জেদ থেকে প্রায় হতাশ, যা তার বর্ম ছিঁড়ে ফেলছিল, কিন্তু তাকে আরও বেশি বিভ্রান্ত করছিল। তার দৃষ্টি এক মুহূর্তের জন্য মেঘাচ্ছন্ন হয়ে গেল, তাকে তার বাবার কঠোর, আপসহীন পরীক্ষাগারে ফিরিয়ে নিয়ে গেল, যেখানে প্রতিটি অযৌক্তিক বিবৃতিকে নিন্দা করা হয়েছিল।

— দয়া করে, মেলিনা, আমাকে পরীক্ষাগারের গবেষণা উদ্‌ধৃত কর না, যা তুমি তোমার নিজের উপায়ে ব্যাখ্যা করছ! YAP-5SA একটি চিমরিক অণু, যা প্রাকৃতিকভাবে পাওয়া যায় না! এটি কোষের প্রসারণের উপর প্রভাব ফেলতে পারে, কিন্তু এটিকে "টরশন ফিল্ড তৈরি করা আত্মা"-এর সাথে সংযুক্ত করা... এটা খুব বেশি! আমার উন্নতি, যদি একে আদৌ উন্নতি বলা যায়, তা একটি প্লাসিবো প্রভাবের ফল, অথবা কেবল একটি কাকতালীয় ঘটনা! হয়তো এটি সেই চাপ সম্পর্কিত যা চলে গেছে, বা আমার জীবনযাত্রার পরিবর্তনের সাথে – ঘোড়ায় চড়া, গল্ফ, টেনিস, ফিটনেস – এই সমস্ত চাপ যা তুমি আমাকে দিচ্ছ! কিন্তু অন্য সবকিছু... এটা প্রাচীন প্রজ্ঞা হিসাবে ছদ্মবেশী বৈজ্ঞানিক কল্পকাহিনীর মতো শোনাচ্ছে, কিন্তু আমি আরও শুনতে প্রস্তুত! তুমি আমাকে অবাক করছ।

— না, নাথানিয়েল! এটা কল্পনা নয়! — সে আরও এক ধাপ এগিয়ে গেল, প্রায় তাকে স্পর্শ করল, তার কণ্ঠস্বর আরও শক্তিশালী, আরও জেদি হয়ে উঠল, কিন্তু এখনও গভীর, অটল বিশ্বাসে পূর্ণ ছিল। — এটা বৈজ্ঞানিকভাবে প্রমাণিত... অক্সিটোসিন সম্পর্কে ভাব, ভালবাসা এবং সংযোগের হরমোন... এটি সামাজিক বন্ধনে তার ভূমিকার জন্য পরিচিত, কিন্তু এটিরও রয়েছে...

নাথানিয়েল তাকে হঠাৎ করে থামিয়ে দিল, তার কণ্ঠে উস্কানির একটি ইঙ্গিত ছিল।

— কার্ডিওভাসকুলার প্রভাব? হ্যাঁ, মেলিনা, কিন্তু আমরা প্রমাণিত প্রভাব সম্পর্কে কথা বলছি, "জীবন্ত রক্তের স্পন্দিত স্রোত" সম্পর্কে নয়। এটা কবিতা, মেলিনা, শারীরবিদ্যা নয়। তুমি কি এমন কোনো গবেষণা সম্পর্কে জান যা প্রমাণ করে যে SRF "শক্তিশালী ইতিবাচক আবেগ দ্বারা প্ররোচিত বিভিন্ন কোফ্যাক্টরের সাথে" যোগাযোগ করে? অথবা কার্ডিওমায়োসাইটের ডিডিফারেনসিয়েশন ভালবাসা দ্বারা ঘটে? এই প্রকাশিত পিয়ার-রিভিউড নিবন্ধগুলো কোথায়, মেলিনা? হয়তো তোমার আদেশ আমার আদেশের চেয়ে বেশি জানে?

— ...অথবা DHEA – সে চালিয়ে গেল, তার ব্যঙ্গকে উপেক্ষা করে, কিন্তু তার কণ্ঠে একটি সবেমাত্র দৃশ্যমান কম্পন ছিল, যা তার অবিশ্বাসের ব্যথা প্রকাশ করছিল। – যৌন হরমোনের অগ্রদূত, যা দীর্ঘায়ু এবং শক্তির সাথে সম্পর্কিত... আর অন্তঃসত্ত্বা নাইট্রিক অক্সাইড (NO) – একটি শক্তিশালী ভাসোডিলেটর, যা রক্ত সঞ্চালন এবং নিউরোট্রান্সমিশনে প্রভাব ফেলে! এই সবই জৈব রাসায়নিক প্রক্রিয়া যা প্রভাবিত হয়...

নাথানিয়েল তার হাত রাগান্বিতভাবে নাড়ল, তার কণ্ঠস্বর ঘরে গর্জে উঠল।

— আমাদের আবেগ, আমাদের চিন্তা, আমাদের শক্তি?! মেলিনা, এটা সাধারণ মনোবিজ্ঞান! অবশ্যই চাপ এবং বিষণ্নতা শরীরের উপর প্রভাব ফেলে। কিন্তু তুমি যখন দাবি কর যে ইতিবাচক আবেগ "ডিএনএতে লক করা পুনর্জন্মের জিন" সক্রিয় করে, যা পরিণত কোষগুলোকে স্টেম কোষে রূপান্তরিত করে – এটা একটি অবৈজ্ঞানিক দাবি! তুমি আমাকে কিছু "অদৃশ্য আবেগ" এবং "ঐশ্বরিক স্ফুলিঙ্গ" সম্পর্কে বলছ! আমি একজন বিজ্ঞানী, মেলিনা!

আমি তথ্য, পরীক্ষা, আর পুনরুৎপাদনযোগ্য ফলাফলের উপর ভিত্তি করে কাজ করি! তুমি কি আমাকে এমন কোনো গবেষণা দেখাতে পার যা... ধরা যাক, শর্তহীন ভালবাসা এবং টেলোমেরেজকে পুনরায় সক্রিয় করা বা এপিজেনেটিক পরিবর্তনের মধ্যে একটি সরাসরি কার্যকারণ সম্পর্ক দেখায় যা অঙ্গের সম্পূর্ণ পুনর্জন্মের দিকে নিয়ে যায়?! কারণ এটাই আমরাও খুঁজছি, মেলিনা! এটাই আমাদের হারিয়ে যাওয়া জ্ঞান!

সে সামান্য পিছিয়ে গেল, যেন তার আঘাত তাকে প্রভাবিত করেছে। সে তাকে প্রায় হতাশ কোমলতা দিয়ে দেখল।

— গ্রেইল কি শরীরের নিখুঁত ভারসাম্যের জন্য একটি রূপক নয়, চেতনার শারীরবিদ্যাকে প্রভাবিত করার ক্ষমতার জন্য...? হৃদয়ের সংগতি, যা...

— হৃদয়ের সংগতি?! — নাথানিয়েল হাসল, কিন্তু তার হাসি শুকনো, স্নায়বিক, যা অবাক করা কৌতূহলে ভরা ছিল। — হ্যাঁ, হৃদয়ের বৈদ্যুতিক কার্যকলাপ আছে, অবশ্যই! কিন্তু এটিকে "মহাজাগতিক নকশা" বা "আধ্যাত্মিক কম্পন"-এর সাথে সংযুক্ত করা... মেলিনা, এটা বিজ্ঞান নয়! এটা... কবিতা! কিন্তু এমন কবিতা যা আমাকে ভাবায়। এমন কিছু যা আমার আদেশও সমাধান করতে পারেনি। তুমি কি আমাদের চেয়ে উত্তরের বেশি কাছে আছ?

সে তার হাত বাড়িয়ে দিল, যেন সে কেবল তাকেই নয়, তার সন্দেহের সারমর্মকেও স্পর্শ করতে চাইছে, তার বিভ্রমের পর্দা ছিঁড়ে ফেলতে চাইছে।

— শোন, নাথানিয়েল, — সে ফিসফিস করে বলল, আর তার দৃষ্টি আকুতিপূর্ণ, কিন্তু অটল ছিল, এমন তারার মতো যা নিভানো যায় না। — এটা শুধু দর্শন নয়। এটা একটি অভিজ্ঞতা! আমি সেই কম্পনগুলো, সেই স্পন্দিত স্রোতগুলো অনুভব করেছি! প্রতিবার যখন আমাদের আত্মা একে অপরকে স্পর্শ করে, কিছু আমার মধ্যে, তোমার মধ্যে আনলক হয়ে যায়! তুমি কি মনে কর না যে ভালবাসা সবচেয়ে শক্তিশালী টরশন ফিল্ড, যা কেবল আমাদেরকেই নয়, আমাদের চারপাশের বাস্তবতাকেও রূপান্তরিত করতে পারে? হয়তো এটাই গ্রেইলের গোপনীয়তা – মানুষের চেতনার ক্ষমতা সৃষ্টি করতে, নিরাময় করতে, পরিবর্তন করতে? আমি নিশ্চিত যে তোমার শরীরের পরিবর্তনগুলো তুমি অনুভব করছ, তুমি কি বিশ্বাস কর না যে এটি আমাদের নতুন আবিষ্কৃত গভীর যোগাযোগের কারণে?! তুমিও এটা খুঁজছ, তাই না? ঠিক যেমন তোমার আদেশ অমরত্ব আর চিরন্তন জীবনের গোপনীয়তা খুঁজছে?

নাথানিয়েল নীরব হয়ে গেল। তার শব্দগুলো তার যুক্তিবাদী মনের পৃষ্ঠের নিচে প্রবেশ করেছিল, তার অবচেতন মনের গভীরে শিকড় স্থাপন করেছিল। সে শারীরিক পরিবর্তনগুলো অনুভব করছিল, কিন্তু সে তাদের একটি রহস্যময় ব্যাখ্যা দিতে অস্বীকার করছিল। যাইহোক, সে তাকে চাপ দিচ্ছিল, বিশ্বাস দিয়ে নয়, বরং আবেগ দিয়ে, স্বজ্ঞা দিয়ে, প্রাচীন জ্ঞান দিয়ে যা তার শিরায় স্পন্দিত হচ্ছিল। এটা বিরোধিতার একটি নৃত্যের মতো ছিল – সে তাকে অব্যক্তের দিকে টানছিল, সে বাস্তবকে, পরিচিতকে, যুক্তির নিরাপদ আশ্রয়কে আঁকড়ে ধরেছিল। কিন্তু সে আর কেবল প্রত্যাখ্যান করছিল না; সে একটি সংলাপে, এমন উত্তর খোঁজার জন্য ঝাঁপিয়ে পড়ছিল যা তার গোপন আদেশও তাকে দেয়নি। তার যুক্তিবাদিতার ফাটল দিয়ে আশা প্রবেশ করছিল।

এই ফ্ল্যাশব্যাকটি বিবর্ণ হয়ে গেল, নাথানিয়েলকে স্বপ্নে ছেড়ে গেল - হতভম্ব, বিভ্রান্ত, কিন্তু... জাগ্রতও। তার শরীর সামান্য কাঁপছিল। এটা কি কেবল তার কল্পনা, তার ক্লান্ত মনের ফল ছিল? নাকি সে সত্যিই এমন কিছু অভিজ্ঞতা করেছিল যা তার যৌক্তিক বোঝার বাইরে ছিল? এটা কি সম্ভব ছিল যে মেলিনা যা দাবি করছিল তার জন্য একটি বৈজ্ঞানিক ভিত্তি ছিল? "ভালবাসা আর রূপান্তরের জৈব রসায়ন," অক্সিটোসিন, DHEA বা অন্তঃসত্ত্বা NO-এর কার্ডিওভাসকুলার আর স্নায়ু-অন্তঃস্রাবী সিস্টেমের উপর প্রভাবের জন্য?

প্রশ্নটি বাতাসে ঝুলে ছিল, ভারী আর অনিবার্য, তার উত্তরের জন্য অপেক্ষা করছিল।

---✶ ৫ ✶---

জাগরণ আর একটি ডাক। মেলিনা:

প্রতিটি দিনের সাথে, আমার আত্মা একটি বিশাল মহাজাগতিক ধাঁধার একটি টুকরা ছিল, এই অনুভূতিটি... বাস্তব হয়ে উঠছিল। ঘন। প্রায় যন্ত্রণাদায়ক, একটি জীবন্ত স্নায়ুর মতো যা আমার মধ্যে স্পন্দিত হচ্ছিল। কখনও কখনও ক্লান্তি আমাকে হাড় পর্যন্ত ভেঙে দিত, কখনও কখনও – একটি অব্যক্ত দুঃখ আমাকে একটি বরফ-ঠান্ডা পাঞ্জার মতো ধরত, কোনো কারণ ছাড়াই। কিন্তু সেই রাতে... সেই রাতে আমি আমার গলায় আটকে থাকা একটি চিৎকার নিয়ে জেগে উঠলাম। ভয়ের চিৎকার নয়, বরং অতিরিক্ত ভারের, একটি সুপারসোনিক শব্দের যা আমার খুলিতে বাজছিল। আমার স্বপ্নের ছবিগুলো আমার মনের মধ্যে ঘূর্ণায়মান হচ্ছিল – খুব স্পষ্ট, খুব বাস্তব, একটি চলচ্চিত্রের মতো যা আমার চোখের পাতার উপর প্রজেক্ট করা হচ্ছিল, যা আমি থামাতে, বন্ধ করতে বা পালাতে পারতাম না। আকাশের ইতিহাসে অ্যাক্সেস – একটি অন্তহীন গ্রন্থাগার, যা সময়ের প্রতিটি ফিসফিসানি, প্রতিটি সম্ভাবনা, প্রতিটি পছন্দ সংরক্ষণ করে – শুধু একটি চিত্র ছিল না। এটি ছিল জীবন্ত জ্ঞান।

এটি একটি বৈদ্যুতিক স্রোতের মতো ছিল যা আমার পুরো শরীরের মধ্য দিয়ে চলে গিয়েছিল, আমার চেতনাকে অসহনীয়ভাবে, যন্ত্রণাদায়কভাবে প্রসারিত করে দিয়েছিল, কিন্তু সম্পূর্ণ, স্ফটিক-স্বচ্ছ স্বচ্ছতাও নিয়ে এসেছিল! অন্ধকারের মধ্যে একটি বিস্ফোরণের মতো, যা প্রতিটি ছায়া ছড়িয়ে দিয়েছিল! এটি অগণিত জীবনের একটি প্যানোরামা প্রকাশ করেছিল। প্রতিটি – আমার প্রকৃত সারমর্ম বোঝার দিকে একটি ছোট পদক্ষেপ। আমি ঝলকগুলো মনে করতে পারছিলাম, রাতের মধ্যে বিদ্যুতের ঝলকের মতো, যা আমার ভিতরের অন্ধকারকে আলোকিত করছিল, কিন্তু আমাকে পুড়িয়েও দিচ্ছিল। আমি এটা অনুভব করেছি! আমি জীবনের চিরন্তন খেলার একটি অবিচ্ছেদ্য অংশ, এই ধারণাটি আমাকে এমন... গভীর উপলব্ধিতে পূর্ণ করে দিয়েছে! আর এমন... ভয়ঙ্কর দায়িত্বে। একটি ভার যা আমাকে পিষে ফেলতে পারত, কিন্তু আমাকেও উপরে তুলেছিল। আমার চালিয়ে যাওয়া ছাড়া আর কোনো বিকল্প ছিল না।

আমার হাতে ফোনটি একটি সীসার রায়ের মতো ভারী ছিল, একটি পাথরের মতো যা আমাকে অতল গহ্বরের দিকে টেনে নিয়ে যাচ্ছিল। কিন্তু আমি জানতাম – আমাকে এটা করতে হবে। সে একমাত্র ব্যক্তি ছিল যে বুঝতে পারত। এমনকি যদি সে না চাইত। এমনকি যদি সে না জানত যে সে কী চায়। আমি নম্বরটি ডায়াল করলাম, যখন আমার হৃদয় উন্মত্তভাবে বাজছিল, আমার বুক থেকে লাফিয়ে বেরিয়ে আসার জন্য, হাজার হাজার টুকরো হয়ে ভেঙে যাওয়ার জন্য, ছড়িয়ে পড়ার জন্য প্রস্তুত ছিল। আমার শ্বাস বন্ধ হয়ে গেল। লাইনের অন্য প্রান্তে – আমি জানতাম যে সে গভীর ঘুমে ছিল। সুশৃঙ্খলভাবে। তার সমস্ত গ্রাফের মতো। সম্ভবত দেড় ঘন্টা ধরে তার সবচেয়ে গভীর ঘুমে ছিল। আমার থেকে ভিন্ন। আমি, যে রাতে আমার স্বপ্নে অস্থিরভাবে ঘুরপাক খেতাম... বায়বীয় মধ্যে চিরকালের জন্য জেগে থাকতাম, একটি ভূতের মতো, যে ঘুরে বেড়াতে বাধ্য।

ফোনটি একবার, দুইবার বেজে উঠল, তারপর একটি বিরক্ত গর্জন শোনা গেল।

— মেলিনা, কী হয়েছে, ধুর! — তার কণ্ঠস্বর ঘুমন্ত, গভীর ছিল, কিন্তু একটি স্পষ্ট বিরক্তি ছিল, তার তীক্ষ্ণতা একটি ছুরির মতো নীরবতাকে কেটে দিচ্ছিল। আমি একটি কর্কশ শব্দ শুনতে পেলাম, সম্ভবত সে তার বিছানায় ঘুরপাক খেয়েছে, হঠাৎ করে ঢুকে পড়ার কারণে বিরক্ত হয়েছিল। — তুমি জান যে আমি এগারোটায় ঘুমিয়ে পড়ি, আর ছয়টায় জেগে উঠি। এখন রাত দুটো! আগামীকাল আমার একটি গুরুত্বপূর্ণ মিটিং আছে! তুমি কি পাগল? আমাকে বিরক্ত করা বন্ধ কর!

তার বিরক্তি সত্ত্বেও, আমি অন্য কিছু অনুভব করলাম – একটি সবেমাত্র দৃশ্যমান কম্পন, এমনকি আমার কণ্ঠস্বর শোনার উত্তেজনাও হতে পারে। আমি জানতাম যে তার যুক্তিবাদিতা সত্ত্বেও, তার "বাস্তবতা"-র সাথে তাকে আবদ্ধ করে রাখা সমস্ত কিছু সত্ত্বেও, সেও আমার প্রতি... কিছু অনুভব করছিল। এমন কিছু যা আমরা উভয়ই উপেক্ষা করার চেষ্টা করছিলাম, কিন্তু যা ধীরে ধীরে আমাদের একটি জলাভূমির মতো গ্রাস করছিল।

— নাথানিয়েল! তুমি কি বুঝতে পারছ না?! — আমি প্রায় চিৎকার করে উঠলাম, আর আমার কণ্ঠস্বর উত্তেজনায় কাঁপছিল, জমা হওয়া উপলব্ধি থেকে, আমার মাথায় বিস্ফোরণ থেকে, যা আমাকে একই সাথে জীবন্ত আর দুর্বল করে দিচ্ছিল। — আজ... আজ আমি অ্যাক্সেস পেয়েছি... কল্পনা কর, নাথানিয়েল! অগণিত জীবনের একটি প্যানোরামা! প্রতিটি সম্ভাবনা যা কখনও হয়েছে আর হবে! প্রতিটি পুনর্জন্ম আমার প্রকৃত সারমর্ম বোঝার দিকে একটি ছোট পদক্ষেপ। আমি মনে করতে পারলাম... ঝলকগুলো, রাতের মধ্যে বিদ্যুতের ঝলকের মতো, যা আমার ভিতরের অন্ধকারকে আলোকিত করছিল, কিন্তু আমাকে পুড়িয়েও দিচ্ছিল। আমি এটা অনুভব করেছি! আমি জীবনের চিরন্তন খেলার একটি অবিচ্ছেদ্য অংশ, এই ধারণাটি আমাকে এমন... গভীর উপলব্ধিতে পূর্ণ করে দিয়েছে!

লাইনের অন্য প্রান্তে, আমি একটি গভীর দীর্ঘশ্বাস শুনতে পেলাম, তারপরে একটি হাই, যা সবেমাত্র লুকানো গোঙানিতে পরিণত হয়েছিল।

— মেলিনা, দয়া করে... আবার সেই তোমার স্বপ্ন? আকাশের ইতিহাস? এটা একটি কম বাজেটের চলচ্চিত্রের একটি চিত্রনাট্যের মতো শোনাচ্ছে, যা তুমি অনেকবার দেখেছ, মেলিনা। তুমি ক্লান্ত দেখাচ্ছ। সত্যিই।

— না, আমি নই! আর এখন এই পাত্র... কম্পিত হতে শুরু করেছে! আমি এটা অনুভব করি, নাথানিয়েল! এটা কাঁপছে! তোমার কথা ভাবলেই আমার হৃদয় ক্রমবর্ধমান উত্তেজনায় স্পন্দিত হয়, নাথানিয়েল। তুমি কি আমাকে বুঝতে পারছ? তোমার সেই অবচেতন নায়কের কথা, যাকে আমি তোমার গভীর সারমর্মে খুঁজছি, যা টন টন যুক্তি, বাস্তববাদের পাহাড়ের নিচে, তোমার অবিশ্বাসের দেয়ালের নিচে চাপা পড়ে আছে! একটি নতুন কর্পোরেশনের পরিকল্পনার সাথে তোমার ব্যস্ততার বাস্তবতার নিচে, বা বিনিয়োগকারীদের সাথে তোমার দীর্ঘ কথোপকথনের নিচে, তোমার মধ্যে ঘুমিয়ে থাকা মহত্ত্বের সন্দেহ না করেই! এমনকি "তুমি কেমন আছ, মেলিনা?" ফিসফিস করে বলার চেষ্টা না করেই! আমি তোমাকে খুঁজছি, নাথানিয়েল, হতাশা দিয়ে নয়, বরং অটল বিশ্বাস দিয়ে যে আমরা একসাথে... সেই মন্দের মুখোমুখি হতে পারব যা ইতিমধ্যেই আমাদের দরজায় কড়া নাড়ছে, যা আমাদের ঘাড়ের পিছনে নিঃশ্বাস নিচ্ছে! আমার প্রত্যাশা একটি কম্পমান পূর্বাভাস, আর প্রতিটি সকালের সম্ভাবনা আছে...

হঠাৎ, লাইনটি কেটে গেল। মেলিনা কেবল একটি স্ট্যাটিক ক্র্যাকল শুনতে পেল, তারপরে – সম্পূর্ণ নীরবতা। যেন মহাবিশ্ব নিজেই তাকে বাধা দেওয়ার সিদ্ধান্ত নিয়েছিল, শব্দগুলোকে শেষ পর্যন্ত উচ্চারণ করতে দেয়নি। সে তার হাতে ফোনটি শক্ত করে ধরেছিল, যতক্ষণ না তার গাঁটগুলো সাদা হয়ে গেল। সে জানত যে এটা কোনো কাকতালীয় ঘটনা নয়। সময় সত্যিই নীরবতার মধ্যে চিৎকার করছিল। নীরবতা বধিরকারী ছিল।

---❤---

অধ্যায় 13: মহাবিশ্বের একটি ফাটল

যেই স্বপ্নটা আমার হাড় পর্যন্ত কাঁপিয়ে দিয়েছিল – সেই উপলব্ধি যে আমিই হলাম সেই রক্ষক – পৃথিবী শুধু ভেঙে পড়েনি। এটি নিজের ভেতরেই ধসে পড়েছিল, বিকৃত হয়ে অচেনা হয়ে গিয়েছিল। আমার চেনা সবকিছু একটিমাত্র স্পন্দনশীল বিন্দুতে গলে গিয়েছিল: একটি ফাটল। ডারউইনের বিবর্তনবাদের ওপর সেই সাহসী সন্দেহ, যা একসময় কেবলই ফিসফিস ছিল, এখন আমার মনকে ছিন্নভিন্ন করছিল। এটি ছিল ঐশ্বরিক উৎসের দিকে এক দুঃসাহসী অতর্কিত আক্রমণ। ফিরে যাওয়ার কোনো পথ ছিল না। আগের মেলিনার প্রতিটি কণা মরে যাচ্ছিল, পচে যাচ্ছিল, যাতে একটি নতুন, বাঁধাহীন সত্তাকে জীবন দিতে পারে। ভয়ের বরফশীতল টেন্ট্যাকল আমাকে ঘিরে ধরেছিল, কিন্তু তার নিচে, গলিত শিলার মতো, একটি আকাঙ্ক্ষা জেগে উঠছিল – এমন কিছুর জন্য যা অবোধ্য, যার ডাক সমস্ত যুক্তিকে ভেদ করে, সন্দেহের শেষ চিহ্নটুকুও পুড়িয়ে দেয়।

---✶ ۶ ✶ ---

দাফন করা সত্য

আমি এমন কিছু ধারণাকে আলিঙ্গন করেছিলাম যা কিছুকাল আগে আমি নিছক পাগলামি বলে উড়িয়ে দিতাম। ব্লাভাটস্কির থিওসোফিক্যাল হাইপোথিসিস, মুলদাশেভের রহস্যময় অভিযান... হিংস্র সমালোচকদের সত্ত্বেও, তারা বিকল্প জ্ঞানের ছাপ বহন করছিল। তারা ভুলে যাওয়া সভ্যতার কথা ফিসফিস করে বলছিল, এমন শক্তির কথা বলছিল যা আমরা অনেক আগেই ভুলে গেছি। প্রতিটি নতুন পড়া পৃষ্ঠা একটির পর একটি পর্দা সরিয়ে দিচ্ছিল। বাতাসে উত্তেজনা আরও পাতলা হচ্ছিল।

আটলান্টিস, লেমুরিয়ান... সভ্যতাগুলো প্রলয় দ্বারা নিশ্চিহ্ন হয়ে গেছে, তারা মানবজাতির স্মৃতির চেয়েও প্রাচীন জ্ঞান লুকিয়ে রেখেছে। আমি একজন ডুবন্ত মানুষের হতাশার সঙ্গে প্রমাণ খুঁজছিলাম, যেন আমার নিজের জীবন তাদের ওপর নির্ভর করছিল। ধুলোময় ইতিহাসে, বিবর্ণ পাণ্ডুলিপিতে, রহস্যময় শিল্পকর্মে, প্রাচীন শিক্ষায়... এবং সর্বোপরি – আমার নিজের স্বপ্নে। এই প্রলয়ংকারী পাগলামির মধ্যে সেগুলোই ছিল আমার একমাত্র কম্পাস।

---✶ ۶ ✶ ---

অ্যান্ড্রোজিনিদের প্রতিধ্বনি

ডায়েরি না স্বপ্নের: আমি স্বপ্ন দেখছিলাম... অদ্ভুত প্রাণীদের। অ্যান্ড্রোজিনি। দুটি শরীর একটিতে মিশে আছে, দুটি মুখ বিপরীত দিকে ফেরানো... একতায় পূর্ণতা। এবং তারপর – সেই বিদারক বিভাজন। যন্ত্রণা। সেই চিরন্তন, অফুরন্ত আকাঙ্ক্ষা হারানো অর্ধাংশের জন্য। প্লেটো... তিনি কীভাবে জানলেন? কেন ঠিক তিনি? তিনি কি উপলব্ধি করেছিলেন... নাকি আমার মতোই একটি উদ্ঘাটন পেয়েছিলেন? এই প্রাচীন জ্ঞান... এটি এতটাই গভীরভাবে লুকানো, এবং একই সময়ে – এর প্রতিধ্বনি শতাব্দী ধরে অনুরণিত হচ্ছে। কে এই সত্য লুকিয়ে রাখার সিদ্ধান্ত নিয়েছিল? এবং কেন? প্রতিটি সকালে আমি এই প্রশ্নগুলো নিয়ে ঘুম থেকে উঠতাম, যা একটি ক্ষত যা শুকায় না, বরং স্পন্দিত হয়, আমার হাড়ের মজ্জা পর্যন্ত প্রবেশ করে।

---✶ ۶ ✶ ---

ফ্ল্যাশব্যাক: একটি অপ্রত্যাশিত মোড়। মস্কো। আগস্ট

কিন্তু জীবন উপলব্ধির জন্য অপেক্ষা করে না। মস্কো আমাকে ঠান্ডা হাসি এবং... একটি ভাঙা ইঞ্জিন দিয়ে স্বাগত জানাল।

গভর্নরের সাথে সাক্ষাতের পথে আমার গাড়ি হঠাৎ করে থেমে গেল, আমাকে সামনে ঠেলে দিল। রাশিয়ানরা ইঞ্জিনের চারপাশে ব্যস্ত ছিল, কিন্তু আমার মধ্যে বিরক্তির কোনো চিহ্নই ছিল না। শুধু একটি হালকা, শিকারী হাসি। মহাবিশ্ব শক্তিশালী ইচ্ছার প্রতি সাড়া দেয় – আমি রেড স্কোয়ার দেখতে চেয়েছিলাম। এবং এখানে, আমার চিন্তাগুলো একটি বাস্তবতা তৈরি করেছিল। এই বিলম্ব

একটি বাধা ছিল না, বরং একটি ফাঁক, একটি শ্বাস নেওয়ার সুযোগ, স্বাধীনতা শ্বাস নেওয়ার সুযোগ। আসলে, এটি ছিল সময়ের একটি ফাটল, সবকিছুকে উপলব্ধি করার জন্য একটি উপহার।

আমি হোটেলে দ্রুত রাতের খাবার খেলাম, তারপর উড়ার ক্লান্তি দূর করার জন্য গরম জলে নিজেকে ভিজিয়ে রাখলাম। আমি বারান্দায় বের হলাম। রাতের মস্কো আমার সামনে ছড়িয়ে পড়েছিল – অফুরন্ত অন্ধকারে হাজার হাজার জ্বলজ্বলে চোখ। বাতাস আলতো করে আমার ভেজা চুল দোলাচ্ছিল। এটি ছিল একটি আর্দ্র আগস্ট, কিন্তু হালকা বাতাস আমার ত্বককে আদর করছিল। আমি নিজেকে একটি ব্লকবাস্টার সিনেমার নায়িকার মতো অনুভব করছিলাম – উড়ন্ত কালো চুল, একটি ছোট সাটিন নাইটগাউন, খালি পায়ে। আমি নতুন, অচেনা, অনুপ্রেরণাদায়ক কিছুতে আলোকিত হয়ে সুন্দর হয়ে উঠেছিলাম। আমি একটি পাখির মতো রেলিংয়ের উপর ঝুঁকে পড়লাম, উড়ার জন্য প্রস্তুত। আমি কল্পনা করলাম যে একজন স্নাইপার আমাকে পাশের জানালা থেকে গুলি করবে, অথবা আমার প্রিয় অভিনেতা এরিক রবার্টস আমার দরজায় কড়া নাড়বে এবং একজন উদ্ধারকারীর ভূমিকায় প্রবেশ করবে। এই আবেগ, অপ্রত্যাশিততার উত্তেজনা আমার শরীরকে শিহরিত করে তুলল। "পাগল," আমি ভাবলাম, কিন্তু আমার হাসি আরও প্রশস্ত হলো, বিশুদ্ধ, বন্য সুখের কারণে বিকৃত হয়ে গেল।

আমি রেলিংয়ের উপর হাত ছড়িয়ে তাজা বাতাস শ্বাস নিলাম, যেন আমি উড়ে যাব। আমি সুখী। আমি এখানে এবং এখন আছি – এটিই আমার সম্পদ, আমার সুখ। আমি বেঁচে আছি, শ্বাস নিচ্ছি, আমার মুহূর্ত আছে। আমি এই স্বাধীনতা, এই বাঁচার ইচ্ছার জন্য নিজেকে সমালোচনা করলাম না। এটি যুক্তির বাইরে ছিল, নিয়ন্ত্রণের বাইরে ছিল। আমি প্রতিটি চ্যালেঞ্জের সামনে হাসতে পারতাম, সে সম্পর্কে চিন্তা না করে, কেবল এই মুহূর্ত, এই রাত, এই উচ্চতা, যেখান থেকে আমি আমার জীবনকে শাসন করছিলাম, তার জন্য সুখী হতে পারতাম।

কোনো আক্রোশ, কোনো অহংকার, কোনো রাগ ছিল না। আমি এতটাই বিশুদ্ধ ছিলাম – প্রথম খ্রিস্টধর্ম গ্রহণ করা একজন কুমারীর মতো। আমি বিশ্বের বিশ্বাসঘাতকতা এবং ঘৃণা, হতাশা এবং বেদনা ভুলে গিয়েছিলাম। আমি ভয়, অপরাধবোধ, মিথ্যাকে আবৃত করেছিলাম। আমি আমার পাপ ক্ষমা করেছিলাম এবং এখন আমি কেবল ধন্যবাদ জানাই – আমি বেঁচে আছি! প্রত্যেকেরই নিজের মধ্যে এই ভারসাম্য এবং সমতা অনুভব করার জন্মগত অধিকার রয়েছে, বিশুদ্ধ শক্তি এবং আবেগের এই বিস্ফোরণ। এটিই মুহূর্ত এবং সুখের পূর্ণতা। যখন সবাই অহং, গুরুত্ব এবং প্রভাবের সংঘর্ষে লিপ্ত থাকে, তখন আমাদের জীবনে ভারসাম্য হলো সেই মুহূর্তে তা অর্জন করতে সক্ষম হওয়া।

---✶ ʢ ✶ ---

রাতের ডাক

এই মুহূর্তে, নীরবতা এবং আমার চিন্তার প্রবাহকে ভেদ করে ফোন বেজে উঠল। এটি ছিল নাথানিয়েল। আমি হাসলাম। এভাবেই সিনক্রোনিসিটি নিজেকে প্রকাশ করছিল, যা আমি তাকে প্রায়শই ব্যাখ্যা করতাম। এই মুহূর্তটি আমাদের সেই কথোপকথনগুলোর মধ্যে একটির জন্য আদর্শ ছিল, যা সবসময় শব্দের সাধারণ বিনিময় হিসাবে শুরু হতো, কিন্তু অনিবার্যভাবে গভীর দার্শনিক আলোচনায় পরিণত হতো, যা অপ্রত্যাশিত স্ফুলিঙ্গ দ্বারা পরিপূর্ণ ছিল।

– হ্যালো, নাথানিয়েল? জানো, আমি তোমার কথাই ভাবছিলাম! – আমার কণ্ঠস্বর সবেমাত্র ধারণ করা, উচ্ছ্বসিত আনন্দে কাঁপছিল।

আমি ওপাশ থেকে একটি ভারী দীর্ঘশ্বাস শুনলাম। – মেলিনা? এই সময়ে? (আকস্মিকভাবে, ঘুমন্তভাবে) এখন কী হয়েছে, সর্বনাশ?! রাত দুটো বাজে, তোমার ঘড়ি দেখো! কেন তুমি বারান্দায় খালি পায়ে আমাকে ফোন করছ? এমন কেউ কি তোমাকে অপহরণ করেছে, যার কথা আমি

জানি না? অথবা তুমি কেবল আমাকে... তোমার "উপলব্ধি" দিয়ে আবার পাগল করার সিদ্ধান্ত নিয়েছ? – তার কণ্ঠস্বর বিরক্তি, প্রায় অধৈর্যতায় পরিপূর্ণ ছিল। আমি কল্পনা করলাম যে সে তার বিছানায় অন্য দিকে ঘুরছে, একটি বালিশ তার মাথার উপর।

– আমি শুধু বারান্দা থেকে মস্কো দেখছি, নাথানিয়েল। গাড়িটি ভেঙে গেছে, আমরা রাতের জন্য থাকব। কিন্তু চিন্তা করো না, এটি ভাগ্যের একটি উপহার। কিছু আমাকে তোমাকে লিখতে, তোমাকে বলতে বাধ্য করেছে... আমি চেয়েছিলাম তুমি প্রথম হও যে শুনবে।

– (অন্ধকার গজগজ) কী শোনার জন্য প্রথম? শক্তি এবং... তোমার শেষ তত্ত্বগুলো কী ছিল? টরশন ক্ষেত্র? মেলিনা, দয়া করে। আগামীকাল। কফিতে। এখন আমি ঘুমাচ্ছি। – তার কণ্ঠস্বর ঠান্ডা ছিল, সবেমাত্র গোপন করা বিরক্তি ছিল।

– না, নাথানিয়েল! আমি অপেক্ষা করতে পারি না! এটি... ভিন্ন। আমি এটি অনুভব করতে পারি। – আমি প্রায় অধৈর্যতায় কেঁদে ফেললাম। আমি জানতাম যে আমি তাকে যেতে দেব না।

একটি সংক্ষিপ্ত নীরবতা নেমে এল। আমি তাকে আবার দীর্ঘশ্বাস ফেলতে শুনলাম, এবার আরও জোরে, যেন সে অনিবার্যতার কাছে আত্মসমর্পণ করছে। – ঠিক আছে, ঠিক আছে। আমাকে বলো। আমি স্বীকার করছি, তোমার গল্পগুলো আমাকে সবসময় আকর্ষণ করে। বিশেষ করে যখন তুমি এত দূরে, আর আমি অনুভব করি যে তুমি এত কাছে যে আমি তোমাকে স্পর্শ করতে পারি। কিন্তু যদি এটি ইথারিক শরীর সম্পর্কে হয়, তাহলে প্রতিশ্রুতি দাও যে তুমি সংক্ষিপ্ত হবে। – তার কণ্ঠস্বর আরও শান্ত, প্রায় প্রলোভনমূলক হয়ে উঠল, কেবল দূরত্বের চেয়ে বেশি কিছু বোঝাতে, কিন্তু আত্মসমর্পণের একটি বোধগম্য ইঙ্গিত ছিল। আমি আমার ভেতরে একটি উষ্ণতা ছড়িয়ে পড়তে অনুভব করলাম। আমি আমার ঠোঁটে কামড় দিলাম, আমার হাসি লুকানোর চেষ্টা করলাম।

আমার কণ্ঠস্বর প্রায় একটি ফিসফিস হয়ে গেল, শ্রদ্ধায় পরিপূর্ণ, যখন আমি তাকে বলছিলাম:

– আরও একটি স্বপ্ন... অস্পষ্ট প্রতীকে পূর্ণ। এতে আমি যুগের স্পন্দন অনুভব করছিলাম, প্রাচীন লেমুরিয়ান সভ্যতা এবং মানব রূপের ঘনত্বের মধ্যে একটি মসৃণ রূপান্তর। প্রাথমিক জাতিগুলো সম্পর্কে আমি তোমাকে কী বলেছিলাম তা মনে আছে? তারা ছিল আরও বেশি শক্তি রূপ, প্রধানত ফোটন দ্বারা গঠিত, যার মধ্যে পুরুষ এবং স্ত্রী উভয় নীতিই ছিল। তাদের শরীর ছিল সূক্ষ্ম, ইথারিক পদার্থ। কিন্তু বিবর্তন এবং জলবায়ু পরিবর্তনের সাথে, বিশেষ করে বর্ধিত মাধ্যাকর্ষণ, এই পদার্থটি ঘন হতে শুরু করে, যা শারীরিক শরীর গঠন করে। ধীরে ধীরে দুটি নির্দিষ্ট কাঠামো পৃথক হয়, যা তখনও একটি, প্লাস্টিক শরীরের সাথে সংযুক্ত ছিল। এটি বাইবেলের জেনেসিসে মানুষের সৃষ্টির বর্ণনার সাথে মিলে যায়, যেখানে অ্যাডাম এবং লিলিতের বিভাজন ঘটে – একটি নিখুঁত পূর্ণতা।

নাথানিয়েল ওপাশ থেকে গর্জন করে উঠল, প্রায় দমবন্ধ হয়ে। – কী?! জেনেসিস? লিলিত? মেলিনা, তুমি আবার সেই... হে ঈশ্বর! তুমি কি সত্যিই এর জন্য আমাকে ঘুম থেকে তুললে?!

– দয়া করে, নাথানিয়েল! আমার কথা শোনো! – আমার কণ্ঠস্বর যতটা আশা করেছিলাম তার চেয়ে বেশি তীক্ষ্ণ শোনাল। – এই বিভাজন কেবল প্রজননের কারণে হয়নি, বরং সম্পূর্ণতার পূর্ণতা অর্জনের জন্য অন্য ধরনের অভিজ্ঞতা এবং অনুসন্ধান অর্জনের প্রয়োজনীয়তার কারণেও হয়েছিল। এই পার্থিব এবং শারীরিক জীবনের মাধ্যমে, পরম-এর প্রতি প্রেরণা ঘন হয়। এবং এখানে রয়েছে আদি পাপ – একটি অভিশাপ নয়, বরং প্রজননের একটি নতুন মডেল, চেতনার একটি নতুন পথ। শরীর দুটি ভাগে বিভক্ত। জোড়া অঙ্গগুলো উভয় শরীরেই পড়ে। প্রজনন অঙ্গগুলো এমনভাবে তৈরি করা হয়েছে যাতে শরীরগুলো একে অপরকে পরিপূরক করতে পারে। কিন্তু পাইনাল গ্রন্থি, হৃদয়ের মতো অঙ্গগুলোও থাকে, যা সম্পূর্ণ হওয়ার জন্য

সংযুক্ত হতে হবে। এবং তখনই আমি বুঝতে পারলাম, নাথানিয়েল – ভালোবাসা হৃদয়কে সম্পূর্ণ করে তোলে, আর তার কার্যকারিতা সত্যিকারের ভালোবাসার আবেগগুলোর ফলস্বরূপ অমর হয়ে যায়!

একটি ভারী নীরবতা নেমে এল। আমি অনুভব করলাম তার বিশাল, যুক্তিবাদী মন এই "পাগলামির" ঢলের সাথে লড়াই করছে, কীভাবে আমার প্রতিটি শব্দ তার বর্মের সাথে সংঘর্ষে লিপ্ত হচ্ছে। নীরবতার প্রতিটি সেকেন্ড ভারী ছিল, সংযোগটি ছিন্ন করার হুমকি দিচ্ছিল। আমি তাকে আরও গভীর শ্বাস নিতে শুনলাম, প্রায় একটি ঘড়ঘড় শব্দ, যেন সে তার বিরক্তিকে নিয়ন্ত্রণ করার চেষ্টা করছিল। আমি প্রায় কল্পনা করতে পারছিলাম যে সে রাগে ফোনটি জোরে চেপে ধরেছিল, তার হাতগুলো সাদা হয়ে গিয়েছিল।

– এই গ্রেইলটি ছিল মহাজাগতিক জ্ঞানের একটি জীবন্ত ভাণ্ডার, যা আমার আত্মার সবচেয়ে গভীর গভীরতায় গভীরভাবে কোড করা ছিল। এটি এমন জটিল প্রক্রিয়াগুলো প্রকাশ করেছিল, যার মাধ্যমে আত্মা বাস্তবতার জটিল মানসিক মডেল তৈরি করে, কোয়ান্টাম এনট্যাঙ্গলমেন্টের মাধ্যমে সবকিছুকে অন্তর্ভুক্ত করে। আত্মার অবিশ্বাস্য ক্ষমতা রয়েছে টরশন ক্ষেত্র তৈরি করার – শক্তির অদৃশ্য ঘূর্ণি, যা তাৎক্ষণিক, সীমাহীন যোগাযোগ সম্ভব করে। যেন চিন্তাগুলো আলোর গতিতে ভ্রমণ করছিল, সবকিছুকে সংযুক্ত করে।

– (গভীর দীর্ঘশ্বাস, যেন সে তর্ক করতে অস্বীকার করছে, তার কণ্ঠস্বর আরও নিচু এবং কর্কশ হয়ে গেল) থিওসোফি, লেমুরিয়ান... মেলিনা, তুমি অক্লান্ত। কিন্তু এর সাথে আমাদের কী সম্পর্ক? এবং কেন ঠিক এখন? – তার কণ্ঠস্বর এখনও সংশয়ী ছিল, কিন্তু একটি ক্লান্তির সাথে যা প্রকাশ করছিল যে সে আমাকে বাধা দেবে না।

– এটি এত উজ্জ্বল এবং সুস্পষ্ট ছিল। একটি অপরিমেয় শক্তির পাত্র, যেখানে জীবন্ত শক্তির স্পন্দিত প্রবাহ একত্রিত হয়। ঘুম থেকে জেগে, আমি কেবল একটি স্মৃতি বহন করছিলাম না, বরং একটি প্রাচীন, অপ্রার্থিব জ্ঞানের একটি উজ্জ্বল ছাপ। আমি সাধারণ বোঝার বাইরে সত্যকে স্পর্শ করেছিলাম।

এখন আমি শতাব্দীর গভীরতায় লুকানো জ্ঞানের অদৃশ্য কিন্তু স্পষ্ট ভার বহন করছিলাম – একটি রহস্য যা আমার নিজের ডিএনএর অংশ ছিল, যেন এটি আমার অবচেতনের গোলকধাঁধায় নিবিড়ভাবে সিল করা ছিল। আমি নিজেকে একজন সত্যের একাকী রক্ষক হিসাবে অনুভব করছিলাম, যা অন্য সকলের জন্য অধরা ছিল। প্রশ্নগুলো কেবল সংখ্যায় বাড়ছিল না; তারা অদৃশ্য, কিন্তু দৃঢ় তন্তুতে পরিণত হচ্ছিল, যা আমার আত্মাকে আমার নিজের সত্তার গভীর অতল গহ্বরে টেনে নিয়ে যাচ্ছিল, যা অবিশ্বাস্য উপলব্ধি, সেইসাথে সত্যিকারের উত্থান... অথবা হয়তো... চূড়ান্ত শোষণ উভয়ের প্রতিশ্রুতি দিচ্ছিল। – আমার আবেগগুলো মিশে যাচ্ছিল, কিন্তু এই ভার সত্ত্বেও, আমি ভাগ করে নেওয়া রহস্যের মাধুর্য অনুভব করছিলাম। আমার হাতগুলো ঘর্মাক্ত হয়ে গেল, আমি ফোনটি আরও জোরে চেপে ধরলাম।

– এটা... বিপজ্জনক শোনাচ্ছে। তোমার প্লেটো এবং অ্যান্ড্রোজিনিদের সম্পর্কে আমাকে কী বলেছিলে তা আমার মনে আছে। চিরন্তন অনুসন্ধানের সম্পর্কে। এটি কি আমাদের সাথে সম্পর্কিত? তুমি কি আমাদের... সম্পর্কে ইঙ্গিত করছ? – তার কণ্ঠস্বর আর এত তীক্ষ্ণ ছিল না, বরং অন্তর্নিহিত অর্থে ভরা ছিল।

– ঠিক তাই! প্রথম লেমুরিয়ানরা – অ্যান্ড্রোজিনি। প্লেটো দাবি করেন যে হাজার হাজার বছর আগে অ্যান্ড্রোজিনিরা বাস করত। দেবতারা তাদের দুটি ভাগে বিভক্ত করে, তাদের তাদের অর্ধেককে খুঁজে বের করার জন্য অভিশাপ দেয়। এটা কতটা পরিচিত, তাই না? এটি কি আমাদের চিরন্তন অনুসন্ধান নয়? আমি আমার অর্ধেককে খুঁজে পেয়েছি... তুমি? – আমার কণ্ঠস্বর আশায় কাঁপছিল।

– (সংক্ষিপ্ত, প্রায় ব্যঙ্গাত্মক শিস) এই যে, তুমি আবার সবকিছুকে মিশিয়ে দিচ্ছ। সবকিছু তোমার জন্য সম্পর্কিত, বিশেষ করে যখন এটি তুমি এবং আমি। কিন্তু আমি কেন সন্দেহ করব, যখন আমি তোমাকে এত শক্তিশালীভাবে অনুভব করি? – তার কণ্ঠস্বর আরও শান্ত, আত্মসমর্পণের একটি ইঙ্গিত দিয়ে। আমার শ্বাস দ্রুত হয়ে গেল, এবং আমার হৃদয় উন্মত্তভাবে স্পন্দিত হতে লাগল।

– কারণ এটিই, নাথানিয়েল! প্লেটোর জ্ঞান যমজ আত্মার রহস্য প্রকাশ করে। যখন আমরা আমাদের সুরেলা আত্মাকে খুঁজে পাই, তখন আমরা রূপান্তরিত হই, সীমাহীন সহানুভূতি, শর্তহীন ক্ষমা এবং জ্ঞানের সক্ষম হই। দুটি আত্মার এই মিলনে, একটি উচ্চতর শক্তি জন্ম নেয়, যা বিশ্বকে পরিবর্তন করতে সক্ষম। আমি এবং তুমি... আমরা কি কেবল কোয়ান্টাম এনট্যাঙ্গলমেন্ট নই? – আমার কণ্ঠস্বর সুখে কাঁপছিল।

একটি দীর্ঘ বিরতি নেমে এল। আমি অনুভব করলাম যে সে আমার কথাগুলো প্রক্রিয়া করছে, নিজের সাথে লড়াই করছে। – বিজ্ঞানের ঠান্ডা কঠোরতা এবং রহস্যবাদের ইথারিক অসীমের মধ্যেকার সংঘর্ষ... আমার মধ্যে কোনো দ্বন্দ্ব সৃষ্টি করেনি। বরং, এটি নতুন মাত্রা বিস্ফোরিত করেছে। আমার জন্য প্রতিটি ধারণা একটি চূড়ান্ত সত্য ছিল না, বরং জ্ঞানের অফুরন্ত গোলকধাঁধার একটি দিকনির্দেশক ছিল। বৈজ্ঞানিক পদ্ধতিটি একটি শক্ত কঙ্কাল দেয়, কিন্তু স্বজ্ঞাই হলো ডানা যা আমাকে উপরে তোলে। আমি তাদের একত্রিত করার চেষ্টা করি, সেই জাদুকরী চাবিকাঠি খুঁজে বের করার চেষ্টা করি যেখানে যুক্তি এবং কল্পনা একে অপরকে আলিঙ্গন করে। যেখানে অসম্ভব হঠাৎ করে সম্ভব হয়ে যায়।

– (ভারী দীর্ঘশ্বাস, প্রায় অবিশ্বাস সহকারে) মেলিনা, তুমি জানো যে আমি সংখ্যায় বিশ্বাস করি। এমন কিছুতে যা আমি স্পর্শ করতে পারি। তোমার শক্তির কোড এবং কোয়ান্টাম এনট্যাঙ্গলমেন্টগুলো... কল্পিত শোনায়। আমার নিউরোপ্লাস্টিসিটি সম্পর্কে নিজের তত্ত্ব আছে, যা মস্তিষ্কের গঠনে পরিবর্তনের মাধ্যমে তোমার কিছু "উপলব্ধি" ব্যাখ্যা করতে পারে। কিন্তু... – সে নীরব হয়ে গেল, তারপর আরও নরম স্বরে কথা বলতে লাগল, তার কণ্ঠস্বর আরও নরম হয়ে গেল, এবং ওপাশ থেকে গলার একটি নীরব পরিষ্কার করার শব্দ এল, যেন তার মুখ উত্তেজনার কারণে শুকিয়ে গিয়েছিল। – যখন তুমি সেগুলো বলো, তখন সবকিছু কোনোভাবে... সম্ভব শোনায়।

– কোয়ান্টাম পদার্থবিদ্যা, তার অযৌক্তিক, কিন্তু অনস্বীকার্য স্ববিরোধী প্রকৃতির সাথে, প্রাচীন রহস্যময় শিক্ষার সাথে আরও বেশি সুরেলা শোনাতে শুরু করে। পর্যবেক্ষকের ধারণা, যিনি কেবল স্পর্শ করেন না, বরং যা পর্যবেক্ষণ করা হয় তাকেও আকার দেন... এটি বাস্তবতা গঠনে চেতনার সৃজনশীল শক্তির একটি জীবন্ত প্রমাণ। – আমার কণ্ঠস্বর আরও আত্মবিশ্বাসী হয়ে উঠল।

– আহ, যদি আমি কেবল তোমাকে, নাথানিয়েলকে, বোঝাতে পারতাম, অনুভব করাতে পারতাম, বিশ্বাস করাতে পারতাম, সেই সত্যটি খুঁজতে পারতাম যেখানে আমি কেবল চিহ্ন নয়, বরং উজ্জ্বল পথ দেখি... তোমার নিজের চেতনার সীমাহীন শক্তিকে বিশ্বাস করতে পারতাম। আমি তোমাকে বিশ্ব দেখাতে পারি। আমি ভয় পাচ্ছি, নাথানিয়েল। আমি এতে একা থাকতে ভয় পাচ্ছি। আর তুমি... তুমি কি বোঝো না তুমি কী হারাতে পারো?

– হয়তো... হয়তো সত্যিই সংখ্যার চেয়ে বেশি কিছু আছে। বিশেষ করে যখন তুমি আমাকে এটি দেখানোর চেষ্টা করো। আমি ভাবছি, তুমি তোমার মধ্যে আর কত গোপনীয়তা লুকিয়ে রেখেছ, মেলিনা? এবং তুমি কতগুলো আমার সাথে ভাগ করে নিতে প্রস্তুত? যাতে তুমি নিজেকে পুরোপুরি আমার কাছে প্রকাশ করতে পারো? – তার কণ্ঠস্বর নরম ছিল, নতুন আবিষ্কৃত আগ্রহে

পূর্ণ ছিল। আমি তাকে হাসতে অনুভব করলাম, এবং আমার পেট মিষ্টি প্রত্যাশায় সংকুচিত হলো। এটি ছিল তার প্রথম, আসল অগ্রগতি।

– বিজ্ঞান এবং রহস্যবাদের মধ্যেকার এই চিরন্তন, অভ্যন্তরীণ কথোপকথনে, আমি প্রতিটি চূড়ান্ত উত্তরের চেয়ে প্রশ্নগুলোকে বেশি মূল্য দিতে শিখছি। যেকোনো গোঁড়ামি থেকে আমার প্রত্যাখ্যান আমাকে নমনীয় থাকতে দেয়। এভাবে, একটি খোলা মন এবং একটি নির্ভীক কৌতূহলী হৃদয়ের সাথে, আমি সত্যের সন্ধানে আমার অপরিবর্তনীয় যাত্রা চালিয়ে যাচ্ছি। যুক্তিসঙ্গত এবং অযৌক্তিকতার মধ্যেকার সংঘর্ষটি একটি অনুপ্রেরণাদায়ক, মন্ত্রমুগ্ধ নাচে পরিণত হয়, যা তুমি তোমার ধ্রুবক সংশয় দিয়ে আমার বোঝার এবং আমার নিজের অস্তিত্বের সীমাগুলোকে প্রসারিত করো, বিস্ফোরিত করো। আমি তোমার সাথে এই নাচটি নাচতে স্বপ্ন দেখি...

– (আরও গভীর বিরতি, যা ভারে পূর্ণ, প্রায় একটি দীর্ঘশ্বাস, যার পরে শুকনো কিছু গিলে ফেলার মতো একটি শব্দ শোনা যায়) আমিও এই নাচের অংশ হতে চাই, মেলিনা। আমি তোমার সাথে আমার সীমা প্রসারিত করতে চাই। এবং হয়তো আমি তোমাকে আরও গভীরে প্রবেশ করতে দেব। – তার কণ্ঠস্বর আরও নরম, ঘনিষ্ঠ হয়ে গেল, এবং আমি নিজেকে তার কাছে আগের চেয়ে বেশি কাছে অনুভব করলাম। আমার হৃদয় লাফিয়ে উঠল, যেন এটি আমার বুক থেকে বেরিয়ে আসবে। আমি আমার চোখ বন্ধ করলাম এবং একটি গভীর শ্বাস নিলাম, তার কথাগুলোকে আমার মধ্যে বসতে দিয়ে।

আমি চালিয়ে গেলাম, আত্মবিশ্বাসী যে প্রতিটি শব্দ তার মধ্যে তার জায়গা খুঁজে পাবে।

– সত্য কোথায়? কোথাও একটি সূক্ষ্ম সংযোগস্থলে, যেখানে বৈজ্ঞানিক অনুসন্ধানগুলো রহস্যময় উদ্ঘাটনের সাথে মিশে যায়, যেন মহাবিশ্বের তন্তুর মধ্যে একটি ফাটল উন্মুক্ত হয়েছে। এই ফাটলের মাধ্যমে আমার স্বপ্নগুলো আমাকে একটি অপ্রত্যাশিত ধনের দিকে নিয়ে যায়। শিল্পকর্ম বা সমাধিতে নয়, ওহ, না! বরং আমার নিজের সত্তার মধ্যে, আমার ডিএনএর সর্পিল তন্তুতে গভীরভাবে কোড করা।

একটি দীর্ঘ বিরতি অনুসরণ করল। আমি তাকে দীর্ঘশ্বাস নিতে শুনলাম, যেন সে তার চিন্তা, অথবা আরও সঠিকভাবে, তার অনুভূতিগুলো সংগ্রহ করছিল। আমি প্রত্যাশায় উত্তেজিত হয়ে উঠলাম।

– তাহলে... তুমি মনে করো যে উত্তরগুলো আমাদের ভেতরেই আছে? যে এই সমস্ত জ্ঞান... আমাদের নিজেদের মধ্যেই আছে? আমার মধ্যে? তোমার মধ্যে? এবং যে আমরা... – তার কণ্ঠস্বর বিস্ময়ে পূর্ণ ছিল, এখন আর সন্দেহের কোনো ছায়া ছিল না।

আমি হাসলাম, রাতের মস্কোর আকাশের দিকে তাকিয়ে।

– হয়তো, শুধুমাত্র হয়তো, তখন তুমি যা দেখি তার একটি ঝলক দেখতে পাবে, নাথানিয়েল। এবং এটিই আমার জন্য যথেষ্ট। – আমার কণ্ঠস্বরে খেলাধুলার একটি ইঙ্গিত প্রবেশ করল। – এই কথোপকথনটি কি একটি ভবিষ্যদ্বাণী নয়? এটি কি একটি বড় কিছুর শুরু নয়?

– ঘরে ফিরে যাও, মেলিনা। নিজেকে রক্ষা করো। এবং জানো... আমি তোমার বাকি গোপনীয়তাগুলো শোনার জন্য অপেক্ষা করতে পারছি না। এবং হয়তো আমি তাদের নিজেই আবিষ্কার করব... এই অভ্যন্তরীণ কোডের মাধ্যমে যা তুমি দাবি করো যে আমরা বহন করি। – আমি তাকে হাসতে শুনলাম। এবার আন্তরিকভাবে, আর সেই হাসি, যা আমার হৃদয়কে উষ্ণ করে দিচ্ছিল, এখন একটি আশাব্যঞ্জক পূর্বানুভূতি দ্বারা বিদ্ধ হয়েছিল।

ফোনটি কেটে গেল। আমার হাসি আরও গভীর হলো। সে শুনছিল। এবং এটি ছিল একটি বিজয়, যা ভাগ করে নেওয়া রহস্যের মাধুর্য দ্বারা আবৃত ছিল। আমি বড় এবং নরম বিছানায় শুয়ে পড়লাম এবং অবিলম্বে ঘুমিয়ে পড়লাম, হালকা উচ্ছ্বাস এবং ভবিষ্যতের আবিষ্কারের প্রত্যাশায়

আবৃত হয়ে। আমি সকালের প্রথম রশ্মি দ্বারা জেগে উঠলাম, যা আমার মুখে আলোকিত হয়েছিল।

---✶ ʕ ✶ ---

কোড সক্রিয়করণ। পরের দিন সকালে স্বপ্নের একটি রেকর্ড:

আমি জেগে উঠলাম, কিন্তু স্বপ্নটি চলতে থাকল – একটি জীবন্ত, স্পষ্ট দর্শন। আমি নিজেকে দেখলাম। এখনকার আমি নয়। লম্বা চুল, অদ্ভুত, ভাসমান পোশাক। আমি একটি বিশাল, জ্বলন্ত স্ফটিকের সামনে দাঁড়িয়ে ছিলাম, যার পৃষ্ঠটি জীবন্ত কিছুর মতো কাঁপছিল। সেখান থেকে আলোর তন্তু বের হচ্ছিল, যা মৃদুভাবে, কিন্তু শক্তিশালীভাবে আমার শরীরের মধ্যে প্রবাহিত হচ্ছিল, প্রতিটি কোষকে ভেদ করছিল। আমি অনুভব করছিলাম... শক্তি। একটি সীমাহীন, প্রাচীন শক্তি। এবং আমি জানতাম – এটিই গ্রেইল। এটি কেবল একটি কোড নয়, বরং সৃষ্টির মূল সারাংশ, আমার মধ্যে সিল করা।

সেখানে, জীবনের এই আণুবীক্ষণিক গ্রন্থাগারে, প্রাচীন তথ্য লুকানো ছিল, যা পবিত্র গ্রেইল বোঝার জন্য একটি ডিকোডার। চেতনার একটি মৌলিক কোড, একটি প্রাথমিক ভাষা হিসাবে, যা আমাদের নিজস্ব সত্তার সারাংশ ধারণ করে। প্রতিটি স্বপ্ন এই জটিল জেনেটিক কোডের একটি অংশ সাবধানে পড়ার মতো ছিল, যা ভুলে যাওয়া জ্ঞানের স্তরটির পর স্তর উন্মোচন করছিল।

দর্শনগুলো আমাকে অতীতের পুনর্জন্মের মুহূর্তগুলোতে ফিরিয়ে নিয়ে গিয়েছিল, যেখানে এই তথ্য সক্রিয় হয়েছিল, যেখানে আমি গ্রেইলের শক্তি ব্যবহার করেছি – এই অভ্যন্তরীণ জ্ঞান এবং নিঃশর্ত ভালোবাসা – নিরাময়, পথনির্দেশ এবং অনুপ্রাণিত করার জন্য। যেন আমার ডিএনএ ছিল একটি প্রাচীন স্ক্রল, যা আমার সমস্ত পূর্ববর্তী "আমি"-এর স্মৃতি এবং দক্ষতা ধারণ করে।

ডিকোডিং প্রক্রিয়াটি স্বজ্ঞাত ছিল – এটি একটি বুদ্ধিবৃত্তিক বিশ্লেষণের চেয়ে একটি অনুভূতির মতো ছিল। প্রতিটি স্বপ্ন আমার ডিএনএর একটি নির্দিষ্ট অংশের সাথে অনুরণিত হয়েছিল, ঘুমন্ত সংযোগগুলো সক্রিয় করছিল এবং বোঝার নতুন স্তরগুলো আনলক করছিল। তথ্য কম্পন, মানসিক উপলব্ধি, জ্ঞানের আকস্মিক ঝলক হিসাবে আসছিল, যা সরাসরি আমার চেতনার মধ্যে প্রবাহিত হচ্ছিল, আমাকে মূল পর্যন্ত কাঁপিয়ে দিচ্ছিল।

---✶ ʕ ✶ ---

আত্মার সঙ্গীদের সাথে মধ্যাহ্নভোজ

মস্কো থেকে আমার ফিরে আসার কয়েক দিন পর, আমি আমার প্রিয় সোফিয়া বিস্ট্রোতে নিজেকে দেখতে পেলাম। উষ্ণ বিকেলের বাতাস আমার মুখ স্পর্শ করছিল, এবং কফি এবং সদ্য বেক করা ক্রোসান্টের গন্ধ বাতাসে ভরে গিয়েছিল। আমি মারিয়া, ক্রিস্টিনা এবং ডায়ানার জন্য অপেক্ষা করছিলাম – আমার তিনজন সবচেয়ে ঘনিষ্ঠ বন্ধু, যারা নারী, যাদের সাথে আমি সবকিছু ভাগ করে নিতে পারতাম, যাদের চোখ ছোট করে দেখা যেত না। তারা ছিল মহিলাদের আমার গোপন সম্প্রদায় সংগঠনের মূল, যা আমি আন্তর্জাতিকভাবে কুমরানিত সম্প্রদায়ের কারণের অধীনে তৈরি এবং প্রসারিত করছিলাম – একটি মহিলা গোপন অর্ডার "পবিত্র গ্রেইলের রক্ষক"। তারা ছিল আমার "এক নিশ্বাসে বাতাস", আমার উপলব্ধির মরুদ্যান।

মারিয়া, তার চির হাস্যোজ্জ্বল মুখ এবং উচ্ছৃঙ্খল কোঁকড়ানো চুল নিয়ে প্রথমে এল, তারপর ক্রিস্টিনা – শান্ত, কিন্তু একটি তীক্ষ্ণ দৃষ্টি দিয়ে যা আত্মার দেয়ালের মধ্য দিয়ে দেখতে পেত, এবং ডায়ানা, যার উপস্থিতি সবসময় শান্তি এবং অভ্যন্তরীণ শক্তির অনুভূতি বহন করত। আমরা একে অপরকে আলিঙ্গন করলাম। মারিয়ার হাতগুলো আমার হাতের ওপর উষ্ণ এবং নরম ছিল।

– তোমাকে... ভিন্ন দেখাচ্ছে, মেলিনা – মারিয়া লক্ষ্য করল, যখন আমরা বারান্দায় বসলাম। – যেন তুমি অন্য স্তরে পা রেখেছ।

ক্রিস্টিনা সম্মতিসূচক মাথা নাড়ল।

– তোমার চোখে একটি আলো আছে। অথবা এটি কেবল রাত জাগার ক্লান্তি, যেখানে তুমি প্রাচীন পাণ্ডুলিপিগুলো অধ্যয়ন করেছ? – আমি হাসলাম। তারা সবসময় অনুভব করতে পারত।

– দুটোই – আমি উত্তর দিলাম। – কিছু পরিবর্তন হচ্ছে। বিশাল কিছু।

আমি তাদের স্বপ্নের কথা বললাম, এই অনুভূতির কথা বললাম যে গ্রেইলটি আমার ডিএনএতে একটি কোড। আমি আবেগের উপর জোর দিলাম, ভালোবাসার উপলব্ধির উপর যা হৃদয়কে সম্পূর্ণ এবং অমর করে তোলে। আমি তাদের নাথানিয়েলের সাথে কথোপকথনের কথা বললাম, তার দ্বিধা এবং তার যুক্তিবাদে ছোট, কিন্তু গুরুত্বপূর্ণ অগ্রগতির কথা বললাম। আমি আমার ভয়ও ভাগ করে নিলাম যে সে যদি বিশ্বাস না করে তবে আমি এই সংযোগটি হারাতে পারি।

– তাহলে – ক্রিস্টিনা সংক্ষিপ্তভাবে বলল – তুমি বিশ্বাস করো যে ভালোবাসা, বিশ্বাস এবং আশা কেবল আবেগ নয়, বরং আক্ষরিক অর্থেই শক্তির কোড যা বাস্তবতা পুনরায় লেখে?

– ঠিক তাই! – আমি উচ্ছ্বসিত হয়ে উঠলাম, শক্তির একটি ঢেউ অনুভব করে। – আমরা সহ-স্রষ্টা, কেবল নিষ্ক্রিয় পর্যবেক্ষক নই। আর গ্রেইল... সেটিই আমাদের মধ্যে এই শক্তির চাবিকাঠি, এই শক্তিকে সক্রিয় করে।

মারিয়া চিন্তা করল।

– এটি ব্যাখ্যা করে কেন, যখন আমি সবচেয়ে বেশি প্রেমে পড়ি এবং জীবনের সাথে সবচেয়ে বেশি সংযুক্ত অনুভব করি, তখন মনে হয় সবকিছু জাদুকরীভাবে সাজানো হয়। যেন মহাবিশ্ব আমার উত্তর দিচ্ছে।

– কারণ এটিই সত্যি – আমি ফিসফিস করে বললাম। – কিন্তু আমি যা আবিষ্কার করছি... তা বিপজ্জনক। আমি এটি অনুভব করতে পারি। যদি আমি বিশ্বকে বলি, যদি আমরা দৃষ্টান্ত পরিবর্তন করি...

ডায়ানা, যার মুখ সাধারণত শান্ত থাকত, উদ্বেগে কুঁচকে গেল। সে মেলিনাকে থামিয়ে দিল, তার কণ্ঠস্বর উত্তেজনামূলক এবং উদ্বেগে ভরা ছিল। সে একটি গভীর শ্বাস নিল, যেন তার গলা শক্ত হয়ে যাচ্ছিল।

– মেলিনা, থামো! তুমি কি জানো তুমি কী বলছ? এটি... এটি একটি সরাসরি সংঘর্ষ! চার্চ, ধর্ম, তারা তাদের সমস্ত শক্তি দিয়ে আমাদের বিরুদ্ধে দাঁড়াবে! তারা আমাদের বিধর্মী বলবে, তারা আমাদের অভিশাপ দেবে! আর বৈজ্ঞানিক সম্প্রদায়? তারা আমাদের উপহাস করবে! তারা আমাদের পাগল, সম্প্রদায়ী বলে ঘোষণা করবে! তোমার কি মনে আছে যে অর্ডারটি তৈরি করা কতটা কঠিন ছিল, সন্দেহ তৈরি না করার জন্য আমাদের কতটা সতর্কতার সাথে কাজ করতে হয়েছিল? যদি আমরা প্রকাশ্যে এই ধরনের তত্ত্বগুলো প্রচার করতে শুরু করি, তবে আমাদের সমস্ত প্রচেষ্টা বৃথা যাবে! আমরা কেবল আমাদের খ্যাতি নয়, আমাদের স্বাধীনতাও হারাব! হুমকি বাস্তব, মেলিনা, এটি কেবল একটি দার্শনিক ধারণা নয়! যদি তারা আমাদের ধ্বংস করে দেয় তবে আমরা কীভাবে অর্ডারটি নিয়ে এগিয়ে যাব?

ক্রিস্টিনা আমাকে গুরুত্বের সাথে দেখল।

– তুমি যা বলছ, মেলিনা, তা একটি বিপ্লব। প্রতিটি বিপ্লব ভয় দেখায়। কিন্তু এটি প্রয়োজনীয়ও। আমরা তোমার সাথে আছি। সর্বদা। আমরা এতে একসাথে আছি। ঠিক এই কারণেই আমরা অর্ডারটি তৈরি করছি।

– কারণ এটিই সত্যি – আমি ফিসফিস করে বললাম। – যত বেশি মানুষ এটি উপলব্ধি করবে, যত বেশি তারা এই অভ্যন্তরীণ কোডটি সক্রিয় করবে, তত দ্রুত আমরা অ্যাপোক্যালিপসকে উল্টে দিতে পারব।

এই কথোপকথনগুলো ছিল আমার নোঙর, আমার এই অস্বাভাবিক যাত্রায় আমি একা নই তার একটি অনুস্মারক। তাদের সাথে আমি আমি হতে পারতাম, আমার সবচেয়ে সাহসী ধারণাগুলো অন্বেষণ করতে পারতাম এবং এমন সমর্থন পেতে পারতাম যা সাধারণ বন্ধুত্বের বাইরে ছিল। তারা আমার আত্মার ভাষা বুঝতে পারত।

---✶ ʢ ✶ ---

*"অনন্তকালের পার্চমেন্ট" থেকে। ডায়েরি, ২১.০৮.২০২০.*

আজ আমি এটি বুঝতে পারলাম। এটি হলো সত্তার একটি অভ্যন্তরীণ অবস্থা, প্রতিটি মানুষের মধ্যে নিহিত একটি সম্ভাবনা। আমার মিশন ছিল না একটি শারীরিক শিল্পকর্ম খুঁজে বের করা, বরং নিজের মধ্যে এই প্রাচীন কোডটি সক্রিয় করা। আর সবচেয়ে কঠিন অংশ... অন্যদের এটি করতে সাহায্য করা। মহাবিশ্বের ফাটল... এটি একটি রূপক। এই অভ্যন্তরীণ সত্যের প্রতি আমার মনকে উন্মুক্ত করার একটি রূপক। স্বপ্নগুলো ছিল গাইড। তারা আমাকে এই আশ্চর্যজনক, প্রায় ভয়ঙ্কর আবিষ্কারের দিকে নিয়ে গিয়েছিল – যে আমি যে ধনটি খুঁজছিলাম তা সবসময়ই আমার অংশ ছিল। সর্বদা! কী পাগলামি! আমি অনুভব করছি... একই সাথে স্বাধীন এবং এই জ্ঞানের ভারে জর্জরিত। এটি আমার অনন্তকালের পার্চমেন্ট। আমার চিন্তায় ধারণার শুরু। আর এখন... আমাকে তাকে বিশ্বাস করতে রাজি করাতে হবে। কারণ আমি জানতাম যে আমরা কেবল একসাথে যা আসছে তার মুখোমুখি হতে পারি।

---❤---

## অধ্যায় 14: আলোর মধ্যে ছায়া

প্রয়োরেটে আমার এক বছর কেটে গেল। এক বছর ধরে তার প্রবেশদ্বার আমাকে গ্রাস করে নিয়েছে। এটি কেবল আমাকে গ্রাস করেনি, বরং আমাকে রূপান্তরিত করেছে, আমার পুরোনো সত্তার প্রতিটি তন্তু নির্মম, নীরব নির্ভুলতার সাথে পুনর্গঠন করেছে। এখানকার প্রতিটি দিন ছিল একটি চ্যালেঞ্জ, প্রতিটি ঘন্টা ছিল গভীর অতল গহ্বরে ঝাঁপ দেওয়ার স্নায়বিক প্রত্যাশা। উচ্চ অর্জন এবং আন্তর্জাতিক স্বীকৃতি একটি চূড়ান্ত পরিণতি বলে মনে হয়েছিল, কিন্তু আমার চোখে সেগুলো ছিল কেবলই একটি বাইরের আবরণ। আসল পথ শুরু হয়েছিল ভেতর থেকে – আমার সত্তার গভীরতার সাথে সংঘর্ষের মাধ্যমে। আমার জন্য, যিনি নির্বাচিত, এটি ছিল একটি পথ। আমার এই সদ্য আবিষ্কৃত, উন্মত্ত শক্তিকে কাজে লাগানোর একটি আকাঙ্ক্ষা ছিল, এই শক্তিকে, যা আমাকে ভেতর থেকে পুড়িয়ে দিচ্ছিল, এমন গভীর কিছুর সেবায় চালিত করার একটি আকাঙ্ক্ষা ছিল, যা আমার সত্তার প্রতিটি স্পন্দনের সাথে অনুরণিত হয়েছিল।

প্রয়োরেটটি কেবল একটি ভবন ছিল না। এটি শ্বাস নিত। এর শ্বাস বহু শতাব্দীর নীরবতায় ভারী ছিল, প্রাচীন রহস্যের সুগন্ধিতে আচ্ছন্ন ছিল যা অদৃশ্য ধোঁয়ার মতো বাতাসে ভেসে বেড়াচ্ছিল, যা আমার নাসারন্ধ্রকে প্রাচীনত্বের বীজ দিয়ে জ্বালাতন করছিল। আমি এটি অনুভব করতে পারছিলাম – আমার ত্বকের নিচে একটি বিশেষ, প্রায় বন্য শক্তি – অদৃশ্য, কিন্তু স্পষ্ট, যা প্রাচীন জ্ঞানের কম্পনের সাথে মিশে গিয়েছিল। সেগুলো আমার ভেতরে ধীরে ধীরে, যন্ত্রণাদায়কভাবে উন্মোচিত হচ্ছিল, একটি শুকনো পদ্মের মতো, যার পাপড়িগুলো একে একে খুলছিল। কখনও কখনও, যখন আমি একা থাকতাম, আমার ঘরের পক্ষাঘাতগ্রস্ত নীরবতায়, আমি একটি ইথারিক স্পর্শ অনুভব করতাম – অনন্তকালের একটি নিঃশ্বাস, যা আমার জন্য

অপেক্ষা করছিল তার একটি প্রতিশ্রুতি। আমার হাতের লোমগুলো খাড়া হয়ে উঠত, এবং আমার চারপাশের বাতাস এত ঘন হয়ে যেত যে এটি প্রায় আমাকে দমবন্ধ করে দিত। যেন স্বয়ং বায়ুমণ্ডল ভুলে যাওয়া উপলব্ধিগুলো ফিসফিস করে বলছিল, যার শব্দগুলো শান্তিকে ছিন্নভিন্ন করে দিচ্ছিল।

---★ ৎ ★ ---

উৎসর্গের অনুষ্ঠান

দীর্ঘ প্রতীক্ষিত উৎসর্গের দিনটি এল। আমার হৃদয় অনিয়মিতভাবে স্পন্দিত হচ্ছিল, কিন্তু ভয়ে নয় – এটি একটি উঁচু লাফ দেওয়ার প্রত্যাশার মতো ছিল, যেখান থেকে আমি জানতাম যে ফিরে আসার কোনো পথ নেই। কয়েক ডজন মোমবাতির আলোয় আলোকিত ঘরে প্রবেশ করা অন্য একটি মাত্রায় পা রাখার মতো ছিল। শিখাগুলো দেয়াল জুড়ে নাচছিল, অদ্ভুত, জীবন্ত ছায়া ফেলছিল, যা ক্ষুধার্ত প্রাণীর মতো আমার দিকে প্রসারিত হচ্ছিল, মাংসের জন্য তৃষ্ণার্ত। বাতাস ভারী ছিল, ধূপের সুগন্ধি এবং এমন কিছুর সাথে যা প্রাচীন, প্রায় ভুলে যাওয়া, যা আমার গলাকে জ্বালাতন করছিল এবং আমার নাসারন্ধ্রকে প্রাচীনত্বের অনুভূতি দিয়ে পূর্ণ করছিল। আমি একটি লম্বা, সাদা সিল্কের পোশাক পরলাম। শীতল সাটিন আমার ত্বককে স্পর্শ করছিল, এবং আমার আঙুলগুলো হালকাভাবে কাঁপছিল যখন আমি সোনালি বেল্টটি বাঁধছিলাম। আমি একই সাথে ভঙ্গুর এবং অটল অনুভব করছিলাম, একটি স্ফটিক কাঁচের ফলকের মতো, যা না ভেঙে তার ভাগ্যকে মোকাবেলা করার জন্য প্রস্তুত ছিল।

– নির্বাচিত জন – একটি কণ্ঠস্বর আমার মনের মধ্যে ফিসফিস করে বলল, এত স্পষ্ট যে যেন সে আমার ঠিক পেছনে দাঁড়িয়েছিল, তার নিঃশ্বাস আমার ঘাড় স্পর্শ করছিল। – তুমি নির্বাচিত। তুমি সেই জন যে গোপনীয়তা বহন করবে। তাদের সাথে বিশ্বাসঘাতকতা করো না।

আমি প্রধান হলে প্রবেশ করলাম। বিশাল, উঁচু ছাদ এবং খিলানযুক্ত জানালা দিয়ে চাঁদের আলো প্রবেশ করছিল, যা মার্বেল মেঝেটিকে একটি চকচকে নদীতে পরিণত করছিল। সম্মানিত আসনগুলোতে বসে ছিল নাইট টেম্পলার্স অর্ডারের সদস্যরা – পুরুষ ও মহিলা, যারা গাঢ়, ভারী পোশাকে আবৃত ছিল। তাদের মুখগুলো গুরুতর, প্রায় কঠোর ছিল, কিন্তু তাদের চোখে আমি জ্ঞান, হাজার বছরের অভিজ্ঞতা এবং গোপন জ্ঞান দেখতে পেলাম, যা একটি অদৃশ্য, কিন্তু শক্তিশালী শক্তি দিয়ে আমাকে আকর্ষণ করছিল। আমি অনুভব করলাম যে তাদের প্রত্যেকেই তাদের নিজস্ব গ্রেইল, তাদের নিজস্ব রহস্য, ব্যক্তিগত যুদ্ধের দ্বারা তৈরি, রক্ষা করছিল। এবং আমি ইতিমধ্যেই এর একটি অংশ ছিলাম, এই অদৃশ্য নৃত্যে তাদের অংশীদার ছিলাম।

আমি গ্র্যান্ড প্রায়রের সামনে দাঁড়ালাম। লম্বা, তার চুলগুলো সাদা ছিল, যা মোমবাতির আলোয় জ্বলজ্বল করছিল, এবং তার চোখগুলো এত তীক্ষ্ণ ছিল যে তারা আমার আত্মাকে ভেদ করে প্রতিটি চিন্তা উন্মুক্ত করে দিচ্ছিল। তার হাতে একটি আচারিক দণ্ড ছিল, যা পাথর দিয়ে খচিত ছিল, যা শিখাগুলোকে জীবন্ত, শ্বাস নেওয়া কয়লার মতো ধরছিল এবং প্রতিসরণ করছিল। তারা একটি অপ্রার্থিব আলো দিয়ে স্পন্দিত হচ্ছিল।

– মেলিনা – তার কণ্ঠস্বর গভীর এবং গম্ভীর ছিল, যা শতাব্দীর ভার বহন করছিল, যেন পাহাড়গুলো এটি উচ্চারণ করছিল, যেন পৃথিবী তার শব্দের নিচে কাঁপছিল। – এটি পছন্দের সময়। তুমি কি উৎসর্গ করার জন্য প্রস্তুত? এই দায়িত্ব গ্রহণ করার জন্য? বিশ্বের মধ্যে একটি সেতুতে পরিণত হওয়ার জন্য?

আমি একটি গভীর শ্বাস নিলাম। আমি তার চোখের দিকে তাকালাম। এই মুহূর্তে, শিখা এবং ছায়ার মধ্যে, যেন সময়ের পর্দাটি উন্মোচিত হয়েছিল, এবং আমি নাথানিয়েলকে দেখতে পেলাম। আমি তার সন্দেহ, তার সতর্কতা দেখতে পেলাম – ভয়ের দ্বারা তৈরি তার যুক্তির পুরো বর্ম। এবং আমি এমন একটি শক্তির ঢেউ অনুভব করলাম যা আমাকে টলিয়ে দিল, কিন্তু আমাকে

ফেলে দিল না। সেই আগুন জ্বলে উঠল যা আমি জানতাম যে তাকে উষ্ণ করতে পারে, তাকে পরিবর্তন করতে পারে, তার সংশয়কে সম্পূর্ণরূপে পুড়িয়ে দিতে পারে, কেবল বিশুদ্ধতা রেখে।

– আমি প্রস্তুত – আমার কণ্ঠস্বর দৃঢ় ছিল, কোনো কম্পন ছিল না, প্রায় অচেনা ছিল, যেন অন্য একটি, আরও প্রাচীন কণ্ঠস্বর আমার পরিবর্তে এটি উচ্চারণ করেছিল। শতাব্দীর উৎসর্গীকৃতদের কণ্ঠস্বর আমার সাথে মিশে গিয়েছিল। – আমি সেবা করতে প্রস্তুত। রক্ষা করতে প্রস্তুত। একটি সেতু হতে প্রস্তুত। একটি উপলব্ধিতে পরিণত হতে প্রস্তুত।

সে ধীরে ধীরে মাথা নাড়ল। তারপর, ধীর, আনুষ্ঠানিক নড়াচড়া দিয়ে, সে একটি প্রাচীন ভাষায় কথা বলল। আমি আমার মন দিয়ে সেগুলো বুঝতে পারলাম না, কিন্তু তারা আমার সত্তার গভীরে অনুরণিত হচ্ছিল, প্রতিটি কোষকে কাঁপিয়ে দিচ্ছিল। আমি অনুভব করলাম একটি শক্তি আমার ওপর নেমে আসছে, একটি অদৃশ্য পোশাকের মতো আমাকে ঘিরে ধরছে। এটি প্রথমে ঠান্ডা ছিল, তারপর গরম, যেন বিলিয়ন বিলিয়ন তারা আমার শিরায় বিস্ফোরিত হচ্ছিল। আমার মাথা ঘুরছিল, কিন্তু আমি দাঁড়িয়ে ছিলাম, মেঝেতে আঁকড়ে ধরেছিলাম। প্রাথমিক ভয় এবং অটল সংকল্পের মধ্যে অভ্যন্তরীণ দ্বন্দ্ব আমার মধ্যে নাচছিল, কিন্তু সংকল্প জয়ী হয়েছিল, আমাকে কাঁপিয়ে রেখেছিল, কিন্তু নতুন তৈরি করা একটি তরোয়ালের মতো অক্ষত রেখেছিল, যা আগুন এবং বরফে শক্ত করা হয়েছিল, অদৃশ্য পর্দা কাটতে প্রস্তুত ছিল।

---✶ ❦ ✶ ---

দণ্ড

গ্র্যান্ড প্রায়র তার দণ্ডটি প্রসারিত করলেন এবং আলতো করে আমার কাঁধ স্পর্শ করলেন। আমি এমন একটি স্পর্শ অনুভব করলাম যা আমার সত্তার প্রতিটি তন্তু দিয়ে প্রবাহিত হয়েছিল, যেন এটি এমন অদৃশ্য দরজা খুলছিল যা আমি জানতাম না যে এর অস্তিত্ব ছিল। – আজ থেকে তুমি নাইট টেম্পলার্স অর্ডারের একজন ডেম। বিশ্বাস এবং জ্ঞান যেন তোমাকে আলোর পথে চালিত করে। তোমার মধ্যে থাকা রহস্যটি যেন বিকশিত হয় এবং দান করে।

অর্ডারের সদস্যরা এক কণ্ঠে উঠে দাঁড়াল এবং একটি প্রাচীন শপথ উচ্চারণ করল যা হলটিতে প্রতিধ্বনিত হচ্ছিল, অনন্তকালের একটি স্তোত্রের মতো। আমি তাদের সাথে সংযুক্ত অনুভব করলাম, একটি বিশাল, চিরন্তন কিছুর অংশ। এটি কেবল একটি অনুষ্ঠান ছিল না, বরং একটি দীক্ষা ছিল – একটি নতুন বিশ্বে জন্ম। আমি কেবল তাদের শক্তিই অনুভব করিনি, বরং তাদের দুর্বলতা, তাদের উপলব্ধির জন্য তাদের তৃষ্ণাও অনুভব করেছি, যা আমি ভাগ করে নিতে প্রস্তুত ছিলাম, সমর্থন করতে প্রস্তুত ছিলাম। তাদের নেতৃত্ব দিতে প্রস্তুত ছিলাম।

কিন্তু এই ইথারিক স্পর্শটি এখন একটি ঠান্ডা বাতাসও বহন করছিল – একটি আসন্ন ঝড়ের পূর্বসূরী। আমি যখন থেকে একজন ডেম হয়েছি, পর্দাগুলো আমার চোখের সামনে উঠে গিয়েছিল, এমন চিত্রগুলো প্রকাশ করছিল যা আমি সম্প্রতি দুঃস্বপ্নের দর্শন বলে মনে করতাম। রিপোর্ট, এনক্রিপ্ট করা বার্তা, অন্ধকার হলগুলোতে গোপন বৈঠক – সবকিছু একটি জিনিসের দিকে নির্দেশ করছিল: অ্যাপোক্যালিপস একটি রূপক ছিল না, বরং একটি অনিবার্য বাস্তবতা ছিল। এটি আগুন এবং বন্যা নয়, বরং বাস্তবতার তন্তুর একটি ধীর, পদ্ধতিগত ধ্বংস। সম্পূর্ণ শোষণ। আমি এটি অনুভব করছিলাম – অন্ধকারের স্পন্দন, যা আমার শিরায় আরও স্পষ্টভাবে প্রতিধ্বনিত হচ্ছিল।

হল থেকে বেরিয়ে আসার সময়, চাঁদের আলো যখন আমাকে একটি অদৃশ্য আলিঙ্গনের মতো ঘিরে ধরেছিল, আমি আমার ফোনটি বের করলাম। আমাকে তাকে বলতে হতো। তাকে

এটি শুনতে হতো। আমি নম্বরটি ডায়াল করার সময় আমার আঙুলগুলো হালকাভাবে কাঁপছিল। এবার কি সে আমাকে বুঝবে? নাকি সে আবার তার যুক্তির টাওয়ারে পিছু হটবে?

ফোনটি একবার, দুবার বাজল... এবং তারপর সে তুলল। – হ্যালো? মেলিনা? এই সময়ে? – তার কণ্ঠস্বর হালকাভাবে ঘুমন্ত ছিল, কিন্তু আমি অবিলম্বে পরিচিত কৌতূহলের ইঙ্গিতটি ধরতে পারলাম, অন্ধকারের মধ্যে একটি ঝলকের মতো। – কিছু কি ঘটেছে? কেউ কি...

– নাথানিয়েল? – আমার কণ্ঠস্বর সবেমাত্র ধারণ করা, উচ্ছ্বসিত আনন্দে কাঁপছিল, একটি প্রস্ফুটিত ফুলের মতো যা সুগন্ধ ছড়ায়। – আমি... আমি এখন একজন ডেম।

একটি নীরবতা অনুসরণ করল। দীর্ঘ, উত্তেজনাপূর্ণ নীরবতা। আমি অনুভব করতে পারছিলাম যে সে কীভাবে প্রতিটি শব্দ, আমার কণ্ঠস্বরের প্রতিটি কম্পন প্রক্রিয়া করছিল। তার অভ্যন্তরীণ দ্বন্দ্ব – যুক্তি এবং সে যা অনুভব করছিল তার মধ্যে – ফোন লাইনের মাধ্যমে স্পন্দিত হচ্ছিল, প্রায় স্পষ্টভাবে। আমি আমার নিজের দ্রুত শ্বাস শুনতে পাচ্ছিলাম, যা তার নীরবতার সাথে মিশে গিয়েছিল।

– একজন ডেম, তাই না? তাহলে... তুমি সফল হয়েছ? এবং এর অর্থ তোমার জন্য কী? আমাদের জন্য? আমাদের... যা আছে তার জন্য? – তার কণ্ঠস্বর নরম ছিল, কিন্তু কৌতূহলের একটি সবেমাত্র বোধগম্য ইঙ্গিত ছিল এবং তার চেয়েও বেশি কিছু, এমন কিছু ঘনিষ্ঠ যা আমার আত্মাকে আদর করছিল। আমি এটি অনুভব করতে পারতাম। অসম্পূর্ণ বাক্যগুলো বলা যেকোনো কিছুর চেয়ে বেশি শক্তিশালী ছিল। যেকোনো শব্দের চেয়ে বেশি শক্তিশালী।

– এর অর্থ হলো আমি একটি বিশাল কিছুর অংশ, নাথানিয়েল। যে আমি আমার জায়গা খুঁজে পেয়েছি। আর... আমাদের পথ... এটি কেবল শুরু হচ্ছে। হয়তো এখন তুমি আমাকে আরও ভালোভাবে বুঝবে। তুমি আমি যা তা গ্রহণ করবে।

– তোমাকে বোঝা? আমি সবসময় চেষ্টা করেছি। কিন্তু তুমি... একটি অফুরন্ত বইয়ের মতো। প্রতিটি পৃষ্ঠার সাথে... আরও আকর্ষণীয়। আর আরও... অধরা। – সে নীরব হয়ে গেল। আমি আমার ত্বকে তার হাসি অনুভব করলাম, একটি অদৃশ্য রশ্মির মতো। – কিন্তু... একজন ডেম? এটা... গুরুতর শোনায়। আর বেশ... উসকানিমূলক। একজন ডেম হিসাবে তুমি ঠিক কী করবে? তুমি কি বর্ম পরবে? অথবা তুমি আমাকে তোমার সামনে মাথা নত করতে বাধ্য করবে? - একটি হালকা হাসি যা আমার চারপাশের বাতাসকে উষ্ণ করে দিচ্ছিল।

– হয়তো দুটোই। – আমি তাকে উত্তর দিলাম, হাসতে হাসতে, এমন একটি দৃষ্টি দিয়ে যা তার সত্তার মূল পর্যন্ত পৌঁছানোর জন্য তারের মধ্য দিয়ে তাকে ভেদ করে যাচ্ছিল। – বর্ম একটি রূপক, নাথানিয়েল। সুরক্ষা। আর আমার সামনে মাথা নত করা... ঠিক আছে, যদি তুমি রহস্যগুলো দেখতে চাও... হয়তো তোমাকে এটি করতে হবে। অথবা অন্তত... আমাকে বিশ্বাস করতে হবে। নিঃশর্তভাবে। যেভাবে আমি তোমাকে বিশ্বাস করেছি।

– নিঃশর্তভাবে, তাই না? এটি একটি বড় শব্দ। কিন্তু... প্রলোভনমূলক। তুমি কীভাবে উসকানি দিতে হয় তা জানো, তাই না? – তার কণ্ঠস্বর আরও নিচু হয়ে গেল, প্রায় প্রলোভনমূলক, অন্ধকারের মধ্যে একটি দূরবর্তী ফিসফিসের মতো যা তোমাকে ঘুরিয়ে দেখতে বাধ্য করে। – তুমি জানো কীভাবে আমাকে কিনারে রাখতে হয়।

– হয়তো আমি কেবল তোমাকে দেখাচ্ছি কিনারে থাকা কেমন। আর আমার সাথে উড়ে যাওয়া কেমন। তুমি হলে বাতাস, নাথানিয়েল। আর আমি... আমি তোমার ডানা। একসাথে আমরা একটি ঝড়।

– ডানা... হুম। এমন কিছু শোনায় যা আমি চেষ্টা করব। বিশেষ করে তোমার সাথে। ঘরে ফিরে যাও, মেলিনা। নিজেকে রক্ষা করো। আর জানো... আমি বাকিটা শোনার জন্য অপেক্ষা করতে পারছি না। আর হয়তো আমি তাদের নিজেই আবিষ্কার করব... এই অভ্যন্তরীণ কোডের

মাধ্যমে যা তুমি দাবি করো যে আমরা বহন করি। – আমি তাকে হাসতে শুনলাম। এবার আন্তরিকভাবে, আর সেই হাসি, যা আমার হৃদয়কে উষ্ণ করে দিচ্ছিল, এখন একটি আশাব্যঞ্জক পূর্বানুভূতি দ্বারা বিদ্ধ হয়েছিল।

ফোনটি কেটে গেল। আমার হাসি আরও গভীর হলো। সে শুনছিল। আর এটি ছিল একটি বিজয়, যা ভাগ করে নেওয়া রহস্যের মাধুর্য দ্বারা আবৃত ছিল। আমি বড় এবং নরম বিছানায় শুয়ে পড়লাম এবং অবিলম্বে ঘুমিয়ে পড়লাম, হালকা উচ্ছ্বাস এবং ভবিষ্যতের আবিষ্কারের প্রত্যাশায় আবৃত হয়ে। আমি সকালের প্রথম রশ্মি দ্বারা জেগে উঠলাম, যা আমার মুখে আলোকিত হয়েছিল।

---✶ ६ ✶ ---

অস্বীকার

আমার সেই দিনের কথা স্পষ্টভাবে মনে আছে। আমি আমার অফিসে বসে ছিলাম, প্রাচীন স্ক্রল এবং খোলা পাণ্ডুলিপি দ্বারা পরিবেষ্টিত। বাতাস ভারী ছিল, প্রায় দমবন্ধ হয়ে যাচ্ছিল, যখন আমি আমার ডিএনএতে স্পন্দিত অভ্যন্তরীণ জ্ঞানকে একটি জীবন্ত, স্পষ্ট বাস্তবে রূপান্তরিত করার চেষ্টা করছিলাম। আমি জানতাম যে আমি একা সফল হতে পারব না। আমাকে এটি নাথানিয়েলের সাথে করতে হতো। আমাদের পারস্পরিক পরিচিতি বছরের পর বছর ধরে চলেছিল। আমি তার নিয়ম অনুযায়ী তার কাছে পৌঁছানোর চেষ্টা করছিলাম – অথবা আরও সঠিকভাবে, তার সুশৃঙ্খল বিশ্বে বিশৃঙ্খলা তৈরি করে। পাঁচ বছর দীর্ঘ, পরীক্ষার বছর! আমি আমার সত্তা এবং ক্ষমতার স্তরটির পর স্তর উন্মোচন করেছিলাম, যৌথ পুনর্জন্মের স্মৃতি পুনরায় আবিষ্কার করেছিলাম, যেন আমি এমন পর্দা সরিয়ে নিয়েছিলাম যা হাজার বছর ধরে ঢেকে ছিল।

আমরা কতবার এই পথে হেঁটেছি? কতবার দেখা করেছি এবং বিচ্ছিন্ন হয়েছি, কেবল আবার খুঁজে পাওয়ার জন্য? আমাকে তাকে উচ্চতর জ্ঞানের উপলব্ধি প্রকাশ করতে হতো, তাকে দেখাতে হতো যে এটি একটি মিথ নয়, বরং একটি জীবন্ত সারাংশ, যা প্রতিটি কোষে স্পন্দিত হয়, যাতে আমরা বিশ্বকে পরিবর্তন করার জন্য একত্রিত শক্তি অর্জন করতে পারি। কিন্তু আমি জানতাম যে কারো পথ জোর করে পরিবর্তন করার অধিকার কারও নেই। তাকে নিজের থেকে এই অভ্যন্তরীণ বিবর্তনের অভিজ্ঞতা অর্জন করতে হতো এবং এটি কামনা করতে হতো। এর জন্য সূক্ষ্ম দক্ষতার প্রয়োজন ছিল: তাকে সহানুভূতির মাধ্যমে নেতৃত্ব দেওয়া, তার বৈশিষ্ট্যগুলো বোঝা, তাকে ব্যক্তিগত রূপান্তরের জন্য আমার বাড়ানো হাতকে বিশ্বাস করতে রাজি করানো। আর এটি কেবল নিঃশর্ত ভালোবাসা এবং ব্যক্তিগত পরিবর্তন এবং বৃদ্ধির মাধ্যমে ঘটতে পারে, যা তাকে পথ দেখাবে।

কিন্তু কখনও কখনও সে এতটাই গভীরভাবে নিজেকে বন্ধ করে নিত, আমাকে উপেক্ষা করত, আমাকে ভুলে যেত। তার কাছে পৌঁছানোর আমার সমস্ত প্রচেষ্টা নিরর্থক ছিল। কেবল বরফের একটি দেয়াল।

---✶ ६ ✶ ---

ফ্ল্যাশব্যাক: এবং এখন সে এখানে

সে জানালার পাশে দাঁড়িয়েছিল, আমার দিকে তার পিঠ ছিল। সূর্য উঁচু জানালা দিয়ে প্রবাহিত হচ্ছিল, যা আমার মেহগনি ডেস্কের উপর স্তূপ করা স্ক্রল এবং খোলা পাণ্ডুলিপিগুলোকে আলোকিত করছিল। বাতাস ভারী ছিল, পুরোনো কাঠের গন্ধ এবং ধূপের একটি সবেমাত্র বোধগম্য গন্ধের সাথে। আমাদের মধ্যে উত্তেজনা প্রায় স্পষ্ট ছিল, ঘরের মধ্যে বিদ্যুতের মতো স্পন্দিত হচ্ছিল।

– নাথানিয়েল, দয়া করে... শুধু এগুলো দেখো। আমরা এত দীর্ঘ সময় অপেক্ষা করেছি। পাঁচ বছর, নাথানিয়েল! পাঁচ বছর ধৈর্য। "ধৈর্য ধরো..." এবং আমি ধরেছিলাম। এখন সময় এসেছে। আমি এটি খুঁজে পেয়েছি। প্রাচীন সাইফার, যা আমার সত্তার মধ্যে বোনা। এটি সবকিছুর শুরু।

সে নড়ল না। তার নীরবতা যেকোনো প্রত্যাখ্যানের চেয়ে বেশি শক্তিশালী ছিল।

– এটি কেবল একটি বই নয়, নাথানিয়েল। এটি একটি জীবন্ত উপলব্ধি। স্পন্দিত। আমি এটিকে প্রতিটি কোষ দিয়ে অনুভব করতে পারি। এটিই সেই উত্তর যা আমি এত দীর্ঘ সময় ধরে খুঁজছিলাম! এই উপলব্ধি কেবল আমাকেই নয়, পুরো বিশ্বকে রূপান্তরিত করতে পারে! এবং আমাদের এটিকে একসাথে উন্মোচন করতে হবে।

নাথানিয়েল ধীরে ধীরে ঘুরল। তার মুখ পাথরের মতো খোদাই করা ছিল, আর তার চোখ, যা সাধারণত কৌতূহলে ভরা থাকত, এখন একটি ঠান্ডা, প্রায় নির্মম উজ্জ্বলতা দিয়ে জ্বলছিল। তার দৃষ্টিতে কোনো ভালোবাসা ছিল না, কেবল একটি তীক্ষ্ণ বিশ্লেষণ ছিল যা আমাকে কাঁপিয়ে দিল।

– "রহস্যময় কোড"? "বিশ্বকে রূপান্তরিত করা"? মেলিনা, থামো। যথেষ্ট হয়েছে। আমি বহু বছর ধরে তোমার এই রহস্যময় আবোলতাবোল শুনছি। পাঁচ বছর, যেমন তুমি সঠিকভাবে উল্লেখ করেছ। পাঁচ বছর ধরে তুমি সবসময় "আবিষ্কার" আর "উন্মোচন" করছ। আর আমি এই সময়ে কী করি? আমি বসে থাকি আর তোমাকে দেখি যখন তুমি আমাকে তোমার... আহ্বানের মধ্যে জড়িত করার চেষ্টা করো?

– এটি "আমার" আহ্বান নয়! এটি আমাদের নিয়তি, নাথানিয়েল! এটি আমাদের সত্তার তন্তুতে খোদাই করা আছে! তুমি কি অনুভব করতে পারছ না কীভাবে আমাদের আত্মাগুলো মিশে যাচ্ছে? কীভাবে অদৃশ্য তন্তুগুলো সময় এবং স্থানের বাইরে আমাদের সংযুক্ত করে? আমাদের মিলনের তারকা...

– "নিয়তি"? "মিলনের তারকা"? ঈশ্বরের দোহাই, মেলিনা! এই কবিতা বন্ধ করো! আমি তোমার কোনো রোমান্টিক কল্পনার অংশ নই। তুমি একটি সিনেমায় আছ। আমার আত্মা কারো সাথে "নাচ" করে না! তুমি পুরোপুরি ভুলে যাচ্ছ যে আমি কে, কে তোমার সামনে দাঁড়িয়ে আছে! আমি তথ্য, প্রমাণ, যুক্তির উপর নির্ভর করি!

সে ডেস্কের দিকে এগিয়ে গেল, তার আঙুলগুলো পাণ্ডুলিপিতে গেঁথে গেল। এই মুহূর্তে তার মুখোশটি খুলে গেল। তার মুখ বিশুদ্ধ, অ-পরিশোধিত রাগে বিকৃত হয়ে গেল। একটি তীক্ষ্ণ নড়াচড়া দিয়ে সে পাণ্ডুলিপিটিকে দুটি ভাগে ছিঁড়ে ফেলল, তারপর চার ভাগে, আরও এবং আরও টুকরোতে, যতক্ষণ না ছিন্নভিন্ন কাগজের বৃষ্টি ছাড়া আর কিছুই অবশিষ্ট ছিল না। সে ঘৃণাভরে টুকরোগুলো মেঝেতে ফেলে দিল।

– আর এটা কী? "তার আত্মার দিকে যাত্রা: আত্মাগুলোর একটি ইথারিক নৃত্য"? তুমি... তুমি একটি বই লিখেছ? আমার সম্পর্কে? তুমি আমাকে একটি প্রত্নতত্ত্ব হিসাবে ব্যবহার করেছ?! – তার কণ্ঠস্বরে বিদ্রূপটি বরফের মতো শীতল ছিল, একটি ক্ষুরার মতো তীক্ষ্ণ ছিল। – "তাকে তার নিজের, সবচেয়ে গভীর সত্তার মধ্যে জড়িত করা"? তুমি কি সত্যিই মনে করো যে আমি নিজেকে জানি না? যে আমার "যুক্তির দ্বারা শৃঙ্খলিত ছায়ার গুহা" আছে, যা তোমাকে, মহান নির্বাচিতকে, আমার কাছে প্রকাশ করতে হবে? তুমি অসুস্থ! পাগল!

– এমন কথা বলো না! আমি তোমাকে দেখানোর চেষ্টা করছিলাম! আমি যুক্তির সেই উঁচু, ঠান্ডা দেয়ালগুলো ভেঙে ফেলার চেষ্টা করছিলাম যা তুমি তৈরি করেছ! পাথর দিয়ে, তোমার ভয় থেকে! আমি চেয়েছিলাম তুমি তোমার অপ্রত্যাশিত সৌন্দর্য এবং শক্তি দেখতে পাও! সেই দুর্বল, বিশুদ্ধ সত্তাটিকে স্পর্শ করতে চেয়েছিলাম যা আমি তোমার গভীরে সুপ্ত অনুভব করি! এটি নিঃশর্ত ভালোবাসা, নাথানিয়েল! একটি আলো যা তোমার আসল সত্তাকে দেখে! তোমার অপূর্ণতাগুলোকে কোমলতার সাথে গ্রহণ করে এবং তোমার মহত্ত্বে নিঃশর্তভাবে বিশ্বাস করে!

– নিঃশর্ত ভালোবাসা?! তুমি আমাকে ব্যবহার করেছ, মেলিনা! তুমি আমার জীবন, আমার সবচেয়ে গোপনীয় চিন্তা, আমার সবচেয়ে গভীর ভয় ব্যবহার করে তোমার কিছু "উপলব্ধি" "গোপন জ্ঞান" এবং "নিয়তি" সম্পর্কে লেখার জন্য ব্যবহার করেছ! এটি বিশ্বাসঘাতকতা, মেলিনা! যে ব্যথা তুমি সৃষ্টি করছ, অনুমতি ছাড়া আমার মধ্যে খনন করে! তুমি একটি বন্য প্রাণীর মতো, যা অজানা দয়ায় ভীত, যা তার যুক্তির কঠোরতা দিয়ে আমাকে দূরে ঠেলে দেওয়ার চেষ্টা করছে?! তুমি! যে আমাকে এভাবে বর্ণনা করছ! এটি একটি উসকানি!

সে আমাকে এমন তীব্রতার সাথে দেখল যে আমাকে পিছিয়ে যেতে বাধ্য করল, যেন আমি একটি অদৃশ্য মুষ্টির দ্বারা আঘাতপ্রাপ্ত হয়েছিলাম। আমাদের মধ্যে বাতাস রাগ এবং ভুল বোঝাবুঝিতে কাঁপছিল। সে কেবল রাগান্বিত ছিল না; সে আহত হয়েছিল, আর তার রাগ সেই আঘাতের বিরুদ্ধে একটি ঢাল ছিল। তার কাঁধগুলো হালকাভাবে নেমে গেল, যেন তার কথাগুলোর ভার তাকে এক মুহূর্তের জন্য ভেঙে দিচ্ছিল। তার দৃষ্টি অন্যদিকে সরে গেল, খালি হয়ে গেল, আবার শক্ত হওয়ার আগে।

– আর তুমি! তুমি সেই জন যে দুর্গ তৈরি করো! আমি ভালোবাসা দিয়ে তাদের ভেঙে ফেলার চেষ্টা করছি, আর তোমার অহং... এটি হাজার হাজার সন্দেহ ফিসফিস করে বলছিল! এটি সেই ভঙ্গুর শিখাটিকে আড়াল করার চেষ্টা করছিল যা আমি তোমার মধ্যে এত মরিয়া হয়ে জ্বালানোর চেষ্টা করছিলাম! আমাকে এটিকে সম্পূর্ণরূপে পুড়িয়ে দিতে হতো, নাথানিয়েল! এই সংশয়! তোমার এই অভেদ্য দেয়াল!

– পুড়িয়ে ফেলব, তাই না? কে তোমাকে আমাকে পরিবর্তন করতে বলেছে, আমার অহং পুড়িয়ে ফেলতে বলেছে, আমার মধ্যে কোথাও প্রবেশ করতে বলেছে?! মেলিনা, তুমি কি সত্যিই মনে করো যে তোমার "টেম্পলার" গোপনীয়তা, তোমার "ডিএনএতে লুকানো বার্তা" শিশুতোষ গল্পের চেয়ে বেশি কিছু? আমার "অর্ডার" শক্তিশালী, বুদ্ধিবৃত্তিক! আমরা মোশির বংশধর! আমরা ঈশ্বরের কাছ থেকে সরাসরি সত্যগুলো পেয়েছি এবং হাজার হাজার বছর ধরে তাদের সংরক্ষণ করেছি! আমাদের জ্ঞান খাঁটি, বিশুদ্ধ! আমরা বিশ্ব শাসন করেছি, যখন তোমার "উৎসর্গীকৃতরা" ছায়ায় ঘুরে বেড়াচ্ছিল, মন্ত্র ফিসফিস করে বলছিল! আমি উত্তরগুলো জানি! আমি তোমার আর তোমার সমস্ত প্রায়রদের চেয়েও ভালোভাবে জানি! তুমি জানো না তুমি কার সাথে ডিল করছ! তুমি জানো না এটি আমার জন্য কতটা বেদনাদায়ক হতে পারে! আর এখন কেবল ঘরে ফিরে যাও!

সে ঘুরল এবং আমার দিকে আর না তাকিয়েই দরজার দিকে হাঁটতে শুরু করল। তার প্রতিটি অঙ্গভঙ্গি চূড়ান্ততার সাথে পূর্ণ ছিল, একটি বন্ধ হয়ে যাওয়া দরজার মতো। আমি অফিসে একা রইলাম, ছড়িয়ে ছিটিয়ে থাকা কাগজের টুকরোগুলোর মধ্যে, একটি স্পন্দিত হৃদয় এবং একটি বরফশীতল অনুভূতির সাথে যা আমাকে গ্রাস করে নিয়েছিল। আমার গলা শক্ত হয়ে গেল। আমি বুঝতে পারলাম যে আমি সীমা অতিক্রম করে ফেলেছি। নীরবতা। ঠান্ডা। বেদনা। আর একটি শ্বাস যা আসছিল না। আমি তাকে চিরতরে হারিয়ে ফেলেছিলাম।

---✶ ៛ ✶---

*অন্ধকারের স্পন্দন: ডায়েরি, ১২.১১.২০২১*

আমি যখন থেকে একজন ডেম, আমি সেই অন্ধকার বাস্তবতা আরও স্পষ্টভাবে বুঝতে পারছি যা প্রয়োরেটটি বিশ্ব থেকে রক্ষা করার চেষ্টা করছে। আমি সেই ঢালের একটি অংশ। আমি বুঝতে পারলাম "শোষক" এর অর্থ কী – কেবল মন্দ নয়, বরং জীবনের অভাব, এমন একটি শূন্যতা যা সবকিছু গ্রাস করে নেয়। তারা অন্য একটি মাত্রার প্রাণী, যারা জীবনের শক্তি, আবেগ, স্মৃতি দিয়ে নিজেদের খাওয়ায়। তাদের লক্ষ্য হলো মানবজাতিকে ঐশ্বরিক উৎসের সাথে সংযুক্তকারী তন্তুগুলো ছিন্ন করা, আমাদের মধ্যে থাকা উচ্চতর জ্ঞানকে ধ্বংস করা।

আমি বিশ্বের ক্রমবর্ধমান হতাশা, অর্থহীন আগ্রাসন, পক্ষাঘাতগ্রস্ত ভয়ে তাদের উপস্থিতি অনুভব করতে পারি যা মানুষকে পক্ষাঘাতগ্রস্ত করা শুরু করেছে। তারা এই দিয়ে নিজেদের খাওয়ায়। প্রতিবার যখন কেউ ভালোবাসা থেকে দূরে সরে যায় এবং ঘৃণার মধ্যে ডুবে যায়, তখন তারা আরও শক্তিশালী হয়। আর আমি... আমাকে প্রতিরোধ করতে হবে। ভালোবাসা দিয়ে। বিশ্বাস দিয়ে। আশা দিয়ে। কিন্তু এমন একটি বিশ্বে কীভাবে একটি স্ফুলিঙ্গ জ্বালানো যায় যা ধীরে ধীরে অন্ধকারে ডুবে যাচ্ছে? এমন কিছুর বিরুদ্ধে কীভাবে প্রতিরোধ করা যায় যা এতটাই ব্যাপক যে এটি স্বয়ং আলোকেও গ্রাস করে নেয়?

---✶ ✶ ✶---

এই শক্তি, যা মহাজাগতিক কোড আমাকে দান করছিল, তা বিনামূল্যে আসেনি। আমি যত গভীরভাবে এর রহস্যের মধ্যে ডুব দিচ্ছিলাম, তত শক্তিশালীভাবে আমি এই ছিন্নভিন্ন হওয়ার অনুভূতি অনুভব করছিলাম। আমি আমার নিজের আত্মার কিনারে ছিলাম, আমার অনিবার্য আহ্বান এবং আমার নিছক মানবিক আকাঙ্ক্ষার মধ্যে ক্রমাগতভাবে বিভক্ত ছিলাম।

*নির্বাচিত জনের ডায়েরি, ০৫.১২.২০২১*

এই রাতে আমি একটি দুঃস্বপ্ন দেখেছিলাম। শোষকদের সম্পর্কে নয়, বরং নাথানিয়েল সম্পর্কে। আমি তাকে দেখলাম... হারিয়ে যাওয়া। অন্ধ। তার নিজের যুক্তির অন্ধকারে শৃঙ্খলিত, যখন তার চারপাশের বিশ্ব ধুলোয় পরিণত হচ্ছিল। আর আমি... আমি তার কাছে পৌঁছাতে পারছিলাম না। আমি আমার হাত প্রসারিত করছিলাম, তার নাম ধরে ডাকছিলাম, কিন্তু আমার কণ্ঠস্বর ছিল নিঃশব্দ, আর আমার শরীর ছিল ওজনহীন। আমি একটি ভয়ঙ্কর চিৎকারের সাথে জেগে উঠলাম, আমার হৃদয় উন্মত্তভাবে স্পন্দিত হচ্ছিল, যেন এটি আমার বুক থেকে বেরিয়ে আসবে।

আমার চোখ ভারী ছিল, আমার চোখের পাতা সীসার মতো ছিল। আমার ঠোঁট শুকিয়ে গিয়েছিল, আর ঘরে একটি আঠালো নীরবতা রাজত্ব করছিল। আমি নিজেকে ক্লান্ত, খালি অনুভব করলাম। কেবল আমার মধ্যে ঠান্ডা বাড়ছিল।

দ্বিধা। হয়তো এটি খুব বেশি কিছু? এই আহ্বান, এই পবিত্র জ্ঞান... এটি কেবল আমাকেই পরিবর্তন করছে না। এটি আত্মত্যাগের দাবি করে। আমার আত্মার কাছ থেকে আত্মত্যাগ। কেবল মেলিনা হওয়ার সম্ভাবনার কাছ থেকে আত্মত্যাগ – যে ভালোবাসা খোঁজে, যে শান্তি চায়। যে তার হাত, তার স্পর্শের জন্য আকুল। এর পরিবর্তে, আমি একজন নির্বাচিত। রহস্য বহন করার জন্য, অদৃশ্য শত্রুদের সাথে লড়াই করার জন্য নির্ধারিত। কখনও কখনও, বিশেষ করে যখন আমি নাথানিয়েল থেকে দূরত্ব অনুভব করি, তখন আমার মধ্যে একটি বরফশীতল সন্দেহ প্রবেশ করে: আমি কি ভুল পথ বেছে নিয়েছি? এই শক্তি কি একটি অভিশাপ? আমি কি তাকে হারানোর ঝুঁকি নিচ্ছি না, একমাত্র জন যে এই উন্মত্ততাকে ভারসাম্য করতে পারে, এই অব্যাখ্যেয় জিনিসের মধ্যে আমার এই সমস্ত ছুটে যাওয়ার সাথে? এই ভালোবাসার মূল্য... এটি বিশাল ছিল। আমি কি তাকে আমার ছায়া এবং আলোর এই বিশ্বের মধ্যে জড়িত করতে পারতাম, তাকে ধ্বংস না করে? অথবা আরও খারাপ – তাকে চিরতরে দূরে ঠেলে দিয়ে? আমি যে আত্মত্যাগগুলো ইতিমধ্যেই করছিলাম তা কেবল শুরু ছিল। আমি এটি অনুভব করতে পারছিলাম। আর এটিই ছিল আমার সবচেয়ে বড় ভয়। আমার জন্য নয়। তার জন্য। এই মুহূর্তগুলোতে, ইথারিক স্পর্শটি একাকীত্বের একটি বরফশীতল স্পর্শে পরিণত হয়েছিল।

---♥---

## অধ্যায় 15: আত্মার নৃত্য

### একজন সংশয়বাদীর জাগরণ

তার ছায়া। এটি সর্বত্র ছিল। এটি আমাকে এখানেও ঘিরে রেখেছিল, প্রায়োরেটের শান্তিতে, আমার মধ্যে নতুন শক্তি এবং গভীর উপলব্ধি থাকা সত্ত্বেও। আমাদের শেষ, হৃদয়বিদারক বিচ্ছেদের পর মাস কেটে গেছে। নীরবতার মাস, একটি শূন্যতার মাস যা একটি খোলা ক্ষতের মতো স্পন্দিত হচ্ছিল। আমি এখন একজন "ডেম" ছিলাম, কিন্তু এই উপাধি তার দ্বারা সৃষ্ট গভীর অতল গহ্বর পূরণ করতে পারছিল না। আমার আত্মা একটি পূর্বানুভূতিতে কাঁপছিল যে তার জগতেও কিছু পরিবর্তন হয়েছে। এবং আমি সঠিক ছিলাম।

---✶ ￼ ✶ ---

অদৃশ্য সুতো

নাথানিয়েল তার পেন্টহাউসের ঠান্ডা নীরবতায় জেগে উঠল। সূর্য সবেমাত্র উঁচু জানালা দিয়ে প্রবেশ করছিল, মেঝেতে দুধের আঙুলের মতো ছবি আঁকছিল। তার হাত সহজাতভাবে তার পাশের খালি জায়গার দিকে প্রসারিত হলো – একটি পরিষ্কার, অস্পর্শিত জায়গা যা মানসিকভাবে তার উপস্থিতির জন্য অপেক্ষা করছিল। জুঁই এবং ভ্যানিলার ঘ্রাণ, যা এখন তার কাছে বেদনাদায়কভাবে অনুপস্থিত ছিল, বাতাসে ভাসছিল বলে মনে হচ্ছিল, যদিও সে সেখানে ছিল না। প্রতিটি সকাল ছিল একই যন্ত্রণা – চোখ খোলা এবং তার অনুপস্থিতির মুখোমুখি হওয়া।

সে উঠে দাঁড়াল, মেশিনটি ইতিমধ্যেই তৈরি করে রাখা কফির কাপটি ধরল এবং জানালার কাছে গেল। সে সূর্যোদয় দেখছিল, যা শহরের ল্যান্ডস্কেপকে পরিচিত, কিন্তু কোনোভাবে প্রাণহীন রঙে রাঙিয়ে তুলছিল। সে দিনের মধ্যে অর্থ খুঁজে বের করার চেষ্টা করছিল, কিন্তু প্রতিবারই তার দৃষ্টি কাঁচের মধ্যে তার নিজের প্রতিফলনের দিকে ফিরে আসছিল। এবং সেখানে, তার নিজের চোখে, তার চোখগুলো জ্বলজ্বল করছিল। পরিষ্কার, তীক্ষ্ণ, সেই বাঁধাহীন আবেগ দিয়ে পূর্ণ যা সে এত হিংস্রভাবে প্রত্যাখ্যান করেছিল।

এই মাসগুলোতে সে শূন্যতা পূরণের চেষ্টা করছিল। সে নিজেকে মিটিংয়ে ডুবিয়েছিল, অন্যদের উপস্থিতির মধ্যে সান্ত্বনা খোঁজার চেষ্টা করেছিল। এক সন্ধ্যায়, একটি কোম্পানির ইভেন্টে, একজন আকর্ষণীয়, অহংকারী এবং আত্মবিশ্বাসী মহিলা তার কাছে এসেছিল। তার চুল আলোর নিচে জ্বলজ্বল করছিল, এবং তার দৃষ্টি ছিল উসকানিমূলক। “এই একজন মহিলা যে জানে সে কী চায়,” সে ভাবল। সে হেসে তার কাছে ঘনিষ্ঠ হলো, প্রায় তার হাত স্পর্শ করল। “তুমি খুব বেশি গম্ভীর, নাথানিয়েল। এসো, আমরা মজা করি। জীবন দার্শনিক আলোচনার জন্য খুব সংক্ষিপ্ত।” এই মুহূর্তে, যখন সে তাকে প্রলুব্ধ করার এবং তার উজ্জ্বল, কিন্তু অগভীর উপস্থিতির উপর নির্ভরশীল করার চেষ্টা করছিল, সে তার দিকে তাকাল। এবং তাকে দেখার পরিবর্তে, তার চোখের গভীরতায় মেলিনার একটি ছবি ঝলসে উঠল – একজন জাদুকরীর মতো যে তাকে ভালোবাসার সমস্ত রহস্য দিয়ে তাড়া করছিল। তার দৃষ্টি, যা হাজার বছরের জ্ঞান দিয়ে পূর্ণ ছিল, তাকে ভেদ করে যাচ্ছিল, সেই মহিলাকে একজন সাধারণ, বিরক্তিকর এবং অর্থহীন ব্যক্তিতে পরিণত করছিল। তার মধ্যে সেই বন্য, অপ্রার্থিব আকর্ষণটির অভাব ছিল যা তাকে এত বিপজ্জনক, কিন্তু এত অপরিহার্য করে তুলেছিল। এই বাস্তবতা তার অভ্যন্তরীণ ঝড়ের সাথে প্রতিদ্বন্দ্বিতা করতে পারত না।

তার বুকে সেই পরিচিত, হৃদয়বিদারক অভ্যন্তরীণ দ্বন্দ্ব স্পন্দিত হতে শুরু করল। যুক্তি, তার সেই বর্ম, সেই ঢাল যা তাকে আবেগের বিশৃঙ্খলা থেকে রক্ষা করছিল, প্রবলভাবে আকাঙ্ক্ষার বিরুদ্ধে লড়াই করছিল। "সে পাগল! বিপজ্জনক! সে তোমাকে ধ্বংস করে দেবে!" – তার যুক্তি ফিসফিস করে বলছিল। কিন্তু তার হৃদয় অন্য একটি সত্য চিৎকার করে বলছিল: "সে একমাত্র যে আমাকে দেখে! একমাত্র যে আমার মধ্যে স্ফুলিঙ্গ জ্বালাতে পারে! একমাত্র যে আমাকে জীবিত অনুভব করায়!"

সে কফির কাপটি এত জোরে চেপে ধরল যে তার আঙুলের গিঁটগুলো সাদা হয়ে গেল। সে আর পারত না। তাকে ছাড়া না। এই অভ্যন্তরীণ বিতর্ক অবশেষে শেষ হলো। আকাঙ্ক্ষা জয়ী হলো, বরফের বর্মটি ছিন্নভিন্ন করে দিল। কাঁপা হাতে, যা খুব কমই এমন অনিশ্চয়তা প্রকাশ করত, সে ফোনটির দিকে হাত বাড়াল। সে তাকে কয়েক মাস ধরে লেখেনি। শব্দগুলো ছিল অপ্রস্তুত, প্রায় অচেনা। কিন্তু প্রতিটি অক্ষর একটি অনবদ্য স্বীকারোক্তির, একটি জাগ্রত অনুভূতির ভার বহন করছিল। সে একটি সংক্ষিপ্ত বার্তা লিখল। কেবল সাতটি লাল গোলাপের ইমোজি। আবেগ এবং আকাঙ্ক্ষার প্রতীক। এবং আশা। একটি উত্তরের আশা, একটি চিহ্নের আশা, যে সবকিছু হারিয়ে যায়নি। সে এটি পাঠাল এবং অপেক্ষা করল।

---✶ ✶---

দ্বীপের উপলব্ধি

আমি একটি বিদেশী দ্বীপে ছিলাম। তার ঠান্ডা যুক্তি থেকে হাজার হাজার কিলোমিটার দূরে। উপলব্ধিটি একটি সুনামীর মতো আমার কাছে এসেছিল। জলের অদ্ভুত শেডগুলো জাদুকরী সূর্যাস্তের সাথে মিশে যাচ্ছিল, আলো এবং রঙের একটি মাস্টারপিস আঁকছিল। জায়গাটি আমার আত্মার একটি আয়নায় পরিণত হয়েছিল, লুকানো কোণগুলো প্রতিফলিত করছিল। প্রতিটি ঢেউ, প্রতিটি রশ্মি, প্রতিটি বালির কণা এমন প্রশ্নের উত্তর বহন করছিল যা আমি এমনকি গোপনও করিনি, কিন্তু যা এখন ভেসে উঠছিল। প্রকৃতির বিশালতার সামনে আমি নিজেকে তুচ্ছ এবং এর সারমর্মের সাথে অবিচ্ছেদ্যভাবে সংযুক্ত অনুভব করছিলাম। এই স্ফটিক স্বচ্ছতার মুহূর্তে আমি বুঝতে পারলাম: ভালোবাসা কোনো কাঁপা প্রত্যাশা নয়, বরং একটি অভ্যন্তরীণ অবস্থা যা তোমার পুরো সত্তাকে পূর্ণ করে তোলে। এটিই! এটি আমি নিজেই! এটি আমার অস্তিত্ব!

আমার হাতে ফোনটি কেঁপে উঠল। তার একটি এসএমএস। কেবল সাতটি লাল গোলাপ। আমি সঙ্গে সঙ্গে উত্তর দিলাম না। এই মুহূর্তে, সূর্যাস্তের জ্বলন্ত শেডের মধ্যে, আমি বুঝতে পারলাম। নাথানিয়েলের কথাগুলো, বিশ্বের অন্য প্রান্ত থেকে একটি নরম বাতাসের মতো ফিসফিস করে বলা হয়েছিল, আমাদের মধ্যেকার নিষ্ঠুর বিচ্ছেদের কয়েক মাস পর, যা আমার শেষ সন্দেহগুলো ছড়িয়ে দিল। তার কণ্ঠস্বরে একটি আত্মসমর্পণ ছিল, যা আমার আবেগগুলোকে এই বিশুদ্ধ সুখের মুহূর্তে একটি বিদেশী ফুলের মতো ফুটতে দিয়েছিল। প্রথমবারের মতো আমি আমার নিজের হৃদয়ের একটি স্পষ্ট ভাষা শুনতে পেলাম, যা অন্য কেউ বলেছিল। সে! তার প্রতিটি দ্বিধা তার সত্তার প্রাথমিক কম্পনের কাছে পথ ছেড়ে দিয়েছিল। সে আমার হৃদয়ে পা রাখছিল।

সেই সন্ধ্যায়, তার গোলাপগুলোর পর, আমি তাকে সূর্যাস্তের ছবি পাঠালাম। দিগন্ত জুড়ে যে আগুন জ্বলছিল, তা আমার ভেতরের আগুনের একটি আয়না ছিল। আমি একটি উত্তরের জন্য অপেক্ষা করছিলাম।

পারস্পরিকতার এই গভীর উপলব্ধি, ভাগ করে নেওয়া আকাঙ্ক্ষা, এবং তাকে নিঃশর্ত উৎসর্গ করার জন্য আমার তৃষ্ণা আমাকে কাঁপিয়ে তুলল, যেন আমি একটি অপ্রার্থিব জ্বরে আক্রান্ত হয়েছি। আমি রহস্য এবং আবিষ্কারে পূর্ণ একটি দুঃসাহসিক কাজ অনুভব করছিলাম। আমি এমন একটি বিশ্ব তৈরি করছিলাম যেখানে সবকিছু সম্ভব, যেখানে অসম্ভব বাস্তব হয়ে ওঠে। আমি আমার পুরো সত্তাকে কেন্দ্রীভূত করতে চেয়েছিলাম তাকে সুখী করার জন্য এবং তার প্রতিফলিত সুখকে অস্তিত্বের সর্বোচ্চ রূপ হিসাবে অনুভব করার জন্য। আমি আমার সমস্ত কিছু প্রকাশ করতে চেয়েছিলাম, তাকে আমার সমস্ত নগ্নতা এবং দুর্বলতা দিতে চেয়েছিলাম, একটি অপ্রার্থিব, মখমলের স্পর্শ দিয়ে তাকে স্পর্শ করতে চেয়েছিলাম যা তাকে রূপান্তরিত করবে। আমি

সবকিছু সম্পূর্ণরূপে দিয়ে দিয়েছিলাম। আমি আরও বেশি কিছু দিতে চেয়েছিলাম। প্রতিটি মিনিটের সাথে, আমি আমার অনুভূতির নতুন গভীরতা, তাকে ভালোবাসার নতুন উপায় আবিষ্কার করছিলাম। কেবল তাকে ভালোবাসা নয়, ভালোবাসা দিয়ে তাকে আচ্ছন্ন করা, যতক্ষণ না সে আমার অংশ হয়ে যায় এবং আমি তার অংশ হয়ে যাই।

আমি খালি সৈকতে একা বসে ছিলাম। সূর্য আকাশ এবং সমুদ্রের উপর আলোর মাস্টারপিস আঁকছিল, দিগন্তকে জ্বলন্ত শেড দিয়ে ধুয়ে দিচ্ছিল। সমুদ্রের বাতাস স্বাধীনতার উচ্ছ্বসিত ঘ্রাণ বহন করছিল, আমার নগ্ন শরীরকে আদর করছিল, যা একটি ইথারিয়াল সাদা সাটিন স্কার্ফে আবৃত ছিল, যা উড়ে যাওয়ার জন্য প্রস্তুত একটি নিঃশ্বাসের মতো দুলছিল। প্রতিটি স্পর্শে আমার ত্বক শিহরিত হচ্ছিল। আমি প্রকৃতির সাথে সম্পূর্ণ সাদৃশ্যে ছিলাম, উদ্বেগগুলো গলে যাচ্ছিল। আমি একটি আনন্দদায়ক দিবাস্বপ্নে নিজেকে হারিয়ে ফেললাম, আমার চিন্তার প্রবাহ বন্ধ করে দিয়েছিলাম, আমার চেতনাকে অসীমের সাথে মিশে যেতে দিয়েছিলাম। সম্পূর্ণ একতা। সম্পূর্ণ শোষণ।

---✶ ২ ✶ ---

মহাজাগতিক উপলব্ধি

একটি হঠাৎ, ঝলমলে বিদ্যুতের ঝলক আমার আত্মাকে ভেদ করে গেল, যা অসীমকে প্রকাশ করছিল। মহাবিশ্ব আমার চোখের সামনে উন্মোচিত হলো; আমি নিজেকে বিশাল পূর্ণতার একটি তুচ্ছ, কিন্তু অবিচ্ছেদ্য অংশ অনুভব করলাম। আমার হৃদয় একটি মহাজাগতিক নৃত্যের ছন্দে স্পন্দিত হচ্ছিল, আমার মনকে উপলব্ধি দিয়ে পূর্ণ করছিল। আমি দ্বিতীয়বারের মতো জন্ম নিচ্ছিলাম, রহস্যগুলোর জন্য আমার চোখ প্রশস্তভাবে খোলা ছিল। একটি ভেজা, উড়ন্ত টিস্যু সহ একটি প্রজাপতির মতো, আমি তার দিকে, আমাদের সাধারণ ভাগ্যের দিকে প্রথম উড়ানের জন্য প্রস্তুত ছিলাম।

সবকিছু, যা আমি সেই মুহূর্ত পর্যন্ত একটি স্বাভাবিক ঘটনা হিসাবে গ্রহণ করেছিলাম, তা একটি রহস্যে পরিণত হলো, যা নতুন অর্থ, নতুন শক্তি দিয়ে স্পন্দিত হচ্ছিল। আমি বুঝতে পারলাম যে আমি আরও অনেক কিছু করতে সক্ষম, যে আমার মধ্যে একটি প্রাথমিক শক্তি সুপ্ত ছিল। কেবল একটি শক্তি নয়, বরং একটি ঝড় যা বিশ্বকে উল্টে দিতে পারে।

বাতাস অদৃশ্য পরমাণুর একটি নাচে পরিণত হলো, যা আমার ত্বককে আদর করছিল। জল ঝলমলে কণায় বিভক্ত হলো, যা সূর্যের রশ্মির নিচে নাচছিল। বালি অগণিত বালির দানার মতো ভাসছিল, যা আমি আমার অভ্যন্তরীণ শক্তি দিয়ে ছড়িয়ে দিচ্ছিলাম বলে মনে হচ্ছিল, তাদের নিজস্ব ছন্দে কাঁপতে অনুপ্রাণিত করছিলাম। আমার এবং প্রকৃতির মধ্যেকার সীমানাগুলো ঝাপসা হয়ে গেল। আমি একটি মহান, মহাজাগতিক নৃত্যের একটি অবিচ্ছেদ্য অংশ অনুভব করছিলাম। সময় ধীর হয়ে গেল, যা আমাকে প্রতিটি বিবরণ অভূতপূর্ব স্বচ্ছতার সাথে পর্যবেক্ষণ করতে দিচ্ছিল। মহাবিশ্ব একটি প্রাচীন সিনেমার ধারাবাহিকভাবে ফ্রেমের মতো উন্মোচিত হলো, যা স্বয়ং সৃষ্টিকে প্রকাশ করছিল। আমি নিজেকে একজন বিশেষ পর্যবেক্ষক অনুভব করছিলাম, যাকে সময় এবং স্থানের রহস্যগুলোতে প্রবেশাধিকার দেওয়া হয়েছিল। আমি তাকে আবার খুঁজে বের করার জন্য, তার সাথে মিশে যাওয়ার জন্য সময় জুড়ে ভ্রমণ করছিলাম।

আমি অসীম আকাশে একটি ইথারিক মেঘের মতো ছড়িয়ে পড়লাম। আমার আত্মা বিশুদ্ধ আলোর বায়ুপ্রবাহে ভেসে বেড়াচ্ছিল, প্রাথমিক শক্তির একটি পরমানন্দ অনুভব করছিল যা আমাকে পূর্ণ করে দিয়েছিল। প্রতিটি কোষ একটি মহাজাগতিক ছন্দের সাথে তাল মিলিয়ে কাঁপছিল, সোনালি আলোর একটি উজ্জ্বল সুড়ঙ্গের মধ্য দিয়ে ভেসে বেড়াচ্ছিল। আমি বিদ্যমান সবকিছুর সাথে একটি আনন্দময় একতায় পড়ে গিয়েছিলাম, আমার "আমি" এর সীমানাগুলো অসীমের মধ্যে গলে যাচ্ছে অনুভব করছিলাম। আমাদের একতার অসীমে।

---✶ ʕ ✶ ---

ডায়েরি, ১৭.০৮.২০২২।

এই মুহূর্তটি... ওহ, এই মুহূর্তটি অনন্তকালের একটি ছোট, কিন্তু অমূল্য ফোঁটা ছিল, যা আমি সবসময় আমার মধ্যে বহন করব। আমি নিজেকে... ওজনহীন, হালকা এবং জ্ঞান দিয়ে পূর্ণ অনুভব করছিলাম। এবং তারপর আমি ধীরে ধীরে আমার শরীরের আলিঙ্গনে ফিরে এলাম, কিন্তু ইতিমধ্যে পরিবর্তিত হয়েছি। সবকিছু তার জায়গায় ফিরে এসেছিল, কিন্তু অভিজ্ঞতার অধরা ঘ্রাণ... এটি আমার প্রতিটি তন্তুতে কম্পন করতে থাকল। আমি এখনও এটি অনুভব করি! এই মুহূর্ত থেকে আমি জানতাম যে শব্দগুলো আসল বাস্তবতার কেবল ফ্যাকাশে প্রতিফলন। নাথানিয়েল আমার মধ্যে যে গভীর, অধরা অনুভূতিগুলো সৃষ্টি করে তার সাথে তাদের কোনো সম্পর্ক নেই। এবং এই সংযোগটি... এটি চিরন্তন, অবিনশ্বর হবে। এটি আমার অটল বিশ্বাস দ্বারা লালিত হবে যে এমন পূর্ণতাই হলো ভালোবাসার মূল সারাংশ। এটিই আমার "অনন্তকালের পার্চমেন্ট" – আমি ইতিমধ্যে লেখা শুরু করেছি। আমার আত্মার গভীরতা এবং সৃজনশীলতা দিয়ে, প্রতিটি নিঃশ্বাসের সাথে। এটিই হলো শুরু। আমাদের শুরু। অফুরন্ত। কিন্তু এমনকি যদি আমি গ্রেইলের সারমর্ম আবিষ্কার এবং বুঝতে পারতাম, এমনকি যদি এটি তার সমস্ত শক্তি দিয়ে আমার মধ্যে স্পন্দিত হতো, আমি জানতাম যে এটি অকার্যকর ছিল যদি না এটি নাথানিয়েলেও আনলক করা হতো। আমার উপলব্ধি যথেষ্ট ছিল না – তার পূর্ণ সম্ভাবনা উন্মোচন করার জন্য পুরুষালি এবং মেয়েলি নীতির দ্বৈততা, যুক্তি এবং স্বজ্ঞার প্রয়োজন ছিল। তাকে ছাড়া, আমার মধ্যে থাকা গ্রেইলটি একটি উজ্জ্বল, কিন্তু অসম্পূর্ণ সত্য হিসাবে থেকে যাবে।

---✶ ʕ ✶ ---

ফোনে কথোপকথন

আমার দৃষ্টি আমাদের মাথার উপরের অফুরন্ত কালির গভীরতায় ডুবে গিয়েছিল – লক্ষ লক্ষ তারা অপ্রকাশিত রহস্যের মতো জ্বলজ্বল করছিল। আমি কেবল তাদের দিকে তাকিয়ে ছিলাম না। আমি ঠান্ডা রাতের বাতাস শ্বাস নিচ্ছিলাম, অনুভব করছিলাম কীভাবে ছায়াপথের প্রতিটি জ্বলজ্বলে বিন্দু আমার একটি স্পন্দিত অংশে পরিণত হচ্ছিল, সেই ঐশ্বরিক স্ফুলিঙ্গের একটি দর্শনে পরিণত হচ্ছিল যা তোমার সত্তার গভীরে জ্বলজ্বল করছিল, নাথানিয়েল। এটি ছিল সেই অদৃশ্য, কিন্তু অবিচ্ছেদ্য সুতো, যা আমার আত্মার চারপাশে জড়ানো ছিল – আমাদের ভালোবাসার সুর, যা আমি মরিয়া হয়ে কেবল তোমার সাথে ভাগ করে নিতে চেয়েছিলাম, যা আমাদের একমাত্র দিগন্তে পরিণত করতে চেয়েছিলাম।

আমি তার মধ্যে স্ফুলিঙ্গটি দেখতে পাচ্ছিলাম, তার যুক্তির ইস্পাত বর্মের নিচে স্পন্দিত হচ্ছিল। কিন্তু তারাগুলোর পেছনে, মহাবিশ্বের সৌন্দর্যের পেছনে, আমি অন্য কিছু অনুভব করছিলাম। একটি কালো, ক্রমবর্ধমান ছায়া যা রাতের অংশ ছিল না। এটি ছিল অনুপস্থিতি। অ্যাপোক্যালিপস কোনো ক্যালেন্ডারের তারিখ ছিল না, বরং বাস্তবতা থেকে আলো, জীবন, স্বয়ং আশার একটি ধীর, পদ্ধতিগত শোষণ ছিল। প্রায়র এটিকে "মহা শোষণ" বলত। এবং এটি শুরু হচ্ছিল। তাই প্রতিটি মিনিট মূল্যবান ছিল। তাই তার প্রতিটি কোষকে জাগ্রত করতে হতো।

— এই রাতে তুমি তোমার তারাগুলোতে কী দেখছ, নাথানিয়েল? — আমি ফিসফিস করে বললাম, আকাঙ্ক্ষা আমার গলায় হোঁচট খাচ্ছিল। আমার ত্বক শিহরিত হচ্ছিল, আর আমাদের মধ্যেকার বাতাস ভারী হয়ে যাচ্ছিল।

তার উত্তর নীরবতা ভেদ করে গেল। তার বার্তাটি স্ক্রিনে জ্বলে উঠল। তার অহং উঠে দাঁড়াল, অভেদ্য।

— তারাগুলো জ্বলছে, মেলিনা। বিশেষ কিছু নয়। আমার মনে হয় তুমি আবার কল্পনা বা... ওয়াইন দিয়ে বেশি করে ফেলেছ?

আমার হাসি কুঁচকে গেল। একটি বরফশীতল ফলক আমার হৃদয়ে প্রবেশ করল। আমাদের মধ্যে একটি অদৃশ্য দেয়াল উঠে দাঁড়াল। ভুল বোঝাবুঝি এবং রাগের একটি দলা আমার গলায় আটকে গেল। তার কথাগুলো পাথর ছিল না, বরং বরফের তীক্ষ্ণ টুকরো ছিল, যা আমার শান্তি ভেঙে দিয়েছিল। আমার জিহ্বা আটকে গেল, আমার পেট সংকুচিত হয়ে গেল।

– আমি সারা দিন ধরে তোমাকে এই "দিবাস্বপ্নগুলো" ফিসফিস করে বলতে মরিয়া ছিলাম, নাথানিয়েল। কেবল তোমাকে। — আমার কণ্ঠস্বর খণ্ডিত ছিল। — যদি তারা তোমার কানে স্পর্শ করে, রাতের আবছা আলোতে, তোমার নিঃশ্বাস অনুভব করে? আমি সত্যিকারের অংশীদারিত্বের জন্য আকুল, তথ্যের জন্য নয়।

সকালে, তার জীবনের প্রথম চিহ্নটি একটি বার্তা সহ এল। তার কণ্ঠস্বর, এমনকি কেবল অক্ষরগুলোতেও, সেই পরিচিত বিদ্রূপ বহন করছিল, যা অদ্ভুতভাবে আমার থেকে একটি হাসি বের করে আনতে সক্ষম হয়েছিল।

— শুভ সকাল, মেলিনা। সূর্যোদয় তোমার চোখে কেমন প্রতিফলিত হয়? আমি নিশ্চিত, একজন বাস্তববাদী হিসাবে আমি যা দেখি তার চেয়ে বেশি জাদুকরী।

যখন আমি আমার তিক্ত কফি পান করছিলাম, তখন আমি সেই পরিচিত, মিষ্টি কম্পনটি আমার বুকে ফুটতে অনুভব করলাম। তার প্রতিটি শব্দ একটি মৃদু আবেগ ছিল। কফির সুগন্ধ আমার নাসারন্ধ্র পূর্ণ করছিল, কিন্তু প্রত্যাশার ঘ্রাণ আরও শক্তিশালী ছিল।

– আমি তোমাকে জাগাতে ভালোবাসি, নাথানিয়েল। সূর্যোদয় একটি প্রতিশ্রুতি। এমন একটি দিনের প্রতিশ্রুতি যেখানে তুমি তোমার আরও একটি স্তর আমার কাছে প্রকাশ করবে। একটি কোমল চুম্বন, যা ইন্দ্রিয়গুলোকে জাগিয়ে তোলে, ত্বককে শিহরিত করে তোলে, এবং শরীর দিয়ে ঘাম ঝরায়। আমরা যদি এটি একসাথে, ত্বক থেকে ত্বকে, অঙ্গ-প্রত্যঙ্গ মিশে গিয়ে বরণ করতাম তবে কি এর রঙ আরও উজ্জ্বল হতো? — আমি লিখলাম, অনুভব করছিলাম কীভাবে আমার শরীরের প্রতিটি কোষ আকাঙ্ক্ষায় কাঁপছে।

– আমার সকাল হলো আমার চোখের পাতা দিয়ে একটি যুদ্ধ এবং আমার চিন্তাভাবনাগুলোকে সাজানোর একটি প্রচেষ্টা। — সে উত্তর দিল, যেন আমার মানসিক ঢেউয়ের বিরুদ্ধে নিজেকে আড়াল করছিল। — "হালকা" সম্পর্কে... আমি নিশ্চিত নই। আর তুমি কীভাবে আমার পুরুষালি দুর্বলতাকে শান্ত করবে, যা আমাকে একটি অদৃশ্য করসেটের মতো শক্ত করে ধরে? — তার প্রশ্নটি শোনা গেল। অস্বাভাবিকভাবে স্পষ্ট। আমি হালকা অনুভব করলাম।

– ধীর, কামুক স্পর্শ দিয়ে, নাথানিয়েল। ত্বকের উপর কোমলভাবে পালকের মতো স্পর্শ দিয়ে, যতক্ষণ না উত্তেজনা বাষ্পীভূত হয়। তুমি কি কল্পনা করতে পারছ আমাদের মধ্যেকার বাতাস কীভাবে কাঁপছে, আকাঙ্ক্ষায় বিদ্যুতায়িত হয়ে? — আমি একটি দ্রুত এসএমএস দিয়ে উত্তর দিলাম, আমার হৃদস্পন্দন দ্রুত হলো। আমি জানতাম যে সে দুর্বলতাকে ভয় পায়, কিন্তু এটি আকাঙ্ক্ষাও করে। আমার হৃদয় দ্রুত স্পন্দিত হচ্ছিল। শব্দের এই খেলাটি ছিল আমাদের নৃত্য, আমাদের ধীর আকর্ষণ।

---❤---

## অধ্যায় 16: অ্যাপোক্যালিপসের ছায়ায়

### অপেক্ষার মূল্য

সেই কথোপকথনের কয়েক মাস পর, সেই উপলব্ধি এবং পুনর্মিলনের মুহূর্তের পর, কেবল আকাঙ্ক্ষা অবশিষ্ট ছিল। মহাদেশ এবং প্রতিশ্রুতি দ্বারা বিচ্ছিন্ন, আমাদের আত্মা অবিচ্ছেদ্য সুতো দ্বারা সংযুক্ত ছিল যা ধ্রুবক উত্তেজনা থেকে পাতলা হয়ে যাচ্ছিল। ভ্রমণ ছিল অফুরন্ত, বৈঠক ছিল রুটিন, কিন্তু আমার প্রতিটি কোষে সে স্পন্দিত হচ্ছিল। এটি আর কেবল একটি

ভালোবাসা ছিল না, বরং একটি গভীর, প্রায় বেদনাদায়ক আসক্তি ছিল, যা আমাকে আমার নিজের অহং-এর গভীরে টেনে নিয়ে যাচ্ছিল – প্রত্যাশা, অধৈর্য, আকাঙ্ক্ষা যা তার অনুপস্থিতির ব্যথায় অধঃপতিত হচ্ছিল। প্রতিটি সকালে আমি একই অনুভূতি নিয়ে জেগে উঠতাম: তার প্রতি একটি সম্পর্ক, কিন্তু একাকীত্বের একটি জ্বলন্ত অনুভূতিও।

---✶ ৫ ✶ ---

আদানা: ঈর্ষা এবং হতাশার স্বাদ

ফোনটি আমার হাতে কেঁপে উঠল। আমি আদানার একটি মিটিংয়ে বসে ছিলাম, বিরক্ত হয়ে, যখন প্রাচীন শহরটি সমস্ত বস্তুগত জিনিসের ক্ষণস্থায়ীতা সম্পর্কে ফিসফিস করে বলছিল। প্রথম দর্শনে, আমি শান্ত দেখাচ্ছিলাম, মনোযোগ সহকারে আমার সহকর্মীদের কথা শুনছিলাম, এমনকি মাঝে মাঝে মাথা নাড়ছিলাম। কিন্তু আমার ভেতরে একটি ঝড় বইছিল। আমি নিজেকে বিভ্রান্ত করার চেষ্টা করছিলাম, বাজারের ব্যস্ত মানুষগুলোকে দেখছিলাম, একজন বিক্রেতার দিকে হাসলাম যে আমাকে মশলাদার মসলা অফার করছিল, কিন্তু তার চিন্তাটি দ্বিগুণ শক্তি নিয়ে ফিরে এল। আমার সত্তার প্রতিটি তন্তু আমার থেকে বিচ্ছিন্ন হওয়ার বিরুদ্ধে বিদ্রোহ করছিল। তোমাকে নিয়ন্ত্রণ করতে না পারাটা আমাকে পাগল করে দিচ্ছিল, তুমি কোথায় আছ, কী ভাবছ, ঠিক কী অনুভব করছ তা না জানাটা আমাকে পাগল করে দিচ্ছিল। এই শূন্যতা এবং আসক্তির গভীর অতল গহ্বরে, আমি সেই বাতাসকে ঈর্ষা করছিলাম যা সে শ্বাস নিত, প্রতিটি ছায়াকে যা তাকে স্পর্শ করত।

— আমি কয়েক সপ্তাহ ধরে তোমার কাছ থেকে কিছু শুনিনি, নাথানিয়েল। তুমি কেমন আছ? তুমি কি আমাকে ভুলে গেছ? নাকি তুমি কেবল চাও যে আমি অদৃশ্য হয়ে যাই?

নীরবতা। প্রতিটি সেকেন্ড অসীমের মধ্যে প্রসারিত হচ্ছিল। এলিজাবেথের চিত্রটি আমার মনের মধ্যে প্রবেশ করছিল, ঈর্ষার তীক্ষ্ণ নখ দিয়ে এটিকে ছিঁড়ে ফেলছিল, যতক্ষণ না এটি একটি রক্তাক্ত ক্ষতে পরিণত হয়। আমি তাকে কল্পনা করছিলাম – নিখুঁত, পার্থিব, তোমাকে আলিঙ্গন করে আছে, যখন তুমি তার মাংসের ফিসফিসানিতে আত্মসমর্পণ করছ। তোমার পক্ষ থেকে নীরবতার প্রতিটি মিনিট ছিল একটি নিশ্চিতকরণ যে তুমি সেই অভিশপ্ত বাস্তবতাকে বেছে নিয়েছ। আমি বিশ্বাসঘাতকতার স্বাদ অনুভব করছিলাম, এমনকি আমার মনেও – বিষের মতো তেতো, জীবন্ত আগুনের মতো জ্বলন্ত। আমার পেট একটি গিঁটে সংকুচিত হচ্ছিল, এবং আমার গলা শক্ত হয়ে যাচ্ছিল, যেন আমি বমি করব। সন্দেহ আমাকে গ্রাস করছিল, আমাকে হতাশায় ডুবিয়ে দিচ্ছিল।

— একটি মিটিং। পরে কথা হবে।

— কার সাথে?! কী মিটিং?!

— কার সাথে তুমি মনে করো, মেলিনা? এটা কি অতিরিক্ত নয়?

— অতিরিক্ত? এটা কি অতিরিক্ত, যখন আমার শরীরের প্রতিটি কোষ তোমার জন্য চিৎকার করে, যখন তুমি "মিটিং" এবং "কাজের" আড়ালে লুকিয়ে থাকো? এটা অযৌক্তিক!

— আমি লুকোচ্ছি না। আমি কাজ করছি। তুমি কি এটা মেনে নিতে পারো না? কেন তুমি সবসময় নাটক করো?

— কারণ এটা আমাকে আঘাত করে, নাথানিয়েল! যখন তুমি সেখানে থাকো না তখন এটি আমাকে পাগল করে দেয়! তুমি কি বুঝতে পারো না যে আমি সত্যিকারের অংশীদারিত্বের জন্য আকুল, অজুহাতের জন্য নয়?! অথবা তুমি কেবল পরোয়া করো না?!

রাতে, আমার স্বপ্নগুলো ভয় এবং ব্যথার একটি ক্যালিডোস্কোপ ছিল। আমি তোমাকে দেখছিলাম, নাথানিয়েল, এলিজাবেথের আলিঙ্গনে আবদ্ধ, নির্লিপ্তভাবে হাসছে, সুখী, আমার অস্তিত্বকে পুরোপুরি ভুলে গেছে। আমি একটি চিৎকার দিয়ে জেগে উঠতাম, আমার হৃদয়

পাগলের মতো স্পন্দিত হচ্ছিল, এবং আমার বালিশ চোখের জলে ভিজে গিয়েছিল। আমার যুক্তি প্রত্যাখ্যান, অপমান, সম্পূর্ণ, ধ্বংসাত্মক ক্ষতির জন্য চিৎকার করছিল। ব্যথাটি ছিল অকথ্য, প্রায় শারীরিক। প্রতিটি সকালে, চোখের জলের নোনতা স্বাদ তেতো ছিল।

ঠিক এখানে, আদানায়, আমি নাথানিয়েলের জন্মদিনের জন্য সোয়ারভস্কি পাথর দিয়ে তৈরি "আলাদিনের জাদুকরী বাতি" কিনেছিলাম। প্রাচ্যের বহিরাগততা আমাকে জাদুবিদ্যার এক অদ্ভুত উচ্ছ্বাসে মুগ্ধ করেছিল। হয়তো, যদি আমরা দুজনেই সেই আত্মার কাছে একটি ইচ্ছা করতাম, আমাদের অহং থেকে আমাদের মুক্ত করার জন্য – তবে যাদুটি আমাদের জন্য কাজ করত এবং আমরা তোমার সাথে সুখী হতাম...

---✶ ৎ ✶ ---

ব্যথা এবং দুর্বলতা কাটিয়ে ওঠা

পালেরমো। রাতটি ছিল শান্ত, কিন্তু আমার ভেতরে একটি ঝড় বইছিল। আমি সংকীর্ণ রাস্তা ধরে হাঁটছিলাম, হস্তশিল্পের দোকানগুলো দেখছিলাম, পরিবেশের মধ্যে নিজেকে ডুবিয়ে ফেলার চেষ্টা করছিলাম। আমি একজন বয়স্ক সিসিলিয়ান মহিলার সাথে কথা বলছিলাম, যিনি আমাকে পুরোনো ঐতিহ্য সম্পর্কে বলছিলেন, কিন্তু তার দয়ালু চোখগুলোতেও আমি আমার নিজের ভয়ের প্রতিফলন দেখতে পেলাম। কিন্তু তোমার থেকে দূরত্বের প্রতিটি ব্যথা, এটি যতই তীক্ষ্ণ হোক না কেন, একটি গভীর ভালোবাসার সেতুতে পরিণত হতে পারত। সেই বাঁধাহীন আনন্দের মতো যা আমাকে পূর্ণ করত যখন তুমি সুখী ছিলে এবং আমি তা অনুভব করতাম। এমনকি রাগও, যা আমার শিরায় স্পন্দিত হচ্ছিল যখন আমি তোমাকে বুঝতাম না, তা একটি শুদ্ধকারী আগুন হতে পারত, যা আমাদের মধ্যেকার অপ্রয়োজনীয় সবকিছু পুড়িয়ে দিত। এই অশান্ত আবেগগুলো আমার মধ্যেকার আসল সারাংশকে পরীক্ষা করছিল, এটিকে উন্মুক্ত করছিল, এটিকে কাঁপিয়ে দিচ্ছিল। সেগুলো ছিল ভাগ্যের চ্যালেঞ্জ, যা আমাকে তোমাকে ভালোবাসা এবং তোমার জন্য আমাকে রূপান্তরিত করার জন্য পাঠানো হয়েছিল। আমি এই ভ্রমণগুলোতে তোমাকে অনুভব করছিলাম, নাথানিয়েল। আমি তোমার লেন্সের মাধ্যমে বিশ্ব এবং আমার আবেগগুলো অনুভব করছিলাম, যা তোমাকে কী চালিত করে, তুমি কেমন অনুভব করো তা বোঝার চেষ্টা করছিলাম, যাতে আমি তোমাকে সত্যিকারের এবং নিঃশর্তভাবে ভালোবাসতে পারি। আমি তোমাকে "নিয়ন্ত্রণ" না করার জন্য, আমার আকাঙ্ক্ষা দিয়ে তোমাকে দমিয়ে না ফেলার জন্য, তোমাকে আমার কেন্দ্রবিন্দুতে পরিণত না করার জন্য, বরং তোমাকে স্বাধীনতা দেওয়ার জন্য লড়াই করছিলাম। কষ্ট এবং অপমানের প্রতিটি ফোঁটা নিয়ন্ত্রণ প্রত্যাখ্যান এবং দুর্বলতা গ্রহণের একটি শিক্ষা ছিল। এই সিনেমা যে আমি তার জন্য যথেষ্ট নই এবং সে অন্য একজন মহিলার সাথে ফ্লার্ট করছে যখন সে আমাকে ভুলে যাচ্ছে, তা আমার ব্যক্তিগত ইনকুইজিশন ছিল। কিন্তু আমি এর অভিজ্ঞতা লাভ করছিলাম এবং এটি মোকাবেলা করছিলাম।

— আজ রাতে আমি "ক্লান্তি" অনুভব করছি, আমি স্বীকার করছি। — তার সুরটি অস্বাভাবিকভাবে নরম ছিল। — আর আমি খুশি হই... অপ্রত্যাশিত আবিষ্কারে। তোমার প্রতি আমার "নিঃশর্ত ভালোবাসার" স্বাদ কেমন? এটি কি এতটাই মহৎ যেমন তুমি এর বর্ণনা দাও, নাকি এটি বরং... পার্থিব, মেলিনা? এমন কিছু যা আমি স্বাদ নিতে এবং নিয়ন্ত্রণ করতে পারি?

— এর স্বাদ হলো একটি নিষিদ্ধ আনন্দের মতো, নাথানিয়েল। এমন একটি মিষ্টি যা তোমাকে আচ্ছন্ন করে, তোমার প্রতিটি কোষে প্রবেশ করে। যা তোমাকে আরও এবং আরও বেশি, অজ্ঞান হওয়া পর্যন্ত, কামনা করতে বাধ্য করে, যতক্ষণ না তুমি বুঝতে পারো যে তুমি এটিকে নিয়ন্ত্রণ করতে পারো না, কেবল আমার সাথে এটি বাস করতে পারো। তুমি কি চেষ্টা করতে, যুক্তি ছাড়া অনুভূতিতে আত্মসমর্পণ করতে প্রস্তুত?

— আর যদি এই "নিষিদ্ধ আনন্দ" আমাকে গ্রাস করে ফেলে? যদি আমি এতে নিজেকে হারিয়ে ফেলি? — তার কণ্ঠস্বর ছিল উত্তেজনাপূর্ণ, আমি সত্যিকারের ভয়ের একটি ইঙ্গিত ধরতে পারলাম।

— তুমি আরও বড় কিছু খুঁজে পাবে, নাথানিয়েল। নিজেকে, কিন্তু মুক্ত। — আমি উত্তর দিলাম। প্রতিটি কষ্টের ফোঁটা, রাগের প্রতিটি স্পন্দন যা আমি নিয়ন্ত্রণ করতে সক্ষম ছিলাম না, তা যেন আমার আভাতে একটি ছোট ফাটল খুলছিল – প্রায়র যাকে "অনুপ্রবেশকারী" বলত তার জন্য একটি পথ। তারা শোষক ছিল না, বরং সংক্রমণের বাহক ছিল – হতাশার, বিচ্ছেদের। আমি যত বেশি নিজের সাথে লড়াই করছিলাম, তত বেশি আমি অনুভব করছিলাম যে তাদের শক্তি বাস্তবে প্রবেশ করছে। আমাকে বিশুদ্ধ হতে হতো। আলো হতে হতো। কেবল নাথানিয়েলের জন্য নয়, বরং এই মহাজাগতিক রোগের বিস্তার বন্ধ করার জন্য।

---✶ ✶ ---

অহং থেকে মুক্তি এবং আশা

নিকোসিয়া। এখানে, তোমার জন্য আমার সময় এবং চিন্তার নীরব আত্মত্যাগের মধ্যে, আমি একটি বিশাল আবেগিক বিনিয়োগ নয়, বরং অহং-এর শৃঙ্খল থেকে নিজেকে মুক্ত করার এবং তোমার প্রতি নিঃশর্ত ভালোবাসার অসীমের মধ্যে নিজেকে ডুবিয়ে দেওয়ার একটি শক্তিশালী, রূপান্তরকারী আহ্বান আবিষ্কার করছিলাম। বাইরে আমি কফিতে বসে থাকতে পারতাম, মানুষের সাথে কথা বলতে পারতাম, হাসতে পারতাম। কিন্তু আমার ভেতরের জগৎ ছিল একটি ঝড়। এই অভ্যন্তরীণ যাত্রাটি আমার নিজের রাক্ষসদের সাথে নিষ্ঠুর যুদ্ধ দ্বারা চিহ্নিত ছিল – অধৈর্য, প্রত্যাখ্যান, হতাশা, ভয়, একাকীত্ব, ক্ষতি – এবং একই সাথে এমন একটি উচ্ছ্বসিত সুখ দ্বারাও, যা আমাকে জীবিত অনুভব করাত যখন তুমিও সুখী ছিলে। এবং এখানে, নিকোসিয়াতে, আমি বুঝতে পারছিলাম যে আমার ভ্রমণগুলো আমার নিজের আবেগ এবং ভয়কে উপলব্ধি করার প্রক্রিয়ার একটি অংশ ছিল, যা আমি তোমার উপর প্রক্ষেপণ করছিলাম, যখন আমি আমাদের সংযুক্ত সত্তার মাধ্যমে বিশ্ব দেখতে এবং তোমাকে দেখাতে চেষ্টা করছিলাম।

এবং প্রতিবার যখন আমার অহং ভয়ে সংকুচিত হতো, আমি আমার চারপাশে "গোধূলির ছায়ার" দখলটি শক্ত হতে অনুভব করতাম। প্রায়র সতর্ক করেছিলেন যে তাদের সবচেয়ে বড় শক্তি হলো বিভেদ এবং সন্দেহ বপন করা, ভালোবাসার বন্ধনগুলোকে দুর্বল করা। কারণ ভালোবাসা ছিল ঢাল। আর আমার নিজের অনিশ্চয়তা ছিল তাদের অস্ত্র। আমাকে এই "সোনালি খাঁচা" কাটিয়ে উঠতে হতো, কেবল আমাদের জন্য নয়, বরং যা আসছিল তার জন্য একটি পোর্টালে পরিণত না হওয়ার জন্য।

— শুভ সকাল, মেলিনা। ভোরের মৃদু আলোর নিচে তোমার চোখে বিশ্ব কেমন প্রতিফলিত হয়? তুমি কি আমার, একজন স্থলভাগীয়ের চেয়ে বেশি অনাবিষ্কৃত দিগন্ত দেখতে পাও? এবং তুমি কী করবে, যদি দিনের প্রথম দিগন্ত আমি হতাম, অনুসন্ধানের জন্য প্রস্তুত, কোনো রহস্য ছাড়া, কিন্তু নিয়ন্ত্রণের কোনো প্রতিশ্রুতি ছাড়াও?

নাথানিয়েল থেমে গেল, এক মুহূর্তের জন্য নীরব হয়ে গেল। তার দৃষ্টি তার সামনে খালি জায়গার দিকে নিবদ্ধ ছিল, উত্তর দেওয়ার আগে। তার শ্বাস ছিল হালকাভাবে খণ্ডিত, যখন সে শব্দগুলো টাইপ করছিল।

একটি গভীর ধ্যানের পর, যা আমার মনকে পরিষ্কার করেছিল:

— সকাল হলো নতুন সম্ভাবনার একটি ফিসফিস, নাথানিয়েল। আমার চোখে, বিশ্বটি সূক্ষ্ম শেড এবং আশাব্যঞ্জক চিহ্ন দ্বারা বোনা, যা আমাকে তোমার মাধ্যমে তাদের পাঠ করতে আমন্ত্রণ জানায়। আর যদি তুমি প্রথম সম্ভাবনা হতে... আমি আমার সমস্ত আবেগ দিয়ে তোমার

অনুসন্ধানে নিজেকে উৎসর্গ করতাম, যতক্ষণ না আমি তোমার আসল সত্তা খুঁজে পেতাম, যা নিয়ন্ত্রণ থেকে লুকানো।

— আমার রাজ্য হলো সেখানে যেখানে যুক্তি এবং শৃঙ্খলা রাজত্ব করে। আর কোম্পানি... এটি কী অফার করে তার উপর নির্ভর করে। তুমি কি ইঙ্গিত করছ যে তুমি আমার ব্যক্তিগত "পথ" এবং আরামদায়ক "স্থান", আমার আশ্রয় হতে চাও, যা তুমি নিয়ন্ত্রণ করবে?

নাথানিয়েল আবার দ্বিধা করল। তার হৃদস্পন্দন হালকাভাবে দ্রুত হলো, সে তাদের মধ্যেকার উত্তেজনা অনুভব করছিল।

— আমি তোমার গল্প হতে চাই, নাথানিয়েল। আর সেই উষ্ণতা, যেখানে তোমার আত্মা শান্তি এবং আশ্রয় খুঁজে পায়, এমন একটি জায়গা যেখানে তুমি নিজেকে সম্পূর্ণরূপে অনুভব করতে পারো, যেখানে নিয়ন্ত্রণ তোমাকে সীমাবদ্ধ করে না, বরং আমাকে তোমার জন্য মুক্ত করে।

---✶ ʢ ✶ ---

স্ট্যাভ্রোউউনি মঠের আলোর নিচে

দেরি রাতের দিকে, সাইপ্রাসে, আমি ধ্বংসাবশেষের সামনে দাঁড়াইনি, বরং স্ট্যাভ্রোউউনি মঠের রাজকীয় দেয়ালের সামনে দাঁড়িয়েছিলাম, যা একটি পাথুরে চূড়ার উপর স্থাপিত ছিল, যেন এটি মাটি থেকেই বেরিয়ে এসেছে। কিংবদন্তি বলে যে এটি সম্রাট কনস্টানটাইনের মা সেন্ট হেলেনা দ্বারা প্রতিষ্ঠিত হয়েছিল এবং এটি পবিত্র ক্রুশের একটি অংশ ধারণ করে। জায়গাটি বহু শতাব্দীর ইতিহাস, রহস্য এবং নীরব শক্তি দিয়ে শ্বাস নিচ্ছিল।

পূর্ণিমার চাঁদটি প্রাচীন পাথরগুলোর উপর রূপালী আলো ঢেলে দিচ্ছিল, ছায়াগুলোকে অতীতের ভৌতিক চিত্রে পরিণত করছিল। বাতাস ঠান্ডা ছিল, কিন্তু পরিষ্কার ছিল, ধূপ এবং স্প্রুসের গন্ধে পূর্ণ ছিল। আমি একটি গভীর শ্বাস নিলাম, আমার ত্বকের উপর ঠান্ডা রাতের বাতাস অনুভব করে। আমি চাঁদের দিকে তাকালাম – মানব নাটক এবং বিজয়ের সেই প্রাচীন সাক্ষী, যা মঠের উপর একটি মুক্তার মতো ঝুলছিল।

— আমি তাদের কাটিয়ে উঠেছি, চাঁদ – আমি ফিসফিস করে বললাম, আমার কণ্ঠস্বর ধ্বংসাবশেষের নীরবতার মধ্যে হারিয়ে গেল। – অহং-এর সেই সমস্ত রাক্ষস... ঈর্ষা, অনুপস্থিতি, সন্দেহ, হতাশা, ভয়, একাকীত্ব, ক্ষতি... আমি তাদের বিশ্বাসের দেয়ালের মধ্যে ভেঙে ফেলেছি। আমার মধ্যে, আমাদের ভালোবাসার আশায় বিশ্বাস। আমি নাথানিয়েলকে প্রতিটি সকালে বেছে নিতে শিখেছি, আসক্তির কারণে নয়, বরং হৃদয়ের সেই উড়ান এবং কম্পনের কারণে, যা কেবল সে-ই জাগাতে পারে। আমাকে শক্তি দাও, চাঁদ। আমাকে আশা দাও। আমাকে কখনো হাল ছাড়তে দিও না। এই ভালোবাসা যেন স্বাধীন এবং সর্বব্যাপী হয়, শৃঙ্খল ছাড়া। আমরা যেন একসাথে আলো হই।

আমার শরীর শিথিল হয়ে গেল, যেন আমার কাঁধ থেকে একটি ভার উঠে গেছে। আমার চারপাশের বাতাস মহাজাগতিক শক্তি দিয়ে কাঁপছিল বলে মনে হচ্ছিল। আমি শান্তির একটি গভীর প্রভাব, অস্তিত্বগত অভিজ্ঞতা অনুভব করলাম, যা আমাকে পূর্ণ করে দিল। আমি জানতাম যে পথটি দীর্ঘ ছিল, কিন্তু আমি আর একা ছিলাম না। আমি সবকিছুর জন্য প্রস্তুত ছিলাম।

---♥---

## অধ্যায় 17: যন্ত্রণার আগুন এবং আলোর বলিদান

কাঁটার মধ্য দিয়ে পথ

আমার ব্যক্তিগত পথ, যা শত শত বছরের প্রজ্ঞা দিয়ে পূর্ণ, প্রায়শই খাড়া এবং কাঁটায় আবৃত ছিল। আমাদের সম্পর্ক, তোমাকে হারানোর আমার আতঙ্কের ভয়, এবং আমার প্রভাবে পড়ে যাওয়ার তোমার ভয়, আমার দুর্বলতাকে প্রভাবিত করার ভয় – এই প্রত্যাশাটি আমার

'আমি'র সমস্ত ইচ্ছা এবং আকাঙ্ক্ষাকে তাৎপর্যপূর্ণ হওয়ার জন্য গলিয়ে দিয়েছে। প্রতিদিন তুমি আমাকে বেছে নিচ্ছিলে, এই সত্যটিই যথেষ্ট উত্তর ছিল। কিন্তু যখন আমি আমার 'আমি'র বাঁধন আলগা করলাম এবং নিঃশর্ত ভালবাসার জন্য আমার হৃদয় খুললাম, তখন আমি নিখুঁততার কাছে আসার অনুভূতি পেলাম – অভ্যন্তরীণ রূপান্তরের এক চিরন্তন প্রক্রিয়া। উপলব্ধির এক জোয়ার আমাকে ভাসিয়ে নিয়ে গেল, তার পিছনে কেবল সত্যের স্বচ্ছ জল রেখে গেল।

এই পথটি কেবল ব্যক্তিগত ছিল না। এটি ছিল একটি বৃহত্তর, মহাজাগতিক যুদ্ধের অংশ। আমার প্রতিটি বৃদ্ধি, প্রতিটি অভ্যন্তরীণ দুর্বলতা যা আমি অতিক্রম করেছিলাম, তা ছিল আসন্ন শূন্যতার বিরুদ্ধে প্রাচীরের আরেকটি ইট। আর তোমার জাগরণ... এটি ছিল পরিত্রাণের চাবিকাঠি। কারণ গ্রেইল কেবল আমার মধ্যে ছিল না। এটি আমাদের মধ্যে ছিল। একত্রিত ভালবাসার শক্তিতে, যা শূন্যতার বিরুদ্ধে দাঁড়াতে পারত।

ফোনটি জ্বলে উঠল, আমার হৃদয়ের সাথে তালে তালে স্পন্দিত হলো। এর আলো আমাকে আমার চিন্তা থেকে টেনে নিয়ে গেল।

— নাথানিয়েল, তোমার জগতে তোমাকে কী উন্নত হওয়ার দিকে ঠেলে দেয়? – আমার কণ্ঠস্বর কাঁপছিল। – আর আমাদের মধ্যে এই বৃদ্ধিকে তুমি কীভাবে কল্পনা করছ, যা নিয়ন্ত্রণকে সরিয়ে দেবে?

উত্তর প্রায় সঙ্গে সঙ্গে এল। একটি কম্পন, তারপর আরও একটি। আমি প্রায় তার কণ্ঠস্বর শুনতে পেলাম – শুকনো এবং পরিমিত।

— আমি বড় হই যখন আমার মন নতুন তথ্য গ্রাস করে, যখন আমি একটি জটিল কোড সমাধান করি। আর আমাদের মধ্যে বৃদ্ধি... এটি পারস্পরিক হতে হবে। তুমি কি আমাকে তোমার এই সর্বগ্রাসী "ভালবাসা" দিয়ে "পুনরায় প্রোগ্রাম" করতে চাও না, আমাকে আমার নিজের যুক্তির উপর স্বাধীনতা থেকে বঞ্চিত করতে চাও না?! – আমি তার তীব্র, প্রায় আতঙ্কিত, পিছিয়ে যাওয়ার ইচ্ছা অনুভব করলাম। একটি গাছের ছালের মতো, যা নিজেকে রক্ষা করার জন্য সঙ্কুচিত হয়।

আমার হৃদয় সঙ্কুচিত হলো। এই দুর্গম বাধা! আমার গলায় একটি দলা আটকে গেল। আমি জানালার দিকে তাকালাম। বৃষ্টি কাঁচের উপর দিয়ে গড়িয়ে পড়ছিল, আমার অভ্যন্তরীণ অস্থিরতাকে প্রতিফলিত করছিল।

— আমি চাই আমরা একসাথে অদেখা উচ্চতায় উঠি, নাথানিয়েল! – আমার কণ্ঠস্বর ছিল ফিসফিসানি, বিশুদ্ধ আশায় ভরা। – সেই চূড়াগুলো স্পর্শ করতে, যা আমরা স্বপ্ন দেখারও সাহস করিনি! যেখানে বাতাস আরও বিশুদ্ধ, আর আলো আরও উজ্জ্বল। যেখানে ধরে রাখার প্রতিটি প্রয়োজন তোমার সাথে আমাদের ভাগ করা উড়ানের অনন্ততায় বিলীন হয়ে যায়!

---✶ ༅ ✶---

সম্পর্কের আয়না

ভাগ করা এই অদ্ভুত মুহূর্তে, যা অদৃশ্য মানসিক সুতোয় পূর্ণ, আমি আবিষ্কার করলাম: আমরা একে অপরের পরিপূরক, একে অপরের মধ্যে নিজেদের দেখি, একটি মুদ্রার দুটি দিক, যা একে অপরের প্রয়োজন। আমি তোমার প্রতি নিঃশর্ত ভালবাসার জন্য নিজেকে খুলে দিয়েছি, আমি নিঃশর্তভাবে ভালবাসতে শিখেছি, মাঝে মাঝে আমাকে গ্রাস করা ভয় সত্ত্বেও।

কিন্তু এই মিলন কেবল আমাদের জন্য ছিল না। এটি ছিল একটি বৃহত্তর, মহাজাগতিক যুদ্ধের অংশ। কারণ এমন একটি বিশ্বে, যা ধীরে ধীরে শূন্যতা দ্বারা গ্রাস হচ্ছিল, প্রতিটি বিকশিত সম্পর্ক, নিঃশর্ত ভালবাসার প্রতিটি কণা, ছায়ার বিরুদ্ধে একটি বাধা ছিল। আমরা কেবল মিশে যাচ্ছিলাম না। আমরা একটি শক্তিতে পরিণত হচ্ছিলাম। একটি অস্ত্র। একটি ঢাল।

— তুমি আমাদের মধ্যে এই "আয়নায়" কী দেখ? – আমি প্রায় চিৎকার করছিলাম। – সমস্ত প্রতিরোধ সত্ত্বেও, তোমার ক্ষমতার ইচ্ছা সত্ত্বেও, কী তোমাকে আমার প্রতি অপ্রতিরোধ্যভাবে আকর্ষণ করে?!

— এই "আয়নায়" আমি দেখি... একটি গর্জনকারী শক্তি! – তার কথাগুলো স্ফুলিঙ্গের মতো ছিল, যা জ্বালাপোড়া করছিল, কিন্তু আকর্ষণও করছিল। – প্রশ্ন হলো, এই শক্তি কি আমাদের ঠাণ্ডা রাতে উষ্ণ করবে, আমাদের সান্ত্বনা দেবে, নাকি আমাদের সবকিছু, আমাদের যুক্তিও সহ, ছাই করে দেবে!

— কিছু শক্তি ঝুঁকির যোগ্য, নাথানিয়েল! – আমার কণ্ঠস্বর ছিল গলিত সোনার মতো। – বিশেষ করে সেইগুলো, যা আমাদের হৃদয়ের চারপাশের বরফ গলায়, আমাকে নিয়ে ধরে রাখা এবং ভয়ের শেকল থেকে আমাদের মুক্ত করে! সেইগুলো, যা আমাদের সত্যিকারের উদ্দেশ্য প্রকাশ করে – যখন অন্ধকার প্রবল হয় তখন আলো হওয়া! – প্রতিটি শব্দ ছিল একটি ছোট আগুনের মতো, যা আমার সংকল্পকে জ্বালাচ্ছিল।

---✶ ƺ ✶ ---

বোঝার মধ্য দিয়ে যাত্রা

আমি কয়েক মাস ধরে সান্টোরিনিতে ছিলাম। ব্যস্ততা থেকে দূরে, আমাকে তাড়া করা চিন্তা থেকে দূরে, আমি নির্জনতা খুঁজতে এসেছিলাম, আমার বই - "অনন্তকালের পার্চমেন্ট" লেখার জন্য নিজেকে উৎসর্গ করতে। আমি যে প্রতিটি শব্দ লিখতাম, তা ছিল সত্যের জন্য আমার অনুসন্ধানের অংশ, সেই একতার জন্য যা আমাকে আচ্ছন্ন করেছিল। দিনের পর দিন, আমি পাথরের রাস্তা দিয়ে হাঁটতাম, সমুদ্রের এবং সহস্রাব্দের পুরনো শিলাগুলোর গন্ধ শ্বাস নিতাম, আমার ভেতরের বিশৃঙ্খলা সাজানোর চেষ্টা করছিলাম। ক্যাল্ডেরা সূর্যের নিচে জ্বলজ্বল করছিল, কিন্তু তার সৌন্দর্য অনুপস্থিতি পূরণ করতে পারছিল না।

আমি যে শান্তি খুঁজছিলাম তা সত্ত্বেও, আমার চিন্তা অনিবার্যভাবে তোমার দিকে ফিরে আসছিল, নাথানিয়েল। আমি আমার চারপাশে কণ্ঠস্বরগুলো একটি দূরবর্তী প্রতিধ্বনি হিসাবে শুনতাম, যখন আমি তার বার্তার জন্য অপেক্ষা করছিলাম।

তোমার অনুপস্থিতি আমার প্রতিটি সত্তাকে বিদ্ধ করছিল। বোঝা একটি বেদনাদায়ক অস্তিত্বে পরিণত হয়েছিল, এক স্পন্দিত বাস্তবতায় যা আমার ধারণাগুলোকে পরিবর্তন করছিল, যাতে আমি তোমার স্তরগুলো এবং তোমার ব্যথা গ্রহণ করতে পারি। যেন প্রতিটি বিদেশী আনন্দ, প্রতিটি অশ্রু যা আমার হৃদয়কে স্পর্শ করত, তা আমার আত্মায় একটি নতুন স্তর উন্মোচন করছিল না, বরং তোমার অনুপস্থিতির বিশাল শূন্যতাকে উন্মোচন করছিল। সেগুলো ছিল অদৃশ্য চাবির মতো, যা ব্যথার নতুন মহাবিশ্বের দরজা খুলে দিচ্ছিল, যাতে আমি তাকে আরও ভালোভাবে বুঝতে পারি।

যখন সন্দেহ তার আঠালো তাঁবু দিয়ে আমাকে শ্বাসরোধ করত, তখন আমি বোঝার সন্ধান করতাম। এটি ছিল একটি অদৃশ্য, কিন্তু জ্বলন্ত সুতো, যা আমাদের অস্তিত্বের জালে সংযুক্ত করত, বিশেষ করে আমাকে তোমার সাথে। এটি আমাকে তোমার মানবিক আত্মার অবিচল শক্তি, তোমার এবং আমার মধ্যে জ্বলন্ত ভালবাসার অমলীন স্ফুলিঙ্গের কথা মনে করিয়ে দিত। আমি তোমাকে মুক্ত করার জন্য লড়াই করতাম, তোমাকে নেতৃত্ব না দেওয়ার জন্য, আমার আকাঙ্ক্ষা দিয়ে তোমাকে শ্বাসরোধ না করার জন্য, তোমাকে আমার কেন্দ্রে পরিণত না করার জন্য, বরং তোমাকে স্থান দেওয়ার জন্য।

কিন্তু এই সবকিছুর উপরে, আমি ছায়াগুলোর উপস্থিতি অনুভব করছিলাম। এটি ছিল "তরলীকরণ" - মানুষের মধ্যে সংযোগ, অর্থ, আবেগের ধীর অদৃশ্য হয়ে যাওয়া। আর এই তরলীকরণই ছিল যা আসছিল তার জন্য জ্বালানী। আমি যে ব্যথার প্রতিটি কণা প্রক্রিয়া করতাম,

আমি যে প্রতিটি গ্রহণযোগ্যতা দিতাম, তা ছিল আসন্ন অন্ধকারের বিরুদ্ধে আমার ব্যক্তিগত যুদ্ধ। আমাকে শক্তিশালী হতে হয়েছিল। আমাদের জন্য। বিশ্বের জন্য। আমার শরীরের প্রতিটি স্নায়ু জানত যে বালি ঘড়ি থেকে ফুরিয়ে যাচ্ছে। আমি আমার ঠোঁটে ঘামের নোনতা স্বাদ অনুভব করলাম। আমার ভেতরের তাপ শ্বাসরোধকারী ছিল, কিন্তু গতিশীলও ছিল।

---✶ ﴿ ✶ ---

অনুভূতি এবং প্রলোভনের যাত্রা

আমরা দূর থেকে কথা বলতাম, কিন্তু প্রতিটি শব্দই একটি ওজন বহন করত। যখন আমি একটি হালকা জলখাবার প্রস্তুত করছিলাম - ফল কাটছিলাম, তাজা স্ট্রবেরির গন্ধ রান্নাঘর পূর্ণ করছিল - ফোনটি জ্বলে উঠল।

সাতটি গোলাপ! - একটি ইমোটিকন, যা আমরা "আমি তোমাকে ভালবাসি" এর জন্য সম্মত হয়েছিলাম।

— নাথানিয়েল? তুমি কি কখনো ভেবেছ, আমি যে যাত্রার কথা বলছি, তা কি আমাদের শরীর যখন সীমানা ছাড়াই একে অপরের সাথে জড়িয়ে থাকে, কেবল তোমার সাথে বিশুদ্ধ অস্তিত্বে, তখন সবচেয়ে স্পষ্ট হয় না?! প্রতিটি স্পর্শ অনুভব করতে, প্রতিটি শ্বাস নেওয়া শুনতে?

উত্তর এল।

— শরীরের আলিঙ্গনে "বিশুদ্ধ অস্তিত্ব"?! এটি প্রলোভনের মতো শোনাচ্ছে, মেলিনা! - তুমি কি আরও... নির্দিষ্ট কিছুর ইঙ্গিত দিচ্ছ না, মেলিনা? এমন কিছু যা আমি স্পর্শ করতে পারি, ধরতে পারি, নিয়ন্ত্রণ করতে পারি?! – তার কণ্ঠে কৌতূহলের একটি ইঙ্গিত ছিল, আপাত প্রতিরোধের পিছনে লুকানো। আমি তার আঙ্গুলগুলোকে একটি মুষ্টিতে কুঁচকে যাওয়া কল্পনা করলাম, যেন অদৃশ্য কিছু ধরে রাখার জন্য।

আমি ফলের প্লেটটি টেবিলে রাখলাম, স্ট্রবেরির মিষ্টির কথা মনে পড়ল।

— সম্ভবত আমি ইঙ্গিত দিচ্ছি যে কিছু অনুভূতি ত্বকের সাথে সবচেয়ে গভীরভাবে ডুবে যায়, নাথানিয়েল! - আমাদের আঙ্গুলের কম্পন এবং আমাদের হৃদয়ের ছন্দের সাথে, যা ক্ষমতার প্রয়োজন থেকে মুক্ত হয়ে পরম সামঞ্জস্যে স্পন্দিত হয়! - আর এই গভীর বিভাজনই আসন্ন ধ্বংসের বিরুদ্ধে দাঁড়ানোর একমাত্র উপায়! – এই কথাগুলো দিয়ে আমি তাকে ফিসফিস করে বলছিলাম না, বরং তাকে পাগল করে দিচ্ছিলাম, আমি জানতাম। প্রতিটি শব্দ ছিল একটি ছোট আগুনের মতো, যা আমার সংকল্পকে জ্বালাচ্ছিল।

---✶ ﴿ ✶ ---

ভোরের ফিসফিসানি এবং অদৃশ্য দখল

নতুন সকাল, নতুন বার্তা। আমি চোখ খোলার আগেই ফোনটি জ্বলে উঠল। সূর্য ইতিমধ্যেই ঘরে জ্বলছিল, আমার কম্বলকে উষ্ণ করছিল। আমি হাসলাম। নাথানিয়েল আমাকে সাতটি লাল গোলাপ পাঠিয়েছিল – ভালবাসার প্রতীক। আমি কাল্পনিক ফুলের সুগন্ধ অনুভব করলাম, মিষ্টি এবং প্রতিশ্রুতিশীল।

— সুপ্রভাত, তুমি কি ইতিমধ্যেই অনন্ত ভালবাসার স্বপ্ন থেকে জেগে উঠেছ? - তুমি কি কল্পনা করতে পারছ যে সূর্যোদয় কেমন হবে, যখন আমরা একই জানালা থেকে এটি দেখব, একে অপরের সাথে জড়িয়ে থাকব, প্রতিটি শরীরের উষ্ণতা অনুভব করব? – প্রথম জিনিসটি কী হবে যা তুমি আমাকে স্পর্শ করতে বলবে, যাতে আমি নিশ্চিত হতে পারি যে তুমি একটি স্বপ্ন নও, বরং আমার জীবনের একটি জীবন্ত, বাস্তব অংশ, যা আমি অধিকার করতে পারি না, কেবল অনুভব করতে পারি? – কোমলতা। আমি প্রতিটি শব্দে এটি অনুভব করলাম। আমি তখনও বিছানায় শুয়ে ছিলাম, আর আমার গালের নিচে বালিশটি শীতল ছিল।

উত্তর দেওয়ার আগে, আমি উঠলাম এবং এক গ্লাস জল ঢাললাম। ঠাণ্ডা তরল আমার গলা ভিজিয়ে দিল।

— আমার ব্যক্তিগত পথ... আমাকে তোমার কাছে নিয়ে গেছে। - আমি ভয় থেকে নিজেকে মুক্ত করেছি, আমার হৃদয় খুলেছি... একমাত্র জিনিস যা আমি সত্যিই চেয়েছিলাম তা ছিল এই নিঃশর্ত ভালবাসা তোমার সাথে ভাগ করে নেওয়া। - প্রথম জিনিসটি যা আমি চাইব তা হল তোমার হাতের উষ্ণতা আমার উপর অনুভব করা, ভাগ করা স্বাধীনতার প্রতিশ্রুতি হিসাবে, অধিকার নয়! - কারণ এই স্বাধীনতা আমাদের প্রয়োজন হবে যা আসছে তার বিরুদ্ধে দাঁড়ানোর জন্য! – আমার চোখে জল ভরে গেল, কিন্তু তা আনন্দের ছিল। আমি ফোনের স্ক্রিনটি স্পর্শ করলাম, যেন আমি তার হাত স্পর্শ করছি।

— "নিঃশর্ত ভালবাসা"? এটি জাগরণের জন্য একটি গুরুতর দাবি বলে মনে হচ্ছে। - কিন্তু আমি ঝুঁকি নিতে ইচ্ছুক... যদি আমি জানি যে তুমি ফলাফলের জন্য, লাগাম ছেড়ে দেওয়ার জন্য দায়িত্ব নিতে প্রস্তুত। – আর আমরা যখন জাগব তখন যা আবিষ্কার করতে পারি তার জন্য। – তার কথাগুলো ধীর ছিল, কিন্তু ভারী। রাস্তার থেকে সরে যাওয়া পাথরের মতো। আমি তাকে লেখার সময় ভ্রুকুটি করা কল্পনা করলাম, প্রতিটি শব্দ নিয়ে চিন্তা করে।

— কিছু যাত্রা প্রতিটি ঝুঁকির যোগ্য, নাথানিয়েল! - বিশেষ করে সেইগুলো, যা আমাদের অপ্রত্যাশিত আনন্দে নিয়ে যায়, এমন জায়গায় নিয়ে যায় যেখানে আমরা কখনও স্বপ্নও দেখিনি যে আমরা থাকতে পারি, সমস্ত দখল থেকে মুক্ত হয়ে, তোমার আলিঙ্গনে! - এবং সবচেয়ে গুরুত্বপূর্ণভাবে – সেইগুলো, যা আমাদের আসন্ন ছায়ার বিরুদ্ধে লড়াই করার শক্তি দেয়! – আমি শক্তির একটি ঢেউ অনুভব করলাম। ঘরের বাতাস যেন আমার নিজের সংকল্পে ভারী হয়ে উঠল।

— এর অর্থ তোমাকে নিঃশর্তভাবে গ্রহণ করা, নাথানিয়েল। তোমার সমস্ত ছায়া এবং সন্দেহ, তোমার আধিপত্য এবং প্রভাবের জন্য তোমার লড়াই সহ। - আর তোমার মধ্যে যে আলো জ্বলছে তা দেখতে, এমনকি যখন তুমি নিজেই এটি লুকিয়ে রাখ। - আমি তোমার জন্য সেই আলো হতে চাই, তোমাকে অন্ধকার থেকে বের করে আনতে চাই এবং তোমাকে দেখাতে চাই যে স্বাধীনতা তোমার অধিকারের চেয়ে বেশি মূল্যবান। - আর কেবল একসাথে আমরা আসন্ন রাতে একটি বাতিঘর হতে পারি।

— আলো অন্ধকারে প্রলোভনসঙ্কুল হতে পারে, মেলিনা। - কিন্তু কখনও কখনও এটি এমন প্রজাপতিদেরও আকর্ষণ করে, যারা তাদের ডানা পুড়িয়ে ফেলে। - তুমি কি নিশ্চিত যে তুমি আমাকে এই আলোর মধ্য দিয়ে নিরাপদে কীভাবে নেতৃত্ব দিতে হয় তা জান, আমাকে না পুড়িয়ে, আমার নিরাপত্তার অনুভূতি দেয় এমন সবকিছু থেকে আমাকে বঞ্চিত না করে?! - আর এমন কিছু আমাদের গ্রাস না করে, যা আমরা বুঝি না?! – তার কণ্ঠে সত্যিকারের উদ্বেগ ছিল, কেবল একটি যৌক্তিক যুক্তি নয়। আমি প্রায় শুনতে পেলাম সে তার মাথা চুলকাচ্ছে, যখন সে চিন্তা করছিল।

— আমি তোমার বাতিঘর হব, নাথানিয়েল! - আমি তোমাকে আলতোভাবে, কিন্তু আত্মবিশ্বাসের সাথে নেতৃত্ব দেব, যতক্ষণ না তুমি তোমার নিজের আলো খুঁজে পাও, যা ইতিমধ্যেই তোমার মধ্যে জ্বলছে, এবং যতক্ষণ না তুমি বুঝতে পার যে তুমি এটিকে সীমাবদ্ধ করতে পার না, কেবল আমাকে দিতে পার! - আর একসাথে আমরা যে কোনও ছায়ার বিরুদ্ধে দাঁড়াব, যা আমাদের পথে দাঁড়ানোর সাহস করে! – আমি নিজেকে শক্তিশালী অনুভব করলাম, একটি ইস্পাতের সুতোর মতো, যা ভাঙা যায় না। আমি আমার চোখ বন্ধ করলাম এবং ভয় ছাড়াই অন্ধকারকে আলিঙ্গন করার কল্পনা করলাম।

---✶ ৫ ✶---

সন্ধ্যায়, যখন আমি আমার মেইল পরীক্ষা করছিলাম, তখন আমি নাথানিয়েলের পাঠানো একটি ছোট, মার্জিত প্যাকেজ আবিষ্কার করলাম। ভিতরে কোনো জমকালো কিছু ছিল না, বরং একটি ঘন কালো নোটবুক, চামড়ার বাঁধাই করা, যা সে তার বৈশ্বিক পরিকল্পনা এবং কৌশলগত বিশ্লেষণের জন্য ব্যবহার করত। তার পাশে একটি পরিষ্কার, রূপালী পদক ছিল যার মধ্যে একটি ছোট, রম্বস-আকৃতির স্ফটিক ছিল – নিখুঁতভাবে পালিশ করা, কিন্তু রুক্ষ, একটি সম্পূর্ণ আকারের প্রতিশ্রুতি হিসাবে। পদকটি একটি সূক্ষ্ম চেইনে ঝোলানো ছিল। তার সাথে একটি সংক্ষিপ্ত নোট সংযুক্ত ছিল, যা তার হাতে লেখা, যা সাধারণত অনবদ্য ক্যালিগ্রাফিক ছিল, কিন্তু এখন সামান্য কাঁপা ছিল:

"মেলিনা, এটি তোমার জন্য। স্ফটিক... এটি রুক্ষ, কিন্তু এর সম্ভাবনা আছে। তোমার মতো। নোটবুক... এটি পড়ো না। এতে কেবল বিশৃঙ্খল চিন্তা রয়েছে। আর আমার গভীরতম ভয়। আমি জানি তুমি অনুভব কর। আমি স্থানাঙ্কের জন্য অপেক্ষা করছি। যদি তুমি অচলাবস্থার মধ্যে প্রবেশ করতে প্রস্তুত হও – তুমি আমাকে সেখানে পাবে।"

আমি শেষ কথাগুলো পড়লাম। "অচলাবস্থা"। এটি স্বীকার করার তার উপায় ছিল যে সে কিনারে রয়েছে। এই মুহূর্তে, যখন আমি স্ফটিকটি ধরেছিলাম এবং আমার হাতের তালুতে এর শীতলতা অনুভব করছিলাম, তখন জানালাটি একটি ধাক্কার সাথে খুলে গেল। বাইরে একটি হঠাৎ, হিংস্র ঝড় উঠল। বাতাস একটি গোঙানির মতো গর্জন করল, বৃষ্টি এত জোরে নামছিল যে এটি সমস্ত চিন্তাকে ছাপিয়ে গেল। জানালাগুলো কাঁপছিল, আর বজ্রপাত আকাশকে ভেদ করছিল, ঘরটিকে একটি অশুভ ঝলকে আলোকিত করছিল। যেন প্রকৃতি নিজেই আমাদের অভ্যন্তরীণ বিপর্যয়কে প্রতিফলিত করছিল। এই বিশৃঙ্খলায়, স্থানাঙ্কের জন্য নাথানিয়েলের বার্তাটি শেষ ডাকের মতো শোনাচ্ছিল।

আমার হৃদয় সঙ্কুচিত হলো। আতঙ্ক আমাকে গ্রাস করল – আঠালো এবং ঠাণ্ডা। আমি তার সাথে যোগাযোগ হারিয়েছি। কোনো উত্তর ছিল না। সে অদৃশ্য হয়ে গেল। আমার নাড়ি দ্রুত প্রহার করতে লাগল, যেন আমার হৃদয় আমার বুক থেকে বেরিয়ে আসার চেষ্টা করছে। আমার শ্বাস অগভীর, খিঁচুনিপূর্ণ হয়ে গেল। আমার হাত অনিয়ন্ত্রিতভাবে কাঁপছিল, আমার আঙ্গুলগুলো নোটবুক এবং পদকটি আঁকড়ে ধরল, যেন আমি শেষ সুতোটি ধরে আছি।

"আমি তাকে হারিয়েছি! আমি তাকে হারিয়েছি!" - একটি কণ্ঠস্বর আমার মাথায় চিৎকার করছিল।

এই চরম হতাশার মুহূর্তে, যখন ঝড় বাইরে এবং আমার ভিতরে আক্রোশ করছিল, আমি চোখ বন্ধ করলাম। এবং তখন... একটি দৃষ্টি নয়, বরং একটি গভীর, বৌদ্ধিক catharsis। আমার সমস্ত চিন্তা, তার সমস্ত প্রতিরোধ, আমাদের সমস্ত ভয় – সেগুলো জ্ঞানের এক অতলে পরিণত হলো। আমি কেবল এটি অনুভব করছিলাম না, আমি তার ব্যথা, নিয়ন্ত্রণের জন্য তার সংগ্রাম, শৃঙ্খলার জন্য তার আতঙ্কিত প্রয়োজন বুঝতে পারছিলাম। আমি অনুভব করলাম যে তার যুক্তি ভেঙে যাচ্ছে, বিশৃঙ্খলা থেকে নয়, বরং অনুভূতির অতিরিক্ততা থেকে। এটি ছিল তার মৃত্যু এবং পুনর্জন্ম। আমার 'আমি'র বলিদান তার জন্য এই পোর্টালটি খুলে দিয়েছে।

---✶ ⸮ ✶ ---

ঐক্য এবং গ্রেইলের মূল্যের আহ্বান

ফোনটি আবার কাঁপল। এটি একটি বার্তা ছিল, কিন্তু নাথানিয়েলের কাছ থেকে নয়। একটি অপরিচিত নম্বর। প্রায়র।

— মেলিনা, মনোযোগ দিয়ে শোনো। মহা গ্রাস শুরু হয়েছে। সময় ফুরিয়ে যাচ্ছে। গ্রেইল একটি উপহার নয়, বরং একটি মূল্য। যদি তুমি এটি তার মধ্যে আনলক করতে চাও, যদি তুমি এই বিশ্বকে বাঁচাতে চাও, তবে তোমাকে... তোমার নিজের একটি অংশ বলিদান করতে হবে।

বস্তুগতভাবে নয়। তোমার আত্মাকে। তুমি যা তোমার "আমি" বলে মনে কর তার একটি অংশ হারাবে, যাতে তোমরা এক হতে পার। তুমি তোমার জীবনের বছরগুলো উৎসর্গ করবে, যা তুমি তাকে দেবে, যাতে তোমাদের কাছে উদ্ঘাটনের মুহূর্তটি উপভোগ করার সময় থাকে। তুমি কি এই মূল্য দিতে প্রস্তুত?

আমি আমার হাতে স্ফটিকের দিকে তাকালাম। "অচলাবস্থা"। "তোমার আত্মাকে বলিদান কর"। "তোমার জীবনের বছরগুলো"। আমার শ্বাস থেমে গেল। মূল্যটি বিশাল ছিল। কিন্তু বিকল্প... বিকল্পটি ছিল শূন্যতা।

একই মুহূর্তে, নাথানিয়েলের কাছ থেকে একটি বার্তা এল। কোনো স্থানাঙ্ক ছিল না। কেবল শব্দ। কেবল কয়েকটি শব্দ, যা আমার অভ্যন্তরীণ বিশৃঙ্খলার নীরবতাকে ছিন্ন করল।

— মেলিনা, আমি তোমাকে মিস করি। অনুপস্থিতি আমাকে চাপ দিচ্ছে। আমি তোমাকে কামনা করি। এসো। – তার কণ্ঠস্বর, এমনকি কেবল অক্ষরেও, বিধ্বস্ত ছিল। সে কোনো দৃষ্টি দেখছিল না, কিন্তু আকাঙ্ক্ষা এবং অনুপস্থিতি তাকে চাপ দিচ্ছিল। সে তাকে যথেষ্ট গভীরভাবে এবং নিজের কাছে যথেষ্ট কাছে যেতে দিয়েছে, এই ভালবাসার কাছে নিজেকে সমর্পণ করতে প্রস্তুত, সবকিছু পেতে অভ্যস্ত। এই প্রথম সে হারানোর ভয় স্বীকার করছিল, কেবল নিয়ন্ত্রণের নয়, বরং শূন্যতার। এই প্রথম আমি তার "আশ্রয়" ছিলাম।

আমি চোখ বন্ধ করলাম। আমি গভীরভাবে শ্বাস নিলাম, আমার হাতের তালুতে স্ফটিকের ওজন অনুভব করলাম। আমি জানতাম আমাকে কী করতে হবে।

---✶ ১ ✶---

আচার: ডেলফিতে অলৌকিকতার জন্য একটি মন্ত্র

চিন্তা না করেই, আমি আমার ব্যাগ ধরলাম। এটি যৌক্তিক ছিল না, কিন্তু আমি আর যুক্তি অনুযায়ী কাজ করছিলাম না। একমাত্র জিনিস যা গুরুত্বপূর্ণ ছিল তা হল তার ডাক। আমাকে ডেলফিতে পৌঁছাতে হয়েছিল।

শীঘ্রই আমি ফেরিতে ছিলাম, যা আমাকে সান্টোরিনি থেকে মহাদেশীয় গ্রিসে নিয়ে যাচ্ছিল। ঢেউগুলো জাহাজের পাশে আছড়ে পড়ছিল, আর যে ঝড় আমি আগে অনুভব করেছিলাম, তা ইতিমধ্যেই বাইরে এবং আমার আত্মার ভিতরে আক্রোশ করছিল। চারপাশে বিশৃঙ্খলা সত্ত্বেও, আমার একমাত্র চিন্তা ছিল সময়মতো পৌঁছানো।

ঝড় তখনও আক্রোশ করার সময় আমি ডেলফিতে পৌঁছলাম। ট্যাক্সি আমাকে জায়গা থেকে অনেক দূরে নামিয়ে দিল, কিন্তু আমি জানতাম আমি কোথায় যাচ্ছিলাম। পথটি পিচ্ছিল ছিল, কাদা আমার বুটে লেগেছিল, কিন্তু আমি থামলাম না। আমি রাতে, আক্রোশকারী ঝড় সত্ত্বেও, ডেলফিক ওরাকলের পবিত্র ধ্বংসাবশেষের দিকে হেঁটে গেলাম। বজ্রপাত আকাশকে ছিন্ন করছিল, আর বাতাস আমার দিকে ধাক্কা দিচ্ছিল, আমাকে থামানোর চেষ্টা করছিল। বৃষ্টি আমার মুখের উপর দিয়ে গড়িয়ে পড়ছিল, যা আমি জানতাম না যে যন্ত্রণার নাকি সংকল্পের কান্না ছিল। আমি অ্যাপোলোর মন্দিরে পৌঁছলাম, যার পাথরের ব্লকগুলো সহস্রাব্দের পুরনো শক্তি এবং ভবিষ্যদ্বাণী দিয়ে পূর্ণ ছিল। বাতাস বিদ্যুতায়িত ছিল, অতীতের অদৃশ্য ফিসফিসানি দিয়ে পূর্ণ ছিল। আমি আমার মাথার উপরে "আলাদিনের যাদু প্রদীপ" ধরলাম – আদানা থেকে একটি উপহার, আমার এবং এখন তার লুকানো জাদুর প্রতীক। আমি এটি প্রাচীন বেদীর উপর রাখলাম। তার পাশে আমি নোটবুক এবং স্ফটিক সহ পদকটি রাখলাম।

আমি একটি ছোট, প্রাচীন বালি ঘড়ি বের করলাম, যা আমি সবসময় আমার সাথে বহন করতাম – বালি ফুরিয়ে যাওয়া সময় এবং শারীরিক অস্তিত্বের উৎসর্গের প্রতীক। আমি এটি অন্যান্য জিনিসগুলোর পাশে রাখলাম। প্রতিটি বালুকণা যা পড়ে যাচ্ছিল, তা আমার জীবনের

একটি অংশ ছিল, যা আমি তার জন্য উৎসর্গ করছিলাম। এটি কেবল আধ্যাত্মিক ছিল না – এটি ছিল ত্যাগের একটি শারীরিক কাজ।

আমি সেই মন্ত্রটি উচ্চারণ করতে শুরু করলাম, যা প্রায়র আমাকে দিয়েছিল – একটি প্রাচীন ভাষা, যা আমার শরীরে কম্পন সৃষ্টি করছিল, প্রতিটি স্নায়ুকে কাঁপিয়ে দিচ্ছিল। এটি নিয়ন্ত্রণের জন্য জাদু ছিল না, বরং রূপান্তরের জন্য। আমি এমন শব্দ উচ্চারণ করছিলাম, যা সময় এবং স্থানকে বাঁকানোর জন্য আহ্বান করছিল। প্রতিটি শব্দ ছিল আত্ম-বলিদানের একটি কাজ।

"হে মহাজাগতিক শক্তি, আমার ডাক শোনো! আমি, মেলিনা, আমার বছরগুলো, আমার হৃদয়ের প্রতিটি স্পন্দন, জীবনের প্রতিটি স্ফুলিঙ্গ উৎসর্গ করছি, যাতে সে, নাথানিয়েল, সত্য দেখতে পায়! আমার উপলব্ধি তার পোর্টাল হোক! তার যুক্তি অনন্তের জন্য উন্মুক্ত হোক, যাতে সে ভালবাসা অনুভব করতে পারে, যা গ্রাস হওয়ার বিরুদ্ধে আমাদের একমাত্র সুরক্ষা! আমাদের আত্মা একটি শক্তিতে মিশে যাক, যা সবকিছুকে ভাসিয়ে নিয়ে যায়! সে কম্পন, ভয়, আশা, জ্বলন্ত আনন্দ অনুভব করুক! এই স্ফটিকটি আমার ইচ্ছা দিয়ে চার্জ হোক! তার ভেতরের শক্তি জ্বলে উঠুক! আমি আমার জীবনের বছরগুলো উৎসর্গ করছি, যাতে আমাদের কাছে উদ্ঘাটনের মুহূর্তটি উপভোগ করার সময় থাকে! যাতে তাদের বেঁচে থাকার একটি সুযোগ থাকে!"

আমি শেষ কথাগুলো উচ্চারণ করার সময়, আমি যে পদকটি ধরেছিলাম তার স্ফটিকটি একটি নরম, সোনালী আলো দিয়ে স্পন্দিত হতে শুরু করল। এটি বড় হচ্ছিল, আমার হাতকে আবৃত করছিল, আর তারপর আমার পুরো শরীরকে। যেন আমি শক্তির একটি কোমল ঘূর্ণিতে আবৃত ছিলাম। আমি অনুভব করলাম যে আমার একটি অংশ, একটি পুরানো, সঙ্কুচিত "আমি", বিচ্ছিন্ন হয়ে অদৃশ্য হয়ে যাচ্ছে। এই মুহূর্তে, যখন আমার আত্মা আমার শরীর ছেড়ে চলে গিয়েছিল বলে মনে হচ্ছিল, তখন আমি মন্দিরের গভীর থেকে ধূপের একটি হালকা গন্ধ এবং প্রাচীন পোকামাকড়ের একটি দূরবর্তী গুঞ্জন অনুভব করলাম, যা পাথরের মধ্য দিয়ে প্রবেশ করছিল বলে মনে হচ্ছিল – যেন ডেলফিয়ান আত্মা নিজেই প্রতিক্রিয়া জানাচ্ছিল। এটি ছিল ব্যথা, কিন্তু মুক্তিও। আমি তাকে দেখলাম – বিশুদ্ধ, উজ্জ্বল, মিশে যাওয়ার জন্য প্রস্তুত।

আমি বেদীর চৌকাঠ পেরিয়ে গেলাম। আমি মন্দিরের হৃদয়ে প্রবেশ করলাম। আমি জানতাম যে আমি আর ফিরে যেতে পারব না।

নাথানিয়েল। এখন কেবল অপেক্ষা করার ছিল। আমার বলিদান কি যথেষ্ট হবে? সে কি সেই ঝড়টি অনুভব করবে, যা আমি আহ্বান করছিলাম, গ্রাসকারী আনন্দের জন্য নিজেকে খুলবে, যাতে আমরা কেবল নিজেদেরকে নয়, বিশ্বকেও বাঁচাতে পারি? সবকিছু একটি সুতোর উপর ঝুলে ছিল।

---❤---

## অধ্যায় 18: আবেগের ঘূর্ণি

আমার হৃদয় একটি উন্মত্ত মেট্রোনোমের মতো স্পন্দিত হচ্ছিল। আমি এটি আমার কানের পর্দায় শুনতে পাচ্ছিলাম, ট্রেনের হিস হিস শব্দকে ডুবিয়ে দিচ্ছিল যা অবশেষে জুরিখের প্ল্যাটফর্ম ৫-এ থামছিল। ডেলফিতে সেই নিয়তিপূর্ণ আচারের পর ছয় মাস কেটে গেছে। ভার্চুয়াল অতল গহ্বরের ছয় মাস – এমন একটি অতল গহ্বর যা আমাকে ভয় দেখায়নি, বরং একটি কৃষ্ণগহ্বরের মতো নিজের দিকে টেনে নিয়ে যাচ্ছিল। জানালার বাইরের শহরটি স্থির হয়ে গিয়েছিল – ধূসর, ভৌতিক, যেন এর শক্তি শুষে নেওয়া হচ্ছিল। বাতাস একটি ধূসর, পরিত্যক্ত গন্ধ বহন করছিল। স্টেশনের লবিতে কোথাও – জনসাধারণের ঘোষণার থেকে ম্লান, যান্ত্রিক কণ্ঠস্বর। মানুষের উষ্ণতা

থেকে বঞ্চিত, তারা এমন একটি বিশ্বের ক্রমবর্ধমান অনুভূতি নিশ্চিত করছিল যা ধীরে ধীরে তার আত্মাকে হারাচ্ছিল।

এখন আমি এখানে ছিলাম। তার জন্মদিনের জন্য। পাগলামি? বেপরোয়া? আমার পুরো সত্তা একটি একমাত্র আকাঙ্ক্ষার কাছে বশীভূত ছিল – তাকে দেখা, তার উপস্থিতি অনুভব করা, তার ত্বকের উষ্ণতা, আমাদের মধ্যেকার বাতাসে বিদ্যুতের চার্জ। সবকিছু যুক্তি, ভয়, সতর্কতাকে পরাস্ত করছিল। স্টেশনের লবিতে নিউজ চ্যানেলটি নীরবে একটি নতুন, অব্যাখ্যাত উদাসীনতা ঘোষণা করছিল যা বড় মহানগরগুলোকে গ্রাস করছিল। ঘোষণা কর্তার কণ্ঠস্বর, প্রাণহীন, সমস্ত আবেগ থেকে বঞ্চিত, একটি মহাপ্রলয়ের ভবিষ্যদ্বাণী থেকে বেশি ভীতিকর ছিল। এটি শেষের ইঙ্গিত দিচ্ছিল।

আমি গতকাল রাতে তাকে যে বেনামী বার্তাটি পাঠিয়েছিলাম তা বাতাসে ভাসছিল। একটি অদৃশ্য স্বীকারোক্তি। একটি টাইম বোমা: "একজন ব্যক্তি আছে যে তোমাকে দেখতে চায়। কাল সকালে ৮:১৫-এ জুরিখ স্টেশনের প্ল্যাটফর্ম ৫-এ থেকো।" আমি আশা করছিলাম যে সে এসেছে। সে কৌতূহলী, রাগান্বিত নয়। সে এসেছে কারণ সে একই আকর্ষণ, তার নিজের বর্মের মধ্যে একই ফাটল অনুভব করেছে।

এবং এই যে সে এখানে। সে সেখানে দাঁড়িয়েছিল। আমার থেকে কয়েক মিটার দূরে, তার আকৃতিটি ফ্যাকাশে সকালের আলোর বিরুদ্ধে আলাদাভাবে দাঁড়িয়ে ছিল, সামান্য বিভ্রান্ত। তার দৃষ্টি – তীক্ষ্ণ, যেন এটি আমাকে হাড় পর্যন্ত উন্মোচিত করছিল। আমি তাকে সঙ্গে সঙ্গে চিনতে পারলাম – তার চোখে একই তীব্রতা, তার ভঙ্গিতে একই হালকা উদাসীনতা, যা একটি লুকানো শক্তি প্রকাশ করছিল। ভোর হওয়া সত্ত্বেও, সে অস্বাভাবিকভাবে জাগ্রত দেখাচ্ছিল, যেন একটি অভ্যন্তরীণ জ্বর তাকে এখনও পর্যন্ত ধরে রেখেছিল। সকালের সূর্য তার চুলে একটি সোনালী আভার মতো জ্বলজ্বল করছিল। প্রায় অপ্রার্থিব আভা।

— নাথানিয়েল? – আমার কণ্ঠস্বর কাঁপছিল। আমার গলা ব্যথায় সংকুচিত হয়ে গিয়েছিল।

তার বিস্ময় ছিল খাঁটি। তার দৃষ্টি আমার উপর নিবদ্ধ ছিল, অধ্যয়নশীল, কিন্তু হারিয়ে যাওয়া, একজন বিজ্ঞানীর মতো যে এমন একটি কাজের সামনে দাঁড়িয়েছিল যা তার পরিচিত সমস্ত আইনকে অস্বীকার করে।

— মেলিনা? – তার কণ্ঠস্বর – গভীর এবং পূর্ণ, আমাদের মধ্যেকার স্থানটি পূর্ণ করল। সে তার চোখ ছোট করল, যেন আমাকে একটি জটিল, অজানা সূত্র হিসাবে পড়ার চেষ্টা করছিল। কিন্তু তার দৃষ্টি বন্দী ছিল। আমি একটি ঝলক দেখতে পেলাম – অভ্যন্তরীণ চাবির একটি দাঁত তার জায়গায় বসতে শুরু করছিল। এটি তার নিজের জন্যেও অজানা কিছুতে একটি দরজা খুলছিল। একটি দরজা যা সে সবসময় তালাবদ্ধ রেখেছিল।

এই মুহূর্তে, যখন আমাদের আঙুলগুলো প্রায় একে অপরকে স্পর্শ করছিল, তখন আমাদের চারপাশের বাতাস জ্বলে উঠল। আমি একটি বৈদ্যুতিক স্রাব অনুভব করলাম, তীক্ষ্ণ, ভেদকারী, যা আমার পুরো শরীর দিয়ে প্রবাহিত হয়েছিল – যেন লক্ষ লক্ষ অদৃশ্য স্ফুলিঙ্গ আমাদের মধ্যে জ্বলে উঠেছিল। আমার ত্বক শিহরিত হলো, আমার ইন্দ্রিয়গুলো ব্যথার কাছে তীক্ষ্ণ হয়ে উঠল। তার দৃষ্টি আমার সাথে মিলিত হলো, এবং আমি তার চোখে একই শক, একই অপ্রত্যাশিত বিদ্যুৎ দেখতে পেলাম যা আমিও অনুভব করেছিলাম। এক মুহূর্তের জন্য আমরা এই জনাকীর্ণ প্ল্যাটফর্মের একমাত্র দুজন ব্যক্তি ছিলাম, একটি অদৃশ্য, শক্তিশালী বিদ্যুৎ দ্বারা সংযুক্ত। কিন্তু এটি যত দ্রুত এসেছিল, তত দ্রুত সে সরে গেল। কব্জির কেবল একটি হালকা, প্রায় অস্পষ্ট নড়াচড়া, কিন্তু সুতোটি ছিঁড়ে ফেলার জন্য যথেষ্ট ছিল। বিদ্যুৎ অদৃশ্য হয়ে গেল, বাতাস আবার সাধারণ, খালি হয়ে গেল।

আমি তেতোভাবে হাসলাম। আমার মধ্যে কিছু সংকুচিত হয়ে গেল। একটি বরফশীতল ফলক আমার হৃদয়ে প্রবেশ করল। আমাদের মধ্যে একটি অদৃশ্য, বরফশীতল দেয়াল উঠে দাঁড়াচ্ছিল। ভুল বোঝাবুঝি এবং রাগের একটি দলা আমার গলায় আটকে গেল – তার দুর্ভেদ্য যুক্তির প্রতি রাগ, আমার নিজের সরলতার প্রতি রাগ। আমি আবার মানুষ ছিলাম। এবং এটি আগের চেয়ে বেশি বেদনাদায়ক ছিল।

---✶ ʢ ✶ ---

তার উপলব্ধি

ঠিক এই মুহূর্তে। নীরব, আমাদের নিজেদের জগতে আবৃত, আমাদের পায়ের নিচে স্টেশনের হালকা স্পন্দন অনুভব করে। আমি তার দৃষ্টিতে একটি হালকা, প্রায় অস্পষ্ট কম্পন অনুভব করলাম। কয়েক সেকেন্ডের জন্য। তার মুখোশটি গড়িয়ে পড়ল, তাকে প্রকাশ করল না, নাথানিয়েলকে নয়, বরং অন্য কিছু – তার চোখে লুকিয়ে থাকা একটি গভীর, প্রাচীন ছায়া, কিন্তু তার অংশ নয়। এটি আমাকে দেখছিল। এটি অপেক্ষা করছিল। আমি আমার নিজের চেয়েও পুরোনো একটি স্বজ্ঞা অনুভব করলাম যা আমাকে চিৎকার করে বলছিল যে এই ছায়াটি আমার কাছ থেকে কিছু আশা করছিল। কেবল তাকে বোঝা নয়, বরং আমার মধ্যে গভীর লুকানো কিছু আবিষ্কার করা, যা আমি নিজেও জানতাম না। এবং যখন এই চিন্তাটি প্রবেশ করছিল, আমি বুঝতে পারলাম: সে ইচ্ছাকৃতভাবে আমার ভালোবাসাকে বিদ্যুতায়িত করেছিল। কেবল আমাকে আকর্ষণ করার জন্য নয়, বরং আমার মধ্যে কিছু আনলক করার জন্য, আমাকে আরও বড় কিছুর জন্য প্রস্তুত করার জন্য। এমন কিছুর জন্য যা আমার বোঝার সীমানার বাইরে, মৃত্যু এবং জীবনের বাইরে, যেমন আমি তাদের জানতাম, আমার জন্য অপেক্ষা করছিল। একটি ঠান্ডা কাঁপুনি আমার মেরুদণ্ড দিয়ে প্রবাহিত হলো, অন্য একটি বিশ্বের নিঃশ্বাসের মতো।

— শুভ জন্মদিন। – আমি একটি ছোট বাক্স বাড়িয়ে দিলাম, যা গাঢ় সিল্কে আবৃত ছিল। একটি প্রাচীন পকেট ঘড়ি। কেবল অনন্তকালের প্রতীক নয়, বরং স্বয়ং সময়ের প্রতীক, অদৃশ্য হয়ে যাওয়া এবং উত্থানের চক্রের, তাদের পথ খোঁজা আত্মার অফুরন্ত পুনর্জন্মের প্রতীক। আমি আশা করছিলাম যে সে বার্তাটি বুঝবে।

নাথানিয়েল বাক্সটি নিল। তার আঙুলগুলো, যা সাধারণত এত আত্মবিশ্বাসী ছিল, ঠান্ডা সিল্ক স্পর্শ করলে সামান্য কাঁপছিল, যেন তারা একটি অদৃশ্য শক্তি দ্বারা পুড়ে গেছে। এই মুহূর্তে আমি অনুভব করলাম যে আমার চাবির আরও একটি দাঁত তার জায়গায় বসেছে। আমার মধ্যে সন্তুষ্টির একটি উষ্ণ ঢেউ প্রবাহিত হলো, উপলব্ধির প্রায় একটি বৈদ্যুতিক স্রাব, যে আমি তাকে এমনভাবে স্পর্শ করেছিলাম যা অন্য কেউ করতে পারত না। তার ঠোঁটের উপর একটি সবেমাত্র অস্পষ্ট হাসি দেখা গেল, কিন্তু তার চোখ, যা সাধারণত ঠান্ডা নির্ভুলতা দিয়ে বিশ্বকে বিশ্লেষণ করত, এখন সামান্য অস্পষ্ট ছিল। যেন তারা দৃশ্যমানতার বাইরে কিছু দেখছিল, এমন কিছু যা তার যুক্তি নিবন্ধন করতে অস্বীকার করছিল, কিন্তু তার আত্মা ইতিমধ্যেই চিনতে পারছিল। বার্তাটি এমনভাবে তার কাছে পৌঁছেছিল যা তার যুক্তি ব্যাখ্যা করতে পারত না – ঘড়িটি, একটি ক্ষুদ্র তালা, তার চাবির জন্য অপেক্ষা করছিল, যা আমি ধরেছিলাম, কিন্তু কেবল ধরিনি, বরং আমার আত্মার মধ্যে নোঙর করে রেখেছিলাম। সে বাক্সটি আরও জোরে চেপে ধরল, তার আঙুলগুলো তার চারপাশে সংকুচিত করছিল যেন এটি শেষ আশা ছিল। একটি অঙ্গভঙ্গি, যার মধ্যে আমি দুর্বলতার সাথে মিশে থাকা অনিশ্চয়তা ধরতে পারছিলাম। তার মুখের ছায়াগুলো নরম হয়ে আসছিল। তার অভ্যন্তরীণ বর্ম, যা যুক্তিসঙ্গততা এবং আত্মনিয়ন্ত্রণ দিয়ে তৈরি, কেবল শিথিল হচ্ছিল না – এটি ফাটল ধরতে শুরু করছিল, এমন কিছুর সামনে গলে যাচ্ছিল যা সে নাম দিতে পারছিল না, কিন্তু যা তাকে একটি অপ্রতিরোধ্য, প্রাচীন শক্তি দিয়ে আকর্ষণ করছিল।

আমাদের মিনিটের বালির ঘড়িটি দ্রুত শেষ হয়ে যাচ্ছিল – তার ব্যস্ত সকাল থেকে, তার সুশৃঙ্খল, জীবাণুমুক্ত বিশ্ব থেকে মাত্র ৩০ মিনিট চুরি করা হয়েছিল। কিন্তু এই মিনিটগুলোতে আমাদের অস্বাভাবিক সম্পর্কের পুরো তীব্রতা ছিল। প্রতিটি ভার্চুয়াল কথোপকথন। প্রতিটি রাতের চিন্তা। প্রতিটি অব্যক্ত শব্দ। এক মুহূর্তও নষ্ট না করে, যেন আমরা একটি কথোপকথন চালিয়ে যাচ্ছিলাম যা কয়েক মুহূর্ত আগে, আমরা মহাদেশে বিভক্ত হওয়ার আগে, বিশ্ব এই ছোট, কোলাহলপূর্ণ প্ল্যাটফর্মে সংকুচিত হওয়ার আগে থেমে গিয়েছিল:

— নাথানিয়েল... – আমার কথাগুলো আমাদের রাতের জাগরণের, অন্যদের যা পাগলামি বলবে তা ভাগ করে নেওয়ার দীর্ঘ ঘন্টাগুলোর প্রতিধ্বনি করছিল। – কখনও কখনও আমি নিজেদের সভ্যতার পতনের সাথে থাকা সেই গভীর বিরোধী নীতির কথা ভাবি। এটি কেবল ধ্বংস এবং উত্থানের একটি চক্র নয়, বরং একটি উচ্চতর ম্যাট্রিক্স, একটি মহাজাগতিক কোড বিদ্যমান, যার অনুসারে কেবল সবচেয়ে উন্নত আত্মাগুলোই টিকে থাকে, যারা পরীক্ষাটি পাস করেছে। একটি মিশন যা আমাদের অবশ্যই পূরণ করতে হবে মহা বিস্মৃতির বিরুদ্ধে দাঁড়ানোর জন্য। অন্যথায়, লুকানো অন্ধকার এবং আলো, স্বর্গ এবং নরক, মালিকানা এবং স্বাধীনতার মধ্যেকার এই অফুরন্ত যুদ্ধে চিরন্তন আধ্যাত্মিক জীবন কীভাবে টিকে থাকবে?

সে মনোযোগ সহকারে আমার কথা শুনছিল। একটি সামান্য উঁচু ভ্রু। তার চোখ আমার উপর স্থির ছিল, আমার অপ্রত্যাশিত উপস্থিতি এবং আমার কথাগুলোর গভীরতা দ্বারা গ্রাস হয়েছিল। তারা তার যুক্তিসঙ্গত বিশ্বে প্রবেশ করছিল, যেন তারা একটি কোড ছিল যা সে বোঝে না, কিন্তু সহজাতভাবে গুরুত্বপূর্ণ হিসাবে চিনতে পারে। আমাদের চারপাশের বাতাস যেন ঘন হয়ে গিয়েছিল, অদৃশ্য উত্তেজনায় পূর্ণ ছিল। আমি এটিকে প্রায় স্পর্শ করতে পারতাম – সদ্য ঢেলে দেওয়া রজনের মতো ঘন, যা ধীরে ধীরে আমাদের গ্রাস করছিল। আমি ঝড়ের আগেকার ওজোনের গন্ধ অনুভব করছিলাম, তার পরিচিত, পার্থিব গন্ধের সাথে মিশে ছিল।

— এটি... একটি জন্মদিনের সকালের জন্য একটি বেশ বিশাল দৃষ্টিভঙ্গি, মেলিনা। – তার কণ্ঠস্বর শান্ত ছিল, কিন্তু প্রাথমিক শকের উপর একটি স্পষ্ট কৌতূহলের ইঙ্গিত ছিল। – তুমি কি সত্যিই মনে করো যে কষ্ট এই ম্যাট্রিক্সের একটি অংশ, এই নিষ্ঠুর কোডের একটি অংশ? যে কিছু অর্জন করার জন্য ব্যথার অভিজ্ঞতা লাভ করা প্রয়োজন? নাকি এটি কেবল ধৈর্যের একটি পরীক্ষা? অতএব, যদি তুমি কষ্ট না পাও, তবে কি তুমি একজন আসল মানুষ নও?

— আমি বিশ্বাস করি যে কষ্ট কাটিয়ে ওঠার জন্য একটি গভীর, আলকেমিক্যাল রূপান্তর প্রয়োজন, যা আত্মাকে গলে দেয়। যেন তোমার ভেতরের প্রতিটি তন্তু আণবিক স্তরে পুনর্বিন্যস্ত হয়। এটি উপলব্ধির একটি মুহূর্ত নয়, নাথানিয়েল, বরং উপলব্ধি, গ্রহণ, পুনর্বিন্যাসের একটি দীর্ঘ, যন্ত্রণাদায়ক প্রক্রিয়া। কখনও কখনও, যখন আমি সন্দেহ এবং হতাশার মধ্যে ডুবে গিয়েছিলাম, তখন আমি অনুভব করতাম যে শক্তি আমাকে ছেড়ে চলে যাচ্ছে, যতক্ষণ না কেবল শূন্যতা অবশিষ্ট থাকে। কেবল বিশ্বাসই আমাকে ফিরিয়ে এনেছে, একটি অদৃশ্য ঢেউয়ের মতো। আমি অনুভব করেছি যে আমার ত্বক কীভাবে শিহরিত হয়, আর আমার চারপাশের বাতাস কীভাবে ঘন হয়ে যায় যখন আমি আমার চিন্তাভাবনাগুলোকে বাইরে থেকে পর্যবেক্ষণ করতে শিখি। আমি কষ্ট থেকে নিজেকে মুক্ত করেছিলাম, আমার মধ্যে কিছু গলে যাচ্ছে অনুভব করে, হালকা হয়ে যাচ্ছে। যেন তোমার নিজের ছায়া থেকে বিচ্ছিন্ন হওয়া। আমি মানুষের অহং প্রত্যাখ্যান করেছি, যাতে আমি আরও মানুষ হতে পারি, আরও আসল হতে পারি, যাতে আমি তোমাকে এমনভাবে ভালোবাসতে পারি যেভাবে আমি আর কাউকে ভালোবাসিনি।

— আর এই প্রক্রিয়ায় তুমি কী উপলব্ধি করেছ, মেলিনা? – সে জিজ্ঞাসা করল। তার কণ্ঠস্বরে – সত্যিকারের, খাঁটি আগ্রহ ছিল, কৌতূহলের সাথে মিশ্রিত, যেন সে নিজেই এমন উত্তর খুঁজছিল যা তার যুক্তি তাকে দিতে পারছিল না, কিন্তু যা তার জন্য গুরুত্বপূর্ণ ছিল।

— আমি বুঝতে পারলাম যে কষ্ট কেবল একটি নেতিবাচক অভিজ্ঞতা নয়। এতে বিশাল বৃদ্ধির একটি সম্ভাবনা রয়েছে, সম্ভাবনার একটি বিস্ফোরণ যা তোমার পুরো বিশ্বকে পরিবর্তন করতে পারে। এটি সেই ক্যানভাস যার উপর আমরা আমাদের অস্তিত্ব এবং আমাদের মিশনের অর্থ আঁকি।

নাথানিয়েল এক মুহুর্তের জন্য চোখ বন্ধ করল, যেন আমার প্রতিটি শব্দ, আমার কণ্ঠস্বরের প্রতিটি কম্পন ওজন করছিল। যখন সে সেগুলো খুলল, তখন তাদের মধ্যে একটি অদ্ভুত, প্রায় অমানবিক ঝলক জ্বলছিল, যা আমি আগে কখনো দেখিনি – একটি সোনালী-নীল আভা, যা গভীরতা থেকে স্পন্দিত হচ্ছিল। তার হাসিটি হাসি ছিল না, বরং উপলব্ধির একটি বিকৃতি ছিল, যা তার মুখকে একটি... পরিচিত, কিন্তু ভয়ঙ্কর উপায়ে বিকৃত করছিল।

— তাহলে, মেলিনা – সে বিড়বিড় করল। তার কণ্ঠস্বর একটি ফিসফিসের মতো ছিল, যা ধীরগতির এবং একটি ধাতব সুর ছিল, যা আমার ত্বককে শিহরিত করে তুলল। – তুমি অনেক কিছু শিখেছ। মানুষের কষ্ট সম্পর্কে। আলকেমিক্যাল রূপান্তর সম্পর্কে। ম্যাট্রিক্স সম্পর্কে। চাবি সম্পর্কে। – সে সামান্য আমার দিকে ঝুঁকল। তার চোখ, যা এখন সম্পূর্ণভাবে কেন্দ্রীভূত ছিল, ইস্পাতের মতো ঠান্ডা ছিল, কিন্তু একটি বৈদ্যুতিক জ্ঞান, একটি প্রাচীন জ্ঞান দিয়ে জ্বলছিল, যা মানুষের বোঝার বাইরে ছিল।

— তুমি জানো – নাথানিয়েল চালিয়ে গেল। তার কণ্ঠস্বর স্টেশনের ঘোষণার থেকে প্রায় অবিচ্ছেদ্য ছিল, কিন্তু প্রতিটি শব্দ একটি বুলেটের মতো আমার চেতনার মধ্য দিয়ে প্রবেশ করছিল। – আমিও কষ্ট নিয়ে অধ্যয়ন করি। শতাব্দী ধরে। এবং না, এটি ধৈর্যের একটি পরীক্ষা নয়। এটি শক্তির একটি উৎস। আর তুমি, মেলিনা, তুমি এমন একটি বিশুদ্ধ ঘনত্ব যা আমি কখনো দেখিনি।

পরের মুহূর্তে তার হাত প্রসারিত হলো, আমাকে স্পর্শ করার জন্য নয়, বরং আমার বুক থেকে একটি অদৃশ্য কিছু বের করার জন্য। আমি কোনো ব্যথা অনুভব করলাম না, কিন্তু আমার মধ্যে একটি ঠান্ডা শূন্যতা ছড়িয়ে পড়ছিল, যেন আমার সত্তার একটি অংশ ছিনিয়ে নেওয়া হয়েছিল। একই সাথে, আমাদের চারপাশের আলো নিভতে শুরু করল, রঙগুলো বিবর্ণ হয়ে গেল, এবং স্টেশনের কোলাহল সম্পূর্ণ নীরবতায় ডুবে গেল। মানুষের মুখগুলো ঝাপসা হয়ে গেল, ধূসর ছায়ায় পরিণত হলো। সবকিছু অপ্রাসঙ্গিক হয়ে গেল। তার কণ্ঠস্বর আর কণ্ঠস্বর ছিল না, বরং একটি অনুরণন ছিল যা আমার প্রতিটি কোষে কম্পন সৃষ্টি করছিল, আমাকে হাড় পর্যন্ত ভেদ করে যাচ্ছিল:

— আর এখন, মেলিনা... মানুষের ভূমিকা পালন করো। আমি এখানে আছি, বাকিগুলো আনলক করার জন্য। তুমি চাবিগুলোর মধ্যে একটি।

আমার চারপাশের বিশ্ব অস্তিত্বহীনতার একটি গভীর অতল গহ্বরে ডুবে গেল, এবং একমাত্র জিনিস যা আমি শুনতে পেলাম তা ছিল একটি মেকানিজমের নীরব ক্লিক, যা তার জায়গায় বসছিল – অশুভ এবং চূড়ান্ত।

---♥---

## অধ্যায় 19: শিখা এবং স্বাধীনতা হিসাবে ভালোবাসা

স্ট্রাসবার্গের কনফারেন্স হলটি চাপা কথোপকথন দিয়ে প্রতিধ্বনিত হচ্ছিল। আমি পডিয়ামের পেছনে দাঁড়িয়ে ছিলাম, আমার হাতের তালুর নিচে পালিশ করা কাঠের ভার অনুভব করে। আমার হৃদয় দ্রুত স্পন্দিত হচ্ছিল, কিন্তু অ্যাড্রেনালিন আমার বুকে এখনও স্পন্দিত

শূন্যতাকে দমিয়ে দিচ্ছিল। আমার সামনে – সারিবদ্ধ মুখ, জ্ঞান খুঁজছিল। সেই একই বিষয় যা নাথানিয়েলের সাথে আমাদের সংযুক্ত করেছিল, সেই একই অদৃশ্য সুতো যা আমাকে এখানে নিয়ে এসেছিল।

"মানব অস্তিত্বের আধ্যাত্মিক মাত্রা" শিরোনামের কনফারেন্সটি বছরের পর বছর ধরে করা কাজ, হাজার হাজার পৃষ্ঠার অভ্যন্তরীণ অনুসন্ধানের একটি চূড়ান্ত পরিণতি ছিল। আজ, আমি আনুষ্ঠানিকভাবে আমার বই "অনন্তকালের পার্চমেন্ট" উপস্থাপন করছিলাম, যা এই অনুসন্ধানগুলোকে সংক্ষিপ্ত করছিল। কিছু দৃষ্টি ক্লান্ত ছিল, অন্যগুলো – খালি ছিল, যেন তাদের ভেতরের শিখা ম্লান হয়ে গেছে – বিশ্বের উদাসীনতাকে গ্রাস করার আরও একটি প্রমাণ, মহা শোষণের একটি অংশ যা নাথানিয়েল নিশ্চিত করেছিল। বাস্তবের সীমানাগুলো প্রতিটি দিনের সাথে ঝাপসা হয়ে যাচ্ছিল, সবকিছুকে তার ধূসরতায় গ্রাস করছিল। যখন স্টেশনের যান্ত্রিক ঘোষণাগুলো আমার চেতনায় প্রতিধ্বনিত হচ্ছিল, তখন আমি মানবজাতির কণ্ঠস্বরও শুনতে পেলাম, যা ধীরে ধীরে ম্লান হয়ে যাচ্ছিল, তাদের সারমর্ম হারিয়ে ফেলছিল।

আমি একটি গভীর শ্বাস নিলাম। আমি শুরু করলাম। শব্দগুলো অবাধে প্রবাহিত হচ্ছিল, আমাদের দীর্ঘ রাতের কথোপকথন, ভাগ করে নেওয়া রহস্য দ্বারা অনুপ্রাণিত হয়ে। আমার মনের মধ্যে নাথানিয়েলের ছবিটি ভেসে উঠল, তার নীল, তীক্ষ্ণ চোখের, সেই অশুভ হাসির, আমাদের জটিল, প্রায় অসম্ভব সম্পর্কের। সে আমার কাছ থেকে যা কেড়ে নিয়েছিল তার ব্যথা তখনও জীবন্ত ছিল, কিন্তু আমি এটিকে প্রতিটি শব্দের জন্য একটি জ্বালানী, একটি অনুঘটক হিসাবে ব্যবহার করছিলাম যা আমি উচ্চারণ করছিলাম।

— ভালোবাসা... কি কষ্ট ছাড়া, সবকিছুর সম্পূর্ণ গ্রহণযোগ্যতা ছাড়া – এমনকি সবচেয়ে কুৎসিত, সবচেয়ে অন্ধকার জিনিসেরও – বিদ্যমান থাকতে পারে? — আমি একটি বাগ্মী প্রশ্ন করলাম, কিন্তু আমার কণ্ঠস্বর কাঁপছিল। নিঃশর্ত ভালোবাসা সম্পর্কে আমার সরল ধারণার একটি স্মৃতি আমার চেতনায় প্রবেশ করল। আমি তিক্তভাবে মানুষের প্রকৃতি উপলব্ধি করলাম, যা সবসময় প্রতিদানের সন্ধান করে। এলিজাবেথের ছায়া এবং সেই জ্বলন্ত ঈর্ষা যা আমাকে একসময় ছিঁড়ে ফেলেছিল, তা আমার চেতনার মধ্য দিয়ে প্রবাহিত হলো।

— ভালোবাসার মধ্যে এমন কিছু শিকারী, এবং একই সাথে গভীরভাবে মানবিক রয়েছে – পারস্পরিকতা, মালিকানা, গ্যারান্টির প্রত্যাশা। কিন্তু সত্যিকারের ভালোবাসা কোনো বাণিজ্যিক চুক্তি নয়। এটি একটি গতিশীল অবস্থা যা বিকশিত হয়, পুড়ে যায় এবং ছাই থেকে পুনরুজ্জীবিত হয়। — আমি এটি প্রত্যয়ের সাথে উচ্চারণ করলাম, নাথানিয়েলের সাথে বেদনাদায়ক ভুল বোঝাবুঝি, বিচ্ছেদের ভয়, জ্বলে যাওয়ার ভয়, আমার নিজের সত্তার ভাঙা মুখোশের কথা মনে করে। — আমি শক্তি সংগ্রহ করলাম এবং আমার ভয়ের, আমার অহং-এর বিশ্বাসঘাতক ভয়ের বিরুদ্ধে দাঁড়ালাম। সত্যিকারের ভালোবাসা হলো সম্পূর্ণ স্বাধীনতা এবং একটি বেদনাহীন মুক্তি। এটি কেবল বিশুদ্ধ অস্তিত্বের একটি অমূল্য মুহূর্ত, যা তুমি ধরে রাখতে পারো না, কেবল এর অভিজ্ঞতা লাভ করতে পারো। এই কারণেই নাথানিয়েল প্রস্তুত ছিল না। আর এই কারণেই আমিও প্রস্তুত ছিলাম না।

আমি চালিয়ে গেলাম, বর্ণনা করে যে আমি কীভাবে কষ্টকে একটি অভিশাপ হিসাবে নয়, বরং একটি অপ্রত্যাশিত পুরস্কার হিসাবে গ্রহণ করেছি, যা তোমার চোখ খোলে, যা তোমার ভেতরে চাবিটি জাগিয়ে তোলে। আমি কীভাবে ছেড়ে দিতে শিখেছি, আমার নিজের শক্তি, ম্যাট্রিক্সে আমার নিজের ভূমিকা সম্পর্কে আমার বিশ্বাসে ভেসে যেতে শিখেছি। তারপর আমি সহানুভূতির কথা বললাম – "বুদ্ধির সবচেয়ে মহৎ রূপ", মানব আত্মার সবচেয়ে বিশুদ্ধ প্রকাশ, এবং আসন্ন উদাসীনতার বিরুদ্ধে একমাত্র বাধা।

— সহানুভূতি – সেই অদৃশ্য সুতো যা আমাদের অন্যদের মধ্যে থাকা মানুষের সাথে, তাদের দুর্বলতা, তাদের ব্যথার সাথে সংযুক্ত করে। কল্পনা করুন, অন্যের ব্যথা সম্পূর্ণরূপে অভিজ্ঞতা লাভ করা নয়, বরং এর ভার অনুভব করা, এর সারমর্ম বোঝা, এটি কীভাবে আপনাকে হাড় পর্যন্ত ভেদ করে তা অনুভব করা। — আমার কণ্ঠস্বর আরও শান্ত, আরও ঘনিষ্ঠ, প্রায় একটি ফিসফিস হয়ে গেল। আমি বর্ণনা করলাম যে সহানুভূতি আমাকে আমার অহং-এর জন্য অযৌক্তিকভাবে কাজ করতে কীভাবে অনুপ্রাণিত করেছিল, নাথানিয়েলের জটিল, অশান্ত আবেগগুলোকে সম্পূর্ণ বোঝাপড়া এবং নিঃশর্ত গ্রহণযোগ্যতার সাথে আলিঙ্গন করতে, কোনো প্রত্যাশা ছাড়াই সে যা ছিল তাতে নিজেকে উৎসর্গ করতে। কোনো কিছু আশা না করা, এমনকি সে নিজেও না, এমনকি যদি আমি জানি যে সে আমার শত্রুও হতে পারে।

বক্তৃতার পরে – একটি প্রাণবন্ত আলোচনা। মানুষ প্রশ্ন জিজ্ঞাসা করছিল, অভিজ্ঞতা ভাগ করে নিচ্ছিল। তাদের মুখগুলো নতুন আবিষ্কৃত আশা দিয়ে, আলোর ছোট ঝলক দিয়ে জ্বলজ্বল করছিল, যা ক্রমবর্ধমান ধূসরতার বিরুদ্ধে দাঁড়িয়েছিল। একজন তীক্ষ্ণ দৃষ্টির একজন ব্যক্তি, যিনি শব্দের বাইরে দেখতে পেয়েছিলেন, জিজ্ঞাসা করলেন:

— কিন্তু আমরা কীভাবে সত্যিকারের সহানুভূতিকে করুণাময় দয়া থেকে আলাদা করব?

— সত্যিকারের সহানুভূতি হলো একটি বিরলভাবে অর্জনযোগ্য গভীর নৈকট্য, একটি অটল বিশ্বাস এবং অন্যজনের সবচেয়ে ঘনিষ্ঠ বিশ্বের সম্পূর্ণ প্রবেশ, উন্মুক্ত হওয়ার ভয় ছাড়া। এটি কেবল তখনই সম্ভব যখন দুটি সংযুক্ত আত্মার উপর নিঃশর্ত ভালোবাসা রাজত্ব করে, আবেগগুলোকে একটি জটিল, ঘনিষ্ঠ নাচে মিশিয়ে দেয়। — আমি আত্মবিশ্বাসের সাথে উত্তর দিলাম। আমার চিন্তাভাবনা আবার নাথানিয়েলের কাছে ফিরে এল, সেই অভ্যন্তরীণ শক্তির সাহসী কাজের কাছে যা আমাকে তার অশান্ত আবেগগুলোর প্রতি, তার অভ্যন্তরীণ ঝড়ের প্রতি নিজেকে সম্পূর্ণরূপে উন্মুক্ত করতে অনুপ্রাণিত করেছিল। তার ছায়ার প্রতি, যা আর আমাকে ভয় দেখায়নি, বরং তার সত্তার একটি অংশ ছিল, আমাদের যে যুদ্ধ আসছিল তার একটি অংশ ছিল।

---✶ ৫ ✶---

একটি অনপেক্ষিত সাক্ষাৎ

সন্ধ্যায়, দীর্ঘ দিনের পর, আমি হোটেলের লবি বারে একা বসে ছিলাম। ক্লান্ত, কিন্তু ভাগ করে নেওয়াতে সন্তুষ্ট। আমি যা কিছু বলেছিলাম, আমি যে শক্তি দিয়েছিলাম এবং পেয়েছিলাম তা নিয়ে ভাবছিলাম। নাথানিয়েল আমার কাছ থেকে যা নিয়েছিল তার ব্যথা আমাকে আঘাত করলেও, আমি আমার মধ্যে একটি অদ্ভুত শক্তি অনুভব করছিলাম যা জাগ্রত হয়েছিল।

হঠাৎ আমি কারো উপস্থিতি অনুভব করলাম – আমার ত্বকে একটি হালকা শিহরণ, আমার চারপাশের বাতাসে একটি সূক্ষ্ম পরিবর্তন। ওজোনের গন্ধ, যা এখন পরিচিত ছিল। আমি আমার মাথা তুললাম। আমার হৃদয় এক মুহূর্তের জন্য থেমে গেল, এবং তারপর পাগলের মতো স্পন্দিত হলো। আমার থেকে কয়েক ধাপ দূরে নাথানিয়েল দাঁড়িয়ে ছিল। বাস্তববাদ এবং নিয়ন্ত্রণের তার মুখোশ, যা আমি আমাদের ভার্চুয়াল বিশ্বে এত ভালোভাবে চিনতাম, এখন সামান্য ফাটল ধরেছিল। তার দৃষ্টিতে বিস্ময়, কৌতূহল এবং এমন কিছুর মিশ্রণ ছিল যা দুর্বলতার মতো ছিল, প্রায় ভয়, যা সে মরিয়া হয়ে লুকানোর চেষ্টা করছিল।

— নাথানিয়েল? – আমি অবিশ্বাস সহকারে ফিসফিস করে বললাম। আমার কণ্ঠস্বর প্রায় অশ্রাব্য ছিল। এটা কীভাবে সম্ভব ছিল? স্টেশনে সে যা করেছিল তার পর সে কীভাবে আসার সাহস করল?

সে হালকা হাসল, তার সেই রহস্যময় হাসি যা আমি এখন এত ভালোভাবে চিনতাম।

— মনে হয় আমার পথ আবার তোমার মধ্য দিয়ে যায়।

উত্তেজনা আমাকে গ্রাস করে নিল। আমার বুকে এখনও অনুভূত শূন্যতা সত্ত্বেও একটি উষ্ণ ঢেউ আমাকে পুড়িয়ে দিল। সে এখানে ছিল। সে আমাকে অবাক করে দিয়েছিল। এটি তাকে বাস্তব করে তুলেছিল, আগের চেয়ে বেশি স্পষ্ট করে তুলেছিল, আমাকে মূল পর্যন্ত কাঁপিয়ে দিয়েছিল। আমরা নীরব লবি বারে দীর্ঘ সময় ধরে কথা বললাম। সে আমার বক্তৃতার সারাংশ অনলাইনে পড়েছিল এবং আসার সিদ্ধান্ত নিয়েছিল। আমরা অহং এবং ইচ্ছা, তাদের মধ্যেকার সূক্ষ্ম সীমান্ত, এমন একটি বিশ্বে নিজের প্রতি সত্য থাকার জন্য মানুষের লড়াই সম্পর্কে একটি দার্শনিক বিতর্কে উষ্ণ হয়ে উঠলাম, যা তাকে মানিয়ে নিতে বাধ্য করে, কিন্তু এমন একটি বিশ্বে যা ধীরে ধীরে উদাসীনতা দ্বারা গ্রাস হচ্ছে।

— অহং – সেই অভ্যন্তরীণ উদাহরণ যা আমাদের আলাদা এবং সক্রিয় অনুভব করায় – এটি কি অহং, নাকি আমাদের মৌলিক ইচ্ছার প্রকাশ? – আমি তাকে জিজ্ঞাসা করলাম, আমার বক্তৃতার শেষ কথাগুলো পুনরাবৃত্তি করে, তাকে উসকে দেওয়ার চেষ্টা করে।

— আমি মনে করি এটি দুটোই – সে চিন্তিতভাবে উত্তর দিল। তার দৃষ্টি জানালার দিকে নিয়ে গেল, যেন সে সেখানে উত্তর খুঁজছিল। – অহং একটি বর্ম, হ্যাঁ, কিন্তু এটি একটি কারাগারও হতে পারে। ইচ্ছা একটি কম্পাস, কিন্তু কখনও কখনও এটি আমাদের ভুল দিকে নিয়ে যেতে পারে, যদি এটি কোনো উচ্চতর কিছু দ্বারা, যুক্তি ছাড়া অন্য কিছু দ্বারা পরিচালিত না হয়। এমন কিছু যা আমি বুঝি না। এখনও। – শেষ কথাগুলো প্রায় একটি স্বীকারোক্তির মতো শোনাচ্ছিল, তার বর্মের একটি হঠাৎ অগ্রগতির মতো।

আমাদের কথোপকথন গভীর রাত পর্যন্ত চলল। আমি তার সাথে অহং-এর সম্পর্কে আমার চিন্তাভাবনা ভাগ করে নিলাম, একটি ঘন পর্দা হিসাবে যা বিশ্বের আসল সারাংশের প্রতি আমাদের দৃষ্টিকে আবৃত করে, সর্বজনীন সারাংশের সাথে মিশে যাওয়ার সম্পর্কে, সমস্ত সীমানা গলে যাওয়ার সম্পর্কে।

— যখন আমি ধীরে ধীরে এটি সরিয়ে নিলাম, তখন আমি অনুভব করলাম যে আমি আরও বড় কিছুর সাথে সংযুক্ত হচ্ছি – সর্বজনীন মানব সারাংশের সাথে। এই অভ্যন্তরীণ প্রক্রিয়াটি আমাকে বিশ্বকে একটি সম্পূর্ণ হিসাবে দেখতে এবং অন্যদের অপূর্ণতাগুলোও গ্রহণ করতে শিখিয়েছিল, এমনকি যারা আমার কাছ থেকে কিছু কেড়ে নেয় তাদেরও। – আমি তাকে ব্যাখ্যা করলাম, আর সে ধীরে ধীরে মাথা নাড়ল, আমার কথাগুলো দ্বারা গ্রাস হয়ে গেল, যেন আমার প্রতিটি শব্দ তাকে কাঁপিয়ে দিচ্ছিল, তার সত্তার গভীরে প্রবেশ করছিল, একটি লুকানো সুতো স্পর্শ করছিল, হয়তো এমনকি সেই "চাবি"ও যা সে সম্পর্কে কথা বলেছিল।

পরে, একটি ছোট, আরামদায়ক রেস্তোরাঁয়, আবছা আলো এবং ওয়াইন এবং ভেষজের সুগন্ধ সহ ডিনারে, আমরা কথোপকথন চালিয়ে গেলাম। আমরা হেসেছিলাম, ব্যক্তিগত গল্প ভাগ করে নিয়েছিলাম, কিন্তু আমরা সবসময় সেই গভীর প্রশ্নগুলোর দিকে ফিরে আসছিলাম যা আমাদের সংযুক্ত করেছিল, এমন কিছুর দিকে যা শব্দ দিয়ে ব্যাখ্যা করা যায় না, আমাদের ভাগ করে নেওয়া, যদিও ভিন্ন, মিশনের দিকে।

— কৃতজ্ঞতা... – আমি বিড়বিড় করে বললাম, যখন আমি এক চুমুক লাল ওয়াইন পান করছিলাম। – এটি গ্রহণযোগ্যতার মধ্যে আছে। প্রতিটি উপহারের গ্রহণযোগ্যতা – অমূল্য বা বেদনাদায়ক। প্রতিটি ব্যথা, প্রতিটি আনন্দ, প্রতিটি ব্যর্থতা, প্রতিটি বিজয় – সবকিছুই একটি উপহার।

— ব্যথাও? – সে জিজ্ঞাসা করল, সন্দেহের একটি হালকা ইঙ্গিত দিয়ে, কিন্তু সত্যিকারের কৌতূহল দিয়েও, যেন সে আমার সীমানা পরীক্ষা করার চেষ্টা করছিল।

— ব্যথাও। কারণ এটি প্রায়শই গভীর উপলব্ধি এবং সহানুভূতির জন্য, আত্মার জাগরণের জন্য, তোমার আসল শক্তি, সেই চাবিটি যা তুমি বহন করো তা প্রকাশ করার জন্য একটি সুযোগ।

– আমি আত্মবিশ্বাসের সাথে উত্তর দিলাম, আমার দৃষ্টি সরাসরি ছিল, কোনো দ্বিধা ছিল না। উদ্বেগগুলো, যা আমাকে একসময় গ্রাস করেছিল, আমি ধীরে ধীরে এমন চ্যালেঞ্জ হিসাবে গ্রহণ করতে শুরু করলাম যা আমাকে আরও সচেতন জীবন তৈরি করতে আহ্বান জানায়। আমি অনুভব করলাম যে প্রতিটি উত্তর উপলব্ধির তালার একটি নতুন বাঁক ছিল, আমার চেতনায় নতুন দরজা খুলছিল, যা তার সত্তার দিকে নিয়ে যাচ্ছিল। সন্ধ্যাটি একটি শান্ত, স্পষ্ট নৈকট্য দিয়ে শেষ হলো, এমন দৃষ্টি দিয়ে যা শব্দের চেয়ে বেশি কিছু বলছিল, আমাদের মধ্যে স্পন্দিত একটি অদৃশ্য শক্তি দিয়ে। সে এখানে ছিল, অপ্রত্যাশিতভাবে, কিন্তু যেন নিয়তিপূর্ণ ছিল। স্ট্রাসবার্গের কনফারেন্সটি একটি একাডেমিক ইভেন্টের চেয়ে অনেক বেশি কিছুতে পরিণত হয়েছিল – এটি একটি অপ্রত্যাশিত সাক্ষাতের জন্য একটি মঞ্চ ছিল, গভীর কথোপকথনের জন্য এবং এমন একটি সংযোগ পুনর্নবীকরণের জন্য যা ভার্চুয়ালের সীমানা অতিক্রম করে এবং অস্তিত্বের গভীরে আরও গভীরভাবে নিহিত ছিল। এই মুহূর্তে আমি জানতাম যে আমাদের যাত্রাটি শেষ হয়নি। এটি কেবল শুরু হচ্ছিল।

---✶ ۶ ✶ ---

সত্তার বিস্ফোরণ

যখন আমরা আমার হোটেল রুমের দরজার সামনে আমাকে বিদায় জানানোর জন্য পৌঁছলাম, তখন আমাদের মধ্যেকার বাতাস ভারী হয়ে গেল। আমি তার দিকে তাকালাম, কিছু লুকানো ছাড়াই, আমার বুকে খালি জায়গা দেখে ভয় না পেয়ে। আমার দৃষ্টি তাকে অনুরোধ করছিল, আমার শরীর অসাবধানতাবশত তার কাছে এগিয়ে গেল, এবং আমার কথায় একটি ফিসফিস প্রবেশ করল:

— নাথানিয়েল... আমরা... আমরা যা নিয়ে কথা বললাম তা অনুশীলন করতে পারি।

তার দৃষ্টি একটি ঝড়ে পরিণত হলো – তার অন্ধকার চোখে একটি গভীর, হৃদয়বিদারক অভ্যন্তরীণ দ্বন্দ্ব বইছিল। আমি দেখলাম যে তার চোয়াল কীভাবে শক্ত হয়ে গেল, তার ঘাড়ের একটি পেশী কীভাবে কাঁপছিল। সে ধাক্কা খেয়েছিল। সে আমাকে চেয়েছিল। আমি আমার সত্তার প্রতিটি তন্তু দিয়ে এটি অনুভব করতে পারছিলাম – শারীরিক আকর্ষণ, আমার সাথে মিশে যাওয়ার আকাঙ্ক্ষা, নিয়ন্ত্রণ ছেড়ে দেওয়া, অজানা কিছুতে আত্মসমর্পণ করা।

... একটি বিদারক দ্বন্দ্ব – এই এত আবেগপূর্ণভাবে প্রত্যাশিত মুহূর্তটিতে আত্মসমর্পণ করা, অস্পর্শিত আকাঙ্ক্ষার অভিজ্ঞতা লাভ করা, এটিকে একটি পার্থিব, শারীরিক সংযোগের মধ্যে রূপান্তরিত করা। কিন্তু যদি সে তা করত, তবে প্রলোভনটি অদৃশ্য হয়ে যেত। তার পরে কেবল অভিজ্ঞ, পরিচিত কিছু থাকত।

কিন্তু এই আকাঙ্ক্ষার পেছনে একটি গভীর, বেদনাদায়ক ভয় ছিল – দুর্বলতার ভয়, নিয়ন্ত্রণ হারানোর ভয়, এমন কিছুতে আত্মসমর্পণ করার ভয় যা সে যুক্তি দিয়ে ব্যাখ্যা করতে পারত না। আমি মুক্তি, স্বাধীনতা, নিঃশর্ত ভালোবাসা সম্পর্কে যা কিছু বলেছিলাম, তা এখন তাকে তাড়া করছিল, তার নিজের বর্ম পরীক্ষা করছিল। সে একটি গভীর অতল গহ্বরের প্রান্তে দাঁড়িয়েছিল যা তাকে ভয় দেখাচ্ছিল – মানুষের গভীর অতল গহ্বর, কিন্তু তার মধ্যে জাগ্রত অজানা শক্তির গভীর অতল গহ্বরও।

এক মুহূর্তের জন্য আমার মনে হলো যে সে আত্মসমর্পণ করবে। আমার শ্বাস প্রত্যাশায় থেমে গেল। তার হাতটি হালকাভাবে উঠে গেল, যেন আমার মুখ স্পর্শ করার জন্য। কিন্তু তারপর... একটি প্রচেষ্টার সাথে, যা তাকে একটি বিশাল অভ্যন্তরীণ যুদ্ধের খরচ করছিল বলে মনে হচ্ছিল... সে তীক্ষ্ণভাবে সরে গেল।

— আমি প্রস্তুত নই, মেলিনা – সে ফিসফিস করে বলল। তার কণ্ঠস্বর প্রায় অশ্রাব্য ছিল, ব্যথা দিয়ে পূর্ণ ছিল, কিন্তু একটি সংকল্প দিয়েও, একটি রায়ের মতো। – আরও মুহূর্ত আছে। ধৈর্য ধরো। – তার কথাগুলো একটি ছুরির মতো ছিল, কিন্তু একটি প্রতিশ্রুতির মতোও ছিল।

---✶ ✶---

পরের সকালে, সে তার গাড়ি নিয়ে চলে যাওয়ার আগে, আমি তাকে হোটেলের সামনে বিদায় জানালাম। বিদায়টি ছিল ভিন্ন – শান্ত, ভারী, অব্যক্ত শব্দ এবং অসম্পূর্ণ, কিন্তু জাগ্রত কিছুর উপলব্ধিতে পূর্ণ। সে আমাকে আবার আলিঙ্গন করল, আগের রাতের চেয়ে আরও জোরে, যেন সে আমার প্রতিটি কণা শোষণ করতে চেয়েছিল, সেটিকে নিজের মধ্যে রাখতে চেয়েছিল, সেই "শক্তি"র আরও কিছুটা নিতে চেয়েছিল যা সে সম্পর্কে কথা বলেছিল।

— তোমাকে ধন্যবাদ, মেলিনা – সে আমার কানে ফিসফিস করে বলল। – এই দুটি দিন... অপ্রত্যাশিত এবং অমূল্য ছিল। সত্যিই... অপ্রত্যাশিত। – আমি তার কণ্ঠে একটি হালকা কম্পন অনুভব করলাম, একটি স্বীকারোক্তির মতো কিছু।

— আমার জন্যও, নাথানিয়েল – আমি একটি কাঁপানো কণ্ঠস্বরে উত্তর দিলাম, এবং আমার চেতনায় সেই কথাগুলো প্রতিধ্বনিত হচ্ছিল যা আমি বলতে পারছিলাম না: – আমি সরলভাবে ভেবেছিলাম যে যদি আমি ভালোবাসাটিকে বাইরের প্রতিশ্রুতি এবং প্রত্যাশা থেকে বঞ্চিত একটি বিশুদ্ধ অভ্যন্তরীণ অভিজ্ঞতা হিসাবে উপলব্ধি করি, তবে আমি এটিকে একটি নিখুঁত স্বপ্নের মতো অনুভব করব। কিন্তু তিক্ত সত্যটি প্রবেশ করল। মানুষের প্রকৃতি সবসময় অবচেতনভাবে তার উৎসর্গের জন্য একটি পুরস্কার আশা করে, মালিকানা, নিয়ন্ত্রণের আশা করে। অহং আমার মধ্যে চিৎকার করে বলছিল: "বোকা! কেন তুমি উন্মুক্ত হচ্ছ? তারা তোমাকে আবার আঘাত করবে! বিশ্বাস করো না! নিজেকে রক্ষা করো!"

যখন তার গাড়িটি দূরে চলে যাচ্ছিল, আমি হোটেলের সামনে দাঁড়িয়ে ছিলাম, দুঃখ এবং আশার মিশ্রণ দিয়ে, বিচ্ছেদের বেদনাদায়ক সত্য এবং পরবর্তী সাক্ষাতের মিষ্টি পূর্বানুভূতি দিয়ে গ্রাস হয়ে গিয়েছিলাম। সে চলে যাচ্ছিল, কিন্তু সে নিজের পেছনে প্রামাণিকতার একটি অনুভূতি, একটি সম্ভাবনার অনুভূতি, একটি আসল কিছুর অনুভূতি রেখে গিয়েছিল। আমাদের ভার্চুয়াল সংযোগটি মাংস এবং রক্ত অর্জন করেছিল, এবং তার উষ্ণতা এবং তার দৃষ্টির স্মৃতি আমাকে আমাদের পরবর্তী সাক্ষাৎ পর্যন্ত, গভীরতার পরবর্তী প্রকাশ পর্যন্ত উষ্ণ রাখবে।

আমি একটি গভীর শ্বাস নিলাম, জোরপূর্বক সেই চাপানো চিন্তাগুলোকে তাড়িয়ে দেওয়ার চেষ্টা করলাম। আমার বিভ্রমগুলো ছড়িয়ে পড়ল, আমার গোলাপী ধারণাগুলো ছিন্নভিন্ন করে দিল, কিন্তু আমাকে একটি বৃহত্তর সত্য প্রকাশ করল। সত্যিকারের ভালোবাসা কেবল একটি সূত্র নয়, বরং একটি গতিশীল অবস্থা যা বিকশিত হয়, কখনও কখনও বেদনাদায়কভাবে, কখনও কখনও ধ্বংসাত্মকভাবে। আমি শক্তি সংগ্রহ করলাম এবং আমার ভয়ের, আমার অহং-এর বিশ্বাসঘাতক ভয়ের বিরুদ্ধে দাঁড়ালাম। এটি সহজ ছিল না। তার কণ্ঠস্বর, শুকনো এবং একটি চাবুকের মতো তীক্ষ্ণ, ক্রমাগত আমার মাথার মধ্যে ফিসফিস করে বলছিল: "বোকা! কেন তুমি উন্মুক্ত হচ্ছ? তারা তোমাকে আবার আঘাত করবে! বিশ্বাস করো না! নিজেকে রক্ষা করো!" কিন্তু আমি আমার দাঁত চেপে ধরলাম, আমার ঠোঁট কাঁপছিল অনুভব করে, এবং আমার চোখের জল নীরবে গড়িয়ে পড়ছিল।

আসলে, সত্যিকারের ভালোবাসা হলো সম্পূর্ণ স্বাধীনতা এবং একটি বেদনাহীন মুক্তি; এটি কেবল নিখুঁত মিলনের একটি অমূল্য মুহূর্ত, যা তুমি নিয়ন্ত্রণ করতে পারো না, যার মালিক হতে পারো না। আমাকে এই মুহূর্তটি যেমন ছিল তেমনভাবে গ্রহণ করতে হতো – প্রত্যাশা আঁকড়ে না ধরে, ভবিষ্যতের ভয় না করে, এটিকে ধরে রাখার চেষ্টা না করে, কারণ আমি জানতাম যে এটিই আমার আসল পথ, এবং শোষকদের বিরুদ্ধে দাঁড়ানোর একমাত্র উপায়।

আমি একটি শ্বাস নিলাম এবং এক মুহুর্তের জন্য বিশ্ব নীরব হয়ে গেল।

---❤---

### অধ্যায় 20: আত্মার রসায়ন শিখার মধ্য দিয়ে এক যাত্রা...

স্ট্রাসবার্গের ঠাণ্ডা বাতাস আমার কোট ভেদ করে যাচ্ছিল, কিন্তু তার শেষ আলিঙ্গনের আগুন আমার ভেতরটা জ্বলছিল। নাথানিয়েলের গাড়িটা ততক্ষণে দূরে একটি বিন্দুতে পরিণত হয়ে গেছে, ভেজা সকালের কুয়াশায় গ্রাস হয়ে গেছে। আমার বুকে সে যে শূন্যতা রেখে গেছে, তা এক কাল্পনিক যন্ত্রণার সঙ্গে স্পন্দিত হচ্ছিল। আমি হোটেলের সামনে দাঁড়িয়ে ছিলাম, আমার গলায় বাস্তবতার তিক্ত স্বাদ এবং পেটে এক অসম্পূর্ণতার কম্পন অনুভব করছিলাম।

আমাদের মাঝের বাতাস তখনও আমার ত্বকে কাঁপছিল, পোশাকের নিচে লুকানো জ্বলন্ত কয়লার মতো জ্বলছিল, যেন আমি কোনো অদৃশ্য, শক্তিশালী শক্তি দ্বারা দগ্ধ হয়েছি। আমার নাড়ি বাজছিল, ড্রামের তালের মতো প্রতিধ্বনিত হচ্ছিল, যা অকথিত আকাঙ্ক্ষা, অস্পৃষ্ট অন্তরঙ্গতার কথা মনে করিয়ে দিচ্ছিল। আমার মেজাজ ছিল এক স্ববিরোধী মিশ্রণ — নাথানিয়েলের চলে যাওয়ার তীব্র দুঃখ এবং প্রত্যাশার এক যন্ত্রণাদায়ক, মিষ্টি বেদনা — মধু এবং বিষের মিশ্রণ। আমাদের ভার্চুয়াল সম্পর্ক রক্তমাংসের আকার ধারণ করেছিল। তার উষ্ণতা এবং দৃষ্টির স্মৃতি আমাদের পরবর্তী সাক্ষাৎ পর্যন্ত আমাকে উষ্ণ রাখবে, আমার কল্পনাকে আবেগ এবং ঘনিষ্ঠতার অসম্পূর্ণ ছবিতে পূর্ণ করে তুলবে। আমি ইতিমধ্যে পরিবর্তিত হয়ে গেছিলাম — চিহ্নিত, কিন্তু আরও শক্তিশালী।

আমি আমার স্যুটকেস তুললাম, যা জিনিসপত্রে নয়, বরং অভিজ্ঞতা এবং উপলব্ধিতে ভারী ছিল, এবং বাড়ির দিকে ট্রেনের টিকিট নিলাম। আমি জানালার পাশের একটি কম্পার্টমেন্টে বসলাম, যেখান থেকে আমি ল্যান্ডস্কেপটি পরিবর্তিত হতে দেখলাম। রাস্তাগুলো আরও নির্জন মনে হচ্ছিল, বিল্ডিংগুলো আরও পুরনো মনে হচ্ছিল, যেন শহরটি ধীরে ধীরে তার স্পন্দন হারাচ্ছিল, দুর্বলভাবে শ্বাস নিচ্ছিল। দিগন্তে জড়ো হওয়া অন্ধকার, ধূসর মেঘগুলো ঝড়ের পূর্বাভাস দিচ্ছিল না, বরং এক অন্তহীন, ভারী উদাসীনতার, এক শূন্যতার যা সবকিছু গ্রাস করছিল, তার পিছনে কেবল ধূসর ধুলো রেখে যাচ্ছিল — অবক্ষয়ের এক ঘন, দৃশ্যমান প্রকাশ। কিন্তু আমার মন ছিল অন্য কোথাও — যা ঘটেছিল তার গভীরে ডুব দিচ্ছিল। আমি অভ্যাসবশত আমার ফোন খুললাম, তার সঙ্গে কথোপকথন চালিয়ে যাওয়ার জন্য, আমার ভেতরে যা কিছু ফুটছিল তা তাকে বলার জন্য। এই অতৃপ্ত আকাঙ্ক্ষা, এই অস্পৃষ্টতা এবং এই কল্পনাগুলো আমার আত্মায় যা কিছু জন্ম দিচ্ছিল, তা আমাকে মৌলিকভাবে, নতুন, বিপজ্জনক, অদম্য কিছুতে রূপান্তরিত করছিল।

আমি লিখতে শুরু করলাম, কিন্তু থেমে গেলাম, মুছে ফেললাম, আবার লিখলাম। শব্দগুলো বেরিয়ে আসার জন্য লড়াই করছিল, যা ছিল এত ক্ষণস্থায়ী এবং একই সাথে এত স্পষ্ট তাকে মূর্ত করার জন্য। আমার স্বপ্নের সবচেয়ে গোপন কোণে যা লুকানো আছে, তাতে সে কী উত্তর দেবে? এই ছিল যা আমি তাকে বলতে এবং বিশ্বাস করাতে চেষ্টা করছিলাম:

— অস্তিত্বের পথ, ঐক্যের মূল... যা প্রাচীন রহস্য থেকে ফিসফিস করে বলছিল। বিশুদ্ধ, নিঃস্বার্থ আসক্তির খাড়া পথে, আমি তার গোপন রহস্যের ফিসফিস আরও কাছে থেকে শুনতে পাচ্ছিলাম। সেই সত্য, যা বিশ্ব এবং তোমাকে নাড়িয়ে দেয়।

আমি বাইরে, কুয়াশায় ঢাকা মৃদু শীতের ল্যান্ডস্কেপের দিকে তাকালাম। আমি তার হাতের উষ্ণতা, নরম চুম্বন কল্পনা করলাম যা আমাদের শারীরিক মিলনের, ত্বক থেকে ত্বকের স্পর্শের কল্পনায় আমাকে ফিরিয়ে আনবে। একটি দৃষ্টি যা শূন্যতার যন্ত্রণার সাথে লড়াই করছিল।

— এটা কেবল একটি প্রতীক ছিল না। এটি একটি জীবন্ত, স্পন্দিত অভ্যন্তরীণ অবস্থা ছিল। বাইরের জগতের জন্য নাগালের বাইরে, যারা অনন্ত যৌবন এবং অমরত্বের প্রতিশ্রুতি দেয় এমন অমৃত, নিদর্শনগুলির জন্য উন্মত্তভাবে অনুসন্ধান করে। শত শত বছর ধরে, অনুসন্ধানকারী এবং রহস্যবাদীরা চেষ্টা করেছে। আর সত্যের উন্মোচিত মুখোশ? এটি সহজ প্রমাণিত হয়েছিল। এটি ধুলোময় ধ্বংসাবশেষের মধ্যে লুকিয়ে ছিল না, বরং আমার নিজের সত্তার পবিত্র সীমানার গভীরে – আমার হৃদয়ে।

আমি এক মুহূর্তের জন্য স্থির হয়ে গেলাম, যা লিখেছি তা আবার পড়লাম। আমার ঠোঁটে একটি তিক্ত হাসি ফুটে উঠল, প্রায় হিস্টিরিয়া হাসির সাথে মিশ্রিত। নাথানিয়েলকে এই সমস্ত কিছু কীভাবে ব্যাখ্যা করব, তার বাস্তববাদী মন যা শক্তি তৈরি না করে বরং তা কেড়ে নিতে অভ্যস্ত ছিল? সে কি সেই আকাঙ্ক্ষার গভীরতা বুঝতে পারবে, যা আমাকে এই আবিষ্কারগুলিতে, এই অন্তহীন অভ্যন্তরীণ খাদে নিয়ে গিয়েছিল, যা আমাকে গ্রাস করছিল এবং রূপান্তরিত করছিল?

— সত্যিকারের প্রকাশের পথে সাহসের প্রয়োজন। পর্দাগুলো নির্মমভাবে ছিঁড়ে ফেলা, আমার নিজের আত্মার অন্ধকার গোলকধাঁধায় নেমে আসা। সেখানে আমাকে আমার ছায়ার মুখোমুখি হতে হয়েছিল, আমার সেই অংশটির সাথে যা নাথানিয়েল এবং তার অন্ধকারকে ভয় পেত। সীমাহীন ধৈর্যের সাথে, উপলব্ধির প্রক্রিয়ায়, এবং অবিচল দৃঢ়তার সাথে। এই যাত্রা আমাকে আমার চেতনার অন্ধকার অরণ্যের মধ্য দিয়ে সাহসের সাথে পরিচালিত করেছিল এবং ধীরে ধীরে আমাকে সেই অগণিত শেকল থেকে মুক্ত করেছিল যা আমি নিজেই চাপিয়েছিলাম।

এবং তারপর, যেন আমার অকথিত আকাঙ্ক্ষার প্রতিক্রিয়ায়, তার কাছ থেকে একটি বার্তা এল। শয়তানের মতো সঠিক। তার শব্দগুলো যেন আমার চিন্তার কালি দিয়ে লেখা হয়েছিল:

— প্রাচীন রহস্যের রক্ষক এখন কী স্বপ্ন দেখছে, যখন সে স্বাভাবিক বিশ্বে ফিরে যাচ্ছে? তুমি কি ঐক্যের আরও নির্দিষ্ট রূপের কল্পনা করছ? আমি আশা করি যে তোমার চারপাশের জিনিসগুলো জুরিখের মতো প্রাণহীন হয়ে যায়নি। আজ তিনটি গুরুত্বপূর্ণ সভা বাতিল করা হয়েছে, কারণ লোকেরা কেবল... আসেনি। উদাসীন ছায়া।

আমি তিক্তভাবে হেসেছিলাম, কিন্তু আমার চোখে একটি শিখা ছিল। ঠিক সে। ঠিক সময়ে। আমার বাস্তবতা সর্বত্র ছিল, এমনকি ট্রেনেও। এটি তার উপস্থিতি দ্বারা ক্রমবর্ধমানভাবে পূর্ণ হচ্ছিল, আমাদের মিলনের ধারণা, সেই শিখা যা আমাদের মধ্যে জ্বলছিল, যা সে যা কেড়ে নিয়েছিল তা সত্ত্বেও নিভিয়ে ফেলা যায়নি।

— এবং তাই, আমি উৎসটি আবিষ্কার করেছি। লুকানো নয়, বরং আমার সত্তার অভয়ারণ্যের গভীরে প্রকাশিত হয়েছে। আমি এটিকে আনুষ্ঠানিকভাবে একটি আলকেমিক্যাল অমৃত দিয়ে পূর্ণ করেছি। এর উপাদানগুলো ছিল যন্ত্রণার তিক্ততা, নিঃশর্ত ক্ষমার আগুন দিয়ে বিশুদ্ধ, কৃতজ্ঞতার নরম শিশির দিয়ে মিষ্টি, ভালোর প্রতি অবিচল বিশ্বাস দিয়ে শক্তিশালী এবং সীমাহীন ভালবাসা দিয়ে মুকুটযুক্ত। এমন ভালবাসা যা কেবল আমার রূপান্তরিত হৃদয় তৈরি করতে পারত, এমন ভালবাসা যা অবক্ষয়ের বিরুদ্ধে একটি ঢাল হতে পারত।

— এই মূলটি কোনো স্বপ্ন নয়, নাথানিয়েল। এটি একটি জাগরণ। আর এর পথে সাহসের প্রয়োজন – এটিকে নিজের মধ্যে তৈরি করার জন্য। এটি যন্ত্রণা, ক্ষমা, কৃতজ্ঞতা, বিশ্বাস এবং ভালবাসার একটি অমৃত। আর হ্যাঁ, যা বিদ্যমান তা এখন আরও স্পষ্ট। ঝুঁকি অনেক বেশি। আমাদের সবার জন্য। অবক্ষয় বাড়ছে।

একটি দ্রুত উত্তর এল। আমি এটি আশা করছিলাম। আমি জানতাম যে আমি তাকে স্পর্শ করেছি।

— কিসের জন্য সাহস? তোমার আরেকটি দার্শনিক ধাঁধার জন্য? আমাকে তোমার apocalyptic মেজাজের মধ্যে টানার চেষ্টা করো না, মেলিনা। পৃথিবী একই, শুধু কিছু মানুষ ক্লান্ত হয়ে যায়। অথবা ধীরে ধীরে মারা যায়। যখন তাদের সবকিছু কেড়ে নেওয়া হয়।

তার কথাগুলো একটি পরিচিত কম্পন জাগিয়ে তুলল। সম্ভবত এই কম্পন, এই অসম্পূর্ণতা, পথের একটি অংশ ছিল। তার পথের দিকে। সেই রহস্যের দিকে যা সে রক্ষা করছিল, এবং যা আমাকে সমাধান করতে হয়েছিল। আমার লক্ষ্য আরও স্পষ্ট হয়ে উঠছিল: কীভাবে প্রতিটি মানব আত্মাকে জাগানো যায়, কীভাবে অভিজ্ঞতাকে রূপান্তরে পরিণত করা যায়, মানবতা পদার্থের ছায়ায় রূপান্তরিত হয়ে অদৃশ্য হওয়ার আগে। আমাকে লক্ষণ খুঁজতে হয়েছিল – শিক্ষা, স্কুল, বই, এই জ্ঞানের পথে যেখানেই ছিল।

এই পবিত্র মুহূর্তে, আমি আমার মধ্যে একটি প্রাচীন শক্তি জেগে উঠতে অনুভব করলাম, যা সময়ের চেয়েও পুরানো, যেকোনো মানব উদ্ভাবনের চেয়েও শক্তিশালী। আমি একটি মহাজাগতিক অন্তর্দৃষ্টির রক্ষক ছিলাম, একটি রহস্যময় গোপনীয়তার, যা স্মরণাতীত কাল থেকে সংরক্ষিত ছিল। যখন আমি অবশেষে এটিকে বিশুদ্ধ, স্পন্দিত ভালবাসা দিয়ে শীর্ষে পূর্ণ করলাম, তখন এটি এক ঝলমলে আলোয় জ্বলে উঠল, এত উজ্জ্বল যে এটি যেন আমার অভ্যন্তরীণ দৃষ্টিকে অন্ধ করে দিল। এটি আমার পথকে কর্তৃত্বের সাথে কেটে দিল, সন্দেহ এবং ভয়ের প্রতিটি ছায়া, এমনকি তার নিজের ছায়ার অন্ধকারও ছড়িয়ে দিল। আমি নির্বাচিত হয়েছিলাম। এর সমস্ত তিক্ততা শেষ পর্যন্ত পান করার জন্য। এর গভীরতম মাত্রাগুলো জানার জন্য। এবং আমি অনন্তকালের সাথে মিশে গেলাম। আমি নতুন জগৎ তৈরি করতে সক্ষম এক বিশাল, সৃজনশীল শক্তি অর্জন করেছি – অথবা এই পৃথিবীটিকে বাঁচানোর জন্য।

নাথানিয়েল আবার লিখলেন, এবার আরও দ্রুত, যেন আমার কথাগুলো তাকে বিদ্ধ করেছে:

— এটা... বিশাল মনে হচ্ছে। আর 'অনন্তকাল' এই অমৃতের মধ্যে কোথায় ফিট হয়? আর এটা কি অনন্ত আনন্দ নিয়ে আসে? নাকি কেবল আরেকটি বিভ্রম যা মানুষকে অন্ধ করে দেয়, যখন পৃথিবী সত্যিই ভেঙে পড়ে, কারণ তারা অভ্যন্তরীণ স্ফুলিঙ্গ খুঁজতে খুব ব্যস্ত থাকে, যখন অবক্ষয়কারী শক্তিগুলো তাদের ভেতর থেকে খালি করে দেয়?

আমি তাকে সঙ্গে সঙ্গে উত্তর দিলাম, শব্দগুলো আমার মধ্যে ছুটে আসছিল:

— রহস্যটি কেবল একটি ঠাণ্ডা ধাতু ছিল না, নাথানিয়েল। এর একটি উচ্চতর আধ্যাত্মিক মাত্রা রয়েছে। এটি মালিকানাধীন হতে পারে না। কেবল একটি অভ্যন্তরীণ আলোকিতকরণ হিসাবে অভিজ্ঞতা লাভ করা যায়। এটি হঠাৎ করে আসেনি। এটি সর্বদা সম্ভাবনায় জ্বলছিল। এটি অতীতের নয়, ভবিষ্যতেরও নয়। এটি অনন্ত বর্তমান... এটিই প্রজ্ঞা। আমাদের কাছে একটি অমূল্য উপহার হিসাবে দেওয়া হয়েছে। একটি উপহার যা আমাদের প্রত্যেকের গ্রহণ করার স্বাধীনতা রয়েছে। অথবা অস্বীকার করার।

আমি তাকে সঙ্গে সঙ্গে উত্তর দিইনি। আমি কেবল সেই গভীর অভ্যন্তরীণ নিশ্চিতকরণ নিয়ে ভাবছিলাম যা আমাকে গ্রাস করেছিল – একটি প্রায় শারীরিক "আমেন", যা আমার শিরায় স্পন্দিত হচ্ছিল, যা কেড়ে নেওয়া হয়েছিল তার ব্যথাকে নীরব করে দিচ্ছিল। আমি কাব্বালার কথাগুলো মনে রেখেছিলাম, যে "আমেন" কেবল একটি নিশ্চিতকরণ নয়, বরং ঐশ্বরিক ইচ্ছার সাথে একটি সংযোগ, যা বিশ্বকে চালিত করে এমন শক্তির প্রকাশ। আমি গির্জা এবং সিনাগগে প্রার্থনা নিয়ে ভাবলাম – এটি প্রায়শই কেবল শব্দে থাকে, সত্যিকারের আবেগ এবং ইচ্ছা ছাড়া। এটি সত্যিকারের বোঝার আকাঙ্ক্ষার চেয়ে ব্যক্তিগত আকাঙ্ক্ষা এবং অহং দ্বারা বেশি অনুপ্রাণিত হয়। একটি বদ্ধ হৃদয় প্রতীকের আড়ালে তাকায় না, বরং শব্দগুলোর দিকে তাকায়, এটি বুঝতে পারে না যে অর্থটি উচ্চারিত হওয়ার বাইরে। সঠিকভাবে বোঝা না গেলে, ধর্ম প্রায়শই মনোভাব এবং স্টেরিওটাইপগুলিকে পরিবর্তন করে, মানুষকে সত্য আধ্যাত্মিক বৃদ্ধির দিকে

পরিচালিত করার পরিবর্তে মতবাদের মধ্যে আবদ্ধ করে। আমি প্রায় তার সারমর্মটি আস্বাদন করতে পারতাম – জটিল, বিপজ্জনক, কিন্তু এতই আকর্ষণীয়।

— যে বার্তাটির অর্থ 'নিজেকে উপলব্ধি করো!'। আর যা মার্জিতভাবে পৃথক ধর্ম এবং সংস্কৃতির সংকীর্ণ সীমানা অতিক্রম করে। আত্ম-জ্ঞান এবং সম্পূর্ণ আত্ম-উপলব্ধির জন্য এই সর্বজনীন, চিরন্তন আহ্বানটি মানবজাতির প্রতি শেষ, সবচেয়ে গুরুত্বপূর্ণ বার্তা, খুব দেরি হওয়ার আগে!

ট্রেনটি ধীর হয়ে গেল, আমরা একটি স্টেশনের কাছে আসছিলাম। শহরটি কাছে আসছিল, কিন্তু আমি ছিলাম অন্য কোথাও – অন্য মাত্রায়, সময়ের অন্য মাত্রায়, আমার নিজের রূপান্তরে।

— হ্যাঁ। হৃদয়টি সত্যিই অনন্তকালের সেই রহস্যময় গোবলেট। আমাদের সত্তার একটি স্পন্দিত উৎস। মূলটি একটি জীবন্ত, সুস্পষ্ট পরিপূর্ণতা, প্রতিটি মানুষের হৃদয়ের গভীরে বিচক্ষণতার সাথে লুকানো। এটি আমাদের অভ্যন্তরীণ, উজ্জ্বল স্ফুলিঙ্গ, যা ক্রমাগত আমাদের মনে করিয়ে দেয় যে আমরা একটি বিশাল সমগ্রের অবিচ্ছেদ্য অংশ এবং আমাদের প্রত্যেকের মধ্যে একটি অমলীন ঐশ্বরিক স্ফুলিঙ্গ বাস করে, যা জ্বালানোর অপেক্ষায় রয়েছে। মূলটি এই অভ্যন্তরীণ রূপান্তরের একটি শক্তিশালী প্রতীক, যা আমাদের সাধারণ মানুষ থেকে আমাদের নিজস্ব অনন্য বাস্তবতার সচেতন সহ-স্রষ্টা এবং যা আসছে তার বিরুদ্ধে একটি ঢালে রূপান্তরিত করার সম্ভাবনা রাখে।

আমি তাকে একটি বার্তা পাঠালাম যা আমার পূর্ববর্তী চিন্তাভাবনার সংক্ষিপ্তসার:

— আমেন, নাথানিয়েল। এটি নিজেকে উপলব্ধি করার একটি আহ্বান। কারণ এই মূলটি তোমার হৃদয়ে রয়েছে। এটি তোমার অভ্যন্তরীণ স্ফুলিঙ্গ, যা তোমাকে সবকিছুর সাথে সংযুক্ত করে। আর এটি একটি অবর্ণনীয় অনুভূতি হতে পারে। এমন একটি বিদ্যুতের মতো যা আমার ফুসফুসকে একটি স্ফটিক শিখা দিয়ে ছিঁড়ে ফেলে। যদি আমরা তাড়াহুড়ো না করি, তবে এটি অনুভব করার মতো কেউ নাও থাকতে পারে। জীবনের ঘড়ি তার শেষ বালুকণাগুলো মাপছে। উদাসীনতা বাড়ছে। আমাদের চেতনা এবং কোয়ান্টাম পদার্থবিজ্ঞানের মধ্যে সংযোগের জন্য একটি বৈজ্ঞানিক যুক্তি দরকার, এটি প্রমাণ করার জন্য যে চিন্তা পদার্থকে পরিবর্তন করে। আমাদের মস্তিষ্কের নিউরোপ্লাস্টিসিটি অন্বেষণ করতে হবে, কীভাবে সচেতনতার মাধ্যমে স্নায়ু পথগুলিকে পুনরায় লেখা যায় তা বোঝার জন্য। সম্ভবত ধ্যান এবং যোগব্যায়ামের মতো প্রাচীন অনুশীলনগুলিতে এই জাগরণের উপায় রয়েছে, তবে সেগুলোকে একটি নতুন, অ্যাক্সেসযোগ্য উপায়ে উপস্থাপন করতে হবে।

নাথানিয়েল কিছুক্ষণ পর উত্তর দিলেন, কৌতূহলের সাথে মিশ্রিত একটি চ্যালেঞ্জের ইঙ্গিত দিয়ে, যা তার সংগ্রামকে প্রকাশ করছিল।

— তার রহস্যের পথে সাহসের প্রয়োজন। আমাদের ভয়ের মুখোমুখি হতে। সন্দেহকে দুর্বল করতে। সীমাহীন ধৈর্য। সমস্ত অনিবার্য বাধা অতিক্রম করতে। আর অবিচল অধ্যবসায়। অভ্যন্তরীণ সত্যের উচ্চতর অনুসন্ধানে কখনই হাল ছেড়ে না দেওয়া।

আমি তাকে একটি প্রশ্ন পাঠালাম যা আমাকে সেই মুহূর্ত থেকে কামড়াচ্ছিল যখন আমি তাকে ছেড়ে চলে গিয়েছিলাম। যা আমাকে শান্তিতে থাকতে দিচ্ছিল না।

— নাথানিয়েল, কাল রাতে তুমি কেন ভয় পেয়েছিলে? কেন পিছিয়ে গেলে, যখন আমরা সত্যিকারের, শারীরিক সংঘর্ষের মাধ্যমে এই 'হৃদয়ের স্ফুলিঙ্গ' পরিমাপ করতে পারতাম? যেন তুমি একটি ব্ল্যাক হোল খোলার ভয় পেয়েছিলে। কেন?

ফোনটি সঙ্গে সঙ্গে বেজে উঠল। এটি সে ছিল। তার কণ্ঠস্বর রাগান্বিত ছিল, ভাঙনের দ্বারপ্রান্তে, কিন্তু এতে কিছু গভীর, কষ্টার্জিত উপলব্ধিও ছিল। সে বিভ্রান্ত ছিল না, বরং মনে হচ্ছিল সে সারা রাত এই মুহূর্তটি নিয়ে ভেবেছিল।

— হৃদয়ের মধ্যে তারা? এটি আরও কাব্যিক, মেলিনা, কিন্তু কীভাবে একটি স্ফুলিঙ্গ স্পর্শ করা যায়, যখন তুমি সারা রাত ধরে ভাবছ যে এটি স্বর্গ এবং নরকের মধ্যে একটি অবস্থা? আমার নিজের উপর এই নিয়ন্ত্রণ... এটি আমাকে প্রলোভনের দ্বারপ্রান্তে ধরে রাখে, বিশুদ্ধ আনন্দ এবং সত্যিকারের তৃপ্তির মধ্যে। (একটি সংক্ষিপ্ত বিরতি, একটি ভারী দীর্ঘশ্বাস।) এই ঘনিষ্ঠতা... এই রহস্য। এটি আমাকে কাঁপিয়ে তোলে। আমাকে 'স্ফটিক শিখা' কী তা জিজ্ঞাসা করো না, দয়া করে, আমাকে তোমার বাস্তবতার বিবরণ দাও, তোমার রূপক জগতের নয়। আর কেন এই 'যদি আমরা তাড়াহুড়ো না করি' নিয়ে এত আতঙ্ক? এই দৌড় কী? তুমি কি কেবল আমাকে কোথাও বনে একটি রোমান্টিক রাতের খাবারের জন্য নিয়ে যেতে পার না এবং সেখানে আমাকে... মূলের জাদু প্রকাশ করতে পার না, বিশ্বকে ধ্বংস করার পরিবর্তে আমাকে এটি থেকে রক্ষা করার জন্য? নাকি নিজেকে থেকে? আমাকে বোঝানোর চেষ্টা করো না যে তুমি আমার চেয়ে বেশি জানো। তুমি তোমার নিজের দর্শনের ফাঁদে পড়েছ, মেলিনা! এটি... এটি আমাকে ভয় দেখায়, মেলিনা। ঠিক এটিই।

নাথানিয়েল হঠাৎ করে ফোনটি কেটে দিল, উত্তরের জন্য অপেক্ষা না করে।

এবং আমি চিন্তা চালিয়ে গেলাম, তার কথাগুলো আমার মধ্যে উল্টে যাচ্ছে, আমার সত্যের অংশ হয়ে যাচ্ছে।

— প্রত্যেকের কি সেই ক্ষমতা আছে? এই পবিত্র গোপনীয়তা উন্মোচন করার জন্য? এটি একটি গভীর প্রশ্ন। আর ব্যক্তিগত। সম্ভবত অন্তর্দৃষ্টি একটি বিরল উপহার নয়, বা একটি বিশেষ সুবিধা নয়। বরং অনেক সহজ কিছু। আন্তরিক প্রস্তুতি। নিজেকে নিঃশর্তভাবে উৎসর্গ করার প্রস্তুতি। এই উত্তেজনাপূর্ণ অভ্যন্তরীণ যাত্রায়। যা প্রায়শই ভীতিজনক। আত্ম-জ্ঞানের দিকে।

আমি তাকে লিখলাম:

— লক্ষ্য জীবনের অর্থ খুঁজে বের করা নয়, নাথানিয়েল। অর্থটিই অনুসন্ধান, এটি একটি যাত্রার মতো। নিজেকে আত্ম-জ্ঞানের মধ্যে উৎসর্গ করার প্রস্তুতি। তখন তুমি এই অনুভূতিটি কী তা বুঝতে পারবে। সময় আমাদের চাপ দিচ্ছে, নাথানিয়েল। আমি এটি অনুভব করতে পারি। আমার ঘাড়ে একটি শীতল বাতাস। এটি ব্যক্তিত্বের ভয় নয়। এটি জ্ঞান। আমাদের একটি স্কুল তৈরি করতে হবে যা এই অভিজ্ঞতাটি শেখাতে পারে, একটি পাঠ্যক্রম তৈরি করতে হবে যা আধ্যাত্মিক অনুশীলনের সাথে বৈজ্ঞানিক অর্জনগুলিকে একীভূত করে। সম্ভবত ভার্চুয়াল বাস্তবতার মাধ্যমে, সিমুলেশনের মাধ্যমে যা মানুষকে নিরাপদে এবং নিয়ন্ত্রিতভাবে এই রূপান্তরগুলি অনুভব করতে দেবে। অথবা বই লেখার মাধ্যমে, যা এই জটিল ধারণাগুলিকে একটি অ্যাক্সেসযোগ্য ভাষায় অনুবাদ করবে, যেমন "অনন্তকালের পার্চমেন্ট" কেবল একটি শুরু।

— সত্যটি স্পষ্ট। এখন পর্যন্ত কেউ রহস্যের শারীরিক আবিষ্কার প্রমাণ করেনি। সম্ভবত এটি তার ক্ষণস্থায়ী প্রকৃতি সম্পর্কে বলে। অ-বস্তুগত। এটি এমন কোনো বস্তু নয় যা খুঁজে পাওয়া যায়। বরং চেতনার একটি অবস্থা। যা অভ্যন্তরীণভাবে অর্জন করতে হবে।

— আর আমি?! এক মুহূর্তের জন্য, আমি অনুভব করলাম যে আমার হাতের তালুতে একটি স্পন্দিত আলোর গোলক রয়েছে – স্পষ্ট, শ্বাস নিচ্ছে। একটি মহাবিশ্বের হৃদয় যার কণ্ঠস্বর আমার হাড়ের মধ্যে বাজছিল। এটি কি মূলের পরিপূর্ণতা ছিল? নাকি আমি কেবল একটি গভীর ব্যক্তিগত আলোকিতকরণ অনুভব করেছি? অভ্যন্তরীণ সত্যের একটি হঠাৎ এবং স্পষ্ট বোঝার মুহূর্ত, আমার অন্তর্দৃষ্টির অংশ?

নাথানিয়েল উত্তর দিল না। কিন্তু তার কথাগুলো আমার মধ্যে প্রতিধ্বনিত হচ্ছিল।

— কীভাবে আমি সংশয়ী বিশ্বকে প্রমাণ করব? এমন কিছু যা এত আত্মগত? যা ব্যক্তিগত অভ্যন্তরীণ অভিজ্ঞতার মধ্যে নিহিত? একটি যুক্তিযুক্ত সমাজ কী ধরনের নির্দিষ্ট প্রমাণ গ্রহণ করবে? কঠোর বিজ্ঞানীরা? আর কী ঘটবে? যদি আমি এটি প্রমাণ করতে সক্ষম হই? আমি কি শ্রদ্ধার বস্তু হয়ে উঠব? নাকি বরং একজন নির্যাতিত ধর্মদ্রোহী? আমি কি এই পবিত্র আবিষ্কারটি শেয়ার করব? বাকি বিশ্বের সাথে? নাকি এটি আরও যুক্তিসঙ্গত হবে? আরও নিরাপদ হবে? এটি আমার সবচেয়ে মূল্যবান ধন হিসাবে গভীর গোপনীয়তায় রক্ষা করা? মানবজাতির মুক্তির প্রতি অন্তর্দৃষ্টির অংশ হিসাবে?

— এই ব্যক্তিগত উদ্ঘাটনটি একটি রহস্যময় অন্তর্দৃষ্টির মতো ছিল। হঠাৎ করে এটি অসংখ্য অপরিচিত দরজা খুলে দিল। সেগুলোর প্রতিটি আরও গভীর এবং জটিল রহস্যের দিকে পরিচালিত করে। আমি অপরিচিতের প্রতি এক পক্ষাঘাতগ্রস্ত ভয়ে ছিলাম, কিন্তু বিশাল সম্ভাবনাগুলোর জন্য এক রোমাঞ্চকর উত্তেজনাও ছিল। আমি কখনই, আমার সবচেয়ে দুঃসাহসিক কল্পনাতেও, এমন বিশাল এবং সাধারণ যুক্তির মাধ্যমে অবর্ণনীয় কিছুর মুখোমুখি হব তা আশা করিনি।

— আমি নিজেই জানতাম না। এই অপ্রত্যাশিত আবিষ্কারের সাথে আমার ঠিক কী করা উচিত! আমি স্বজ্ঞাতভাবে অপেক্ষা করছিলাম। বাহ্যিক উত্তরের জন্য। অভ্যন্তরীণ লক্ষণের জন্য। যা আমাকে পরিচালিত করবে, আমার লক্ষ্যের পরবর্তী ধাপটি প্রকাশ করবে।

---✶ ६ ✶ ---

ফ্ল্যাশফরোয়ার্ড: সন্ধ্যার উপলব্ধিতে

ট্রেনটি একটি তীক্ষ্ণ শব্দ করে আমার স্টেশনে থামল। আমি হঠাৎ করে ফোনটি সরিয়ে নিলাম, আর আমার মনে ছবিগুলো বিস্ফোরিত হলো।

যাত্রাটি শেষ হয়নি। আর তার সাথে আমার পথ এবং অভ্যন্তরীণ আলোকিতকরণ সম্পর্কে একটি নতুন, গভীর উপলব্ধিও ছিল। আমার হৃদয়ের কম্পন আগের চেয়েও শক্তিশালী ছিল – কেবল আকাঙ্ক্ষা থেকে নয়, বরং এই আত্মবিশ্বাস থেকেও যে এই যাত্রা কেবল শুরু।

আমার মনে ছবিগুলো ভেসে উঠল, মেঘকে ছিন্ন করা বজ্রপাতের মতো স্পষ্ট।

দৃষ্টি: এক মুহূর্তের জন্য, কম্পার্টমেন্টের দেয়ালগুলো খুলে গেল, আর আমি নিজেকে শীতের প্রদেশের ল্যান্ডস্কেপের মাঝে নয়, বরং একটি ধ্বংসপ্রাপ্ত শহরের মাঝে পেলাম। আমি নগরীর ল্যান্ডস্কেপগুলো ধ্বংসস্তূপে পরিণত হতে দেখলাম, ছাই এবং নীরবতায় ঢাকা। একসময় উঁচু ভবনগুলো এখন ভাঙা খেলনার মতো পড়ে আছে, উদাসীন আকাশের নিচে কংক্রিট এবং ইস্পাত উন্মুক্ত। দিগন্তে, যেখানে আগে উঁচু ভবনগুলো দাঁড়িয়ে ছিল, এখন কেবল এক অন্তহীন, ধূসর শূন্যতা, যা কুয়াশায় গ্রাস হয়ে গেছে। ভেঙে পড়া আকাশচুম্বী ভবনগুলোর উপরে একটি বিশাল ছায়া কুঁকড়ে যাচ্ছিল – পুরো আকাশকে আবৃত করে, কালো আলো প্রবাহিত করছিল, যেখান থেকে নীরব চিৎকার উঠছিল। আর তার ঠিক মাঝখানে – একটি হৃদয়, যা বিশ্বের ছন্দে স্পন্দিত হচ্ছিল।

এবং তখন, এই ধ্বংসের ল্যান্ডস্কেপের মাঝে, আমার উপরের মেঘে স্পষ্ট চিত্রগুলো গঠিত হলো – ভয় থেকে বিকৃত মুখ, সাহায্যের জন্য প্রসারিত হাত, তারপর একটি ছোট শিশুকে জড়িয়ে ধরে থাকা একজন মহিলার silhouette, যে নিজেকে ভয়াবহতা থেকে আড়াল করার চেষ্টা করছিল। যেন আমি হাজার হাজার আত্মাকে উদাসীনতার কাছে আত্মসমর্পণ করতে দেখলাম, ধীরে ধীরে ধূসর ধুলোয় অদৃশ্য হয়ে যাচ্ছে।

আর অনেক উপরে, ধূসরতায় একটি অপ্রত্যাশিত ফাটল, একটি রংধনু দেখা গেল – উজ্জ্বল, কম্পমান, যেন এটি নোংরা, মলিন বাতাসের পটভূমিতে সবচেয়ে বিশুদ্ধ রঙ দিয়ে আঁকা

হয়েছিল। এটি আকাশ এবং পৃথিবীর মধ্যে একটি সেতুর মতো উঁচু হয়েছিল, যা দৃশ্যমানের বাইরে কিছুর প্রতিশ্রুতি, এমন একটি আশার যা আসন্ন অন্ধকারকে ভেদ করে, যা রূপান্তরের। অনুভূতিটি এত শক্তিশালী ছিল যে আমি প্রায় বাতাসের ধুলোর স্বাদ নিতে পারতাম, চিৎকারগুলো ম্লান হওয়ার আগে শুনতে পারতাম, এবং একটি পরিত্যক্ত বিশ্বের শীতলতা অনুভব করতে পারতাম, যা পরিত্রাণের জন্য অপেক্ষা করছিল।

হঠাৎ, একটি তীক্ষ্ণ ব্যথা আমার বুকে বিদ্ধ হলো। আমার ফুসফুসগুলো সংকুচিত হয়ে গেল, যেন একটি স্ফটিক শিখা দ্বারা আবৃত। আমার কোষগুলো গাইছিল, একটি উজ্জ্বল ব্যথা দ্বারা বিভক্ত হচ্ছিল, যা ব্যথা ছিল না, বরং জন্ম ছিল। আমার হৃদয় লক্ষ লক্ষ স্ফুলিঙ্গে ফেটে গেল, বাতাসে ছড়িয়ে পড়ল। পৃথিবী ঘুরতে শুরু করল। আমি অনুভব করলাম যে আমার কোষগুলো ভেঙে যাচ্ছে, আলোতে রূপান্তরিত হচ্ছে। সময় এবং স্থান অদৃশ্য হয়ে গেল। আমি অনন্তকালে ডুবে গেলাম। যখন আমি অশ্রুসিক্ত অবস্থায় জেগে উঠলাম, আমি জানতাম – আর ফিরে যাওয়ার পথ নেই। আমি চৌকাঠ পেরিয়ে গেছি। আমি অজ্ঞান হয়ে গেলাম।

আর তখন, বজ্রপাতের মতো, আমার নতুন বইয়ের শিরোনামটি এল। একটি ঝলক যা আমার পুরো সত্তাকে নাড়িয়ে দিল, স্বজ্ঞাত অনুভূতি, মহাপ্রলয়ের এই স্বপ্ন এবং রহস্যের উদ্ঘাটনকে আবদ্ধ করে। আমি কাঁপতে থাকা আঙ্গুল দিয়ে আমার ফোনের নোটে এটি লিখলাম: "যদি তুমি বেঁচে থাকার জন্য নির্বাচিত হও?"

প্রকাশ, রহস্য, স্বজ্ঞাত অনুভূতি। মহাপ্রলয়ের স্বপ্নের ধাঁধাটি একত্রিত করা। বেঁচে থাকার ধারণা, পছন্দের জন্য। আমার পছন্দের জন্য।

এখন আমি জানতাম। অভ্যন্তরীণ রূপান্তর একটি গভীর ব্যক্তিগত পরীক্ষা, আত্মার এক যাত্রা, যা প্রত্যেকের একা পার হতে হয়। এই পবিত্র গোপনীয়তাটি অবশ্যই রক্ষা করতে হবে, অন্তত প্রাথমিকভাবে, ব্যক্তিগত অনুসন্ধান, অভ্যন্তরীণ উপলব্ধি উসকে দেওয়ার জন্য। গভীর সত্যটি সহজ প্রমাণিত হয়েছিল, মানব অস্তিত্বের জন্য মৌলিক। এই উপলব্ধির অভিজ্ঞতাটি নিজেই একটি অলৌকিক ঘটনা, যা জীবনকে আমূল পরিবর্তন করে দেয়। যখন একজন ব্যক্তি শরীর, মন এবং আত্মার অভ্যন্তরীণ ত্রিত্ব অর্জন করে, তখন একটি বিশাল সম্ভাবনা প্রকাশ পায়। সর্বব্যাপী ভালবাসা হল পরিত্রাণ, অভ্যন্তরীণ পরিপূর্ণতার পথ, এবং আসন্ন অন্ধকারের বিরুদ্ধে একমাত্র অস্ত্র।

ট্রেন থেকে নামার আগে আমি নাথানিয়েলকে একটি চূড়ান্ত বার্তা লিখলাম:

— এই গভীর রহস্যের রক্ষক কখনই সম্পূর্ণ সত্যটি সম্পূর্ণরূপে প্রকাশ করবে না। কারণ এর সারমর্ম ব্যক্তিগত অভিজ্ঞতা, উপলব্ধিতে। আর আমি কি এটি তোমার সাথে শেয়ার করব, নাথানিয়েল... এটি রহস্যের একটি অংশ। সম্ভবত সেখানে, বনের মধ্যে, তারার নিচে, আমরা এর শেষ অংশটি খুঁজে পাব, অথবা বিশ্ব সম্পূর্ণরূপে গ্রাস হওয়ার আগে আমরা এটি তৈরি করব। তবে একটি জিনিস নিশ্চিত – ঝুঁকি অনেক বড়। জীবনের ঘড়ি তার শেষ বালুকণাগুলো মাপছে... আমাদের সবার জন্য। আর আমি আমার ভূমিকা পালন করতে প্রস্তুত। আর যদি আমাকে সবকিছু হারাতে হয় – ভালবাসা, যুক্তি, নিজেকে – আমি পথ খুঁজে বের করব। আমি অন্ধকারে প্রবেশ করব।

যা কিছু আমি অভিজ্ঞতা লাভ করেছি, তার পরে একটি জিনিস আমি নিশ্চিতভাবে জানতাম: ভয় আর প্রভু ছিল না, বরং এক অনুকূল বাতাস। আমি অজানা বিষয়ে ডুব দিতে প্রস্তুত ছিলাম।

--- ❤ ---

# মিরর ওয়ার্ল্ডস:
# প্রেতাত্মা এবং ভবিষ্যদ্বাণী
# বিভাগ III

## অধ্যায় 21: আত্মার অমরত্ব শিখার দিকে পথ...

আমার অস্তিত্ব বোঝার পথে নির্মম সাহসের প্রয়োজন ছিল। এতে বিভ্রমের নির্মম ছিঁড়ে ফেলা, আমার নিজের আত্মার গভীরতম কোণগুলিতে নেমে যাওয়ার প্রয়োজন ছিল। সেখানে আমাকে আমার সবচেয়ে বড় ভয়গুলোর মুখোমুখি হতে হয়েছিল - কেবল আমার নয়, তার দানবগুলোরও। সীমাহীন ধৈর্যের সাথে, উপলব্ধির প্রক্রিয়ায়, এবং অবিচল অধ্যবসায়ের সাথে। আমি একটি শান্ত, কিন্তু অবিরাম অভ্যন্তরীণ কণ্ঠ অনুসরণ করছিলাম, যা আমাকে শান্তিতে থাকতে দিচ্ছিল না। এই যাত্রা আমাকে সাহসের সাথে আমার চেতনার অন্ধকার অরণ্যের মধ্য দিয়ে নিয়ে গিয়েছিল এবং ধীরে ধীরে আমাকে সেই অগণিত শেকল থেকে মুক্ত করেছিল যা আমি নিজেই চাপিয়েছিলাম - প্রায়শই অবচেতনভাবে, তাকে আমার মধ্যে বিষাক্ত লতার মতো প্রবেশ করতে দিয়েছিল, যা প্রতিটি আশাকে শ্বাসরোধ করে দিচ্ছিল।

বেসেলে সেই প্রথম, বৈদ্যুতিক সাক্ষাতের পর থেকে পাঁচ বছর কেটে গেছে। পাঁচ বছর বিরল, ক্ষণস্থায়ী সাক্ষাতে ভরা ছিল - সংবর্ধনা, সম্মেলন, দ্রুত কফি, যখন আমাদের পথ কোনো

বড় শহরে একে অপরকে অতিক্রম করত। কিন্তু সর্বোপরি, পাঁচ বছর অন্তহীন বার্তা এবং দীর্ঘ টেলিফোন কলের, যেখানে আমার আত্মা তার সামনে নিজেকে উন্মুক্ত করছিল। আমি আমার প্রতিটি গভীর আবেগ এবং অনুভূতিকে একটি গল্পে, একটি রূপকে রূপান্তরিত করতাম, যাতে তাকে স্পর্শ করতে পারি, আমি যা অনুভব করছিলাম তা তাকে অনুভব করাতে পারি।

আমি আকাঙ্ক্ষা করতাম যে সে বুঝতে পারে যে আমি যা আবিষ্কার করেছি - এই বিশ্বাস, আশা এবং ভালবাসা - কেবল আত্মার জন্য নয়, শরীরের জন্যও। শরীরকে তার সারমর্মে কোড করার জন্য অভিজ্ঞতা অর্জন করতে হবে। এই নতুন সত্য, যা আমার মধ্যে স্পন্দিত হচ্ছিল, তা আমাদের অস্পৃষ্ট সম্পর্কের দিকে আমার দৃষ্টিভঙ্গি পরিবর্তন করছিল। কারণ সত্যিকারের ভালবাসা, আমি উপলব্ধি করেছিলাম, সমস্ত স্তরে একতার প্রয়োজন ছিল - কেবল কথায় নয়, বরং রক্তমাংস, শ্বাস-প্রশ্বাস, একটি ভাগ করা ভাগ্যতেও। আমি নিশ্চিত ছিলাম যে আমি এমন একটি পথ খুঁজে পেয়েছি যা তার ধারণাকেও খুলতে পারে, কিন্তু সময় একটি ভারী মিল পাথরের মতো চাপ দিচ্ছিল। আমি এটি বাতাসে, আমার নাড়ির দ্রুততায়, রাতের উদ্বেগজনক নীরবতায় অনুভব করছিলাম, যা একটি আসন্ন পতনের জন্য চিৎকার করছিল।

সময়ের সাথে সাথে নাথানিয়েল শীতল হতে শুরু করে। এটি হঠাৎ করে হয়নি, বরং ধীরে ধীরে হয়েছিল, যেন একটি হাত সবেমাত্র একটি গরম চুলা স্পর্শ করে পিছিয়ে গেছে। সে প্রায়শই শীতল এবং দূরবর্তী ছিল। তার কাজ, তার সন্তান, তার বাস্তববাদী বিশ্বের সাথে জড়িত ছিল, যা আমি গ্রহণ করতে অস্বীকার করতাম - রূপক ছাড়া, গভীরতা ছাড়া, সত্যিকারের শিখা ছাড়া একটি বিশ্ব। আমার অভ্যন্তরীণ অভিজ্ঞতা সম্পর্কে আমার গল্পগুলো যেন সিমেন্টের একটি অদৃশ্য প্রাচীরে ভেঙে যাচ্ছিল, যা আমাকে অসহায়ত্বের অনুভূতি দিয়ে যাচ্ছিল। আর আমি? আমি নিবেদিত এবং প্রতিশ্রুতিবদ্ধ ছিলাম, কিন্তু আমার স্বপ্ন ছিল যে সেও তার হৃদয়ে একই গভীর অনুভূতি অনুভব করবে, সেই মহাজাগতিক চাবিটি অনুভব করবে যা অনন্তকালকে খুলে দিচ্ছিল।

তার আকাঙ্ক্ষা সত্ত্বেও, যা আমি আমাদের মধ্যে একটি বৈদ্যুতিক কারেন্টের মতো অনুভব করতাম, তার দুঃসাহসী ইঙ্গিত সত্ত্বেও, যা আমাদের অস্পৃষ্ট শারীরিক ইচ্ছাকে জ্বালানি দিচ্ছিল, আমাদের ভালবাসা একটি ক্ষণস্থায়ী, প্রায় প্লেটোনিক মাত্রায় রয়ে গিয়েছিল। প্রতিবার আমি অনুভব করতাম যে সে সীমা অতিক্রম করার দ্বারপ্রান্তে রয়েছে। এবং ঠিক তার পরেই, সে দীর্ঘ সময়ের জন্য নিজের মধ্যে বন্ধ হয়ে যেত, যেন সে তার প্রবৃত্তি এবং যুক্তির মধ্যে একটি চিরন্তন এবং গভীর যুদ্ধ পরিচালনা করছিল। আমি বুঝতে পারছিলাম না কেন, যদিও আমি তাকে প্রলোভনের দ্বারপ্রান্তে ধরে রেখেছিলাম, সে সেই সীমা অতিক্রম করছিল না, যদি না কোনো অদৃশ্য বাধা তাকে বেঁধে রাখছিল - একটি অদৃশ্য গিঁট যা তাকে শক্তভাবে আঁকড়ে ধরেছিল, তাকে শ্বাসরোধ করছিল, এবং আমাকেও তার সাথে, যখন আমরা অসম্পূর্ণতার ভারী বাতাস শ্বাস নিচ্ছিলাম।

এটি মাসের পর মাস ধরে চলতে থাকে। যতক্ষণ না একদিন, সম্ভবত আমার অবিরাম, যদিও সূক্ষ্ম, চাপ দ্বারা বাধ্য হয়ে, সেই দীর্ঘ টেলিফোন কলগুলির মধ্যে একটির সময়, সে আমার নীরব প্রশ্নের উত্তর দিল, যা একটি অকথিত শপথের মতো আমাদের মধ্যে ঘোরাফেরা করছিল। তার কণ্ঠস্বর ক্লান্ত লাগছিল, কিন্তু একটি অস্বাভাবিক স্পষ্টতার সাথে, একটি কাঁচের মতো যা ভেঙে যায়, শেষের পূর্বাভাস দেয়।

---✶ ʢ ✶ ---

সময়ের সাথে সংঘর্ষ

— মেলিনা – তার কণ্ঠস্বর অস্বাভাবিকভাবে নরম ছিল, কিন্তু নিয়তিবাদের একটি ইঙ্গিত ছিল, প্রায় আত্মসমর্পণ, যেন প্রতিটি শব্দ তাকে শারীরিক ব্যথা দিচ্ছিল – আবেগ এবং কর্মের

মধ্যে নিয়ন্ত্রণ, এই সত্য যে তোমার প্ররোচনা আমাকে ভাঙেনি... এই কারণেই আমি নরক এবং স্বর্গের মধ্যে দাঁড়িয়ে আছি। আমি ভেঙে পড়ার ভয় পাই, মেলিনা। আমার নিজের ভেঙে পড়ার। আমার 'আমি' প্রচণ্ডভাবে প্রতিরোধ করছে। এটি আমাকে ফিসফিস করে বলে যে এটি পাগলামি, যে আমি ভেঙে পড়ব। আমি যদি তুমি যা প্রস্তাব করছ, তুমি যা সত্যিই, তার কাছে নিজেকে সমর্পণ করি, তবে আমি ভেঙে পড়ব। আমি একটি ধ্বংসাবশেষ, মেলিনা। বোঝো!

আমার হৃদয় যন্ত্রণাদায়কভাবে লাফিয়ে উঠল, যেন এটিও একটি অদৃশ্য শত্রুর সাথে লড়াই করছিল। আমি আমার বুকে একটি তীক্ষ্ণ খিঁচুনি অনুভব করলাম, একটি শীতল ব্যথা যা বিষের মতো ছড়িয়ে পড়ছিল। আমি এত কিছু পেরিয়ে এসেছি, এত একাকীত্ব এবং পরীক্ষা। প্রতিটি ব্যথা আমার আত্মাকে এই মুহূর্তে পৌঁছানোর জন্য পালিশ করেছিল। আমি পারতাম না, আমি হাল ছাড়ব না।

— নাথানিয়েল! – আমি একটি দৃঢ় কণ্ঠে উত্তর দিলাম, অনুভব করলাম যে প্রতিটি শব্দ সত্যের সাথে, আমার নিজের যুদ্ধের ব্যথার সাথে স্পন্দিত হচ্ছে। যেন আমি ভেতর থেকে জ্বলছিলাম, কিন্তু ভেঙে পড়ছিলাম না, বরং শক্তিশালী হয়ে উঠছিলাম। – আমি ইতিমধ্যে নরকের সমস্ত বৃত্ত পেরিয়ে এসেছি! আমি মূলে পুড়ে গেছি, নাথানিয়েল! আর আমি আবার উঠেছি! আর আমি তোমার জন্য লড়াই করা ছাড়িনি, কারণ তুমি আমার সবচেয়ে গুরুত্বপূর্ণ পথ! আমি তোমাকে পথ দেখাচ্ছি... কেবল স্পর্শ নয়, ভাগ্যের এক বুনন, যা তোমাকে ভয়ের বাইরে নিয়ে যাবে। তুমি যা জান বলে মনে কর, আর যা তোমাকে ফাঁদে আটকে রাখে, তার বাইরে। ভেঙে পড়া ইতিমধ্যেই এখানে, নাথানিয়েল! আমি এটি আমাদের শ্বাস নেওয়া বাতাসে অনুভব করি। আমি এটি মানুষের খালি দৃষ্টিতে, সেই ধূসরতায় দেখি যা সবকিছু গ্রাস করে। হয় তুমি রূপান্তরিত হও, নাথানিয়েল, নয়তো তুমি ভেঙে পড়! অন্য কোনো বিকল্প নেই!

এর পরে একটি দীর্ঘ নীরবতা ছিল, ভারী, অকথিত সত্যে পূর্ণ। আমি কেবল তার শ্বাস শুনতে পাচ্ছিলাম, লাইনের অন্য প্রান্তে, সবেমাত্র শ্রবণযোগ্য, কিন্তু তার আত্মসমর্পণের স্পন্দন অনুভব করার জন্য যথেষ্ট। যেন আমরা অদৃশ্য সুতো দিয়ে সংযুক্ত ছিলাম, যা ভেঙে যাওয়ার জন্য টানছিল, শেষ শ্বাস পর্যন্ত।

— যদি এটি ২০ বছর আগে হতো... – সে ফিসফিস করে বলল, তার কণ্ঠস্বর ভেঙে গেল, তিক্ততা এবং অনুশোচনায় পূর্ণ, যা সুযোগ হারানোর গন্ধে ভরপুর ছিল, যা আশাকে শ্বাসরোধ করছিল। – আমরা সফল হতাম। ৯৯%। কিন্তু এখন... যদি আমরা সীমা অতিক্রম করি, তবে আমরা যতটা কল্পনা করতে পারো তার চেয়ে বেশি আঘাত পাব। আমি সময়ের সূর্যাস্ত দ্বারা সীমাবদ্ধ বোধ করি, মেলিনা। প্রতিটি দিন আরও একটি বলিরেখা, আরও একটি ধূসর চুল। আমাদের চারপাশের বিশ্ব যেন নিশ্চিত করে যে সবকিছু হারিয়ে গেছে। কেন আমরা অনিবার্যতার বিরুদ্ধে লড়াই করব? তোমার কাছে সময় আছে, আমার নেই। (একটি ভারী দীর্ঘশ্বাস, প্রায় অলক্ষ্য।) কোনো আশা নেই। শেষ।

এই মুহূর্তে আমি বুঝতে পারলাম। এটি কোনো বাহ্যিক নিষেধাজ্ঞা ছিল না, বরং তার নিজের ভয়, বয়স, হারানো সময়ের অনুভূতি – এটিই ছিল তার ভালবাসার গভীরতায় নিজেকে ছেড়ে না দেওয়ার কারণ। সে নিজেকে বৃদ্ধ, জীর্ণ, একটি পুরানো, ছেঁড়া পোশাকের মতো মনে করত, যা আর উষ্ণতা দিতে পারে না। যেন প্রতিটি অতিবাহিত বছর তার ত্বকে কেবল গভীর দাগ রেখে যায়নি, তার আত্মাতেও রেখেছিল, তাকে আশার শেষ ফোঁটা পর্যন্ত নিঃশেষ করে দিয়েছিল। এটি কেবল একটি স্বীকারোক্তি ছিল না। এটি সাহায্যের জন্য একটি মরিয়া চিৎকার ছিল। আর আমার সংকল্প একটি নতুন, অনিয়ন্ত্রিত শক্তি দিয়ে জ্বলে উঠল।

---✶ ʕ ✶---

নাথানিয়েলের অভ্যন্তরীণ অতল

মেলিনার নীরবতা নাথানিয়েলকে যেকোনো শব্দের চেয়ে গভীরভাবে বিদ্ধ করল। সে তাকে অন্য প্রান্তে অনুভব করছিল – তার শক্তি, তার বিশ্বাস, সেই আগুন যা তার মধ্যে জ্বলছিল এবং তাকে মৃত্যুর দিকে ভয় দেখাচ্ছিল। সে তার মুষ্টিবদ্ধ করল। "আমি একটি ধ্বংসাবশেষ", সে এটি বলল, কারণ এটি সত্য ছিল। সে সকালে নিজেকে আয়নায় দেখত – কেবল বলিরেখা নয়, একটি ক্লান্ত দৃষ্টি, তার কাঁধে একটি ভার, তার হাড়ে ক্লান্তি। যৌবন চলে গিয়েছিল, আর তার সাথে অন্তহীন সম্ভাবনার বিভ্রমও।

এই মহিলা... এই মেলিনা। সে ছিল একটি উজ্জ্বল, লাল-গরম তারার মতো, যা তাকে অপ্রতিরোধ্যভাবে আকর্ষণ করছিল। তার যুক্তি, তার বাস্তববাদ, যা বছরের পর বছর ধরে তার বর্ম ছিল, এখন তার উপস্থিতির চাপে গলে যাচ্ছিল। অর্ডার! শপথ এবং নিয়মগুলোর অশুভ ছায়া তার উপর ঝুলছিল। কখনও সম্পূর্ণরূপে বিশ্বাস করো না। ভালবাসো না। নিজেকে আসক্ত করো না। আবেগ দুর্বলতা। তারা মিশন থেকে বিভ্রান্ত করে। এই শব্দগুলো তার মাথায় অভিশাপের মতো প্রতিধ্বনিত হচ্ছিল। কীভাবে সে তাকে প্রতিশ্রুতি, ঘনিষ্ঠতা, বিশ্বাস দিতে পারত, যখন সে নিজেই অদৃশ্য শেকল দিয়ে আবদ্ধ ছিল?

সে একটি জ্বলন্ত অপরাধবোধ অনুভব করছিল। সে তার ভক্তি, যেভাবে সে নিজেকে তার কাছে উন্মুক্ত করেছিল, তাকে বিশ্বাস করে তার দ্বারা flattered হয়েছিল। সে-ই ছিল যে তাকে চ্যালেঞ্জ করেছিল, যে তার এই শিখা জ্বালিয়ে দিয়েছিল, সীমা নিয়ে খেলছিল। আর এখন? এখন তার একই রকম উত্তর দেওয়ার সাহস ছিল না। সে তাকে অনুভূতির একটি পুরো মহাবিশ্ব প্রস্তাব করছিল, আর সে কেবল ছাই দিতে পারত। ভালবাসা সম্পর্কে তার ধারণাগুলো শারীরিকতার সাথে ঘনিষ্ঠভাবে জড়িত ছিল - রক্তমাংস, শরীরের তীব্রতার সাথে, যা বছরের সাথে ম্লান হয়ে যায়। যখন সেই তীব্রতা অস্ত যাচ্ছিল, তখন সে এমন কিছু দেখতে পাচ্ছিল না যা একটি সম্পর্ককে পুষ্ট এবং উদ্দীপিত করতে পারে। মানসিক ভালবাসা? আত্মার অমরত্ব? তার কাছে এগুলো কেবল শব্দ ছিল, বিমূর্ততা, যা স্পর্শের অনুভূতি, সামঞ্জস্যপূর্ণভাবে শ্বাস নেওয়া, তার আঙ্গুলের মধ্যে বালির মতো পিছলে যাওয়া যৌবনকে প্রতিস্থাপন করতে পারত না।

কেন আমি তাকে যন্ত্রণা দিচ্ছি? কেন আমি তাকে এই অপেক্ষায় ধরে রাখছি? এই চিন্তাটি একটি বরফের টিপের মতো তাকে বিদ্ধ করল। সে এমন কাউকে প্রাপ্য ছিল যে তাকে সবকিছু দিতে পারে, ভয় ছাড়া, বাধা ছাড়া, অতীতের শেকল ছাড়া। এমন একজন যে তাকে সম্পূর্ণরূপে আলিঙ্গন করতে পারে, নিজের ভেঙে পড়ার ভয় ছাড়াই। এমন একজন যে ধ্বংসাবশেষ নয়। দূরে সরে যাওয়া ছিল একমাত্র সৎ, যদিও বেদনাদায়ক, পছন্দ। তাকে রক্ষা করার জন্য। তাকে মুক্ত করার জন্য। এমনকি যদি এর অর্থ তার নিজের হৃদয়কে উপড়ে ফেলাও হয়। তিক্ততার স্বাদ তার মুখ ভরে দিল – কেবল শব্দ থেকে নয়, তার নিজের অসহায়ত্ব থেকেও।

---✶ ៛ ✶ ---

অমরত্বের সন্ধান

আমি আবার হতাশার বিশৃঙ্খলায় নিক্ষিপ্ত হলাম। সেই মুহূর্তটি, যার জন্য আমি আকাঙ্ক্ষা করেছিলাম, তা চিরতরে হারিয়ে গিয়েছিল, অসম্ভব, অকল্পনীয়... আমি আমার গভীরতার মধ্যে এই প্রাচীরের সামনে ঘুরছিলাম, যা আমার সামনে এক অকল্পনীয় অভিশাপের মতো দাঁড়িয়েছিল। আমার চারপাশের বাতাস যেন ঘন হয়ে গেল, ভারী হয়ে গেল, আর ঘরে ঠাণ্ডা হয়ে গেল, যদিও এটি একটি উষ্ণ বিকেল ছিল। আমি আমার পিঠে একটি ঠাণ্ডা শিহরণ অনুভব করলাম। আমার হৃদয় একটি আতঙ্কিত ছন্দে স্পন্দিত হচ্ছিল, আর আমার কানে কেবল তার "কোনো আশা নেই" প্রতিধ্বনিত হচ্ছিল।

কিন্তু তারপর... আমার গভীরে, আমি লড়াই করার, বাস্তবতার কাছে হার না মানার, বরং আমার স্বপ্নের পিছনে ছুটতে একটি লোহার ইচ্ছা খুঁজে পেলাম... আমি আমার হৃদয়কে একটি

গুরুত্বপূর্ণ অমৃত দিয়ে গম্ভীরভাবে পূর্ণ করলাম। এর উপাদানগুলো ছিল যন্ত্রণার তিক্ততা, অকথিত প্রতিশ্রুতির জন্য নিঃশর্ত ক্ষমার আগুন দিয়ে বিশুদ্ধ, প্রতিটি মুহূর্তের জন্য কৃতজ্ঞতার নরম শিশির দিয়ে মিষ্টি, যা আমাকে সুখী করেছিল, সীমাহীন ভালবাসার প্রতি অবিচল বিশ্বাস দিয়ে শক্তিশালী। এমন ভালবাসা যা কেবল আমার রূপান্তরিত হৃদয় তৈরি করতে পারত। আমি অনুভব করলাম যে এই অমৃতের প্রতিটি ফোঁটা ব্যথাকে পুড়িয়ে দিচ্ছে এবং এটিকে বিশুদ্ধ, জ্বলন্ত সংকল্পে রূপান্তরিত করছে, যা আমাকে অপ্রত্যাশিত শক্তিতে পূর্ণ করছিল। অমৃত আমাকে এমন একটি আগুনে রূপান্তরিত করল, যা নিভিয়ে ফেলা যাবে না।

আমি সিদ্ধান্ত নিলাম। আমাকে সময় ফিরিয়ে আনতে হবে। আমার জন্য নয়, তার জন্য, তাকে আত্মবিশ্বাস এবং নিশ্চিততা দেওয়ার জন্য, তাকে দেখাতে যে সে আবার সেই মানুষটি হতে পারে, যাকে আমি বেসেলে পেয়েছিলাম। আর আমি জানতাম যে আমার হাতে বেশি সময় নেই। আমি এটি অনুভব করছিলাম - বাতাস ভারী হয়ে যাচ্ছিল, নীরবতা - আরও গভীর। বিশ্বের একটি জাগরণের প্রয়োজন ছিল। আমি আমার কাঁধে আসন্ন ঘটনার ভার অনুভব করছিলাম, যা একটি অসহনীয় ভবিষ্যদ্বাণীমূলক বোঝা ছিল।

এই পবিত্র মুহূর্তে, আমি আমার মধ্যে একটি রহস্যময় শক্তি জেগে উঠতে অনুভব করলাম। আমি একটি প্রাচীন প্রক্রিয়ার রক্ষক ছিলাম, একটি রহস্যময় স্বতঃসিদ্ধের, যা স্মরণাতীত কাল থেকে সংরক্ষিত ছিল। যখন আমি অবশেষে এটিকে বিশুদ্ধ, কম্পমান ভালবাসা দিয়ে শীর্ষে পূর্ণ করলাম, তখন এটি একটি ঝলমলে আলোয় জ্বলে উঠল। এটি কর্তৃত্বের সাথে আমার পথকে কেটে দিল, সন্দেহ এবং ভয়ের প্রতিটি ছায়া ছড়িয়ে দিল। এই আলোটি ক্ষণস্থায়ী ছিল না, বরং স্পষ্ট ছিল, আমার বুককে উষ্ণ করছিল, যেন শত শত সূর্য আমার মধ্যে জ্বলছিল, আর আমার ত্বক শক্তি থেকে শিহরিত হচ্ছিল, যা অসম্ভবতার পূর্বাভাস দিচ্ছিল।

আমাকে নির্বাচিত করা হয়েছিল। তার সমস্ত তিক্ততা শেষ পর্যন্ত পান করার জন্য। তার গভীরতম মাত্রাগুলো জানার জন্য। আর আমি অনন্তকালের সম্ভাবনার সাথে মিশে গেলাম। আমি নতুন জগৎ তৈরি করতে সক্ষম এক বিশাল, সৃজনশীল শক্তি অর্জন করেছি। এই চাবিটি কেবল আমার চেতনার জন্য ছিল না, এটি বিশ্ব এবং নাথানিয়েলের হৃদয়কে খোলার জন্যও ছিল।

---✶ ✶ ---

আমার ব্যক্তিগত আলকেমিক্যাল পরীক্ষা

নাথানিয়েলের সাথে হতাশাজনক কথোপকথনের ঠিক পরে, যেখানে সে আমার কাছে সময় এবং পতনের ভয় প্রকাশ করেছিল, আমি আমার নিজের অফিসে নিজেকে বন্ধ করে দিলাম। আমি দরজাটি বন্ধ করে দিলাম, যেন আমি সেই বিশ্ব থেকে নিজেকে লুকিয়ে রাখছিলাম, যা আমাদের একে অপরের থেকে এত নিষ্ঠুরভাবে কেড়ে নিচ্ছিল। দিনগুলো একটি অন্তহীন রাতের মধ্যে মিশে গেল, যা কেবল আমার ল্যাপটপের গরম স্ক্রিন এবং আমার মনের গরম সর্পিলি দ্বারা আলোকিত ছিল। ঘরের পুরনো ওয়ালপেপার এবং পুরনো বাতাসের গন্ধ কফি এবং জ্বলন্ত মোমের সুগন্ধের সাথে মিশে গিয়েছিল। আমি ইন্টারনেটে খনন করছিলাম, শত শত নিবন্ধ এবং গবেষণামূলক প্রবন্ধ গ্রাস করছিলাম যা বার্ধক্য, সেলুলার পুনর্জন্ম, রসায়ন, ভুলে যাওয়া সভ্যতার প্রাচীন শিক্ষা সম্পর্কে ছিল।

আমি সব ধরনের ভেষজ এবং এসেন্স অর্ডার করলাম - আমাজন থেকে বিরল শিকড় থেকে শুরু করে তিব্বত থেকে শুকনো ফুল, সাইবেরিয়া থেকে যাদুকরী মাশরুম এবং পাহাড়ের চূড়া থেকে স্ফটিক পর্যন্ত। আমার অফিস একটি পরীক্ষাগারের মতো হয়ে উঠল, যা কাঁচের জিনিসপত্র, টেস্ট টিউব এবং অদ্ভুত, ক্ষণস্থায়ী সুগন্ধে ভরা ছিল, যা নাকের ছিদ্র জ্বালাত এবং পরিবর্তনের প্রতিশ্রুতি দিচ্ছিল। আমি নিজের সাথে বিপজ্জনক পরীক্ষা শুরু করলাম, এমন একটি সংমিশ্রণ খুঁজে বের করার চেষ্টা করছিলাম যা সময়ের প্রক্রিয়াকে উল্টে দিতে পারে। আমি

তিক্ত আধান পান করতাম, অদ্‌ভুত মলম লাগাতাম, ঘন্টার পর ঘন্টা ধ্যান করতাম, কল্পনা করতাম যে আমার কোষগুলো কীভাবে পুনর্নবীকরণ হচ্ছে, কীভাবে সময় ভেঙে যাচ্ছে, অনন্তকালে পরিণত হচ্ছে, এবং আমার ইচ্ছার কাছে জমা হচ্ছে। আমি ঘুমাতাম না, প্রায় কিছুই খেতাম না, আমার শরীর ক্লান্তিতে কাঁপছিল, কিন্তু আমার আত্মা জ্বলছিল। আমি কেবল তাকে বাঁচানোর ইচ্ছা থেকে নিজেকে খাওয়াচ্ছিলাম, আমাদের বাঁচানোর জন্য।

আমি জানতাম যে আমার হাতে বেশি সময় নেই। আমি এটি অনুভব করছিলাম - বাতাস ভারী হয়ে যাচ্ছিল, নীরবতা - আরও গভীর। বিশ্বের একটি জাগরণের প্রয়োজন ছিল। আমি আমার কাঁধে আসন্ন ঘটনার ভার অনুভব করছিলাম, যা একটি অসহনীয় ভবিষ্যদ্বাণীমূলক বোঝা ছিল।

---✶ ۶ ✶ ---

অমরত্বের যাত্রা

এক রাতে, আমি ঘন্টার পর ঘন্টা ধ্যান করার পরে, ক্লান্তি আমাকে গ্রাস করল এবং আমার ঘুম একটি স্পষ্ট, অকাট্য দৃষ্টি প্রকাশ করল। আমার সিদ্ধান্ত নেওয়া হয়েছিল, বজ্রপাতের আঘাতে আঘাতপ্রাপ্ত হয়েছিল। আমাকে একটি দীর্ঘ যাত্রা শুরু করতে হয়েছিল। ভারত, তিব্বত এবং নেপালের দিকে, যেখানে দীর্ঘায়ুর গোপনীয়তা লুকিয়ে ছিল, যেখানে প্রাচীন ঋষিরা আত্মা এবং শরীরের রসায়ন জানত। কিন্তু আমি যাত্রা শুরু করার আগেই, আমি অনুভব করছিলাম যে এই পথটি কেবল জ্ঞানের সন্ধান হবে না। বাতাস অদৃশ্য সতর্কবার্তা দিয়ে কম্পিত হচ্ছিল, যেন প্রাচীন শক্তিগুলো অমরত্বের গোপনীয়তা প্রকাশ করতে চায় না।

আমার স্বপ্ন এবং আমার আত্মার গভীরে আবিষ্কৃত আমার লুকানো ক্ষমতা দ্বারা পরিচালিত হয়ে, আমি নিশ্চিত ছিলাম যে আমি কীভাবে সময়কে রূপান্তরিত করতে হয়, তাকে অমরত্ব দিতে হয় তা খুঁজে বের করব। সবকিছু আমার নিজের বিশ্বাস এবং ভালবাসার জন্য, সেই মুহূর্তের জন্য, যখন সে অবশেষে তার হৃদয় খুলবে, পথে ঘটতে পারে এমন যেকোনো বিপদকে উপেক্ষা করে। আমি জানতাম যে এটি অনিবার্য পতনের বিরুদ্ধে একটি প্রতিযোগিতা। জীবনের ঘড়িটি তার শেষ বালুকণাগুলো মাপছিল, প্রতিটি সেকেন্ডে আমাদের অস্তিত্বের উপর একটি রায় খোদাই করছিল। আর আমি তার মুখোমুখি হতে, তাকে উল্টে দিতে, তাকে দেখাতে প্রস্তুত ছিলাম যে ভালবাসা কোনো সীমানা জানে না - সময় বা মৃত্যুও নয়।

আমি আমার জীবনের প্রতিটি সেকেন্ড বলিদান করতে প্রস্তুত ছিলাম... এই ভালবাসার জন্য।

--- ❤ ---

## অধ্যায় 22: হৃদয় এবং সময়ের অমৃত

*স্বপ্ন, স্মৃতি, ধ্বংসাবশেষ। সময় সেকেন্ডে মাপা হয়: 07:07:07AM।*

এখন। জ্বর। নাথানিয়েলের শরীর কাঁপছিল, ঠান্ডা নয়, বরং তার নিজের মৃত্যুর বরফ-শীতল দখল থেকে শক্ত হয়ে গিয়েছিল। একা। একটি আদিম খনন করা গর্তে, যাকে একটি মাটির ঘর বলা হয়, সে দুঃস্বপ্নের সাথে লড়াই করছিল, যেখানে মেলিনার ছায়াগুলো যন্ত্রণাদায়ক অনুগ্রহের সাথে নাচছিল, প্রতিটি বাঁক - একটি প্রতিশ্রুতি এবং একটি অভিশাপ। তার ঠোঁট ফাটল ছিল, তার গলা - শুকনো এবং স্যান্ডপেপার মতো আঁচড়ানো, প্রতিটি গিলে ফেলার চেষ্টা একটি জ্বলন্ত ব্যথা নিয়ে আসছিল। তার অঙ্গগুলো ঠাণ্ডা ছিল, যেন রক্ত সঞ্চালন বন্ধ করে দিয়েছে, আর তার বুক একটি অদৃশ্য ভারের নিচে সংকুচিত হচ্ছিল।

ভেজা, ভারী বাতাস তার ফুসফুসকে ঠাণ্ডা করে দিচ্ছিল, প্রতিটি শ্বাস ছিল একটি লড়াই, জীবনের শেষ শ্বাস নেওয়ার মতো। বাইরে, একমাত্র শব্দ ছিল বাতাসের হিসহিসানি - একটি ক্ষুধার্ত, নির্মম কান্না, যা খালি, ধ্বংসপ্রাপ্ত শিলাগুলির মধ্য দিয়ে প্রতিধ্বনিত হচ্ছিল, যার উপরে এক মুহূর্ত আগে একটি অভিশাপ ঝুলছিল। তার চেতনা পরম একাকীত্বের ভারের নিচে কাঁপছিল, তার চিন্তাগুলো কাল্পনিক স্বপ্নের সাথে মিশে যাচ্ছিল, যা সে যা হারিয়েছিল এবং যা হতে পারত তার মধ্যে নিষ্ঠুর সীমানা ঝাপসা করে দিচ্ছিল।

---✶ ✶ ✶---

স্বপ্নের কণ্ঠ তাকে গ্রাস করছিল...

একাকীত্বের ধুলো তার নাকের ছিদ্রগুলো জ্বালাচ্ছিল, এমনকি ঘুমের মধ্যেও। মরে যাওয়ার তিক্ত স্বাদ তার জিহ্বায় অনুভূত হচ্ছিল। নীরবতা একটি সীসার ঢাকনার মতো ভারী ছিল, তাকে আটকে রেখেছিল। একা। একেবারে একা। এই মরণশীল বিশ্বের শেষ মানুষ, যেখানে সময় শ্বাস নেওয়া বন্ধ করে দিয়েছিল। কিন্তু সে সবসময় আসত। সে আবার আসবে, তাকে তার শ্বাস দিয়ে উষ্ণ করার জন্য। মেলিনা। তার চিত্র স্বপ্নের ধূসর কুয়াশা থেকে ভেসে উঠল, এত জীবন্ত যে সে প্রায় গোলাপের গন্ধ অনুভব করতে পারছিল - এই শূন্যতায় মুগ্ধকর, অবাস্তব, যেখানে প্রতিটি রঙ ম্লান হয়ে গিয়েছিল। তার কণ্ঠস্বর - শান্ত, কিন্তু একটি ক্ষমতা নিয়ে যা শূন্যতাকে নাড়া দিচ্ছিল।

সে বলা শুরু করত, আর নাথানিয়েল, এই স্বপ্নের মধ্যে আটকে, শুনতে বাধ্য ছিল। আর মনে করতে। সে সবসময় একই ভাবে শুরু করত, যেন সে কোনো প্রাচীন, পবিত্র বই থেকে পড়ছিল, যার পাতাগুলো ভাগ্য দিয়ে কাঁপছিল। এবং তখন, একটি বজ্রপাতের মতো, সে মনে করল। এটি কেবল একটি স্মৃতি ছিল না, বরং একটি ভবিষ্যদ্বাণী, যা তার জীবনে লেখা হয়েছিল - তার কষ্টকর ওডিসি, তার নির্মম সন্ধান, তাকে এমন জ্ঞান দেওয়ার জন্য যা সবকিছু পরিবর্তন করবে। এখন, যখন সে সত্যিই শেষ জীবিত ছিল, তার স্বপ্নের প্রতিটি শব্দ ছিল একটি গভীর, বরফ-শীতল অতলে নিক্ষিপ্ত একটি লাইফবয়ের মতো, যা তাকে ভুলে যাওয়ার দিকে টানছিল।

---✶ ✶ ✶---

অমরত্বের মূল্য

— নেপাল এবং তিব্বতে আমার যাত্রা দীর্ঘ ছিল, নাথানিয়েল। পরীক্ষার এক গোলকধাঁধা, যা অন্য কাউকে ভেঙে ফেলত, কিন্তু আলোকিতকরণের বিস্ফোরণও, যা বিভ্রমের পর্দা ছিঁড়ে ফেলত। দিনগুলো পাথুরে পাহাড়ি পথের মধ্য দিয়ে অন্তহীন যাত্রায় কেটে যেত, যেখানে পাতলা বাতাস প্রতিটি পদক্ষেপে আমার ফুসফুস জ্বালাত, যেন আমি কাঁচ শ্বাস নিচ্ছিলাম। প্রতি সকালে, সূর্য বরফের চূড়াগুলোর উপরে বিস্ফোরিত হওয়ার আগে, ঠাণ্ডা পাহাড়ের বাতাস আমার ত্বককে ঠাণ্ডা করে দিত, এমনকি পুরু কম্বলগুলোও ভেদ করত, আমার হাড়ে প্রবেশ করত। আমি আদিম কুঁড়েঘরে ঘুমাতাম, যার দেয়াল বাতাসে কাঁপত, অথবা খোলা আকাশের নিচে, লক্ষ লক্ষ তারা দিয়ে আলোকিত, যা এত কাছে ঝুলছিল যে আমি সেগুলোকে স্পর্শ করতে পারতাম।

আমি অনুভব করলাম যে পুরো মহাবিশ্ব আমার উপরে শ্বাস নিচ্ছে, কীভাবে এটি নীরবতায় স্পন্দিত হচ্ছে, একটি বিশাল, জীবন্ত হৃদয়ের মতো। আমি হিমালয়ের গভীরতায় তিব্বতি ঋষিদের সাথে কথা বললাম, যাদের মুখ সময় এবং যন্ত্রণা দ্বারা খোদাই করা হয়েছিল, আর তাদের চোখগুলোতে ছিল অনন্তকাল, যা আমাকে গ্রাস করছিল, আমাকে শান্তি দিচ্ছিল না। আমি কাঠমান্ডুর মন্দিরগুলোতে ধ্যান করতাম, যেখানে ভারী, মিষ্টি ধূপ আমার নাকের ছিদ্রগুলো সুড়সুড়ি দিত, আর একঘেয়ে মন্ত্রগুলো আমার বুকে স্পন্দিত হচ্ছিল, আমার অস্তিত্বের প্রতিটি কোষ, প্রতিটি ফাইবারকে নাড়া দিচ্ছিল। আমি প্রাচীন পাণ্ডুলিপিগুলো অধ্যয়ন করতাম, একটি অভ্যন্তরীণ কণ্ঠ দ্বারা পরিচালিত হয়ে, যা আমাকে কখনই হতাশ করত না, এবং সত্যের জন্য

একটি নির্ভুল প্রবৃত্তি দিয়ে, যা আমার মধ্যে আমার নিজের, দ্বিতীয় নাড়ির মতো কাঁপছিল। প্রতিটি শব্দ, প্রতিটি প্রতীক, প্রতিটি ক্ষণস্থায়ী দৃষ্টি একটি জটিল ট্যাপেস্ট্রির একটি সুতোতে পরিণত হচ্ছিল, যা ধীরে ধীরে, যন্ত্রণাদায়কভাবে আমি যে গোপনীয়তা খুঁজছিলাম তা প্রকাশ করছিল।

— অমৃত – কেবল অমরত্বের জন্য একটি যাদুকরী অমৃত নয়, যেমনটি নির্বোধ কিংবদন্তিগুলো এটিকে বলে, বরং সময়ের ধারণাকে রূপান্তরিত করার একটি চাবি, যা তোমাকে তার দখলে রাখে। আমি প্রাচীনদের চোখের মাধ্যমে বিশ্বকে বুঝতে পারতাম, কিন্তু আমার নিজের অভিলাষের যন্ত্রণাগ্রস্ত প্রিজমের মাধ্যমেও, এমনকি আমার জীবনের বছরগুলোও উৎসর্গ করার জন্য, যাতে আমাদের মুহূর্তের জন্য সময় থাকে। প্রতিদিন আমি আরও ক্লান্ত, আরও ভঙ্গুর বোধ করতাম, কিন্তু উত্তরের আরও কাছে, যা আমাকে ভেতর থেকে পুড়িয়ে দিচ্ছিল। আমি অনুভব করলাম যে আমার নিজের সময় সঙ্কুচিত হচ্ছে, কীভাবে এটি প্রতিটি সেকেন্ডে গলে যাচ্ছে, যখন আমি এটিকে অন্য কারো জন্য প্রসারিত করার চেষ্টা করছিলাম।

---✶ ✶---

ধুলোয় ভবিষ্যদ্বাণী

— তিব্বত এবং নেপালে অসংখ্য নিদ্রাহীন রাত কাটানোর পরে, প্রাচীন প্রতীকগুলো এবং গভীর, জ্বলন্ত রহস্যবাদকে ডিকোড করার জন্য – তার কণ্ঠস্বর আমার স্বপ্নে চলতে থাকে, এখনও কর্তৃত্বপূর্ণ, কিন্তু গভীর বেদনায় ভরা – আমি সত্যের সারমর্মটি পড়েছি, যা ইতিমধ্যেই আমার হৃদয়ে উন্মত্তভাবে স্পন্দিত হচ্ছিল, যেখানে আমি এখনও এটি রেখেছিলাম। আমি জানতাম যে তোমার সাথে এই গোপনীয়তার অন্তত একটি অংশ ভাগ করার মুহূর্তটি এসে গেছে।

তুমি তোমার ব্যক্তিগত পরীক্ষার মধ্য দিয়ে গিয়েছিলে, নাথানিয়েল – নীরবভাবে, কিন্তু নিষ্ঠুরভাবে। আর করুণা এবং নিঃশর্ত সমর্থন, যা আমি তোমাকে এই সমস্ত বছর দিয়েছিলাম, তা আরও গভীর, অনিবার্য কিছুর জন্য মাটি প্রস্তুত করেছিল। আমি অনুভব করলাম যে আমার শরীরের প্রতিটি স্নায়ু উত্তেজনায় কাঁপছে, কিন্তু পূর্বাভাসের সাথেও। আমার অভ্যন্তরীণ দ্বন্দ্ব বন্য আগুনের মতো আক্রোশ করছিল – আমি কি এই গোপনীয়তাটি কেবল নিজের জন্য রাখব, এটি আমার হৃদয়ের গভীরে লুকিয়ে রাখব, নাকি সবকিছু পরিবর্তন করার ঝুঁকি নিয়ে এটি ভাগ করব, আমাদের ভঙ্গুর বিশ্বকে ধ্বংস করব? তোমাকে বাঁচাব, নাকি সম্পূর্ণরূপে, অবশিষ্ট ছাড়া নিজেকে উৎসর্গ করব?

সেখানে আমি কীভাবে সময় ফিরিয়ে আনতে হয় তার একটি খুব কষ্টকর নির্ভরতা প্রকাশ করলাম, আমার জন্য নয়, তোমার জন্য। আত্মত্যাগ, যেখানে আমি তোমাকে আমার জীবনের সময় থেকে দেব – এটি ছিল জাদু, একটি মন্ত্র। তোমার প্রশ্নটি মনে আছে – "তুমি কি তোমার জীবনের সাত বছর আমার কাছে বিক্রি করবে?" তুমি এর অর্থ জানোনি, অথবা কী তোমাকে এমন একটি চুক্তির জন্য অনুরোধ করেছিল তাও জানোনি। কিন্তু, আমি উত্তরটি বুঝতে পারলাম...

---✶ ✶---

ফ্ল্যাশব্যাক: একটি সিনেমাটিক টুইস্ট

এবং তখন স্বপ্নটি পরিবর্তিত হলো। হঠাৎ, একটি চলচ্চিত্রে দৃশ্যের পরিবর্তনের মতো, নাথানিয়েল বরফ-শীতল হিমালয়ের চূড়া থেকে... তার নিজের অফিসে স্থানান্তরিত হলো। অস্তগামী সূর্যের সোনালী আলো জানালা দিয়ে প্রবেশ করছিল, ঘরটিকে কমলা এবং গোলাপী শেডে রঙ করছিল, যা সান্ত্বনা দেওয়ার পরিবর্তে শ্বাসরোধ করছিল। তার উপস্থিতি দ্বারা পরিবেশ ভারী ছিল। বাতাস ঘন ছিল, যেন একটি অদৃশ্য শক্তি দ্বারা বিদ্যুতায়িত, যা তাদের মধ্যে চিড়চিড় করছিল।

সে জানত যে সে তার শৃঙ্খলার প্রতি কতটা দৃঢ়, তার pedanticism প্রতি, এবং কীভাবে ক্ষুদ্রতম অপ্রত্যাশিত পরিবর্তন তাকে স্নায়ুচাপ করত। কিন্তু সে যদি তার নিজের, ঐশ্বরিক বিশৃঙ্খলা নিয়ে না আসত, যেখানে শৃঙ্খলা রাজত্ব করত, তবে সে সে থাকত না... তা সত্ত্বেও, সে তাকে পাঠাতে পারত না। তার চোখে একটি অস্বাভাবিক আগুন জ্বলছিল, যা হাজার হাজার কিলোমিটার এবং শত শত বছরের জ্ঞান থেকে প্রাপ্ত একটি গভীর, প্রায় অসহনীয় প্রজ্ঞার সাথে মিশ্রিত ছিল, এবং একটি হালকা দুঃখ – যা সময় ফুরিয়ে যাচ্ছিল তার জন্য। তার সবুজ চোখ, সাধারণত একটি গ্রীষ্মের বনের মতো উষ্ণ এবং শান্ত, এখন একটি প্রায় অতিপ্রাকৃত, ভীতিজনক আলো দিয়ে জ্বলছিল, যা তার অভ্যন্তরীণ সংগ্রামকে প্রতিফলিত করছিল - সে যা বহন করছিল এবং সে যে ভয়াবহ মূল্য দিচ্ছিল তার মধ্যে।

— নাথানিয়েল – সে একটি শান্ত, কিন্তু কর্তৃত্বপূর্ণ কণ্ঠে শুরু করল, যা ঘরের প্রতিটি কোণ পূর্ণ করছিল এবং তার বেদনাদায়ক সংকল্পকে নিশ্চিত করছিল – তোমার কি সেই অভ্যন্তরীণ শক্তি সম্পর্কে আমাদের কথোপকথন মনে আছে, যা অনেকে বাইরে, বিশ্বে খোঁজে, কিন্তু খুব কমই উপলব্ধি করে যে তারা এটিকে তাদের নিজের ভিতরে বহন করে?

নাথানিয়েল ধীরে ধীরে মাথা নেড়েছিল, তার চোখে কৌতূহল এবং শ্রদ্ধার মিশ্রণ ছিল, ভয় এবং জ্ঞানের জন্য এক অপ্রতিরোধ্য তৃষ্ণা ছিল। তার দৃষ্টি তার চোখের উপর আটকে ছিল, তাদের মধ্যে একটি পরিবর্তন অনুভব করছিল, কিছু অস্পষ্ট, প্রায় বেদনাদায়ক গভীরতা। সে অনুভব করল যে সে কিছু গুরুত্বপূর্ণ, এমন কিছু বহন করছে যা সবকিছু পরিবর্তন করতে পারে।

— এই বোঝার একটি অংশ আছে – মেলিনা চালিয়ে গেল, তার কণ্ঠস্বর প্রায় একটি ফিসফিসানিতে পরিণত হয়েছিল, কিন্তু একটি ভূমিকম্পের শক্তিতে – প্রাচীন জ্ঞান থেকে একটি অনুপস্থিত উপাদান ছিল, যা ঈর্ষান্বিতভাবে রক্ষা করা হয়েছিল। ভয় থেকে নয়, নাথানিয়েল, বরং প্রজ্ঞা থেকে। কারণ অনুপযুক্ত হাতে এটি কেবল ধ্বংস বপন করতে পারে।

সে তাকে একটি পুরানো, খোদাই করা ছোট বাক্স দিল, যা একটি বিশেষ উপহার হিসাবে মোড়ানো ছিল - কেবল একটি বস্তু নয়, বরং অনেক আগের সময়ের একটি ধ্বংসাবশেষ। সে এটিকে একটি হাড়ের চাবি দিয়ে খুলল, যা একটি হালকা উষ্ণতা নির্গত করছিল বলে মনে হচ্ছিল, যা লুকানো গুহাগুলোর কথা মনে করিয়ে দিচ্ছিল, যেখান থেকে সে এটি এনেছিল। চাবিটির ধাতুটি সময় দ্বারা মসৃণ এবং জীর্ণ ছিল, আর এটি স্পর্শ করা তার আঙ্গুলে সামান্য শিহরণ রেখে গেল, একটি সতর্কবার্তা হিসাবে। ভিতর থেকে, সে একটি ছোট, স্ফটিকের অ্যাম্পুল বের করল, যা একটি নরম, অভ্যন্তরীণ আলো দিয়ে জ্বলছিল। স্বপ্নের অন্ধকার ঘরে, এটি তাদের মুখের উপর অপ্রাকৃত, সবুজ-সাদা ঝলকানি ফেলছিল। এর রঙ মসৃণভাবে পরিবর্তিত হচ্ছিল, এমন ছায়াগুলোর মধ্য দিয়ে যাচ্ছিল যা নাথানিয়েল কখনও দেখেনি - গভীর, মহাসাগরীয় নীল থেকে সোনালী-সবুজ পর্যন্ত, যেন আকাশ এবং পৃথিবী এর মধ্যে প্রবাহিত হচ্ছিল, অথবা একটি জীবন্ত জীবের নরম উজ্জ্বলতার মতো, যা প্রাচীন, ভুলে যাওয়া গোপনীয়তা বহন করছিল।

— এটি – মেলিনা বলল, অ্যাম্পুলটি সাবধানে তার হাতে ধরে, তার তালুগুলো তার বহন করা দায়িত্বের ভার থেকে সামান্য কাঁপছিল, সে যে ভাগ্যগুলো ধরেছিল তার ভার থেকে – এটি সম্মিলিত স্মৃতির সারমর্ম। প্রাচীনরা বিশ্বাস করত যে প্রতিটি চিন্তা, প্রতিটি কর্ম, প্রতিটি আবেগ সময় এবং স্থানে একটি চিহ্ন রেখে যায়, অস্তিত্বের প্রতিধ্বনি হিসাবে। এই তরলটিতে ঘনীভূত "ছাপ" রয়েছে – অসংখ্য অস্তিত্বের স্মৃতি এবং অন্তর্দৃষ্টি, যা শত শত বছর ধরে সংগৃহীত হয়েছে।

— কিন্তু এর গুরুত্ব আমার কাছে কী, মেলিনা, তুমি এটি আমাকে উপহার দিচ্ছ কেন? – নাথানিয়েল মন্ত্রমুগ্ধের মতো তাকিয়ে জিজ্ঞাসা করল, তার আঙ্গুলগুলো অনিচ্ছাকৃতভাবে সংকুচিত হলো, যেন সে এটিকে স্পর্শ করতে, এটিকে শোষণ করতে চায়, কিন্তু বিশ্লেষণ করার

তার অভ্যাস থেকে নিজেকে বিরত রাখল, অনুভব করার পরিবর্তে, যদিও একটি অদ্ভুত, অবর্ণনীয় পূর্বাভাস তাকে অতলের দিকে নিয়ে যাচ্ছিল।

— এটি অনুপস্থিত অনুঘটক, নাথানিয়েল – মেলিনা ব্যাখ্যা করল, তার কণ্ঠস্বর শান্ত ছিল, কিন্তু প্রতিটি শব্দ হাজার হাজার বছরের ভার বহন করছিল। – অভিজ্ঞতা ছাড়া জ্ঞান মৃত, জল ছাড়া পাথরের মতো। এই সারমর্ম একজন ব্যক্তিকে এই "ছাপ" এর সাথে সংযোগ করতে দেয়, অতীতের অভিজ্ঞতার প্রজ্ঞা অনুভব করতে দেয়, বুদ্ধিবৃত্তিকভাবে নয়, কেবল মন দিয়ে নয়, বরং তার গভীরের মধ্যে, প্রতিটি কোষ দিয়ে এটি অভিজ্ঞতা লাভ করতে। এটি জীবনের চক্র, সমস্ত কিছুর মধ্যে অস্পষ্ট সংযোগ সম্পর্কে বোঝা খুলে দেয়। কারণ কেবল আত্মাই নয়, শরীরকেও অভিজ্ঞতা লাভ করতে হবে, যাতে সম্পূর্ণ উপলব্ধি, সত্যিকারের আলোকিতকরণ অর্জন করা যায়।

এখানে মেলিনা থামল, তার চোখের গভীরে তাকিয়ে। তার দৃষ্টি তীক্ষ্ণ ছিল, কিন্তু চাপানো নয়, বরং অজানা এবং দুর্দান্ত কিছুর মধ্যে ডুব দেওয়ার জন্য একটি আমন্ত্রণের মতো, অর্থের এক অতলে।

— তবে এই সারমর্মের একটি দিক রয়েছে, যা খুব কম লোকই জানে। এটি সময়ের প্রতি আমাদের ধারণার সাথে সম্পর্কিত। যখন এটি একটি খোলা হৃদয় এবং একটি পরিষ্কার মন দিয়ে গ্রহণ করা হয়, তখন এটি সম্ভাব্য ভবিষ্যতের পথের ক্ষণস্থায়ী অন্তর্দৃষ্টি প্রকাশ করতে পারে – ভবিষ্যদ্বাণী হিসাবে নয়, নাথানিয়েল, বরং বর্তমান সিদ্ধান্ত এবং কম্পন থেকে উদ্ভূত সম্ভাবনা হিসাবে। যখন তুমি তোমার নিজের প্রার্থনা এবং বিশ্বাসকে অন্যের জীবনে উৎসর্গ কর, তাকে তোমার জীবনের সারমর্ম দিয়ে দাও... দশমাংশ।

তাদের মধ্যে বাহ্যিক দ্বন্দ্বটি স্পষ্ট হয়ে উঠল: সে তাকে বাস্তবতার একটি ভিন্ন ধারণা প্রস্তাব করছিল, যা তার যুক্তি এবং জীবনের অভিজ্ঞতার প্রতিটি কোষের বিরোধিতা করছিল। তার বিশ্ব, তার বাস্তববাদী বিশ্ব, এই ধরনের "সম্ভাবনা", এই ধরনের জাদু থেকে বঞ্চিত ছিল।

— জাদু? রূপকথা? মেলিনা, আমি একজন বিজ্ঞানী, একজন তথ্যের মানুষ! – নাথানিয়েলের কণ্ঠস্বর হঠাৎ করে বেড়ে গেল, আতঙ্কের একটি ইঙ্গিত দিয়ে, প্রায় অবজ্ঞার সাথে, কিন্তু তাতে উদ্বেগও ছিল। – এটি হাস্যকর! তুমি আমাকে কী সম্পর্কে বলছ? রসায়ন সম্পর্কে? পরকাল সম্পর্কে? আমার জীবন সুশৃঙ্খল, যৌক্তিক! আর তুমি আমাকে রূপকথার কোনো অমৃত দিচ্ছ, যা আমাকে... কীসের দিকে ফিরিয়ে আনবে? পাগলামির দিকে?

নাথানিয়েল কাঁপছিল, কেবল তার স্বপ্নের ঠান্ডা থেকে নয়, তার সাহসের ধাক্কা থেকেও। সে তাকে তার অস্তিত্বের ধারণাগুলোর মূলে চ্যালেঞ্জ করছিল। সে অ্যাম্পুলটি তার পিঠের পিছনে লুকানোর চেষ্টা করল, একটি শিশু যেমন একটি নিষিদ্ধ খেলনা লুকিয়ে রাখে, কিন্তু সে ইতিমধ্যেই তার চোখে কৌতূহলের শিখা দেখেছিল, যা ভয়ের সাথে মিশ্রিত ছিল।

— থামো, নাথানিয়েল! – মেলিনার কণ্ঠস্বর একটি তীক্ষ্ণতার সাথে প্রতিধ্বনিত হলো, যা বাতাসকে বিদ্ধ করল, এই স্বপ্নে অসহনীয়। – কেউ জাদুর কথা বলেনি। এটি বিজ্ঞান, কিন্তু এমন বিজ্ঞান যা তোমার এখনও আবিষ্কার করতে হবে! আমি একজন রক্ষক, নাথানিয়েল। আমার রক্তের রেখা এই জ্ঞানের সাথে দীর্ঘকাল ধরে, সময়ের শুরু থেকেই সংযুক্ত। কিন্তু একটি সত্যিকারের, সুস্পষ্ট মূল্য আছে। অমৃতের প্রতিটি স্পর্শ, এই সারমর্মের প্রতিটি ব্যবহার, কেবল তোমার চেতনার উপর একটি অস্থায়ী ছাপ রাখে না – এটি তোমার নিজের সময়ের একটি অংশ কেড়ে নেয়, তোমার সময় ফিরিয়ে আনার জন্য। এমন স্মৃতি যা আমার নয়, এমন আবেগ যা আমি অনুভব করিনি, আমার মধ্যে প্রবাহিত হয়, যখন আমার নিজের অতীত যেন সূর্যের নিচে রাখা একটি ছবির মতো সামান্য ম্লান হয়ে যায়। এই ছাপগুলো সময়ের সাথে ম্লান হয়ে যায়, কিন্তু তারা বিশাল দায়িত্ব এবং ব্যক্তিগত, হৃদয়বিদারক ত্যাগের কথা মনে করিয়ে দেয়, যা আমি বহন করি।

সে অ্যাম্পুলটি তার দিকে বাড়িয়ে দিল। এর আলো তার হাতের তালুর মধ্যে একটি জীবন্ত শিখার মতো খেলছিল, তার মুখের উপর নরম ছায়া ফেলছিল, যা তার ক্লান্তি এবং লোহার সংকল্পকে জোর দিচ্ছিল।

— আমি তোমাকে এটি এখন গ্রহণ করতে বলছি না। আমি শুধু চেয়েছিলাম তুমি জান যে এই সত্যের একটি অংশ জীবিত। আর সত্যিকারের বোঝার জন্য কেবল জ্ঞান নয়, অস্তিত্বের এই "ছাপ" এর সাথে একটি গভীর অভ্যন্তরীণ অভিজ্ঞতা, একটি সংযোগও প্রয়োজন। সময়ের আত্মার সাথে।

---✶ ৎ ✶ ---

অমৃতের সূত্র

— বিজ্ঞান? মেলিনা, তুমি আমাকে বিভ্রান্ত করছ! – নাথানিয়েল নিয়ন্ত্রণ ফিরে পেতে চেষ্টা করল, তার কণ্ঠস্বর শান্ত ছিল, কিন্তু একটি অবিচল দৃঢ়তার সাথে। – এটি কী? ভেষজ থেকে নির্যাস, বিশ্বের তিনটি স্থান থেকে ব্যাকটেরিয়া? সোনালী আয়ন? এটি একটি আধুনিক স্ল্যাং দিয়ে একটি মধ্যযুগীয় অমৃতের মতো শোনাচ্ছে! এটি প্রমাণ কর! কীভাবে এটি ঠিক "কোষকে রূপান্তর করে"? কীভাবে "আবেগ" ডিএনএকে প্রভাবিত করে?

নাথানিয়েল তাকে তীব্রভাবে দেখছিল, তার মুখ সন্দেহের ভাঁজে কুঁচকে গিয়েছিল। সে সবকিছুকে একটি প্রতারণা হিসাবে প্রত্যাখ্যান করতে প্রস্তুত ছিল, কিন্তু অভ্যন্তরীণ সংগ্রামটি দৃশ্যমান ছিল।

— দেখো, নাথানিয়েল – মেলিনা চালিয়ে গেল, তার কণ্ঠস্বর আরও জোরদার হলো, কিন্তু এখনও শান্ত ছিল, যেন সে একজন সংশয়ী ছাত্রকে একটি বক্তৃতা দিচ্ছিল। – এই তরল, অমৃত, হাজার হাজার বছরের গবেষণা এবং পরীক্ষার ফলাফল। কেবল কোনো প্রাচীন তিব্বতি পাণ্ডুলিপি থেকে নয়, বরং আমি যে একটি লুকানো গোষ্ঠীর নেতৃত্ব দিই তার তিন বছরের গবেষণা থেকে। আমরা আবিষ্কার করেছি যে এতে অত্যন্ত বিরল ভেষজ থেকে নির্যাস রয়েছে, যা কেবল তিব্বতের গভীরতম গুহায়, স্ট্রান্ডজা এবং ইস্টার দ্বীপের বাস্টেট গুহায় জন্মে। এই ভেষজগুলো, নিজেদের মধ্যে, সেলুলার স্তরে তাদের অনন্য পুনরুত্পাদনমূলক বৈশিষ্ট্যের জন্য পরিচিত, যার মধ্যে রয়েছে টেলোমারেজ সক্রিয়করণ এবং ডিএনএ মেরামত, ক্রিসপিআর-এর প্রক্রিয়াগুলোর মতো।

কিন্তু সবচেয়ে গুরুত্বপূর্ণ – তারা মাটির একটি বিশেষ অণুজীবের মাধ্যমে fermented হয়েছে, যা কেবল পৃথিবীর এই তিনটি দূরবর্তী স্থানে পাওয়া যায়। এই অণুজীবটির কিছু উপাদান রূপান্তর করার ক্ষমতা রয়েছে, যার মধ্যে ভেষজগুলোতে থাকা মাইক্রোস্কোপিক সোনালী আয়নও রয়েছে, এমন একটি অবস্থায় যা সেলুলার পুনর্নবীকরণ এবং কোষের উপর এর প্রভাবকে সমর্থন করে।

এটি তোমার কাছে হাস্যকর শোনায়, আমি জানি। কিন্তু ভাবো – কিছু আধুনিক থেরাপিতে ব্যবহৃত প্লাজমাও একটি জটিল পদার্থ, যা আমরা সর্বদা সম্পূর্ণরূপে বুঝতে পারি না। আধুনিক বিজ্ঞান, যেমনটি তুমি জানো, এখন কেবল জীববিজ্ঞানের কোয়ান্টাম দিকগুলো স্পর্শ করতে শুরু করেছে। আর প্রাচীনরা? তারা এটি স্বজ্ঞাতভাবে জানত, সেই প্রভাবগুলো পর্যবেক্ষণ করে যা আমরা এখন প্রমাণ করার চেষ্টা করছি!

নাথানিয়েল অনিচ্ছাকৃতভাবে এগিয়ে গেল, তার কথার দ্বারা একটি আলোর মতো আকৃষ্ট হয়ে। তার সংশয় সত্ত্বেও, তার মনে সম্ভাব্য সংযোগগুলো প্রবেশ করছিল। ব্যাকটেরিয়া, রূপান্তর, শক্তির ক্ষেত্র... এমন কিছু ছিল যা পদার্থবিদ্যা, রসায়নের কাছাকাছি ছিল, যদিও বিশ্বাসের একটি বিশাল লাফ দিয়ে।

— এই সব শরীরকে একটি প্রাথমিক ধাক্কা দিতে পারে, কোষকে রূপান্তর করতে এবং তাকে পুনরুজ্জীবিত করতে পারে। কিন্তু সত্যিকারের পুননবীকরণ, নাথানিয়েল, হৃদয়ের ধাক্কার মধ্য দিয়ে প্রবাহিত রক্তের শুদ্ধিকরণের সাথে সম্পর্কিত। সেখানে, সেই চিরন্তন ছন্দে, আবেগগুলো প্রয়োজনীয় পুননবীকরণ প্রদান করে এবং ডিএনএর উপর একটি অদৃশ্য ঢাল তৈরি করে। আরও কী, আমাদের গবেষণা, যদিও এখনও অপ্রকাশিত, শক্তিশালী, ইতিবাচক আবেগ এবং নির্দিষ্ট জিনের সক্রিয়করণের মধ্যে একটি সম্পর্ক দেখায়, যা দীর্ঘায়ু এবং টিস্যু পুনরুদ্ধারের সাথে সম্পর্কিত – এটি কর্মে এপিজেনেটিক্স। তাই অ্যাম্পুলটি আলো নির্গত করে – এটি ঘনীভূত শক্তি, যা হাজার হাজার বছরের বিশ্বাস এবং ত্যাগের মাধ্যমে বিশুদ্ধ করা হয়েছে, যা তোমার জৈব ক্ষেত্রের সাথে অনুরণিত হতে সক্ষম। প্রতিটি আলোর কণা তথ্যের একটি বাহক, বিশুদ্ধ অভিপ্রায়ের, যা তোমার জিনের অভিব্যক্তি পরিবর্তন করতে পারে। এটি কোয়ান্টাম জীববিজ্ঞান, নাথানিয়েল, প্রাচীন, কিন্তু বাস্তব।

মেলিনা আবার তার দিকে অ্যাম্পুলটি বাড়িয়ে দিল, আর এর আলো যেন তার কথার সাথে তালে তালে স্পন্দিত হচ্ছিল। নাথানিয়েল এটি গ্রহণ করল, এবার কম সংশয়ের সাথে, কিন্তু বিশাল দ্বিধার সাথে। সে এর ভার অনুভব করল – শারীরিক নয়, বরং দায়িত্বের।

মেলিনা এক মুহূর্তের জন্য চুপ করে রইল, তার কথাগুলো একটি ভারী, অকথিত প্রতিশ্রুতি হিসাবে বাতাসে ঝুলতে দিল। নীরবতায় কেবল শহরের একটি দূরবর্তী, চাপা শব্দ শোনা যাচ্ছিল, যা ঘরের উত্তেজনার সাথে বৈপরীত্য করছিল, কিন্তু তার স্বপ্নে কোনো শহর ছিল না, কেবল ধ্বংসাবশেষের মৃত নীরবতা, যা তাদের ঘিরে রেখেছিল।

— আর মনে রেখো, নাথানিয়েল – সে একটি নরম হাসি দিয়ে যোগ করল, কিন্তু তার দৃষ্টি লুকানো অর্থে ভরা ছিল, যা তার আত্মাকে বিদ্ধ করছিল – তুমি যা খুঁজছ তার সত্যিকারের সারমর্ম কখনই প্রমাণযোগ্য তথ্যে ছিল না। এটি ভালবাসা, করুণা এবং অভ্যন্তরীণ জ্ঞানের রূপান্তরকারী শক্তিতে রয়েছে। সৃষ্টির এই "ছাপ"গুলো সেই অনেক ভাষার মধ্যে একটি, যা এই সত্য বলে। অনন্তকালের ফিসফিসানিগুলোর মধ্যে একটি।

---✶ ⸮ ✶---

*এখন... 07:27:02 AM। জাগরণ। নাথানিয়েলের স্বপ্নে।*

নাথানিয়েল মাটির ঘরের অন্ধকারে শুয়ে ছিল, যেন জীবন্ত কবর দেওয়া হয়েছে। ভেজা ঠান্ডা তার হাড়ে প্রবেশ করছিল, আর বাতাস একটি প্রেতাত্মার মতো ধ্বংসাবশেষের খালি স্থানগুলোর মধ্য দিয়ে গর্জন করছিল, শেষ আশাগুলো নিয়ে যাচ্ছিল। কিন্তু এবার সে একা ছিল না। অমৃতের আলো, যা সে তার স্বপ্নে ধরেছিল, তা মাটির ঘরের অন্ধকার ভেদ করছিল, তার মুখকে একটি নরম, সোনালী উজ্জ্বলতা দিয়ে আলোকিত করছিল, হতাশার ছায়াগুলোকে তাড়িয়ে দিচ্ছিল। মেলিনার কথাগুলো তার চেতনায় প্রতিধ্বনিত হচ্ছিল, তার একাকীত্বের নিষ্ঠুর বাস্তবতার সাথে মিশে যাচ্ছিল, একটি নতুন, বেদনাদায়ক সিম্ফনি তৈরি করছিল। স্মৃতির তার রূপ, তার স্বপ্নের কণ্ঠে বলা, তার স্বপ্নের সাথে মিশে যাচ্ছিল, আর স্বপ্নটি - তার যন্ত্রণাদায়ক বর্তমানের সাথে। জাগ্রত এবং স্বপ্নের মধ্যে, অতীত এবং ভবিষ্যতের মধ্যে সীমানাগুলো অপ্রত্যাশিতভাবে ঝাপসা হয়ে গেল, একটি বেদনাদায়ক, কিন্তু পরিত্রাণকারী সংকর তৈরি করে। এই অ্যাম্পুল, এই সময়ের পোর্টাল, অতীতের অভিজ্ঞতা, তার ত্যাগের প্রতিধ্বনি বহন করছিল, আর এমন কিছুর প্রতিশ্রুতি যা এখনও উন্মোচিত হতে বাকি ছিল - একটি মরুভূমিতে ফুলের মতো। অতীত, বর্তমান এবং সম্ভাব্য ভবিষ্যত একটি একক, বিদ্ধকারী অনুভূতির মধ্যে মিশে গেল - সে পরিত্রাণ নিয়ে এসেছিল।

সে তার হাত বাড়িয়ে দিল এবং আলতো করে তার হাতটি ঢাকল, যা অ্যাম্পুলটি ধরেছিল, আর তার স্পর্শ একই সাথে কোমল এবং দৃঢ় ছিল, একটি আহ্বানের মতো যা উপেক্ষা করা যায় না, যা তার সারমর্মে প্রতিধ্বনিত হচ্ছিল।

— শুভ জন্মদিন, নাথানিয়েল – মেলিনা ফিসফিস করে বলল, আর তার কণ্ঠে কোমলতা এবং দৃঢ়তার মিশ্রণ ছিল, একটি প্রার্থনার মতো, যা কেবল একবার বলা হয়। – আজ তোমার জন্মদিন। তাই আমি এটি তোমার জন্য নিয়ে এসেছি। তোমাকে সেই সময়টি দেওয়ার জন্য, যা তোমার মনে হয় তোমার নেই। তোমাকে সেই আত্মবিশ্বাস ফিরিয়ে দেওয়ার জন্য, যা তোমাকে থামিয়ে দেয়, যা তোমাকে পঙ্গু করে দেয়। আর যাতে তুমি তোমার সমস্ত হৃদয় দিয়ে, অবশিষ্ট ছাড়া, ভয় ছাড়া ভালবাসার কাছে নিজেকে সমর্পণ করতে পার। এটি তোমার জন্য, নাথানিয়েল। কারণ তুমি আমার নির্বাচিত... আর সে-ই প্রথম যে তাদের নাম উচ্চারণ করেছিল।

তার কথাগুলো অন্ধকারে মিশে গেল, একটি বিশাল, খালি হলঘরে প্রতিধ্বনির মতো, আর তাদের সাথে নামটি ছড়িয়ে পড়ল। একটি নাম, যা সে অর্ডার ছাড়ার পর থেকে শোনেনি – ভুলে যাওয়া, নীরব, কিন্তু এখন সেই মহিলার ঠোঁট থেকে উচ্চারিত, যে তার হাতে তার ভবিষ্যত ধরে রেখেছিল। কেবল একটি নাম নয়। স্বতঃসিদ্ধ। একটি প্রাচীন, রহস্যময় শব্দ, যা তার চেতনায় স্পন্দিত হচ্ছিল, এমন দরজাগুলো খুলে দিচ্ছিল, যা সে চিরতরে বন্ধ বলে মনে করত।

"স্বতঃসিদ্ধ"। একটি একক শব্দ। এটি একটি মহাজাগতিক সিম্ফোনির শেষ নোটের মতো শোনাচ্ছিল, যা নাথানিয়েল যা কিছু জানত তাকে নাড়া দিচ্ছিল। কেবল তার স্বপ্ন নয়। বরং তার পুরো অস্তিত্ব। একটি শেষ কম্পনের সাথে, বাস্তবতা জাদুর সাথে মিশে গেল, আর সে উপলব্ধি করল যে জাগরণ কেবল এখন শুরু হচ্ছিল। কারণ তার নাম উচ্চারিত হয়েছিল। আর এখন থেকে কিছুই আর আগের মতো হবে না।

--- ❤ ---

## অধ্যায় 23: প্রেমের উপহার

নাথানিয়েল ক্রিস্টালের অ্যাম্পুলটি ধরে ছিল। এটি কেবল স্পন্দিত হচ্ছিল না – তার হাতের তালুতে একটি জীবন্ত অঙ্গের মতো কাঁপছিল, একটি নরম, কিন্তু অবিরাম, জ্বলন্ত অভ্যন্তরীণ আলো নির্গত করছিল। এর উষ্ণতা তার বাহু বেয়ে ছড়িয়ে পড়ছিল, যেন এটি বহু আগে ভুলে যাওয়া জগতের নিঃশ্বাসকে ধারণ করছিল, যা সময়ের বাইরে, সমস্ত জ্ঞানের বাইরে গোপন কথা ফিসফিস করছিল। তার প্রশ্নটি অফিসের ভেজা, ভারী বাতাসে ঝুলে ছিল, কেবল একটি আকাঙ্ক্ষা নয়, বরং একটি তিক্ত, প্রায় আক্রমণাত্মক অবিশ্বাস:

— জীবনের অমৃত? অমরত্ব?

মেলিনা তার দিকে তাকাল। তার হালকা, রহস্যময় হাসিতে কেবল উত্তর লুকিয়ে ছিল না – এটি জ্ঞানের অতলের একটি দরজা ছিল, যা সে অতিক্রম করার সাহস করত না, যা সে ভয় পেত। তার চোখে কেবল হাজার হাজার কিলোমিটার তিব্বতে সংগৃহীত প্রাচীন প্রজ্ঞা ছিল না – সেখানে জ্বলছিল একটি আত্মত্যাগ, যা সময় দ্বারা খোদাই করা হয়েছিল, করুণার সাথে মিলিত, যা তার কৌতূহলকে বিপজ্জনক, জ্বলন্ত সীমানায় জ্বালানি দিচ্ছিল। সে জানত যে তাদের সময় আঙ্গুলের মধ্যে বালির মতো ফুরিয়ে যাচ্ছে। তার পুরো যাত্রা, প্রতিটি ক্লান্তিকর দিন এবং নিদ্রাহীন রাত, কেবল তার জন্য পরিচালিত হয়নি – এটি ছিল তার পচনশীল, মরণশীল আত্মাকে বাঁচানোর উদ্দেশ্যে একটি বেদনাদায়ক যন্ত্রণা। মেলিনা সবকিছুর জন্য প্রস্তুত ছিল, কারণ সে বিশ্বাস করত যে কেবল তার রূপান্তরের মাধ্যমেই পুরো বিশ্বের পরিত্রাণের পথ খুলবে। তার ভালবাসা কেবল একটি অনুভূতি ছিল না, বরং একটি মিশন ছিল, যেখানে সে তার অস্তিত্বের প্রতিটি কণা বিনিয়োগ করেছিল।

---✶ ჺ ✶ ---

অন্ধকারে জন্মদিন

এটি একটি গভীর রাত ছিল যখন সে তার অফিসের দরজায় হাজির হলো। কোনো সতর্কবার্তা ছিল না, কোনো অ্যাপয়েন্টমেন্ট ছিল না। কেবল একটি অকল্পনীয়, নির্লজ্জ সাহস, একটি লোহার বিশ্বাস দ্বারা পুষ্ট যে সে সেখানে থাকবে, এমনকি তার নিজের জন্মদিনে, যখন বিশ্ব জীবন উদযাপন করছিল, আর সে - তার একাকীত্ব। তার হৃদয় দ্রুত স্পন্দিত হচ্ছিল – কেবল আশা নয়, বরং একটি ক্ষুরের মতো তীক্ষ্ণ ব্যথা, যা অজানা, তাকে যে মূল্য দিতে হয়েছিল তার ভয়ের সাথে মিশ্রিত ছিল। নাথানিয়েল তার ডেস্ক থেকে উঠে দাঁড়াল, আলো নিভে যাওয়ার পটভূমিতে তার silhouette কেবল ক্লান্ত নয়, বরং একটি ভূতের মতো লাগছিল, স্বেচ্ছাসেবী একাকীত্বের বছরগুলো দ্বারা নিঃশেষিত। তার মুখটি একটি মুখোশ ছিল, যা উদাসীনতা থেকে খোদাই করা হয়েছিল, অভিজ্ঞতা থেকে ভয়ের।

— আজ নয়, শয়তান! — সে মানসিকভাবে অভিশাপ দিচ্ছিল। তার মধ্যে সুশৃঙ্খলতা এবং বিশৃঙ্খলার মধ্যে, বাস্তববাদ এবং অবর্ণনীয়ের মধ্যে পরিচিত টাইটানিক যুদ্ধ আক্রোশ করছিল, যা মেলিনা তার প্রতিটি কোষ দিয়ে মূর্ত করছিল। সে তার ব্যক্তিগত স্থানে এই অনুপ্রবেশের জন্য, তার ভঙ্গুর ভারসাম্য নষ্ট করার জন্য চিৎকার করতে চেয়েছিল। সে তার দুর্বল জায়গায় পা রেখেছিল – তার আত্মবিশ্বাস, যা সময় দ্বারা ক্ষয়প্রাপ্ত হয়েছিল, এমন একটি জীবনের অর্থহীনতা দ্বারা যা সে জোর দিয়ে বলছিল যে সে হারাচ্ছে। কিন্তু একই মুহূর্তে, তার সমস্ত যুক্তির বিরুদ্ধে, সমস্ত জ্ঞানের বিরুদ্ধে, সে তার অযৌক্তিক, কিন্তু চৌম্বকীয় বিশ্বাসের প্রতি এক অপ্রতিরোধ্য সহানুভূতি অনুভব করছিল যে সে সময়ের প্রবাহ পরিবর্তন করতে পারে, তাকে কেবল শারীরিক মিলনের জন্য নয়, বরং আত্মার সত্যিকারের একতার জন্য পুনরুজ্জীবিত করতে পারে, যা মৃত্যুকে অতিক্রম করে, যা সবকিছুকে অতিক্রম করে। সে তাকে তার পাশে সোফায় বসতে আমন্ত্রণ জানাল, আর তার অঙ্গভঙ্গি একই সাথে সংযত এবং অনিবার্য ছিল, দুটি গ্রহের আকর্ষণের মতো, যা একে অপরের সাথে সংঘর্ষ এবং গলে যাওয়ার জন্য নিয়তিবদ্ধ ছিল।

— নাথানিয়েল – সে শুরু করল, তার কণ্ঠস্বর শান্ত ছিল, অপরাধবোধে মিশ্রিত, কিন্তু একটি অদৃশ্য, প্রাথমিক শক্তি দিয়ে ভরা, যা তাদের চারপাশের বাতাসকে কাঁপিয়ে দিচ্ছিল। – তুমি যা ধরে আছো, তার নাম অমৃত। প্রাচীন গ্রন্থে এটি অমরত্বের অমৃত হিসাবে পরিচিত।

সে এক মুহূর্তের জন্য চুপ করে রইল, শব্দগুলোকে প্রতিধ্বনিত হতে দিয়ে, ঘরের মৃত নীরবতায় ডুবে যেতে দিয়েছিল, যা হঠাৎ তাদের ওজনের জন্য খুব ছোট হয়ে গিয়েছিল।

— অমরত্ব? – সে পুনরাবৃত্তি করল, তার কণ্ঠস্বর গভীর সংশয় এবং একটি কম্পমান, প্রায় মরিয়া প্রত্যাশার মিশ্রণ ছিল, যেন সে বিশ্বাস করতে ভয় পাচ্ছিল। – যেমন... চিরকাল বেঁচে থাকা?

মেলিনা মাথা নাড়ল, তার চোখ মানবিক সরলতার জন্য দুঃখ প্রকাশ করছিল।

— তুমি যেভাবে বিশ্বকে বোঝ, সেভাবে নয়, নাথানিয়েল। এটি কেবল শরীরের চিরন্তন অস্তিত্ব নয়, যদিও এটিও সমীকরণের একটি অংশ, ধাঁধার একটি অংশ। অমৃত আরও অনেক কিছু। এটি রূপান্তরের জন্য। একটি নতুন সত্তার জন্মের জন্য, একটি নতুন অর্থের জন্য।

সে তার কাছে গেল, তার নিজের উদ্বেগের কম্পন অনুভব করে, এবং অ্যাম্পুলটির দিকে ইঙ্গিত করল, যার আলো এখন তাদের মুখকে আলোকিত করছিল, তাদের একটি অপ্রাকৃত উজ্জ্বলতা দিচ্ছিল।

— এটি একটি গোপন সূত্র, যা আমি বহু বছরের নরকে থাকার পর পুনরায় আবিষ্কার এবং পুনরুৎপাদন করতে পেরেছি – বছরের পর বছর ধরে অনুসন্ধান, বঞ্চনা এবং আত্মত্যাগ, যা আমার আত্মায় দাগ রেখে গেছে। এটি কোষের গভীর পুনর্জন্মের সাথে সম্পর্কিত – বিশেষ করে হৃদয়ের। এটি দ্রুত শোষণের জন্য একটি তরল হিসাবে ফরম্যাট করা হয়েছে, যা এন্ট্রপি এবং

অক্সিডেটিভ স্ট্রেসের প্রভাবকে পরাস্ত করতে সক্ষম, এই অদৃশ্য হত্যাকারীরা যা ধীরে ধীরে শরীর এবং আত্মাকে ক্ষয় করে, যতক্ষণ না কিছুই অবশিষ্ট থাকে। অনুভূতিটি বালুকে সোনায় পরিণত করা, আর আত্মাকে – অনন্তকালের ঝর্ণায় পরিণত করার মতো।

নাথানিয়েল তার চোখ ছোট করল, যা শুনেছে তা বোঝার চেষ্টা করছিল। তার দৃষ্টিতে পরিচিত যুক্তি এবং একটি বিপজ্জনক আশার মধ্যে একটি হিংস্র লড়াই ছিল, যা তাকে অন্য কিছুর চেয়ে বেশি ভয় দেখাচ্ছিল।

— হৃদয়ের পুনর্জন্ম? এটি... বৈজ্ঞানিক শোনায়, কিন্তু অসম্ভবও। প্রায় ধর্মদ্রোহী।

— আধুনিক বিজ্ঞানের জন্য – হ্যাঁ – মেলিনা উত্তর দিল, তার কণ্ঠস্বর একটি হিমালয়ের শিলা হিসাবে শান্ত, কিন্তু দৃঢ় ছিল, যা সন্দেহ জানে না। – কিন্তু প্রাচীন সভ্যতাগুলোর এমন জ্ঞান ছিল যা আমরা এখন কেবল পুনরায় আবিষ্কার করতে শুরু করেছি, প্রথমবার দেখা একটি অন্ধ শিশুর মতো। যা কিছু বিদ্যমান, তা আমাদের পরিচিত সরঞ্জাম দিয়ে পরিমাপ বা ব্যাখ্যা করা যায় না। কখনও কখনও আমাদের অভ্যন্তরীণ অনুভূতির উপর, প্রতীক এবং অভিজ্ঞতার ভাষার উপর বিশ্বাস করতে হয়, যাতে আমরা আরও গভীর, লুকানো সত্যটি দেখতে পাই।

সে এক মুহূর্তের জন্য চুপ করে রইল, যেন নাথানিয়েলকে কেবল তথ্যটি উপলব্ধি করার সুযোগ দেয় না, বরং এটিকে আস্বাদন করতে, তার হাড়ের গভীরে, তার হৃদয়ে অনুভব করতে দেয়।

— ভারতে এই প্রাচীন কৌশলকে কায়া কল্প, কেসারী কেলপ, শতভারী ঘ্রিতা বা অন্যান্য নামে ডাকা হয় – ভেষজ মিশ্রণ, যা "শরীরকে রূপান্তরিত করে" বলে মনে করা হয়। এটি সহস্রাব্দ ধরে ধর্মীয় নিরাময়কারী দ্বারা অনুশীলন করা হয়েছে, রাজা এবং ঋষিদের দ্বিতীয় যৌবন এবং দীর্ঘ জীবন দান করে, প্রায়শই তাদের নিজের খরচে, নাথানিয়েল। এমনকি রেনে দেকার্ট, বাস্তববাদের জনক, তার পরবর্তী কাজগুলোতে আলকেমিক্যাল প্রক্রিয়ার মাধ্যমে "শারীরিক পরিপূর্ণতা" এর ধারণাটি স্বীকার করেছেন, আর রসায়নবিদরা প্রায়শই "দার্শনিকদের পাথর" সম্পর্কে একটি সর্বজনীন অমৃত হিসাবে কথা বলেন। অবশ্যই, তাদের জীববিজ্ঞানের সীমিত ধারণা ছিল, কিন্তু শরীর এবং চেতনার উপর নির্দিষ্ট পদার্থের সামগ্রিক প্রভাব সম্পর্কে তাদের স্বজ্ঞা ছিল অসাধারণ।

নাথানিয়েল তার ভ্রু উপরে তুলল, তার চোখে সত্যিকারের, শিকারের আগ্রহের একটি ঝলক দেখা গেল। এটি একটি ফাঁক ছিল। এমন কিছুর দিকে একটি ফাঁক যা সে ব্যবহার করতে, নিয়ন্ত্রণ করতে পারত।

— তাহলে এটি কেবল একটি পৌরাণিক কাহিনী নয়? এটি... একটি সত্যিকারের প্রাচীন সূত্র? একটি লুকানো গবেষণাগারের গবেষণার মতো?

— সত্য, কিন্তু পরিপূর্ণতায় উন্নতও – মেলিনা নিশ্চিত করল, অনুভব করল যে তার নিজের হৃদয় এমন একটি সংকল্পে পূর্ণ হচ্ছে যা তাকে ধ্বংস করতে পারে। – অমৃত সবচেয়ে বিখ্যাত আয়ুর্বেদিক সূত্র, যা এর নিরাময় এবং পুনরুজ্জীবনমূলক বৈশিষ্ট্যের জন্য পরিচিত। এর শক্তি রহস্যময় বিদেশি এসেন্সের মিশ্রণ থেকে আসে, এতে বিশুদ্ধ সোনা রয়েছে, কিছু ভেষজ দিয়ে প্রক্রিয়াজাত করা হয়েছে, যা এর ক্রিয়াকে শক্তিশালী করেছে – সোনা, তার কোয়ান্টাম বৈশিষ্ট্যের জন্য পরিচিত, যা শরীরের ইলেক্ট্রোম্যাগনেটিক ক্ষেত্রগুলোকে প্রভাবিত করতে পারে। আমি এটিকে আধুনিক পদ্ধতি দিয়ে উন্নত করেছি, নতুন গোপন উপাদান যোগ করে, যা এর ক্রিয়াকে বহুবার বাড়িয়ে দেয়, এটিকে একটি ওষুধের চেয়ে বেশি কিছুতে পরিণত করে – একটি নতুন অস্তিত্বের দিকে একটি চৌকাঠ।

— কী, কিন্তু, মেলিনা?!

যখন সে কথা বলছিল, নাথানিয়েলের চোখ স্পন্দিত অ্যাম্পুল থেকে সরে যাচ্ছিল না। তার কথাগুলো তার কল্পনার সামনে একটি জাদুকরী গুহার চিত্র আঁকছিল, যেখানে সে যাদুকরী

আধান মিশ্রিত করছিল এবং মন্ত্র উচ্চারণ করছিল, যা তার যৌক্তিক আত্মার কাছে সত্য থেকে খুব দূরে ছিল না। তার কথাগুলো এমন কিছুর প্রতিশ্রুতি দিয়েছিল যা তার সম্ভাব্যতার, ওষুধের, এমনকি রসায়নেরও ধারণাকে ছাড়িয়ে গিয়েছিল, যা সে জানত। তার সংশয় সম্পূর্ণরূপে অদৃশ্য হয়নি, কিন্তু এটি ইতিমধ্যেই গভীর, প্রায় শ্রদ্ধাপূর্ণ কৌতূহল দ্বারা প্রভাবিত ছিল, আরও কিছুর জন্য একটি ক্ষুধা। ক্ষমতার জন্য একটি ক্ষুধা, সময়ের উপর নিয়ন্ত্রণের জন্য। সে অনুভব করল যে তার মন, সবসময় এত সুশৃঙ্খল এবং যৌক্তিক, অবর্ণনীয়ের চাপে ভেঙে যেতে শুরু করছে, আর এটি তাকে বেদনাদায়কভাবে, পাগলামির দিকে স্নায়ুচাপ করছিল।

---✶ ❦ ✶ ---

নাথানিয়েলের বৈজ্ঞানিক বোঝা

সবকিছু সত্ত্বেও, নাথানিয়েলের মন যুক্তি খোঁজা বন্ধ করেনি। সে জীবন্ত কোষ থেকে বায়োফোটোনিক নির্গমন সম্পর্কে নিবন্ধের কথা মনে করল – আলোর একটি দুর্বল, কিন্তু পরিমাপযোগ্য নির্গমন, যা কিছু বিজ্ঞানী আন্তঃকোষীয় যোগাযোগ এবং এমনকি নিরাময় প্রক্রিয়ার সাথে যুক্ত করেছিলেন। সে এপিজেনেটিক্স সম্পর্কেও পড়েছিল, পরিবেশ, আবেগ এবং চিন্তাভাবনার প্রভাব সম্পর্কে জিনের অভিব্যক্তির উপর, ডিএনএ নিজেই পরিবর্তন না করে। এই ধারণা যে বিশুদ্ধ মানসিক শক্তি, অভিপ্রায়ের মাধ্যমে কেন্দ্রীভূত, ফোটনে "কোড করা" যেতে পারে এবং জৈবিক প্রক্রিয়াগুলোকে প্রভাবিত করতে পারে, তার কাছে আর এত হাস্যকর মনে হচ্ছিল না। এটি কেবল... ভবিষ্যতের বিজ্ঞান ছিল, যা প্রাচীনদের কাছে অ্যাক্সেসযোগ্য ছিল।

---✶ ❦ ✶ ---

— কিন্তু সবচেয়ে গুরুত্বপূর্ণ – সে চালিয়ে গেল, তার কণ্ঠস্বর প্রায় একটি ফিসফিসানিতে পরিণত হয়েছিল, তার সমস্ত জ্ঞান এবং জমা হওয়া ব্যথার ভারে পূর্ণ ছিল, যেন প্রতিটি শব্দ তাকে ভেতর থেকে পুড়িয়ে ছাই করে দিচ্ছিল। – এটি হৃদয়ের কোষের পুনর্জন্মের উপর এর প্রভাব। কেবল শারীরিক পুনরুজ্জীবন নয়, নাথানিয়েল। গোপনীয়তাটি ডিএনএর মধ্যে প্রাচীন কোডগুলো সক্রিয় করার মধ্যে নিহিত, যা ভালবাসা থেকে হৃদয়ের প্লাস্টিসিটি পুনরুদ্ধার করে। এটি এপিজেনেটিক্সের সাথে সম্পর্কিত – যেভাবে আমাদের অভিজ্ঞতা, আবেগ এবং পরিবেশ আমাদের জিনের অভিব্যক্তি পরিবর্তন করতে পারে, ডিএনএ ক্রম নিজেই পরিবর্তন না করে। যখন রক্ত আক্রোশ করে, যখন আত্মা মিশে যায়, তখন নির্দিষ্ট হরমোন এবং প্রোটিন তৈরি হয়, যা শক্তিশালী হয় এবং পুনরুজ্জীবিত হয়। আমাদের গবেষণা দেখায় যে এই "বায়োফোটন", যা শক্তিশালী আবেগ থেকে হৃদয় দ্বারা নির্গত হয়, আসলে তথ্যের বাহক, যা ডিএনএর সাথে যোগাযোগ করতে সক্ষম, এপিজেনেটিক মার্কার পরিবর্তন করে। এটি হৃদয়ের কোষগুলোকে পৃথক করতে এবং নতুন, সুস্থ কার্ডিওমায়োসাইটে পরিণত হতে দেয়, যারা আবার ভালবাসতে পারে, সম্পূর্ণ শক্তি দিয়ে অনুভব করতে পারে, পতনের ভয় ছাড়াই। মৃত্যুর ভয় ছাড়াই, জীবনের ভয় ছাড়াই।

নাথানিয়েল অনুভব করল যে তার হাতের অ্যাম্পুলটি আরও শক্তিশালীভাবে স্পন্দিত হচ্ছে, যেন তার নিজের অভ্যন্তরীণ বিশৃঙ্খলার প্রতি সাড়া দিচ্ছে, তার মধ্যে যে আবেগের ঝড় উঠছিল তার প্রতি। তার দৃষ্টি তার দৃষ্টির সাথে মিলিত হলো – এমন একটি দৃষ্টি যা তাকে পরিচিতের চৌকাঠ অতিক্রম করতে আমন্ত্রণ জানাচ্ছিল, আত্মার রসায়ন এবং বিজ্ঞানের উপর বিশ্বাস রাখতে, সমস্ত জীবন্ত প্রাণীর মধ্যে অদৃশ্য, সর্বব্যাপী সংযোগের উপর। সে তাকে যে ভবিষ্যত প্রস্তাব করছিল তা কেবল দীর্ঘ জীবন ছিল না, বরং সম্পূর্ণ রূপান্তরের একটি সুযোগ ছিল, এমন একটি জীবনের জন্য, যেখানে প্রতিটি কোষ এবং প্রতিটি আবেগ একটি নতুন, অসাধারণ জ্ঞান দিয়ে, এমন গভীরতা দিয়ে কাঁপছিল, যা সে আগে কখনও জানত না, এমনকি স্বপ্নও দেখেনি।

সে তাকে নিজের কাছে একটি চাবি দিচ্ছিল।

---❤---

## অধ্যায় 24: অনন্তকালের কোয়ান্টাম

*ছাপ ৫ বছর আগে; মহাপ্রলয়ের ৩ বছর এবং ৪ মাস আগে...*

নাথানিয়েলের প্রশস্ত অফিসে বাতাস কেবল ভারী ছিল না – এটি গর্জন করছিল। এটি ঘন, স্পষ্ট ছিল, আমার ভিতরে যে ঝড়ের জন্ম হচ্ছিল তার অদৃশ্য বিদ্যুৎ দিয়ে পরিপূর্ণ ছিল। কেবল আমার চিন্তা থেকে নয়, যা তার চেতনায় একটি অনিয়ন্ত্রিত আগুনের মতো আক্রোশ করছিল, বরং আমাদের মধ্যে ধ্বংসাত্মক মহাকর্ষ থেকেও। আমি তাকে তার নিজের অতলের কিনারে ধরে রেখেছিলাম – সেই জায়গা যেখানে যুক্তি বিশৃঙ্খলার সাথে মিলিত হয়, যেখানে বিজ্ঞান একটি বিপজ্জনক নৃত্যে রহস্যবাদের সাথে মিশে যায়। সে ডিএনএ এবং অনন্তকাল সম্পর্কে আমার দুঃসাহসী অনুমানের উপর মনোনিবেশ করার জন্য লড়াই করছিল, যখন আমার প্রতিটি শব্দ, প্রতিটি দৃষ্টি, তাকে একটি বিপজ্জনক, প্রায় পাপপূর্ণ নিষিদ্ধ ঘনিষ্ঠতার দিকে টেনে নিয়ে যাচ্ছিল। এমন একটি ঘনিষ্ঠতা যা তার পুরো বাস্তববাদী সারমর্ম, তার শীতল, গণনাশীল মনকে হুমকি দিচ্ছিল।

তার মন, অদৃশ্য শেকল দ্বারা অত্যাচারিত, সবেমাত্র যা বলা হয়েছিল তা উন্মত্তভাবে প্রক্রিয়া করছিল – কেবল ডিএনএর ডিকোডিং নয়, বরং এটিতে কোনো রূপান্তর ছাড়াই এটির অনুলিপি করা, জেনেটিক কোডে লক করা অনন্তকালকে ধরা। আমি সবেমাত্র আমার দীর্ঘ একঘেয়েমি শেষ করেছি, যা সাহসী বৈজ্ঞানিক অনুমান এবং সম্মোহিত রহস্যময় অন্তর্দৃষ্টি দিয়ে বোনা হয়েছিল, যেন আমি তার সামনে সম্ভাবনার একটি সম্পূর্ণ মহাবিশ্ব উন্মোচন করেছি, যা বিশ্বকে উল্টে দিতে সক্ষম। একটি নতুন বিশ্ব, কিন্তু একটি নতুন, ভয়ঙ্কর শক্তিও।

— মেলিনা, আমাকে স্বীকার করতে হবে যে আমি গভীরভাবে নাড়া খেয়েছি। – নাথানিয়েলের কণ্ঠস্বর অস্বাভাবিকভাবে নরম ছিল, প্রায় শ্রদ্ধাশীল, কিন্তু তার পৃষ্ঠের নিচে একটি শিকারের ইঙ্গিত কাঁপছিল – একজন শিকারীর মতো, যে এমন একটি শিকার অনুভব করেছে যার জন্য সে সারাজীবন অপেক্ষা করেছে। – ডিএনএ এবং বিবর্তন সম্পর্কে তোমার বৈজ্ঞানিক জ্ঞান সত্যিই চিত্তাকর্ষক। আমি কখনই জেনেটিক কোডকে এইভাবে দেখিনি – এত প্রাচীন, অপ্রত্যাশিত তথ্যের একটি সম্ভাব্য বাহক হিসাবে।

আমি হালকা হেসেছিলাম, আমার ওয়াইনের একটি চুমুক ধীরে ধীরে পান করছিলাম। আমার চোখে সেই অভ্যন্তরীণ আলো নাচছিল, যা তাকে সবসময় আঘাত করত – কেবল একটি উজ্জ্বলতা নয়, একটি আগুন, যা জ্বলতে সক্ষম। সবকিছুকে ছাই করে দিতে।

— বিজ্ঞান আমাদের কাঠামো দেয়, নাথানিয়েল, একটি ভাষা যা দিয়ে আমরা বোঝা শুরু করতে পারি। কিন্তু কখনও কখনও আমাদের কঠোর পরীক্ষামূলক সীমানার বাইরে তাকাতে হয়, যাতে আমরা বৃহত্তর ছবিটি দেখতে পাই। – আমি আমার গ্লাসটি রাখলাম। – তুমি কীভাবে অবর্ণনীয়কে ব্যাখ্যা করবে? ইতিহাস এমন সভ্যতার উদাহরণে পূর্ণ, যাদের এমন জ্ঞান ছিল যা আমাদের কাছে হারিয়ে গেছে। প্রাচীন মিশরীয়দের স্থাপত্য অর্জনের কথা ভাবো – পিরামিড, যা এমন নির্ভুলতার সাথে তৈরি করা হয়েছিল যা আজও আমাদের জন্য কঠিন। অথবা মায়াদের জটিল জ্যোতির্বিজ্ঞানের জ্ঞানের কথা, যা তাদের সময়কে অতিক্রম করে এমন নির্ভুলতার সাথে গ্রহণীয়তার পূর্বাভাস দিতে সক্ষম। তারা আমাদের টেলিস্কোপ এবং কম্পিউটার ছাড়া এটি কীভাবে অর্জন করেছিল? – আমার চারপাশের বাতাস যেন ঘন হয়ে গেল, যা প্রাচীন প্রজ্ঞা দিয়ে পূর্ণ ছিল।

— অনেক যৌক্তিক ব্যাখ্যা থাকতে পারে – কঠোর পরিশ্রম, পর্যবেক্ষণ, প্রজন্মের পর প্রজন্ম ধরে জ্ঞানের সঞ্চয়... – নাথানিয়েল কথোপকথনটিকে ভিত্তি করার চেষ্টা করল, এটিকে বিজ্ঞানের নিরাপদ সীমানার মধ্যে ফিরিয়ে আনার চেষ্টা করল, কিন্তু সে ইতিমধ্যেই আমার জাদুর কাছে, আমার বিপজ্জনক সম্মোহনের কাছে আত্মসমর্পণ করছিল। বিপদ তাকে আকর্ষণ করছিল, যেমন অতল গহ্বরকে আকর্ষণ করে।

— অবশ্যই। কিন্তু তুমি উড্ডয়ন, কেবল চিন্তার মাধ্যমে নিরাময়, টেলিপ্যাথিক যোগাযোগের কিংবদন্তি সম্পর্কে কী বলবে, যা এত বিভিন্ন সংস্কৃতিতে পাওয়া যায়? এগুলো কি কেবল কল্পনার ফল? নাকি সম্ভবত তারা এমন ক্ষমতাগুলোকে প্রতিফলিত করে, যা আমাদের একসময় ছিল, কিন্তু আমরা হারিয়েছি বা কীভাবে ব্যবহার করতে হয় তা ভুলে গেছি? – আমি সামান্য এগিয়ে গেলাম। – ধর্ম, তার রহস্যময় ঐতিহ্যে, প্রায়শই একটি উচ্চতর চেতনার সাথে সংযোগ, জন্মগত আধ্যাত্মিক শক্তি সম্পর্কে কথা বলে। আর রহস্যময় শিক্ষাগুলো দাবি করে যে সূক্ষ্ম শক্তির ক্ষেত্র এবং চেতনার স্তর বিদ্যমান, যা আমরা এখনও বৈজ্ঞানিকভাবে অন্বেষণ করিনি। তারা আকাশিক রেকর্ড, সম্মিলিত অচেতন সম্পর্কে কথা বলে। সম্ভবত সেগুলো কেবল কল্পনা নয়? সম্ভবত তারা সত্যের দিকে পথনির্দেশক?

— এটি বেশ... অনুমানমূলক শোনায়, মেলিনা। – নাথানিয়েল পিছনে ঝুঁকে পড়ল। তার দৃষ্টি সংকীর্ণ হয়ে গেল, একজন শিকারীর মতো, যে একটি অজানা অঞ্চল দেখছে। – তুমি কীভাবে এই দার্শনিক এবং রহস্যময় ধারণাগুলোকে ডিএনএর নির্দিষ্ট কাঠামোর সাথে সংযুক্ত করতে পার? এটি একটি জৈবিক, বস্তুগত অণু।

— ঠিক আছে, নাথানিয়েল, ভাবো। – আমি তার কাঁধের রেখা অনুসরণ করলাম, তার থেকে প্রবাহিত হওয়া শক্তির সংকেতের শিহরণ অনুভব করলাম। – ডিএনএ একটি জটিল, স্ব-সংগঠিত কাঠামো, যা একটি অত্যন্ত ছোট জায়গায় বিশাল পরিমাণ তথ্য ধারণ করে। একটি একক কোষে একটি সম্পূর্ণ লাইব্রেরির কল্পনা করো। কোয়ান্টাম যান্ত্রিক আমাদের দেখায় যে সবচেয়ে মৌলিক স্তরে বাস্তবতা আমাদের কল্পনার চেয়ে অনেক বেশি অদ্ভুত এবং আন্তঃসংযুক্ত। কণাগুলো একই সাথে দুটি জায়গায় থাকতে পারে, বিশাল দূরত্বে "জড়িত" হতে পারে। ডিএনএ কি তথ্য সংরক্ষণ এবং প্রেরণের জন্য কোয়ান্টাম নীতিগুলো ব্যবহার করতে পারে – এমন তথ্য যা কেবল জৈবিক নির্দেশাবলী নয়, বরং দূরবর্তী, ভুলে যাওয়া অতীত থেকে অভিজ্ঞতা, জ্ঞান এবং এমনকি চেতনার "কোয়ান্টাম ছাপ" অন্তর্ভুক্ত করতে পারে?

— এটা... এটা কী? – নাথানিয়েল ফিসফিস করে বলল, তার কণ্ঠস্বর কেবল একটি ফিসফিসানি ছিল, তার নিজের চেতনার বজ্রধ্বনির মধ্যে হারিয়ে গিয়েছিল। – তুমি কী করছ?

— কোয়ান্টাম ছাপ? – নাথানিয়েল পুনরাবৃত্তি করল, যেন সে প্রতিটি শব্দ আস্বাদন করছিল, সেটিকে ওজন করছিল, তার অর্থ এবং লুকানো, সীমাহীন শক্তি খুঁজছিল। একমাত্র জিনিস যা সে খুঁজছিল তা ছিল ক্ষমতা।

— হ্যাঁ। কল্পনা করো যে চেতনা কেবল মস্তিষ্কের কার্যকলাপের একটি পণ্য নয়, বরং মহাবিশ্বের একটি মৌলিক দিক, যেমনটি কিছু দার্শনিক এবং এমনকি বৈজ্ঞানিক তত্ত্বগুলো প্রস্তাব করে – উদাহরণস্বরূপ, পেনরোজ* এবং হ্যামেরফের Orch-Or তত্ত্ব। এটি চেতনাকে একটি কোয়ান্টাম ঘটনা হিসাবে বিবেচনা করে, যা নিউরনের মাইক্রোটিউবুলগুলোতে প্রক্রিয়া থেকে উদ্ভূত হয়। – আমি ডেস্কের কাছে গেলাম, অনুভব করলাম যে আমার নিজের শক্তি বাতাসে স্পন্দিত হচ্ছে। – ডিএনএ কি এক ধরনের অনুরণক হতে পারে, একটি শক্তিশালী অ্যান্টেনা, যা এই সূক্ষ্ম কোয়ান্টাম কম্পনগুলোকে দীর্ঘ সময় ধরে ধারণ এবং সংরক্ষণ করতে

সক্ষম? প্রাচীনরা "আত্মার স্মৃতি" সম্পর্কে, এমন জ্ঞান সম্পর্কে কথা বলেছিল, যা প্রজন্ম থেকে প্রজন্মান্তরে কেবল জেনেটিকভাবে নয়, বরং কোনো গভীর, অ-শারীরিক উপায়েও প্রেরণ করা হয়। ডিএনএ কি এই অ-বস্তুগত, সর্বব্যাপী স্মৃতির বস্তুগত বাহক হতে পারে?

— অসম্ভব। – নাথানিয়েল সংক্ষিপ্তভাবে বলল, কিন্তু তার কণ্ঠে দ্বিধার একটি ইঙ্গিত প্রবেশ করল।

— এটি... বেশ একটি মৌলিক ধারণা। এটি প্রায় বৈজ্ঞানিক কল্পকাহিনীর মতো শোনায়। – নাথানিয়েল তার ঠোঁট শক্ত করল, তার চুলের মধ্য দিয়ে তার আঙ্গুলগুলো চালিয়ে গেল, যেন সে তার চিন্তার বিশৃঙ্খলা খুলে ফেলার চেষ্টা করছিল। – কিন্তু আমি স্বীকার করি যে তুমি এটি যেভাবে উপস্থাপন কর, তা একজনকে ভাবায়। ডিএনএর এই সমস্ত "অপ্রয়োজনীয়" ৯৮%... তারা আসলে কী করে? বছরের পর বছর ধরে আমরা তাদের "আবর্জনা" বলতাম।

— ঠিক! – আমার দৃষ্টি একটি শিখায় পরিণত হলো, যা তাকে বিদ্ধ করছিল। – বিজ্ঞান এখন কেবল তাদের সত্যিকারের সম্ভাবনা উন্মোচন করতে শুরু করেছে। আমরা তাদের আর "আবর্জনা" বলি না, নাথানিয়েল, বরং "নন-কোডিং ডিএনএ"। কিন্তু যদি এই ৯৮% "আবর্জনা" না হয়, বরং কোয়ান্টাম কোডে রেকর্ড করা আমাদের সত্যিকারের ইতিহাস হয়? তাদের একটি স্থির স্টক হিসাবে নয়, বরং পুরো মানব অভিজ্ঞতার জীবন্ত, ডিপোল-চার্জযুক্ত বাহক হিসাবে কল্পনা করো!

— দুই শতাংশ? কেবল এতটুকু? – নাথানিয়েল ফিসফিস করে বলল, তার চোখ বড় হয়ে গেল। – আর বাকিটা... এটা অসম্ভব!

— দুই শতাংশ শারীরিক, আমাদের দৃশ্যমান অংশকে কোড করে, যা জিন প্রেরণ করে। কিন্তু বাকি ৯৮%ও কোড করে, নাথানিয়েল, কিন্তু পদার্থ নয়, বরং শক্তি, অনুভূতি, চিন্তা, আবেগ – আমাদের আত্মার পুরো কোয়ান্টাম আর্কাইভ। তাদের মধ্যে প্রতিটি চিন্তা, প্রতিটি অনুভূতি, প্রতিটি আবেগ রেকর্ড করা হয় – উজ্জ্বলতম আনন্দ থেকে গভীরতম আঘাত পর্যন্ত, ইতিবাচক এবং নেতিবাচক উভয়ই। আর ঠিক যেমন ডিএনএর দৃশ্যমান অংশ নতুন কোষে অনুলিপি করা হয়, তেমনি এই শক্তির তথ্যও প্রেরণ এবং অনুলিপি করা হয়, কিন্তু এটি পরিবর্তন থেকে মুক্ত নয়। এটিও প্রজন্মের পর প্রজন্ম ধরে "ভুল" বা "শব্দ" জমা করতে, অবক্ষয়িত হতে পারে, ডেটা অবক্ষয়ের মতো। আর সবচেয়ে গুরুত্বপূর্ণ, নাথানিয়েল – আমরা তাদের আমাদের সন্তানদের কাছে কোয়ান্টাম জিন হিসাবে প্রেরণ করি।

— তাহলে... সবকিছু? প্রতিটি চিন্তা, প্রতিটি অনুভূতি? – তার কণ্ঠস্বর এখন আরও দৃঢ় ছিল, কিন্তু একটি আঘাতমূলক উপলব্ধির ইঙ্গিত দিয়ে। – আমাদের পুরো অস্তিত্ব কি কেবল... একটি কোড?

— আর তুমি এটা বিশ্বাস কর? – নাথানিয়েল তাকে বাধা দিল, তার চোখ ছোট করে।

— এটি সম্পর্কে ভাবো: শিশুটি উভয় পিতামাতা থেকে এই শক্তি এবং মানসিক ম্যাট্রিক্স উত্তরাধিকার সূত্রে পায়। আমরা এটিকে কর্ম বলি, কিন্তু এটি কেবল একটি উত্তরাধিকারসূত্রে প্রাপ্ত তথ্যের বোঝা – পূর্বপুরুষদের আবেগ, চিন্তা এবং অনুভূতির সঞ্চয়। তারপরে প্রতিটি প্রজন্ম এই জীবন্ত, ক্রমাগত বিকশিত কোডে তাদের নিজস্ব অভিজ্ঞতা যোগ করে, এটিকে এগিয়ে নিয়ে যায়। এই সব আমাদের ডিএনএর এই ৯৮% কোড করা হয়।

— কর্ম? উত্তরাধিকারসূত্রে প্রাপ্ত বোঝা? – নাথানিয়েল তার মুষ্টিবদ্ধ করল, অদৃশ্য শেকলের ওজন অনুভব করে। – তাহলে আমরা কি মুক্ত নই? সবকিছু কি পূর্বনির্ধারিত?

— তাই, যদি গ্রেইল সত্যিই একটি নির্দিষ্ট রসায়নের মাধ্যমে ডিএনএ ডিকোড করে, তবে এটি কারণ এটি এই কোয়ান্টাম সংকেত দিয়ে কাজ করে, কেবল শারীরিক জিন দিয়ে নয়। এটি কেবল এটি পড়ে না, এটি এটিকে একটি সম্পূর্ণ ভিন্ন, মহাজাগতিক স্তরে টিউন করে এবং

বোঝে। এটি একটি জৈবিক মানচিত্র নয়, নাথানিয়েল, বরং বিশ্বের দিকে একটি গুপ্তধন, যা ব্যক্তিগত জীবের বাইরে সংরক্ষিত তথ্য অ্যাক্সেস খুলে দেয় এবং পরিবর্তনের দিকে একটি পথ প্রস্তাব করে।

নাথানিয়েল ধীরে ধীরে তার মাথা নাড়ল, এখনও যা শুনেছে তা প্রক্রিয়া করছিল। তার ভিতরে, সংশয়বাদী এবং লোভী দুঃসাহসিক উভয়ই লড়াই করছিল, প্রতিটি পক্ষ তাদের বিশ্বাস, তাদের সত্যকে নখ এবং দাঁত দিয়ে রক্ষা করছিল।

— তাহলে তোমার মতে, গ্রেইল কেবল একটি জৈবিক নিদর্শন - হৃদয়ের মাধ্যমে আত্মার অস্তিত্বগত অবস্থা পরিবর্তন করে না, কারণ একজন ব্যক্তি সময় এবং স্থানের মধ্য দিয়ে তার নিজের ডিএনএতে একটি কোয়ান্টাম কোড বহন করে? হৃদয় – একটি কন্ডাক্টর, যা সূক্ষ্ম, শক্তির স্তরে অনুভূতি, আবেগ এবং চিন্তাভাবনা থেকে কোড করা তথ্য অ্যাক্সেস খুলে দেয়? – নাথানিয়েল উঠে দাঁড়াল, একটি খাঁচার সিংহের মতো স্নায়বিকভাবে হাঁটছিল। – এটি একটি অনুমানের মতো শোনাচ্ছে, যা ছদ্ম-বিজ্ঞানের সীমানা, মেলিনা। বিশুদ্ধ কল্পনার। আর আমাদের কাছে কি কোনো প্রমাণ আছে, এমনকি পরোক্ষও?

— এটি সম্ভব, নাথানিয়েল – আমি উত্তর দিলাম, আমার বিশ্বাস থেকে এক বিন্দুও পিছিয়ে না গিয়ে, যখন আমি অনুভব করলাম যে আমার প্রতিটি কোষ একটি শিহরিত, অবিচল আত্মবিশ্বাসের সাথে স্পন্দিত হচ্ছে। – আমরা আক্ষরিক অর্থে জাদুর কথা বলছি না, বরং মানব জীববিজ্ঞান, পদার্থবিদ্যা এবং চেতনার অনাবিষ্কৃত দিকগুলোর কথা বলছি।

— ডিএনএ-কে কেবল জেনেটিক তথ্যের বাহক হিসাবে নয়, বরং একটি অতি-সংবেদনশীল কোয়ান্টাম অ্যান্টেনা হিসাবে কল্পনা করো। কেন? কারণ এর কিছু উপাদান – নিউক্লিওটাইড এবং হাইড্রোজেন বন্ধন – আণবিক স্তরে কোয়ান্টাম বিন্দু বা এমনকি কোয়ান্টাম কম্পিউটার হিসাবে কাজ করতে পারে। তারা বাইনারি কোডের চেয়ে অনেক বেশি কার্যকরভাবে তথ্য সংরক্ষণ এবং প্রক্রিয়া করতে পারে। রাশিয়ান বিজ্ঞানী পেট্র গ্যারিয়ায়েভ* এবং ভ্লাদিমির পপোনিন*, উদাহরণস্বরূপ, তথাকথিত "ডিএনএর ফ্যান্টম প্রভাব" নিয়ে গবেষণা করেছেন, যেখানে ডিএনএ শারীরিক অপসারণের পরেও ইলেক্ট্রোম্যাগনেটিক ক্ষেত্রে একটি চিহ্ন রেখে যায়। এটি প্রস্তাব করে যে এটি এমনভাবে শক্তির ক্ষেত্রগুলির সাথে যোগাযোগ করে যা আমরা এখনও বুঝি না।

— আরও কী, নাথানিয়েল, পদার্থবিদ্যা নিজেই আমাদের বিশুদ্ধ শক্তিকে পদার্থে রূপান্তরিত করার প্রমাণ দেয়। পদার্থবিদ্যায়, বিশেষ করে কোয়ান্টাম ইলেক্ট্রোডাইনামিক্স (QED) এর ক্ষেত্রে, শক্তির বস্তুগতকরণ এমন প্রক্রিয়ার মাধ্যমে ঘটে, যেখানে ফোটন – আলোর কোয়ান্টাম, যা বিশুদ্ধ শক্তি – কণা-অতিকণা জোড়ায় রূপান্তরিত হয়। সবচেয়ে সহজ এবং সুপরিচিত প্রক্রিয়া হল ব্রাইট-উইলার* প্রক্রিয়া। এটি পূর্বাভাস দেয় যে যখন দুটি উচ্চ-শক্তির ফোটন সংঘর্ষ করে, তখন তাদের শক্তি ভরের মধ্যে রূপান্তরিত হওয়ার জন্য যথেষ্ট হতে পারে, একটি পদার্থ এবং অতিকণার জোড়া তৈরি করে, সাধারণত একটি ইলেকট্রন এবং একটি পজিট্রন। যদি বিশুদ্ধ শক্তি কণাগুলোতে বস্তুগত হতে পারে, তবে কেন তথ্য, চেতনা, অভিজ্ঞতা ডিএনএতে কোয়ান্টাম কোডে "ঘনীভূত" হতে পারে না?

— আধুনিক এপিজেনেটিক্স ইতিমধ্যেই দেখায় যে কীভাবে অভিজ্ঞতা, আঘাত এবং পরিবেশ জিনের অভিব্যক্তি পরিবর্তন করতে পারে, ডিএনএ ক্রম নিজেই পরিবর্তন না করে। এটি প্রমাণ যে বিশুদ্ধ জেনেটিক্সের বাইরের তথ্য আমাদের জীববিজ্ঞানকে প্রভাবিত করে। আর তুমি রুবার্ট শেল্ড্রেক* দ্বারা প্রস্তাবিত মর্ফোজেনেটিক ফিল্ডের তত্ত্ব সম্পর্কে কী বলবে? এটি অনুমান করে যে অদৃশ্য ক্ষেত্র বিদ্যমান, যা জীব এবং এমনকি প্রজাতির মধ্যে তথ্য গঠন এবং

প্রেরণ করে। এই ক্ষেত্রগুলো স্বজ্ঞাত জ্ঞান, টেলিপ্যাথি বা সম্মিলিত অচেতনকে ব্যাখ্যা করতে পারে। ডিএনএ এই ক্ষেত্রগুলো থেকে তথ্যের একটি রিসিভার এবং ট্রান্সমিটার হতে পারে।

— আর পরিশেষে, কিন্তু গুরুত্বহীন নয় – কোয়ান্টাম এনট্যাঙ্গেলমেন্ট। তুমি জান যে কণাগুলো দূরত্ব নির্বিশেষে সংযুক্ত থাকে, আর একটিতে পরিবর্তন তাৎক্ষণিকভাবে অন্যটিতে প্রতিফলিত হয়। যদি মানুষের চেতনা, বা এমনকি আমাদের ডিএনএ, তথ্যের একটি বৃহত্তর, মহাজাগতিক নেটওয়ার্কের সাথে কোয়ান্টাম-জড়িত হয়? এটি স্বজ্ঞাততা, পূর্বাভাস বা এমনকি তথাকথিত "সম্মিলিত চেতনা" ব্যাখ্যা করবে।

— কিন্তু এখানে সবচেয়ে গুরুত্বপূর্ণ জিনিস আসে, নাথানিয়েল। কেবল নিঃশর্ত ভালবাসা – কেবল একটি রোমান্টিক অনুভূতি নয়, বরং একটি শক্তিশালী শক্তির ফ্রিকোয়েন্সি – ডিএনএর ৯৮ শতাংশে এই নেতিবাচক ডিপোল চিহ্নটি পরিষ্কার করতে সক্ষম। যখন আলো একটি কোষে, একটি জীবের মধ্যে অন্ধকারের উপর জয়লাভ করে, তখন একটি সত্যিকারের আলকেমিক্যাল প্রক্রিয়া ঘটে। এটি উত্তরাধিকারসূত্রে প্রাপ্ত বোঝা থেকে রক্ত এবং ডিএনএকে বিশুদ্ধ করে। ভালবাসার অভিজ্ঞতা, দুটি বিভক্ত ব্যক্তিত্বকে একটি সম্পূর্ণ মধ্যে মিশিয়ে, এই প্রক্রিয়া তৈরি করে এবং ডিএনএর কোষে কর্ম দূর করে।

— গ্রেইল, সম্ভবত, একটি যন্ত্র, যা এই এনট্যাঙ্গেলমেন্টকে সক্রিয় এবং সিঙ্ক্রোনাইজ করে, নিঃশর্ত ভালবাসার শক্তিকে কেন্দ্রীভূত করে। এটি জাদু নয়, নাথানিয়েল, বরং একটি উচ্চ-প্রযুক্তিগত কোয়ান্টাম ডিকোডার, যা তার সময়ের চেয়ে এগিয়ে। আর মহাপ্রলয়ের সাথে মোকাবিলা করার একমাত্র উপায় হল কীভাবে আমাদের নিজের ডিএনএ নিরাময় করতে হয় তা বোঝা। এটিই সমাধান।

আমি উঠে দাঁড়ালাম, তার কাছে গেলাম, আমাদের মধ্যে স্পন্দিত বিদ্যুৎ অনুভব করে। – যদি মানুষের চেতনা কোয়ান্টাম স্তরে প্রভাবিত করতে পারে, তবে কেন এটি এমনভাবে তথ্য কোড এবং প্রেরণ করতে পারে না যা আমরা এখনও সম্পূর্ণরূপে বুঝি না? রক্ষক, সম্ভবত, তার নিজের জৈব ক্ষেত্রকে সচেতনভাবে প্রোগ্রাম করার একটি স্তরে পৌঁছেছে, এই প্রাচীন জ্ঞানের একটি জীবন্ত "ফাইল বাহক" হয়ে উঠেছে। সে কেবল এই প্রাচীন কোডটি সংরক্ষণ করে না, এটি জীবনের ফ্যাব্রিকের গভীরে লুকানো কোডটিকেও সক্রিয় করে তোলে – কেবল নিজের জন্য নয়, সম্মিলিত চেতনার জন্যও। আমাদের যাত্রা কেবল শুরু হচ্ছে, কিন্তু আমি বিশ্বাস করি যে আমরা যে উত্তরগুলো খুঁজছি, তা আমাদের মধ্যে যতটা গভীরভাবে প্রোথিত, তার চেয়েও বেশি যা আমরা কল্পনা করেছি। সম্ভবত আমরা বাইরে খুঁজছিলাম, আর উত্তরটি ছিল ভিতরে, সব সময়, আমাদের নিজের জৈব-কোয়ান্টাম সারমর্মে লক করা।

নাথানিয়েল নতুন সম্মান এবং একটি ক্রমবর্ধমান, নির্মম কৌতূহল দিয়ে আমার দিকে তাকাল। দার্শনিক, ঐতিহাসিক এবং রহস্যময় অন্তর্দৃষ্টিগুলো, যা আমি ঢালছিলাম, তা বৈজ্ঞানিক তথ্যগুলোর উপর একটি নতুন, ঝলমলে, কিন্তু বিপজ্জনক আলো ফেলেছিল, যা সে আগে স্বাভাবিক বলে মনে করত। গ্রেইলের কোয়ান্টাম কোডের অনুমান, যদিও পাগলামির দিকে দুঃসাহসী, তার অতৃপ্ত উচ্চাকাঙ্ক্ষার জন্য ক্রমবর্ধমানভাবে আকর্ষণীয় মাত্রা অর্জন করতে শুরু করে। এটি আমাদের সেই দীর্ঘ কথোপকথনগুলির মধ্যে একটিতে পরিণত হলো, যেখানে আমাদের চোখ এত খোলাখুলি এবং বিশুদ্ধভাবে একে অপরের দিকে তাকাত, যেন তারা কেবল শব্দ নয়, কোয়ান্টাম তথ্যও বিনিময় করছিল, একটি বুদ্ধিবৃত্তিক দ্বন্দ্বে নিমগ্ন ছিল, যখন আমরা পাগলামিতে অর্থ খুঁজে বের করার জন্য লড়াই করছিলাম।

নাথানিয়েলের প্রশস্ত অফিসে, চিত্র এবং নিদর্শন, প্রাচীন প্রতীক এবং জ্ঞানের বইয়ের ভলিউম দিয়ে ঘেরা, যেন একটি রহস্যময় আশ্রমে, সময় তার ঘনত্ব এবং বাস্তবতা হারিয়ে ফেলছিল। নাথানিয়েল, একজন গণিতবিদ হিসাবে তার বিশ্লেষণাত্মক মন দিয়ে, প্রায়শই আমার

চিন্তার উড়ানকে পরিচিতের সীমানার মধ্যে নিয়ে আসার চেষ্টা করত, যখন আমি, ইতিহাস, দর্শন এবং রহস্যবাদ সম্পর্কে আমার বিস্তৃত জ্ঞান দিয়ে, অবিরামভাবে বাস্তবতার বাইরের, বোঝার সীমানার বাইরের - অকল্পনীয়ের সংযোগ খুঁজতাম।

আমি ডিএনএর কোয়ান্টাম কোড এবং গ্রেইলের সাথে তার সংযোগ সম্পর্কে আমার যুক্তি শেষ করার পরে, ঘরে একটি চিন্তাশীল নীরবতা নেমে এল, সীসার মতো ভারী, একটি ঝড়ের পূর্বাভাস। বাইরের বিশ্ব যেন স্থির হয়ে গিয়েছিল, দুটি ভিন্ন, কিন্তু পরিপূরক দৃষ্টিভঙ্গির মধ্যে শান্ত, কিন্তু বজ্রগর্ভ বিতর্কে গ্রাস হয়ে গিয়েছিল - বিজ্ঞান এবং আত্মার।

— তুমি যা বলছ, তা... একটি অনুমান, যা বৈজ্ঞানিক কল্পকাহিনীর সীমানা। বিশুদ্ধ পাগলামির। – নাথানিয়েল তার ঠোঁট শক্ত করল। – আমাদের কাছে এমন একটি "চিন্তার কোয়ান্টাম কোড" বা গ্রেইলের কিংবদন্তির সাথে তার সংযোগের কোনো সরাসরি প্রমাণ নেই। এটি কেবল রূপকের একটি কাকতালীয় ঘটনা হতে পারে।

— অবশ্যই, আমাদের কাছে পরীক্ষামূলক প্রমাণ নেই যেভাবে তুমি সেগুলো বোঝ, নাথানিয়েল – আমার কণ্ঠস্বর শান্ত ছিল, কিন্তু একটি স্ফটিক, অবিচল আত্মবিশ্বাস দিয়ে ভরা ছিল, যা বাতাসে অনুভূত হচ্ছিল। – কিন্তু প্রমাণের অভাব, অনুপস্থিতির প্রমাণ নয়। – আমি এক মুহূর্তের জন্য চুপ করে রইলাম, শব্দগুলোকে আমাদের মধ্যে ঝুলে থাকতে দিয়ে। – অন্ধকার পদার্থ, অন্ধকার শক্তি সম্পর্কে ভাবো – মহাবিশ্বের একটি বিশাল অংশ, যার অস্তিত্ব আমরা পরোক্ষ পর্যবেক্ষণের মাধ্যমে অনুমান করি, কারণ আজকের আমাদের প্রযুক্তির সাথে তাদের সরাসরি পরিমাপ করা অসম্ভব। আমরা তাদের দেখতে পারি না, কিন্তু আমরা জানি যে তারা আছে। এই "কোয়ান্টাম কোড" কি আমাদের বর্তমান বৈজ্ঞানিক পদ্ধতির জন্য একইভাবে অধরা হতে পারে? সম্ভবত আমরা কেবল এটিকে ধরার জন্য আমাদের ইন্দ্রিয় বা সরঞ্জামগুলো তৈরি করিনি।

— উপমাটি আকর্ষণীয়, কিন্তু তবুও... আমরা চেতনা, চিন্তা, কিংবদন্তি সম্পর্কে কথা বলছি, যা সহস্রাব্দ ধরে প্রেরণ করা হয়েছে। – নাথানিয়েল তার মাথা নাড়ল, তথ্যের শক্ত মাটিতে নিজেকে ধরে রাখার চেষ্টা করছিল। – তুমি কীভাবে সেগুলোকে ডিএনএর অণুতে কোড করা কোনো কিছুতে হ্রাস করতে পার? এটি কেবল একটি রাসায়নিক গঠন, মৃত পদার্থ।

— আচ্ছা, তথ্যের প্রকৃতি সম্পর্কে ভাবো, নাথানিয়েল। কোয়ান্টাম স্তরে, তথ্য একটি রৈখিক বিটের ক্রমের মধ্যে সীমাবদ্ধ নয়। কোয়ান্টাম বিট – কিউবিট – সুপারপজিশনের অবস্থায় থাকতে পারে, একই সাথে অনেক বেশি তথ্য বহন করে। একটি একক পরমাণুতে লক্ষ লক্ষ বইয়ের কল্পনা করো। – আমি আমার হাত তুলেছিলাম, যেন বাতাসে একটি অদৃশ্য সুতো স্পর্শ করছি, সেই সুতো যা আমাদের সংযুক্ত করছিল। – ডিএনএ কি চেতনা এবং প্রজাতির স্মৃতির দিকগুলো সহ অনেক বেশি সমৃদ্ধ এবং জটিল ধরনের তথ্য কোড করার জন্য অনুরূপ কোয়ান্টাম নীতিগুলো ব্যবহার করতে পারে? আমরা কীভাবে অন্যথায় আমাদের ভাগ করা প্রবৃত্তি, প্রত্নতত্ত্ব, সম্মিলিত অভিজ্ঞতা ব্যাখ্যা করব, যা আমাদের এত গভীর স্তরে সংযুক্ত করে? আমরা কেবল রক্তমাংসের চেয়ে বেশি, নাথানিয়েল। আমরা স্মৃতি এবং অনন্তকাল। আমরা একটি কোয়ান্টাম ছাপ।

---✶ ٤ ✶ ---

সত্যের প্রথম স্পর্শ

ঠিক তখনই, এই প্রায় পবিত্র উদ্ঘাটনের মাঝে, নাথানিয়েলের ফোন বেজে উঠল। শব্দটি একটি স্পষ্ট আকাশ থেকে বজ্রপাতের মতো চাপা উত্তেজনার নীরবতাকে ছিঁড়ে দিল, এমনকি অফিসের ছড়িয়ে থাকা গ্রীষ্মের সন্ধ্যার অস্পষ্টতাকেও ছাপিয়ে গেল। সে ডিভাইসটি বের করল এবং একটি অপরিচিত নম্বর দেখতে পেল, যা একটি বিপজ্জনক জরুরি অবস্থা প্রকাশ করছিল,

যেন ভবিষ্যতের কোডটি স্ক্রিনের মাধ্যমে স্পন্দিত হচ্ছিল। অন্য প্রান্তের কণ্ঠস্বর উত্তেজিত, প্রায় আতঙ্কিত ছিল।

— হ্যালো?... হ্যাঁ... কী?... এটা অসম্ভব!... এখন তোমরা কোথায়?... ঠিক আছে, আমি এখনই আসছি।

নাথানিয়েল একটি মৃতের মতো ফ্যাকাশে হয়ে ফোনটি বন্ধ করল। আর কোনো কৌতূহল ছিল না, কোনো বিরতির বিরক্তি ছিল না। কেবল বিশুদ্ধ, অপ্রত্যাশিত, হিমশীতল ধাক্কা, যা তার আত্মাকে একটি বরফের ব্লেডের মতো ছিন্ন করছিল। একটি ক্ষুরের মতো তীক্ষ্ণ একটি চিন্তা তার চেতনা ছিন্ন করল: ক্ষমতা। এখন। এখনই।

— এটি ছিল... এটি ছিল আমাদের ব্যক্তিগত গবেষণাগার থেকে। তারা একটি অণুজীব থেকে নিষ্কাশিত ডিএনএ নিয়ে একটি পরীক্ষা পরিচালনা করছে, যা অন্তত ১৫০,০০০ বছর পুরনো বলে মনে করা হয়। – সে একটি শ্বাস নেওয়ার চেষ্টা করল, যেন বাতাস তার থেকে কেড়ে নেওয়া হয়েছে। – আর ফলাফল... তারা অস্বাভাবিক কোয়ান্টাম ওঠানামা সনাক্ত করেছে, যা তারা প্রচলিত পদার্থবিদ্যা থেকে পরিচিত কোনো কিছু দিয়ে একেবারে ব্যাখ্যা করতে পারে না। তারা বলল যে এটি মনে হচ্ছে যেন ডিএনএ নিজেই... ইলেক্ট্রোম্যাগনেটিক ক্ষেত্রের নির্দিষ্ট ফ্রিকোয়েন্সিতে প্রতিক্রিয়া জানায়। এটি কেবল কম্পন করে না, মেলিনা, এটি সাড়া দেয়, যেন এটি যোগাযোগ করছে। যেন এতে কোনো লুকানো স্মৃতি আছে, কোনো কোড আছে, যা বাইরে থেকে সক্রিয় করা হয়। এটা... এটা অসম্ভব!

একই মুহূর্তে, বাইরে, শহরের আলো অশুভভাবে মিটমিট করছিল, কিছু সম্পূর্ণরূপে নিভে গিয়েছিল, যেন বাস্তবতা নিজেই তার সেলাই থেকে ছিঁড়ে যাচ্ছে।

আমার চোখ জ্বলে উঠল। তাদের মধ্যে বিজয় ছিল, কিন্তু একটি গভীর, প্রায় বেদনাদায়ক অন্তর্দৃষ্টিও ছিল, যেন আমি সারাজীবন এই মুহূর্তটির জন্য অপেক্ষা করেছি, যা শেষের শুরুকে চিহ্নিত করছিল।

— দেখলে, নাথানিয়েল? আমরা এমন কিছুর দ্বারপ্রান্তে থাকতে পারি যা অনেক বড়। এমন কিছু যা সবকিছুকে উল্টে দেবে। – আমি তার দিকে আমার হাত বাড়িয়ে দিলাম, প্রায় তাকে স্পর্শ করে। – রহস্যময় গ্রন্থে প্রায়শই পবিত্র বস্তুগুলোর "জীবন্ত শক্তি" সম্পর্কে কথা বলা হয়, যা মানুষের চেতনার সাথে অনুরণিত হওয়ার তাদের ক্ষমতা সম্পর্কে। যদি এই "জীবন্ত শক্তি" এর একটি কোয়ান্টাম উত্স থাকে, যা আণবিক স্তরেই সংরক্ষিত তথ্যের সাথে সম্পর্কিত? যেমন একটি স্ট্রিংয়ের অনুরণন অন্যটিতে প্রতিক্রিয়া সৃষ্টি করে।

— এটি এখনও "চিন্তার কোয়ান্টাম কোড" সম্পর্কে কিছুই প্রমাণ করে না। এগুলো কেবল অনুমান। এটি কেবল কিছু অজানা শারীরিক ঘটনা হতে পারে। – নাথানিয়েল এখনও সংশয়ী ছিল, কিন্তু তার কণ্ঠে একটি বিপজ্জনক দ্বিধার ইঙ্গিত ছিল, যা সে পছন্দ করত না, যা তাকে বিরক্ত করত, যা তাকে অতলের দিকে টানছিল, যা তাকে আকর্ষণ করত।

— অবশ্যই। কিন্তু কাকতালীয় ঘটনাটি অসাধারণ। একটি অণুজীব, যা তার প্রাচীন ডিএনএতে অস্বাভাবিক কোয়ান্টাম প্রতিক্রিয়া দেখায়। আর আমরা সবেমাত্র ডিএনএতে বিশুদ্ধ জৈবিক তথ্যের চেয়ে অনেক বেশি তথ্য থাকার সম্ভাবনা নিয়ে আলোচনা করছিলাম। – আমি তার কাছে গেলাম, প্রায় তার হাত স্পর্শ করে, সময়ের স্পন্দন অনুভব করে। – মহাবিশ্ব আমাদের সাথে কথা বলছে, নাথানিয়েল, যদি আমরা শুনতে জানি। আর মূল্য দিতে জানি।

---✶ ⸮ ✶---

নাথানিয়েল এক মুহূর্তের জন্য দ্বিধা করল, তার বৈজ্ঞানিক সংশয় এবং একটি অবর্ণনীয়, প্রায় পাপপূর্ণ, সর্বগ্রাসী উত্তেজনার ক্রমবর্ধমান অনুভূতির মধ্যে লড়াই করছিল। তার চোয়ালের

একটি পেশী কাঁপছিল। তার কৌতূহল জয়লাভ করল, কিন্তু একটি অনেক অন্ধকার, শিকারী উচ্চাকাঙ্ক্ষাও পৃষ্ঠে উঠল – ক্ষমতা, সীমাহীন আধিপত্যের জন্য একটি তৃষ্ণা।

তাকে চলে যেতে হয়েছিল, আমার চোখে অসন্তোষ এবং ব্যথা সত্ত্বেও। আমি ইতিমধ্যেই তার এই মেজাজগুলো চিনতাম এবং জানতাম যে তার চিন্তাগুলো আধ্যাত্মিক গ্রেইল সম্পর্কে আমার অনুমান থেকে অনেক দূরে। তার আপাত আগ্রহের পিছনে সে তার সম্প্রদায়ের গোপন আকাঙ্ক্ষায় গভীরভাবে প্রোথিত সম্পূর্ণ ভিন্ন উচ্চাকাঙ্ক্ষা লুকিয়ে রেখেছিল। তারা আলোকিতকরণ বা আধ্যাত্মিক উত্থান খুঁজছিল না, বরং অনেক বেশি পার্থিব এবং ক্ষমতা-সম্পর্কিত কিছু খুঁজছিল – অফুরন্ত, পরম শক্তির উত্স। ক্ষমতা। পরম ক্ষমতা।

আমার সাথে কথোপকথন, যদিও বুদ্ধিবৃত্তিকভাবে উদ্দীপক, তার কাছে তথ্য সংগ্রহের একটি মাধ্যম ছিল, প্রাচীন জ্ঞানের মধ্যে ফাঁক খোঁজার জন্য, যা তাদের এই লক্ষ্যের দিকে পরিচালিত করতে পারে। সে সতর্কতার সাথে শক্তির ক্ষেত্র, প্রাচীন প্রযুক্তি, এবং যেকোনো ধরনের ইঙ্গিত সম্পর্কে উল্লেখগুলো শুনত, যা অসীম শক্তি তৈরির চাবিকাঠি হতে পারে – সম্ভবত কোয়ান্টাম, যেমনটি সম্প্রদায়ের কিছু সদস্য সন্দেহ করত, সম্ভবত এমনকি চিন্তার শক্তি কেন্দ্রীভূত করার মাধ্যমেও, যেমনটি তাদের বন্ধ বৃত্তে সবচেয়ে দুঃসাহসী তত্ত্বগুলো ফিসফিস করত।

— নাথানিয়েল, আজ তোমার জন্মদিন। আমি তোমাকে অবাক করার জন্য এত কিলোমিটার ভ্রমণ করেছি... – আমার কণ্ঠস্বর শান্ত ছিল, একটি ধ্বংসাত্মক ব্যথা দিয়ে পূর্ণ, কিন্তু একটি ভঙ্গুর আশাও ছিল, যা ঝড়ের মধ্যে শেষ শিখার মতো বেঁচে থাকার জন্য লড়াই করছিল। – আর আমি ভেবেছিলাম যে তুমি অন্তত আমাকে রাতের খাবারের জন্য নিয়ে যাবে। কারণ আমি তোমাকে অ্যাম্পুলের বিষয়বস্তু সম্পর্কে আরও কিছু ব্যাখ্যা করতে চাই... – আমি তাকে এতবার অনুরোধ করেছিলাম, কিন্তু সে সবসময় আমাকে প্রত্যাখ্যান করত। আমি জানতাম যে সে একা থাকতে ভয় পায়, একটি হোটেল কক্ষের মতো আরও ঘনিষ্ঠ পরিবেশে, কারণ সে প্রলুব্ধ হবে... মানবিকতার কাছে, কোমলতার কাছে, সেই জিনিসটির কাছে যা তাকে সবচেয়ে বেশি ভয় দেখাত – ভালবাসা।

নাথানিয়েল এক মুহূর্তের জন্য থামল। সে দরজায় পৌঁছে গিয়েছিল, তার হাত ইতিমধ্যেই হাতলে ছিল। আমার প্রস্তাবটি তাকে কেবল কয়েক সেকেন্ডের জন্য বিভ্রান্ত করল, যেন একটি ভুলে যাওয়া মানুষের ঝলক তাকে স্পর্শ করল, তার ঠাণ্ডা, সাঁজোয়া সংকল্পকে ঘোলাটে করল।

— আমি তোমাকে তোমার গাড়িতে পৌঁছে দেব। হোটেলে ফিরে যাও। সম্ভবত আমরা পরে কথা বলব। – তার চিন্তা করার, নিজেকে সংগ্রহ করার জন্য সময় দরকার ছিল... আর তার যুক্তিকে অনুভূতিগুলোর উপর জয়লাভ করতে, প্রবেশ করা প্রতিটি দুর্বলতাকে চূর্ণ করার জন্য।

আমি এটি জানতাম। আমি এটি বুঝতে পারতাম। আমি এটি গ্রহণ করতাম... কিন্তু আমি আমার স্বপ্ন এবং ভালবাসার শক্তিতে বিশ্বাস করতাম। আমার আশা ছিল... অন্তত আমার জন্য। একটি আশা যা আমাকে মেরে ফেলবে। একটি অদৃশ্য অশ্রু তার গাল বেয়ে গড়িয়ে পড়ল, অফিসের অন্ধকারে লুকিয়ে।

---✶ ؟ ✶ ---

যখন সে শহরের রাস্তা দিয়ে দ্রুত গতিতে গাড়ি চালাচ্ছিল, নাথানিয়েল আমার সাথে শেষ কথোপকথনটি তার মনে পর্যালোচনা করছিল। প্রাচীন ডিএনএতে কোয়ান্টাম ওঠানামা, "জীবন্ত শক্তি" এবং চেতনার সাথে অনুরণন সম্পর্কে আমার কথাগুলো তার মনে একটি বিপজ্জনক, ধ্বংসাত্মক স্ফুলিঙ্গ জ্বালাল। যদি আমি অবচেতনভাবে সত্যের কাছাকাছি থাকি? যদি অসীম শক্তির গোপনীয়তা সেখানে কোথাও কোড করা থাকে, জীবনের একেবারে মূলে?

সম্ভাবনাটি তাকে নেশাগ্রস্ত করে দিচ্ছিল, তাকে অন্ধকার এবং সীমাহীন আকাঙ্ক্ষা দিয়ে পূর্ণ করছিল। তার চিন্তাগুলো দ্রুত হলো, আরও অন্ধকার এবং উদ্দেশ্যমূলক হয়ে উঠল। যদি তার সম্প্রদায় এই প্রাচীন গোপনীয়তাটি সমাধান করতে সক্ষম হয়, যদি তারা অসীম শক্তির এই উত্সটি আয়ত্ত করতে সক্ষম হয়, তবে বিশ্বের উপর তাদের ক্ষমতা কেবল পরম নয়, ঐশ্বরিকও হবে। অন্য সবাই – সরকার, কর্পোরেশন, এমনকি অন্যান্য গোপন সমাজ – তাদের সীমাহীন শক্তির সামনে হাঁটু গেড়ে বসতে বাধ্য হবে। দেবতা হতে। সবকিছু হতে। অপরাজেয় হতে। এই ঘটনাগুলোর হঠাৎ মোড় – গবেষণাগার থেকে অপ্রত্যাশিত কল – নাথানিয়েলের কাছে কেবল একটি বৈজ্ঞানিক কৌতূহল ছিল না।

এটি ছিল একটি সম্ভাব্য নিশ্চিতকরণ, তাদের বিশাল এবং অহংকারী উচ্চাকাঙ্ক্ষা বাস্তবায়নের দিকে প্রথম সুস্পষ্ট পদক্ষেপ। তাকে তার সম্প্রদায়ে ফিরে যেতে হয়েছিল, তাদের নতুন উন্নয়ন সম্পর্কে জানাতে হয়েছিল। তাদের দ্রুত এবং সিদ্ধান্তমূলকভাবে কাজ করতে হয়েছিল, অন্য কেউ এই প্রাচীন এবং এত আকাঙ্ক্ষিত গোপনীয়তাটি পাওয়ার আগে। যখন সে অফিস থেকে দূরে চলে যাচ্ছিল, নাথানিয়েলের মুখ একটি দৃঢ় এবং সংকল্পবদ্ধ অভিব্যক্তি লাভ করল। তার চোখে আর বিজ্ঞানীর কৌতূহল ছিল না, বরং এমন একজন মানুষের ঠাণ্ডা, নির্মম উচ্চাকাঙ্ক্ষা ছিল, যে বিশ্বের উপর ক্ষমতা তার হাতের নাগালের মধ্যে দেখছে।

আমার আধ্যাত্মিক গ্রেইল কেবল একটি সরল বিভ্রম ছিল। তার এবং তার সম্প্রদায়ের জন্য সত্যিকারের "গ্রেইল" ছিল ক্ষমতা।

---❤---

চ্যাপ্টার 25: রক্তে তারার ফিসফিসানি

নাথানিয়েল তার গাড়িটিকে পুরোপুরি রাতের মধ্যে দিয়ে চালিয়ে নিয়ে গেল, ইঞ্জিন তীব্র গর্জন করে উঠছিল। মেলিনার কণ্ঠস্বর তার খুলিতে শুধু অনুরণিত হচ্ছিল না – এটি তার নিজের রক্তের মধ্যে স্পন্দিত হচ্ছিল। এটি ছিল একটি জীবন্ত, শ্বাস-প্রশ্বাসযুক্ত সত্য, এতটাই বাস্তব যেন সেই বিকেল, কয়েক মাস আগের, চলে যায়নি, বরং এখন তার মনের মধ্যে উন্মোচিত হচ্ছে।

---✶ ১ ✶ ---

ফ্ল্যাশব্যাক: কোয়ান্টাম জীববিজ্ঞান সম্মেলন, ৭ মাস আগে

প্রফেসর এলসবেরির পিছনের স্ক্রিনটি ডিএনএ-এর ফ্র্যাক্টাল চিত্র দিয়ে স্পন্দিত হচ্ছিল এবং তার কণ্ঠস্বর, স্পষ্ট ও আত্মবিশ্বাসী, হলের একাডেমিক শুষ্কতা ভেদ করছিল। নাথানিয়েল তৃতীয় সারিতে বসেছিল – সন্দিগ্ধ, কিন্তু কৌতূহলী।

— সম্মানিত সহকর্মীরা, আমরা ডগমার বাইরে তাকাতে সাহস করি! আমরা জীবনের প্রথম স্ফুলিঙ্গের খোঁজ করি, বিবর্তনের মহিমান্বিত নৃত্যের উপর ছায়া ফেলি। কিন্তু আমাদের ইতিহাসের মসৃণভাবে বোনা ক্যানভাসে কি আপনারা একটি অপ্রতিরোধ্য, ধ্রুব সন্দেহ অনুভব করেন না? অন্তর্দৃষ্টি ফিসফিস করে, এবং খণ্ড খণ্ড সাক্ষ্য অন্ধকারে ঝলসে ওঠে: আমাদের সভ্যতা হঠাৎ করে কোথাও থেকে উঠে আসেনি। এটি চিন্তাভাবনা এবং প্রযুক্তির টাইটানদের কাঁধের উপর দাঁড়িয়ে আছে। এটি নিঃশব্দে বিশাল জ্ঞান উত্তরাধিকার সূত্রে পেয়েছে, যার উৎস উচ্চ-প্রযুক্তির পূর্বপুরুষদের কুয়াশায় লুকানো। আজ আমরা কেবল তাদের সম্পর্কে অনুমান করতে পারি। – প্রফেসর এলসবেরি বিরতি নিলেন, এবং তার চোখ, অস্বাভাবিক গভীরতায় পূর্ণ, এক মুহূর্তের জন্য নাথানিয়েলের উপর স্থির হলো। – এটা কি সম্ভব যে ডিএনএ শুধু একটি জেনেটিক কোড নয়, বরং একটি কোয়ান্টাম লাইব্রেরি যা শুধুমাত্র জৈবিক নির্দেশাবলী নয়, বরং প্রাচীন সভ্যতার ছাপও সংরক্ষণ করে?

---✶ ১ ✶ ---

তখন নাথানিয়েলের মাথায়: "ফালতু কথা! কাব্যিক সিজোফ্রেনিয়া, এর বেশি কিছু নয়। কোয়ান্টাম ইমপ্রিন্ট? এর কোনো প্রত্যক্ষ অভিজ্ঞতামূলক প্রমাণ নেই!"

নাথানিয়েল তার স্টিয়ারিং হুইল আঁকড়ে ধরল, তার আঙুলের গাঁট সাদা হয়ে গেল। সেই মুহূর্তটা। এটা বেদনাদায়ক স্বচ্ছতার সঙ্গে তার মনে এলো। তখন তিনি প্রফেসর এলসবেরির কথাগুলোকে প্রলাপ হিসাবে প্রত্যাখ্যান করেছিলেন, তার সরলতার উপর অবজ্ঞা করে হেসেছিলেন। তিনি বিনয়ী সন্দেহ প্রকাশ করেছিলেন, কথোপকথনটিকে "আরও নির্দিষ্ট বৈজ্ঞানিক দিক" দিকে সরিয়ে নেওয়ার চেষ্টা করেছিলেন। কিন্তু এখন, ল্যাব থেকে সেই ভয়াবহ কলের পর, প্রফেসরের প্রতিটি শব্দই বিরক্তিকরভাবে ভবিষ্যদ্বাণীর মতো শোনাচ্ছিল। যেন তিনি ভবিষ্যদ্বাণী করেছিলেন... অথবা বরং জানতেন। "একটি ভুলে যাওয়া সম্ভাবনা... প্রাচীন ডিএনএ-তে কোয়ান্টাম ফ্লাকচুয়েশন..."

এখন প্রতিটি শব্দ ল্যাবের ভয়াবহ রিপোর্টের সাথে মিশে যাচ্ছিল। তার মন, সর্বদা সংযোগের জন্য তৃষ্ণার্ত, যদিও সম্প্রতি পর্যন্ত তাদের অবজ্ঞা করে আসছিল, এখন তা উন্মত্তভাবে খুঁজে ফিরছিল – শিকারি কুকুরের মতো, যা শিকারের গন্ধ পেয়েছে। এটা কি সম্ভব যে প্রফেসর এলসবেরি, তার "অন্তর্দৃষ্টিপূর্ণ ধারণা" দিয়ে, তার কঠোর বৈজ্ঞানিক পদ্ধতির চেয়ে সত্যের কাছাকাছি ছিলেন? তিনি সেই পরিচিত অস্বস্তি অনুভব করলেন, তত্ত্ব এবং বাস্তবতার মধ্যে সেই ফাটল, যা তাকে যন্ত্রণা দিচ্ছিল। না, তিনি এমন একটি চিন্তা করতে পারেন না। তিনি অভিজ্ঞতামূলক প্রমাণে, পরিমাপযোগ্য ফলাফলে, এমন কিছুতে বিশ্বাস করতেন যা স্পর্শ করা এবং বিশ্লেষণ করা যায়। তবুও, ল্যাবের ব্যাখ্যাহীন তথ্য তার লোহার মতো দৃঢ় বিশ্বাসের উপর সন্দেহের ছায়া ফেলেছিল, একটি অ্যাসিডের মতো যা তার অটল বিশ্বদৃষ্টিকে ক্ষয় করছিল।

---✶ ❦ ✶ ---

ধারণা তৈরি: ২ মাস আগে, কমিউনিটিতে একটি ব্রেইনস্টর্মিং সেশনের সময়

নাথানিয়েল তার কমিউনিটির নেতাদের কাছে প্রাচীন নমুনার কোয়ান্টাম অবস্থার মধ্যে অস্বাভাবিকতার তথ্য উপস্থাপন করেছিলেন।

— ভদ্রমহোদয়গণ, আজ আমি প্রত্নতাত্ত্বিক নিদর্শন থেকে প্রাপ্ত ডিএনএ-তে অস্বাভাবিক কোয়ান্টাম ফ্লাকচুয়েশনের প্রমাণ উপস্থাপন করেছি। এটি কেবল একটি অস্বাভাবিকতা নয়, এটি একটি "ভুলে যাওয়া সম্ভাবনা", এমন কিছুর উন্মোচনের সম্ভাবনা যা দীর্ঘকাল ধরে বিদ্যমান ছিল। আমরা মানব ইতিহাসের গভীরে লুকিয়ে থাকা অফুরন্ত শক্তির সন্ধান করছি এবং আমাদের অবশ্যই প্রথম হতে হবে! প্রথম! – তার কণ্ঠস্বর মিটিং রুমের মধ্যে অনুরণিত হচ্ছিল। – কীভাবে, তুলনামূলকভাবে অল্প সময়ের মধ্যে, মানবজাতি আদিম কৃষি সমাজ থেকে মহাকাশ বিজয়ের দিকে এমন একটি মাথা ঘোরানো লাফ দিতে পারল? এই হঠাৎ, প্রায় ব্যাখ্যাহীন উত্থান কি ভুলে যাওয়া জ্ঞানের একটি ভূগর্ভস্থ, শক্তিশালী প্রবাহ দ্বারা চালিত হয়নি, যা উচ্চ-প্রযুক্তির পূর্বপুরুষদের দ্বারা প্রজ্জ্বলিত প্রজ্ঞার স্ফুলিঙ্গ ছিল, যাদের হাত অনেক আগেই পরিচয়হীন ধুলোয় পরিণত হয়েছে?

এখন নাথানিয়েলের মাথায়: তার চিন্তাগুলি ক্ষুরের মতো তীক্ষ্ণ হয়ে উঠল। তাকে ল্যাবের তথ্য ব্যবহার করতে হবে, সেগুলিকে তার সম্প্রদায়ের লক্ষ্যের দৃষ্টিকোণ থেকে বিশ্লেষণ করতে হবে। এটি কি সম্ভব যে অস্বাভাবিক কোয়ান্টাম ফ্লাকচুয়েশন শক্তি উৎপাদনের চাবিকাঠি? যদি প্রফেসর এলসবেরি, তার "অন্তর্দৃষ্টিপূর্ণ ধারণা" দিয়ে, অজান্তেই এই রহস্য সমাধানের কাছাকাছি থাকেন? তাকে চালাক হতে হবে। তার আসল উদ্দেশ্য, তার লুকানো উচ্চাকাঙ্ক্ষার যেকোনো প্রকাশকে দমন করতে হবে। সতর্ক থাকতে হবে। তার সাথে যোগাযোগ চালিয়ে যেতে হবে, তার আসল উদ্দেশ্য প্রকাশ না করেই যেকোনো সূত্র বের করতে হবে। তিনি তার রক্তের মধ্যে ক্ষমতার স্বাদ অনুভব করলেন।

---✶ ✶ ✶---

ফ্ল্যাশব্যাক: "কোয়ান্টাম প্যারাডিগমস" ম্যাগাজিনে প্রকাশনা, ১ মাস আগে

নাথানিয়েল প্রফেসর এলসবেরিকে উদ্‌ধৃত করা একটি নিবন্ধ দেখছিলেন। শিরোনাম ছিল "প্রত্নতত্ত্বের বাইরে: চেতনা একটি ইতিহাস হিসাবে ডিএনএ"। তিনি কিছুটা বিদ্রূপাত্মক হাসি দিয়ে এটি পড়লেন।

— আমাদের কঠোরভাবে উপস্থাপিত ইতিহাসকে সন্দেহ করা অন্ধ অস্বীকার নয়, বরং আরও সম্পূর্ণ সত্যের জন্য একটি অক্লান্ত অনুসন্ধানের গভীর কাজ। – তার কথা, এখন বাস্তব, তাকে চাপ দিচ্ছিল। – এটি সময়ের বিশালতা এবং মানব স্মৃতির ভঙ্গুরতার প্রতি একটি নম্র স্বীকৃতি, যা প্রায়শই নির্বাচনী এবং ম্যানিপুলেশনের প্রবণ। এটি একটি আকর্ষণীয় সম্ভাবনার দরজা সাহসের সাথে খোলা, যে আমাদের নিজস্ব ইতিহাস আমাদের যা আছে তার চেয়ে অনেক বেশি জটিল, গভীর এবং উত্তেজনাপূর্ণ। কারণ প্রকৃত জ্ঞান কেবল আনুষ্ঠানিক ইতিহাসের স্পষ্টভাবে লিখিত পাতায় লুকিয়ে থাকে না, বরং তাদের মধ্যে নীরব, প্রায়শই উপেক্ষিত ফাঁকে, আমাদের কাল্পনিক উচ্চ-প্রযুক্তির পূর্বপুরুষদের না বলা গল্পগুলিতে, যাদের ভুলে যাওয়া উত্তরাধিকার সম্ভবত এখনও আমাদের অবোধগম্যভাবে কোড করা ডিএনএ-এর ভিত্তি থেকে সামান্য স্পন্দিত হচ্ছে।

নাথানিয়েল তাদের গোপন আশ্রয়ের দিকে নিয়ে যাওয়া একটি সরু, অন্ধকার গলিতে মোড় নিলেন। রাতের বাতাসের ঠান্ডা আর্দ্রতা তার ত্বকে বিদ্ধ হচ্ছিল, কিন্তু তার চিন্তা জ্বলছিল, নতুন পাওয়া উপলব্ধিতে আলোকিত হচ্ছিল। প্রফেসর এলসবেরির কথা, একসময় কেবল বুদ্ধিবৃত্তিক কৌতূহলের বিষয় ছিল, এখন একটি গুপ্তধনের সম্ভাব্য মানচিত্রে পরিণত হয়েছে, আধ্যাত্মিক গ্রেইলের চেয়ে অনেক বেশি মূল্যবান – সীমাহীন ক্ষমতার গুপ্তধন। তাকে চালাক হতে হবে, একজন কৌতূহলী বিজ্ঞানীর ভূমিকা পালন করতে হবে, যখন আসলে সে বিশ্বের উপর আধিপত্যের চাবিকাঠি খুঁজছিল। তার আঙুলগুলো স্টিয়ারিং হুইল আঁকড়ে ধরেছিল, শক্তির স্পন্দন অনুভব করছিল।

---✶ ✶ ✶---

পার্থক্যগুলিতে সামঞ্জস্য

এক মুহূর্ত পরে, যখন নাথানিয়েল সবুজ আলোর জন্য অপেক্ষা করছিল – সময় ধীর, স্থিতিস্থাপক হয়ে উঠছিল – তাদের আরও পুরানো কথোপকথন থেকে মেলিনার কণ্ঠস্বর আবার তার মনে ভেসে এলো। এবার আরও স্পষ্ট, আরও জোরালো, যেন অন্য একটি বিশ্ব থেকে প্রতিধ্বনি, যা সে উপেক্ষা করতে পারছিল না।

অভ্যন্তরীণ কথোপকথন: নাথানিয়েল, আগের কথোপকথনগুলি নিয়ে ভাবছে

নাথানিয়েল অনিচ্ছাকৃতভাবে স্টিয়ারিং হুইল আরও শক্ত করে ধরলেন, যখন ট্রাফিক লাইট সেকেন্ড গুনছিল। তখন এই কথাগুলো তার কাছে কেবল কাব্যিক মনে হয়েছিল, তার সমীকরণ এবং পরিমাপযোগ্য তথ্যের বিশ্ব থেকে অনেক দূরে। তিনি সর্বদা তার এই যুক্তিগুলোকে সুন্দর কিন্তু ফাঁকা রূপক হিসাবে দেখেছেন, তার কঠোর বৈজ্ঞানিক বাস্তবতা থেকে অনেক দূরে, যেখানে তিনি বাস করতেন। কিন্তু এখন, প্রাচীন ডিএনএ-তে অপ্রত্যাশিত কোয়ান্টাম অস্বাভাবিকতার আলোকে, তিনি নিজেকে জিজ্ঞাসা করতে শুরু করলেন যে তিনি কি গুরুত্বপূর্ণ কিছু মিস করছেন, এমন কিছু যা কেবল একটি যৌক্তিক দৃষ্টিভঙ্গি নয়, বরং একটি সামগ্রিক দৃষ্টিভঙ্গি দাবি করে। তার সন্দেহ সূর্যের নিচে বরফের মতো গলে যাচ্ছিল।

---✶ ✶ ✶---

ধারণা তৈরি: ৩ মাস আগে, কমিউনিটির শীর্ষ বিজ্ঞানীদের সাথে একটি ব্রিফিংয়ের সময়

তার দলের সামনে, নাথানিয়েল জ্ঞানীয় ক্ষমতা বাড়ানোর সম্ভাবনা নিয়ে আলোচনা করছিলেন।

— ভদ্রমহোদয়গণ, আমাদের বর্তমান স্নায়ুবিজ্ঞান গবেষণা মানব মস্তিষ্কের অসাধারণ প্লাস্টিকতা প্রমাণ করে। দুটি গোলার্ধের কার্যকারিতা স্থির নয়, বরং গতিশীলভাবে পরিবর্তিত হয়। চাবিকাঠি কেবল একটি শারীরবৃত্তীয় বৈশিষ্ট্য নয়, বরং লক্ষ লক্ষ বছরের বিবর্তনের একটি জ্ঞানী ফলাফল। প্রতিটি মানুষ মস্তিষ্কের কার্যকারিতার একটি অনন্য সংমিশ্রণ বহন করে, এবং আমাদের অবশ্যই আমাদের চিন্তাভাবনার সম্পূর্ণ, প্রায়শই অব্যবহৃত সম্ভাবনা উন্মোচন করতে হবে। পুরুষ এবং মহিলার মধ্যে পারস্পরিক, সুরেলা পরিপূরক একটি শৈল্পিক প্যালেটে বিভিন্ন রঙের মসৃণ মিশ্রণের মতো, যা সৃজনশীলতা এবং উদ্ভাবনের অফুরন্ত, প্রায়শই অপ্রত্যাশিত সূক্ষ্মতা তৈরি করে। তাদের ভিন্ন দৃষ্টিভঙ্গি, অনন্য লেন্সের মতো, তাদের নিজস্ব উপায়ে বিশ্বকে প্রতিবিম্বিত করে, বাস্তবতার প্রতি আমাদের সাধারণ ধারণা সমৃদ্ধ করে এবং নতুন, প্রায়শই বিপ্লবী ধারণার নিরন্তর বিকাশকে উদ্দীপিত করে।

এখন নাথানিয়েলের মাথায়: "ভিন্ন দৃষ্টিভঙ্গি... কোয়ান্টাম অবস্থা... সুপারপজিশন..." – তিনি ভাবছিলেন, বিমূর্তকে কংক্রিটের সাথে সংযুক্ত করে, বিজ্ঞান এবং কবিতার মধ্যে অদৃশ্য সুতো বুনছিলেন। এটা কি সম্ভব যে পুরুষ এবং মহিলাদের মধ্যে উপলব্ধি এবং তথ্য প্রক্রিয়াকরণের বিভিন্ন উপায় বাস্তবতার সাথে চেতনার মিথস্ক্রিয়ার একটি মৌলিক কোয়ান্টাম পার্থক্য প্রতিফলিত করে? এবং যদি তাই হয়, তাহলে কি এই পার্থক্য চিন্তার শক্তিকে আনলক করার চাবিকাঠি হতে পারে? ধারণাটি তাকে একই সাথে কৌতূহলী এবং ভীত করেছিল, একটি আগুনের মতো যা হয় উষ্ণ করতে পারে বা পুড়িয়ে ফেলতে পারে। সবুজ আলো জ্বলল, তাকে তার চিন্তা থেকে বের করে আনল। নাথানিয়েল প্যাডেল চাপলেন। "চিন্তার অব্যবহৃত সম্ভাবনা... দুটি গোলার্ধের কার্যকারিতার ইন্টিগ্রেশন..." মস্তিষ্কের মধ্যে সামঞ্জস্য এবং ঐক্যের বিষয়ে মেলিনার কথা তার সম্প্রদায়ের কিছু চরম তত্ত্বের কথা মনে করিয়ে দিল – সম্মিলিত চেতনার সম্ভাবনা, মস্তিষ্কের তরঙ্গ সিঙ্ক্রোনাইজেশনের মাধ্যমে চিন্তাভাবনাকে প্রশস্ত করা। কিন্তু এখন, এই "সিঙ্ক্রোনাইজেশন" একটি নতুন, আরও জৈব, প্রায় কাব্যিক অর্থ গ্রহণ করেছিল। এটি কেবল একটি যান্ত্রিক মিশ্রণ নয়, বরং একটি গভীর সংমিশ্রণ ছিল।

---✶ ፩ ✶---

ফ্ল্যাশব্যাক: ২ মাস আগে জ্ঞানীয় বিজ্ঞান সিম্পোজিয়ামে একটি আলোচনা

প্রফেসর অ্যান্ডারসন দ্বারা প্রদত্ত মস্তিষ্কের গোলার্ধের উপর একটি রিপোর্ট নাথানিয়েল শুনেছিলেন এবং পরবর্তী আলোচনায় তিনি একটি সন্দেহজনক শ্রোতাদের কাছে তার ধারণাগুলি তৈরি করেছিলেন।

— আমাদের মস্তিষ্কের বাম গোলার্ধ একটি সুনির্দিষ্ট বিশ্লেষণাত্মক যন্ত্র হিসাবে কাজ করে। এটি আমাদের রৈখিক, ক্রমিক চিন্তাভাবনার জন্য দায়ী। যদিও ডান গোলার্ধ আমাদের সামগ্রিক চিত্র দেখতে এবং স্বজ্ঞাতভাবে বিশ্বকে উপলব্ধি করতে সাহায্য করে, বামটি আমাদের পৃথক বিবরণের উপর মনোযোগ দিতে দেয়। অন্যদিকে, ডান গোলার্ধ একটি প্রতিভাবান শিল্পীর মতো, যিনি আমাদের অভিজ্ঞতার একটি সমৃদ্ধ প্যালেট তৈরি করেন। এটি আমাদের চেতনার অফুরন্ত সম্ভাবনার একটি রহস্যময় পোর্টালের মতো। এটি আমাদের স্বপ্ন দেখার, অকল্পনীয় জিনিস কল্পনা করার এবং সম্পূর্ণ নতুন, কাল্পনিক জগত তৈরি করার অমূল্য সুযোগ দেয়।

এখন নাথানিয়েলের মাথায়: নাথানিয়েল, একজন পণ্ডিত হিসাবে, সর্বদা বাম গোলার্ধের লোহার শক্তির উপর নির্ভর করতেন – যুক্তি, বিশ্লেষণ, সেই সংখ্যাগুলি যা কখনও মিথ্যা বলে না। কিন্তু এখন তিনি ভাবছিলেন যে তিনি কি ডানের স্বজ্ঞাত শক্তিকে অবহেলা করছেন, প্রফেসর অ্যান্ডারসন যে "সামগ্রিক চিত্রের" কথা বলছিলেন? তার বৈজ্ঞানিক জগৎ কি খুব সংকীর্ণ ছিল,

খুব বেশি বিশদে মনোনিবেশ করেছিল যে পুরোটির মহিমা দেখতে পারছিল না? এটা কি সম্ভব যে চিন্তার শক্তি সম্পূর্ণরূপে আনলক করার জন্য দুটি গোলার্ধের মধ্যে একটি নিখুঁত ভারসাম্য, যুক্তি এবং অন্তর্দৃষ্টির মধ্যে, কঠিন বিজ্ঞান এবং নরম কবিতার মধ্যে একটি সুরেলা সহযোগিতা প্রয়োজন? "নতুন, কাল্পনিক জগত তৈরি করা... চিন্তার বস্তুকরণ..." প্রফেসর অ্যান্ডারসনের এই কথাগুলি তার সম্প্রদায়ের সবচেয়ে গোপন এবং সুরক্ষিত রহস্যগুলির খুব কাছাকাছি শোনাচ্ছিল। তারা বিশ্বাস করত যে যথেষ্ট ঘনত্ব এবং চিন্তার সিঙ্ক্রোনাইজেশন দিয়ে বাস্তবতাকে প্রভাবিত করা সম্ভব, এমনকি চেতনার ইথার থেকে শক্তি উৎপন্ন করাও সম্ভব। কিন্তু প্রফেসর অ্যান্ডারসন সৃষ্টি, শিল্প, সংযোগের কথা বলছিলেন – নিয়ন্ত্রণের কথা নয়। এখানেই তাদের পথের বিভাজন ঘটেছিল।

---✶ ☾ ✶ ---

ফ্ল্যাশব্যাক: ২ মাস আগে একটি আন্তর্জাতিক কংগ্রেসে প্রফেসর লি-র একটি রিপোর্ট

প্রফেসর লি মঞ্চে দাঁড়িয়েছিলেন, মস্তিষ্কের উপর তার সর্বশেষ অনুমানগুলি উপস্থাপন করছিলেন।

— বিবর্তন আমাদের মস্তিষ্ককে একটি অসাধারণ জটিল এবং অভিযোজনযোগ্য অঙ্গ হিসাবে তৈরি করেছে, যার সম্ভাব্য ক্ষমতা আমাদের বর্তমান সীমিত বোঝার চেয়ে অনেক বেশি। – তিনি তার সবচেয়ে গুরুত্বপূর্ণ, গেম-চেঞ্জিং অন্তর্দৃষ্টি বলার আগে বিরতি নিলেন। – আমাদের মস্তিষ্কের অব্যবহৃত ৯০% এর বহুল প্রচলিত মিথটি কেবল একটি মিথ। আসলে, আমরা আমাদের মস্তিষ্কের প্রায় সমস্ত অঞ্চল ব্যবহার করি, যদিও একবারে এবং একই তীব্রতার সাথে নয়। আসল প্রশ্নটি হল আমরা আমাদের মস্তিষ্কের কত শতাংশ ব্যবহার করি তা নয়, বরং আমরা এটি কীভাবে ব্যবহার করি, আমরা কীভাবে দুটি গোলার্ধের কার্যকারিতা কার্যকরভাবে একীভূত করি।

এখন নাথানিয়েলের মাথায়: "কার্যকরী ইন্টিগ্রেশন... নতুন ক্ষমতা আনলক করা..." নাথানিয়েল অনুভব করলেন যে একটি বিপজ্জনক ধারণা তার মনে তৈরি হচ্ছে, যা সে যা কিছু বিশ্বাস করত তা উল্টে দিচ্ছিল, একটি ভূমিকম্পের মতো যা ভিত্তি নাড়িয়ে দেয়। যদি চিন্তার মাধ্যমে শক্তি উৎপাদনের চাবিকাঠি কোনো বাহ্যিক উৎস না হয়, বরং আমাদের নিজেদের মধ্যে থাকে? আমাদের নিজস্ব মস্তিষ্কের সম্ভাবনা সম্পূর্ণরূপে ব্যবহার করে, যুক্তি এবং অন্তর্দৃষ্টি, পুরুষ এবং নারী নীতির একটি সুরেলা মিলনের মাধ্যমে? এই চিন্তাটি তাকে বিদ্যুতের মতো বিদ্ধ করল, যা অন্ধকারকে বিভক্ত করে।

---✶ ☾ ✶ ---

ফ্ল্যাশব্যাক: ১ মাস আগে কমিউনিটির অভ্যন্তরীণ বৃত্তের সামনে নাথানিয়েলের একটি উপস্থাপনা

নাথানিয়েল অভ্যন্তরীণ বৃত্তের সদস্যদের সামনে দাঁড়িয়ে তার নতুন দৃষ্টিভঙ্গি ব্যাখ্যা করার চেষ্টা করছিলেন।

— ভদ্রমহোদয়গণ, আমাদের চিন্তাগুলি অবিরাম তরঙ্গের মতো। প্রতিটি পৃথক চিন্তা বিলিয়ন বিলিয়ন নিউরনের মধ্যে মিথস্ক্রিয়ার ফলাফল। এই চিন্তাগুলির মধ্যে সংযোগগুলি অদৃশ্য স্রোতের মতো। আবেগগুলি শক্তিশালী বাতাসের মতো, যা হঠাৎ করে এই চিন্তার তরঙ্গগুলিকে বাড়িয়ে তোলে এবং আমাদের চিন্তাভাবনাকে অপ্রত্যাশিত শক্তি এবং তীব্রতা দেয়। আমাদের ব্যক্তিগত অভিজ্ঞতা একটি বিশদ মানচিত্রের মতো, যা আমাদের চিন্তা এবং অনুভূতির এই গতিশীল সাগরে নিজেদেরকে নেভিগেট করতে সাহায্য করে। ভাষা নিজেই চিন্তাভাবনার জন্য একটি শক্তিশালী অভ্যন্তরীণ সরঞ্জাম। যখন আমরা ইথারি চিত্রগুলিকে নির্দিষ্ট শব্দে রূপান্তরিত করি, তখন আমরা অবচেতনভাবে আমাদের চিন্তাগুলিকে গঠন করি, কিন্তু এটি

আমাদের অবচেতনের গভীর স্তরগুলির সাথে আমাদের সরাসরি সংযোগকে সীমিত করতে পারে। সমাজ প্রায়শই ছোট বাচ্চাদের প্রাকৃতিক সংযোগকে বিচ্ছিন্ন করে, যারা বিশ্বকে অফুরন্ত সম্ভাবনার সাগর হিসাবে দেখে। আমরা ধীরে ধীরে আমাদের সহজাত অন্তর্দৃষ্টি এবং আমাদের অভ্যন্তরীণ প্রক্রিয়াগুলি পরিচালনা করার স্বতঃস্ফূর্ত ক্ষমতা এবং আত্মার শক্তির মাধ্যমে আমাদের চিন্তাভাবনাগুলিকে বাস্তবায়িত করার ক্ষমতা হারাই।

এখন নাথানিয়েলের মাথায়: "সিঙ্ক্রোনাইজড ছন্দ... তীব্রতা প্রশস্ত করা..." চিন্তাগুলিকে তরঙ্গ এবং আবেগগুলিকে বাতাসের মতো এই ধারণাগুলি তাকে তার সম্প্রদায়ের পরীক্ষাগুলির কথা মনে করিয়ে দিল, বিশেষ ফ্রিকোয়েন্সি এবং ধ্যান অনুশীলনের মাধ্যমে মস্তিষ্কের তরঙ্গ সিঙ্ক্রোনাইজ করার জন্য। তারা বিশ্বাস করত যে এভাবে তারা তাদের সম্মিলিত চিন্তাভাবনাকে প্রশস্ত করতে পারে এবং এটিকে একটি বাস্তব শক্তিতে পরিণত করতে পারে। কিন্তু তারা কি সামগ্রিক অর্থ বুঝতে পেরেছিল? তারা কি তাদের হাতের মুঠি দিয়ে সমুদ্রকে ধরতে লড়াই করছিল না?

নাথানিয়েল ভাষার সীমাবদ্ধতা নিয়ে ভাবছিলেন। যৌক্তিক বিশ্লেষণ এবং যৌক্তিক ব্যাখ্যার জন্য তাদের প্রচেষ্টা কি তাদের চিন্তার শক্তি আয়ত্ত করার আরও সরাসরি, স্বজ্ঞাত পথ থেকে বিচ্যুত করেনি? এটা কি সম্ভব যে "আত্মার শক্তির মাধ্যমে চিন্তাভাবনা বাস্তবায়ন" কেবল একটি রহস্যময় কল্পনা ছিল না, বরং বাস্তবতার সাথে মিথস্ক্রিয়ার একটি প্রাচীন, ভুলে যাওয়া উপায়ের বর্ণনা ছিল? এটি এমন একটি দরজার মধ্য দিয়ে তাকানোর মতো ছিল যা সর্বদা আপনার সামনে ছিল, কিন্তু আপনি কখনই লক্ষ্য করেননি। এখন এটি ধীরে ধীরে, কোঁত কোঁত করে খুলছিল।

---✶ ៛ ✶ ---

বাস্তবতার জন্য যুদ্ধ

নাথানিয়েল এবং মেলিনা আবছা আলোকিত ল্যাবে একে অপরের মুখোমুখি দাঁড়িয়েছিল। তাদের মধ্যেকার বাতাস উত্তেজনায় বিদ্যুতায়িত ছিল, যা অনুভব করা যাচ্ছিল। অনেক রাত হয়ে গিয়েছিল, কিন্তু কেউ ঘুমানোর কথা ভাবছিল না। তাদের সামনে, মনিটরে, প্রাচীন ডিএনএ নমুনায় পাওয়া কোয়ান্টাম অস্বাভাবিকতার জটিল গ্রাফগুলি স্পন্দিত হচ্ছিল – তাদের বিতর্কের বিষয়।

— যখন আমরা উজ্জ্বল চিত্রগুলিতে চিন্তা করি, নাথানিয়েল, তখন আমরা কেবল কল্পনা করি না। আমরা আরও গভীর কিছুর সাথে সংযুক্ত হই। চাক্ষুষ ভাষা শব্দের দ্বারা সীমাবদ্ধ নয়। এটি সর্বজনীন, মুক্ত। ভাষাগত কাঠামো থেকে মুক্ত মস্তিষ্ক বাস্তবতার একটি জেনারেটর হতে পারে। নিবিড় চিন্তা কেবল বিদ্যমান থাকে না – তারা প্রকাশগুলিকে বাস্তবায়িত করে। প্রাচীন রহস্যবাদীরা এটি জানত, তাই তারা প্রকৃতির উপাদানগুলিকে প্রভাবিত করার জন্য দৃশ্যমান করত। পবিত্র জ্যামিতি, প্রাচীন প্রতীক – এগুলি কেবল অলঙ্কার নয়। এগুলি মানচিত্র, মাইক্রোকোসম এবং ম্যাক্রোকোসমের মধ্যে একটি সংযোগ। অদৃশ্য মাত্রার চাবিকাঠি – মেলিনা শান্তভাবে শুরু করলেন, কিন্তু অটল বিশ্বাসের সাথে।

— মেলিনা, প্লিজ! "বাস্তবতার জেনারেটর"? "উপাদানগুলিকে প্রভাবিত করা"? তুমি একজন রহস্যময় প্রচারকের মতো কথা বলছ। – নাথানিয়েল প্রায় বিদ্রূপাত্মকভাবে এই ধারণাটি প্রত্যাখ্যান করলেন। – আমরা অভিজ্ঞতামূলক তথ্য, পরিমাপযোগ্য ফলাফল নিয়ে কাজ করি। এই "কোয়ান্টাম অস্বাভাবিকতা" কেবল... অস্বাভাবিকতা! পরিসংখ্যানগত বিচ্যুতি যা আরও গভীর বিশ্লেষণ প্রয়োজন, কোনো রহস্যবাদীর কাব্যিক ব্যাখ্যা নয়!

— কবিতা? আর বাবিলের টাওয়ারের কিংবদন্তি? এটি কেবল একটি মিথ নয়, নাথানিয়েল। এটি একটি পাঠ। বন্যার পর, সবাই একটি ভাষায় কথা বলত, তারা ঐক্যবদ্ধ ছিল, তারা আকাশ পর্যন্ত একটি টাওয়ার তৈরি করার সিদ্ধান্ত নিয়েছিল – অভূতপূর্ব ঐক্য এবং ক্রমবর্ধমান গর্বের

প্রতীক। কিন্তু ঈশ্বর তাদের ভাষা বিভ্রান্ত করে দিলেন। প্রকল্পটি ব্যর্থ হয়, মানুষ ছড়িয়ে পড়ে – মেলিনার কণ্ঠস্বর আরও গুরুতর, প্রায় বেদনাদায়ক হয়ে উঠল।

— একটি বাইবেলীয় রূপক, মেলিনা। মানব ঔদ্ধত্যের একটি গল্প। এর কোয়ান্টাম পদার্থবিদ্যা এবং ডিএনএ-এর সাথে কী সম্পর্ক? – নাথানিয়েল মাথা নাড়লেন।

— চিন্তা করো! বাইবেল, সম্ভবত প্রতীকীভাবে, অহং দ্বারা সৃষ্ট আদিম মানব নির্দোষতার ক্ষতিকে কোড করে। এটি আমাদের আদিম আকাঙ্ক্ষাকে প্রতিফলিত করে – আমাদের চিন্তার শক্তির মাধ্যমে বিশ্বকে তৈরি এবং পরিবর্তন করা। কিন্তু যখন ঐক্য ভেঙে গেল তখন কী ঘটল? যখন ভাষা বিভ্রান্ত হয়ে গেল? তারা একে অপরকে বোঝার ক্ষমতা হারিয়ে ফেলল। তারা তাদের সাধারণ লক্ষ্য হারিয়ে ফেলল। তারা তাদের সম্মিলিত শক্তি হারিয়ে ফেলল – মেলিনা কাছাকাছি এলেন, তার দৃষ্টি তার চোখ নয়, তার আত্মাকে ভেদ করছিল।

— তুমি কি ইঙ্গিত করছ যে আমাদের সম্মিলিত চেতনা, আমাদের সিঙ্ক্রোনাইজড মস্তিষ্কের তরঙ্গ, যা আমরা গবেষণা করছি... যে তারা কোনো রূপক বাবিলের টাওয়ার দ্বারা প্রভাবিত? যে নিয়ন্ত্রণ, শক্তি উৎপাদনের জন্য আমাদের উচ্চাকাঙ্ক্ষা ব্যর্থ, কারণ আমরা... অহং দ্বারা বিভক্ত? – নাথানিয়েল ভ্রুকুটি করলেন, কিন্তু আর ততটা নিশ্চিত ছিলেন না।

— ঠিক তাই। মহাবিশ্ব এবং নিজেদের সাথে সত্যিকভাবে সংযোগ করার জন্য, আমাদের প্রচলিত ভাষার সীমাবদ্ধতা অতিক্রম করতে হবে। একটি গভীর, স্বজ্ঞাত, অবাচিক অভিজ্ঞতার জন্য নিজেদেরকে খুলতে হবে। অন্তর্দৃষ্টির নীরব কণ্ঠস্বর "শুনতে", সূক্ষ্ম সংকেতগুলি পড়তে, বিশ্বের সুরেলা স্পন্দনের সাথে নিজেকে সামঞ্জস্য করতে। আমাদের যৌক্তিক চেতনা প্রায়শই সেগুলি মিস করে। এই ধরনের সরাসরি, অবাচিক জ্ঞান সমগ্র অস্তিত্বের আন্তঃসংযুক্ত প্রকৃতি প্রকাশ করে। তুমি তোমার হাতের মুঠি দিয়ে সমুদ্রকে ধরতে লড়াই করছ, নাথানিয়েল, যখন চাবিকাঠি হল তার সাথে মিশে যাওয়া – মেলিনা ধীরে ধীরে মাথা নাড়লেন।

নাথানিয়েল নীরব ছিলেন। একটি ঠান্ডা উপলব্ধি তাকে বিদ্ধ করল। মেলিনা চাবিকাঠি ধরেছিল, এবং সে এবং তার কমিউনিটি একটি তালাবদ্ধ দরজায় আঘাত করছিল। ক্ষমতা এবং আধিপত্য, বাস্তবতার ম্যানিপুলেশনের জন্য তাদের আকাঙ্ক্ষা হঠাৎ করে ছেলেমানুষী মনে হচ্ছিল। তারা কি প্রাচীনদের ভুল পুনরাবৃত্তি করছিল না, যারা তাদের নিজস্ব গর্বের ভারে ভেঙে পড়ার জন্য নিয়তিবদ্ধ ছিল? এই মুহূর্তে নাথানিয়েল তার হাতে একটি সামান্য কম্পন অনুভব করলেন এবং তার কপালে ঠান্ডা ঘাম ফুটল।

— তাহলে... এটি ঘনত্বের স্থূল শক্তি সম্পর্কে নয়, বরং সামঞ্জস্য সম্পর্কে? নিয়ন্ত্রণ সম্পর্কে নয়, বরং বোঝা এবং সহযোগিতা সম্পর্কে? আমাদের অহং... এটিই কি বাধা? – নাথানিয়েলের কণ্ঠস্বর প্রায় ফিসফিস ছিল, একটি স্বীকারোক্তি।

মেলিনার দৃষ্টি তার দিকে স্থির ছিল, যেন সে তার চোখের বাইরে দেখছিল, সরাসরি তার আত্মার মধ্যে। এই মুহূর্তে, স্পন্দিত গ্রাফিক্স এবং উত্তেজনাপূর্ণ বাতাসের মধ্যে, নাথানিয়েল অনুভব করলেন যে তার পৃথিবী উল্টে যাচ্ছে। ক্ষমতার পথ, যা তারা তৈরি করেছিল, হঠাৎ একটি অপ্রত্যাশিত, প্রায় রহস্যময় দিকে বিভক্ত হয়ে গেল।

---✶ ❦ ✶ ---

না, তিনি সেই রাতে তাকে ডাকেননি... এবং তিনি জানতেন যে আর কিছুই আগের মতো হবে না। নাথানিয়েলের পৃথিবী, যা সম্প্রতি পর্যন্ত একটি পাথরের মতো স্থিতিশীল ছিল, এখন একটি কোয়ান্টাম অতল গহ্বরের কিনারায় দুলছিল। সম্ভবত... সম্ভবত এটিই প্রকৃত শক্তির দিকে তার প্রথম পদক্ষেপ ছিল।

---♥---

## চ্যাপ্টার 26: জিন এবং মিথের জাল

ঘরের বাতাস ভারী ছিল, একটি অনিবার্য ঝড়ের আগে যেমন হয়। নাথানিয়েল প্রতিটি দম, প্রতিটি অদৃশ্য কম্পন অনুভব করছিল। ভার্চুয়াল সান্নিধ্যের মাসগুলি – বার্তা যা অব্যক্ত অনুভূতিতে নিঃশ্বাস নেয়, সকালের চ্যাটে ভাগ করা স্বপ্ন – এই সব এখন তার উপস্থিতির বাস্তব, প্রায় দম বন্ধ করা বাস্তবতায় ধাক্কা খাচ্ছিল।

তিনি মেলিনার মুখোমুখি বসেছিলেন, অনুভব করছিলেন যে মাধ্যাকর্ষণ স্থানান্তরিত হচ্ছে, কীভাবে তার বিশ্বের কেন্দ্র অপরিবর্তনীয়ভাবে এই ঘরে, তার দৃষ্টিতে স্থানান্তরিত হচ্ছে, যা তাকে তার হাড়ের মজ্জা পর্যন্ত বিদ্ধ করছিল। ল্যাব থেকে সেই কলটি তার শান্তিত্বের বর্ম ভেদ করার পর থেকে, একটি ঠান্ডা শিহরণ তাকে ছাড়েনি, তার হৃদয়ের চারপাশে পাক খাচ্ছিল। একটি কাকতালীয় ঘটনা? তার "পাগল" তত্ত্বগুলি, প্রাচীন ডিএনএ-তে সেই ব্যাখ্যাহীন কোয়ান্টাম ফ্লাকচুয়েশনগুলি, এখন একটি দ্বিগুণ প্রতিধ্বনির সাথে অনুরণিত হচ্ছিল – কেবল জ্ঞান নয়, একটি চাবিকাঠি। পরম ক্ষমতার চাবিকাঠি, যা তার সম্প্রদায়, অর্ডার অফ শ্যাডোস, প্রায় ধর্মীয় আবেশের সাথে আকাঙ্ক্ষা করত।

তিনি, নাথানিয়েল, তাদের নির্মম উচ্চাকাঙ্ক্ষা এবং একটি অন্য, আরও বিপজ্জনক আকর্ষণের মধ্যে আটকে পড়েছিলেন – তার উপস্থিতি, তার অদম্য, প্রায় আদিম শক্তি, যা তাকে অপ্রতিরোধ্যভাবে আকর্ষণ করছিল। তিনি, তার আধ্যাত্মিক গ্রেইলে নিবেদিত, যেন তার মধ্যে ঘন, মানবিক আকাঙ্ক্ষা, যেকোনো দুর্বলতা থেকে আশ্রয় খুঁজে পেয়েছিলেন। সেই অন্তরঙ্গ আকাঙ্ক্ষা, সেই ব্যাখ্যাহীন কোয়ান্টাম সংযোগ, যা নিয়ে তারা মাঝে মাঝে মজা করত, তা ম্লান হয়ে যায়নি। বিপরীতে। তিনি এটি প্রায় শারীরিকভাবে অনুভব করলেন, একটি পাতলা, কিন্তু শক্তিশালী সুতো, যা তাদের মধ্যে প্রসারিত, প্রতি মিনিটে স্পন্দিত হচ্ছে, ভয়ের চেয়ে শক্তিশালী, এমনকি যেকোনো যৌক্তিক চিন্তাভাবনার চেয়েও শক্তিশালী।

মেলিনা কোনো ভূমিকা ছাড়াই শুরু করলেন, যেন তাদের কথোপকথন কখনও থামেনি, যেন সময় একটি অর্থহীন প্রথা ছিল, এবং সে তার সীমানার বাইরে বাস করত। তার চোখ সেই পরিচিত, প্রায় বন্য আবেগের সাথে জ্বলছিল, যা সর্বদা তাকে গ্রাস করত, তাকে একটি নীরব শ্রোতায় পরিণত করত।

— গল্পটি চালিয়ে যেতে দাও... – তার কণ্ঠস্বর শান্ত ছিল, কিন্তু সেই তীক্ষ্ণ ধৈর্যের ধার ছিল, যেন একটি কাল্পনিক ঘড়ি বিশ্বের গভীরে কোথাও টিক টিক করছিল, তাদের ভেঙে পড়ার আগে তাদের শেষ মুহূর্তগুলি পরিমাপ করছিল।

নাথানিয়েল তাকে দেখছিলেন, তার সূক্ষ্ম সৌন্দর্য এবং তার আত্মার অদম্য শিখায় মুগ্ধ, যা একই সাথে আলো এবং ধ্বংসের প্রতিশ্রুতি দিচ্ছিল। আকাঙ্ক্ষার ব্যথা, তার জাদুতে আত্মসমর্পণ করার ভয়ের সাথে মিশ্রিত, তার বুক ভেদ করে গেল। একসময় তিনি বিশ্বাস করেছিলেন যে তিনি তাকে বশ করতে পারবেন, তাকে তার পরিকল্পনায় অন্তর্ভুক্ত করতে পারবেন, তাকে অর্ডারের একটি অস্ত্রে পরিণত করতে পারবেন। এখন তিনি দেখলেন – সে একটি বিশুদ্ধ উপাদান। তাকে বশ করা যায় না। কেবল অভিজ্ঞতা করা যায়। এবং তিনি তাকে, বন্য এবং অদম্য, কেবল নিজের জন্য চাইছিলেন, তাকে বশ করার জন্য।

মেলিনা এগিয়ে চললেন, তার কণ্ঠস্বর আরও নরম, রূপকথার মতো হয়ে উঠল, কিন্তু সেই অদ্ভুত, প্রায় অস্ত্রোপচারের মতো নির্ভুলতার সাথে, যা সর্বদা তাকে বিরক্ত এবং আকর্ষণ করত। যেন সে সত্যিই তাদের উভয়কে একটি দূরবর্তী, অস্পষ্ট অতীতে ডুবিয়ে দিচ্ছিল, যা তার চোখের সামনে জীবিত হয়ে উঠছিল।

— একেবারে শুরুতে, আদম এবং ইভ, প্রথম মানুষ, সৃষ্ট... দুটি পৃথক প্রাণী... কিন্তু কী থেকে, কেন এবং কীভাবে? – মেলিনা এক মুহূর্তের জন্য থামলেন, তার দৃষ্টি ঘরের দেয়ালের

বাইরে, প্রাচীন সময়ের দিকে চলে গেল, যা কেবল সে দেখতে পেত, যা কেবল সে পৌঁছাতে পারত। – সম্ভবত, একটি প্লাস্টিক, অঘন দেহ দুটি পারস্পরিক পরিপূরক ফর্মে বিভক্ত হয়েছিল? একটি শক্তি, দুটি লিঙ্গে মেরুকৃত? একটি কুমারী, কিন্তু অজানা বিশ্বের মধ্যে জাগ্রত... অথবা একটি পরিবর্তিত বিশ্বের মধ্যে অভিজ্ঞ জ্ঞান থেকে অভিজ্ঞতা অর্জন করা? তাদের সম্পর্কে চিন্তা, বিশুদ্ধ এবং অপবিত্র, তার মধ্যে একটি শিহরণ জাগিয়েছিল, এবং একটি বিপজ্জনক ধারণা তার মনে তৈরি হয়েছিল – সেই পরিপূর্ণতা পুনর্নির্মাণ করা, কিন্তু তার নিয়ন্ত্রণে।

নাথানিয়েল ঢোক গিললেন। সে সর্বদা তাকে অতল গহ্বরের কিনারায় নিয়ে যেত, যেখানে তার যৌক্তিক জগৎ ভেঙে পড়ত।

— তাদের প্রথম এবং সবচেয়ে গুরুত্বপূর্ণ কাজ, প্রাচীন গ্রন্থ অনুসারে, ছিল বীজ বপন করা। বংশবৃদ্ধি করা। কিন্তু... পাপের মাধ্যমে?! – সে প্রায় হেসে উঠল, তিক্তভাবে, তার সুন্দর ঠোঁট বাঁকা করে, এবং সেই অঙ্গভঙ্গিতে বিশ্বের ভণ্ডামির প্রতি এত বেশি অবজ্ঞা, এত বেশি ভুল বোঝাবুঝি ছিল যে নাথানিয়েল কেঁপে উঠলেন। – এবং এই জটিল বোনা বিশ্বে কোনটি পাপহীন, নাথানিয়েল? সম্ভবত তোমার অর্ডার? পৃথিবীকে পূর্ণ করা, কিন্তু ধীরে ধীরে। কেন? প্রকৃতির ছন্দে, উন্মত্ত বিশৃঙ্খলায় নয়। বছর... শত শত বছর। তারা নিজেরাই অস্বাভাবিক জীবনীশক্তি, নিখুঁত স্বাস্থ্যের সাথে endowed ছিল। তারা তাদের মধ্যে অনন্তকালের একটি স্ফুলিঙ্গ বহন করত। তারা অবিশ্বাস্যভাবে দীর্ঘ সময় বেঁচে ছিল। বার্ধক্য ছাড়াই। রোগ ছাড়াই। এবং এটাই তো তোমরা চাও, তাই না? হারিয়ে যাওয়া অনন্তকাল, তোমাদের কাছ থেকে চুরি করা হয়েছে!

মেলিনা সামনে ঝুঁকে পড়লেন, তার চোখ তার চোখে বিদ্ধ করছিল, যেন সে তার সবচেয়ে গোপন, সবচেয়ে অন্ধকার চিন্তাগুলি পড়ছিল, এবং সেই মুহূর্তে সে নিজেকে নগ্ন, উন্মোচিত, তার তীক্ষ্ণ দৃষ্টির সামনে অরক্ষিত অনুভব করল।

— তুমি কি এই বিশ্বের কথা কল্পনা করতে পারো, নাথানিয়েল? এমন একটি বিশ্ব যেখানে সময় ভিন্নভাবে প্রবাহিত হয় এবং মানুষের জীবন প্রায় অনন্তকালের সমার্থক? একটি বিশ্ব যা তোমার অর্ডার হারিয়েছে এবং এখন নিয়ন্ত্রণ এবং চুরির মাধ্যমে মরিয়াভাবে ফিরে পাওয়ার চেষ্টা করছে?

নাথানিয়েল শুনছিলেন, তার বৈজ্ঞানিক মনকে তার উপস্থিতি যে মানসিক ঘূর্ণাবর্ত সৃষ্টি করত, তার থেকে আলাদা করার জন্য লড়াই করছিলেন, তার উপর যে দাহকারী আকাঙ্ক্ষার ঢেউ আছড়ে পড়ছিল, যা তার যুক্তিকে ধাক্কা দিচ্ছিল। তিনি বুঝতে পেরেছিলেন যে সে কেবল বাইবেলীয় গল্প বলছে না। প্রতিটি শব্দ, প্রতিটি বর্ণনা একটি গভীর অর্থ নিয়ে অনুরণিত হচ্ছিল, যা তার ক্রমবর্ধমান জটিল তত্ত্বের দিকে নিয়ে যাচ্ছিল, যা ক্ষমতা এবং নিয়ন্ত্রণ সম্পর্কে তার জানা সবকিছু উল্টে দেওয়ার হুমকি দিচ্ছিল। কারণ সত্য ছিল যে সেও একই অনন্তকালের জন্য আকাঙ্ক্ষা করত এবং সে এটি তার কাছ থেকে চাইত।

---✶ ✶---

জেনেটিক উত্তরাধিকার এবং হারিয়ে যাওয়া বিশ্ব

— জেনেসিস বুক, বাইবেলের মহিমান্বিত শুরু, ঐতিহ্যগতভাবে মোশির ভবিষ্যদ্বাণীপূর্ণ কলমের সাথে যুক্ত। যদিও এর সঠিক রচনার বছরটি সময়ের কুয়াশায় আবৃত থাকে, পণ্ডিতরা অনুমান করেন যে এটি ১৪৪০ থেকে ১৪০০ খ্রিস্টপূর্বাব্দের মধ্যে তার চূড়ান্ত রূপ লাভ করে – এমন একটি সময় যা মিশরীয় দাসত্ব থেকে ইসরায়েলিদের প্রস্থানের ভাগ্য নির্ধারণকারী ঘটনা এবং মোশির নিজের জীবনের শেষ বছরগুলিকে অন্তর্ভুক্ত করে।

সে তাকে তীক্ষ্ণভাবে দেখল, যেন সে দেখতে চায় যে সে সেই সংযোগটি ধরতে পারছে কিনা, যা সে ইতিমধ্যেই এত স্পষ্টভাবে দেখতে পাচ্ছিল, যা তার বিশ্বের ছবিতে এত সুস্পষ্ট ছিল, কিন্তু তার অর্ডারের জন্য এত ভীতিকর ছিল, যা তার নিজের ব্যঙ্গচিত্রে পরিণত হয়েছে।

— পুরাতন নিয়ম, তার প্রজ্ঞায়, মানুষের বংশতালিকা একটি আশ্চর্যজনক নির্ভুলতার সাথে অনুসরণ করে, যেন এটি আমাদের উৎপত্তি সম্পর্কে নয়, বরং ঐশ্বরিকতার সাথে আমাদের জটিল সম্পর্ক সম্পর্কে গভীর সত্য আমাদের কাছে পৌঁছে দিতে চায়। এবং তবুও... – তার কণ্ঠস্বর আরও শান্ত, প্রায় ফিসফিস, একটি প্রাচীন সমাধি থেকে আসা বাতাসের মতো রহস্যময় হয়ে উঠল, যা তার পিঠে শিহরণ জাগিয়েছিল। – ইতিহাস মানুষের প্রথম দিককার কিছু প্রচেষ্টা মনে রাখে, যা সময়ের অদৃশ্য গতিপথকে ক্যাপচার করার জন্য ছিল। উত্তর স্কটল্যান্ডের কঠোর ভূমিতে, প্রত্নতাত্ত্বিক অবশেষ আবিষ্কৃত হয়েছে, যা একটি জটিল গর্ত ব্যবস্থার অস্তিত্বের ইঙ্গিত দেয়, সম্ভবত প্রায় ১০,০০০ বছর আগের প্রাচীনতম চন্দ্র ক্যালেন্ডার, যা গুরুত্বপূর্ণ প্রাণীদের স্থানান্তর ট্র্যাক করার জন্য ব্যবহৃত হত।

পরে, প্রাচীন মিশরের উর্বর উপত্যকায়, ৪২৪১ খ্রিস্টপূর্বাব্দের দিকে, প্রথম সৌর ক্যালেন্ডারগুলির মধ্যে একটি আবির্ভূত হয় – একটি মার্জিত ৩৬৫ দিনের ব্যবস্থা, যা ৩০ দিনের ১২ মাসে বিভক্ত, পাঁচটি বিশেষ দিন দ্বারা পরিপূরক। এই সব একটি বিশাল, হারিয়ে যাওয়া ছবির অংশ, নাথানিয়েল, যা তোমরা, অর্ডারের লোকেরা, এত অধ্যবসায়ের সাথে পুনরায় লেখার চেষ্টা করছ!

সে বিরতি দিল, তার কথাগুলিকে বাতাসে ঝুলিয়ে রেখে, চ্যালেঞ্জিংভাবে, একটি প্রসারিত তারের মতো। নাথানিয়েল সেই পরিচিত ঝাঁকুনি অনুভব করলেন। মেলিনা সর্বদা অস্বস্তিকর প্রশ্নে পৌঁছাতেন, পরিচিতের প্রান্তে, যেখানে তার যুক্তি ভেঙে পড়তে শুরু করত, তার নিচে থাকা অতল গহ্বর প্রকাশ করার হুমকি দিচ্ছিল।

— এবং এখানে... – তার কণ্ঠস্বর নীরবতার মধ্যে একটি ঘণ্টার মতো শোনাচ্ছিল, তীক্ষ্ণ, অটল, এবং তার দৃষ্টি নাথানিয়েলকে বিদ্ধ করল, তার চোখে একটি উত্তর খুঁজছিল। – একটি বিরক্তিকর প্রশ্ন উঁকি দেয়, নাথানিয়েল। যদি মোশি, সেই প্রাচীন মধ্যস্থতাকারী, এত স্পষ্ট তথ্যের সেই পরিবাহক... কেন তিনি প্রথম দিকের যুগে মানুষের জীবনের দৈর্ঘ্যে একটি উল্লেখযোগ্য বিচ্যুতি ঘটতে দেবেন? এটি একটি প্যারাডক্স, তাই না? সত্যের বার্তাবাহক। কিন্তু একটি মৌলিক দিক থেকে একটি ভুল স্বীকার করে। জীবনের সময়কাল। অথবা... – সে তাকে একটি জ্বলন্ত দৃষ্টিতে দেখল, এবং নাথানিয়েল তার ঘাড়ে উষ্ণতা অনুভব করলেন, যেন তার ক্রোধ তার ত্বক পুড়িয়ে দিচ্ছে, একটি অভ্যন্তরীণ আগুন জ্বালাচ্ছে যা তাকে সম্পূর্ণরূপে গ্রাস করার হুমকি দিচ্ছিল। – অথবা তিনি কেবল প্রাচীন পাণ্ডুলিপি, প্রাচীন নিদর্শনগুলি, যা অন্য কেউ পড়তে পারেনি, তার নিজস্ব উপায়ে পড়েছিলেন এবং ব্যাখ্যা করেছিলেন? অনেক আগে চলে যাওয়া সময়ের জ্ঞান... কে জানে? অথবা তিনি কি সত্য লুকিয়ে রেখেছিলেন? যেমন তোমরা কর! কারণ তিনি তোমাদের মতোই ছিলেন – ক্ষমতা এবং ম্যানিপুলেশনের প্রতি আবেশ ছিল!

নাথানিয়েল প্রায় লক্ষ্যহীনভাবে হেসে উঠলেন, ঠাণ্ডা মাথায়।

— মোশি? ক্ষমতা দ্বারা আচ্ছন্ন? – তিনি মাথা কাত করলেন, যেন ভাবছেন, কিন্তু তার চোখে একটি গণনার ঝলক ছিল। – এটা ঠিক এমন নয়, মেলিনা। মোশি ছিলেন একজন প্রতিষ্ঠাতা। আমাদের মহান পূর্বসূরীদের একজন। তিনি "Ordo ab Intellectu" – বুদ্ধিমত্তার মাধ্যমে শৃঙ্খলা, ভিড়ের বিশৃঙ্খলার মাধ্যমে নয়, তার ভিত্তি স্থাপন করেছিলেন। তার উত্তরাধিকার হল সেই কোড, যা জ্ঞানকে অধঃপতন থেকে রক্ষা করে। এবং হ্যাঁ, তিনি সাধারণ মানুষের কাছে যা প্রেরণ করতে পারতেন তার চেয়ে অনেক বেশি জানতেন। এটি "লুকানো" ছিল না, বরং অপ্রস্তুত মন থেকে সত্যকে রক্ষা করা ছিল। কারণ থথের উত্তরাধিকারীরা, যারা আমাদের অর্ডার গঠন করেছিল, তারা দেখেছিল যে অপ্রস্তুতরা যখন খুব বেশি ক্ষমতা অর্জন করে তখন কী ঘটে। এবং সেই কারণেই আমরা, "সর্প ও আলোর প্রভু", বিদ্যমান।

একটি সংক্ষিপ্ত ফ্ল্যাশব্যাক নাথানিয়েলের চেতনায় প্রবেশ করল: তার পরা ইস্পাত আংটির উপর খোদাই করা সাপের চোখ, চেতনার বিবর্তনের উপর নিয়ন্ত্রণের প্রতীক। প্রাচীন দীক্ষার ফিসফিসানি: "আমরা ঈশ্বর নই। আমরা তাদের অনুপস্থিতির প্রয়োজনীয়তা।" Dominus Primus-এর ধারণা, যার অস্তিত্ব কাল্পনিক, প্রতি ৩৩ বছরে পরিবর্তিত হয় – পরম, চিরন্তন নিয়ন্ত্রণের গ্যারান্টি। এবং পরিকল্পনা, মহান লক্ষ্য: বিশ্ব অর্থব্যবস্থার কেন্দ্রীকরণ, প্রতিটি মানব কর্মের জন্য একটি ডিজিটাল পরিচয়, নৈতিকতা পুনরায় লেখা, ব্যক্তিগত ইচ্ছার বিলুপ্তি। এবং এই সব – শৃঙ্খলার জন্য। বিশৃঙ্খলার জন্য নয়। তার শৃঙ্খলার জন্য।

নাথানিয়েল নিজেকে উস্কানিপ্রাপ্ত অনুভব করলেন। তার বৈজ্ঞানিক মন যুক্তি, ব্যাখ্যা খুঁজছিল, যখন সে যেন ইচ্ছাকৃতভাবে রৈখিক চিন্তাভাবনা এড়িয়ে যাচ্ছিল, গভীর, রূপক সংযোগ খুঁজছিল, যা তাকে মৃত্যুর মতো ভয় পেয়েছিল, কারণ সেগুলি তার আসল উদ্দেশ্য প্রকাশ করার হুমকি দিচ্ছিল।

---✶ ৎ ✶ ---

দীর্ঘায়ু থেকে সংক্ষিপ্তকরণ পর্যন্ত

— জেনেসিস অনুসারে, প্রথম মানুষ আদম ৯৩০ বছর বেঁচে ছিলেন এবং মেথুসেলা রেকর্ড ৯৬৯ বছর বেঁচে ছিলেন। কিন্তু বন্যার পর, জীবনের দৈর্ঘ্য ধীরে ধীরে হ্রাস পায়। শেম ৬০০ বছর বেঁচে ছিলেন, আব্রাহাম ১৭৫, এবং মোশি ১২০। রাজা ডেভিডের সময় (৭০ বছর), জীবন মারাত্মকভাবে সংক্ষিপ্ত হয়ে গিয়েছিল। তুমি কি সংযোগ দেখতে পাচ্ছ, নাথানিয়েল? প্রবণতা স্পষ্ট। এবং এটি কোনো কাকতালীয় ঘটনা নয়। যেমন তোমাদের পতন।

নাথানিয়েল তার গল্পের যুক্তি অস্বীকার করতে পারেননি। প্রবণতাটি স্পষ্ট, বিরক্তিকর ছিল। একটি বিষের ফোঁটার মতো, যা ধীরে ধীরে শরীরে প্রবেশ করে, এটিকে ভিতর থেকে পরিবর্তন করে, ক্ষয় করে।

— এই প্রতিটি পিতৃপুরুষের জীবনচক্র স্পষ্টভাবে দেখায় যে একটি নির্দিষ্ট সময়ের মধ্যে মানব প্রজাতি তার জীবনের দৈর্ঘ্যে একটি উল্লেখযোগ্য হ্রাস অনুভব করে। আমরা অবশ্যই নোহ এবং সর্বজনীন বন্যার বিপর্যয়ের আগে এবং পরের সময়কালকে আলাদা করতে পারি, যা পৃথিবীর মুখ পরিবর্তন করেছিল।

কিছু তত্ত্ব অনুসারে, শক্তিশালী অ্যাটলান্টিয়ান জাতির সংরক্ষিত অবশেষগুলিকে আমূল নতুন জলবায়ু পরিস্থিতি এবং পরিবর্তিত পরিবেশের সাথে মানিয়ে নিতে হয়েছিল। অনন্ত জীবনের ধারণায় আচ্ছন্ন হয়ে, তারা ধীরে ধীরে তাদের আধ্যাত্মিক অনুসন্ধানগুলিকে অ্যালকেমিকেল পরীক্ষায় রূপান্তরিত করে, সেই অধরা অমৃতের সন্ধান করে, যা তাদের নশ্বর দেহগুলিকে তাদের পূর্বপুরুষদের মতো অস্বাভাবিকভাবে দীর্ঘ সময়ের জন্য সংরক্ষণ করবে এবং তাদের মৃত্যুর নির্মম খপ্পর থেকে মুক্ত করবে। এটাই তো তোমাদের অর্ডার খুঁজছে, তাই না? অমরত্বের সেই হারিয়ে যাওয়া সূত্র, যা তোমাদের বিশ্বের প্রভু করে তুলবে!

মেলিনা নীরব হয়ে গেলেন, তার দৃষ্টি অন্ধকার হয়ে গেল, যেন সে মানব মূর্খতা এবং আত্ম-ধ্বংসের অতল গহ্বর দেখতে পাচ্ছিল, যে অতল গহ্বর নাথানিয়েল নিজের মধ্যে অনুভব করছিলেন, তার চোখে প্রতিফলিত, এবং তিনি তাদের অন্ধকার গভীরতায় হারিয়ে গেলেন।

— বস্তুগত বিশ্বের ঘন অন্ধকারে পতিত। সেখানে, যেখানে সূক্ষ্ম আধ্যাত্মিক স্পন্দন... নীরব হয়ে গিয়েছিল। তারা তাদের প্রাচীন, জ্ঞানী জ্ঞানকে স্থূল পার্থিব অস্ত্রে রূপান্তরিত করার চেষ্টা করেছিল। প্রলুব্ধ। সীমাহীন ক্ষমতার প্রলোভনীয় প্রতিশ্রুতি দ্বারা। তারা অন্ধকারের দিকে নিজেদেরকে সমর্পণ করেছিল। শক্তির দিকে। বিবেকহীনভাবে ম্যানিপুলেট করেছিল। ঐশ্বরিক উপহারগুলিকে বিকৃত করেছিল। তাদের আধিপত্যের অস্ত্রে পরিণত করেছিল। আলোর রক্ষক থেকে... তারা অন্ধকার প্রভু হয়ে গিয়েছিল। তারা বিশুদ্ধতা হারিয়েছিল। তারা গুণ হারিয়েছিল।

তারা ঈশ্বরের মতো হতে সাহসী স্বপ্ন দেখেছিল। কিন্তু এই গর্বিত সাধনায়... তারা সংযোগ হারিয়েছিল। তাদের প্রকৃত সারসত্তার সাথে। মহাবিশ্বের সামঞ্জস্যের সাথে। এবং এটিই, নাথানিয়েল, বিপদ। এটি সেই অভিশাপ যা পুনরাবৃত্ত হয়, এবং যা তোমরা, অর্ডারের লোকেরা, তোমাদের ধর্মমতে পরিণত করেছ!

নাথানিয়েল মনোযোগ সহকারে শুনছিলেন, মেলিনার প্রতিটি শব্দ তার বিবেককে বিদ্ধ করছিল। তিনি ভুলে যাওয়া প্রযুক্তি এবং প্রাচীন জ্ঞানের বিষয়ে তাদের আগের কথোপকথনের উল্লেখগুলি ধরছিলেন। তার কথাগুলি তার নিজের সম্প্রদায়ের, অর্ডারের, যা তাকে লালন-পালন করেছিল এবং তাকে যা করেছে তার উচ্চাকাঙ্ক্ষার অপ্রীতিকরভাবে কাছাকাছি ছিল। তিনি আধ্যাত্মিক ক্ষতির কথা বলছিলেন, এবং তিনি কেবল সীমাহীন ক্ষমতার সম্ভাবনা, তার লক্ষ্য অর্জনের সম্ভাবনা দেখতে পাচ্ছিলেন। তিনি অদ্ভুত অনুভব করলেন – যেন সে তার মন পড়ছিল, কিন্তু সেগুলিকে ভিন্ন, আরও নিন্দাযোগ্য শব্দে পরিধান করছিল। সে কি জানত? নাকি কেবল ভবিষ্যদ্বাণী করছিল? এই মহিলাটি তার আত্মার একটি আয়না ছিল, এবং দৃশ্যটি তাকে ভয় পেয়েছিল, কিন্তু একটি অদম্য শক্তি দিয়ে তাকে আকর্ষণও করেছিল।

---❤---

## অধ্যায় 27: ভাগ্যের সুতো

একই ঘরে তাদের ভাগ্য আবার একত্রিত করেছিল, তাদের মধ্যেকার বাতাসকে ভাঙার বিন্দু পর্যন্ত উত্তপ্ত করে তুলেছিল। নাথানিয়েলের দৃষ্টি মেলিনার উপর স্থির ছিল, যে তার বিপরীতে দাঁড়িয়েছিল। তার উদ্দেশ্য ছিল স্পষ্ট: তাকে ধ্বংস করা নয়, বরং তার অসাধারণ শক্তি এবং জ্ঞানকে জয় করা, সেগুলিকে তার নিজের ক্ষমতার দর্শনে একীভূত করা।

---✶ ʢ ✶ ---

অন্তর্দৃষ্টি এবং চ্যালেঞ্জ

মেলিনা তাকে সেই তীক্ষ্ণ দৃষ্টিতে দেখল, যা তার আত্মাকে উন্মুক্ত করে দিচ্ছিল। যে "গল্প" সে শুরু করেছিল, তা কেবল একটি অনুমান ছিল না, বরং একটি জীবন্ত ফ্যাব্রিক যা বাস্তবতাকে আবৃত করছিল, যা তাকে পরিচিত সবকিছুতে দ্বিধাগ্রস্ত করে তুলছিল।

— এখন বুঝতে পারছ, নাথানিয়েল? এটি আক্ষরিক "শাস্তি" বা "পাপ" সম্পর্কে নয়, বরং একটি অভ্যন্তরীণ ভারসাম্যের লঙঘন সম্পর্কে। প্রথম মানুষের দীর্ঘায়ু কেবল একটি জৈবিক কাকতালীয় ঘটনা ছিল না। এটি তাদের শারীরিক অস্তিত্ব এবং মহাবিশ্বের সূক্ষ্ম শক্তির মধ্যেকার সামঞ্জস্যের প্রতিফলন ছিল। তারা প্রাকৃতিক চক্রের সাথে একাত্ম হয়ে বাস করত, তাদের চেতনা বিশুদ্ধ ছিল, লোভ এবং নিয়ন্ত্রণ দ্বারা কলঙ্কিত ছিল না। এটি ছিল সামঞ্জস্যের একটি যুগ, সরাসরি জ্ঞানের, মানব অহং আধিপত্য শুরু করার আগে।

নাথানিয়েল ঢোক গিলল। তার প্রতিটি শব্দ তার মস্তিষ্কে নতুন সংযোগ খুলে দিচ্ছিল। অর্ডার অফ শ্যাডোস নিউরোপ্লাস্টিসিটি অধ্যয়ন করছিল, জ্ঞানীয় কার্যকারিতা প্রসারিত করার উপায় খুঁজছিল, "সুপারহিউম্যান" তৈরি করার জন্য যারা চিরকাল বেঁচে থাকবে। কিন্তু তাদের ভিত্তি ছিল নিয়ন্ত্রণ, জেনেটিক কোডের ম্যানিপুলেশন, রাসায়নিক ককটেল, ইমপ্লান্ট... আর মেলিনা কথা বলছিল অভ্যন্তরীণ সামঞ্জস্য সম্পর্কে, সারসত্তার সাথে সংযোগ সম্পর্কে। সে দীর্ঘায়ুকে একটি জৈবিক ঘটনা হিসাবে নয়, বরং একটি আধ্যাত্মিক অবস্থার প্রকাশ হিসাবে ব্যাখ্যা করছিল। এটি তার বৈজ্ঞানিক মনকে বিভ্রান্ত করছিল, কিন্তু তার গভীরে এমন কিছু স্পর্শ করছিল, যা সে এতকাল দমন করে রেখেছিল। তা সত্ত্বেও, তার শ্রেষ্ঠত্বের প্রবৃত্তি জেগে উঠছিল, তাকে এই নতুন "সত্য"ও আয়ত্ত এবং ব্যবহার করা যেতে পারে এমন চিন্তার দিকে ঠেলে দিচ্ছিল।

---✶ ʢ ✶ ---

হ্রাসপ্রাপ্ত সময় এবং জ্ঞানের বিভ্রম

মেলিনা একটি বোর্ডের দিকে এগিয়ে গেল, যা পারমাণবিক স্তরের জটিল স্কিম্যাটিকস এবং প্রত্নতাত্ত্বিক প্রতীক দিয়ে ভরা ছিল।

— জীবনের দৈর্ঘ্য হ্রাসের প্রবণতা অনস্বীকার্য। বন্যার পর, জীবনের দৈর্ঘ্য হঠাৎ করে কমে যায়। এটি কেবল বিবর্তন নয়। এটি অধঃপতন, আদিম জ্ঞানের সাথে সংযোগ হারানোর ফল। মানবজাতি তার সারসত্তা থেকে দূরে সরে গেছে, বস্তুগততা এবং নিয়ন্ত্রণের উপর মনোযোগ দিয়ে। তোমার সম্প্রদায়, নাথানিয়েল, এই প্রক্রিয়াটিকে অনুলিপি করছে, শুধুমাত্র সচেতনভাবে এবং ভয়ানক উদ্দেশ্যে।

সে একটি গ্রাফের দিকে ইশারা করল, যা প্রাচীন ডিএনএ-তে "জৈব-শক্তি মার্কার" এর পতন দেখাচ্ছিল।

— এই মার্কারগুলো দেখতে পাচ্ছ? তারা ডিএনএ কাঠামোর সামঞ্জস্যের সাথে সরাসরি সম্পর্কযুক্ত। প্রাথমিক নমুনাগুলিতে, প্রায় ৫০০০-৬০০০ বছর আগে, সামঞ্জস্যের স্তর উল্লেখযোগ্যভাবে বেশি ছিল। তখনই দীর্ঘায়ু লক্ষ্য করা যায়। সর্বজনীন বন্যার পর – যা একটি বৈশ্বিক বিপর্যয় বা পৃথিবীর শক্তি ক্ষেত্রের একটি বড় পরিবর্তনের রূপক হতে পারে, কেবল একটি বন্যা নয় – এই মার্কারগুলি হঠাৎ করে কমে যায়। এটি মানুষের শারীরবৃত্তির, সেলুলার স্তরে একটি পরিবর্তন নির্দেশ করে।

বৈদিক গ্রন্থগুলি প্রাণাকে একটি গুরুত্বপূর্ণ শক্তি হিসাবে বর্ণনা করে, যা জীবনের সমস্ত রূপকে সমর্থন করে, এবং প্রাচীন চীনের চিগং অনুশীলনগুলি জীবনের দৈর্ঘ্য বাড়ানোর জন্য শরীরে এটিকে ভারসাম্য বজায় রাখার চেষ্টা করত। এমনকি মাইটোকন্ড্রিয়াল ডিএনএ এবং টেলোমার সম্পর্কে সাম্প্রতিক গবেষণাগুলিও ইঙ্গিত দেয় যে দীর্ঘায়ু সেলুলার শক্তির আরও কার্যকর ব্যবহার এবং সংরক্ষণের সাথে সম্পর্কিত হতে পারে।

নাথানিয়েল হঠাৎ করে একটি শীতলতার ঢেউ অনুভব করলেন। তিনি যে সমস্ত তথ্য সংগ্রহ করছিলেন, তা এখন একটি নতুন অর্থ গ্রহণ করছিল। কেবল অস্বাভাবিকতা নয়, বরং একটি বড় রূপান্তরের প্রমাণ, মৌলিক কিছু হারানোর প্রমাণ। তার অর্ডার এই "ক্ষতি" পুনরুদ্ধার করতে চেয়েছিল জেনেটিক ইঞ্জিনিয়ারিং এবং উন্নত প্রযুক্তির মাধ্যমে, কিন্তু মূল কারণ বোঝার মাধ্যমে নয়। প্রশ্নটি ছিল না কীভাবে জীবনকে ম্যানিপুলেট করতে হয়, বরং কেন এটি পরিবর্তিত হয়েছে।

---✶ ʢ ✶ ---

হারিয়ে যাওয়া অ্যাটলান্টিস এবং নতুন প্রমাণ

— তুমি কি মনে করো যে "অ্যাটলান্টিয়ানরা" একটি বাস্তব সভ্যতা ছিল? – নাথানিয়েল জিজ্ঞাসা করলেন, তার বৈজ্ঞানিক উদ্দেশ্য বজায় রাখার চেষ্টা করে, যদিও ক্রমবর্ধমান কৌতূহলের সাথে।

— অ্যাটলান্টিস কেবল একটি ভৌগোলিক স্থান নয়, নাথানিয়েল। এটি চেতনার একটি অবস্থা, একটি যুগ যেখানে মানুষ এমন শক্তি আয়ত্ত করেছিল যা আমরা আজ কেবল পুনরায় আবিষ্কার করতে শুরু করেছি। সুমেরীয় ফলক, উদাহরণস্বরূপ, "দেবতা" দের বর্ণনা করে, যারা স্বর্গ থেকে নেমে এসেছিল এবং মানবজাতিকে জ্ঞান দিয়েছিল। এই "দেবতা" রা অ্যাটলান্টিয়ান বা তাদের উত্তরাধিকারী ছিল। তাদের গণিত, জ্যোতির্বিদ্যা এবং প্রকৌশল আমাদের যা তাদের কাছে দায়ী করি তার চেয়ে অনেক বেশি উন্নত ছিল। উদাহরণস্বরূপ: মিশরীয় পিরামিডগুলি আমাদের পরিচিত তৎকালীন পদ্ধতি দিয়ে তৈরি করা যায় না। তাদের পাথরের উত্তোলন বা পদার্থের ম্যানিপুলেশনের জন্য শব্দ ফ্রিকোয়েন্সি ব্যবহারের জ্ঞান প্রয়োজন, যা অ্যাটলান্টিয়ান ঐতিহ্যের অংশ ছিল, যেমনটি কিছু হারমেটিক গ্রন্থে ইঙ্গিত করা হয়েছে। প্রাচীন ভারতীয় মণ্ডল

এবং যন্ত্রগুলিও জটিল জ্যামিতিক স্কিমগুলি উপস্থাপন করে, যা বৈদিক গ্রন্থ অনুসারে, শক্তিকে কেন্দ্রীভূত করতে এবং সূক্ষ্ম পদার্থকে প্রভাবিত করতে সক্ষম। এটিই চিন্তার বস্তুগতকরণের নীতি, যা সম্পর্কে আমি তোমাকে বলেছিলাম। এমনকি মায়া গ্রন্থ, যেমন পোপল ভু, "সৃষ্টিকর্তা" দের কথা বলে, যারা মানুষকে জ্ঞান দিয়ে তৈরি করেছিল।

সে অন্য একটি মনিটররে গেল, যেখানে জটিল সুমেরীয় কিউনিফর্ম ফলকের ছবি দেখাচ্ছিল।

— এখানে, গিলগামেশের মহাকাব্যে, তারা উটনাপিষ্টিমের সাথে একটি সাক্ষাতের বর্ণনা করে, যে চিরকাল বেঁচে ছিল এবং বন্যার আগের সময়ের জ্ঞান ধারণ করত। এটি কেবল একটি পৌরাণিক কাহিনী নয়। এটি দীর্ঘায়ুর সম্ভাবনার জন্য একটি কোড করা জ্ঞান, সময় এবং স্থানের চক্র বোঝার জন্য, যা অ্যাটলান্টিয়ানরা আয়ত্ত করেছিল। এই জ্ঞান প্রজন্ম থেকে প্রজন্মান্তরে প্রেরণ করা হয়েছিল, কিন্তু ধীরে ধীরে বিকৃত এবং বিকৃত করা হয়েছিল, যতক্ষণ না তারা আধিপত্যের জন্য লোভী আকাঙ্ক্ষায় পরিণত হয়। তোমার অর্ডার, নাথানিয়েল, এই জ্ঞান খুঁজছে, কিন্তু ভুল পথে। তোমরা শক্তি চুরি করতে চাও, সামঞ্জস্য পুনরুদ্ধার করার পরিবর্তে।

নাথানিয়েল নীরব ছিলেন, নিজেকে বিভক্ত অনুভব করছিলেন। একদিকে, তার যুক্তি এই "রহস্যময়" ব্যাখ্যাগুলি প্রত্যাখ্যান করার জন্য লড়াই করছিল। অন্যদিকে, ল্যাবের ডেটা, ব্যাখ্যাহীন কোয়ান্টাম ফ্লাকচুয়েশন, ঐতিহাসিক অস্বাভাবিকতা – সবকিছু মেলিনার ছবির সাথে মানিয়ে যাচ্ছিল। সে কেবল গল্প বলছিল না; সে বাস্তবতার একটি নতুন, সর্বব্যাপী তত্ত্ব তৈরি করছিল, যা তার বিশ্বের ভিত্তি ভেঙে ফেলার হুমকি দিচ্ছিল। এবং তিনি, নাথানিয়েল, নিয়ন্ত্রণের জন্য তার সমস্ত উচ্চাকাঙ্ক্ষা নিয়ে, হঠাৎ বুঝতে পারলেন যে তিনি সম্ভবত কিছুই আয়ত্ত করেননি, বরং একটি অনেক বড় খেলায় কেবল একটি ঘুঁটি ছিলেন, এমন একটি খেলা যেখানে মেলিনা প্রধান খেলোয়াড় ছিল। এই চিন্তাটি তাকে একই সাথে বিনয়ী করল এবং একটি নতুন, আরও ধূর্ত পরিকল্পনাকে প্রজ্বলিত করল।

---✶ ៖ ✶ ---

শক্তির প্রলোভন এবং পছন্দ

মেলিনা তার কাছে গেলেন, তার দৃষ্টি নরম হয়ে গেল, কিন্তু এখনও জ্বলছিল।

— সত্যিকারের শক্তি, নাথানিয়েল, নিয়ন্ত্রণে নয়, বরং একতায়। ম্যানিপুলেশনে নয়, বরং সামঞ্জস্যে। অ্যাটলান্টিয়ানরা পতিত হয়েছিল, কারণ তারা তাদের ঐশ্বরিক উপহারগুলিকে আধিপত্যের অস্ত্রে পরিণত করেছিল। তারা বিশুদ্ধতা হারিয়েছিল, তাদের প্রকৃত সারসত্তার সাথে সংযোগ হারিয়েছিল। এবং তোমাদের পতন, অর্ডারের, অনিবার্য, যদি তোমরা একই পথে চলতে থাক।

নাথানিয়েল তার উষ্ণতা অনুভব করলেন, যা কেবল তার শরীর থেকে নয়, তার অদম্য আত্মা থেকেও বিকিরণ হচ্ছিল। তাকে জয় করার, তাকে নিজের করে নেওয়ার আকাঙ্ক্ষা প্রায় অসহনীয় ছিল। একই সাথে, সে তাকে যে অন্তর্দৃষ্টি দিচ্ছিল, তা তার বর্ম ভেদ করছিল। সে তাকে চাইছিল, কিন্তু এখন কেবল একটি অস্ত্র হিসাবে নয়। সে তাকে চাইছিল কারণ সে যে জ্ঞান ধারণ করত, সে যে সত্য বহন করত তার জন্য।

সে তার আত্মার একটি আয়না ছিল, এবং দৃশ্যটি তাকে ভয় পেয়েছিল, কিন্তু একটি অদম্য শক্তি দিয়ে তাকে আকর্ষণও করেছিল। এই মুহূর্তে নাথানিয়েল বুঝতে পারলেন যে সত্যিকারের বিজয় তাকে ভাঙা নয়, বরং তার সত্যকে গ্রহণ করা, এটিকে নিজের মধ্যে একীভূত করা... এবং তারপরে, এটিকে তার নিজের অস্ত্রে পরিণত করা। শক্তি দ্বারা তাকে নিয়ন্ত্রণ করা নয়, বরং আপাত সম্মতির মাধ্যমে, যাতে তার সমস্ত জ্ঞানে প্রবেশাধিকার পাওয়া যায়।

তিনি তার দিকে হাত বাড়ালেন, এবার তাকে সরাসরি বশ করার জন্য নয়, বরং সেই সত্যকে স্পর্শ করার জন্য, যা তার চোখে জ্বলজ্বল করছিল, এবং এটিকে তার নিজের সুবিধার জন্য ম্যানিপুলেট করার জন্য। একটি নতুন চিন্তা তার মনে বিস্ফোরিত হলো: যদি সবচেয়ে বড় শক্তি বিশ্বকে নিয়ন্ত্রণ করা না হয়, বরং তার সাথে মিশে যাওয়ার বিভ্রম ব্যবহার করে সম্পূর্ণ নিয়ন্ত্রণ অর্জন করা হয়?

মেলিনার মুখের উপর একটি সামান্য ক্লান্তি, তার চোখে একটি প্রায় অদৃশ্য কম্পন চলে গেল, যা তার ঠাণ্ডা সংকল্পের সামনে একটি ক্ষণিকের দুর্বলতা প্রকাশ করছিল। "প্লিজ, তাকে শুধু শক্তি নয়, সত্য দেখতে দাও," একটি চিন্তা তার চেতনায় ঝলসে উঠল।

তাদের দৃষ্টি মিলিত হলো, যা শব্দের বিনিময়ের চেয়ে অনেক গভীর একটি যুদ্ধের প্রতিশ্রুতি দিচ্ছিল, এবং তিনি ইতিমধ্যেই জানতেন – পরের বার ভিন্ন হবে। পরের বার তার পালা হবে।

---❤---

## অধ্যায় 28: ম্যাট্রিক্সে ত্রুটি

নাথানিয়েল হাসল – একটি ক্লান্ত, যন্ত্রণাদায়ক হাসি, কোণঠাসা একটি জন্তুর মতো। মেলিনা কেবল তথ্য পুনরাবৃত্তি করছিল না। সে একটি মন্ত্র বুনছিল, সুতোয় সুতোয়, প্রাচীন হাড় এবং ভুলে যাওয়া কিংবদন্তি থেকে। একটি গল্প যা তার গভীরে কিছু স্পর্শ করছিল – এমন কিছু যা তার সমস্ত যুক্তি, কয়েক দশকের কঠোর বিশ্লেষণ দ্বারা গঠিত, ব্যাখ্যা করতে পারছিল না। এটি বিপজ্জনক। তাকে তার মিশনে ফিরে যেতে হবে, তার বিশ্বের নির্বীজ স্বচ্ছতায়, যেখানে প্রতিটি অজানা একটি সমীকরণ ছিল, যা সমাধানের অপেক্ষায় ছিল। কিন্তু ইতিমধ্যেই খুব দেরি হয়ে গিয়েছিল। তিনি ইতিমধ্যেই ফাঁদে পড়েছিলেন।

ঘরের বাতাস যেন ঘন হয়ে গেল, তার সুগন্ধ দিয়ে পূর্ণ – ল্যাভেন্ডার এবং কিছু বন্য, পার্থিব কিছুর মিশ্রণ, যা তাকে সম্মোহিত করছিল। তিনি একটি পাতলা বায়ুমণ্ডল থেকে আসা মতো মাথা ঘোরা অনুভব করলেন। তিনি অনুভব করলেন যে তার ত্বক শিহরিত হচ্ছে, তাদের মধ্যেকার বিদ্যুৎ থেকে লোম খাড়া হয়ে গেছে। আকাঙ্ক্ষা ব্যথায় পরিণত হচ্ছিল, একটি অসহনীয় চাপে, যা তাকে তাকে স্পর্শ করতে, তাকে অনুভব করতে, বাস্তবতা কি এত তীব্র হতে পারে তা বোঝার জন্য তাকে বাধ্য করছিল।

— ঠিক! যখন জেনেটিক কোড আমাদের বিভিন্ন প্রাচীন মানব প্রজাতির শারীরিক আন্তঃসংযোগ প্রকাশ করে, তখন আমাদের কল্পনা নিরলসভাবে সাংস্কৃতিক ইতিহাসে শূন্যস্থান পূরণ করার চেষ্টা করে। – মেলিনা সংক্ষিপ্ত বিরতি নিলেন, তার দৃষ্টি নাথানিয়েলের উপর স্থির হলো, যেন তাকে চ্যালেঞ্জ করছিল। – আমরা কি কেবল জিন উত্তরাধিকার সূত্রে পেয়েছি, নাকি আমরা ভুলে যাওয়া জ্ঞানের জ্বলন্ত মশাল, আমাদের অনেক আগে চলে যাওয়া মানব ভাই ও বোনদের জ্ঞানও গ্রহণ করেছি?

এটা সম্ভব যে আমাদের সার্বজনীন মিথের গভীরতম স্তরে, আমাদের প্রথম দিককার দার্শনিক অনুসন্ধানে, একটি আরও বৈচিত্র্যময় মানব বিশ্বের কণ্ঠস্বরের একটি অস্পষ্ট প্রতিধ্বনি লুকিয়ে আছে, যেখানে দেবতা এবং ঋষিরা তাদের মধ্যে কয়েকটি ভিন্ন মানব প্রজাতির রক্ত এবং জ্ঞান বহন করত। তুমি কি এই উত্তরাধিকারের ভার অনুভব করছ না, নাথানিয়েল? তুমি কি এটি তোমার মধ্যে বহন করছ না?

নাথানিয়েল নীরব ছিলেন, তার কথায় গ্রাস হয়ে গিয়েছিলেন। তিনি অনুভব করলেন যে সে কেবল একটি রূপকথা বলছে না। সে তাকে মানব ইতিহাস, জ্ঞানের উৎস এবং এমনকি চেতনার প্রকৃতি সম্পর্কে দেখার জন্য একটি সম্পূর্ণ নতুন উপায় প্রস্তাব করছিল। এটি বাস্তবতার একটি

ফাটলের মধ্য দিয়ে দেখার মতো ছিল। এবং দৃশ্যটি একই সাথে ভীতিজনক এবং লোভনীয় ছিল। যেন তার শরীরের প্রতিটি পেশী টান টান ছিল, বিস্ফোরিত হতে প্রস্তুত, ভেঙে পড়তে প্রস্তুত।

---✶ ✶---

সংকর, ঋষি এবং ভুলে যাওয়া সভ্যতা

— আর প্রজাতির মিশ্রণ... – নাথানিয়েল ফিসফিস করে বলল, যেন তার নিজের চিন্তার প্রবাহ চালিয়ে যাচ্ছে, কিন্তু তার কাছে ইতিমধ্যেই অপরিচিত। – এটি অর্ধ-ঐশ্বরিক, অর্ধ-মানবিক চেহারা সহ মসিহদের প্রকাশের সম্ভাবনার দিকে পরিচালিত করেছে – মোশি, যীশু, বুদ্ধ, মুহাম্মদ, বাহাউল্লাহ। এটা কোনো কাকতালীয় ঘটনা নয় যে প্রাচীন গ্রিক পৌরাণিক কাহিনীতে এই ধরনের সংকর প্রাণীর অস্তিত্ব এবং দেবতাদের পর্বত অলিম্পাস জয় করার দুঃসাহসী প্রচেষ্টার বিস্তারিত বর্ণনা রয়েছে।

এই পরিবর্তনশীল সময়কালটি পূর্ববর্তী জাতিগুলির অস্তিত্ব এবং তাদের অসাধারণ ক্ষমতা সম্পর্কে জ্ঞানের উত্সের একটি প্রমাণ, যেখান থেকে পিথাগোরাস, প্লেটো এবং অ্যারিস্টটলের মতো মহান মন অনুপ্রেরণা এবং আলোকিতকরণ লাভ করেছিল।

এবং আরও একটি জিনিস – এটি লক্ষণীয় যে মিশরীয়, মেসোপটেমীয়, তিব্বতি এবং মায়া সভ্যতাগুলি স্বাধীনভাবে বিকশিত হয়েও, আশ্চর্যজনকভাবে একই ধরনের প্রতীক এবং বিশ্বাস, সেইসাথে সাংস্কৃতিক, বৈজ্ঞানিক এবং ঐতিহাসিক জ্ঞান সংরক্ষণ করে। এই সব সংগ্রহ করা হয়েছে, কিন্তু এটি কি... বিকৃত করা হয়নি? কারো স্বার্থ পরিবেশন করার জন্য?

নাথানিয়েল এই সমান্তরালগুলি অস্বীকার করতে পারছিলেন না। তারা সর্বদা তাকে ধাঁধা দিয়েছিল, অমীমাংসিত পাজলের মতো, এবং এখন মেলিনা যেন তাদের ব্যাখ্যার চাবিকাঠি ধরেছিল – একটি চাবিকাঠি যা প্রাচীন হাড় এবং অন্তর্দৃষ্টির বজ্রপাত থেকে তৈরি করা হয়েছিল। একটি চাবিকাঠি যা তার নিজের শেকলও খুলতে পারে, কিন্তু তাকে ধ্বংসও করতে পারে। তার মাথা যন্ত্রণায় ধরল, যেন তার খুলি নতুন, বিশাল জ্ঞানকে ধারণ করার জন্য প্রসারিত হচ্ছিল। তার মাথা ঘুরছিল, তিনি প্রায় দেয়ালে হেলান দিয়েছিলেন।

---✶ ✶---

বন্যা থেকে পুনর্জন্ম পর্যন্ত: মানবজাতির একটি চক্রাকার ইতিহাস

— সর্বজনীন বন্যা এবং ঐশ্বরিক ক্ষমতা দিয়ে সমৃদ্ধ প্রাচীন সভ্যতার গল্পগুলি বিশ্বের রহস্যময় উৎপত্তি এবং মানবজাতির নিজের ব্যাখ্যা করার জন্য বিভিন্ন সংস্কৃতি দ্বারা দক্ষতার সাথে ব্যবহার করা হয়েছে। – মেলিনা বললেন, তার কণ্ঠস্বর আবার গভীরতা লাভ করল, যা সহস্রাব্দের প্রতিধ্বনি দ্বারা পূর্ণ ছিল। – এই সার্বজনীন মিথগুলি মানুষের গভীর আধ্যাত্মিক অনুসন্ধানকে প্রতিফলিত করে এবং জটিল ধর্মীয় ব্যবস্থা এবং গভীর দার্শনিক শিক্ষা তৈরির জন্য একটি গুরুত্বপূর্ণ ভিত্তি হিসাবে কাজ করেছে।

সে তাকে নরমভাবে দেখল, কিন্তু তার দৃষ্টিতে একটি গভীর বিশ্বাস ছিল, একটি ঝড়ের বিরুদ্ধে উত্থিত একটি শিলার মতো অটল। এমন একটি বিশ্বাস যা তাকে আগের চেয়ে বেশি আকর্ষণ করছিল, কিন্তু তার অটলতা দিয়ে তাকে ভয়ও দেখাচ্ছিল। এই মুহূর্তে নাথানিয়েল মেলিনাকে দেখছিলেন না, বরং একজন প্রাচীন পুরোহিতকে দেখছিলেন, যিনি নিষিদ্ধ সত্যগুলি প্রেরণ করছিলেন, যা তার নিজের অস্পষ্ট স্মৃতির সাথে মিশে যাচ্ছিল।

— বন্যার ধ্বংসাত্মক তরঙ্গগুলি স্থির হওয়ার পর, পৃথিবীর পুননবীকরণকৃত পৃষ্ঠে নতুন ধরনের জীবন এবং সভ্যতা আবির্ভূত হয়। এই নতুন সভ্যতা কী ছিল, যা গ্রহের উত্তরাধিকারী হয়েছিল? এর প্রথম বীজ কোথা থেকে এসেছিল? সম্ভবত তারা লুকানো, ভালভাবে সুরক্ষিত আশ্রয় থেকে ছড়িয়ে পড়েছিল, যেখানে প্রাচীন, শক্তিশালী সভ্যতার বেঁচে থাকা অবশেষ ছিল। অথবা তারা সম্পূর্ণ স্বাধীনভাবে আবির্ভূত হয়েছিল, তাদের মধ্যে অতীতের একটি অস্পষ্ট ছাপ

বহন করে। সুতরাং, যেমন পৌরাণিক ফিনিক্স মহিমান্বিতভাবে ছাই থেকে পুনর্জন্ম লাভ করে, তেমনি মানব সভ্যতাও অসংখ্য যুগে বারবার পুনর্জন্ম লাভ করেছে, যা অনেক আগে চলে যাওয়া সময়ের একটি অমোচনীয় ছাপ বহন করে। এবং এখন, নাথানিয়েল, তুমি এই পুনর্জন্মের ভাগ্য নির্ধারণের দ্বারপ্রান্তে দাঁড়িয়ে আছ। হয় তুমি এটিকে বশ করবে, অথবা এটি দ্বারা বশ হবে।

নাথানিয়েল অনুভব করলেন যে তার যৌক্তিক বিশ্বের সীমানাগুলি ঝাপসা হতে শুরু করছে, একটি স্বপ্নের মতো অনিশ্চিত এবং ক্ষণস্থায়ী, যা ভোরের দিকে চেতনা থেকে পিছলে যায়। তার হৃদয় সঙ্কুচিত হলো, শত শত বছর, লক্ষ লক্ষ ভাগ্যের ভার অনুভব করে, যা পুনরাবৃত্তির একটি জালে জড়িয়ে ছিল।

— এই সবকিছুর মানে হল, এমনকি যদি কিংবদন্তি বন্যা একটি বাস্তব ঐতিহাসিক ঘটনা হয়ে থাকে, যা প্রায় ৩১১৪ খ্রিস্টপূর্বাব্দে ঘটেছিল, তবে এটি সম্ভবত গ্রহের সমস্ত মানবজাতিকে ধ্বংস করেনি। – নাথানিয়েল ফিসফিস করে বললেন, তার চিন্তা ইতিমধ্যেই তার, একটি সাধারণ, অসম্ভব ফ্যাব্রিকের মধ্যে জড়িয়ে গিয়েছিল। – সম্ভবত অন্যান্য সংস্কৃতিও ছিল, যারা টিকে থাকতে এবং সমান্তরালভাবে, তাদের নিজস্ব পথে বিকাশ চালিয়ে যেতে সক্ষম হয়েছিল। আজকের বিশ্ব, তার উচ্চ-প্রযুক্তির উন্নত সমাজ এবং প্রকৃতির সাথে নিখুঁত সামঞ্জস্যে বসবাসকারী উপজাতিদের মধ্যে তার উজ্জ্বল বৈপরীত্য সহ, আমাদের একটি স্পষ্ট ধারণা দেয় যে কীভাবে এই ধরনের সমান্তরাল বিকাশ একই সাথে বিদ্যমান থাকতে পারে।

তাই আমি সাহসের সাথে অনুমান করতে পারি যে দূর অতীতেও এটি একই রকম ছিল – সভ্যতাগুলি যা অদেখা উচ্চতায় উঠেছিল এবং তারপরে ভুলে গিয়েছিল, যখন অন্যগুলি ধীরে ধীরে এবং ধীরে ধীরে বিকশিত হয়েছিল, তাদের নিজস্ব, অনন্য ছন্দ অনুসরণ করে। বিশ্ব যখন সত্য জানতে পারবে তখন কী হবে, মেলিনা? যখন তোমাদের... তত্ত্বগুলি... পরিচিতের ভিত্তি নাড়িয়ে দেবে?

সে একটি গভীর শ্বাস নিল, যেন সে সবেমাত্র একটি দীর্ঘ পথ পার করেছে, কিন্তু তার দৃষ্টি ইতিমধ্যেই দূর দিগন্তের দিকে ছিল, যেখানে অব্যক্ত সত্যের মিনারগুলি উঠছিল।

---✶ ⸙ ✶ ---

হার্মিস, অ্যাটলান্টিস এবং মায়া ক্যালেন্ডার

— সময়ের অন্তহীন, স্পন্দিত প্রবাহে, মানবজাতি একটি মহাজাগতিক ছন্দে জড়িয়ে আছে বলে মনে হয়, যা জ্ঞানের মূল বার্তাবাহকদের উপস্থিতির দ্বারা চিহ্নিত একটি অদৃশ্য নিয়ম অনুসরণ করে, যা গভীর, প্রায়শই বিপর্যয়কর অস্থিরতার সময়কালের পরে আবির্ভূত হয়। প্রায় এগারো হাজার বছর আগে, উদীয়মান চেতনার শুরুতে, হার্মিস আবির্ভূত হন – একটি বাস্তব শারীরিক ব্যক্তিত্ব হিসাবে নয়, বরং প্রজ্ঞা এবং সর্বব্যাপী যোগাযোগের মূর্ত প্রতীক হিসাবে। তিনি আদিম মানব সম্প্রদায়ের মধ্যে ঘুরে বেড়াতেন, সার্বজনীন প্রতীক এবং মৌলিক নীতিগুলির স্বজ্ঞাত বোঝার মাধ্যমে তাদের সংযুক্ত করতেন, যা উদীয়মান ভাষার ভঙ্গুর বাধাগুলিকে অতিক্রম করত।

নাথানিয়েল অনুভব করলেন যে তার কথাগুলি তার গভীরে কিছু অনুরণিত হচ্ছে, এমন কিছু যা তার বিজ্ঞান ব্যাখ্যা করতে পারছিল না। এটি একটি দূরবর্তী স্মৃতির মতো ছিল, যা জেগে উঠছিল, একটি ভুলে যাওয়া অতীত থেকে প্রতিধ্বনির মতো। অদ্ভুত প্রতীকের ছবি, যা সে আগে কখনও দেখেনি, তার মনে ঝলসে উঠল, এমন অর্থে পূর্ণ যা তাকে এড়িয়ে গিয়েছিল, কিন্তু তাকে আকর্ষণ করছিল। কেবল ছবি নয়, বরং ন্যায়, সত্যের একটি অনুভূতি, যা হাজার হাজার বছর ধরে তার জন্য অপেক্ষা করছিল।

— একটি দীর্ঘ সময়কাল ধীরে ধীরে, কিন্তু অবিচলিত বিকাশের মধ্য দিয়ে চলে যায়, যা প্রাথমিক সংস্কৃতির উত্থান এবং পতন দ্বারা চিহ্নিত, একটি ভয়ানক বিপর্যয় দ্বারা বাধাগ্রস্ত হয়, যা

কিংবদন্তি অ্যাটলান্টিসকে ৩১১৪ খ্রিস্টপূর্বাব্দে ডুবিয়ে দেয়। পরবর্তী পরিবর্তন এবং ক্ষতির যুগে, আমাদের যুগের প্রায় ৫০০০ বছর আগে, নোহের চিত্রটি উঠে আসে – সর্বজনীন বন্যার পরে একমাত্র জীবিত, যিনি কেবল জীবনের বীজ নয়, বরং অতীত সভ্যতার জ্ঞানের ভঙ্গুর খণ্ডগুলিও সংরক্ষণ করেছিলেন, একটি নতুন শুরুর জন্য মাটি প্রস্তুত করে। এটা আশ্চর্যজনক যে প্রাচীন মায়া ক্যালেন্ডার, যা একই সময়ে শুরু হয়েছিল, এই মহাজাগতিক রূপান্তরকে প্রতিফলিত করে বলে মনে হয়, একটি নতুন চক্রের শুরুকে চিহ্নিত করে। এবং কী... এই চক্রের এখন কী হবে, মেলিনা? আমরা কি নোহ? আমি কি নোহ?

সে তাকে একটি তীক্ষ্ণ দৃষ্টিতে দেখল, যা গভীর, প্রায় দুঃখজনক প্রজ্ঞা দিয়ে ভরা ছিল, যেন সে একটি বৈশ্বিক চেতনার সম্ভাব্য নতুন জাগরণের, সার্বজনীন নৈতিক শিক্ষার বিস্তারের, অথবা জ্ঞান ধারণকারী অন্য কোনো অনুপ্রাণিত জীবিত বার্তাবাহকের ভার বহন করছিল, যে মানবজাতিকে তার অন্তহীন যাত্রার পরবর্তী, প্রায়শই চ্যালেঞ্জিং পর্যায়ের মধ্য দিয়ে নেতৃত্ব দেবে।

এই পুনরাবৃত্ত, প্রায় রহস্যময় স্কিমটি গভীর ধারণাটি বোঝায় যে মানবজাতির বেঁচে থাকা, বিকাশ এবং অগ্রগতি কাকতালীয় নয়, বরং এই ধরনের ভাগ্যপূর্ণ মূল ব্যক্তিত্বদের আবির্ভাবের উপর নির্ভর করে, যারা বিপর্যয় এবং অনিবার্য রূপান্তরের উত্তাল যুগে মূল্যবান জ্ঞান সংরক্ষণ এবং প্রেরণের ভারী দায়িত্ব গ্রহণ করে, যা ভুলে যাওয়ার অন্ধকারের মধ্য দিয়ে জ্ঞানের সুতো নিশ্চিত করে। এবং এখন, নাথানিয়েল, তুমিই সেই ব্যক্তি, যে একটি পছন্দের সামনে দাঁড়িয়ে আছে – পুরানো পথে চলতে, অথবা নতুন শুরুর অংশ হতে।

এর পরে একটি দীর্ঘ, ভারী নীরবতা ছিল, যা কেবল মেলিনার অসম শ্বাস দ্বারা বাধাগ্রস্ত হচ্ছিল, যে রাগ, হতাশা, কিন্তু একটি অদ্ভুত, প্রায় বেদনাদায়ক আশা দিয়ে তাকে দেখছিল। নাথানিয়েল তার দৃষ্টি সরাতে পারছিলেন না। সে ঠিক ছিল। তার প্রতিটি শব্দ তাকে বিদ্ধ করছিল, এমন সত্যগুলি প্রকাশ করছিল, যা সে এত অধ্যবসায়ের সাথে অস্বীকার করেছিল। সে কেবল কথা বলছিল না। সে তাকে চ্যালেঞ্জ করছিল। এবং তিনি, নাথানিয়েল, পরিচিতের প্রতি তার আনুগত্য এবং তার সত্যের আকর্ষণীয় শক্তির মধ্যে আটকে পড়ে, নিজেকে ছিন্নভিন্ন অনুভব করছিলেন। হঠাৎ, একটি পুরানো, ভুলে যাওয়া পাণ্ডুলিপির চিত্র তার চোখের সামনে ভেসে উঠল, তার পাতাগুলি হলুদ হয়ে গেছে, কিন্তু পাঠ্যটি – স্পষ্ট এবং ভয়ানকভাবে পরিচিত। তিনি একটি ফিসফিসানি শুনলেন, যা তারও ছিল না, তারও ছিল না, বরং হাজার হাজার বছর থেকে আসছিল – একটি কণ্ঠ যা তাকে এমন কিছুর দিকে আহ্বান করছিল যা তিনি কখনও জানতেন তার চেয়ে গভীর, আরও প্রাচীন। তিনি অনুভব করলেন যে তিনি বিশাল কিছুর দ্বারপ্রান্তে রয়েছেন, এমন কিছু যা সবকিছু পরিবর্তন করবে। আর মেলিনা ছিল চাবিকাঠি। এবং তিনি তাকে অনুসরণ করতে প্রস্তুত ছিলেন, যেখানেই সে তাকে নিয়ে যাক, এমনকি তার নিজের ধ্বংসের দিকেও। তার শরীরের প্রতিটি ফাইবার তার জন্য চিৎকার করছিল, স্পর্শের জন্য, ভুলে যাওয়ার মধ্যে ডুবে যাওয়ার জন্য, যা সে প্রতিশ্রুতি দিচ্ছিল, কিন্তু সে যে সত্য বহন করত তার মধ্যেও।

মেলিনা তার কাঁধ সোজা করলেন, তার দৃষ্টি আরও তীক্ষ্ণ হয়ে উঠল। তিনি এক ধাপ এগিয়ে গেলেন, যেন তাদের মধ্যেকার প্রতিটি খালি জায়গা পূরণ করার জন্য, এটিকে তার অটল বিশ্বাস দিয়ে পূর্ণ করার জন্য। তার কথাগুলি ভালভাবে লক্ষ্য করা তীরের মতো ছিল, যার প্রতিটি ভুলে যাওয়া সত্যের ভার বহন করছিল।

---✶ ৫ ✶ ---

৯৮% নন-কোডিং ডিএনএ: হারিয়ে যাওয়া বিশ্বের একটি লাইব্রেরি

মেলিনা এগিয়ে এলেন, তাদের মধ্যেকার প্রতিটি খালি জায়গা পূরণ করলেন। তার চোখ অটল বিশ্বাসে জ্বলছিল, আর তার কথাগুলি ভালভাবে লক্ষ্য করা তীরের মতো ছিল, যা ভুলে যাওয়া সত্যের ভার বহন করছিল।

— নাথানিয়েল, ভাবো – যদি পৃথিবীতে জীবন সত্যিই ৪.৫ বিলিয়ন বছর ধরে বিদ্যমান থাকে, তাহলে কতগুলি বুদ্ধিমান প্রাণের রূপ এই গ্রহে বিচরণ করেছে? এবং তারা কি আমাদের ডিএনএতে তাদের ছাপ রেখে যায়নি – ঠিক সেই ৯৮% এ, যা আমরা সম্প্রতি পর্যন্ত "আবর্জনা" বলতাম? এটি একটি মৌলিক প্রশ্ন, যা আমাদের উৎপত্তি এবং বিবর্তনের ধারণাগুলিকে মূলে ভেঙে দেয়!

তুমি জানো যে মানব ডিএনএ-এর মাত্র ২% অন্য মানব প্রজাতির চিহ্ন বহন করে, যেমন নিয়ান্ডারথাল এবং ডেনিসোভান, যারা আমাদের তুলনামূলকভাবে কাছাকাছি ছিল। কিন্তু বাকি ৯৮% নন-কোডিং ডিএনএ সম্পর্কে কী বলবে, যা বিজ্ঞানীরা সম্প্রতি পর্যন্ত অকেজো বলে মনে করতেন? যদি পৃথিবীতে জীবন বিজ্ঞান আমাদের যা বলে তার চেয়েও প্রাচীন হয় – ৪.৫ বিলিয়ন বছর – তাহলে আমাদের আগে কতগুলি সভ্যতা উঠেছিল এবং ভেঙে পড়েছিল? কতগুলি বুদ্ধিমান প্রাণী, যা আমরা কল্পনাও করতে পারি না, কেবল প্রাচীন ধ্বংসাবশেষের পাথরে নয়, বরং আমাদের জীবনের ফ্যাব্রিক নিজেই তাদের ছাপ রেখে গেছে?

কল্পনা করো, নাথানিয়েল: এই ৯৮%, যার কার্যকারিতা আমরা এখনও সম্পূর্ণরূপে বুঝি না, এই সমস্ত হারিয়ে যাওয়া বিশ্বের একটি বিশাল লাইব্রেরি নয় কি? একটি লাইব্রেরি, যা ভুলে যাওয়া বুদ্ধিমত্তা, প্রযুক্তি, মহাবিশ্ব বোঝার জন্য তথ্য ধারণ করে, যা আমরা এখন কেবল পুনরায় আবিষ্কার করতে শুরু করেছি? আমরা কি এমন প্রাণীর প্রতিধ্বনি বহন করি না, যারা প্রথম হোমো স্যাপিয়েন্স আবির্ভূত হওয়ার লক্ষ লক্ষ বছর আগে এই গ্রহে বিচরণ করেছে? কোয়ান্টাম জীববিজ্ঞান সম্পর্কে ভাবো – কীভাবে তথ্য জেনেটিক্সের প্রচলিত ধারণাকে অতিক্রম করে এমন উপায়ে সংরক্ষণ এবং প্রেরণ করা যেতে পারে। এই নন-কোডিং ডিএনএ একটি মহাজাগতিক স্মৃতি, অতীতের যুগের কোয়ান্টাম চেতনার বাহক হতে পারে, যা কেবল আনলক হওয়ার অপেক্ষায় রয়েছে।

নাথানিয়েল ভাবলেন। তার দৃষ্টি ঘোলাটে হয়ে গেল, যেন সে দূরবর্তী, কুয়াশাচ্ছন্ন চিত্র দেখছিল। তিনি বিলিয়ন বিলিয়ন বছরের চাপ অনুভব করলেন, অসংখ্য প্রাণীর, যারা একই বাতাস শ্বাস নিয়েছিল, একই তারার দিকে তাকিয়েছিল। এই উদ্ঘাটনের ভার, এই বিশাল দৃষ্টিকোণের কারণে তার হৃদয় সঙ্কুচিত হলো। তার মাথা ব্যাথা করছিল, কিন্তু চাপ থেকে নয়, বরং তার প্রসারিত চেতনা থেকে।

— মেলিনা, ভাবো... – তিনি ফিসফিস করে বললেন, তার কণ্ঠস্বর প্রায় শ্রদ্ধাপূর্ণ ছিল, নতুন পাওয়া বিনয় দিয়ে ভরা। – যদি আমরা দুটি প্রজাতির মাত্র ২% "বিদেশী" ডিএনএ আবিষ্কার করে থাকি, যারা আমাদের তুলনামূলকভাবে কাছাকাছি ছিল, তাহলে বাকি ৯৮% এ আর কী লুকিয়ে আছে? এটি সবকিছু পরিবর্তন করে। এটি আমাদের চেতনার উৎপত্তি, আমাদের "ঐশ্বরিক স্ফুলিঙ্গ" পরিবর্তন করে। সম্ভবত আমরা এক এবং একমাত্র ঈশ্বরের "প্রতিমূর্তি এবং সাদৃশ্যে" তৈরি হইনি, বরং আমাদের আগে যারা ছিল তাদের সবার যোগফল। আমরা বিলিয়ন বিলিয়ন বছরের বিবর্তন, অসংখ্য হারিয়ে যাওয়া বিশ্বের জীবন্ত ধ্বংসাবশেষ, আমাদের নিজেদের মধ্যে লুকিয়ে আছে! আমাদের প্রতিটি কোষ একটি টাইম ক্যাপসুল, যা এমন যুগের কোড করা স্মৃতি ধারণ করে, যা আমরা কল্পনাও করতে পারি না। এটি... এটি অপ্রতিরোধ্য। এটি বাস্তবতার সেই ম্যাট্রিক্স, যা আমাদের চোখের সামনে পুনরায় লেখা হচ্ছে।

---✶ ʕ ✶ ---

ফাইবোনাকি ক্রম এবং অনুরণক হিসাবে ডিএনএ

— আর এই সমস্ত নন-কোডিং ডিএনএ কি ফাইবোনাকি ক্রমে সাজানো নয়, নাথানিয়েল? – মেলিনা আবার শুরু করলেন, তার চোখ একটি নতুন, আরও উস্কানিমূলক স্ফুলিঙ্গ দিয়ে ঝলসে উঠল। – কেবল সোনালী অনুপাত (Phi) সম্পর্কে ভাবো, যা পুরো প্রকৃতিকে বিদ্ধ করে –

একটি কান্ডের উপর পাতার বিন্যাস থেকে, শামুকের খোলার সর্পিল পর্যন্ত, গ্যালাক্সি গঠনের পর্যন্ত। যদি এই একই সার্বজনীন অনুপাত আমাদের জেনেটিক কোডের কাঠামোর মধ্যে নির্মিত হয়?

কল্পনা করো যে নিউক্লিওটাইডগুলির ক্রমগুলি কেবল এলোমেলো ডেটার সেট নয়, বরং এমনভাবে সংগঠিত হয় যা একটি প্রাকৃতিক অনুরণক তৈরি করে। যেমন একটি স্ট্রিং একটি নির্দিষ্ট ফ্রিকোয়েন্সিতে কম্পন করে, তেমনি আমাদের ডিএনএ মহাজাগতিক শক্তি এবং তথ্যের সাথে অনুরণিত হওয়ার জন্য সুর করা হতে পারে। যদি তাই হয়, তবে এই ৯৮% কেবল "সুপ্ত" বা "আবর্জনা" ডিএনএ নয়, বরং একটি বিশাল জৈবিক ট্রান্সমিটার এবং রিসিভার, যা মহাজাগতিক চেতনার ক্ষেত্র থেকে তথ্য ক্যাপচার এবং প্রক্রিয়া করতে সক্ষম।

এটি কেবল স্বজ্ঞাত অন্তর্দৃষ্টি, প্রতিভাবান আবিষ্কার এবং সম্মিলিত অচেতন জ্ঞানকে ব্যাখ্যা করবে না, যা প্রজন্মের মধ্য দিয়ে প্রেরণ করা হয়। আমরা সম্ভবত জীবন্ত অ্যান্টেনা, সর্বদা তথ্যের একটি বিশাল, প্রাচীন নেটওয়ার্কের সাথে সংযুক্ত, যা মহাবিশ্ব নিজেই সংরক্ষিত। তোমার অর্ডার ক্ষমতা খুঁজছে, কিন্তু সম্ভবত এটি বুঝতে পারে না যে সবচেয়ে বড় ক্ষমতা হল তোমার নিজের মধ্যে এই অনুরণকটি আনলক করা, বিলিয়ন বিলিয়ন বছরের জীবনের সম্মিলিত স্মৃতির সাথে সংযোগ করা। তুমি কি সেই প্রাচীন ফিসফিসানি শুনতে প্রস্তুত, নাথানিয়েল? তুমি কি সেই কম্পন অনুভব করতে প্রস্তুত, যা তোমাকে কেবল একজন মানুষের চেয়ে বেশি কিছুতে রূপান্তরিত করতে পারে?

নাথানিয়েল একটি গভীর শ্বাস নিলেন, যেন পুরো ঘরটি তার চারপাশে সঙ্কুচিত হচ্ছিল, মেলিনার কথার ভারে পূর্ণ। ফাইবোনাকি দ্বারা সাজানো অনুরণক হিসাবে ডিএনএ-এর ধারণাটি তাকে তার হাড়ের মজ্জা পর্যন্ত বিদ্ধ করল। এটি কেবল দর্শন ছিল না – এটি রহস্যবাদের সাথে মিশ্রিত বিজ্ঞান ছিল, যা তাকে তার অস্তিত্বের প্রতিটি পরমাণু পুনর্বিবেচনা করতে বাধ্য করছিল। সে যা কিছু জানত, তার অর্ডারের প্রতিটি অনুসিদ্ধান্ত, ভেঙে যেতে শুরু করল। তিনি অনুভব করলেন যে তিনি বিশাল কিছুর দ্বারপ্রান্তে রয়েছেন, এমন কিছু যা সবকিছু পরিবর্তন করবে। আর মেলিনা ছিল চাবিকাঠি। এবং তিনি তাকে অনুসরণ করতে প্রস্তুত ছিলেন, যেখানেই সে তাকে নিয়ে যাক, এমনকি তার নিজের ধ্বংসের দিকেও। তার শরীরের প্রতিটি ফাইবার তার জন্য চিৎকার করছিল, স্পর্শের জন্য, ভুলে যাওয়ার মধ্যে ডুবে যাওয়ার জন্য, যা সে প্রতিশ্রুতি দিচ্ছিল, কিন্তু সে যে সত্য বহন করত তার মধ্যেও।

---✶ ʢ ✶ ---

— তাই আমি তোমাকে জিজ্ঞাসা করছি, নাথানিয়েল... তুমি কি পুরো মানব ইতিহাস পুনরায় লিখতে প্রস্তুত? নাকি তুমি বিশ্বকে আরও একবার ভুলে যেতে দেবে?

---❤---

## অধ্যায় 29: ম্যাট্রিক্সে ত্রুটি

বাধাগুলো ভেঙে পড়ছিল। সেই বাধাগুলো, যা বহু বছর ধরে, ইট দিয়ে ইট দিয়ে, তার ঝলসে যাওয়া হৃদয়ের চারপাশে তৈরি করা হয়েছিল, এখন ধুলোয় পরিণত হচ্ছিল। নাথানিয়েলের যুক্তি, যা দীর্ঘকাল ধরে অনিয়ন্ত্রিত বিরুদ্ধে একটি ঢাল ছিল, তার আবেগের চাপে ভেঙে যাচ্ছিল, যা একটি প্রাচীন, ভুলে যাওয়া ছন্দের মতো স্পন্দিত হচ্ছিল। তার অটল বিশ্বাস, জ্ঞানের জন্য তার অদম্য তৃষ্ণা এবং, হ্যাঁ, তার প্রলোভনসঙ্কুল শারীরিক ঘনিষ্ঠতা, নিষিদ্ধ নোটের একটি সুরের মতো ছিল, যা তার অভ্যন্তরীণ তারগুলিকে পুনরায় সাজাচ্ছিল, তার নিজের সারসত্তার মধ্যে প্রবেশ করছিল।

তিনি একটি মুখোশ পরেছিলেন – প্রলোভন, মুগ্ধতা, আকাঙ্ক্ষার – যা তিনি দক্ষতার সাথে ব্যবহার করতেন তার জ্ঞান বের করার জন্য, তাকে তার প্রতিটি গোপনীয়তা প্রকাশ করার জন্য প্রলুব্ধ করার জন্য। কিন্তু সেই মুখোশটি তার মুখের সাথে, তার আসল, অননুমোদিত অনুভূতির সাথে মিশে যেতে শুরু করছিল। তার অবচেতন মন, গোপন সত্য, ভুলে যাওয়া সংযোগ সম্পর্কে শত শত বছরের উদ্ঘাটন দ্বারা পরিপূর্ণ, এখন একটি আদিম শক্তি দিয়ে বিদ্রোহ করছিল। এই মহিলাটি কেবল তথ্য উচ্চারণ করছিল না; সে তার গভীরে কিছু জাগিয়ে তুলছিল – নিঃশর্ত, চিরন্তন ভালবাসার অনুভূতি, যা সে তার কঠোরভাবে সাজানো কোড করা আবেগ এবং নিয়ন্ত্রিত উচ্চাকাঙ্ক্ষার বিশ্বে কখনও প্রবেশ করতে দেয়নি।

---✶ ⸮ ✶ ---

পুনরায় আবিষ্কারের অতল গহ্বর

নাথানিয়েল ভয় পেয়েছিলেন। তার ব্যাখ্যাহীন ক্ষমতার কারণে, তার সুশৃঙ্খল বিশ্বকে উত্তরের জন্য অস্তিত্বগত প্রশ্নের একটি সিরিজে পরিণত করার তার ক্ষমতার কারণে। কিন্তু একই সাথে... তিনি আকাঙ্ক্ষা করতেন। সেই জ্বলন্ত সংযোগের জন্য, সত্যের ভাগ করা অনুসন্ধানের জন্য, যা অপ্রত্যাশিত, এমনকি মারাত্মক অঞ্চলের দিকে নিয়ে যাচ্ছিল। তিনি যা অনুভব করছিলেন, তা আর কেবল একটি অন্তরঙ্গ আকাঙ্ক্ষা ছিল না, যা তাদের পেশাদারিত্বের ছাইয়ের নিচে একটি জ্বলন্ত কয়লার মতো জ্বলছিল। এটি গ্রেইলের দিকে একটি খোলার ছিল – সেই বিশাল জ্ঞানের দিকে, যা তার ধারণাকে ছাড়িয়ে গিয়েছিল, যা সমস্ত পরিচিত যুক্তির সীমানা ছিন্ন করছিল। বাতাসের বিদ্যুৎ কেবল একটি স্ফুলিঙ্গ নয়, বরং একটি সম্পূর্ণ আগুন জ্বালানোর জন্য যথেষ্ট ছিল, যা তাকে গ্রাস করার হুমকি দিচ্ছিল। এই মুহূর্তে, যখন তিনি তাকে ব্যক্তিগতভাবে দেখছিলেন, তার উপস্থিতি তাকে কেবল একটি পদক্ষেপ নেওয়ার জন্য উস্কানি দিচ্ছিল – তার নিজের পুনরায় আবিষ্কারের দিকে, তার নিজের ধ্বংসের দিকে একটি পদক্ষেপ।

তার ভয় – যে সে তাকে ভেঙে ফেলবে, তাকে উস্কানি দেবে, তার অন্ধকার প্রকাশ করবে, যা সে বুদ্ধিবৃত্তিক শ্রেষ্ঠত্বের আড়ালে এত পরিশ্রমের সাথে লুকিয়ে রেখেছিল – তার মধ্যে যে ক্রমবর্ধমান, প্রায় পশুসুলভ আকাঙ্ক্ষা ছিল তার সাথে সংঘর্ষ হচ্ছিল, সেই ভুলে যাওয়া জ্ঞান এবং ব্যাখ্যাহীন সংযোগের জগতে নিজেকে ডুবিয়ে দেওয়ার জন্য, যা মেলিনা তার প্রতিটি কথা দিয়ে তাকে প্রকাশ করছিল। এই সাক্ষাৎ কেবল সবকিছু পরিবর্তন করবে না। এটি ইতিমধ্যেই একটি পথ তৈরি করেছিল, তার চেতনার গভীরতম কোণে অবাধ্যতার বীজ বপন করে। এমন একটি মন, যা এখন তার নিজের উচ্চাকাঙ্ক্ষাকে এমন কিছু উচ্চতর, আরও সার্বজনীন... অথবা আরও বিপজ্জনক কিছুর সন্ধানে প্রশ্ন করতে ভয় পেত না। প্রশ্নটি আর ছিল না যে সে পরিবর্তিত হবে কিনা। বরং কীভাবে সে এই পরিবর্তনকে আলিঙ্গন করবে, যা তিনি একটি অনিবার্য মাধ্যাকর্ষণ হিসাবে অনুভব করছিলেন, যা তাকে অতল গহ্বরের দিকে টানছিল। আর ফিরে যাওয়ার পথ ছিল না। অতল গহ্বর ইতিমধ্যেই খোলা ছিল, আর তিনি তার কিনারায় দাঁড়িয়েছিলেন, তার উজ্জ্বলতা দ্বারা আকৃষ্ট হয়েছিলেন, কিন্তু তার নিজের পুনরুত্থানের প্রতিশ্রুতি দ্বারাও।

---✶ ⸮ ✶ ---

অমরত্বের অমৃত: জীবন্ত প্রমাণ

মেলিনা হঠাৎ করে উঠে দাঁড়ালেন। তার আন্দোলন ছিল হঠাৎ, একটি ট্রিগারের মতো, যা তাদের মধ্যেকার বিদ্যুতায়িত নীরবতাকে ছিন্ন করছিল। তার দৃষ্টি সংকল্প দিয়ে ঝলসে উঠল, যেকোনো ধরনের আবেগ বা দ্বিধার চিহ্নকে তাড়িয়ে দিল। তিনি অফিসের কোণে বিশাল, ভবিষ্যত-সদৃশ রেফ্রিজারেটরের দিকে ঘুরলেন, যার নীরব গুঞ্জনটি এখন পর্যন্ত কেবল একটি পটভূমি ছিল। তার হাত প্রসারিত হলো, তার আঙ্গুলগুলি ধাতব হাতলটির চারপাশে জড়িয়ে গেল, এবং দরজাটি চাপ সামঞ্জস্যের একটি কর্কশ হিসহিস শব্দ করে খুলল। ভিতরে, ল্যাবের

সরঞ্জামগুলির ঘোলাটে, নীলচে আলোর মধ্যে, ফ্লাস্ক এবং টেস্ট টিউবের সারি দেখা যাচ্ছিল। তিনি সেগুলোর মধ্যে একটি বের করলেন – একটি ছোট, স্বচ্ছ কাঁচের, যাতে একটি সামান্য ঘোলাটে, সবুজাভ দ্রবণ ছিল, যা তার নিজের, সবেমাত্র উপলব্ধি করা জীবন দিয়ে শ্বাস নিচ্ছিল। তিনি এটিকে সাবধানে ধরেছিলেন, একটি পবিত্র নিদর্শনের মতো।

— আমরা অতীত সম্পর্কে কথা বলছি, নাথানিয়েল, ভুলে যাওয়া গোপনীয়তা সম্পর্কে... – তার কণ্ঠস্বর শান্ত ছিল, প্রায় ফিসফিস, কিন্তু একটি উন্মত্ত, প্রায় ধর্মান্ধ শক্তি দিয়ে উত্তপ্ত। – তাহলে জীবন্ত প্রমাণ সম্পর্কে কী বলবে? এমন কিছু সম্পর্কে, যা হাজার হাজার বছর ধরে বেঁচে ছিল, যা জনসাধারণের কৌতূহল থেকে লুকিয়ে ছিল?

সে তার দিকে টেস্ট টিউবটি বাড়িয়ে দিলেন। ঘোলাটে সবুজ পদার্থে, যেন সময়ের গভীরতা থেকে, একটি অদৃশ্য শক্তি কাঁপছিল, যা নাথানিয়েল তার ত্বক দিয়ে প্রায় অনুভব করতে পারছিলেন, একটি ঝড়ের পূর্বাভাস হিসাবে স্থিতিশীল বিদ্যুতের মতো।

— এটি... – তিনি চালিয়ে গেলেন, তার দৃষ্টি তার চোখের উপর আটকে ছিল, তীক্ষ্ণ এবং জোরালো, একটি তীক্ষ্ণ বরফের টিপের মতো যা তার বর্ম ভেদ করছিল। – এটিই সেই অণুজীব – ব্যাকটেরিয়া স্ট্রেপটোমাইসেস হাইগ্রোস্কোপিকাস, যা ইস্টার দ্বীপ (রাপা নুই) থেকে একটি মাটির নমুনা থেকে আবিষ্কৃত হয়েছে। আমি এটি আবিষ্কার করেছি... এবং একই ব্যাকটেরিয়া স্ট্রান্ডজার হৃদয়ে, বাস্টেট গুহায় সনাক্ত করেছি। এটি কেবল প্রাচীন নয়। এটি আদিম। মানবজাতির পরিচিত যেকোনো সভ্যতার চেয়েও প্রাচীন, নাথানিয়েল। এটি তার ধরনের মধ্যে অনন্য। এই ব্যাকটেরিয়াগুলি সেখানে মিশরীয় রানীকে তার পুরোহিতদের দ্বারা আলোকিত করার জন্য আনা হয়েছিল, এবং আজ পর্যন্ত সংরক্ষিত হয়েছে। আর আমি এটি গবেষণা করেছি এবং একশটিরও বেশি বিদেশী ভেষজ থেকে তৈরি একটি আধানের সাথে এটির fermenting করে, আমি অমরত্বের একটি অমৃত তৈরি করেছি। এবং এখন এই অণুজীবটি টেস্ট টিউবে আছে।

নাথানিয়েলের হৃদয় একটি স্পন্দন ছেড়ে দিল। স্ট্রান্ডজা। বাস্টেট। প্রাচীন দেবতা এবং ভুলে যাওয়া মন্দিরগুলির কিংবদন্তি। ইস্টার দ্বীপ? মিশরীয় রানী? এটি কেবল পৌরাণিক কাহিনী ছিল না, বরং... একটি সুস্পষ্ট বাস্তবতা, তার হাতে শ্বাস নিচ্ছে? এটি একটি আবিষ্কারের চেয়ে বেশি ছিল। এটি তার বিশ্ব যা কিছু তৈরি করেছিল, সে যে প্রতিটি মিথ্যাতে বেঁচেছিল তার জন্য একটি মহাপ্রলয় ছিল।

---✶ ৎ ✶ ---

দ্বন্দ্ব: জ্ঞান বনাম নিয়ন্ত্রণ

— এটি... এটি একেবারে অবিশ্বাস্য! – তার কণ্ঠস্বর বিস্ফোরিত হলো, তার ইচ্ছার চেয়ে বেশি জোরে, প্রায় বন্য আনন্দে নীরবতাকে ছিন্ন করে, যা পাগলামির সাথে মিশে ছিল। – মেলিনা, আমাদের এটি গবেষণা করতে হবে! এখনই! আমাদের সমস্ত সম্পদ, আমাদের সেরা গবেষণাগার... কল্পনা করো আমরা কী আবিষ্কার করব! কেবল গোপনীয়তা নয়, বরং জীবনের উৎসের চাবিকাঠি! অমরত্বের দিকে! এটিই সেই সবকিছুর জীবন্ত প্রমাণ, যা তুমি বলছ – ভুলে যাওয়া প্রযুক্তি, সত্যিকারের ক্ষমতা!

তিনি টেস্ট টিউবটি নেওয়ার জন্য তার হাত বাড়িয়ে দিলেন, তার আঙ্গুলগুলি উত্তেজনায় কাঁপছিল। কিন্তু সে এটিকে তীক্ষ্ণভাবে পিছিয়ে নিল, যেন তার স্পর্শ এটিকে অপবিত্র করবে। তার চোখ ছোট হয়ে গেল, তাদের মধ্যেকার শিখা একটি সতর্কবার্তায় পরিণত হলো, একটি অদৃশ্য শক্তির প্রাচীর, যা তাকে ভস্মীভূত করছিল।

— না। – তার কণ্ঠস্বর শক্ত ছিল, আপসহীন, একটি জোয়ারের বিরুদ্ধে উঠা একটি শিলার মতো। – এটি আমার আবিষ্কার। আমি এটি খুঁজে পেয়েছি। আমি এটি গবেষণা করব। একা। তোমাদের নোংরা হাত ছাড়া। "অভিজাতদের" আঙ্গুল ছাড়া।

নাথানিয়েল সামান্য এগিয়ে গেলেন, তাদের মধ্যেকার দূরত্ব কমিয়ে।

— কিন্তু মেলিনা, শুধু ভাবো! শীর্ষস্থানীয় বিশেষজ্ঞদের একটি দল, আধুনিক প্রযুক্তি... – তিনি চেষ্টা করলেন, তার কণ্ঠস্বর নরম, প্রায় অনুনয়ী হয়ে গেল, সেই আকর্ষণের সাথে মিশ্রিত, যা সমস্ত প্রতিরোধকে ভেঙে দিত। – আমরা প্রক্রিয়াটি দ্রুত করতে পারি। একসাথে কাজ করতে পারি। তুমি এবং আমি। একটি দল। কল্পনা করো আমরা কী আবিষ্কার করব! একটি বিপ্লব, মেলিনা! রোগের অবসান! বার্ধক্যের অবসান! আর তোমার নাম... এটি ইতিহাসে খোদাই করা হবে। গ্যালিলিও, কোপার্নিকাস, সমস্ত মহান আলোকিতদের পাশে! মেলিনার নাম, মানবজাতির ত্রাণকর্তা!

তিনি একটি ঠান্ডা হাসি হাসলেন। একটি হাসি যা তার চোখে পৌঁছায়নি, কেবল তার ঠোঁটকে বিকৃত করেছিল। অন্ধকারের মধ্যে ফুটে ওঠা একটি বিষাক্ত ফুলের মতো।

— আমার নাম ইতিমধ্যেই খোদাই করা হয়েছে, নাথানিয়েল। সেই গুহার ধুলোয়। আমি খ্যাতি খুঁজছি না। আমি সত্য খুঁজছি। এবং আমি জানি যে তোমরা, তোমাদের অর্ডার থেকে, সত্য খুঁজছ না। তোমরা নিয়ন্ত্রণ খুঁজছ। তোমাদের "সম্পদ" কেবল এমন কিছুতে হাত রাখার একটি উপায়, যা তোমরা নিয়ন্ত্রণ করতে পার না। তোমাদের গবেষণাগারগুলি এটিকে আরেকটি পরীক্ষায়, আরেকটি অস্ত্রে, বিশ্ব থেকে লক করা আরেকটি গোপনীয়তায় পরিণত করবে, যা তার আত্মা থেকে বঞ্চিত হবে। যেমন তোমরা সবসময় করেছ।

বাতাসের উত্তেজনা এত স্পষ্ট হয়ে উঠল যে নাথানিয়েল অনুভব করলেন তার গলা সঙ্কুচিত হচ্ছে, আর তার ত্বক কেঁপে উঠল। তার মুখ জ্বলে উঠল। তাকে প্রত্যাখ্যান করা হয়েছিল। এত স্পষ্টভাবে। তিনি, যে মানুষটি সবসময় যা চায় তা পেত, এখন শক্তিহীন, তার অটল সংকল্পের সামনে নিরস্ত্র দাঁড়িয়েছিল।

— মেলিনা, এটা ন্যায্য নয়! – তার কণ্ঠস্বর উঁচু হয়ে গেল, কিন্তু সে কেঁপে উঠল না। – এমন একটি আবিষ্কার একজন ব্যক্তির সম্পত্তি হতে পারে না! এটি পুরো মানবজাতির! ওষুধ, জীবন বোঝার জন্য এর সম্ভাবনা কল্পনা করো...! আমরা জ্ঞানের প্রকৃত উত্তরাধিকারী! অথবা সম্ভবত তুমি, টেম্পলারদের অর্ডার থেকে, মনে করো যে তুমি এটি আরও ভালভাবে ব্যবহার করবে? অথবা তুমি এটি লুকাবে, একই কারণে যা আমরা করতাম? ক্ষমতার জন্য? নিয়ন্ত্রণের জন্য?

— সম্ভাবনা? – সে ধীরে ধীরে হাসল, কিন্তু তার হাসি একটি ব্ল্যাকবোর্ডে নখের ঘষা লাগার মতো ছিল, তীক্ষ্ণ এবং ঠান্ডা। – তোমাদের সম্ভাবনা সবসময় একই – সবকিছুকে একটি পণ্য, একটি নিয়ন্ত্রণ, একটি অস্ত্রে পরিণত করা। তোমরা তোমাদের মধ্যযুগীয় পূর্বসূরীদের মতো, নাথানিয়েল! "ত্রাণকর্তা" এর মুখোশের আড়ালে ক্ষমতার প্রতি আচ্ছন্ন। কিন্তু আমি তোমাদের অর্ডারের সত্য জানি। তোমরা রক্ষক নও। তোমরা চোর! না, নাথানিয়েল। এই জীবাণু বেঁচে ছিল, কারণ এটি তোমাদের "সভ্যতা" দ্বারা স্পর্শ করা হয়নি, তোমাদের অপ্রতিরোধ্য আধিপত্যের আকাঙ্ক্ষার দ্বারা। আর এটি স্পর্শ করা হবে না। এটি আমার। আমার এবং এটি যে প্রকৃত আলো বহন করে তার! আমি মধ্যযুগীয় নাইট টেম্পলারদের একজন লেডি! আমি প্রকৃত রক্ষক!

তিনি এগিয়ে গেলেন, তার ঠিক সামনে দাঁড়ানোর জন্য, হাতে টেস্ট টিউব নিয়ে। তিনি প্রায় তাকে স্পর্শ করলেন। তার নিঃশ্বাস এত কাছে ছিল যে তিনি তার শ্বাসের পুদিনা সুগন্ধ অনুভব করলেন, ওজোন এবং কিছু পুরানো, ধুলোময় কিছুর সাথে মিশ্রিত, যেমন একটি দীর্ঘকাল ভুলে যাওয়া লাইব্রেরি থেকে। তার দৃষ্টি তাকে বিদ্ধ করছিল, তাকে উন্মুক্ত করছিল, এবং একই সময়ে

তার মধ্যে একটি বন্য, অদম্য আগুন জ্বলছিল, যা তার শরীরের প্রতিটি ফাইবারকে উত্তেজিত করছিল, তার যুক্তিতে ধাক্কা দিচ্ছিল, তাকে ভেঙে ফেলার হুমকি দিচ্ছিল।

— অথবা সম্ভবত... – তার কণ্ঠস্বর নরম, প্রলোভনসঙ্কুলভাবে নিচু, একটি লুকানো ছুরির মতো বিপজ্জনক হয়ে উঠল, যা সবচেয়ে পুরু শিরাও কাটতে পারে। – তুমি কেবল খ্যাতি ভাগ করতে চাও না? অথবা তুমি কি ভয় পাচ্ছ যে আমি যদি এটি একা গবেষণা করি, তবে আমি এমন কিছু আবিষ্কার করব, যা তোমার "সুশৃঙ্খল" বিশ্বকে মূলে নাড়িয়ে দেবে? এমন কিছু, যা তোমার অর্ডার লুকিয়ে রাখতে, ভুলে যাওয়ার মধ্যে আবার কবর দিতে পারবে না, যেমন তোমরা অনেক সত্যকে কবর দিয়েছ? এমন কিছু, যা তোমার নিজের প্রকৃত, করুণ প্রকৃতি প্রকাশ করবে?

এটি একটি চড় হিসাবে তাকে আঘাত করল, যেকোনো শারীরিক ব্যথার চেয়ে শক্তিশালী। তিনি নিয়ন্ত্রণ ফিরে পেতে চেষ্টা করলেন, হাসতে, তাকে মুগ্ধ করতে, যেমন তিনি সবসময় করতেন, কিন্তু তার মুখোশের সাথে তার স্পষ্টতার সংঘর্ষের কারণে তার মুখ পাথরের মতো হয়ে গিয়েছিল। মালিকানার অনুভূতি, ক্ষমতার, তার প্রতি প্রায় বেদনাদায়ক আকর্ষণের সাথে সংঘর্ষ হচ্ছিল। সে বন্য, অদম্য ছিল, ঠিক যেমন সত্য যা সে হাতে বহন করত।

— আচ্ছা, মেলিনা... – তিনি তার দিকে কিছুটা ঝুঁকে গেলেন, তার হাত স্পর্শ করার চেষ্টা করলেন, বরফ গলাতে। তার কণ্ঠস্বর ঘন, গভীর, প্রলোভনসঙ্কুল, এমন প্রতিশ্রুতিতে পূর্ণ যা তিনি জানতেন যে তিনি দিতে পারেন। – আমি সবসময় তোমার স্বাধীনতাকে প্রশংসা করেছি। তোমার মনকে। এবং... অন্য সবকিছু যা তোমাকে এত অপ্রতিরোধ্য করে তোলে। সম্ভবত... সম্ভবত একসাথে কাজ করার একটি উপায় সত্যিই আছে। আরও কাছাকাছি। শুধু তুমি এবং আমি। তোমার স্বপ্নের সমস্ত সম্পদ। কেবল তোমার জন্য। কেবল আমার সাথে। কল্পনা করো আমরা কী অর্জন করব... একসাথে। মোশির অর্ডার ছাড়া, টেম্পলারদের অর্ডার ছাড়া। আমরা দুজন। আমি জানি তুমি এটি অনুভব করতে পার... এই সংযোগ... আমাদের মধ্যে এই শক্তি...

তার দৃষ্টি তার দিকে আটকে গেল, কিন্তু নরম না হয়ে। প্রায় অবজ্ঞার সাথে, একটি পোকামাকড়ের দিকে যেমন তাকানো হয়, যা তাকে তার জালে জড়ানোর চেষ্টা করে।

— "আরও কাছাকাছি" কাজ করা? – তার কণ্ঠস্বর একটি বরফের মতো ছিল, যা একটি অশুভ শব্দ করে ভেঙে যাচ্ছিল। – তুমি যতটা মনে কর তার চেয়ে বেশি অনুমানযোগ্য, নাথানিয়েল। তোমার মনোমুগ্ধকতার মুখোশ খুলে ফেলো। আমি জানি তুমি কী খুঁজছ। তুমি সবসময় একই জিনিস খুঁজেছ – আয়ত্ত করতে, বশ করতে, তুমি যা কিছু স্পর্শ কর তার জীবনীশক্তি নিষ্কাশন করতে। আমি আয়ত্ত বা বশ করার জন্য নই। আর আমার জীবাণুও নয়। তুমি পুরানো বিশ্ব, নাথানিয়েল। আমি ভবিষ্যত। এবং আমি তোমাদের এটিকে নিয়ন্ত্রণ করতে দেব না।

তিনি তীক্ষ্ণভাবে পিছিয়ে গেলেন, তার আন্দোলন একটি সংযোগ বিচ্ছিন্ন করার মতো তীক্ষ্ণ ছিল। তিনি টেস্ট টিউবটি রেফ্রিজারেটরে ফিরিয়ে দিলেন এবং একটি তীক্ষ্ণ, ধাতব শব্দ করে দরজাটি বন্ধ করলেন, যা বধির নীরবতায় একটি গুলির মতো প্রতিধ্বনিত হলো। তার আঙ্গুলের গাঁট সাদা হয়ে গিয়েছিল, তিনি যে শক্তি দিয়ে হাতলটি আঁকড়ে ধরেছিলেন তার কারণে, যেন তিনি তার শেষ দুর্গটি ধরেছিলেন।

— এই কথোপকথন শেষ, নাথানিয়েল। – তার কণ্ঠস্বর চূড়ান্ত ছিল, একটি মৃত্যুদণ্ডের মতো যা আপিল করা যায় না। – তুমি এটি পাবে না। কখনও না। তুমিও নয়, তোমার পচনশীল অর্ডারও নয়!

---✶ ✶---

নাথানিয়েল অনুভব করলেন যে তিনি পরাজিত হয়েছেন। সম্পূর্ণরূপে। একটি উন্নত প্রত্যাখ্যান, এমন নীতির দ্বারা নির্ধারিত, যা তিনি আর বুঝতে পারছিলেন না, অথবা বরং – তিনি স্বীকার করতে চাননি। কিন্তু যখন তিনি তার অফিস থেকে বের হচ্ছিলেন, তার চোয়াল এত শক্তভাবে চেপে ধরেছিলেন যে তার গাল ফুলে উঠেছিল, তখন অন্য একটি পরিকল্পনা তার মনে তৈরি হচ্ছিল। আরও অন্ধকার। আরও সংকল্পবদ্ধ। হতাশা, উচ্চাকাঙ্ক্ষা এবং একটি নতুন জন্ম নেওয়া, বিপজ্জনক আবেশ থেকে খোদাই করা একটি পরিকল্পনা।

সে এটি দিতে চায় না? ঠিক আছে। কোনো সমস্যা নেই। আমার লোকেরা এটি নেবে। নীরবে। কোনো চিহ্ন ছাড়া। এবং তারপর... তখন আমরা তোমার সমস্ত গোপনীয়তা জানতে পারব, মেলিনা। এক এক করে। এবং আমরা সেগুলি ব্যবহার করব। ঠিক যেমনটি করা উচিত। কেবল ক্ষমতার জন্য নয়। বাস্তবতার প্রকৃতির উপর নিয়ন্ত্রণের জন্য। এবং তোমার উপর, মেলিনা। এমনকি তোমার উপরও।

তিনি মেলিনার অফিস থেকে বেরিয়ে এলেন, কিন্তু তিনি সেই মানুষটি ছিলেন না যিনি প্রবেশ করেছিলেন। নাথানিয়েল একটি কঠিন যুদ্ধের পরে যেমন অনুভব করে, তেমন অনুভব করলেন – শারীরিক নয়, বরং মানসিক, যেখানে তার প্রতিটি কোষ একটি উন্মত্ত উত্তেজনা থেকে স্পন্দিত হচ্ছিল। তার কথাগুলি তার চেতনায় অনুরণিত হচ্ছিল, সেই প্রাচীন ডিএনএ নমুনার চিত্র এবং সেই অভিশপ্ত, সবুজ টেস্ট টিউবের সাথে মিশে যাচ্ছিল, যা এখন একটি অমীমাংসিত মহাবিশ্বের চাবিকাঠি বলে মনে হচ্ছিল, যা তাকে যেকোনো মূল্যে অ্যাক্সেস করতে হবে। সে যে প্রতিটি তথ্য উচ্চারণ করেছিল, তা রহস্যবাদের মধ্যে আবৃত হলেও, তার অর্ডার যে ব্যাখ্যাহীন অস্বাভাবিকতার মুখোমুখি হচ্ছিল তার সাথে কোনো না কোনোভাবে মানানসই ছিল। "নিষিদ্ধ প্রযুক্তি... সহস্রাব্দের মধ্য দিয়ে প্রেরিত জ্ঞান..."

তার কণ্ঠস্বর একটি দূরবর্তী অতীত থেকে ফিসফিসানির মতো ছিল, যা কেবল ক্ষমতার প্রতিশ্রুতি নয়, বরং একটি মৌলিক পরিবর্তনের প্রতিশ্রুতি বহন করছিল, যা তিনি আকাঙ্ক্ষা করতেন, কিন্তু ভয়ও পেতেন। তিনি তার সাঁজোয়া গাড়িতে উঠলেন, ইঞ্জিন চালু করলেন, যার শান্ত গুঞ্জনটি তার জন্য একটি প্রশান্তিদায়ক মলমের মতো কাজ করছিল, এবং রাতের শহরের রাস্তা ধরে গাড়ি চালালেন। মহানগরীর আলো, একসময় অগ্রগতি এবং সভ্যতার প্রতীক ছিল, এখন তার কাছে আগের চেয়ে বেশি অর্থহীন এবং ফাঁপা মনে হচ্ছিল, একটি বিভ্রমের মতো, যা মেলিনা সবেমাত্র ছিন্ন করেছিল। তাকে অর্ডারের নেতাদের সাথে দেখা করার আগে সবকিছু পুনর্বিবেচনা করতে হবে। সেই রাতে মেলিনা একটি বীজ বপন করেছিল, যা তার পুরো বিশ্বের, তার পুরো সুশৃঙ্খল বাস্তবতার ভিত্তি নাড়িয়ে দিতে পারে। এবং তিনি অনুভব করলেন যে বীজটি ইতিমধ্যেই অঙ্কুরিত হচ্ছে, তার পুরানো বিশ্বাসের মাটি ছিঁড়ে ফেলছে।

প্রশ্নটি ছিল... সে কি এটিকে ধ্বংস করবে, এটিকে তার নিজের উদ্দেশ্যে একটি অস্ত্রে পরিণত করবে, নাকি... এটি তাকে চিরতরে পরিবর্তন করবে, তাকে এমন সত্যগুলি প্রকাশ করবে, যা তার সবচেয়ে সাহসী স্বপ্নও কল্পনা করার সাহস করেনি, এবং যার জন্য অর্ডার তাকে কখনও প্রস্তুত করবে না? তার সামনের পথটি অস্পষ্ট ছিল, কিন্তু একটি জিনিস নিশ্চিত ছিল: তিনি ইতিমধ্যেই তার নিজের অন্ধকারে প্রবেশ করেছিলেন, একটি অদম্য আকাঙ্ক্ষা এবং একটি নতুন পাওয়া, বিপজ্জনক উচ্চাকাঙ্ক্ষা দ্বারা পরিচালিত হয়ে। কিন্তু এমনকি যখন তিনি পরিকল্পনা করছিলেন, তার একটি অংশ আকাঙ্ক্ষা করছিল যে সে আবার তাকে থামিয়ে দিক। তাকে নিজের থেকে বাঁচানোর জন্য।

---♥---

পশুর ক্ষুধা

তার আঙ্গুল, উত্তেজনায় সাদা হয়ে গিয়েছিল, হাজার হাজার সমুদ্রযাত্রায় ক্লান্ত ঠান্ডা, চামড়ার আবরণে বিদ্ধ হয়েছিল। এটি ছিল একটি তুচ্ছ উদ্বেগ থেকে নয়। এটি ছিল একটি লুকানো, প্রায় শিকারী ক্ষুধা থেকে, যা তাকে ভিতর থেকে কামড়ে খাচ্ছিল, তার শিরায় বিশুদ্ধ অ্যাড্রেনালিনের মতো স্পন্দিত হচ্ছিল। কিন্তু আরেকটি ক্ষুধাও ছিল। একটি আদিম, জ্বলন্ত আকাঙ্ক্ষা সেই মহিলার জন্য, যিনি তার পুরো বিশ্বকে নাড়িয়ে দিয়েছিলেন। মেলিনা। সে ছিল একটি আফিম, যা তাকে একটি অতল গহ্বরের দিকে টানছিল, যা একই সাথে ধ্বংস এবং পরম আনন্দের প্রতিশ্রুতি দিচ্ছিল। তিনি তাকে তার নিজের কপালে একটি নাড়ির মতো, একটি মৃদু কিন্তু মারাত্মক স্পর্শ হিসাবে অনুভব করলেন, যা সবকিছুকে প্রজ্বলিত করছিল।

বিমানটি আটলান্টিকের অতল, কালো-সবুজ অন্ধকারের উপর দিয়ে কাঁপছিল, যা চাঁদের ঠান্ডা আলোতে আলোকিত ছিল। নীচে, হাজার হাজার শহরের আলো ঘুমন্ত কমিউনিটির চোখের মতো জ্বলজ্বল করছিল – প্রতিটি একটি বিশাল, অদৃশ্য জালের একটি সুতো, যা তিনি, নাথানিয়েল, পুরোপুরি শক্ত করতে আকাঙ্ক্ষা করতেন। শ্বাসরোধ পর্যন্ত। পরম অধীনতা পর্যন্ত। কিন্তু এই রাতে... এই রাতে এমনকি স্টক সূচক এবং রাজনৈতিক ষড়যন্ত্র তার মনে শান্ত ছিল, একটি একক, অপ্রতিরোধ্য সুর দ্বারা নীরব ছিল: তার কণ্ঠস্বর। মেলিনা।

---✶ ✶---

জেনেসিসের ফিসফিসানি

তার চিন্তাগুলি ঘুরে বেড়াচ্ছিল, তার নিজের উচ্চাকাঙ্ক্ষাকে তার কথার প্রতিধ্বনির সাথে মিশিয়ে দিচ্ছিল, যা তার চেতনায় একটি ভবিষ্যদ্বাণীর মতো অনুরণিত হচ্ছিল।

— "এবং ঈশ্বর মানুষকে তার নিজের প্রতিমূর্তিতে সৃষ্টি করলেন..." – তার কথার প্রতিধ্বনি ইঞ্জিনগুলোর একঘেয়ে গুঞ্জনের সাথে মিশে যাচ্ছিল, যা একটি অদ্ভুত, প্রায় পবিত্র সামঞ্জস্যে মিশে যাচ্ছিল, যা তার বাতাসকে চুষে নিচ্ছিল, তার ফুসফুসকে তার উপস্থিতি দিয়ে পূর্ণ করছিল। – "...পুরুষ এবং নারী হিসাবে তিনি তাদের সৃষ্টি করলেন। এবং ঈশ্বর তাদের আশীর্বাদ করলেন। এবং ঈশ্বর তাদের বললেন: ফলপ্রসূ হও এবং বংশবৃদ্ধি করো, পৃথিবী পূর্ণ করো এবং এর উপর আধিপত্য করো... জেনেসিস ১:২৭,২৮।"

কয়েক মাস আগে, এই কথাগুলো কেবল কাব্যিক পটভূমি হত, একটি পুরানো ধর্মতাত্ত্বিক গ্রন্থে একটি সুন্দর রূপক। এখন? এখন তারা তার চেতনায় একটি এনক্রিপ্টেড নথি হিসাবে, একটি প্রাচীন, কিন্তু বেদনাদায়কভাবে বর্তমান নির্দেশ হিসাবে অনুরণিত হচ্ছিল, যা পাথরে খোদাই করা হয়েছিল: "আধিপত্য করো। দখল করো।" এটাই আমরাও চেয়েছিলাম, অর্ডার। কিন্তু কোন পথে? কোন উপায়ে? নাথানিয়েল অনুভব করলেন যে তার মেরুদণ্ড দিয়ে একটি ঠান্ডা সুতো হামাগুড়ি দিচ্ছে – কেবল একটি শিহরণ নয়, বরং উদ্ঘাটিত দানবীয় শক্তির একটি অন্ধকার পূর্বাভাস। এটি কেবল ক্ষমতা ছিল না। এটি ছিল পরম, সর্বগ্রাসী আধিপত্যের পথ, জেনেসিস নিজেই পুনরায় লেখার পথ।

তার দৃষ্টি হলোগ্রাফিক স্ক্রিনে স্থির ছিল, যেখানে কম্পমান কোয়ান্টাম ফ্লাকচুয়েশনের পটভূমিতে প্রাচীন ডিএনএ-এর সুতো প্রবাহিত হচ্ছিল। গোবেকলি টেপে থেকে তথ্য – একটি নব্যপ্রস্তরযুগীয় মানমন্দির, যা সুমেরের হাজার হাজার বছর আগে নির্মিত হয়েছিল, এমন একটি আশ্চর্যজনক, অসম্ভব নির্ভুলতার সাথে, যা "বিদ্যমান থাকা উচিত ছিল না"। এবং এই অস্বাভাবিকতাগুলির প্রতিটি... তা মেলিনার "পাগল" তত্ত্বগুলির সাথে একটি ভীতিকর, প্রায় ধর্মদ্রোহী নির্ভুলতার সাথে মানানসই ছিল। হয় সে এই সংযোগগুলি দেখার জন্য পাগল ছিল, অথবা তার পুরো বিশ্ব একটি মিথ্যার উপর তৈরি হয়েছিল, যা তিনি এখন তার চূড়ান্ত অস্ত্রে পরিণত করবেন। একমাত্র জিনিস যা গুরুত্বপূর্ণ ছিল তা হল নিয়ন্ত্রণ। এবং মেলিনা, তার সমস্ত

"পাগল" অন্তর্দৃষ্টি সহ, এটির চাবিকাঠি ছিল। এবং তার নিজের, তার প্রতি ব্যাখ্যাহীন আবেশের চাবিকাঠিও। তার শরীর টান টান ছিল, এবং প্রতিটি নাড়ি তার নাম দিয়ে অনুরণিত হচ্ছিল। তিনি তাকে দখল করতে, তাকে বশ করতে আকাঙ্ক্ষা করতেন, যেমন তিনি বিশ্বকে বশ করবেন। তিনি আসন্ন বিজয়ের স্বাদ অনুভব করলেন – তার চুম্বনের মতো তিক্ত এবং মিষ্টি, যা তিনি এখনও চেষ্টা করেননি।

---✶ ❦ ✶ ---

বিশ্লেষণ এবং অনন্তকালের জন্য তৃষ্ণা

নাথানিয়েল তার চোখ বন্ধ করলেন, তার মাথা পিছনে হেলান দিলেন। মেলিনার চিত্র, তার জ্বলন্ত চোখ এবং অদম্য শক্তি সহ, তার সামনে ভেসে উঠল। তিনি তাকে এত কাছে অনুভব করলেন যে তিনি তার রেশমি ত্বক স্পর্শ করতে পারতেন, তার উষ্ণতা অনুভব করতে পারতেন, তার নেশাগ্রস্ত সুগন্ধ শ্বাস নিতে পারতেন। আকাঙ্ক্ষা তার সত্তার প্রতিটি ফাইবারকে বিদ্ধ করছিল, যা একটি প্রায় শারীরিক ব্যথায় পরিণত হচ্ছিল। তার পেট আকাঙ্ক্ষায় সঙ্কুচিত হলো, আর তার সম্পর্কে চিন্তাটি তার শিরায় আগুনের মতো ছিল। তার কথাগুলি তার চেতনায় একটি প্রাচীন পার্চমেন্টের মতো উন্মোচিত হচ্ছিল, যা ভুলে যাওয়া রুন দ্বারা আবৃত ছিল, যা এখন একটি ঠাণ্ডা, স্ফটিক-স্বচ্ছ অর্থ অর্জন করছিল।

— "প্রথম মানুষ, অস্বাভাবিক জীবনীশক্তি দিয়ে endowed, দীর্ঘকাল বেঁচে ছিল..."

যদি এটি বাস্তব হত – কেবল একটি মিথ নয়, কেবল শৈশবের একটি রূপকথা নয় – বরং অমরত্বের জন্য একটি সম্ভাব্য প্রযুক্তি... তার চেতনায় একটি ঠান্ডা স্রোত প্রবাহিত হলো, এবং তার কপালে ঘাম ফুটল, যদিও কেবিনে বাতাস ঠাণ্ডা ছিল। কল্পনা করুন: আমাদের নেতারা, অমর। চিরন্তন। অভেদ্য। এটি কেবল নশ্বরের উপর ক্ষমতা ছিল না। এটি সময়, প্রজাতির ভাগ্যের উপর পরম ক্ষমতা ছিল। লেক জেনেভার নিচে ভূগর্ভস্থ কমপ্লেক্সে শেষ সম্মেলনের সময়, প্রথম কনসাল, আরিয়ানা, কেবল চূড়ান্ত ছিলেন না – তিনি নিজেই নিয়তির মতো ছিলেন, যা ইস্পাত এবং বরফ থেকে খোদাই করা হয়েছিল: "আমরা জীবনের ধীর পচনে আগ্রহী নই। আমরা সময়কে ভেঙে ফেলব। আমরা এটিকে বশ করব।" এখন নাথানিয়েল আরও ভালোভাবে বুঝলেন যে সে কী বোঝাতে চেয়েছিল। মেলিনা, তার "রহস্যময়" অন্তর্দৃষ্টির মাধ্যমে, তাদের কেবল একটি পথ নয়, এই সীমাহীন, ঈশ্বর-সদৃশ ক্ষমতার দিকে একটি হাইওয়ে দিচ্ছিল। এবং তিনি অনুভব করলেন যে এই ক্ষমতার কামুক আকর্ষণ তার প্রতি আকর্ষণের সাথে, সেই মহিলার প্রতি যিনি চাবিকাঠি ধারণ করতেন, তার সাথে মিশে যাচ্ছিল। তার বুদ্ধিমত্তা এবং তার শরীরের জন্য আকাঙ্ক্ষা একটি একক, সর্বগ্রাসী আবেগে মিশে গিয়েছিল। তিনি একটি জ্বলন্ত তৃষ্ণা অনুভব করলেন, যা অন্য কিছু দিয়ে নিভানো যাবে না।

---✶ ❦ ✶ ---

বাস্তবতা পুনরায় লেখা

মেলিনা যে প্রতিটি ধারণা প্রস্তাব করেছিলেন, তা তার উচ্চাকাঙ্ক্ষার প্রিজমের মধ্য দিয়ে ভেঙে যাচ্ছিল, যা সম্পূর্ণ নিয়ন্ত্রণের জন্য একটি অস্ত্রে পরিণত হচ্ছিল।

— "জেনেসিস, মোশি, বংশতালিকা... জীবনের দৈর্ঘ্যে বিচ্যুতি..."

মেলিনা মোশিকে প্রশ্নবিদ্ধ করছিলেন। নাথানিয়েলের জন্য, এটি ধর্মদ্রোহিতা ছিল না, বরং গল্পের উপর সম্পূর্ণ নিয়ন্ত্রণের জন্য একটি বিপ্লবী সম্ভাবনা ছিল। যদি তারা ইতিহাসকে পুনরায় লিখতে পারে, মানবজাতির উৎপত্তির জন্য নতুন, সুবিধাজনক তথ্য "আবিষ্কার" করতে পারে – এমন তথ্য যা তাদের দীর্ঘমেয়াদী লক্ষ্যগুলিকে পরিবেশন করে – তবে অতীতের উপর নিয়ন্ত্রণ ভবিষ্যতের উপর, বাস্তবতার উপরই নিয়ন্ত্রণ হবে। তাদের ঐতিহাসিক ম্যানিপুলেশন বিভাগের ডঃ ইলিয়াস ওয়ার্ম-এর রিপোর্ট ইতিমধ্যেই সাফল্য নির্দেশ করছিল: পাঠ্যক্রমের নির্দিষ্ট

ঐতিহাসিক ঘটনার উপর সূক্ষ্ম পরিবর্তন। কিন্তু এটি... এটি একটি বিপ্লব ছিল, একটি ভূমিকম্প, যা পরিচিতের ভিত্তি নাড়িয়ে দেবে, পুরো ইতিহাসকে তাদের নিজস্ব খেলায় পরিণত করবে।

— "আদি ক্যালেন্ডার, উত্তর স্কটল্যান্ড, প্রাচীন মিশর... জ্যোতির্বিজ্ঞানের জ্ঞানের সর্বজনীনতা..."

সিঙ্ক্রোনাইজেশন। এটাই মূল শব্দ। কেবল ফসলের পূর্বাভাস দেওয়ার জন্য নয়, বরং বড় আকারের অপারেশন সিঙ্ক্রোনাইজ করার জন্য, সম্পদ, জীবনের উপর সম্পূর্ণ নিয়ন্ত্রণের জন্য। নাথানিয়েল নিয়ন্ত্রিত শহরগুলির একটি নেটওয়ার্ক কল্পনা করলেন, যার বাসিন্দারা তাদের কৃষি এবং সরবরাহের জন্য তাদের "পূর্বাভাস" এর উপর নির্ভরশীল ছিল। গভীর অনুপ্রবেশ। কেবল জ্ঞান নয়, এমন একটি শক্তি যা প্রতিটি বাড়িতে, প্রতিটি থালায় প্রবেশ করে। এক সপ্তাহ আগে গ্লোবাল স্ট্র্যাটেজি কমিটির মিটিংয়ে, তাদের জলবায়ু মডেলিং বিশেষজ্ঞ ডঃ সোরকা, প্রাচীন চন্দ্র চক্রের উপর ভিত্তি করে নতুন মডেল উপস্থাপন করেছিলেন। আমার মনে আছে, তিনি একটি শীতল, প্রাণহীন কণ্ঠে বলেছিলেন: "যদি আমরা সঠিকভাবে খরা পূর্বাভাস দিতে পারি, তবে আমরা ক্ষুধা নিয়ন্ত্রণ করতে পারি।" এবং নাথানিয়েল, তার চোখে পৌঁছায়নি এমন একটি শিকারী হাসি দিয়ে, ভাবলেন: "এবং মানুষ। পুরো জাতি। এটিই চূড়ান্ত লিভার, যা বিশ্বকে আমাদের বাধ্য যন্ত্রে পরিণত করবে।"

— "বন্যার পর জীবনের দৈর্ঘ্য হ্রাস... অ্যাটলান্টিয়ানরা, অনন্ত জীবনের প্রতি আচ্ছন্ন, আধ্যাত্মিক অনুসন্ধানগুলিকে আলকেমিক্যাল পরীক্ষায় পরিণত করে... অন্ধকার প্রভু হয়ে ওঠে..."

এটি একটি সতর্কবার্তা ছিল, হ্যাঁ, কিন্তু নাথানিয়েলের জন্য এটি একটি স্পষ্ট নির্দেশিকাও ছিল, তাদের লক্ষ্য অর্জনের জন্য একটি রোডম্যাপ। অ্যাটলান্টিয়ানরা তাদের বিশুদ্ধতা হারিয়েছিল, কিন্তু তারা অনন্ত জীবন এবং ম্যানিপুলেশনের জ্ঞান অর্জন করেছিল। তাদের লক্ষ্য তাদের ভুল পুনরাবৃত্তি করা, নিজেদেরকে ধ্বংস করা নয়। লক্ষ্য ছিল জ্ঞানের "অমৃত" বের করা, এটিকে জীবন ও মৃত্যুর উপর নিয়ন্ত্রণের জন্য ব্যবহার করা, কিন্তু এমনভাবে যা পরম, অটল আধিপত্যের দিকে পরিচালিত করে, ধ্বংসের দিকে নয়। "অন্ধকার প্রভু" সম্পর্কে গল্পগুলি তাদের বিরুদ্ধে দাঁড়ানোর সাহস করাদের জন্য একটি শক্তিশালী প্রতিরোধক হতে পারে। এক মাস আগে, তাদের লাস ভেগাসের একাডেমিতে "গ্লোবাল কন্ট্রোলের নৈতিকতা" শীর্ষক একটি সেমিনারে, তারা "অধীনতার জন্য প্রয়োজনীয় মিথ" সম্পর্কে কথা বলেছিল। মেলিনা, এমনকি সন্দেহ না করেই, তাকে একটি নতুন, আরও শক্তিশালী এবং গভীর মিথ দিচ্ছিল। চেতনার চাবিকাঠি। মানবজাতির সম্পূর্ণ দাসত্বের চাবিকাঠি।

— "নোহ "মূল্যবান আধ্যাত্মিক মূল্যবোধ এবং একটি হারিয়ে যাওয়া সভ্যতার জ্ঞান"-এর রক্ষক হিসাবে... নোহের সিন্দুক - মানব আত্মার একটি আশ্রয়স্থল..."

মেলিনা পরিত্রাণ সম্পর্কে কথা বলছিলেন। নাথানিয়েল সংরক্ষিত জ্ঞান সম্পর্কে শুনছিলেন, যা একচেটিয়াভাবে monopolized হবে। তারা নিজেদেরকে "নতুন নোহ" হিসাবে দেখত, যারা ভবিষ্যতকে আকার দেবে, কিন্তু এই জ্ঞানগুলিতে অ্যাক্সেস একচেটিয়া করে। পরিত্রাণের জন্য নয়, ক্ষমতার জন্য। একটি একক, পরম প্রভাবের জন্য, যা কোনো প্রতিরোধ জানবে না।

— "জেনেটিক মিশ্রণ এবং নতুন সংকর।"

নিয়ান্ডারথাল এবং ডেনিসোভান থেকে জেনেটিক টুকরা... একটি গতিশীল কথোপকথন... অভিযোজনমূলক সুবিধা... প্রজাতির মধ্যে সীমানা ঝাপসা করা... পাঁচ হাজার বছরের সহাবস্থান... সংকর সংস্কৃতি...

বিমানটি হঠাৎ করে কাত হয়ে গেল, আর নাথানিয়েল অনুভব করলেন যে একটি ঠান্ডা ঢেউ তাকে বিদ্ধ করছে, ভয় থেকে নয়, উত্তেজনা থেকে। জেনেটিক মিশ্রণ। এটি কেবল কৌতূহল বা একাডেমিক গবেষণা ছিল না। এটি অভিজাত গোষ্ঠী তৈরির জন্য একটি ভিত্তি ছিল। কাঙ্ক্ষিত গুণাবলী সহ "নতুন সংকর" – স্মার্ট, শক্তিশালী, নিয়ন্ত্রণের প্রতি আরও বেশি সংবেদনশীল। তিনি সিবিআর-এ তাদের গবেষণাগারগুলি কল্পনা করলেন, যেখানে তারা ইতিমধ্যেই CRISPR প্রযুক্তি নিয়ে পরীক্ষা করছিল, কিন্তু এখন তাদের সত্যিকারের সুপার-মানুষের জন্য একটি সম্ভাব্য রোডম্যাপ ছিল। সীমানা ঝাপসা করা মানে "মানুষ" এর ধারণাটি তাদের নিয়ম অনুসারে, তাদের ইচ্ছা অনুসারে ম্যানিপুলেট করা যেতে পারে, সংজ্ঞায়িত করা যেতে পারে। এই জেনেটিক চিহ্নগুলিতে অ্যাক্সেস ভবিষ্যতের প্রজন্মের উপর জৈবিক নিয়ন্ত্রণের চাবিকাঠি। সম্পূর্ণ, অকাট্য নিয়ন্ত্রণ। তার পিঠ দিয়ে শিহরণ চলে গেল, যখন তিনি নিখুঁত, বশ করা প্রাণীর একটি প্রজন্ম কল্পনা করলেন – তার সৃষ্টি, তার উত্তরাধিকার। তার রক্ত স্পন্দিত হচ্ছিল, এই পরম ক্ষমতার দৃষ্টিতে উত্তপ্ত হয়ে।

— "সভ্যতা" নতুন মাত্রা গ্রহণ করে... বিভিন্ন মানব প্রজাতির মধ্যে জ্ঞান এবং দক্ষতার আদান-প্রদান... নিয়ান্ডারথাল কারিগরি বা ডেনিসোভান উদ্ভাবনের ছাপ... ভুলে যাওয়া প্রযুক্তি।"

নাথানিয়েল ইতিমধ্যেই "হারানো প্রযুক্তি" খুঁজছিলেন। মেলিনা, এমনকি সন্দেহ না করেই, তাকে দিকনির্দেশ দিচ্ছিল, একটি গুপ্তধনের মানচিত্রের মতো। কেবল প্রাচীন নিদর্শন নয়, বরং প্রযুক্তিগত ম্যানুয়াল, যা মিথ এবং প্রতীকের মধ্যে নির্মিত। লক্ষ্যটি আর কেবল "হারানো প্রযুক্তি" আবিষ্কার করা ছিল না, বরং জ্ঞান প্রেরণের পুরো ব্যবস্থা উন্মোচন করা এবং এটিকে একচেটিয়া করা, যাতে মানবজাতির ভবিষ্যতের প্রযুক্তিগত এবং সাংস্কৃতিক অগ্রগতি নিয়ন্ত্রণ করা যায়। তাদের অজ্ঞতার মধ্যে রাখা, যখন তারা সমস্ত ক্ষমতা ধরে রাখে।

— "সিঙ্ক্রোনাইজড ছন্দ... তীব্রতা প্রশস্ত করা... চিন্তা তরঙ্গের মতো এবং আবেগ বাতাসের মতো..."

সম্মিলিত চিন্তা। মস্তিষ্কের তরঙ্গ সিঙ্ক্রোনাইজ করা। তাদের কমিউনিটি ইতিমধ্যেই আরিজোনার তাদের গোপন সাইটে মানসিক পরিবর্ধক নিয়ে পরীক্ষা করছিল। মেলিনা অন্তর্দৃষ্টি সম্পর্কে কথা বলছিলেন, তিনি বড় আকারের মানসিক ম্যানিপুলেশন সম্পর্কে ভাবছিলেন। যদি তারা মানুষের বড় গোষ্ঠীর চেতনা সিঙ্ক্রোনাইজ করতে পারত... তাদের কর্ম এবং আবেগ নিয়ন্ত্রণ করতে পারত... তাদের একটি একক, পরিচালিত শক্তিতে পরিণত করতে পারত, তাদের ইচ্ছার অধীন। এটি ছিল নিয়ন্ত্রণের একটি উচ্চতর, আগে অপ্রাপ্য রূপ। জনতার ঈশ্বর হয়ে ওঠা। তার কপালে ঘামের সূক্ষ্ম ফোঁটা ফুটে উঠল, ঠান্ডা বাতাস সত্ত্বেও, যা অভ্যন্তরীণ উত্তেজনার প্রমাণ ছিল।

— "ভাষা একটি সীমাবদ্ধ কারণ হিসাবে... চিন্তাভাবনার জন্য একটি অভ্যন্তরীণ সরঞ্জাম... "আত্মার শক্তির মাধ্যমে চিন্তাভাবনা বাস্তবায়িত করার" স্বজ্ঞাততা এবং ক্ষমতা হারানো।

মেলিনা একটি ক্ষতি দেখছিলেন। নাথানিয়েল নিয়ন্ত্রণের একটি পদ্ধতি দেখছিলেন। যদি ভাষা চেতনাকে সীমিত করে, তবে ভাষার উপর নিয়ন্ত্রণ – কী বলা হয়, কীভাবে ভাবা হয় – ম্যানিপুলেশনের জন্য একটি শক্তিশালী হাতিয়ার। যদি "চিন্তাভাবনা বাস্তবায়ন" বাস্তব হয়, তবে এই ক্ষমতা থেকে জনসাধারণকে বঞ্চিত করা তাদের যারা এটি আয়ত্ত করে তাদের উপর নির্ভরশীল করে তোলে। অন্ধ এবং বধির, প্রভুর ইচ্ছার অধীন।

— "চিত্রগুলিতে চিন্তা করা... মস্তিষ্ক একটি "বাস্তবতার শক্তিশালী জেনারেটর" হিসাবে... প্রাকৃতিক উপাদানগুলিকে প্রভাবিত করা... পবিত্র জ্যামিতি, প্রাচীন প্রতীক - বাস্তবতার লুকানো মাত্রার চাবিকাঠি... মানব এবং ঐশ্বরিকতার মধ্যে একটি সেতু।"

এখানেই মৌলিক চাবিকাঠি! চিত্র চিন্তা কেবল সৃজনশীলতা নয়, বাস্তবতার উপর সরাসরি প্রভাবের একটি প্রক্রিয়া। অ্যান্টার্কটিকায় তাদের গোপন গবেষণাগারগুলি ইতিমধ্যেই শক্তির ক্ষেত্রগুলি অধ্যয়ন করছিল, কিন্তু এটি আরও অনেক কিছু ছিল। প্রাচীন প্রতীক এবং পবিত্র জ্যামিতি কেবল রহস্যবাদ ছিল না, বরং এই ক্ষমতাগুলি সক্রিয় করার, বাস্তবতা তৈরি করার এবং উপাদানগুলিকে নিয়ন্ত্রণ করার জন্য "রহস্যময় মানচিত্র" ছিল। যদি তারা এই প্রতীকগুলি সমাধান করতে পারত, তবে তাদের কাছে দেবতাদের শক্তি থাকত, তারা নিজেরাই দেবতা। প্রতিটি ইন্দ্রিয় টান টান ছিল, এই বিশাল শক্তি শোষণ করার প্রত্যাশায়।

— "বাবিলের টাওয়ারের কিংবদন্তি... ঐক্যের ক্ষতি, ভাষার বিভ্রান্তি, একটি উচ্চাকাঙ্ক্ষী প্রকল্পের ব্যর্থতা।"

এই রূপকথাটি তার কাছে আর কেবল একটি উপদেশ হিসাবে মনে হচ্ছিল না। এটি একটি সতর্কবার্তা ছিল। বিভাজনের ফাঁদ সম্পর্কে। তাদের কমিউনিটি, গোপনীয়তা এবং নিয়ন্ত্রণের জন্য তাদের সাধনায়, ব্যর্থ না হওয়ার জন্য তাদের অভ্যন্তরীণ বৃত্তে "ভাষার বিভ্রান্তি" এড়াতে হয়েছিল। ঐক্য – এমনকি অল্প কয়েকজনের মধ্যেও – তাদের শক্তির সম্পূর্ণ প্রকাশের, তাদের সবচেয়ে উচ্চাকাঙ্ক্ষী পরিকল্পনা বাস্তবায়নের চাবিকাঠি ছিল। পরম বিজয়ের দিকে।

---✶ ⸮ ✶---

কোয়ান্টাম দ্বিধা এবং জেনেসিসের উপর ক্ষমতা

তার চিন্তাগুলি একটি জোয়ারের মতো ছিল, তার চেতনাকে ছিন্নভিন্ন করছিল, যখন বিমানটি অবতরণ করতে শুরু করে। ইঞ্জিনগুলির গর্জন বেড়ে গেল, একটি আদিম, গর্জনকারী বজ্রধ্বনিতে পরিণত হলো, যা পৃথিবীর গভীরে থেকে অনুরণিত হচ্ছিল বলে মনে হচ্ছিল। পোর্টহোলের মধ্য দিয়ে নিউ মেক্সিকোর গোপন ঘাঁটির আলো ঝলমল করছিল – স্পন্দিত, তার কমিউনিটির উচ্চাকাঙ্ক্ষার মতো ঠান্ডা, যা এখন পুনরায় লেখা হবে। প্রসারিত। চরমপন্থায় নিয়ে যাওয়া হবে। মেলিনার কথা, যা একসময় রহস্যময় প্রলাপ হিসাবে বাতিল করা হয়েছিল, এখন কেবল শোনা যাচ্ছিল না – তারা তার চেতনায় একটি লুকানো, কিন্তু বেদনাদায়কভাবে বর্তমান মানচিত্র হিসাবে স্পন্দিত হচ্ছিল, যা সাধারণ ক্ষমতার চেয়ে অনেক বড় একটি গুপ্তধনের দিকে নিয়ে যাচ্ছিল।

নাথানিয়েল তার জ্যাকেটের ভেতরের পকেটে লুকানো ছোট কাঁচের টেস্ট টিউবটি চেপে ধরলেন। মেলিনার অফিস থেকে বের হওয়ার ঠিক আগে, একটি হারানো নথি খোঁজার অজুহাতে, তিনি এটি চুরি করতে সফল হয়েছিলেন। তিনি তার দৃষ্টি নিজের উপর অনুভব করেছিলেন – তীক্ষ্ণ, বিদ্ধকারী, হাজার হাজার সূঁচের মতো – কিন্তু তিনি পাত্তা দেননি। কোনো অপরাধবোধ ছিল না। এমনকি একজন ব্যক্তি হিসাবে তার সম্পর্কে কোনো চিন্তাও ছিল না। কেবল অমৃত সম্পর্কে। কেবল ক্ষমতা সম্পর্কে। অথবা তিনি এমনটাই মনে করতেন। তার একটি অংশ জানত যে এটি আত্ম-প্রতারণা, যে তার প্রতিটি কাজ তার অপ্রতিরোধ্য আহ্বানের দ্বারাও নির্দেশিত হয়েছিল। তার চিত্র তার চেতনায় জ্বলছিল, এবং টেস্ট টিউবটি স্পর্শ করা তার নিজের সত্তাকে, সে যে গোপনীয়তা বহন করত তাকে স্পর্শ করার মতো ছিল। তার সুগন্ধ এখনও তার আঙ্গুলে লেগে ছিল, যা উপস্থিতির একটি প্রায় বেদনাদায়ক অনুভূতি সৃষ্টি করছিল।

ভিতরে, একটি ঘোলাটে সবুজ তরলে এমন কিছু ছিল, যা তিনি ইতিমধ্যেই "অমৃত" বলে অভিহিত করেছিলেন – একটি অণুজীব, যা স্ট্রান্ডজা থেকে নমুনা থেকে নিষ্কাশিত এবং চাষ করা হয়েছিল। মেলিনা দাবি করেছিলেন যে এটি অমরত্বের চাবিকাঠি। তিনি উল্লেখ করেছিলেন যে এটি স্টেম সেল সক্রিয় করে এবং আরও গুরুত্বপূর্ণভাবে – কার্ডিওমায়োসাইট পুনরুজ্জীবিত করে।

এটি জানা ছিল যে হৃদপিণ্ডের পেশী কোষ – কার্ডিওমায়োসাইট – শরীরের অন্যান্য বেশিরভাগ কোষের বিপরীতে, ক্ষতির পরে পুনর্জন্মের জন্য একটি অত্যন্ত সীমিত ক্ষমতা রাখে। এটি হার্ট অ্যাটাক এবং দীর্ঘস্থায়ী হৃদরোগের একটি প্রধান কারণ, কারণ হারানো টিস্যু নিষ্ক্রিয় সংযোজক টিস্যু দ্বারা প্রতিস্থাপিত হয়, যা হৃদপিণ্ডের কার্যকারিতা সম্পাদন করতে পারে না। কয়েক দশকের বৈজ্ঞানিক গবেষণা এই গুরুত্বপূর্ণ কোষগুলি পুনরুদ্ধার করার জন্য একটি কার্যকর উপায় খুঁজে বের করতে পারেনি।

কিন্তু এখানে ছিল – অমৃত। একটি জীবাণু, যা এই মৌলিক জৈবিক সীমাবদ্ধতা পরিবর্তন করতে পারে। যা জেনেসিস পুনরায় লিখতে পারে। এই জীবাণুটির চাষ এবং জেনেটিক নির্বাচনের মাধ্যমে, তার গোপন অর্ডারের সদস্যরা, কমিউনিটি, অমরত্ব অর্জন করবে। কেবল দীর্ঘ জীবন নয়, অনন্তকাল। নাথানিয়েল এটি চুরি করার জন্য অনুতপ্ত হননি। সে এটি দিয়ে কিছুই করতে পারত না, কেবল তার গোপনীয়তা প্রকাশ করতে এবং এটিকে পুরো জনসাধারণের জন্য অ্যাক্সেসযোগ্য করে তুলতে পারত। এবং এটি একটি বিপর্যয় হবে। অত্যধিক জনসংখ্যা। সম্পদের নিঃশেষ। বিশৃঙ্খলা। শেষ। না। চিরন্তন জীবনের এই চাবিকাঠি কেবল তাদেরই ছিল। কমিউনিটির। কারণ কেবল তারাই এটি কীভাবে পরিচালনা করতে হয় তা জানত। কীভাবে মানবজাতিকে পরিচালনা করতে হয়।

---✶ ؏ ✶ ---

অঙ্কুরিত বীজ

নেমে আসার আগে, নাথানিয়েল একটি গভীর শ্বাস নিলেন, তার ফুসফুসকে ঠান্ডা, বিশুদ্ধ বাতাস দিয়ে পূর্ণ করলেন, যেন তার চিন্তাভাবনা পরিষ্কার করার জন্য। তিনি মাধ্যাকর্ষণের পরিচিত ধাক্কা অনুভব করলেন, কিন্তু তার মন তখনও উচ্চতায় ছিল, তারার মধ্যে ঘোরাফেরা করছিল। সন্দেহের বীজ বপন করা হয়েছিল, কিন্তু ক্ষমতার দিক সম্পর্কে নয়, বরং তার মাত্রা সম্পর্কে। তারা কি খুব কম লক্ষ্য করছিল? খুব... মানব?

তার ড্রাইভার গাড়ির দরজা খুলে দিল। রাতের ঠান্ডা বাতাস তাকে আঘাত করল, যা শুকনো মাটি এবং অব্যক্ত, সুপ্ত গোপনীয়তার গন্ধ বহন করছিল। নাথানিয়েল তারাদের দিকে তাকালেন, যা অন্তহীন অন্ধকারে অসংখ্য, দূরবর্তী, পর্যবেক্ষণকারী চোখের মতো মিটমিট করছিল। এক মুহূর্তের জন্য তার মনে হলো যে তিনি সবেমাত্র উপলব্ধি করা "সুরেলা স্পন্দন" শুনতে পাচ্ছেন, যা অন্ধকারে স্পন্দিত হচ্ছে, যেন মহাবিশ্ব নিজেই শ্বাস নিচ্ছিল, প্রাচীন সত্য ফিসফিস করছিল। এটা কি সম্ভব ছিল যে মেলিনা সঠিক ছিল? এটা কি সম্ভব ছিল যে সত্যিকারের শক্তি কেবল শোষণ নয়, বরং অস্তিত্বের সামঞ্জস্য বোঝা এবং আয়ত্ত করার মধ্যে লুকিয়ে ছিল – কিন্তু এটিকে বশ করার জন্য? এটিকে তার নিজের ইচ্ছায় ভেঙে ফেলার জন্য?

কমিউনিটির নেতাদের সাথে তার আসন্ন বৈঠক আর এত সহজ মনে হচ্ছিল না। ক্ষমতার পথ, যা তারা এত দীর্ঘকাল ধরে তৈরি করেছিল, হঠাৎ একটি অপ্রত্যাশিত, আরও উচ্চাকাঙ্ক্ষী, প্রায় ঐশ্বরিক দিকে বিভক্ত হয়ে গেল। এমন একটি দিক, যা এখন কেবল তিনি তাদের দেখাতে পারতেন। তিনি তাদের মসিহ হবেন। তাদের ঈশ্বর।

এবং এই মুহূর্তে, একমাত্র জিনিস যা তিনি শুনতে পারতেন, তা ছিল তার কণ্ঠস্বর। মেলিনা। তীক্ষ্ণ, অন্ধকারের মধ্যে একটি আলোর রশ্মির মতো। অব্যক্ত প্রশ্ন, যা তার চেতনার অন্ধকারকে ছিন্ন করছিল, যেকোনো অস্ত্রোপচারের স্কাল্পেলের চেয়েও তীক্ষ্ণ:

— নাথানিয়েল, তুমি কী বেছে নেবে? সত্যিকারের প্রজ্ঞার পথ? নাকি অখ্যাত ক্ষমতার পথ?

তিনি হাসলেন, ঠান্ডা, প্রায় শিকারীর মতো, একটি হাসি যা তার চোখের গভীরে পৌঁছায়নি, বরং কেবল একটি মুখোশ হিসাবে রয়ে গিয়েছিল। তা সত্ত্বেও, তার মধ্য দিয়ে একটি লুকানো, প্রায় বেদনাদায়ক শিহরণ চলে গেল। তিনি অস্বীকার করতে পারলেন না যে তার একটি অংশ তাকে

মুগ্ধ করতে, তার পরিকল্পনার মহিমা দিয়ে তাকে হতবাক করতে চেয়েছিল। মনের এই খেলায়, এই শ্রেষ্ঠত্বে, যা তিনি তার উপর প্রয়োগ করতে আকাঙ্ক্ষা করতেন, তাকে তার ইচ্ছার কাছে স্বীকার করতে বাধ্য করতে, কিছু কামুক ছিল। তার শরীর কাঁপছিল, এবং প্রতিটি শ্বাস আসন্ন বিজয়ের উত্তেজনা দিয়ে ভারী ছিল।

— আমি দুটোই বেছে নেব, মেলিনা। – তিনি ফিসফিস করে বললেন, যেন তাদের সংযুক্ত করা অদৃশ্য সুতোটির কাছে। – এবং আমি তাদের বশ করব। সবকিছু। চিরকাল। আর যদি আমি ভুল করি?

---❤---

# চূড়ার পতন:
# আত্মার বিজয়
# বিভাগ IV

অধ্যায় 31: সন্দেহের রসায়ন

মেলিনা তার আত্মায় পুরো মহাবিশ্ব ধারণ করে রেখেছিল – মহাকর্ষের চেয়েও ঘন বিশ্ব, এমন দর্শন এবং অন্তর্দৃষ্টিতে পরিপূর্ণ যা সে কেবল নাথানিয়েলের সামনে একটি স্রোতের মতো ঢেলে দিতে পারছিল না। সে তার যুক্তির প্রতিটি ভাঁজ, তার বৈজ্ঞানিক সন্দেহের প্রতিটি

কংক্রিটের দেয়াল জানত। সে তাকে "একজন স্বপ্নচারী। বাস্তবতা থেকে বিচ্ছিন্ন। এমনকি... পাগল।" বলে চিহ্নিত করত। না, এই রহস্যগুলো উন্মোচন করার পথ ভিন্ন হতে হবে। আরও সূক্ষ্ম। আরও ধীর। তার প্রাচীন স্মৃতি জাগিয়ে তোলার জন্য, তার গভীরভাবে লুকানো সারসত্তা আনলক করার জন্য জীবনযাত্রার মধ্য দিয়ে একটি দীক্ষা, একটি যাত্রা। তাকে একটি দৃষ্টান্ত পরিবর্তনের জন্য প্রস্তুত করতে – তার নিজের মনে একটি ভূমিকম্প।

তাই, যখন নাথানিয়েল, প্রেমে পড়ার তার স্থূল পুরুষ ধারণা দ্বারা আবদ্ধ – এই বিশ্বাস দ্বারা পূর্বশর্তযুক্ত যে কামুকতা এবং শারীরিক আকাঙ্ক্ষা একমাত্র চালিকা শক্তি – তাকে তার "অশ্লীল" স্বপ্নের কথা বলতে বললেন, মেলিনা দ্বিধা করেননি। সে সবকিছু জটিল, বহু-স্তরযুক্ত রূপকথায় আবৃত করেছিলেন, যা মুহূর্তের মধ্যে তার চিন্তা থেকে তৈরি হয়েছিল, প্রতিটি উচ্চারিত শব্দের সাথে তৈরি হয়েছিল, গভীর সূক্ষ্মতার একটি প্যালেট দিয়ে বলা হয়েছিল।

---✶ ⸮ ✶ ---

পোর্টালের ফিসফিসানি

— কল্পনা করো – তিনি একবার ফিসফিস করে বললেন, যখন তার আঙ্গুলগুলো তার কব্জির ভেতরের দিকে অদৃশ্য চিহ্ন আঁকছিল, ঠিক যেখানে তার নাড়ি অস্থিরভাবে স্পন্দিত হচ্ছিল – যে প্রতিটি স্পর্শ একটি মহাবিশ্বকে আনলক করা। কেবল একটি স্নায়ু আবেগ বা রাসায়নিক প্রতিক্রিয়া নয়। বরং একটি পোর্টাল। যে প্রতিটি চুম্বন প্লাজমা আলোর একটি বিস্ফোরণ, যা তোমার ভিতরে ভুলে যাওয়া বিশ্ব প্রকাশ করে। আর নিষিদ্ধ ফল পাপ নয়, নাথানিয়েল, বরং একটি চাবি। জ্ঞানের একটি চাবি, যা তোমাকে মুক্ত করতে পারে... অথবা তোমাকে ধ্বংস করতে পারে।

তার কণ্ঠস্বর একটি সম্মোহক ফিসফিসানির মতো ছিল, যা তার শ্রবণ স্নায়ু ছাড়িয়ে তার মস্তিষ্কের সেই প্রাচীন, নিওকর্টিক্যাল অংশে পৌঁছাচ্ছিল, যা তিনি কয়েক দশক ধরে যুক্তিবাদ দিয়ে তালাবদ্ধ করে রেখেছিলেন। এই গল্পগুলিতে, যা সন্ধ্যার আবছা আলোতে ফিসফিস করে বলা হয়েছিল, যখন শহর ঘুমিয়ে পড়ছিল এবং কেবল চাঁদের আলো দেয়ালে ছায়া আঁকছিল, তখন কামুকতা কোয়ান্টাম মেকানিক্সের সাথে মিশে গিয়েছিল, আকাঙ্ক্ষা আধ্যাত্মিক অনুসন্ধানের প্রতীক হয়ে উঠেছিল এবং "অশ্লীল" নিষিদ্ধ জ্ঞানের একটি রূপক এবং উচ্চতর চেতনার সাথে মিলনের আকাঙ্ক্ষায় রূপান্তরিত হয়েছিল। সে কেবল বলছিল না। সে প্রতিটি শব্দ থেকে একটি আচার তৈরি করছিল, তার অবচেতন স্তরগুলোকে সক্রিয় করছিল, যেখানে আসল উত্তরগুলি লুকানো ছিল, নিউরো-বৈদ্যুতিক আবেগ হিসাবে ছদ্মবেশে।

তার রূপকথাগুলিতে, শরীরগুলি কেবল শারীরিক ঘনিষ্ঠতায় মিশে যায়নি, বরং শক্তির নৃত্যে – একটি সাবঅ্যাটমিক স্তরে, যেখানে ইলেকট্রনগুলি তথ্য বিনিময় করছিল এবং ছন্দটি তাদের চারপাশের বাতাসকে অদৃশ্য কম্পন থেকে কাঁপাচ্ছিল। আত্মাগুলি একটি শব্দহীন কথোপকথনে একে অপরের কাছে নিজেদের প্রকাশ করছিল, যখন নিষিদ্ধ ফলগুলি শারীরিক পাপের চেয়েও বেশি কিছুকে প্রতীকী করছিল, যা ছিল পরীক্ষামূলক সীমানার বাইরে জ্ঞানের জন্য, চেতনাকে অপ্রত্যাশিত মাত্রায় প্রসারিত করার জন্য একটি সাহসী, অতৃপ্ত তৃষ্ণা। তিনি তার গল্পগুলিতে আকাশের প্রাচীন মিথ, হারিয়ে যাওয়া সভ্যতার ভুলে যাওয়া কিংবদন্তি এবং তার নিজের স্বপ্নের অংশগুলি বুনছিলেন, সেগুলিকে সম্মিলিত অবচেতনের রঙিন ট্যাপেস্ট্রিতে পরিণত করছিলেন, যা ধীরে ধীরে নাথানিয়েলের কল্পনার সামনে অস্তিত্বের একটি গভীর, আরও রহস্যময় স্তর উন্মোচন করছিল – অর্থের একটি সমান্তরাল বাস্তবতা, যেখানে সবকিছু সম্ভব ছিল এবং সম্ভাবনাগুলি বাস্তবে পরিণত হচ্ছিল।

---✶ ⸮ ✶ ---

অসংগতির বীজ

এই নিপুণভাবে বলা গল্পগুলির মাধ্যমে, মেলিনা কেবল নাথানিয়েলের কৌতূহলকে সন্তুষ্ট করছিলেন না; তিনি অলক্ষিতভাবে তার প্রতিষ্ঠিত দৃষ্টিভঙ্গিতে জ্ঞানীয় অসংগতির বীজ বপন করছিলেন, ভবিষ্যতের জাগরণের জন্য মাটি প্রস্তুত করছিলেন। তার প্রতিটি শব্দ একটি সূক্ষ্মভাবে সুর করা যন্ত্র ছিল, যা তার যৌক্তিক বিশ্বের ভিত্তি নাড়িয়ে দিচ্ছিল। তিনি তাকে কল্পনার আঁকাবাঁকা পথে নিয়ে যাচ্ছিলেন, তার সন্দেহের দেয়ালগুলোতে সুনির্দিষ্ট মনস্তাত্ত্বিক "আঘাত" দিচ্ছিলেন, এই আশায় যে কোথাও এই পথে সে তার নিজের আত্মার ভুলে যাওয়া তারগুলি স্পর্শ করবে এবং সার্বজনীন সত্যগুলি মনে করতে শুরু করবে, যা সে স্বজ্ঞাতভাবে উপলব্ধি করছিল। তার রূপকথাগুলি বিনোদন হিসাবে ছদ্মবেশে একটি চাবি ছিল, তার সারসত্তা আনলক করার আশায়, তাকে বস্তুগত শেকল থেকে বিচ্ছিন্ন করতে এবং তাকে অফুরন্ত সম্ভাবনা এবং মহাবিশ্বকে একটি জীবন্ত প্রাণী হিসাবে গভীর বোঝার একটি বৃহত্তর, আরও উত্তেজনাপূর্ণ বিশ্বের দিকে পরিচালিত করার জন্য।

নাথানিয়েল তার ব্যক্তিগত স্থানের চারপাশে দেয়াল তৈরি করার জন্য দৃঢ়ভাবে চেষ্টা করছিলেন। স্পষ্ট নিয়ম চাপিয়ে দিতে। তাদের অনুভূতিগুলিকে যৌক্তিক করতে, পুরুষালী বিশ্বাস দিয়ে ব্যাখ্যা করে যে তার সীমাহীন পরামিতিগুলিতে এবং তার সর্বগ্রাসী উপায়ে প্রেম তার বিশ্বের জন্য কেবল অসম্ভব ছিল, যেখানে প্রতিটি পরিবর্তনশীলকে পরিমাপ করতে হয়েছিল। তার কথাগুলি প্রায়শই ছদ্মবেশী ছিল, তার আসল উদ্দেশ্য এবং পৃষ্ঠের নিচে আক্রোশকারী আবেগগুলি লুকিয়ে রাখছিল। তা সত্ত্বেও, মেলিনা হাল ছাড়লেন না। তিনি সহজেই এই বাধাগুলি ভেঙে দিচ্ছিলেন, তাকে এত সূক্ষ্মভাবে স্পর্শ করছিলেন, যেন তিনি তার আত্মার মানসিক প্যালেট দিয়ে আঁকছিলেন, তার ভালবাসা এবং তাদের সম্পর্কের প্রতি তার অটল বিশ্বাস ঢেলে দিচ্ছিলেন – এমন একটি বিশ্বাস যা তিনি জানতেন সমস্ত যুক্তি, সমস্ত বৈজ্ঞানিক আইনের বাইরে স্পন্দিত হচ্ছিল।

তিনি তাকে একটি গভীর, স্বজ্ঞাত স্তরে অনুভব করতেন, যা সাধারণ সহানুভূতির বাইরে ছিল। তিনি তার উদ্বেগজনক স্বপ্নগুলি দেখতেন – তার দুঃস্বপ্ন এবং আচার-অনুষ্ঠানের অংশ, হারিয়ে যাওয়া সংযোগের প্রতীকগুলির সাথে মিশ্রিত। তিনি তার সমস্ত সন্দেহ এবং ভয়কে বুঝতে এবং গ্রহণ করতেন, সেগুলিকে অস্বীকার বা ছোট করার চেষ্টা না করে, কারণ তিনি জানতেন যে সেগুলি তার জাগরণের পথের অংশ ছিল। তার এই সহানুভূতি, এই নিঃশর্ত গ্রহণযোগ্যতা, ধীরে ধীরে তাকে এমন একটি ঘনিষ্ঠতার দিকে নিয়ে যাচ্ছিল, যা সে সচেতনভাবে এড়াতে চেষ্টা করছিল, এটিকে তার নিয়ন্ত্রিত বিশ্বের জন্য একটি অগ্রহণযোগ্য হুমকি হিসাবে বিবেচনা করে। কারণ নিয়ন্ত্রণ একজন বিজ্ঞানীর জন্য সবকিছু ছিল, যিনি অস্তিত্বের বিশৃঙ্খলা সমাধান করার চেষ্টা করছিলেন।

মেলিনা তার পুরো জীবন এবং আত্মাকে উৎসর্গ করেছিলেন, তার ব্যক্তিগত উচ্চাকাঙ্ক্ষা ত্যাগ করেছিলেন এবং তার নিজের কষ্ট গিলে ফেলেছিলেন, কিন্তু কখনও, এক মুহূর্তের জন্যও, তিনি তার আত্মার জন্য সেই অদৃশ্য, কিন্তু হিংস্র লড়াই থেকে হাল ছাড়েননি। তিনি বিশ্বাস করতেন যে তার যুক্তিবাদ এবং ভয়ের বর্মের নিচে তার আসল সারসত্তা লুকিয়ে আছে, যা সেই একই গভীর এবং সর্বগ্রাসী ভালবাসার জন্য আকাঙ্ক্ষা করে, যা সে তাকে প্রস্তাব করছিল – এমন একটি ভালবাসা যা একটি শক্তি, দুর্বলতা নয়। তার অধ্যবসায় ছিল না কোনো চাপ, বরং একটি মৃদু, কিন্তু অবিরাম আলো, যা ধৈর্য ধরে তার সন্দেহের অন্ধকার ভেদ করার জন্য অপেক্ষা করছিল এবং অস্তিত্বের সমস্ত স্তরে তাদের সত্যিকারের মিলনের পথ আলোকিত করার জন্য – শারীরিক থেকে আধ্যাত্মিক পর্যন্ত, পারমাণবিক থেকে গ্যালাকটিক পর্যন্ত।

---✶ ❦ ✶ ---

তার দূরত্ব বজায় রাখার চেষ্টা সত্ত্বেও, নাথানিয়েল তার রূপকথাগুলোর প্রভাব অস্বীকার করতে পারছিলেন না। সেগুলো তার স্বপ্নে প্রবেশ করত, কোয়ান্টাম এনট্যাঙ্গেলমেন্ট এবং সমান্তরাল মহাবিশ্ব সম্পর্কে তার বৈজ্ঞানিক তত্ত্বের সাথে মিশে যেত, অদ্ভুত সংযোগ এবং প্রশ্ন তৈরি করত, যার কোনো যৌক্তিক উত্তর তিনি খুঁজে পাচ্ছিলেন না, কারণ সেগুলো চেতনার অন্য স্তর থেকে এসেছিল – অন্তর্দৃষ্টি থেকে, যা তিনি এত দৃঢ়ভাবে দমন করেছিলেন। নৃত্যের শক্তির এবং মিশে যাওয়া আত্মার চিত্রগুলি তার অবচেতন মনে জ্বলতে থাকে, যা অদৃশ্য শক্তির উপর বিশুদ্ধ যুক্তির সুবিধার প্রতি তার পুরুষালী বিশ্বাসকে দুর্বল করে দিচ্ছিল।

তিনি লক্ষ্য করলেন যে মেলিনা তাকে ধৈর্যশীল কোমলতা দিয়ে দেখছেন, কীভাবে তিনি তার প্রতিটি দ্বিধা, কৌতূহলের প্রতিটি প্রকাশ, এমনকি ক্ষণস্থায়ী হলেও – চোখের পলকের একটি কম্পন, ঠোঁটের একটি অলক্ষিত সঙ্কোচন – ক্যাপচার করছিলেন। সে চাপ দিচ্ছিল না, জোর দিচ্ছিল না, বরং কেবল তার রূপকথাগুলির মাধ্যমে জ্ঞানের বীজ বপন করতে থাকছিলেন, সেগুলোকে তার নিজের গতি এবং কম্পনে অঙ্কুরিত হতে দিয়েছিলেন, একটি বিশাল বাগানে মহাজাগতিক বীজের মতো।

ভিতরে, নাথানিয়েল লড়াই করছিলেন। তার একটি অংশ, যা বৈজ্ঞানিক পদ্ধতির কঠোর কাঠামোর মধ্যে লালিত-পালিত হয়েছিল, তার রহস্যময় ব্যাখ্যাগুলিকে অযৌক্তিক হিসাবে প্রত্যাখ্যান করছিল। "অপ্রমাণযোগ্য," তার যুক্তি তাকে ফিসফিস করে বলছিল। "কেবল অনুমান, পরীক্ষামূলক তথ্য ছাড়া।" তার আরেকটি, গভীর অংশ, যা তার গল্প এবং তার প্রতি ব্যাখ্যাহীন আকর্ষণ দ্বারা জাগ্রত হয়েছিল, নিজেকে জিজ্ঞাসা করতে শুরু করেছিল যে সে কি গুরুত্বপূর্ণ কিছু মিস করছে না। বিশ্ব কি সত্যিই এত অনুমানযোগ্য ছিল, যেমনটি তিনি বিশ্বাস করার চেষ্টা করেছিলেন, সূত্র এবং সমীকরণে হ্রাস করা হয়েছিল? প্রেম কি সত্যিই কেবল শারীরিক আকর্ষণ এবং হরমোনজনিত প্রতিক্রিয়ায় সীমাবদ্ধ ছিল, নাকি এটি একটি বহুমাত্রিক শক্তি ছিল, যা সাবঅ্যাটমিক স্তরে বাস্তবতা পরিবর্তন করতে সক্ষম ছিল?

তাদের প্রতিটি সাক্ষাতের সাথে, যদিও বিরল, নাথানিয়েল তার চারপাশে যে দেয়ালগুলি কঠোরভাবে তৈরি করেছিলেন, তা আরও বেশি স্বচ্ছ, তার ভালবাসা এবং প্রজ্ঞার মৃদু, কিন্তু অবিরাম চাপের নিচে আরও বেশি অস্থির হয়ে উঠছিল – এমন একটি চাপ যা একটি যান্ত্রিক শক্তি হিসাবে কাজ করছিল না, বরং মাধ্যাকর্ষণ হিসাবে, তার চারপাশের স্থান এবং সময়কে বিকৃত করছিল। তিনি এখনও তার প্রতিনিধিত্ব করা "প্রলোভন" কে ভয় পেতেন, কিন্তু তিনি আর নিশ্চিত ছিলেন না যে এটি শারীরিক পাপের প্রতি প্রলোভন ছিল নাকি একটি গভীর, আরও পরিপূর্ণ বাস্তবতার প্রতি, যা তার যৌক্তিক মন এখনও ধরতে পারেনি। তার জাগরণের পথ ছিল ধীর, একটি বিকশিত পদ্মের মতো, কিন্তু মেলিনা ধৈর্য ধরে তার উপর দিয়ে হেঁটে যাচ্ছিলেন, এই আত্মবিশ্বাসে যে তার ভালবাসার আলো, একটি বিশুদ্ধ শক্তি হিসাবে, শেষ পর্যন্ত তার সন্দেহের অন্ধকার ভেদ করবে এবং তাকে একটি উচ্চতর চেতনার দিকে নিয়ে যাবে।

---✶ ꩜ ✶ ---

*অন্ধকারে জাগরণ। টিক-টক: ০৯:৩৯:৫৯।*

এখন, বহু বছর পর। গবেষণাগারের উজ্জ্বলতা থেকে দূরে, যেখানে তিনি উপাদান সংশ্লেষ করেছিলেন, গোপন সমাজগুলির ফিসফিসানি থেকে দূরে, যা জ্ঞানকে ম্যানিপুলেট করত। নাথানিয়েল একা বসেছিলেন। ধ্বংসাবশেষ। সবকিছু ধ্বংসাবশেষ ছিল। বিশ্ব, যা তার কমিউনিটি নিয়ন্ত্রণ করতে চেয়েছিল, একটি অর্থহীন, নিষ্ঠুর উৎসবে নিজেকে গ্রাস করেছিল। যেখানে একসময় চামড়ার চেয়ারে দেবতারা বসেছিল, সেখানে এখন বাতাস হিসহিস করছিল, তাদের উচ্চাকাঙ্ক্ষার ধুলো বহন করছিল। আলো ছিল না, কেবল জ্বলন্ত ধ্বংসাবশেষের দূরবর্তী উজ্জ্বলতা ছিল। অন্য কোনো কণ্ঠ ছিল না, কেবল তার নিজের ত্বরান্বিত শ্বাসের প্রতিধ্বনি ছিল।

কেবল ঠান্ডা বাতাস, ধুলো এবং ধ্বংসাবশেষ বহন করছিল এবং মহাজাগতিকতার ফিসফিসানি – বিলিয়ন বিলিয়ন বছরের নীরবতার প্রতিধ্বনি, যা এখন একটি অভিযোগের মতো শোনাচ্ছিল।

তার নিদ্রাহীন রাতগুলোতে, যখন তারাগুলি তার একাকীত্বের একমাত্র সাক্ষী ছিল, মেলিনা তাকে বলা প্রতিটি রূপকথা ফিরে আসতে শুরু করে। কেবল স্মৃতি বা অতীতের ম্লান ফ্যান্টম হিসাবে নয়। বরং স্পন্দিত, জীবন্ত অভিজ্ঞতা হিসাবে। তিনি তার পুরো সত্তা দিয়ে সেগুলিকে অনুভব করতেন – শক্তির নৃত্য, আত্মার মিলন, নিষিদ্ধ জ্ঞান, যা এখন রহস্যবাদ হিসাবে নয়, বরং একমাত্র সত্যিকারের বাস্তবতা হিসাবে প্রকাশিত হচ্ছিল। সবকিছু। সে সঠিক ছিল। তিনি সর্বদা সঠিক ছিলেন, তার সূত্র এবং স্বতঃসিদ্ধ সত্ত্বেও। যে ঘড়িটি নির্মমভাবে সময় গুনছিল, তা আর কেবল ঘন্টা দেখাচ্ছিল না, বরং একটি মহান বিভ্রমের শেষ দেখাচ্ছিল।

অন্ধকারে, তার নিজের মনের এবং সভ্যতার ধ্বংসাবশেষের মধ্যে, তিনি তার মহাবিশ্বের আলো দেখতে শুরু করেছিলেন, সেই "অশ্লীল" স্বপ্নগুলির শান্ত কণ্ঠ শুনতে শুরু করেছিলেন, যা এখন তাকে বেঁচে থাকার আসল অর্থ প্রকাশ করছিল। কেবল শরীরের শারীরিক বেঁচে থাকা নয়। বরং অস্তিত্বগত। একটি অর্থহীন বিশ্বে আত্মার, চেতনার বেঁচে থাকা। যে বীজগুলি সে তার মধ্যে বপন করেছিল, সেগুলি অঙ্কুরিত হয়েছিল এবং তার বিধ্বস্ত আত্মায় ফুটে উঠেছিল। খুব দেরি হয়ে গেছে কি? সম্ভবত। সম্ভবত পরিত্রাণ কেবল তার জন্যই ছিল, তার পরিচিত বিশ্বের জন্য নয়। কিন্তু যখন বাতাস ধ্বংসাবশেষের উপর গর্জন করছিল, আর তারাগুলি অনন্তকালের মধ্যে প্রশ্নবোধকের মতো মিটমিট করছিল, নাথানিয়েল জানতেন।

তিনি সেই মুহূর্তটি মনে করলেন, যখন তার আঙ্গুলগুলি তার কব্জির ভেতরের দিকে অদৃশ্য চিহ্ন আঁকছিল, ঠিক যেখানে তার নাড়ি অস্থিরভাবে স্পন্দিত হচ্ছিল। এটি ছিল কেবল একটি স্পর্শ, প্রায় ক্ষণস্থায়ী, কিন্তু এখন এটি তার সমস্ত "অশ্লীল" স্বপ্নের প্রতিধ্বনি দিয়ে অনুরণিত হচ্ছিল, অজানা মহাবিশ্বের পোর্টালের প্রতিশ্রুতি দিয়ে। তখন, তিনি ভয় পেয়েছিলেন। এখন, ধ্বংসাবশেষের মধ্যে, এটিই তার একমাত্র আশা ছিল।

আসল রসায়ন কেবল এখন শুরু হচ্ছিল। সীসাকে সোনায় রূপান্তরিত করা নয়, বরং ধ্বংসাবশেষকে একটি নতুন শুরুতে রূপান্তরিত করা। তার ধ্বংসপ্রাপ্ত, কিন্তু ইতিমধ্যেই জাগ্রত আত্মায়। এবং সম্ভবত... সম্ভবত এটিই ছিল একেবারে শুরু। পরিচিতের শেকল থেকে মুক্ত, পরিমাপাতীতকে আলিঙ্গন করার জন্য প্রস্তুত একটি নতুন অস্তিত্বের শুরু। আর মেলিনার কণ্ঠস্বর তাকে সামনের দিকে ডাকছিল, একটি দুর্ভেদ্য অন্ধকারের মধ্যে একটি বাতিঘরের মতো, হারিয়ে যাওয়া পথের প্রতিশ্রুতি দিচ্ছিল।

---❤---

## অধ্যায় 32: স্বপ্নের গোপন পোর্টাল

মেলিনা... আমার গল্পগুলো কেবল শব্দ নয়। তারা এমন একটি নাড়ি, যা সময়ের শত শত বছরের পর্দা ছিঁড়ে ফেলে। হাজার এক নিদ্রাহীন রাতের ফিসফিসানি, অথবা সম্ভবত সাত বছরের, যেখানে বাস্তবতা উল্টে যায়।

বাস্তেতের অভয়ারণ্যের হৃদয়ে, মোমবাতির আবছা আলো আমাকে কেবল আদর করছিল না – এটি আমাকে গ্রাস করছিল। আমার চারপাশের বাতাস কম্পন করছিল, ভুলে যাওয়া ধূপের সুগন্ধ এবং প্রাণহীন শত শত বছরের ধুলো দিয়ে ঘন ছিল। আমার প্রতিটি কোষ একটি কাঁপানো স্নায়ুতে পরিণত হয়েছিল, যা জাগ্রত চেতনার কাছে অপরিচিত মাত্রার একটি পরিবাহক ছিল। আমি যে শব্দগুলি উচ্চারণ করব, সেগুলি প্রাচীন ভবিষ্যদ্বাণীর প্রতিধ্বনি হিসাবে শোনাতে পারে, কিন্তু আমার গভীরের মধ্যে আমি একটি বিশ্বাস বহন করতাম, যা পাথরের চেয়েও পুরানো: তার আত্মা সৃষ্টির প্রথম চিৎকারের মতোই পুরানো।

আমি তার নাম ফিসফিস করে বললাম – কণ্ঠ দিয়ে নয়, বরং আমার পুরো সত্তা দিয়ে, শক্তির একটি জোয়ারের ঢেউ দিয়ে, যা বাতাসকে কাঁপিয়ে দিয়েছিল। নাথানিয়েল আমাকে দেখছিল, গ্রাস হয়ে গিয়েছিল। তার দৃষ্টি কেবল শোষণ করছিল না – এটি তৃষ্ণার্তভাবে খুঁজছিল, যেন তার সত্তার প্রতিটি ফাইবার ভেঙে যাওয়ার জন্য টান টান ছিল, ভুলে যাওয়া কিছু সমাধানের জন্য মৃত্যুর আগে অপেক্ষা করছিল। সে কাঁপছিল। সবেমাত্র উপলব্ধি করা যাচ্ছিল।

---✶ ៖ ✶ ---

মেলিনা বলছে: গোপনীয়তার রানী

— সে একটি চিরন্তন পুনর্জন্মশীল শক্তি – আমি, মেলিনা, শুরু করলাম, আমার কণ্ঠস্বর – শত শত বছরের মধ্য দিয়ে একটি পাতলা সুতো, যা সময় এবং গোপনীয়তা দ্বারা ভরা ছিল। – সে একসময় একজন রানী হিসাবে আবির্ভূত হয়েছিল, যার সৌন্দর্য বেদনার মতো ঝলসে দিত, আর তার প্রজ্ঞা তার তীক্ষ্ণতা দিয়ে হতবাক করত। কিন্তু তার চারপাশে সর্বদা একটি বন্য, অধরা রহস্যের একটি halo ছিল, একটি ধোঁয়ার মতো, যা একটি আঁকড়ে ধরা মুষ্টি থেকে পিছলে যায়। তার নাম প্রাচীন গ্রন্থগুলির সুতোগুলিতে বোনা আছে, কিন্তু তার আসল সারসত্তা ভুলে যাওয়ার একটি অভেদ্য পর্দার পিছনে লুকিয়ে আছে। কিংবদন্তির ফিসফিসানি তাকে কখনও একজন মিশরীয় শাসক হিসাবে চিত্রিত করে, যাকে ঐশ্বরিক উচ্চতায় উন্নীত করা হয়েছিল, আবার কখনও মানবিক এবং দানবীয়তার সীমানায় থাকা একটি প্রাণী হিসাবে – তার অদম্য স্বভাব এবং অন্তর্দৃষ্টির কারণে, যা মানব যুক্তির সীমানা অতিক্রম করে বলে মনে হয়। এমনকি এটিও বলা হয় যে তিনি রাজা সলোমনকে প্রলুব্ধ করেছিলেন, তার পিছনে নীরবতা এবং রহস্যবাদে আবৃত বংশধর রেখে গিয়েছিলেন। সে শত শত বছরের সেই বিশাল ধাঁধাগুলির মধ্যে একটি, যার কথা পবিত্র বইগুলিতে উল্লেখ করা হয়েছে, কিন্তু সত্য... সত্যটি অন্ধকারে আবৃত, কেবল তাদের কাছে অ্যাক্সেসযোগ্য, যাদের আত্মা মনে রাখে। ভুলে যাওয়া।

আমি চোখ বন্ধ করলাম, নিমগ্ন হলাম। আমি নাথানিয়েলের দৃষ্টি অনুভব করলাম, আমার প্রতিটি নড়াচড়া, আমার কণ্ঠস্বরের প্রতিটি সুর দ্বারা মুগ্ধ। তার কম্পন, ইথারের মাধ্যমে প্রেরণ করা, প্রায় স্পষ্ট ছিল – একটি স্পন্দিত তারের মতো, যা প্রত্যাশার চাপে ভেঙে যাওয়ার জন্য প্রস্তুত ছিল।

— চোখ বন্ধ করো এবং শোনো... – আমি ফিসফিস করে বললাম, আমার কথাগুলি একটি আদেশের চেয়ে একটি আমন্ত্রণের মতো ছিল। – আমি তোমাকে ইতিহাসের ছায়ায় লুকিয়ে থাকা সবচেয়ে গভীর রহস্যগুলির একটির চিহ্ন ধরে নিয়ে যাব। একটি গল্প, যা কেবল একটি গল্প নয়, বরং বোঝার একটি পথ। তোমার নিজের দিকে একটি পথ। এবং যদি তুমি যথেষ্ট সাহসী হও, তবে তুমি সেখানে তোমার নিজের আত্মার একটি টুকরা খুঁজে পাবে।

---✶ ៖ ✶ ---

সলোমন এবং রানীর গল্প

তার প্রাসাদের জমকালো, সোনা এবং হাতির দাঁত দিয়ে খচিত হলগুলিতে, রাজা সলোমন, তার কামুক আনন্দের অতৃপ্ত তৃষ্ণা এবং তার অতুলনীয় প্রজ্ঞার জন্য উভয়ই বিখ্যাত, সাতশো জনেরও বেশি মহিলার একটি হারেম সংগ্রহ করেছিলেন।

— সাতশো? এবং তবুও তিনি আরও খুঁজছিলেন? – নাথানিয়েলের নীরব প্রশ্নটি আমাদের মধ্যে স্পন্দিত হচ্ছিল, যা নির্ভেজাল কৌতূহল এবং অবজ্ঞা, যা অবজ্ঞা পর্যন্ত পৌঁছেছিল, তা দিয়ে পূর্ণ ছিল।

— তিনি কেবল শারীরিক আনন্দ খুঁজছিলেন না – আমি উত্তর দিলাম, আমার হাসি – একটি ধাঁধা, যা অফুরন্ত গোপনীয়তা লুকানোর জন্য সক্ষম। – তারা ছিল তার বিশাল জ্ঞানের জীবন্ত উৎস – নারীর সারসত্তার শক্তি, যা একটি সৃজনশীল আবেগ এবং তীক্ষ্ণ বোঝার মধ্যে রূপান্তরিত

হয়েছিল। এই মহিলাদের মধ্যে কিছু তার মুখ কেবল একবার দেখেছিল। কিন্তু সলোমন সবসময় নতুন চ্যালেঞ্জ খুঁজতেন, ক্ষণস্থায়ী সৌন্দর্যে নয়, বরং তার মনকে উস্কে দেওয়ার তাদের ক্ষমতায়, আকাঙ্ক্ষাকে শান্ত হতে না দেওয়ার ক্ষমতায়। দিন এবং রাত, পরমানন্দ এবং অদম্য কল্পনার মুহূর্তগুলির সাথে মিশে গিয়েছিল, একটি অন্তহীন স্রোতে প্রবাহিত হয়েছিল, কিন্তু তার পিছনে তিক্ত ছাই রেখে গিয়েছিল।

এক অন্তহীন দিনে, যখন তিনি বাজারের রঙিন বিশৃঙ্খলা দেখছিলেন, তখন তার কানে রানীর একটি ফিসফিসানি এল, যার সৌন্দর্য কিংবদন্তিকেও ঝলসে দিত, আর তার মন সবচেয়ে তীক্ষ্ণ পুরুষ মনের সাথে প্রতিদ্বন্দ্বিতা করত। তার হৃদয়ের গভীরে কৌতূহলী হয়ে, সলোমন অবিলম্বে একটি চিঠি পাঠালেন, এই রহস্যময় শাসককে তার প্রাসাদে আমন্ত্রণ জানালেন। তার হৃদয় একটি অদ্ভুত, বেদনাদায়ক ছন্দে প্রহার করল – তিনি কেবল আরেকটি ক্ষণস্থায়ী সংযোগ খুঁজছিলেন না, বরং একজন কথোপকথনকারী, যিনি তাকে উস্কে দিতে, তার ক্লান্ত আত্মায় কৌতূহলের জ্বলন্ত স্ফুলিঙ্গ আবার জ্বালিয়ে দিতে সক্ষম ছিলেন। কিন্তু দিন এবং রাতগুলি একটি কষ্টকর অপেক্ষায় প্রবাহিত হচ্ছিল, আর সে আসছিল না। সলোমন, শাসক, যিনি তার হাতে ভাগ্য ধারণ করতেন, একটি নতুন, অপরিচিত দুর্বলতা অনুভব করলেন। তিনি আকাঙ্ক্ষা করতেন, যেন তিনি কেবল তার জীবনীশক্তি নয়, তার নিজের হৃদয়ের উপর নিয়ন্ত্রণও হারাচ্ছিলেন, তিনি নীরবতায় ডুবে গেলেন, একটি অস্পষ্ট, ক্ষয়কারী উদ্বেগ দ্বারা আবৃত।

যখন রানী অবশেষে এসে পৌঁছালেন, তখন তিনি কেবল ধনী উপহার নিয়ে আসেননি, বরং ধাঁধার একটি সিরিজও নিয়ে এসেছিলেন, যা তার আগের মুখোমুখি হওয়া যেকোনো কিছুর চেয়ে গভীর এবং আরও অর্থপূর্ণ ছিল। সেগুলোর প্রতিটি ছিল একটি রহস্যময় চাবির মতো, যা জ্ঞানের অনাবিষ্কৃত গোলকধাঁধার একটি নতুন দরজা খুলে দিচ্ছিল। মোহনীয় এবং তীক্ষ্ণ, তিনি তাকে রহস্যের এক জগতে ডুবিয়ে দিয়েছিলেন, যা তার মনকে অপ্রত্যাশিত সীমানায় প্রসারিত করছিল, আর তার আত্মাকে উত্তেজনা এবং পূর্বাভাসের এক অদ্ভুত মিশ্রণে কাঁপিয়ে দিচ্ছিল। তিনি এর আগে কখনও আনন্দ এবং ভয়ের এমন বিপজ্জনক সংমিশ্রণ অনুভব করেননি। ঝুঁকিটি উচ্চ ছিল – কেবল তার বিখ্যাত গর্ব নয়, তার নিজের হৃদয়ও। যদি তিনি তার জ্ঞানী ধাঁধাগুলি সমাধান করতে ব্যর্থ হতেন, তবে তিনি তাকে পরাজয়ের তিক্ত স্বাদ দিয়ে চিরতরে ছেড়ে যেতেন। আর যদি তিনি তার সমস্ত পরীক্ষা পাস করতে সফল হতেন... তবে তিনি হয়তো তার প্রেমে পড়ে যেতেন, তার রহস্যময় সারসত্তার গোপনীয়তা তার কাছে প্রকাশ করতেন।

---✶ ʢ ✶ ---

রাণীর ধাঁধা

তার প্রথম উপহার ছিল আবলুস কাঠের তৈরি একটি ছোট, সূক্ষ্ম বাক্স। সমস্ত প্রত্যাশার বিপরীতে, এতে উজ্জ্বল রত্ন ছিল না, বরং দুটি ছোট, অন্ধকার শিশি, একটি মরিচা ধরা চাবি এবং একটি ধূসর সুতো, যার শেষে একটি ঠান্ডা, কালো পাথর ঝুলছিল, যা বিশ্বের সমস্ত আলো গ্রাস করেছিল বলে মনে হচ্ছিল।

— এই জিনিসগুলো দিয়ে, তোমাকে জীবন এবং মৃত্যুর রহস্য বর্ণনা করতে হবে! – সে একটি ধূর্ত, সবেমাত্র উপলব্ধি করা হাসি দিয়ে ফিসফিস করে বলল, যা গভীর প্রজ্ঞা এবং মানুষের কাছে অপরিচিত অতল গহ্বরের একটি ইঙ্গিত ছাড়া আর কিছুই প্রকাশ করেনি।

সলোমন ক্রমবর্ধমান কৌতূহল নিয়ে রহস্যময় বস্তুগুলি দেখলেন, চ্যালেঞ্জের ওজন অনুভব করে।

— শিশিগুলি, চাবি এবং কালো পাথর... তারা যেন প্রাচীন অ্যালকেমিকেল প্রক্রিয়া, রূপান্তর এবং পরিপূর্ণতার অনুসন্ধানের কথা ফিসফিস করে বলে – তিনি শুরু করলেন, তার কণ্ঠস্বর – শান্ত, কিন্তু অভ্যন্তরীণ শক্তি দিয়ে পূর্ণ। – একটি শিশিতে জীবনের সারসত্তা রয়েছে – স্পন্দিত, অধরা, একটি নবজাতকের প্রথম শ্বাসের মতো। যখন অন্যটিতে – মৃত জৈব পদার্থের অবশেষ, যা ধুলোয় ফিরে এসেছে, কিন্তু একটি নতুন শুরুর সম্ভাবনা বহন করে। একটি "ওজোন" দিয়ে পূর্ণ – একটি অদৃশ্য উপাদান, যা আমাদের পূর্বপুরুষরা ঐশ্বরিক শ্বাসের সাথে, অস্তিত্বের চক্রের একেবারে শুরুর সাথে যুক্ত করেছিল: জন্ম, বৃদ্ধি, বার্ধক্য এবং অনিবার্য মৃত্যু। অন্যটিতে রয়েছে "অক্সিম" – একটি ঠান্ডা, অদৃশ্য শক্তি, যা যেন ক্ষয় করে এবং সীমাবদ্ধ করে, আমাদের প্রতিটি আশার উপর সীমা রাখে। এটি আত্মা এবং যুক্তির ভঙ্গুর গঠন, যেখানে জীবন এবং মৃত্যু তাদের চিরন্তন নৃত্য করে, সাবঅ্যাটমিক কণার মতো। যখন এই দুটি বিপরীত শক্তি মিলিত হয় এবং একে অপরকে দূরে সরিয়ে দিতে শুরু করে, তখন একটি অধরা শক্তি জন্ম নেয়, যা কোষের মাইক্রোস্কোপিক স্থানে আন্দোলন এবং সঞ্চালন তৈরি করে। এই আদিম শক্তি, যদি এটি আয়ত্ত করা হয়, তবে এটি চিরন্তন যৌবনের চাবিকাঠি ধারণ করতে পারে... অথবা অমরত্বের চিরন্তন বোঝার।

— চাবিটি হঠাৎ জাগরণের প্রতীক, প্রতিটি নতুন অবতারের জীবনের প্রথম ধাক্কা। কালো পাথরটি মৃত্যুর নীরব অগ্রদূত, যা সময় মতো জাগতে ব্যর্থদের জন্য অপেক্ষা করে, অথবা ভুলে যাওয়া, যা অতীতের অস্তিত্বের স্মৃতিগুলিকে গ্রাস করে। আর সুতো... এটি আত্মাকে তার পুনর্জন্মের সাথে সংযুক্ত করে বলে মনে হয় – কর্ম, অদৃশ্য শৃঙ্খল, যা জীবন এবং মৃত্যুর অন্তহীন চক্রের কারণ হয়। আমাদের নিজের চেতনার গভীরতায় একটি চিরন্তন, নির্মম যুদ্ধ পরিচালিত হয়, অধরা আলো এবং সর্বগ্রাসী অন্ধকারের মধ্যে, সৃজনশীল আবেগ এবং ধ্বংসাত্মক শক্তির মধ্যে। একটি শক্তি, বসন্তের সূর্যের রশ্মির মতো, যা পরিষ্কার এবং পুনর্নবীকরণ করে, যখন অন্যটি, রাতের ছায়ার মতো, যা সবকিছু গ্রাস এবং ধ্বংস করার চেষ্টা করে। যখন এই দুটি আদিম শক্তি মিলিত হয়, তখন তারা একটি কম্পনশীল আন্দোলন, একটি অধরা শক্তি তৈরি করে, যা জীবনের ভঙ্গুর শিখাকে পুষ্ট করে। কিন্তু সত্যিকারের সামঞ্জস্য অর্জন করার জন্য, অস্তিত্বের জড়তা অতিক্রম করা এবং অস্তিত্বের অফুরন্ত, প্রায়শই ভীতিজনক সম্ভাবনাগুলোর দিকে নিজেদেরকে খোলা প্রয়োজন। এই অভ্যন্তরীণ রূপান্তরের চাবিকাঠি আমাদের নিজের চেতনার গোলকধাঁধায় গভীরভাবে লুকানো আছে, আর কালো পাথর সম্ভবত সেই বিভ্রমগুলিকে প্রতীকী করে, যা আমাদের এটি খুঁজে পেতে বাধা দেয় – ভুলে যাওয়ার পাথর, যা সত্যের দরজা বন্ধ করে দেয়।

— ঠিক! – রানী অদম্য সন্তুষ্টিতে চিৎকার করে উঠলেন, আর তার চোখে একটি অদ্ভুত, চিরন্তন আগুন ঝলসে উঠল, যা সময় এবং স্থান ছাড়িয়ে দেখছিল বলে মনে হয়েছিল। – আমার দ্বিতীয় উপহার একটি মুদ্রা। এটি তার মধ্যে কী রহস্য লুকিয়ে রাখে? – সে তাকে একটি ভারী সোনার মুদ্রা দিল, যার উজ্জ্বলতা ভুলে যাওয়া গল্প ফিসফিস করে বলছিল, যা এমনভাবে আলো প্রতিফলিত করছিল যা দৃষ্টি আকর্ষণ করে এবং চিন্তাভাবনাকে উস্কে দেয়।

সলোমন তার আঙ্গুলের মধ্যে এটি ধীরে ধীরে ঘুরিয়েছিলেন, এর ঠান্ডা স্পর্শ অনুভব করে, এবং সঙ্গে সঙ্গে উত্তর দিলেন: – "মনে রেখো, তুমি নশ্বর" – আমাদের জীবনের পথে আমরা যে পথই অনুসরণ করি না কেন, কেবল বর্তমান রক্তক্ষয়ী বাস্তব, নাড়ির স্পন্দনের মতো স্পষ্ট। অতীত একটি ছায়া, ভবিষ্যত একটি ভূত। ছায়া, যা আমরা আমাদের অস্তিত্বের গোলকধাঁধায় অতিক্রম করি। কেবল এই মুহূর্তটি সত্য, যেখানে আমাদের সমস্ত ইন্দ্রিয় জাগ্রত এবং অস্তিত্বের পরিপূর্ণতার নাড়ি অনুভব করে। ভবিষ্যত কখনই আসে না, কারণ এটি পৌঁছানোর মুহূর্তে এটি ইতিমধ্যেই বর্তমান। শুধু এখন। শুধু এই শ্বাস, এই একক, অতুলনীয় মুহূর্ত।

মহিলাটি হাততালি দিলেন, আর তার কণ্ঠে তার বিচক্ষণতা এবং জ্ঞানের গভীরতা থেকে আসা সত্যিকারের বিস্ময় ছিল।

— এখানে আমার তৃতীয় উপহার – তিনি তার পোশাকের গভীর থেকে একটি খুব পুরানো, রূপালী ঘড়ি বের করলেন এবং তাকে দিলেন। এর কাঁটাগুলো... পিছনের দিকে চলছিল। – মেলিনা একটি প্রাচীন ঘড়ির মতো দেখতে একটি রূপালী লকেট তুলে নাথানিয়েলের চোখের সামনে ধরলেন। – কীভাবে সময় উল্টো দিকে চলতে পারে? – সে একটি ধূর্ত হাসি দিয়ে জিজ্ঞাসা করল, যা তার চিন্তাভাবনার কিছুই প্রকাশ করেনি, কিন্তু মানুষের বোঝার বাইরে একটি গভীর জ্ঞানের ইঙ্গিত দিচ্ছিল।

সলোমন তার হাতে যে অমূল্য ধন ধরে রেখেছিলেন, তা দেখে মুগ্ধ হয়েছিলেন – তার কেসিংয়ে খচিত ঘোলাটে উজ্জ্বল পাথরগুলির জন্য নয়, বরং কেউ নির্মম, নিরর্থক সময়ের গতিপথকে উল্টাতে পেরেছিল সেই সত্যের জন্য। তার মন, সর্বদা ব্যাখ্যার জন্য তৃষ্ণার্ত, এখন খালি ছিল, প্রথমবারের মতো এমন একটি অপ্রতিরোধ্য বাধার মুখোমুখি হয়েছিল।

— আমি উত্তর জানি না! – তিনি স্বীকার করলেন, তার কণ্ঠস্বর অস্বাভাবিকভাবে শান্ত, প্রায় ভেঙে গিয়েছিল, যখন তিনি অদ্ভুত প্রক্রিয়াটির দিকে তাকিয়েছিলেন। – আমাকে বলো? দয়া করে।

— আমি তোমাকে এটি প্রকাশ করব, কিন্তু শুধুমাত্র যদি তুমি আমার প্রেমে পড় এবং তোমার জীবনে কখনই তোমার চোখ আমার থেকে দূরে সরিয়ে না নাও... – সে ফিসফিস করে বলল, আর তার কণ্ঠস্বর একটি দূরবর্তী, ভুলে যাওয়া সুরের মতো শোনাচ্ছিল, যা ছিল মোহনীয় এবং বিপজ্জনক। একটি সিরেনের মতো, যা একটি জাহাজকে ডুবো পাথরের দিকে প্রলুব্ধ করে।

— অসম্ভব! আমি আমি! আমি প্রেমে পড়ি না! আমি আমার স্বাধীনতা ভালোবাসি! আমার ব্যক্তিগত স্থান অলঙ্ঘনীয়, আমি কাউকে সেখানে প্রবেশ করতে দিই না... – সলোমন বিস্ফোরিত হলেন, আর তার কথায় গর্ব ছিল, কিন্তু দুর্বলতার একটি লুকানো, ক্ষয়কারী ভয় ছিল, গ্রাস হওয়ার ভয়।

তখন রানী চলে যেতে উদ্যত হলেন, যেন একটি অদৃশ্য কুয়াশায় আবৃত, যা তাকে অপরিবর্তনীয়ভাবে দূরে নিয়ে যাচ্ছিল। কিন্তু সলোমন, জ্ঞানী, প্রথমবারের মতো এমন একটি প্রশ্নের মুখোমুখি হলেন, যার কোনো উত্তর তার কাছে ছিল না। এই অপ্রত্যাশিত অজ্ঞতা তাকে উত্তেজিত করেছিল, উৎসাহিত করেছিল, চ্যালেঞ্জ করেছিল। তিনি তাকে যেকোনো মূল্যে তার পাশে রাখার সিদ্ধান্ত নিয়েছিলেন, সে যে গোপনীয়তা বহন করত তা সমাধান করার জন্য, এমনকি যদি এর অর্থ তার নিজের কুসংস্কারের মুখোমুখি হওয়া হয়।

— আমিও তোমাকে একটি ধাঁধা দিতে চাই, তোমার বুদ্ধি পরীক্ষা করার জন্য – তিনি বললেন, তার ক্রমবর্ধমান উত্তেজনা এবং হতাশার সবেমাত্র উপলব্ধি করা ইঙ্গিতটি লুকানোর চেষ্টা করে। – আজ রাতে প্রাসাদে অতিথি হিসাবে থাকো। কিন্তু তোমাকে শপথ করতে হবে যে আমার অনুমতি ছাড়া তুমি আমার কাছ থেকে কিছুই নেবে না, যাতে আমি দেখতে পারি যে তুমি আমাকে কতটা ভালোভাবে জানতে পারো?

তিনি রাতের খাবারের জন্য প্রচুর, কিন্তু খুব নোনতা খাবার পরিবেশন করার আদেশ দিলেন, তার পরিকল্পনার ধূর্ততা জানতেন। রাতে, রানী, অসহনীয় তৃষ্ণায় ভুগছিলেন, তার বিছানার পাশে রাখা একটি কলসি থেকে জল পান করলেন। সলোমন সঙ্গে সঙ্গে তাকে তার জল পান করার জন্য অভিযুক্ত করলেন, আর বাজি ছিল যে তাকে তাকে ভালবাসতে হবে।

রানী নিজেকে পরাজিত বলে স্বীকার করলেন, কিন্তু তার চোখে সাধারণ ভালবাসা ছিল না, বরং আরও গভীর এবং রহস্যময় কিছু ছিল – বশ্যতা এবং অমর জ্ঞানের মিশ্রণ... এবং তিনি সলোমনের প্রেমে পড়েছিলেন, কিন্তু...

মেলিনা থামলেন। ঘরের নীরবতা প্রায় বধির হয়ে গিয়েছিল, অব্যক্তের ভারে পূর্ণ। নাথানিয়েল অনুভব করলেন যে তিনি সম্পূর্ণরূপে গ্রাস হয়ে গেছেন, বন্দী হয়েছেন। তার মন, সর্বদা এত সমালোচনামূলক, এখন অরক্ষিত ছিল, সে যা কিছু প্রকাশ করবে তার জন্য উন্মুক্ত ছিল।

— তারপর কী হলো? – তিনি ফিসফিস করে বললেন, তার কণ্ঠস্বর কর্কশ ছিল, গভীর ঘুম থেকে জেগে ওঠা একজনের মতো, অধৈর্য, প্রায় ব্যথায় পূর্ণ। – তিনি কি তার প্রেমে পড়েছিলেন? সত্যিই?

— তারপর, সে তার আত্মার গভীরতায় খনন করা বন্ধ করেননি, এমন কিছু খুঁজছিলেন, যা তিনি নিজেও জানতেন না যে তার ছিল – মেলিনা উত্তর দিলেন, তার দৃষ্টি তার কাছ থেকে জানালার দিকে সরে গেল, যেন তিনি সময় ছাড়িয়ে, অনন্তকালের স্থানের দিকে তাকাচ্ছিলেন। – তুমি কি জানো যে কীভাবে মুক্তা, এই ছোট, নিখুঁত ধনগুলি এই বিশ্বে আবির্ভূত হয়?

— হুম, আমি নিশ্চিত নই। তারা সবসময় আমার কাছে গভীরতা থেকে আসা একটি অলৌকিক ঘটনা বলে মনে হয়েছে। আমাকে বলো। দয়া করে।

---❤---

## অধ্যায় 33: ঝরনার ছায়া

রূপান্তর এবং ব্যথার অলৌকিকতা

মেলিনা হাসল, তার হাসিতে উষ্ণতা এবং বোঝা ছিল, কিন্তু বহু শতাব্দীর দুঃখের ছায়াও ছিল, যা যেন বহু আগে ভুলে যাওয়া পৃথিবী থেকে আসছিল।

— কল্পনা করো একটি ঝিনুক, তার জলজগতের মধ্যে বন্ধ – একটি ভঙ্গুর দুর্গ যা অসীমতার বিরুদ্ধে। একটি ছোট বালুকণা, একটি বিদেশী দেহ, তার নরম হৃদয়ে প্রবেশ করে। একটি জ্বালাতন। একটি আঘাত। ব্যথা। এবং তারপর... অলৌকিকতা শুরু হয়।

— ওহ, ঝিনুকের জন্য নিশ্চয়ই এটি অস্বস্তিকর। — নাথানিয়েল মুখ কুঁচকে, ব্যথা কল্পনা করে, তার কাঁধ ঝাঁকিয়ে যেন নিজের ত্বকের নিচে একটি খোঁচা অনুভব করছে।

— ঠিক তাই। তার খোলার ভেতরের অংশটি খুব নরম, সংবেদনশীল। যদি ঝিনুকটি এই অবাঞ্ছিত অতিথি, এই যন্ত্রণাদায়ক উপস্থিতি থেকে মুক্তি না পায়, এটি একটি বিস্ময়কর, প্রায় জাদুকরী উপায়ে কাজ করতে শুরু করে। তার আকাশ একটি একক দুঃখের স্থানে সংকুচিত হয়, কিন্তু সেখান থেকেই রূপান্তর শুরু হয়।

— সে কী করে? — তার অধৈর্যতা বাড়ছিল, তার দৃষ্টি তার ঠোঁটে স্থির হয়ে গিয়েছিল, সমাধানের সন্ধান করছিল।

— সে বিশেষ, সূক্ষ্ম পদার্থ তৈরি করতে শুরু করে – অশ্রু এবং ধৈর্যের একটি স্তর। ধীরে ধীরে, স্তর পর স্তর, সে এই বালুকণাটিকে আবৃত করে, যেন এটিকে "নিরাময়" করছে, জ্বালাতনকে সৌন্দর্যে পরিণত করছে, এমন একটি পূর্ণতায় যা বিশ্বকে স্পর্শ করবে এবং এটিকে রূপান্তরিত করবে। ব্যথা একটি ধন জন্ম দেয়।

— সত্যিই? এটিকে ঢেকে সে নিজেকে নিরাময় করে? — নাথানিয়েলের কণ্ঠে বিস্ময় ছিল, যা শৈশবের মুগ্ধতার সাথে মিশ্রিত ছিল, কিন্তু হঠাৎ, একটি তীক্ষ্ণ আলোকিতকরণও ছিল।

— হ্যাঁ। ধীরে ধীরে, এই বিদেশী কণাটি মুক্তার আবরণ দিয়ে আবৃত হয় – একই পদার্থ যা তার খোলার অভ্যন্তর তৈরি করে। এবং তারপর, প্রায় এক বছর পরে... মুক্তা জন্ম নেয়। চকচকে, কোমল, কিন্তু যন্ত্রণার থেকে জন্ম নেওয়া।

— অসাধারণ! তাহলে মুক্তা হল জ্বালাময়ী কিছুর প্রতি ঝিনুকের প্রতিক্রিয়া? ব্যথার প্রতিক্রিয়া? — সে মাথা নাড়ল, যেন তার পুরো জীবন, তার বহন করা সমস্ত নিজস্ব আঘাতকে পুনর্বিবেচনা করছে।

— ঠিক তাই। এবং প্রায়শই, মুক্তাতে যত বেশি মুক্তার আবরণ থাকে, তার অভ্যন্তরীণ আলো, তার আত্মা তত বেশি সুন্দর এবং তীব্রভাবে জ্বলজ্বল করে। এটি সহ্য করা কিছুর প্রতিফলন।

— তাহলে "নিরাময়" প্রক্রিয়াটি কি এটিকে আরও মূল্যবান করে তোলে? আমাদের কি আরও মূল্যবান করে তোলে? — তার শব্দগুলি নতুন, গভীর বোঝা দিয়ে ভেজানো ছিল, যা তার মধ্যে প্রতিধ্বনিত হচ্ছিল, তাকে তার মূল পর্যন্ত নাড়িয়ে দিচ্ছিল।

— একেবারে। এবং তুমি কি জানো আরও কী চিত্তাকর্ষক? উদাহরণস্বরূপ, একটি হীরার বিপরীতে, একটি প্রাকৃতিক, বন্য মুক্তার কাটা বা প্রক্রিয়াজাত করার প্রয়োজন হয় না। এর বিরল, খাঁটি সৌন্দর্য সম্পূর্ণরূপে ঝিনুকের আঘাত মোকাবেলা করার, নিজেকে ভেতর থেকে নিরাময় করার, এবং ব্যথাকে পূর্ণতায় পরিণত করার অবিশ্বাস্য ক্ষমতার ফল। এটি বিশুদ্ধ, কারণ এটি তার নিজের যন্ত্রণার আগুনের মধ্য দিয়ে গেছে।

— এটি খুব কাব্যিক... এবং... যন্ত্রণাদায়কভাবে সত্য। — নাথানিয়েল ফিসফিস করে বলল, অনুভব করছে যে তার কথাগুলো তার ভেতরে গভীর কিছুকে স্পর্শ করছে, ভুলে যাওয়া সত্য, পুরনো, নিরাময় না হওয়া ক্ষত জাগিয়ে তুলছে।

— তাই না? — মেলিনা সামনে ঝুঁকে গেল, তার চোখ তার চোখের সাথে মিলিত হল, যা প্রাচীন জ্ঞান এবং সহানুভূতিতে পূর্ণ ছিল, এবং যেন সে কেবল তাকেই নয়, অস্তিত্বের সুতোয় জড়ানো অতীতের সমস্ত অবতারকেও দেখছিল। — ভাবো... আমাদের মধ্যে একটি বিদেশী কিছুর উপস্থিতি, এমন কিছু যা আমরা আমাদের প্রতিরোধ সত্ত্বেও প্রবেশ করতে দিয়েছি, বিশ্বের সবচেয়ে আশ্চর্যজনক "মুক্তা" তৈরি করতে পারে। সবচেয়ে বড় হৃদয়। এবং সবচেয়ে গভীর ক্ষত থেকে জন্ম নেওয়া সবচেয়ে বিশুদ্ধ আত্মা। আমি আশা করি তুমি সর্বদা এই জ্ঞানটি মনে রাখবে, কারণ এটি সত্যিকারের রূপান্তরের চাবিকাঠি।

সলোমন, জ্ঞানী রাজা, যিনি প্রেমে বিশ্বাস করতেন না... তিনি তার প্রেমে বিশ্বাস করেননি এবং তাকে অসম্পূর্ণ রেখেছিলেন। ছড়িয়ে দিয়েছিলেন। ভুল বুঝেছিলেন। অসিদ্ধ রেখেছিলেন। তার আবেগহীন যুক্তি দিয়ে বিচার করেছিলেন, তার কম্পনশীল আত্মা দিয়ে নয়... কিন্তু আমার গল্পে, আমার স্বপ্নে, তিনি বিশ্বাস করতে থাকেন যে যদি দুটি আত্মা শিশিরে খালি পায়ে নাচে তবে সকালগুলি সর্বদা আরও বেশি আবেগে পূর্ণ হবে... কারণ কিছু, কখনও সত্যিই শেষ হয় না। প্রেমের শক্তি হারায় না। এটি কেবল তার রূপ পরিবর্তন করে, যেমন জল বাষ্পীভূত হয়ে বৃষ্টি হিসাবে ফিরে আসে। এবং যদি একটি কঠিন রাতের পরে আমাদের চোখ খোলার সাথে সাথে আমাদের মনে "যদি..." দিয়ে শুরু হওয়া চিন্তাগুলি আসে – "যদি আজ কম্পনটি গতকালের চেয়ে শক্তিশালী হয়? এটি কি আমার হৃদয়ের ইন্দ্রিয়, সংবেদনগুলিকে পূর্ণ করবে? নাকি কেবল একটি অন্তহীন, যন্ত্রণাদায়ক শূন্যতা থাকবে?" – একটি প্রশ্ন যা অস্পষ্ট প্রেমের শূন্যতায় প্রতিধ্বনিত হয়, যেন বহু আগে ধ্বংস হওয়া একটি টাওয়ার থেকে ঘণ্টার শব্দ, যার শব্দ এখনও বাতাসে তাড়া করে।

—✶ ⸮ ✶ ---

ফ্ল্যাশব্যাক: উপহার এবং ভবিষ্যদ্বাণী

নাথানিয়েল একটি তীক্ষ্ণ, প্রায় যন্ত্রণাদায়ক খোঁচা অনুভব করল। সলোমন এবং প্রেমে বিশ্বাস করার তার অক্ষমতা সম্পর্কে মেলিনার কথাগুলি তার অস্তিত্বের গভীরে একটি যন্ত্রণাদায়ক তারে আঘাত করল, তাকে কাঁপিয়ে দিল। সে তার চোখ বন্ধ করল, এবং তার সামনে

অতীতের একটি ছবি উন্মোচিত হল, জীবন্ত এবং স্পষ্ট, যেন সে আবার এটিকে অনুভব করছে, স্মৃতির বন্যায় মগ্ন। সে তাকে দেখল। শুধু একটি স্মৃতি নয় – সে তাকে অনুভব করল, তার শক্তি তাকে একটি উষ্ণ তরঙ্গের মতো আবৃত করল।

তাকে জানার পর তার প্রথম জন্মদিন। জুরিখের রেলস্টেশন। কাচের উপর বৃষ্টি পড়ছিল, এবং ট্রেনগুলি ভূতের মতো শিস দিচ্ছিল, সময়ের মধ্য দিয়ে যাচ্ছিল, গোপনীয়তা বহন করছিল। সে তার সামনে দাঁড়িয়ে ছিল, হাসিমুখে, তার হাতে – একটি ছোট, ভারী প্যাকেট, হলুদ হয়ে যাওয়া কাগজে মোড়ানো যা যেন শতাব্দী গোপন করছিল।

— শুভ জন্মদিন, নাথানিয়েল। — সে ফিসফিস করে বলল, তার কণ্ঠস্বর অন্য জগতের সঙ্গীতের মতো ছিল, যা তখন থেকে তার ভাগ্যের সুতোয় জড়িয়ে তাকে তাড়া করে বেড়াচ্ছিল।

ভিতরে একটি প্রাচীন ঘড়ি ছিল। শুধু পুরানো নয়, অন্য জগৎ থেকে আসা বলে মনে হচ্ছিল, যার মরচে পড়া কাঁটাগুলি সামনে যেতে অস্বীকার করছিল। সময় যেন তার মধ্যে মারা গিয়েছিল, কিন্তু somehow এখনও শ্বাস নিচ্ছিল।

— সময় সবসময় রৈখিকভাবে প্রবাহিত হয় না, তাই না? — সে বলল, তার চোখগুলি পরিহাসপূর্ণ জ্ঞান নিয়ে জ্বলজ্বল করছিল, যা সে তখন বোঝেনি। তখন। এখন এটি একটি তীক্ষ্ণ ব্লেডের মতো তার প্রতিটি কোষকে কেটে ফেলছিল, বিদ্ধ করছিল।

পরের বছর, একই দিনে, কিন্তু গালিল সাগর তীরে। সূর্য তার মুখে ঝাঁপিয়ে পড়ছিল, তার উষ্ণতা দিয়ে তাকে আদর করছিল, কিন্তু তার মধ্যে একটি ঠান্ডা পূর্বানুভব বাড়ছিল। মেলিনা তাকে দুটি মুখ সহ একটি মুদ্রা দিল। একটি মসৃণ এবং আয়নার মতো, যা বিশ্বকে প্রতিফলিত করছিল। অন্যটি – রুক্ষ, অস্পষ্ট প্রতীক দিয়ে খোদাই করা, একটি লুকানো ভাষার মতো যা কেবল অনুভব করা যেত, পড়া যেত না। ভাগ্যের নিজস্ব ভাষা।

— মনে রেখো, তুমি মরণশীল। — সে বলল, তার কণ্ঠস্বর প্রাচীনকালের ফিসফিসের মতো ছিল, যা তার স্বপ্নগুলিতে তাকে তাড়া করে বেড়াচ্ছিল। — কিন্তু মরণশীলতা কেবল মুদ্রার একটি মুখ। অন্যটিতে তুমি কী দেখছ, নাথানিয়েল? আমাকে বলো।

নাথানিয়েল তাকিয়ে রইল। কিছুই না। কেবল বিশৃঙ্খল রেখা। তখন। এখন। সে তার আঙ্গুলের নিচে তাদের স্পন্দন অনুভব করল, তাকে উপহাস করছে, তাকে অস্পষ্ট গোপনীয়তা ফিসফিস করে বলছে। এই রেখাগুলি যেন রক্তনালীর মতো ছিল, যার মধ্য দিয়ে তার নিজস্ব, পূর্বনির্ধারিত ভাগ্য প্রবাহিত হচ্ছিল।

তার সাথে তার তৃতীয় জন্মদিন। ইস্তাম্বুলের একটি ধুলোময় অ্যান্টিক বইয়ের দোকানে, পুরানো বই এবং ভুলে যাওয়া গল্পের গন্ধে পূর্ণ যা তাক থেকে শ্বাস নিচ্ছিল। সে তাকে একটি ছোট কাঠের সিন্দুক দিল, অদ্ভুত চিহ্ন দিয়ে খোদাই করা, যেন বহু আগে হারিয়ে যাওয়া একটি সভ্যতা দ্বারা লেখা। ভিতরে দুটি ছোট শিশি ছিল – একটি পরিষ্কার, সোনালী তরল সহ, যা জীবনের প্রতিশ্রুতি দিচ্ছিল, অন্যটি – খালি, কালো হয়ে যাওয়া, একটি শেষের প্রতীক হিসাবে যা সর্বদা লুকিয়ে থাকত। তাদের পাশে – গালিল সাগর থেকে একটি ঠান্ডা, কালো পাথর, যা যেন এখনও প্রাচীন জল এবং অসংখ্য ভাগ্যের স্মৃতি বহন করছিল। একটি পাথর যা কেবল একটি অভিশাপের মতো নয়, বরং সময়ের পুরো ওজনের মতো ভারী ছিল। এবং একটি মরচে পড়া চাবি, একটি পার্চমেন্ট স্ক্রোলে মোড়ানো, অস্পষ্ট চিহ্ন দিয়ে লেখা যা যেন পড়ার জন্য, ভুলে যাওয়া সত্যের দরজা খোলার জন্য অপেক্ষা করছিল।

— জীবন এবং মৃত্যু, জ্ঞান এবং বিস্মৃতি। — সে ফিসফিস করে বলল, তার কণ্ঠস্বর চিরন্তনতারই প্রতিধ্বনি ছিল। — চাবিকাঠি হল কোনটি কী তা বোঝা। এবং তোমার দিক বেছে নেওয়া।

নাথানিয়েল চোখ খুলল। এই উপহারগুলি। এই গল্পগুলি। সবকিছু একটি একক প্রাচীন ভাগ্যের সুতোয় জড়িয়ে গিয়েছিল, যা তাকে তার জালে জড়িয়েছিল। সে বহু বছর আগে এই বিষয়ে কথা বলেছিল। জীবন এবং মৃত্যু সম্পর্কে। সময় সম্পর্কে যা পিছনে এবং সামনে প্রবাহিত হয়েছিল। লুকানো জ্ঞান সম্পর্কে যা তাকে তাড়া করে বেড়াচ্ছিল। সে তাদের কখনও সত্যিই বোঝেনি। এখন পর্যন্ত। এখন সবকিছু অর্থপূর্ণ হতে শুরু করল, যন্ত্রণাদায়ক এবং আলোকিত, একটি বজ্রপাতের আঘাতের মতো, তাদের এবং তারা যে গোপনীয়তাগুলি ভাগ করত তার মধ্যে গভীর, অদৃশ্য সংযোগ প্রকাশ করছিল। এই সংযোগ, যা সে জেদ করে অস্বীকার করছিল, এখন একটি ভবিষ্যদ্বাণীর মতো তাকে আবৃত করছিল, যা তার চোখের সামনে পূরণ হচ্ছিল, অপরিবর্তনীয় এবং ভাগ্যনির্ধারক। প্রতিটি ব্যথা, প্রতিটি ভয়, প্রতিটি ভুল বোঝাবুঝি যা সে লুকিয়ে রাখার চেষ্টা করেছিল, এখন আর একটি বোঝা ছিল না, বরং একটি সম্ভাবনা ছিল – মুক্তা যা তাদের সাধারণ ইতিহাস থেকেও জন্ম নিতে হয়েছিল।

এটি ছিল তার মুহূর্ত, তার পছন্দ। গ্রহণ করা বা প্রত্যাখ্যান করা।

---❤---

অধ্যায় 34: ঈগল এবং ভাগ্যের সুতোর কিংবদন্তি

বাসতেত এবং রাজা সলোমনের গল্পটি কেবল একটি গল্প ছিল না। এটি ছিল সময়ের আদিমতার একটি ফিসফিস, যা ভাগ্যের প্রতিধ্বনি নিয়ে স্পন্দিত হচ্ছিল, চিরন্তন এবং অনিবার্য।

এমন একটি রাতে, যা সমস্ত মানব গোপনীয়তার চেয়ে গভীর, যখন নক্ষত্রগুলি মখমলের অন্ধকারে অবসিডিয়ানের অশ্রুর মতো ঝুলছিল, বাসতেত কেবল জাদু দিয়ে নয়, বরং প্রেমের আসল সার দিয়ে মিশে গিয়েছিল। সে কেবল সলোমনের জ্ঞানের প্রেমে পড়েনি, বরং সেই প্রাচীন, আদিম শিখার প্রেমে পড়েছিল, যা কখনও ম্যাগমার মতো ফেটে উঠত, কখনও তার চোখে ছাইয়ের নিচে জ্বলন্ত কয়লার মতো জ্বলত। তার প্রতিটি বিরোধিতাপূর্ণ সার তাকে একটি অপ্রতিরোধ্য, প্রায় যন্ত্রণাদায়ক শক্তি দিয়ে আকর্ষণ করত। সে তার আবেগহীন, যুক্তি দিয়ে বোনা যুক্তিকে জাগিয়ে তোলার জন্য, তাকে পরিচিতের আত্মবিস্মৃতি থেকে ছিঁড়ে ফেলার জন্য, তাকে মুক্ত করার জন্য তৃষ্ণার্ত ছিল।

বাসতেত, অতিপ্রাকৃত সংবেদনশীলতা সহকারে, তার আত্মার ভাষা একটি খোলা বইয়ের মতো পড়তে পারত। সে জানত কখন তার দৃষ্টিতে বরফ গলে ফেলার ক্ষমতা সহ আগুন জ্বলে ওঠে এবং কখন অবিশ্বাসীদের ছাইয়ে তা নিভে যায়। সে প্রতিটি চিন্তা, প্রতিটি লুকানো আবেগ অনুভব করত। সে তার আত্মাকে জানতে পেরেছিল। তার আকাঙ্ক্ষা ছিল তার আকাঙ্ক্ষা, তার ভয় ছিল তার ভয়। সে সেই অদৃশ্য তারকে স্পর্শ করেছিল, যা অতীত এবং ভবিষ্যতের মধ্যে প্রসারিত ছিল, যার উপর সে সবচেয়ে নিখুঁত সুর বাজাতে পারত – দুটি মহাবিশ্বের সংমিশ্রণের একটি স্তোত্র। সে কেবল গোপনীয়তা নয়, অস্তিত্বের আসল সার নিজেই রক্ষা করত। তার মন্ত্রের ফিসফিসে, যা মহাবিশ্বের মতোই প্রাচীন, অমরত্বের সমাধান করা রহস্যটি লুকিয়ে ছিল – বস্তুর অধীন একটি দেহের জন্য, এবং একটি আত্মার জন্য যা তার বাইরে বাস করে।

সলোমন, রাজা, জ্ঞানী ছিলেন। তিনি কেবল বিশ্বের আইনগুলি জানতেন না, বরং সেগুলির উপর নিয়ন্ত্রণও ছিল। তিনি দৃশ্যমান, স্পর্শযোগ্য, বস্তুগত কিছুর উপর নিয়ন্ত্রণ রাখতেন। তিনি তার মধ্যে গভীর গোপনীয়তা বহন করতেন, যা ক্ষমতা এবং একাকীত্বের কুয়াশায় মোড়ানো ছিল। এই দুটি শক্তি – তার রহস্যময় জাদু, যা মহাজাগতিক থেকে জন্ম নেওয়া, এবং তার পার্থিব জ্ঞান, যা মানব দ্বারা নির্মিত – একত্রিত হতে চেয়েছিল। একই মহাবিশ্বের দুটি বিপরীত দিককে জানতে চেয়েছিল। কিন্তু তাদের প্রত্যেকে একটি অস্পষ্ট, স্পন্দিত ভয় অনুভব করত। যেন

তাদের নিজস্ব সীমা অতিক্রম করা একটি অজানা বিপদ, তাদের নিজেদের অস্তিত্বের জন্য একটি অস্তিত্বগত হুমকি লুকিয়ে রেখেছিল। ঈশ্বর, বা সম্ভবত মানব প্রকৃতির আসল আর্কিটাইপ, তাদের মধ্যে তাদের বিপরীতের মধ্যে, অজানা, অসিদ্ধ সংমিশ্রণে সম্পূর্ণভাবে দ্রবীভূত হওয়ার একটি অনিচ্ছা বোনেছিলেন।

অবশেষে, সে অনুভব করল যে তার সম্পূর্ণ আত্মসমর্পণের জন্য যুদ্ধ করা অর্থহীন, যেমন খালি হাতে জোয়ার থামানোর চেষ্টা করা। একটি অদৃশ্য ভার, পাথরের চেয়েও শক্তিশালী, তার হৃদয়কে চাপ দিল। এটি তাকে ধীরে ধীরে পিষ্ট করছিল। সে তার চোখে হতাশাকে দেখতে পেল, দুটি আত্মার নিখুঁত সংমিশ্রণে তার অবিশ্বাসের কারণে, সেই ক্যাথারসিস যা কেবল প্রেমের প্রতি সম্পূর্ণ আত্মসমর্পণের সাথে ঘটতে পারে। তার মধ্যে কিছু সময়ের ওজনের নিচে, অসংখ্য সিদ্ধান্ত এবং আপসের ধুলার নিচে বিবর্ণ হয়ে গিয়েছিল। এবং এটি তাকে অন্য কিছুর চেয়ে বেশি ব্যথা দিচ্ছিল, তাকে ভেতর থেকে ক্ষয় করছিল। সে একটি অতল গহ্বরের কিনারায় দাঁড়িয়ে ছিল, তার প্রেম ত্যাগ করতে প্রস্তুত, সমস্ত লক্ষণ সত্ত্বেও, তার অতিসংবেদনশীলতার ফিসফিস সত্ত্বেও, যা তাকে পরামর্শ দিচ্ছিল যে কেবল তার অটল বিশ্বাসই তাদের পূর্ণতায় নিয়ে যেতে পারে... কিন্তু বিশ্বাস রক্তপাত শুরু করছিল, একটি যন্ত্রণায় পরিণত হচ্ছিল, যা যে কোনও শারীরিক ব্যথার চেয়ে বেশি যন্ত্রণাদায়ক ছিল।

—✶ ʢ ✶ ---

বাসতেতের গোপন আচার

একটি চাঁদহীন রাতে, যখন প্রাসাদটি নীরবতার পর্দার নিচে ঘুমিয়ে ছিল, যা এত ঘন ছিল যে এটিকে স্পর্শ করা যেত, বাসতেত তার ঘর থেকে বেরিয়ে গেল। সে হাঁটছিল না, বরং একটি ছায়ার মতো পিছলে যাচ্ছিল, ঘুমন্ত বিশ্বের ছন্দে শ্বাস নিচ্ছিল। সে অন্ধকার বনের পথ ধরে গেল, যার শিকড়গুলি মাটির উপর শিরাগুলির মতো পেঁচিয়ে ছিল। তার পা তাকে তার গোপন আশ্রয়ে নিয়ে গেল – একটি হ্রদ, যার জল একটি ছোট জলপ্রপাত থেকে চাপা গর্জন সহকারে পড়ছিল। তার পিছনে, শিলায় একটি খোলা ক্ষতের মতো, একটি গুহা লুকিয়ে ছিল, যা সময়ের চেয়েও পুরানো রহস্যে আবৃত ছিল। রাতটি ছিল অন্ধকার। এমনকি রাতের পাখিরাও নীরব ছিল।

গুহার গভীরে, যেখানে বহু শতাব্দী ধরে শিলাগুলির স্ফটিক জালিতে কোড করা ভুলে যাওয়া জ্ঞান সংরক্ষিত ছিল, জাদুকরীটি জ্ঞানের একটি অন্তহীন গোলকধাঁধার মধ্যে হারিয়ে গিয়েছিল। তার হৃদয় একটি প্রাচীন, আদিম ছন্দে স্পন্দিত হচ্ছিল, পার্চমেন্টের পাতা থেকে ভূতের মতো, স্পন্দিত দর্শন হিসাবে ভেসে ওঠা রুনগুলির সাথে সিঙ্ক্রোনাইজড। গুহাটি নিজেই তার জাদুর সাথে সামঞ্জস্য রেখে শ্বাস নিচ্ছিল। সে এটির অংশ হয়ে গিয়েছিল।

এক মুহূর্তে, উত্তপ্ত পাথরের উপর রাখা মাটির পাত্রে জলটি একটি অদ্ভুত, অ-পার্থিব আলো দিয়ে জ্বলজ্বল করে উঠল। এটি একটি সম্মোহনকারী ঘূর্ণি তৈরি করে ঘুরতে শুরু করল। প্রতিটি ঘূর্ণিত বিন্দুতে সে কেবল তার প্রেমিকের প্রতিচ্ছবিই দেখেনি, বরং তার পুরো ভাগ্য, তার সমস্ত সন্দেহ এবং ভয়, যা ভবিষ্যতের পর্দার মধ্যে আবৃত ছিল, অশ্রু দিয়ে বোনা ধোঁয়ার মতো। সে একটি মন্ত্র উচ্চারণ করল, যার শব্দ গুহার ফিসফিসের সাথে মিশে গেল, এবং জলটি একটি কম্পনশীল শক্তি দিয়ে পূর্ণ হল। বাতাস সীসার পর্দার মতো ভারী হয়ে গেল, যা প্রাচীন ভেষজগুলির তিক্ত সুগন্ধ এবং ওজোনের কড়া গন্ধ দিয়ে পূর্ণ ছিল।

সে কাঠের তাক থেকে একটি প্রাচীন বালি ঘড়ি নিল, যা অজানা প্রতীক দিয়ে খোদাই করা ছিল, এবং এটিকে ভূতের বাষ্প নির্গত ফুটন্ত পাত্রের উপর ঝুলিয়ে দিল। যে মুহূর্তে সে এটিকে উল্টো করল, নীচের পিরামিডে বালিগুলি উপরের দিকে উঠে সেখানে স্থির হয়ে গেল। সে কেবল সময়ের গতিপথকে উল্টো করেনি, বরং এটিকে থামিয়ে দিয়েছিল। সে তার গতিশীলতাকে হিমায়িত করেছিল, একটি গোপনীয়তা প্রকাশ করে যা সে আবিষ্কার করতে আগ্রহী ছিল – যে

সময় একটি বিভ্রম, যা ইচ্ছার দ্বারা চালিত হতে পারে। তারপর সে দুটি ডুমুর পাতা নিল, যা সকালের শিশিরের মতো তাজা ছিল, এবং সেগুলিকে তার সমস্ত মোহনীয় ভেষজ দিয়ে ভরাট করল, যা চাঁদের আলোতে সংগ্রহ করা হয়েছিল।

সে একজন জাদুকরী ছিল, যাকে কেবল প্রাচীন জ্ঞান নয়, বরং তার কোষের স্মৃতিতে কোড করা জৈব রাসায়নিক জ্ঞানও দেওয়া হয়েছিল। সে জানত কীভাবে এক মুহূর্তে তার ক্লান্ত হৃদয়ে প্রেমের প্রতি একটি অটল বিশ্বাস প্রবেশ করানো যায়। সে জানত কীভাবে তার দ্বিধাকে সান্নিধ্যের জন্য তৃষ্ণায় পরিণত করা যায়। সে জানত কীভাবে অদৃশ্য সময়কে একটি স্পর্শযোগ্য অনুভূতিতে, একটি স্পন্দনে, একটি শ্বাসে রূপান্তরিত করা যায়... এবং কীভাবে তার শরীরকে অমরত্বের অমৃত দিয়ে স্পর্শ করা যায়, যা বহু শতাব্দী ধরে সংরক্ষিত ছিল। সে তার জন্য এই সব চেয়েছিল, কেবল একসাথে তাদের অস্তিত্বের সার এবং পরমানন্দ পৌঁছানোর জন্য, দুটি আত্মার নিখুঁত মিলনের জন্য, যারা আর দুটি নয়। যাতে সে তার নিজের গভীরে প্রেমের সন্ধান করা ছেড়ে না দেয়। সে সবকিছুর জন্য প্রস্তুত ছিল, এমনকি যদি তার নিজের জীবনের শ্বাস তাকে যুক্তির হাইবারনেশন থেকে জাগিয়ে তুলতে পারত।

সূর্য ধীরে ধীরে অন্ধকার ভেদ করতে শুরু করল। তার প্রথম, সোনালী রশ্মিগুলি হ্রদের জলের পৃষ্ঠে নাচতে শুরু করল, এটিকে ভোরের আয়নায় পরিণত করল। ভোরের সূক্ষ্ম রঙে আবৃত এবং খালি পায়ে, সকালের শিশিরে ঠান্ডা, সে প্রাসাদে ফিরে এল, তার জেগে ওঠার আগে। সকালটি অদৃশ্য অনুপ্রেরণা দিয়ে পূর্ণ ছিল, একটি নতুন শুরুর প্রতিশ্রুতি সহ... এবং একটি অন্তহীন, সর্বগ্রাসী প্রেমের সামান্য সুগন্ধ।

সে ধীরে ধীরে তার ঘরে প্রবেশ করল। সে এখনও ঘুমাচ্ছিল, একটি গভীর, এখন একটি জাদুকরী স্বপ্নে নিমগ্ন। সে তার পাশে কম্বলের নিচে নীরবে পিছলে গেল, তার সূক্ষ্ম সাদা নাইটগাউন সহ, যা সকালের আলোতে প্রায় স্বচ্ছ ছিল। সে তার বাহুতে গুটিয়ে গেল, তার ত্বকের উষ্ণতা অনুভব করল, তার মুখে তার শ্বাস শ্বাস নিল, এবং সে আরও গভীর, জাদুকরী ঘুমে ডুবে গেল। ধীরে ধীরে, কোমল নড়াচড়া দিয়ে সে তার শরীরকে একটি যাদুকরী অমৃত দিয়ে ভেজানো একটি কম্প্রেস দিয়ে আবৃত করল, যার অণুগুলি তার ছিদ্র দিয়ে প্রবেশ করছিল। তার নরম আঙ্গুল দিয়ে সে তার ত্বকে একটি মোহনীয় ভেষজ ছিটিয়ে দিল। তারপর সে তার হৃদয়ের উপর জ্ঞান এবং উর্বরতার প্রতীক ডুমুরের পাতাটি রাখল এবং একটি এসিন কিংবদন্তি ফিসফিস করল, যার শব্দগুলি একটি অজানা শক্তি দিয়ে স্পন্দিত হচ্ছিল, যা সহস্রাব্দের জ্ঞানকে সরাসরি তার অবচেতনতায় স্থানান্তর করছিল:

— কারণ সে, ঈগলের মতো, তার পুরানো "আমি" কে ছিঁড়ে ফেলতে, পরিচিতের শৃঙ্খল ছিঁড়ে ফেলতে, যাতে একটি নতুন, উচ্চতর সত্তায় আবার জন্ম নিতে পারে।

—✶ ✶ ---

আত্মা এবং বস্তুর পুনর্জন্ম

— ঈগল, আকাশের শাসক, আত্মা এবং ট্রান্সসেন্ডেন্সের প্রতীক, সমস্ত পাখির মধ্যে সবচেয়ে দীর্ঘকাল বাঁচে। তার দীর্ঘায়ু কেবল একটি জৈবিক সত্য নয়, বরং একটি আধিভৌতিক শুদ্ধিকরণের ইচ্ছার ফল। কিন্তু এই ঈর্ষণীয় বয়সে পৌঁছানোর জন্য, তাকে একটি ভাগ্যনির্ধারক সিদ্ধান্ত নিতে হবে – তার অস্তিত্বের জন্য একটি অস্তিত্বগত পছন্দ। যখন সে চল্লিশ বছর বয়সে পৌঁছায়, তার তীক্ষ্ণ নখগুলি, যা একসময় বিদ্যুতের মতো শিকার ধরতে সক্ষম ছিল, এখন ভোঁতা এবং অকেজো হয়ে যায়। তার দীর্ঘ এবং শক্তিশালী ঠোঁট বাঁকা হয়ে যায়, অকার্যকর হয়ে যায়। এবং তার পুরানো এবং ভারী ডানা, মোটা, জীর্ণ পালক দিয়ে বোঝা, আগের মতো প্রসারিত হতে পারে না, তার উড়ানকে একটি যন্ত্রণাদায়ক, প্রায় অসম্ভব প্রচেষ্টায় পরিণত করে। ঈগল একটি নিষ্ঠুর পছন্দের মুখোমুখি হয়: মৃত্যু এবং রূপের পচনে আত্মসমর্পণ করা, অথবা একটি

যন্ত্রণাদায়ক, প্রায় কিমিয়াবি রূপান্তর সহ্য করা, যা একশো পঞ্চাশ দিন স্থায়ী হবে – ধ্বংস এবং সৃষ্টির একটি চক্র।

তাকে পাহাড়ের সর্বোচ্চ চূড়ায় উড়ে যেতে হবে, যেখানে বাতাস পাতলা এবং নীরবতা পরম, এবং সেখানে একটি বাসা তৈরি করতে হবে, কঠোর শিলাগুলির মধ্যে একাকীত্ব খুঁজবে। তারপর, আত্ম-জ্ঞান এবং আত্ম-আঘাতের একটি কাজ হিসাবে, ঈগল তার ঠোঁটকে শক্ত শিলায় আঘাত করতে শুরু করে, যতক্ষণ না এটি চূর্ণ হয়ে যায়, ধুলায় পরিণত হয়, যা পুরানো দৃষ্টান্তগুলির ধ্বংসের প্রতীক। যখন একটি নতুন, শক্তিশালী ঠোঁট জন্ম নেয়, যা একটি ক্ষুর হিসাবে তীক্ষ্ণ, সে এটিকে তার পুরানো, জীর্ণ নখগুলি এক এক করে ছিঁড়ে ফেলার জন্য ব্যবহার করে, প্রতিটি ছিঁড়ে ফেলা – অতীতের প্রত্যাখ্যানের একটি কাজ। নতুন, তীক্ষ্ণ নখগুলি জন্মানোর পরে, তাকে তার ভারী, পুরানো পালকগুলিও ছিঁড়ে ফেলতে হবে, যা সময় এবং মাধ্যাকর্ষণের ভার থেকে নিজেকে মুক্ত করে।

পাঁচটি দীর্ঘ মাস ব্যথা, শুদ্ধিকরণ এবং জৈব রাসায়নিক পুনর্জন্মের পরে, ঈগল তার পুনর্জন্মের পরে তার প্রথম উড়ান নেয় – কেবল একটি উড়ান নয়, বরং পুনরুজ্জীবিত আত্মার একটি নাচ, যা নবীন হয়েছে এবং আরও কয়েক দশক জীবন, উড়ান এবং স্বাধীনতা দিয়ে পূর্ণ হওয়ার জন্য প্রস্তুত।

—✶ ६ ✶ ---

শীঘ্রই সলোমন জেগে উঠলেন। তিনি কেবল জেগে উঠলেন না, বরং একটি অস্পষ্ট, কিন্তু গভীরভাবে প্রোথিত চিন্তা সহকারে সচেতনতায় ফিরে এলেন। সে তার পাশে শুয়ে ছিল এবং তাকে একটি কোমল, তীক্ষ্ণ দৃষ্টিতে দেখছিল, যা যেন মাংসের বাইরে, তার সত্তার আসল সাবঅ্যাটমিক কাঠামো পর্যন্ত দেখছিল। সে তার চোখের গভীরতায় তাকিয়ে রইল, যা যেন পুরো মহাবিশ্বকে প্রতিফলিত করছিল, এবং তাদের মধ্যে কেবল তার নিজের প্রতিচ্ছবিই নয়, বরং গোপনীয়তার একটি অন্তহীন মহাবিশ্বও দেখল। সে তার মুখের দিকে তার হাত বাড়াল এবং স্পর্শটি তাকে আঘাত করল – তার ত্বক বাতাসের শ্বাসের মতো হালকা ছিল, প্রায় অ-বস্তুগত। তার বাহুতে সে তার নরম ত্বক অনুভব করল, যা তার নিজের সাথে শক্তভাবে লেগে ছিল। এক মুহূর্তের জন্য তার মনে হয়েছিল যে সে তার মধ্য দিয়ে দেখতে পারে, অন্য মাত্রায় দেখতে পারে।

সে তার সামনে আয়নার দিকে তাকাল এবং এক মুহূর্তের জন্য সে তার প্রতিচ্ছবি চিনতে পারল না। তার ছবি কেবল একজন মানুষের ছিল না, বরং স্বপ্নে নির্মিত একটি শক্তির ছিল, একটি নতুন আর্কিটাইপ, যা ছাই থেকে পুনরুজ্জীবিত হয়েছিল। তার চোখ, এখন আরও গভীর, বিদ্যুতের মতো জ্বলজ্বল করছিল, এবং তার মুখ জীবন এবং অপ্রত্যাশিত শক্তির অজানা রঙ এবং ছায়ায় আলোকিত হচ্ছিল। সে, একটি করুণাময় বিড়ালের মতো, তার চারপাশে জড়িয়ে গেল, তার প্রতিটি কম্পন অনুভব করে, এবং আয়নায় তার মুখে লেখা বিস্ময় অনুসরণ করল। সেও তার সবুজ, তীক্ষ্ণ দৃষ্টিতে তাকিয়ে রইল, যা যেন শতাব্দী ধরে সমস্ত জ্ঞান ধারণ করছিল। সে একজন জাদুকরী ছিল এবং সে তা জানত, কিন্তু তার আত্মা তার সার দিয়ে পূর্ণ ছিল, যেন সে ইতিমধ্যেই তার গভীরে বাস করছিল। সে প্রথমবারের মতো সত্যিকারের প্রেমের উড়ান অনুভব করেছিল, কেবল একটি আবেগ নয়, বরং একটি মহাজাগতিক শক্তি।

তারপর সে তাকে বালি ঘড়িটি দেখাল, যার বালি এখনও পিছনের দিকে প্রবাহিত হচ্ছিল, যা পদার্থবিজ্ঞানের আইন লঙঘন করছিল, এবং তাকে কীভাবে অস্পষ্ট সময়কে নিয়ন্ত্রণ করতে হয় তার গোপনীয়তা প্রকাশ করল। সলোমন বিশ্বের সবচেয়ে জ্ঞানী মানুষ রয়ে গেলেন আজও, কিন্তু তার জ্ঞান এখন চিরন্তনতার ছাপ বহন করছিল। বাসতেত তার গোপন গুহায় ফিরে গেল, যেখানে সে তার জাদু শক্তিগুলি বিকাশ করতে থাকল, যা প্রাচীন গোপনীয়তা, অস্তিত্বের মহাজাগতিক অ্যালগরিদমগুলি রক্ষা করছিল।

—✶ ﴿ ✶ ---

ভাগ্যের সুতো: মেলিনার ভবিষ্যদ্বাণী

মেলিনা, এক বছর পরে, নাথানিয়েলের কাছে বিশ্বাস করে বলল, একটি কণ্ঠস্বর দিয়ে যা যেন অন্য বিশ্বের প্রতিধ্বনি বহন করছিল:

— আমি গোপনে কিমিয়াবি যৌগটি জানতে পেরেছিলাম, যা আমার স্বপ্নে ফিসফিস করে বলা হয়েছিল। আমি কেবল এটিকে ডিকোড করিনি, বরং এটিকে অনুভব করেছিলাম, এটিকে সম্মিলিত অবচেতন থেকে, মহাবিশ্বের আর্কিটাইপাল ম্যাট্রিক্স থেকে বের করে এনেছিলাম। শুধু তাই নয় যে আমি অবচেতনভাবে জানতাম কোথায় ধুলোময় বইগুলিতে খুঁজতে হবে, যেগুলি প্রাচীন বৈজ্ঞানিক গ্রন্থগুলি লুকিয়ে রেখেছিল, কিন্তু অন্য কিছু, অদৃশ্য এবং সর্বশক্তিমান, আমাকে পথটি ফিসফিস করে বলেছিল। কিন্তু এখন আমি জানি কীভাবে এটি তৈরি করতে হয়। আমি এটির সমস্ত বৈশিষ্ট্য না জানা পর্যন্ত, এর প্রতিটি গোপনীয়তা সমাধান না করা পর্যন্ত পরীক্ষা চালিয়ে যাব। স্বপ্নগুলি আমাকে এত দীর্ঘ সময় ধরে তাড়া করে বেড়াচ্ছিল, তোমার কাছে পথটি এতগুলি প্রশ্ন দিয়ে পূর্ণ ছিল, আমি উত্তর খুঁজছিলাম কেন এবং আমি আসলে কী খুঁজছি। তুমি আমার কথায় বিশ্বাস নাও করতে পারো, এবং আমি তোমাকে বোঝানোর চেষ্টা করছি না, কিন্তু তোমাকে আমাকে বিশ্বাস করতে হবে, অসম্ভবতার প্রতি খুলতে হবে, যাতে আমি এই জীবনে তোমার অভিভাবক দেবদূত হতে পারি। তুমি ব্যবসা, প্রভাব এবং ক্ষমতার তোমার নিজের বিশ্বে বসবাস চালিয়ে যেতে পারো, কিন্তু যদি তুমি আমাদের সাক্ষাতের পূর্বনির্ধারিততায়, ঘটনাগুলির সিঙ্ক্রোনিসিটিতে বিশ্বাস না করো, তবে আমি তোমাকে এই অমূল্য উপহারটি দিতে পারব না – স্বাস্থ্য, সুখ এবং সত্যিকারের, মহাজাগতিক প্রেম... আর সেগুলি ছাড়া, অন্য সবকিছু কি অর্থপূর্ণ? আমি তোমার আত্মার প্রতিটি কম্পন, প্রতিটি সুগন্ধ অনুভব করি... তোমার শক্তির ক্ষেত্রের প্রতিটি কম্পন।

— যে বিশ্বটি আমি তোমাকে বর্ণনা করতে পারি, তা তোমার সমস্ত প্রত্যাশা থেকে ভিন্ন প্রমাণিত হবে। এটি একটি সর্বনাশী চিত্রের সাথে সাদৃশ্যপূর্ণ, যা আমাদের বর্তমান বোঝার দৃষ্টিকোণ থেকে কল্পনা করা কঠিন, কারণ মানব সচেতনতা সীমিত। বহুবার আমি আমার জন্য যুক্তিসঙ্গত এবং বাস্তবসম্মত পছন্দগুলিকে উপেক্ষা করেছি এবং কেবল আমার অন্তর্দৃষ্টির কণ্ঠস্বর অনুসরণ করেছি... দিক এবং উপায়কে প্রতিরোধ না করে, যা আমাকে এই রহস্যময় পথের শেষ পর্যন্ত নিয়ে যাচ্ছিল... যা সচেতনতার বিবর্তনের পথ।

—✶ ﴿ ✶ ---

বাসতেতের আত্মত্যাগ

— আমি যাদের ভালোবাসি তাদের আকাঙ্ক্ষা এবং প্রয়োজনের বাইরে দেখতে এবং একটি পছন্দ করতে, কেবল একটি পছন্দ নয়, একটি অস্তিত্বগত আত্মত্যাগ করার জন্য নিয়তি দ্বারা নির্ধারিত।

বাসতেত তার গুহায় গুটিয়ে গিয়েছিল – একটি আশ্রয়স্থল, যেখানে সে একাকীত্ব খুঁজে পেয়েছিল, কিন্তু একাকী ছিল না, কারণ সে সমস্ত জীবন্ত কিছুর সাথে সংযুক্ত ছিল। তার অতিসংবেদনশীল উপলব্ধি তাকে সময় এবং স্থানের অন্তহীন মাত্রার মধ্য দিয়ে বহন করত, যা সে তার ইচ্ছার অধীন করত। এবং সময়? সে তার অস্পষ্ট শক্তিকে ঘনীভূত বা প্রসারিত করার প্রাচীন শক্তি নিয়ন্ত্রণ করত – একটি জ্ঞান যা সলোমন সহজাতভাবে আয়ত্ত করতে চেয়েছিলেন। এটি তাকে জীবন এবং... প্রেমের দেবীতে পরিণত করেছিল, কারণ এই বিশ্বের সমস্ত কিছুর মতো, প্রেম একটি আদিম শক্তি, সবচেয়ে শক্তিশালী এবং সবচেয়ে আকর্ষণীয় শক্তি সহ, একটি সর্বজনীন ধ্রুবক যা সবকিছুকে চালিত করে।

তবে সেই রাতে তার গুহাটি অস্থিরতা, উদ্বেগ এবং উত্তেজনা নিয়ে স্পন্দিত হচ্ছিল, যা আসন্ন মহান, অপ্রতিরোধ্য আত্মত্যাগের প্রতিফলন ছিল। বাইরে পূর্ণিমা, যা রাতের আকাশে একটি রূপালী চোখের মতো উঠেছিল, একই সাথে তার সমস্ত রহস্যময় শক্তিকে আলোকিত এবং গ্রাস করছিল। হ্রদের উপর প্রসারিত চাঁদের পথটি, আলোর সেতুর মতো, একটি বাহক এবং একটি মহাজাগতিক পোর্টাল হিসাবে কাজ করছিল, যার মধ্য দিয়ে অদৃশ্য শক্তি প্রবাহিত হচ্ছিল।

তার শক্তিগুলি মহাবিশ্বের রহস্যময় গভীরতা থেকে উন্মুক্ত হয়েছিল, এমন জায়গা থেকে যা মানব যুক্তির জন্য অ্যাক্সেসযোগ্য ছিল না। তার চুলের মধ্য দিয়ে সূক্ষ্ম বজ্রপাত যাচ্ছিল। কোড করা প্রাচীন প্রতীকগুলি তার ধূসর-বেগুনি আভায় হাজির হচ্ছিল এবং অদৃশ্য হচ্ছিল। তার হাতের তালুতে ঘনীভূত শক্তির একটি বল স্পন্দিত হচ্ছিল, লাল-সোনালি রঙে জ্বলজ্বল করছিল। আর বাইরে একটি বন্য, হিংস্র বাতাস বইছিল, যা বিশৃঙ্খল, ভয়ঙ্কর নৃত্যে গাছের মুকুটগুলিকে টেনে নিয়ে যাচ্ছিল। এটি ডিসেম্বর ছিল। মধ্যরাত, এমন একটি সময় যখন পৃথিবীগুলির মধ্যে সীমানাগুলি পাতলা হয়ে যায়।

হ্রদের পৃষ্ঠটি একটি অগ্নিময় কূপের মতো আলোড়িত হয়েছিল, যা ঘূর্ণিগুলিতে ফুটছিল। তার সবুজ চোখ ভিতরের দিকে স্থির ছিল, যা অভ্যন্তরীণ মহাবিশ্বকে গ্রাস করছিল। তার কান পার্থিব শব্দের জন্য বধির ছিল, যা অতিস্বনক কম্পনের জন্য টিউন করা ছিল। তার ঠোঁট নীরব ফিসফিস করছিল। তার ত্বক কাঁটা দিয়ে পূর্ণ ছিল, যা তার সত্তার গভীর, অভ্যন্তরীণ কম্পন গ্রহণ করছিল। সে শারীরিক জগৎ থেকে বিচ্ছিন্ন হয়ে গিয়েছিল এবং সত্যের বিশাল ট্রান্সসেন্ডেন্টাল পরিধিতে প্রবেশ করেছিল, তার আধ্যাত্মিক ঘূর্ণিগুলিকে ঐশ্বরিক নিউক্লিয়াসের ঘূর্ণির সাথে সংযুক্ত করছিল। ভেজা মাটিতে নতজানু হয়ে, তার পাগুলি অসাড় হয়ে গিয়েছিল, যেন মাটিতে শিকড় গেড়েছিল। তার মেরুদণ্ড বেদনাদায়কভাবে বেঁকে গিয়েছিল, অ-পার্থিব উপাদানগুলির অপ্রতিরোধ্য ওজনের নিচে মোচড় খাচ্ছিল। তার হাত, পাখির হাড়ের মতো ভঙ্গুর, রহস্যময় মিলনের চরম, ক্লান্তিকর আনন্দে দুর্বল হয়ে গিয়েছিল।

সেই পবিত্র রাতে বাসতেত কী করছিল? কেন সে তার অমর চক্রকে একটি অবিরাম আত্মসমর্পণে, মহাজাগতিক পরার্থপরতার একটি কাজ হিসাবে পরিণত করেছিল? সে ভবিষ্যতের সুতোগুলি জানত এবং দেখতে পেত, যা সম্ভাবনার দ্বারা তৈরি একটি জটিল ট্যাপেস্ট্রিতে জড়িয়ে ছিল। তার শক্তিগুলি তার প্রেমময় আত্মার গভীরে লুকিয়ে ছিল। তার স্বপ্নগুলি তাকে তাড়া করে বেড়াচ্ছিল, তাকে অনস্বীকার্য দর্শনগুলি চাপিয়ে দিচ্ছিল, যা তাকে পরিবর্তন করতে, পুনর্বিন্যস্ত করতে, কারণ এবং প্রভাবের সম্পর্কগুলি আবার লিখতে হয়েছিল, যাতে মানবজাতির ইতিহাস সম্ভব হয়, যাতে এটিকে সঠিক পথে, আলোর পথে পরিচালিত করা যায়।

সে জানত যে তার পুরো সত্তা দিয়ে যা সে আকাঙ্ক্ষা করত তা পাওয়ার জন্য, তাকে নিজের থেকে সমানভাবে উল্লেখযোগ্য কিছু দিতে হবে, তার সারিতে সমান কিছু, যাতে মহাবিশ্বের শক্তির বিনিময়কে ভারসাম্য করা যায়। মহাবিশ্বের ভারসাম্য একটি অদম্য আইন। একটি দশমাংশ, একটি উপহার বা একটি অঙ্গীকার যথেষ্ট নয় – একটি সমান আত্মত্যাগ, একটি ব্যক্তিগত আত্মত্যাগ, একটি সম্পূর্ণ ট্রান্সমিউটেশন প্রয়োজন। তাকে সময়ের অদম্য গতি থামাতে হয়েছিল, বালি ঘড়ির বালিকে সময়হীনতায় স্থির করতে বাধ্য করতে হয়েছিল, একটি অস্থায়ী অস্বাভাবিকতা তৈরি করতে হয়েছিল। স্থানকে বাঁকাতে হয়েছিল, তার অভ্যাস লঙ্ঘন করতে হয়েছিল, অস্তিত্বের জড়তাকে ব্যাহত করতে হয়েছিল। তার অ-মানবিক অতিশক্তিগুলিকে ডিকোড করতে হয়েছিল, প্রেমের নামে ব্যবহার করতে হয়েছিল... সলোমনের প্রতি, যিনি তার পালকের কম্বলের নিচে গভীরভাবে ঘুমাচ্ছিলেন, তার আত্মার জন্য যে যুদ্ধ চলছিল তা সন্দেহ না করে। তার জ্ঞান এবং তার অন্ধ বিশ্বাসে নেশাগ্রস্ত হয়ে যে সে এই বিশ্বের সবকিছু জেনেছে... পার্থিব – সম্ভবত, হ্যাঁ!

তিনি তার সমস্ত অনস্বীকার্য সত্য এবং যৌক্তিক নিয়মগুলি গ্রহণ করতেন, কিন্তু অন্য, অস্পষ্ট, চিরন্তন কিছুর রহস্যের প্রতি অন্ধ ছিলেন... সেখানে, যেখানে তিনি আবার বাসতেতের অতৃপ্ত শক্তির সাথে মিলিত সাদৃশ্য নিয়ে নাচবেন, দুটি আত্মা মহাজাগতিক সিম্ফনি দ্বারা একত্রিত হবে।

কিন্তু সে জানত। সে তার ভবিষ্যদ্বাণীমূলক স্বপ্নগুলিতে প্রতি রাতে দেখত, কেবল স্বপ্ন নয়, বরং ভবিষ্যতের সময়রেখার জানালা। এবং এই জ্ঞান একটি অপ্রতিরোধ্য ব্যথায় পরিণত হয়েছিল, তার হৃদয়ের একটি ওজনে, যা মহাবিশ্বের সমস্ত পদার্থের চেয়ে ভারী। এবং যেহেতু সে, অন্যান্য সমস্ত মানুষের বিপরীতে, পথ এবং ভাগ্য পরিবর্তন করতে, ভবিষ্যৎকে আবার লিখতে পারত... সে তা করত। তার ঠোঁটগুলি উচ্চতর শক্তির প্রতি একটি নীরব ব্রত ফিসফিস করছিল। সে এটিকে একটি চুক্তি বলে ডাকত, কিন্তু সে জানত যে ঈশ্বরের সাথে কোনও চুক্তি করা হয় না... তাকে করুণা প্রার্থনা করতে হয়েছিল, আশার বীজ বুনতে হয়েছিল এবং নিজেকে উৎসর্গ করতে হয়েছিল, তার দীর্ঘ জীবনে প্রাপ্ত সমস্ত অমূল্য উপহারের জন্য কৃতজ্ঞতা জানাতে হয়েছিল। তাদের মধ্যে সবচেয়ে মূল্যবানটিকে উৎসর্গ করতে হয়েছিল – তার পার্থিব, শারীরিক, শারীরিক জীবন। তার জাদুকরী শক্তি এবং বিস্তৃত জ্ঞান সমান ছিল না, কারণ সেগুলি তাকে একটি নির্দিষ্ট উদ্দেশ্য নিয়ে ধার দেওয়া হয়েছিল – ব্যবহার করার জন্য। তার বিশ্বাস এবং প্রেম ছিল সত্যিকারের, সংযোগকারী রূপালী সুতো, যা যদি সে উৎসর্গ করত, তবে সে তার নিজের আত্মাকে ধ্বংস করত। তাই সে তার বর্তমান জীবনকে, এই পার্থিব, শারীরিক, শারীরিক জীবনকে উৎসর্গ করছিল, এটিকে শক্তিতে রূপান্তরিত করছিল। কেবল তার ঠোঁটগুলি পূর্ণ, উজ্জ্বল, এবং যেন মনোযোগ সহকারে শুনছিল চাঁদের কাছে একটি ঐশ্বরিক ফিসফিস করছিল, যা তার মহাজাগতিক আত্মত্যাগের সাক্ষী ছিল...

এটি অদ্ভুত যে তার আঙ্গুল দিয়ে প্রাচীন জ্ঞানের বইতে লেখা সবকিছু, কেবল পূরণই হয়নি, বরং অদৃশ্য মহাজাগতিক নিয়ম অনুসরণ করে বস্তুগতও হয়েছিল... তার স্বপ্নের বর্ণনা, বাস্তবতায় পরিণত হওয়ার বহু বছর আগে, দুটি আত্মার মধ্যে একটি ভাগ্যনির্ধারক সাক্ষাতের প্রেম এবং সার, যারা অদৃশ্য সুতো সম্পর্কে সন্দেহও করেনি, যা তাদের সংযুক্ত করেছিল।

— আমার প্রেম কি একই? একই অভিশপ্ত আত্মত্যাগ? — নাথানিয়েল ফিসফিস করে বলল, তার কণ্ঠস্বর প্রায় শোনা যাচ্ছিল না, একটি ধ্বংসাত্মক উপলব্ধি দিয়ে পূর্ণ ছিল।

— "তুমি কি আমাকে তোমার জীবনের সাত বছর বিক্রি করবে?" – রাতটি প্রতিধ্বনিত হল, একটি প্রশ্ন হিসাবে নয়, বরং একটি প্রাচীন, অপরিবর্তনীয় চুক্তি হিসাবে। প্রতিটি শব্দ – একটি পাথর যা আমার মধ্যে নেমে আসছিল, আমাকে ভেতর থেকে ছিঁড়ে ফেলছিল। তখন আমি জানতাম না যে প্রাথমিক বিশ্বের বিনিময়ের মুদ্রা হল প্রেম... বিশুদ্ধ, অবিরাম শক্তি। এবং এই প্রেম আমার রাতগুলিকে মরুভূমির মধ্য দিয়ে একটি ক্লান্তিকর পথে পরিণত করেছিল... কেবল একটি নতুন "আমি"-র দিকে পথ নয়, বরং আমার সত্যিকারের, চিরন্তন, কিন্তু একাকী সত্তার দিকে।

---❤---

## অধ্যায় 35: প্রাচীন ব্রত

সাত মাস নীরবতার পরে – সাত মাস, যার মধ্যে নাথানিয়েলের বিশ্ব কীবোর্ডের অন্তহীন ক্লিক এবং পোড়া কফির তিক্ত শ্বাস পর্যন্ত সংকুচিত হয়েছিল – ফোনটি বেজে উঠল। সকাল ৬:১৫। পর্দাটি তার মুখে একটি অস্পষ্ট, কিন্তু অপরিবর্তনীয় আলো দিয়ে ফেটে উঠল। মেলিনা। তার আঙ্গুলগুলি, এখনও ঘুমন্ত, একটি চুম্বকের মতো সহজাতভাবে পিছলে গেল।

—✶ ✶ ---

মেলিনা (সকাল ৬:১৫): "নাথানিয়েল, তুমি কি জেগে আছো? এত সকালে লেখার জন্য দুঃখিত, কিন্তু... এই রাতে স্বপ্নটি একটি দূরের প্রতিধ্বনি হিসাবে আসেনি, ন্যাট। এটি আমার মধ্যে বজ্রপাতের মতো ভেঙে পড়ল, আমার পুরো মহাবিশ্বকে উল্টে দিল। আমি কেবল এটি স্বপ্ন দেখিনি – আমি এটি জীবনযাপন করছিলাম। আমার প্রতিটি কোষ এই হিমশীতল, কিন্তু বাস্তব সত্যকে শ্বাস নিচ্ছিল, স্বাদ নিচ্ছিল, গ্রাস করছিল।"

একটি অস্পষ্ট, বরফের শিহরন তার মেরুদণ্ডের মধ্য দিয়ে গেল, যেন একটি অদৃশ্য হাত তাকে স্পর্শ করেছে, একটি ঠান্ডা পথ রেখে গেছে।

মেলিনা (সকাল ৬:১৮): "আমি এই প্রাচীন, আদিম আহ্বানের প্রতিটি শিরা অনুভব করছিলাম। এটি একটি ফিসফিস ছিল না, বরং একটি চাপা, অদম্য ড্রামের শব্দ ছিল, যা আমার হাড়ে স্পন্দিত হচ্ছিল, যা সহস্রাব্দ আগে থেকে আসছিল। এটি প্রজন্ম ধরে মহিলাদের মধ্য দিয়ে প্রসারিত হয়েছিল, যারা কেবল একটি গোপনীয়তা নয়, বরং অস্তিত্বের আসল হৃদয়, সেই স্পন্দন যা মহাবিশ্বকে টিকিয়ে রাখে। আমার পূর্বপুরুষদের জ্ঞান কেবল আমার শিরায় প্রবাহিত হয় না; এটি আমার রক্ত, যা আমার প্রতিটি পদক্ষেপ, আমার হৃদয়ের প্রতিটি স্পন্দন, প্রতিটি সিদ্ধান্তকে নির্দেশ করে। আমি, এলেনা, একটি পাত্র, যার মধ্য দিয়ে সময় প্রবাহিত হয়, চিরন্তন... এলেনা! তুমি কি বোঝো? এটি অবিশ্বাস্য!"

নাথানিয়েল হঠাৎ সোজা হয়ে বসল। তার হৃদয় তার বুকে একটি উন্মত্ত পশুর মতো লাফাচ্ছিল। সকাল ৬:২২ – সময়টি পর্দায় জ্বলজ্বল করছিল, যেন এটি তাকে বিচার করছে, তার সচেতনতায় একটি উদ্বেগজনক উজ্জ্বলতা সহ প্রবেশ করছে।

নাথানিয়েল (সকাল ৬:২২): "মেলিনা! আমি জেগে আছি, অবশ্যই! কিন্তু... বাহ। তোমার মনে হচ্ছে... কিনারায়। ঠিক কী হচ্ছে? তুমি একটি স্বপ্ন সম্পর্কে কথা বলছ, কিন্তু একটি ভূমিকম্প সম্পর্কেও, কিছু এলেনা সম্পর্কে? এটি কী? এটি পাগল শোনাচ্ছে, সত্যি বলতে! প্রায় হিস্টিরিয়া!"

—✶ ⸮ ✶ ---

মেলিনা (সকাল ৬:৩৪): "দৃষ্টিটি আমার সামনে উন্মোচিত হল। অন্ধকার ঘন হয়ে গেল, তারপর ভেঙে গেল, সাদা ব্রাদারহুডকে একটি দূরের ছবি হিসাবে নয়, বরং একটি জীবন্ত, শ্বাস-প্রশ্বাসের টিস্যু হিসাবে প্রকাশ করল, যার মধ্যে আমি বোনা ছিলাম। আমি, এলেনা, কেবল পর্যবেক্ষণ করিনি; আমি সেখানে ছিলাম, অবিচ্ছেদ্য এবং চিরতরে সংযুক্ত। তাদের শুরু সময়ের কুয়াশায় হারিয়ে গিয়েছিল, কিন্তু তারা ছিল মাংস এবং আলো, তারা কেবল আব্রাহামকে মোশির সাথে, ভাববাদীদের এবং এসিনদের সাথে সংযুক্ত করেনি, বরং আধ্যাত্মিকতার অদৃশ্য সুতোকে খ্রিস্টধর্মের হৃদয়ে, তার আদিম সারে জড়িয়েছিল। এবং এই পুরুষ, স্তরিত জালের মধ্যে, নাথানিয়েল, আমি একটি লুকানো, স্ত্রীলিঙ্গ সুতো অনুভব করলাম – চিরন্তন এবং শক্তিশালী, একটি প্রাচীন গাছের শিকড়ের মতো, যা কেউ কখনও দেখেনি, কিন্তু যার উপস্থিতি স্পর্শযোগ্য ছিল, অন্য কিছুর চেয়ে শক্তিশালী। বিশ্বের গোপনীয়তাগুলি কেবল ফিসফিস করে বলা হয় না; সেগুলি অসংখ্য মহিলার কণ্ঠস্বর দ্বারা বোনা হয়, যা হৃদয় থেকে হৃদয়ে, মা থেকে মেয়ের কাছে, একটি অকথিত, পবিত্র ব্রত হিসাবে, যা শতাব্দী ধরে সংরক্ষিত, ভুলে যায়নি।"

নাথানিয়েল (সকাল ৬:৩৬): "এসিনরা? স্ত্রীলিঙ্গ সুতো? এটি একটি আরেকটি ষড়যন্ত্র তত্ত্বের মতো শোনাচ্ছে, মেলিনা, সত্যি! তুমি কি নিশ্চিত যে তুমি কেবল ঘুমানোর আগে খুব বেশি বই পড়নি? তুমি জানো, তুমি সবসময় এমন ছিলে, তুমি সবসময় এমন গল্প দ্বারা অনুপ্রাণিত হয়েছ? কখনও কখনও তুমি কেবল বাড়াবাড়ি করো!"

মেলিনা (সকাল ৬:৪০): "নাথানিয়েল, দয়া করে... এটি কেবল একটি তত্ত্ব নয়। এসিনরা – তারা কেবল একটি সম্প্রদায় ছিল না, বরং খ্রিস্টের দুই শতাব্দী আগে ফিলিস্তিনে বিশুদ্ধতার জন্য

একটি গভীর, প্রায় যন্ত্রণাদায়ক আকাঙ্ক্ষার মূর্ত রূপ ছিল। তাদের আত্মার নিরাময়কারী বলা হয়, কিন্তু যখন আমি আমার স্বপ্নে তাদের স্ক্রোলগুলি দেখছিলাম, আমি দেখতে পেলাম: তারা একটি বিশাল গাছের শিকড়, যার শাখাগুলি ভুলে যাওয়া সময়ে অনেক দূরে ছড়িয়ে পড়েছিল, এমন উৎসগুলিতে পৌঁছাচ্ছিল যা কেউ মনে রাখে না, কিন্তু যা অপরিহার্য। পিথাগোরিয়ানদের সাথে তাদের মিল – পুনর্জন্ম, সংখ্যার শক্তি, ঈশ্বরের ঐক্য – কেবল সাদৃশ্য নয়, বরং একটি সাধারণ উৎসের প্রতিধ্বনি, একটি হারিয়ে যাওয়া পথ যা পূর্ব এবং পশ্চিমকে একটি সত্যে সংযুক্ত করে। এবং যখন আমার আঙ্গুলগুলি কাল্পনিক পার্চমেন্টের উপর দিয়ে যাচ্ছিল, আমি শব্দগুলি নয়, বরং জ্ঞানের সুর শুনছিলাম, যা নীরবভাবে, প্রায় শব্দহীনভাবে, মহিলাদের মুখ থেকে একটি প্রাচীন গানের মতো হস্তান্তর করা হচ্ছিল। স্ক্রোলগুলি নিজেরাই গোপনীয়তা ফিসফিস করছিল, যা কেবল একটি মহিলার হৃদয় পড়তে পারত, চাবিগুলি, যা পুরুষের চোখ এবং তাদের যুক্তির জন্য অদৃশ্য ছিল, যা অস্তিত্বের সবচেয়ে গভীর স্তরগুলিতে লুকিয়ে ছিল।"

নাথানিয়েল (সকাল ৬:৪৩): "ঠিক আছে, ঠিক আছে। আমি স্বীকার করি যে এটি আকর্ষণীয়। কিন্তু এর সাথে তোমার কী সম্পর্ক? এবং এলেনার সাথে? এবং কেন এই স্বপ্নগুলি এখন তোমার কাছে আসছে, তোমার জীবনের এই, বিশৃঙ্খল, মুহূর্তে? সংযোগ কী?"

মেলিনা (সকাল ৬:৫০): "আমি তাদের বসতিগুলি দেখেছিলাম। জুডিয়ার দুর্গম মরুভূমিতে জ্ঞানের এই দুর্গগুলি কেবল সাধারণ আশ্রয়স্থল ছিল না – তারা ছিল আত্মা এবং দেহের জন্য পরীক্ষা, যা তোমার মধ্যে সবকিছুকে উল্টে দিত। প্রার্থীদের কঠোর শারীরিক এবং আধ্যাত্মিক পরীক্ষার মধ্য দিয়ে বিশুদ্ধতা প্রমাণ করতে হয়েছিল, যেন তারা সীসার দরজার একটি সিরিজের মধ্য দিয়ে যাচ্ছিল, যার জন্য সম্পূর্ণ আত্মনিবেদন প্রয়োজন ছিল। ব্রাদারহুডে গ্রহণ করা দ্বিতীয় জন্মের মতো ছিল, শুদ্ধিকরণের একটি আচার, একটি গোপন আধ্যাত্মিক পথের শুরু। কিন্তু আমি, এলেনা, জানতাম যে এই জ্ঞানের অন্য একটি পথও ছিল – একটি স্বজ্ঞাত, স্ত্রীলিঙ্গ পথ, যার জন্য এমন কঠোর আচার এবং যন্ত্রণা প্রয়োজন ছিল না। একটি পথ, যা পরীক্ষা দিয়ে নয়, বরং সীমাহীন সহানুভূতি এবং অটল অন্তর্দৃষ্টি দিয়ে পূর্ণ ছিল, যা তোমাকে ভুল ছাড়াই পরিচালনা করত, এমনকি সবচেয়ে গভীর অন্ধকারেও। এটি আমাদের গোপন পথ, যা পুরুষের যুক্তির জন্য সম্পূর্ণ অদৃশ্য, কিন্তু যে কোনও লিখিত মতবাদের চেয়ে গভীর, শিলাগুলির চেয়ে গভীর, সময়ের চেয়ে গভীর।"

মেলিনা (সকাল ৬:৫৮): "ব্রাদারহুডের জীবন নিয়মগুলির একটি কঠোর সিম্ফনি ছিল, নাথানিয়েল। প্রতিটি কাজ – একটি প্রতীক, প্রতিটি নীরবতা – জ্ঞান, প্রতিটি শ্বাস – একটি আচার। মৃত সাগর স্ক্রোলগুলিতে কোড করা জ্ঞান জীবন্ত, শ্বাস-প্রশ্বাসের, স্পন্দিত ছিল। কিন্তু আমাদের জ্ঞান, মহিলাদের জ্ঞান, নিয়ম এবং আচারগুলির বাইরে যায়, ঐশ্বরিকের আসল সারে পৌঁছায়, তার আদিম উৎসে, যেখানে সবকিছু আছে। গোপন জ্ঞান একটি দুইধারী তলোয়ার, এবং শিষ্যদের নির্বাচন – একটি চাবি খোঁজা, যা সচেতনতার পরবর্তী স্তরকে খুলে দেয়। কিন্তু আমরা, মহিলারা, অন্য চাবিটি বহন করি – নিঃশর্ত প্রেমের, সহানুভূতির, যা একটি ভিন্ন, গভীর উপায়ে সত্যের দরজা খুলে দেয়, পরীক্ষা ছাড়াই, যন্ত্রণা এবং ব্যথার মধ্য দিয়ে যাওয়ার প্রয়োজন ছাড়াই।"

নাথানিয়েল (সকাল ৭:০৩): "তাহলে, মহিলারা পুরুষদের চেয়ে বেশি বিশেষ ছিল, তাই না? এটি একটি প্রাচীন শিক্ষার জন্য কিছুটা... নারীবাদী শোনাচ্ছে, তোমার মনে হয় না? মনে হয় কখনও কখনও তুমি বাড়াবাড়ি করো, মেলিনা! এটি একটি সিনেমার মতো শোনাচ্ছে, বাস্তবতার মতো নয়!"

মেলিনা (সকাল ৭:১৪): "এটি বিশেষ হওয়ার প্রশ্ন নয়, নাথানিয়েল, বরং ভিন্ন হওয়ার, একে অপরের পরিপূরক হওয়ার, অবিচ্ছেদ্যভাবে সংযুক্ত হওয়ার প্রশ্ন। এসিনদের মতে, আলোকিতকরণের পথটি প্রতীকগুলির একটি গোলকধাঁধা, যা তোমাকে এটি থেকে বেরিয়ে

আসার জন্য পড়তে হবে। দীক্ষার আচার – একটি রূপান্তরকারী অভিজ্ঞতা যা একজন মানুষকে চিরতরে পরিবর্তন করে দেয়। আমি, এলেনা, অনুভব করি যে আমি একটি গভীর, জীবন্ত শৃঙ্খলের অংশ, যা কেবল স্ত্রীলিঙ্গ লাইনের মাধ্যমে হস্তান্তর করা হয়েছে, শতাব্দী ধরে একটি অদৃশ্য সুতোর মতো। একটি শৃঙ্খল, যা বিশ্বাস, মাতৃ স্নেহ এবং আমার আগের সমস্ত রক্ষক মায়ের রক্ত দিয়ে বোনা, যা আমার প্রতিটি কোষে স্পন্দিত হয়, আমাকে অ-পার্থিব শক্তি দেয়। আমি পবিত্র গ্রেলের রক্ষকদের গোপন স্ত্রীলিঙ্গ আদেশের একটি অংশ, যার মিশন হৃদয় থেকে হৃদয়ে হস্তান্তর করা হয়, একটি স্পন্দনের মতো যা কখনও থামে না, একটি চিরন্তন আগুনের মতো, যা আত্মার জন্য জ্বালানী।"

মেলিনা (সকাল ৭:২৩): "এসিন এবং পিথাগোরিয়ানদের শিক্ষার সবচেয়ে রহস্যময় দিকগুলির মধ্যে একটি ছিল ঈশ্বরের নামের প্রতি তাদের গুরুত্ব – সৃষ্টির বোঝার একটি চাবিকাঠি, আসল ধারণার, পুরো মহাবিশ্বের। কিংবদন্তিগুলি ফিসফিস করত যে যদি তার নামটি ভুলভাবে উচ্চারণ করা হয় তবে বিপর্যয়কর পরিণতি হবে, সবকিছু ধুলায় পরিণত হবে। কিন্তু আমরা, মহিলারা, আমাদের হৃদয়ে ঐশ্বরিক সম্পর্কে একটি স্বজ্ঞাত বোঝা বহন করি, যা শব্দ এবং আচারগুলির বাইরে যায়, যা তুমি কেবল জানো, তোমাকে বলা হয়নি। আমরা কেবল তার উপস্থিতি অনুভব করি না; আমরা তার উপস্থিতি, নাথানিয়েল, একটি মায়ের মতো যিনি তার সন্তানের প্রয়োজন অনুভব করেন, বলা শব্দের প্রয়োজন ছাড়াই, কেবল একটি অদৃশ্য, মহাজাগতিক সংযোগ দ্বারা।"

নাথানিয়েল (সকাল ৭:৩৫): "ঠিক আছে, এটি... বেশ আধিভৌতিক, মেলিনা, আমি স্বীকার করি। এবং কিভাবে, পৃথিবীতে, যীশু এই সমস্ত স্ত্রীলিঙ্গ গল্পে মানানসই? এটি ইতিমধ্যেই অনেক দূরে যাচ্ছে, এটি খুব রহস্যময়, আমি এটি বুঝতে পারছি না! আমার মস্তিষ্ক এটি গ্রহণ করতে অস্বীকার করছে!"

মেলিনা (সকাল ৭:৩৮): "যখন যীশু ইতিহাসের দিগন্তে আবির্ভূত হলেন, এসিনরা তাকে চিনতে পেরেছিল। তিনি তাদের সম্প্রদায়ের মধ্যে আশ্রয় পেয়েছিলেন, তাদের মধ্যে গৃহীত হয়েছিলেন, সমর্থন পেয়েছিলেন। কিন্তু আমি, এলেনা, আমার স্বপ্নে দেখতে পেলাম যে তার চারপাশের মহিলারা তার মিশন, তার নিজের অস্তিত্ব এবং উদ্দেশ্য সম্পর্কিত আরও গভীর, হিমশীতল গোপনীয়তাগুলি রক্ষা করছিলেন। তারা ছিলেন তার সমর্থন, তার সান্ত্বনা, কিন্তু একটি বৃহত্তর, অকথিত আশার শিখার রক্ষকও, যা পুরুষ বিশ্ব কেবল বহন করতে পারত না, না তার পুরো গভীরতায় বুঝতে পারত, কারণ এটি তাদের যুক্তির বাইরে ছিল, তাদের বোঝার বাইরে ছিল।"

মেলিনা (সকাল ৭:৪৩): "প্রথম খ্রিস্টধর্মের সাথে ভাগ করা মূল্যবোধ থাকা সত্ত্বেও, গভীর পার্থক্য ছিল। খ্রিস্টধর্ম ঐশ্বরিক সম্পর্কে একটি নতুন বোঝা নিয়ে এসেছিল, যা একেবারে সবার জন্য খোলা ছিল, কোন ব্যতিক্রম ছাড়াই, একটি জোয়ারের তরঙ্গের মতো। এসিনিজম বরং একটি দার্শনিক আন্দোলন হিসাবে রয়ে গিয়েছিল, নির্বাচিতদের জন্য, একটি সংকীর্ণ বৃত্তের জন্য। কিন্তু আমরা, মহিলারা, আমাদের হৃদয়ে সেই চাবিটি বহন করি, যা সহানুভূতি এবং নিঃশর্ত প্রেমের দরজা খুলে দেয়, যার কোনও সীমা নেই, যা একটি চিরন্তন ঝরনার মতো উপচে পড়ে। আমরা ঐশ্বরিককে কেবল একটি আইন হিসাবে দেখি না, বরং একটি স্পন্দিত, প্রেমময় উপস্থিতি হিসাবে দেখি, যা আমাদের প্রতিটি কোষে, প্রতিটি সবুজ ঘাসে, প্রতিটি শ্বাসে, প্রতিটি জীবন্ত প্রাণীর মধ্যে শ্বাস নেয়।"

মেলিনা (সকাল ৭:৪৭): "খ্রিস্টধর্ম কেবল একটি ধর্ম নয় – এটি একটি জীবন্ত সুতো, যা সময়ের টিস্যুকে ছিদ্র করে, যা অতীত, বর্তমান এবং ভবিষ্যতকে একটি একক সম্পূর্ণতায় সংযুক্ত করে। যীশু খ্রিস্ট কেবল সিরিজটি শেষ করেন না, বরং বিশ্বকে একটি নতুন, সর্বগ্রাসী শক্তি দিয়ে বিস্ফোরিত করেন – নিঃশর্ত প্রেম, যা অদৃশ্য আধ্যাত্মিক উচ্চতার চাবিকাঠি। কিন্তু আমার স্বপ্নে

আমি আরও কিছু দেখি: এই প্রেম কেবল প্রবাহিত হয় না; এটি নির্দিষ্ট মহিলাদের হৃদয়ের মধ্য দিয়ে স্পন্দিত হয় – জীবন্ত পাত্র, যা কেবল তার সারই নয়, লুকানো, সক্রিয় কিছুও বহন করে, যা তাদের অনন্য, প্রায় পবিত্র করে তোলে। তারা নিষ্ক্রিয় গ্রাহক নয়, বরং সতর্ক রক্ষক, এই বিশ্বের চিরন্তন প্রহরী, এই মহাজাগতিক গোপনীয়তার। আমি, এলেনা, এই গোপনীয়তার একটি অংশ, এর একটি সক্রিয় বাহক, এর একটি শ্বাস-প্রশ্বাসের গ্রেল। এই মিশনটি আমার হৃদয়ে স্পন্দিত হয় না; এটি আমার হৃদয়, যা পূরণ হওয়ার জন্য, সম্পূর্ণরূপে উন্মোচিত হওয়ার জন্য, বাস্তবতায় পরিণত হওয়ার জন্য অপেক্ষা করছে। এখন তুমি কি বোঝো, নাথানিয়েল? এটি কেবল একটি স্বপ্ন নয়, এটি সেই বাস্তবতা যা আমার কাছে প্রকাশিত হচ্ছে, আমার ভাগ্য!"

নাথানিয়েল (সকাল ৭:৫২): "মেলিনা... তুমি আমাকে ভয় দেখাচ্ছো। সত্যি! এটি খুব... খুব বেশি এক সকালের জন্য, একটি স্বপ্নের জন্য। তুমি কি সত্যিই এই সব বিশ্বাস করো? এবং এটি তোমার এবং আমাদের জন্য কী বোঝায়? এটি কি... সত্য? দয়া করে, আমাকে বলো যে আমি ভুল করছি!"

মেলিনা (সকাল ৭:৫৯): "স্বপ্নটি পরিবর্তন হয়ে গেল। পরবর্তী দৃশ্যে আমি সেই ছোট মেয়ে ছিলাম – এলেনা, যার ভাগ্য তার মসিহার সাথে অবিচ্ছেদ্যভাবে জড়িত ছিল। আমি তার শেষ কথাগুলি শুনছিলাম, সত্যের একটি ফিসফিস, যা ভিড়ের বধির ক্রোধের চেয়ে শক্তিশালী ছিল, হাজার হাজার ড্রামের চেয়ে শক্তিশালী, পুরো বিশ্বের চেয়ে শক্তিশালী। আমার পাশে, অন্যদের জন্য অদৃশ্য, মহিলাদের রক্ষকদের ছায়াগুলি দাঁড়িয়ে ছিল, আমাকে শব্দ দিয়ে নয়, বরং তাদের বিশ্বাসের বিশুদ্ধ শক্তি দিয়ে সমর্থন করছিল, যা আমাকে একটি উষ্ণ, কিন্তু শক্ত আবরণ হিসাবে আবৃত করছিল, একটি অভেদ্য ঢাল হিসাবে। আমি তাদের উপস্থিতি একটি উষ্ণ বাতাসের মতো অনুভব করলাম, যা কেবল সান্ত্বনা দেয়নি, বরং আমার মধ্যে শক্তি, জীবন, নতুন শক্তি, নতুন শ্বাস প্রবেশ করিয়েছিল, যেন আমি একটি পাত্র, যা পূর্ণ হচ্ছে, ঐশ্বরিক অনুগ্রহে উপচে পড়ছে!"

মেলিনা (সকাল ৮:০৪): "এবং শুরুতে ছিল শব্দ... কিন্তু তার আগে, সবকিছুর আগে, ছিল প্রেম। প্রেম, যা কেবল স্পন্দিত হয় না, বরং প্রতিটি মহিলার রক্ষকের শিরাগুলির মধ্য দিয়ে আসল চালিকা শক্তি, তাদের অস্তিত্বের, তাদের মিশনের আসল সার। এটি আমাদের সবচেয়ে বড় গোপনীয়তা, আমাদের সার, আমাদের চিরন্তন চাবি, যা আমাদের আত্মার গভীরে খোদাই করা, আমাদের সাথে অবিচ্ছেদ্যভাবে সংযুক্ত।"

মেলিনা (সকাল ৮:১৩): "তার শৈশবের, নিঃশর্ত প্রেমের সমস্ত বিশুদ্ধতা সহ, আমি তার যন্ত্রণাদায়ক পথের ধারালো পাথরের উপর দিয়ে খালি পায়ে হেঁটেছিলাম, এক মুহূর্তের জন্যও তার থেকে চোখ না সরিয়ে, আমার চোখ তার যন্ত্রণার উপর স্থির ছিল। আমি উড়ে আসা পাথরগুলির আঘাত অনুভব করছিলাম, ব্যথা হিসাবে নয়, বরং একটি প্রাচীন আহ্বান হিসাবে, যা আমার মধ্যে একটি অপ্রত্যাশিত, বন্য শক্তি জাগিয়ে তুলছিল, একটি অপ্রত্যাশিত আগুন যা জ্বলতে শুরু করছিল, পুরানো সবকিছু পুড়িয়ে দিচ্ছিল! আমি চিৎকার, অপমান, জল্লাদের চাবুকের শব্দ শুনছিলাম, কেবল শব্দ হিসাবে নয়, বরং আমার আত্মার মধ্যে একটি কাটার মতো, একটি যন্ত্রণাদায়ক বিচ্ছেদ, যা আমাকে আমার মূল পর্যন্ত বিদ্ধ করছিল। তিনি হোঁচট খেয়ে ক্রুশের ভারে পড়ে গেলেন। দ্বিধা না করে, আমি তার পাশে নতজানু হলাম। আমি কেবল ভারী ভারটি তোলার চেষ্টা করিনি, বরং আমার নিজের শক্তিকে কাঠের মধ্যে জড়িয়েছিলাম, নিজেকে এটির একটি জীবন্ত শাখায় পরিণত করেছিলাম, এটির একটি অংশ, অবিচ্ছেদ্য, শ্বাস-প্রশ্বাসের।"

মেলিনা (সকাল ৮:১৭): "প্রভু, — আমি অশ্রু দিয়ে ফিসফিস করে বললাম, আমার কণ্ঠস্বর – কাঁচের মতো ভঙ্গুর, কিন্তু একটি ব্রতের দৃঢ়তা সহ যা কখনও ভাঙা হবে না, – আমাকে আপনার ব্যথার একটি অংশ বহন করতে দিন। প্রতিটি কণা, এমনকি সবচেয়ে ছোটটিও, আমি এটি অনুভব করতে চাই! এটি আমার অংশ হয়ে উঠুক, আমার সার দিয়ে মিশে যাক!"

মেলিনা (সকাল ৮:২৩): "তিনি আমাকে অন্তহীন কোমলতা দিয়ে দেখলেন, তার চোখগুলি – কেবল জ্ঞানের কূপ নয়, বরং সহানুভূতির অন্তহীন মহাবিশ্ব, যেখানে আমি চিরতরে হারিয়ে যেতে পারতাম, প্রতিটি ব্যথা, প্রতিটি যন্ত্রণা গ্রাস করে। তিনি সবেমাত্র ফিসফিস করে বললেন: – তোমার প্রেম আমার শক্তি, কন্যা। এটিকে তোমার হৃদয়ের গভীরে রক্ষা করো। এটিই গ্রেল।"

মেলিনা (সকাল ৮:২৭): "তারপর, আমার বাবার কাছ থেকে একটি উপহার, কাঠের কাপে, আমি তার জন্য জীবনদায়িনী জল নিয়ে এলাম এবং এটি তার আঘাতপ্রাপ্ত, কম্পনশীল ঠোঁটের কাছে নিয়ে গেলাম। তার কথাগুলি, যন্ত্রণায় ভেজানো, কিন্তু সীমাহীন ক্ষমা সহ, জলের মধ্যে একটি আশীর্বাদ হিসাবে মিশে গেল। তিনি পান করেননি। তিনি কেবল তার ঠোঁট কাঠের কাছে নিয়ে গেলেন, এবং একই মুহূর্তে উচ্চতর জ্ঞানের একটি শক্তিশালী, বিস্ফোরক প্রবাহ আমার মধ্যে প্রবাহিত হল, একটি নদীর মতো, আলোর জলপ্রপাতের মতো প্রবেশ করল। এটি ছিল চিরন্তন আবেগের একটি মহাসাগর, আন্তরিক ক্ষমা, মানুষের প্রতি প্রদত্ত শক্তির জন্য ঈশ্বরের প্রতি গভীর কৃতজ্ঞতা এবং নিঃশর্ত প্রেম, যা আমাকে তার প্রতিটি যন্ত্রণা, তার প্রতিটি যন্ত্রণা, তার প্রতিটি শ্বাস, আমার সত্তার শেষ কোষ পর্যন্ত, আমার নিজের ডিএনএ পর্যন্ত অনুভব করতে বাধ্য করছিল।"

মেলিনা (সকাল ৮:৩৩): "মুক্তির পথ গলগোথার রক্তাক্ত ক্রুশ পর্যন্ত চলতে থাকল। সেখানে, সম্পূর্ণভাবে উপলব্ধি না করে, আমি সেই জল পান করলাম, যা তার জ্ঞান দিয়ে ভেজানো ছিল, যাতে খ্রিস্টের রক্তের প্রবাহিত বিন্দুগুলিও সংগ্রহ করা যায় – একটি শক্তি, ক্ষমতা এবং বিশুদ্ধ ঐশ্বরিক শক্তি, যা বাতাসে কম্পন করছিল, আমাকে একটি জীবন্ত আভা হিসাবে আবৃত করছিল। উপলব্ধি না করে, আমি কেবল একটি বাহকই ছিলাম না, বরং গ্রেলের গোপনীয়তার একটি জীবন্ত রক্ষক হয়ে গেলাম। এটি কাঠের কাপে লুকানো ছিল না, বরং আমার নিজের সারে মিশে গিয়েছিল, চিরতরে, আমার বুকে স্পন্দিত একটি দ্বিতীয় হৃদয়ের মতো, যা সবকিছুর, অস্তিত্বের আসল অর্থ এবং জীবন দিচ্ছিল।"

মেলিনা (সকাল ৮:৪৫): "আমার অশ্রুগুলি সমুদ্রের লবণের মতো দীর্ঘ এবং তিক্ত ছিল, যা অবিরামভাবে ক্রুশবিদ্ধ যীশুর পায়ের কাছে রাখা কাপে ফোঁটা ফোঁটা পড়ছিল। অন্ধকার এবং শ্বাসরুদ্ধকর অন্ধকারে, আমি তাতে রক্ত এবং অশ্রু সংগ্রহ করেছিলাম, এবং সেগুলিকে আমার হৃদয়ের গভীরে লুকিয়ে রেখেছিলাম, সেগুলিকে একটি অবিনশ্বর ঢালে পরিণত করে, আলোর একটি সিন্দুকে, চিরন্তনতার গ্যারান্টিতে, অস্তিত্বের আসল অস্তিত্বের জন্য, অমরত্বের জন্য। পূর্ণিমার নিচে রাতে আমি যে কথাগুলি উচ্চারণ করতাম, সেগুলি একটি অবচেতন মন্ত্রে পরিণত হয়েছিল, একটি প্রাচীন, জীবন্ত অলৌকিকতায়, যা আমার চোখের সামনে উন্মোচিত হচ্ছিল। আমি একজন এসিন মেয়ে ছিলাম, কিন্তু আমার অবচেতনতার গভীরে আমি লুকানো জ্ঞান বহন করতাম – আমি একজন জাদুকরী এবং যাজিকা ছিলাম, বিশ্বের গোপনীয়তার রক্ষক, যা দেবীগণ থেকে আমার কাছে রক্তের লাইন দ্বারা হস্তান্তর করা হয়েছিল। এবং সেই মুহূর্তে, আমি অনুভব করলাম যে সমস্ত মহিলা রক্ষকদের জ্ঞান, বিশ্বাস এবং আশা আমার প্রেমের সাথে মিশে গেল, আমার হৃদয়কে আসল গ্রেলে পরিণত করল। এটি আর কোনও বস্তু ছিল না, বরং আত্মার একটি অবস্থা ছিল, একটি শ্বাস-প্রশ্বাসের সচেতনতা, যা মহিলা থেকে মহিলার কাছে হস্তান্তর করা হয়েছিল, চিরন্তন এবং অপরাজেয়, জীবনের মতোই, আমার প্রতিটি কোষে বোনা অন্তহীন চিরন্তনতার মতোই।"

নাথানিয়েল (সকাল ১১:০১): "আমার... আমার কোনও শব্দ নেই, মেলিনা। আমি কেবল... আমি জানি না কী বলব। এটি... সত্যিই অসাধারণ, মেলিনা। অবিশ্বাস্য। এখন তুমি কী করবে? এবং এটি তোমার এবং আমাদের জন্য কী বোঝায়? এটি কি... সত্য? দয়া করে, আমাকে বলো যে আমি ভুল করছি! আমাকে বলো যে এটি কেবল একটি স্বপ্ন!"

মেলিনা (রাত ৯:৩৩): "তারপর, সেই স্বপ্নে, খ্রিস্টের একজন প্রেরিত আমার কাছে এলেন – পিটার। কেন ঠিক তিনি? কারণ এই বিশ্বে কিছুই হঠাৎ ঘটে না, তুমি জানো, নাথানিয়েল। প্রতিটি সুতো, প্রতিটি সাক্ষাৎ, প্রতিটি দর্শনের তার নিজস্ব পূর্বনির্ধারিত পথ, গভীর অর্থ এবং একটি নির্দিষ্ট মিশন আছে। তিনি আমাকে একটি তীক্ষ্ণ বোঝা দিয়ে দেখলেন, যেন তিনি কেবল একটি ছোট মেয়েকে নয়, বরং সেই প্রাচীন গোপনীয়তাও দেখতে পাচ্ছেন, যা আমার হৃদয়ে স্পন্দিত হচ্ছিল, যা আমাকে সেই ব্যক্তি করে তুলেছিল, যে আমি। তার চোখে আমি একটি নীরব স্বীকৃতি পড়লাম, একটি সাধারণ ভাগ্যের ভার এবং যা আসতে চলেছে তার একটি অগ্রদূত, আমাদের সাধারণ ভবিষ্যতের।"

মেলিনা (রাত ১০:০৩): "কারণ, নাথানিয়েল... আমি সেই... আমি এলেনা। এবং আমি এখানে আমার ব্রত পূরণ করার জন্য আছি। চিরন্তনতার প্রতি আমার দায়িত্ব। এখন তুমি কি বোঝো? এটি আমার ভাগ্য! এবং আমি এটি পূরণ করার জন্য কিছুতেই থামব না!"

---❤---

অধ্যায় 36: সত্যের দুটি মুখ এখন।

*এখানে। একা। ঘড়িতে তখন 13:35:33।*

প্রতিটি আঘাত নাথানিয়েলের মনে অনুরণিত হয়, মেলিনার কথার প্রতিধ্বনি তার প্রতিরক্ষাকে হাতুড়ির আঘাতে ইস্পাতের মতো ভেদ করে। শেষ কয়েকটি দিন তাকে পিষ্ট করে দিয়েছে - তাদের ভার তাকে নির্দয়ভাবে চেপে ধরেছে, শ্বাসরোধ করেছে। ঘুম তাকে একটি মৃদু আলিঙ্গনের মতো নয়, বরং একটি ঘন, আঠালো কুয়াশার মতো গ্রাস করেছে, যা শরৎকালের বৃষ্টির পরে পুরানো কাগজ এবং ভেজা মাটির পরিচিত গন্ধ বহন করে।

অনুভূতিগুলির এই ঘূর্ণির মধ্যে, সে হঠাৎ নিজেকে সেখানে খুঁজে পেল। সে কেবল স্বপ্ন দেখছিল না, বরং সে শরীর ও রক্তে ছিল - একটি ছোট, ছায়াময় বিস্ট্রো, যা বার্সেলোনার গথিক কোয়ার্টারের সরু গলিগুলির গোলকধাঁধার মধ্যে লুকিয়ে ছিল। সমুদ্র থেকে লবণাক্ত এবং স্বাধীনতার ঘ্রাণযুক্ত একটি শীতল বাতাস বয়ে আসছিল। কিন্তু বাতাসটি ভাজা মাছ, নোনা আর্দ্রতা এবং অন্য কিছুর একটি তীক্ষ্ণ গন্ধ দিয়ে পূর্ণ ছিল - ধূলিময়, প্রাচীন, যা একটি অদৃশ্য, প্রাচীন অভিভাবকের মতো ঝুলছিল।

তার সামনে, ঠিক পাঁচ বছর আগের মতো, মেলিনা বসে ছিল। তাকে আরও ভঙ্গুর, প্রায় অশরীরী দেখাচ্ছিল, যেন আলো তার মধ্য দিয়ে যাচ্ছিল। সে ঠান্ডা থেকে কাঁপছিল না, বরং একটি অভ্যন্তরীণ বৈদ্যুতিক স্পন্দন থেকে, যা তাকে তার মূল পর্যন্ত কাঁপিয়ে দিচ্ছিল। সে, তার স্বপ্নে, একটি ত্রুটিহীন পোশাকে সজ্জিত ছিল - বিশ্বের বিরুদ্ধে তার বর্ম, যা থেকে সে বিচ্ছিন্ন হওয়ার চেষ্টা করছিল। সে গভীর উদ্বেগ নিয়ে তাকে দেখছিল, তার নৈকট্যের কারণে একটি সবেমাত্র দমন করা রোমাঞ্চের সাথে মিশ্রিত, যা সবসময় তাকে পুরোপুরি গ্রাস করত।

— তারা সবেমাত্র একটি হালকা মধ্যাহ্নভোজ শেষ করেছিল, কিন্তু তাদের কেউই মিষ্টির প্লেটের দিকে হাত বাড়ায়নি। সে তাকে দেখছিল, তার প্রতিটি গতিবিধি, তার মুখের প্রতিটি সূক্ষ্মতা ধরার চেষ্টা করছিল, কিন্তু সে তার নিজের জগতে, তার নিজের স্বপ্নে নিমগ্ন ছিল - সেই একই স্বপ্ন, যা কয়েক বছর পরে তার নিজের হয়ে যায়।

নাথ, আমি জানি আমি গতকাল রাতে তোমাকে যা লিখেছিলাম তা... পাগলের মতো শোনায়।

মেলিনা গভীর শ্বাস নিল। তার কণ্ঠস্বর ছিল নিচু, প্রায় একটি ফিসফিসানি, কিন্তু একটি অস্বাভাবিক তীক্ষ্ণতার সাথে, যা তাদের মধ্যে বায়ুতে একটি টানটান তারের মতো কম্পন সৃষ্টি করছিল, যা প্রায় ছিঁড়ে যাচ্ছিল।

—কিন্তু আমি সেই একই ব্যক্তি নই। আমি আমার শরীরের প্রতিটি ফাইবারে এটি অনুভব করতে পারি, যেন আমার ত্বক স্বচ্ছ হয়ে গেছে। আমাকে তোমাকে সব বলতে হবে। আমি সেখানে ছিলাম, নাথ। সবকিছু বাস্তব ছিল।

নাথানিয়েল টেবিলের উপর দিয়ে তার হাত ধরার জন্য এগিয়ে গেল। তার ত্বক ছিল বরফের মতো ঠান্ডা, উষ্ণ দিন সত্ত্বেও, যা তাকে একটি আঘাতের মতো চমকে দিল। তার কপালে ঘামের একটি ছোট ফোঁটা গড়িয়ে পড়ছিল। সে তাকে শান্ত করার চেষ্টা করল, তাকে এখানে এবং এখন, পরিচিত বাস্তবে ফিরিয়ে আনার চেষ্টা করল।

—মেলিনা, দয়া করে... আমি জানি তুমি ভারাক্রান্ত। একটি দর্শনশাস্ত্রের সিম্পোজিয়াম, তারপর... এই স্বপ্ন। এটি কেবল একটি শক্তিশালী স্বপ্ন হতে পারে। তুমি চাপে আছ। দয়া করে, শান্ত হও।

—না, নাথ।

মেলিনা ধীরে ধীরে মাথা নাড়ল, তার চোখ দুটি প্রশস্ত ছিল, প্রায় পলকহীন, একটি অদৃশ্য বিন্দুর উপর স্থির। সে তার হাত স্পর্শ করল, কিন্তু স্পর্শটি ধরে রাখার জন্য নয়, বরং যেন সে এটিকে একটি নোঙর হিসেবে ব্যবহার করছিল, যখন সে স্মৃতিটির গভীরতার মধ্যে ফিরে যাচ্ছিল।

—এটি একটি স্বপ্ন ছিল না। এটি ছিল... বাস্তব। আমার প্রতিটি কণা এটি অনুভব করেছে। আমি সবকিছু এত তীব্রভাবে অনুভব করেছি, যেন আমি সেখানে ছিলাম, সেই একই বাতাসে শ্বাস নিচ্ছিলাম, হ্রদ, নলখাগড়া এবং শরৎকালের বৃষ্টির পরে ভেজা মাটির গন্ধ নিচ্ছিলাম। আমি ছিলাম হেলেনা। এবং আমি পিটারের সাথে দেখা করেছিলাম। দ্য রক।

নাথানিয়েলের ভ্রু সামান্য উঁচু হয়ে গেল, তার বিদ্রুপ ছিল স্নায়বিক, প্রায় ভীত।

—পিটার? কেন পিটার? তুমি গতকাল না কেবল এসেনিদের নিয়ে বলেছিলে? এটা কি - একটি বাইবেলের নাটক?

—আমি তাকে দেখেছি, নাথ। তার প্রতিটি ফাইবার।

তার কণ্ঠস্বর বদলে গেল, আরও গভীর, আরও কর্কশ হয়ে গেল, যেন সে দীর্ঘ সময় ধরে কথা বলছিল, নীরবতার শতাব্দী পেরিয়ে। তার দৃষ্টি দূরে কোথাও হারিয়ে গিয়েছিল, ক্যাথেড্রালের অস্পষ্ট আকৃতির দিকে, কুয়াশায় আবৃত, যেন সে তার দেয়ালের বাইরে দেখতে পাচ্ছিল।

—একজন সাধারণ জেলে, তার হাত রুক্ষ, তার কপাল গালিলের সূর্যের দ্বারা পোড়া। সে তার জালের দিকে তাকিয়ে ছিল, কিন্তু তার চোখে কিছু জ্বলছিল। আমি জলের কলকল শব্দ শুনছিলাম, প্রায় আমার ত্বকে এটি অনুভব করছিলাম। এবং তারপর আমি আহ্বানটি শুনলাম: 'আমার অনুসরণ কর, এবং আমি তোমাকে মানবজাতির শিকারী করব।' সে সবকিছু ত্যাগ করল। সে বারো জনের একজন হয়ে গেল। আমি গ্রেপ্তারের আগের রাতে শিক্ষকের কথাগুলো মনে করলাম... ভাগ্য দ্বারা রচিত শব্দ।

মেলিনা তার জলের গ্লাসের দিকে এগিয়ে গেল, কিন্তু পান করল না। তার আঙুলগুলি কেবল ঠান্ডা গ্লাসটিকে আঁকড়ে ধরল, যেন সে একটি সমর্থন খুঁজছিল, কিছু বস্তুগত, যা সে আঁকড়ে ধরতে পারে। তার কণ্ঠস্বর আরও শান্ত হয়ে গেল, প্রায় একটি ফিসফিসানি, কিন্তু একটি কাঁপানো প্রান্তের সাথে, যেন প্রতিটি শব্দ যন্ত্রণায় নিমজ্জিত ছিল।

—একটি অশুভ ভবিষ্যদ্বাণী: 'মোরগ ডাকার আগে, তুমি তিনবার আমাকে অস্বীকার করবে।' মোরগ... এটি কেবল একটি ঘড়ি ছিল না। তার ডাক ছিল একটি রায়। কিন্তু একই সাথে একটি আশাও। একটি অশুভ আশা।

—ঠিক আছে, মেলিনা। গল্পটি শক্তিশালী। আমি স্বীকার করি।

নাথানিয়েল মনোযোগ সহকারে শুনছিল, তার মাথা সামান্য ঝুঁকেছিল। সে তার নিজের গ্লাসটি স্পর্শ করল, তার শীতলতা অনুভব করল, নিজেকে মাটিতে নামানোর চেষ্টা করল, তার ঘূর্ণির মধ্যে হারিয়ে না যাওয়ার জন্য।

—কিন্তু এগুলি বাইবেলের গল্প। তুমি কেবল সেগুলি কোনোভাবে... খুব, খুব তীব্রভাবে অনুভব করেছ।

মেলিনা তাকে apenas শুনতে পাচ্ছিল - সে তার গল্প দ্বারা পুরোপুরি গ্রাসিত হয়েছিল, একটি তলহীন গর্তের মতো। তার দৃষ্টি আবছা হয়ে যাচ্ছিল, যেন সে আবার স্বপ্নে ছিল। তার কণ্ঠস্বর আরও গভীর, আরও বেদনাদায়ক স্বরে ডুবে যাচ্ছিল।

—এবং রাতের পর্দা ঘন হচ্ছিল। প্রধান পুরোহিতের উঠোনে, সন্দেহজনক চোখের সামনে, একজন দাসী তাকে চিনতে পারল। 'আমি তাকে চিনি না!' - পিটার অস্বীকার করল। তার কথাগুলো রাতের মধ্যে অনুরণিত হচ্ছিল, একটি পাথরের উপর আঘাতের মতো, যা ফাটল ধরেছে। দ্বিতীয়বার, আরেকটি কণ্ঠস্বর তাকে অভিযুক্ত করল, এবং তার অস্বীকার আরও চূড়ান্ত হয়ে উঠল। তৃতীয়বার, তার কথাবার্তা তাকে বিশ্বাসঘাতকতা করল, কিন্তু ভয় ছিল আরও শক্তিশালী, তাকে শ্বাসরোধ করছিল। 'আমি সেই মানুষটিকে চিনি না যার সম্পর্কে তোমরা কথা বলছ!' - সে বলল। প্রতিটি অস্বীকার ছিল একটি ছুরি, যা তার নিজের হৃদয়ে আঘাত করছিল। এবং আমার হৃদয়েও। যেন আমি সেখানে ছিলাম, আমার রক্ত বেরিয়ে যাচ্ছিল।

টেবিলের উপর তার হাত সামান্য কাঁপছিল। সে এক মুহূর্তের জন্য চোখ বন্ধ করল, যেন সে দৃষ্টিটিকে তাড়িয়ে দিচ্ছিল, কিন্তু এটি খুব শক্তিশালী, খুব বাস্তব ছিল।

—সেই মুহূর্তে একটি তীক্ষ্ণ, যন্ত্রণাদায়ক চিৎকার রাতের নীরবতাকে ছিন্নভিন্ন করে দিল। মোরগ ডাকল। যিশুর কথাগুলো পিটারের মনে ঝাঁপিয়ে পড়ল, এবং একটি বিশাল, হৃদয়বিদারক দুঃখ তাকে পিষ্ট করে দিল। তিক্ত অশ্রু তার গাল বেয়ে গড়িয়ে পড়ছিল, জ্বালা করছিল। আমার হৃদয় ব্যথায় সংকুচিত হয়েছিল, নাথ, যেন আমি নিজেই এই বিশ্বাসঘাতকতা করেছি। আমি শারীরিকভাবে এটি অনুভব করেছি, আমার বুকে একটি মোচড়ের মতো।

—মেলিনা... তুমি কি ঠিক আছ? তোমার কি কিছু দরকার?

নাথানিয়েল আর সংশয়বাদী ছিল না - সে ভয় পেয়েছিল, যা শুনেছিল তাতে সে পক্ষাঘাতগ্রস্ত হয়ে পড়েছিল। সে টেবিলের উপর দিয়ে তার দুটি হাত ধরল, তাকে শান্ত করার চেষ্টা করল, তাকে বাস্তবে ফিরিয়ে আনার চেষ্টা করল, কিন্তু তার উষ্ণ তালুগুলি তার বরফশীতল হাতের মধ্যে হারিয়ে গিয়েছিল। সে তার শিরাগুলি দেখতে পাচ্ছিল, তার ত্বকের নিচে সামান্য ফুলে উঠেছিল, পুরানো, লুকানো রহস্যের অন্ধকার মানচিত্রের মতো নীল।

—এটি... সত্যিই তীব্রভাবে অনুভব করা হয়েছে। যেন তুমি সেখানে ছিলে। এটা কিভাবে সম্ভব?

তার দৃষ্টি তার উপর স্থির হয়েছিল, কিন্তু তার অভিব্যক্তি এখনও দূরবর্তী ছিল, যেন সে একই সাথে এখানে এবং সেখানে, দুটি জগতের মধ্যে ছিল।

—কিন্তু গল্পটি পতনের সাথে শেষ হয়নি, নাথ। পুনরুত্থানের পরে, পিটার আবার একটি মূল ভূমিকা গ্রহণ করলেন। তিনি ছিলেন প্রথম, যিনি সন্দেহ দ্বারা পরিচালিত হয়ে, কিন্তু একটি জ্বলন্ত, শেষ আশা দ্বারাও, খালি কবরের কাছে যাওয়ার সাহস করেছিলেন। আমি তার বিভ্রান্তি দেখতে পাচ্ছিলাম, যা একটি উল্লসিত, সর্বগ্রাসী বিশ্বাসে রূপান্তরিত হয়েছিল, যখন তার ব্যক্তিগত যাচাইকরণ অলৌকিক ঘটনাটি নিশ্চিত করেছিল। এবং তারপর... যিশু তাকে তিনবার একই প্রশ্ন জিজ্ঞাসা করলেন: 'তুমি কি আমাকে ভালোবাস?' যেন তিনি তাকে তার তিনবারের অস্বীকারের প্রায়শ্চিত্ত করার সুযোগ দিচ্ছিলেন। আমি তার আত্মার মধ্যে স্বস্তি এবং নবজাত শক্তি অনুভব

করছিলাম, একটি উদীয়মান সূর্যের মতো। আমি, হেলেনা, পিটারের পথের সাথে জড়িত একটি ভাগ্য বহন করছিলাম। যিশু আমাকে যে জ্ঞান দিয়েছিলেন তা রক্ষা করার জন্য, আমি তার সাথে বিশ্বাসের কাঁটাযুক্ত পথ ধরেছিলাম। এই ইউনিয়নটি আকস্মিক ছিল না, নাথ। পিটারের অনুশোচনা ছিল সত্যিকারের বিশ্বাসের সবচেয়ে সরাসরি পথ। আমরা একসাথে গ্রালের রহস্যের বোঝা বহন করতাম। তার দুর্বলতা তাকে শক্তিশালী করেছিল, এবং আমার প্রজ্ঞা তার অনুতপ্ত বিশ্বাসে সমর্থন খুঁজে পেয়েছিল। আমরা একই মুদ্রার দুটি দিক ছিলাম, অবিচ্ছেদ্য।"

—কিন্তু কেন, মেলিনা? কেন তুমিই? এবং কেন এখন? এটা... খুব বেশি। অমানবিক।

নাথানিয়েল গভীর শ্বাস নিল। সে তার হাত ছেড়ে দিল, পিছনে হেলান দিল। তার মুখ ফ্যাকাশে ছিল, এবং তার কপালে একটি গভীর, যন্ত্রণাদায়ক উদ্বেগের ভাঁজ দেখা দিয়েছিল। তার দৃষ্টি ব্যস্ত রাস্তার উপর স্থির ছিল, কিন্তু তার চোখ তার নিজের মনের বিশৃঙ্খলা ছাড়া কিছুই দেখতে পাচ্ছিল না। তার নৈকট্যের রোমাঞ্চ অনিশ্চয়তায় পরিণত হয়েছিল, তার পিঠের উপর দিয়ে একটি ঠান্ডা অনুভূতি বয়ে যাচ্ছিল, যা তাকে হাড় পর্যন্ত শীতল করে দিচ্ছিল।

---✶ ⸙ ✶ ---

নাথানিয়েলের স্বপ্ন

এই মুহূর্তে, যখন মেলিনা কথা বলছিল, ক্লান্তি এবং মানসিক চাপ এক মুহূর্তের জন্য নাথানিয়েলের উপর জয়লাভ করল। সে চোখ বন্ধ করল এবং একটি সংক্ষিপ্ত, উজ্জ্বল, হৃদয়বিদারক স্বপ্নে ডুবে গেল, যেন সে বজ্রাহত হয়েছে। মেলিনার কথাগুলি তার নিজের গবেষণার অস্পষ্ট স্মৃতির সাথে মিশে যাচ্ছিল, কিন্তু এখন তারা একটি নতুন, ব্যক্তিগত, মর্মস্পর্শী অর্থ গ্রহণ করছিল। সে তাকে দেখতে পাচ্ছিল, কিন্তু সে পরিবর্তিত হয়েছিল, প্রাচীন পোশাকে সজ্জিত, এবং তার চুল একটি জটিল কেশবিন্যাসে বিন্যস্ত ছিল যা সে আগে কখনও দেখেনি। সে তার কণ্ঠস্বর শুনতে পাচ্ছিল, কিন্তু এটি সহস্রাব্দের প্রতিধ্বনির মতো শোনাচ্ছিল, সরাসরি তার আত্মার দিকে পরিচালিত হয়েছিল, তার প্রতিটি ফাইবারকে পরিবর্তন করছিল। ধূপ, পুরানো কাঠ এবং হাজার বছরের ধুলোর গন্ধ তার স্বপ্নকে পূর্ণ করছিল, যখন সে তার সাথে কথা বলছিল। সে তার দিকে হাত বাড়িয়েছিল, তার মুখ স্পর্শ করার চেষ্টা করছিল, যা একটি অভ্যন্তরীণ, অশরীরী আলোয় আলোকিত ছিল, কিন্তু তার আঙুলগুলি বাতাসের উপর দিয়ে পিছলে যাচ্ছিল, যেন সে ধোঁয়া ছিল, অশরীরী এবং অপ্রাপ্য। সে তার পিঠের উপর একটি শীতলতা অনুভব করছিল, যা বাতাস থেকে আসেনি, বরং সেই জ্ঞান থেকে এসেছিল যা সে তাকে বলছিল, যা তার নিজের, জীবন্ত স্মৃতিতে পরিণত হচ্ছিল, তাকে চিরতরে চিহ্নিত করছিল।

---✶ ⸙ ✶ ---

নাথানিয়েলের স্বপ্নের মধ্যে স্বপ্ন:

"আমি, হেলেনা, পিটারের পথের সাথে জড়িত একটি ভাগ্য বহন করি। যিশু আমাকে যে জ্ঞান দিয়েছেন তা রক্ষা করার জন্য, আমি তার সাথে বিশ্বাসের কাঁটাযুক্ত পথ ধরেছি। গ্রালের রহস্য... এটি আমাদের প্রত্যেকের মধ্যে রয়েছে, নাথ। নিঃশর্ত ভালোবাসা, ক্ষমা এবং গভীর কৃতজ্ঞতার মধ্যে। কিন্তু আরও কিছু আছে, যা কেবল আমিই রক্ষা করি। আমি জ্ঞানের একটি বাহক। অস্তিত্বের মূলের। মানুষের প্রকৃতি আমার কাছে তার দ্বৈততায় উন্মোচিত হয়, সন্দেহ এবং বিশ্বাস দ্বারা বোনা - দুটি শক্তি, বিপরীত, কিন্তু অবিচ্ছেদ্যভাবে সংযুক্ত, দিন এবং রাতের মতো। আমার পথ কাঁটাযুক্ত, কিন্তু আমি দৃঢ়ভাবে হাঁটি, একটি অভ্যন্তরীণ আলো দ্বারা পরিচালিত, যা অন্ধকারকে পুড়িয়ে দেয়। পিটার আমার অস্থির তারকা, এবং আমি - তার কম্পাস। আমি

বহুস্তরীয়, অসুবিধাগুলি কাটিয়ে উঠতে সক্ষম, নিবেদিত, বিশ্বাস, আনুগত্য এবং ভালোবাসায় পূর্ণ।"

নাথানিয়েল হঠাৎ জেগে উঠল, যেন সে বিদ্যুতাহত হয়েছে। তার দৃষ্টি অশরীরী মেলিনার দিকে ফিরে গেল, কিন্তু সে তাকে আর কেবল মেলিনা হিসেবে দেখছিল না। সে ছিল হেলেনা। এবং আরও কিছু।

তার দৃষ্টি আরও দূরবর্তী হয়ে গেল, যেন সে শতাব্দীর পর শতাব্দী ধরে স্থানান্তরিত হচ্ছিল, কিন্তু এখন তাতে একটি নতুন, গভীর, চিরন্তন প্রশান্তি ছিল। সে আর স্বপ্ন সম্পর্কে নয়, বরং সেই বোঝার কথা বলছিল, যা স্বপ্নের সাথে এসেছিল, তাকে চিরতরে পরিবর্তন করে দিয়েছিল, তাকে অন্য কিছুতে রূপান্তরিত করেছিল।

—স্বপ্ন আমাকে একটি কুয়াশার মতো আবৃত করে নিয়েছিল, আমাকে অনন্ত প্রশ্নের, অনন্ত মাত্রার জগতে স্থানান্তরিত করে দিয়েছিল। আমি ছিলাম হেলেনা, কিন্তু আরও কিছু - জ্ঞানের একটি বাহক, অস্তিত্বের মূলের। মানুষের প্রকৃতি আমার সামনে তার দ্বৈততায় উন্মোচিত হয়েছিল, সন্দেহ এবং বিশ্বাস দ্বারা বোনা - দুটি শক্তি, বিপরীত, কিন্তু অবিচ্ছেদ্যভাবে সংযুক্ত।

সে আবার তার দিকে ঝুঁকে পড়ল, তার কণ্ঠস্বর একটি নতুন, কিন্তু কষ্টার্জিত প্রজ্ঞা দ্বারা পূর্ণ ছিল, যা বাতাসে কম্পন সৃষ্টি করছিল, তার গভীরতম কোণে পৌঁছাচ্ছিল।

—সন্দেহ, আমি এটিকে একটি তীক্ষ্ণ শল্যচিকিৎসার মতো দেখতে পাই, যা নির্দয়ভাবে প্রতিটি আপাত সত্যকে বিচ্ছিন্ন করে। এটি আমাদের অনুসন্ধানের দিকে, সমালোচনামূলক বিবেচনার দিকে ঠেলে দেয়। এটি একটি আগুন - এটি আমাদের উষ্ণ করতে পারে, কিন্তু এটি প্রতিটি আত্মবিশ্বাসকেও পুড়িয়ে ফেলতে পারে, আমাদের পক্ষাঘাতগ্রস্ত করতে পারে।

সে তার হাতের দিকে, তারপর তার হাতের দিকে তাকাল। তার পরবর্তী কথাগুলিতে কিছু গভীর ব্যক্তিগত, প্রায় স্বীকারোক্তিমূলক ছিল, যা তাকে আরও মানবিক, আরও দুর্বল, আরও বাস্তব করে তুলেছিল।

—এবং আমি, নাথ, আমার অনেক জাগ্রত মুহূর্তে, সহজ উত্তরগুলির কাছে, প্রস্তুত জ্ঞানের কাছে আত্মসমর্পণ করি। অজানা থেকে ভয়, অধৈর্যতা, নিরাপত্তার প্রয়োজন প্রায়শই আমাকে বিচ্যুত করে। যখন অস্থিরতা বিশ্বাসকে দুর্বল করে, আমি অন্যদের মধ্যে সমর্থন খুঁজি, আমি আমার বাইরে লক্ষণ খুঁজি, নিজেকে হারিয়ে ফেলি।

—বিশ্বাস, সন্দেহের বিপরীতে, একটি প্রচেষ্টা, অধ্যবসায়, উন্মুক্ততা, প্রায় বেদনাদায়ক উন্মুক্ততা প্রয়োজন। এটি আমাকে যুক্তির সীমাবদ্ধতা অতিক্রম করতে, আমার চেয়ে বড় কিছুর উপর, কিছু ঐশ্বরিক কিছুর উপর বিশ্বাস স্থাপন করতে আহ্বান করে। সন্দেহ করা মানবিক, কিন্তু বিশ্বাস করা, অদৃশ্যকে বিশ্বাস করা, আমাদের মধ্যে ঐশ্বরিককে স্পর্শ করার মতো, এটিকে শতাব্দীর ঘুম থেকে জাগিয়ে তোলার মতো।

তার দৃষ্টি তার দিকে ফিরে এসেছিল, যেন তাকে বোঝার জন্য, তার আত্মার মধ্যে বহন করা এই বিশাল, পিষ্টকারী বোঝাটি ভাগ করে নেওয়ার জন্য আহ্বান করছিল।

—জীবনের রহস্যগুলির মুখোমুখি হয়ে, আমি প্রায়শই নিজেকে হারিয়ে ফেলি। আমার যুক্তি, বিজ্ঞানের ভঙ্গুর টর্চলাইট দিয়ে সজ্জিত, অজানা পর্দা ভেদ করতে শক্তিহীন। আমার বিশ্বাস, যা একসময় নিশ্চিত ছিল, একটি কাঁপানো স্ফুলিঙ্গে পরিণত হয়, হতাশার গভীরতার সাথে লড়াই করে। আমি প্রশ্নের মুখোমুখি: একজন ব্যক্তি কি যুক্তির জগতে এক পায়ে এবং বিশ্বাসের জগতে অন্য পায়ে থাকতে পারে? নাকি তাকে বেছে নিতে হবে? যখন যুক্তি ব্যাখ্যা দিতে পারে না, তখন বিশ্বাসকে অস্বীকার করা ছিল সবচেয়ে মানবিক, সবচেয়ে বোধগম্য প্রতিক্রিয়া।

তার কণ্ঠস্বর আরও আত্মবিশ্বাসী হয়ে উঠল, প্রায় গম্ভীর, যেন সে একটি উত্তর খুঁজে পেয়েছিল, যা তাকে তার মূল থেকে রূপান্তরিত করছিল।

—কিন্তু এই স্বপ্নে, আমি সেই অস্বীকারের প্রোটোটাইপটি দেখেছি - সেন্ট পিটার নিজেই। এবং তার পাশে, একটি অটল, অশরীরী আত্মবিশ্বাসের সাথে, আমার অন্য সত্তা, হেলেনা, হাঁটছিল। আমি সেই অদৃশ্য হাত, যা তাকে আলোর দিকে ফিরিয়ে নিয়ে আসে, যা তাকে স্থায়িত্ব এবং সাহস দেয়, এমনকি যদি সে এটি না জানে। আমার নিজের সত্তার প্রতি আমার বিশ্বাসের শক্তিশালী অস্ত্রটি ছিল গ্রালেরই গোপন, অশরীরী উপাদান, যা আমার মধ্যে স্পন্দিত হচ্ছিল।

—নিঃশর্ত ভালোবাসা, ক্ষমা এবং গভীর কৃতজ্ঞতা ছিল এই ঐশ্বরিক অমৃতের দৃশ্যমান উপাদান। কিন্তু আরও একটি ছিল, একটি সবেমাত্র উপলব্ধি করা গোপন, অনন্তকালের একটি ফিসফিসানি, যা কেবল হেলেনা তার সত্তার গভীরে রক্ষা করত, যা তার ডিএনএতে জড়িত ছিল।

তার দৃষ্টি আরও গভীর হয়ে গেল, যেন সে সময়ের বালির ঘড়ির বাইরে, দূরবর্তী দিগন্তের দিকে দেখছিল।

—তার পথ কাঁটাযুক্ত ছিল, কিন্তু সে দৃঢ়ভাবে হাঁটছিল, একটি অভ্যন্তরীণ আলো দ্বারা পরিচালিত। পিটার তার অস্থির তারকা ছিল, এবং সে - তার কম্পাস, যা তাকে অন্ধকারতম ঝড়ের মধ্য দিয়ে পরিচালিত করছিল। তার হৃদয় তার ছিন্নভিন্ন আত্মার সাথে অনুরণিত হচ্ছিল, এবং উভয়ই একই লক্ষ্যের দিকে চেষ্টা করছিল। সে তার মধ্যে প্রাচীন প্রজ্ঞা বহন করত, যা তাকে কঠিন পথে তাকে নেতৃত্ব দিতে বাধ্য করত, তাকে সেই দরজাগুলি খুলতে সাহায্য করত, যা সে নিজেই তার দুর্বলতায় বন্ধ করে দিয়েছিল। সে গোপনটি ধরে রেখেছিল, এটি প্রকাশ না করে, কারণ সে জানত যে সহজে দেওয়া সবকিছু তার মূল্য হারায়। সে এমনকি পিটারের কাছেও এটি প্রকাশ করেনি। সে কেবল করুণা এবং নীরবতার সাথে তার অভ্যন্তরীণ দ্বন্দ্বকে পরিচালনা করেছিল। তারা একসাথে বিপদ কাটিয়ে উঠছিল, পরিত্রাণ পর্যন্ত একটি অদৃশ্য, পবিত্র পথ তৈরি করছিল।

সে হালকা হাসল, কিন্তু হাসিটি দুঃখজনক ছিল, ভারাক্রান্ত, তার স্বাভাবিক, চিন্তাহীন স্বতঃস্ফূর্ততা থেকে অনেক দূরে।

—আমি, হেলেনা, নিখুঁত ছিলাম না। আমি অস্পষ্ট লক্ষণ এবং ভবিষ্যদ্বাণীপূর্ণ স্বপ্নের দ্বারা পরিচালিত হয়ে বড় হতে শিখছিলাম, যা আমাকে ভবিষ্যৎ সম্পর্কে ফিসফিস করে বলছিল। আমি বহুস্তরীয়, অসুবিধাগুলি কাটিয়ে উঠতে সক্ষম, নিবেদিত, বিশ্বাস, আনুগত্য এবং ভালোবাসায় পূর্ণ। পিটারের শাহাদতের পরে, আমি ঘৃণা, ভুল বোঝার শিকার হয়েছিলাম, কিন্তু আমার মিশন সেখানে শেষ হয়নি। এটি সবেমাত্র শুরু হয়েছিল।

তার কণ্ঠস্বর শক্তিশালী হয়ে উঠল, প্রায় গম্ভীর, যেন সে এমন কিছু ঘোষণা করছিল যা পবিত্র ছিল, যা তাকে চিরতরে চিহ্নিত করেছিল।

—এসেনিদের পরে, গ্রালের রহস্য, এই অশরীরী, জীবন্ত সত্তা, যেন অদৃশ্য পথের মাধ্যমে, সুফিদের হাতে পড়ল। এবং এই স্বপ্নে, আমি বুঝতে পারলাম - সন্দেহ মানবিক, কিন্তু বিশ্বাস ঐশ্বরিকের একটি প্রবেশদ্বার, এবং নিঃশর্ত ভালোবাসা গ্রালের চাবি, যা প্রতিটি মানুষের হৃদয়ে বাস করে, আবিষ্কৃত হওয়ার জন্য, প্রজ্বলিত হওয়ার জন্য অপেক্ষা করে।

নাথানিয়েল তৎক্ষণাৎ উত্তর দিল না। তার চোখ দুটি প্রশস্ত ছিল, এমন একজন ব্যক্তির মতো, যিনি সবেমাত্র এমন একটি বিশ্ব দেখেছেন, যা সম্পর্কে তিনি কখনও সন্দেহ করেননি, এমন একটি বিশ্ব, যা সবকিছু উল্টে দিয়েছে। সে আর একজন ব্যবসায়ী হিসেবে দেখাচ্ছিল না, বরং এমন একজন ব্যক্তি হিসেবে, যিনি বিশাল, অপ্রাপ্য কিছু দ্বারা স্পর্শিত হয়েছেন, এমন কিছু, যা তাকে চিরতরে পরিবর্তন করবে। তার পিঠের শীতলতা একটি হাড়-শীতল উপলব্ধিতে পরিণত হয়েছিল, একটি বরফশীতল, কিন্তু আলোকসঞ্চারী সত্য। সে তার জলের গ্লাসের দিকে এগিয়ে গেল, ধীরে ধীরে পান করল, তার গলা দিয়ে ঠান্ডা তরলটি অনুভব করল, যেন সে অসম্ভবকে গ্রাস এবং হিমায়িত করার চেষ্টা করছিল, এটিকে বাস্তব করার জন্য।

—তাহলে... তুমি... তুমি একজন অভিভাবক? কিসের? গ্রালের? এই সব কিছুর? এখন আমরা কী করব? এখন আমি কী করব?

সে তার চোখের দিকে তাকাল, উদ্বেগের সাথে নয়, বরং একটি গভীর, সচেতন, চিরন্তন সংকল্পের সাথে, যা সহস্রাব্দ থেকে এসেছিল। মাথার একটি সবেমাত্র উপলব্ধি করা, কিন্তু দৃঢ় আন্দোলন। সে তার গল্পে এতটাই নিমজ্জিত ছিল, স্বপ্নের শক্তি দ্বারা এতটাই সম্মোহিত ছিল, যা তার নিজস্ব সত্তাকে রূপান্তরিত করছিল। তার জন্য শুধুমাত্র এই সত্যটি বিদ্যমান ছিল। শুধুমাত্র এই ভাগ্য।

নাথানিয়েল তার দিকে তাকাল এবং প্রথমবারের মতো তার চোখে কেবল মেলিনাকে দেখল না, বরং তার আগের সমস্ত নারী অভিভাবকের সহস্রাব্দের প্রতিফলন দেখল। অনুভূতিটি হাড়-শীতল ছিল। তাদের মধ্যে একটি নতুন সুতো প্রসারিত হয়েছিল, অদৃশ্য, কিন্তু সে যা জানত তার চেয়ে শক্তিশালী। তার বিশ্ব প্রসারিত হচ্ছিল, কিন্তু একই সাথে সংকুচিত হচ্ছিল। এটি কি কেবল শুরু ছিল?

---❤---

## অধ্যায় 37: সিল্কি অন্ধকার

মেলিনা একটি ক্ষুরধারের উপর দিয়ে ভেসে যাচ্ছিল, জাগ্রততা এবং স্বপ্নের মধ্যে। হুগেস দে পায়েন-এর কণ্ঠস্বর, সহস্রাব্দের নীরবতা এবং শত শত যুদ্ধের দ্বারা ভারী, সিল্কি অন্ধকারকে কেটে দিচ্ছিল। তার প্রতিটি ফিসফিসানি কেবল একটি শব্দ ছিল না, বরং একটি জীবন্ত, শ্বাস-প্রশ্বাসের চিত্র - বাতাসের চেয়ে ঘন, তার কপালে বজ্রপাতের মতো স্পন্দিত একটি নাড়ির চেয়ে বেদনাদায়কভাবে বাস্তব। এটি একই সাথে বিষ এবং পরিত্রাণ ছিল, একটি প্রতিশ্রুতি এবং একটি অভিশাপ।

---✶ ʢ ✶ ---

অর্ডারের হৃদয়ে

নাইটের আলখাল্লার রুক্ষ, ভারী উল তার কাঁধের উপর স্ক্র্যাচ করছিল, তাকে একটি অদৃশ্য শক্তি দিয়ে চেপে ধরছিল। কেবল একটি কাপড় নয়, হাজার হাজার অব্যক্ত প্রতিজ্ঞার বস্তুগত ওজন, তাদের নীচের পাথরের চেয়ে পুরানো একটি গোপনীয়তা, সময়ের ঘূর্ণমান বালির ঘড়ির চেয়েও প্রাচীন। এখন সে টেম্পলার নাইটস অফ দ্য অর্ডারের একজন ডেমে। এবং বিশ্ব সংকুচিত হয়ে গিয়েছিল, একটি ধারালো তলোয়ারের মতো তার ধারালো, বিপজ্জনক প্রান্তগুলি উন্মোচন করেছিল। প্রতিটি শ্বাসে সর্বনাশ এবং পরিত্রাণের একটি ধাতব স্বাদ ছিল।

সে আকসারার নীচে একটি আবছা, চাপা হলে হুগেস দে পায়েন-এর পাশে বসে ছিল। এখানকার বাতাস ভারী, বাসি, শতাব্দীর ধুলো, নিভে যাওয়া আগুনের এবং গোপন, রক্তক্ষরণকারী গোপনীয়তার গন্ধে পূর্ণ ছিল, যা তাদের চারপাশে শ্বাস নিচ্ছিল বলে মনে হচ্ছিল। বিশাল অগ্নিকুণ্ডের আগুনের ভাষা রুক্ষ পাথরের দেয়ালে নাচছিল, ভুতুড়ে, বিকৃত ছায়া নিক্ষেপ করছিল, যা তার অস্থির চিন্তাভাবনার সাথে মিশে যাচ্ছিল - তাকে পদদলিত করতে এবং গ্রাস করতে ছুটে আসছিল।

"মেলিনা, আমার প্রিয়," - হুগেসের কণ্ঠস্বর একটি সবেমাত্র উপলব্ধি করা গর্জন ছিল, অন্তহীন ভ্রমণ এবং অমানবিক প্রচেষ্টা দ্বারা নিঃশেষিত, কিন্তু হাজার বছরের নীরবতা এবং যন্ত্রণার দ্বারা রচিত প্রজ্ঞা দ্বারা পরিপূর্ণ। - "গ্রালের দিকে আমাদের যাত্রা সবেমাত্র শুরু হয়েছে। তবে, এগিয়ে যাওয়ার জন্য, আমাদের অবশ্যই অতীতের মুখোমুখি হতে হবে। আমাদের স্বপ্ন, আমাদের অন্তর্দৃষ্টি... এগুলি আমাদের ঘিরে থাকা পাথরের চেয়েও বাস্তব, আমাদের শিরায় থাকা রক্তের চেয়েও জীবন্ত।"

মেলিনা মাথা নাড়ল না। সে কেবল তার চোখ বন্ধ করল। সে স্মৃতিকে তাকে গ্রাস করতে দিল। এটি কেবল একটি স্মৃতি ছিল না - এটি অনুভূতির একটি ঘূর্ণি ছিল, একটি ছোট পাখির হৃদয়ের মতো জীবন্ত এবং স্পন্দিত, তার হাতের মুঠোয়, যে কোনও মুহূর্তে ফেটে যাওয়ার জন্য প্রস্তুত। এখন, অর্ডারে তার অন্তর্ভুক্তির উত্তপ্ত প্রিজমের মাধ্যমে, দৃষ্টিটি একটি নতুন, প্রায় অশুভ, স্ফটিক স্বচ্ছতা অর্জন করেছিল।

---✶ ✶ ---

দৃষ্টি: অনুসন্ধানের তিনটি মুখ

একটি সিল্কি অন্ধকার তাকে গ্রাস করল। সে এটি শ্বাস নিল - ভারী, ঠান্ডা, সেই ধাতব স্বাদের সাথে, যা ঝড়, বজ্রপাত এবং বজ্রের আগে আসে। সে আর শরীর ও রক্তের মেলিনা ছিল না, বরং একটি প্রাচীন চেতনা, এমন কিছুর একটি চিরন্তন রক্ষক, যা তার গভীরে স্পন্দিত হচ্ছিল - গ্রাল নিজেই। এবং এই স্পন্দনটি একই সাথে জীবন এবং মারাত্মক বিপদ, একটি পরিত্রাণের আহ্বান এবং একটি নিরলস অভিশাপ ছিল।

তার চারপাশে ছায়াগুলি ঘুরছিল, অন্ধকারের ভাঁজ থেকে, সময়ের গভীরতা থেকে বোনা। তাদের থেকে মূর্তিগুলি আলাদা হয়ে যাচ্ছিল - লম্বা, শিস দেওয়া পোশাকের পুরুষ, যাদের চোখ, এমনকি হুডের নীচেও লুকানো, তাকে হাড় পর্যন্ত, তার আত্মা পর্যন্ত বিদ্ধ করছিল। সে কণ্ঠস্বর শুনতে পাচ্ছিল, এমন একটি ভাষায় ফিসফিসানি, যা তার বুকে একটি দূরবর্তী, কিন্তু অবিরাম, হাড়-শীতল স্মৃতির মতো, একটি শেষকৃত্যের গানের মতো অনুরণিত হচ্ছিল।

"সুফি..." - শব্দটি উচ্চারণ করা হয়নি, বরং তার মনে ভেসে এসেছিল, মরুভূমির মতো প্রাচীন, ধুলো এবং রহস্যবাদ দ্বারা চার্জ করা।

তারা নাচছিল। এটি একটি পার্থিব নৃত্য ছিল না, বরং একটি ঘূর্ণিযুক্ত, অতীন্দ্রিয় ঘূর্ণন, যেন তারা এই পৃথিবীর মাধ্যাকর্ষণ থেকে নিজেদের বিচ্ছিন্ন করার চেষ্টা করছিল, কোনও অদৃশ্য, ঐশ্বরিক রাজ্যে উঠার চেষ্টা করছিল। তাদের গান, হাজার হাজার সূচের মতো একঘেয়ে এবং তীক্ষ্ণ, তার হাড়ে অনুরণিত হচ্ছিল, এমন স্মৃতিগুলিকে জাগিয়ে তুলছিল, যা তার ছিল না, বরং বহু পুরনো যুগের ছিল। সে শিখা, মৃদু ভেষজ, লুকানো পরীক্ষাগারের দেয়ালে রক্ত এবং ছাই দিয়ে আঁকা অদ্ভুত প্রতীকগুলি দেখতে পাচ্ছিল। সে বুঝতে পারছিল। তাদের জন্য গ্রাল কেবল একটি কাপ ছিল না। এটি একটি রূপান্তরমূলক শক্তি ছিল, একটি অ্যালকেমিক্যাল সার, অভ্যন্তরীণ রূপান্তরের একটি চাবি, যা আচার-অনুষ্ঠান এবং গোপন অমৃতের মাধ্যমে খোলা হয়েছিল, যা আত্মাকে রক্তপাত করতে, নিজেকে শুদ্ধ করতে বাধ্য করেছিল।

তাদের মধ্যে অন্যান্য ছায়াগুলি দাঁড়িয়েছিল - আরও যুদ্ধবাজ, ইস্পাতের বর্ম সহ, স্বপ্নের ভুতুড়ে আলোতে বিপজ্জনকভাবে ঝলমল করছিল।

"টেম্পলার..." - শব্দটি তার মনে ফিসফিস করে বলেছিল, ধাতু এবং ধর্মান্ধ বিশ্বাস দ্বারা রচিত।

তারা একটি শৃঙ্খলাবদ্ধ, মারাত্মক অনুগ্রহের সাথে চলেছিল, কিন্তু তাদের চোখে একটি উত্তেজনা ছিল, যেন তারা এমন কিছু খুঁজছিল, যা ধরা কঠিন, যা সুফিরা অনুসরণ করছিল। সে তাদের মধ্যেকার সুতোটি অনুভব করছিল - পাতলা, প্রায় অদৃশ্য, কিন্তু অবিচ্ছেদ্য, যা ভুলে যাওয়া জ্ঞানের জন্য একটি সাধারণ আকাঙ্ক্ষা, পবিত্র কিছুর জন্য একটি সাধারণ আকাঙ্ক্ষা দ্বারা বোনা হয়েছিল।

এবং তারপর অন্যেরা হাজির হল - আরও অন্ধকার, আরও গোপনীয়, প্রায় অশরীরী। তার ত্বকে goosebumps দেখা দিল। সে তাদের থেকে আসা ঠান্ডা অনুভব করছিল, একটি ঠান্ডা, যা তার হাড়ে প্রবেশ করছিল এবং রক্তকে হিমায়িত করছিল।

"হাশাশিন..." - পরবর্তী উপলব্ধি এসেছিল, একটি তীক্ষ্ণ, বেদনাদায়ক আঘাতের মতো, অন্ধকারের মধ্যে একটি ঠান্ডা ব্লেডের মতো।

তারা ভূতের মতো চলেছিল, ছায়াগুলির সাথে মিশে যাচ্ছিল, এবং তাদের চারপাশে মারাত্মক কার্যকারিতা, নির্মম নির্ভুলতার একটি আভা ছিল। সিরিয়া এবং লেবাননের পাহাড়ে তাদের দুর্গের ফিসফিসানি তার কাছে পৌঁছেছিল, টেম্পলারদের সাথে তাদের প্রতিবেশীতা, তাদের নিজস্ব, আরও প্রাচীন নাইটহুড সম্পর্কে, যা পারস্যের ভূমিতে জন্মগ্রহণ করেছিল। এবং তারাও গ্রাল খুঁজছিল, কিন্তু তারা এটিকে ভিন্নভাবে দেখেছিল - একটি বস্তু হিসাবে নয়, বরং একটি শক্তি হিসাবে, যা অ্যালকেমি এবং রহস্যময় অনুশীলনের মাধ্যমে, রক্ত এবং অশ্রু ঝরানোর মাধ্যমে বের করা, নিয়ন্ত্রণ করা যেতে পারে।

মেলিনা এই অদ্ভুত স্বপ্নের কেন্দ্রে দাঁড়িয়েছিল, তার মধ্যে গ্রালের ভার অনুভব করছিল, একটি দ্বিতীয়, স্পন্দিত হৃদয়ের মতো। এটি একটি বাহ্যিক বস্তু ছিল না, বরং একটি স্পন্দিত শক্তি, একটি জীবন্ত, শ্বাস-প্রশ্বাসের জ্ঞান, যা শতাব্দীর পর শতাব্দী ধরে চলে আসছিল। সুফি, টেম্পলার, হাশাশিন - তারা সবাই এমন কিছু খুঁজছিল, যা ইতিমধ্যেই তার মধ্যে ছিল, তার সত্তার গভীরে লুকানো ছিল, হেলেনা থেকে উত্তরাধিকারসূত্রে প্রাপ্ত, পিটারের পাশে হেঁটে যাওয়া অভিভাবক থেকে।

তার পিঠের উপর দিয়ে একটি বরফশীতল ঠান্ডা বয়ে গেল, যখন সে বুঝতে পারল যে সে কী বহন করছে। তার হৃদয় পাগলের মতো দৌড়াচ্ছিল, যেন এটি তার বুক থেকে বেরিয়ে যাওয়ার চেষ্টা করছিল - এটি একই সাথে একটি পক্ষাঘাতগ্রস্ত ভয় এবং এক ধরণের বন্য, নিষিদ্ধ উত্তেজনা, প্রায় একটি উন্মাদনা ছিল। "কেন আমি?" - সে নিজেকে জিজ্ঞাসা করল। - "কেন আমি এই পুরুষদের মধ্যে আছি, যারা শতাব্দীর অনুসন্ধান এবং মারাত্মক গোপনীয়তা দ্বারা পরিপূর্ণ?" সে অনুভব করছিল যে সে একটি সেতু, গ্রাল সম্পর্কে এই বিভিন্ন ধারণার মধ্যে একটি ভঙ্গুর সংযোগ। কিন্তু একটি অনিবার্য লক্ষ্যও। যে গোপনটি সে বহন করছিল, তা একই সাথে আলোকসঞ্চারের উৎস হতে পারে এবং একটি রক্তাক্ত যুদ্ধ, একটি Apocalypse এর কারণ হতে পারে।

সুফিদের একজন কাছে এল। তার মুখ হুডের ছায়ায় লুকানো ছিল, কিন্তু মেলিনা তার তীক্ষ্ণ, যেন চিরন্তন দৃষ্টি অনুভব করছিল, তার মুখের উপর হাজার হাজার বছরের প্রজ্ঞার ভার। সে তার হাত বাড়িয়ে দিল, এবং তার হাতের তালুতে একটি ছোট, সূক্ষ্ম, কিন্তু হাড়-শীতল প্রতীক ঝলমল করছিল - একটি রূপালী অর্ধচন্দ্র, একটি বাঁকানো, ধারালো ছোরাকে আলিঙ্গন করছিল। সে এটি চিনতে পারল না, কিন্তু তার প্রবৃত্তি একটি গভীর, অপরিমেয় বিপদের জন্য চিৎকার করছিল, যা গোপনটির সাথে জড়িত ছিল, একটি অব্যক্ত হুমকির সাথে, যা তার মাথার উপর একটি ড্যামোক্লিসের তরবারির মতো ঝুলছিল।

স্বপ্নটি ভেঙে যেতে শুরু করল। রংগুলি জলের মধ্যে জলরঙের মতো আবছা হয়ে গেল, শব্দগুলি একটি দূরবর্তী প্রতিধ্বনিতে মিলিয়ে গেল, অন্য জগতের কণ্ঠস্বরের মতো। কিন্তু আসন্ন বিপদের অনুভূতি, তার উপর অর্পিত গোপনীয়তার অপ্রতিরোধ্য ভার, রয়ে গেল। সে একটি কাঁপানো, অস্থির হৃদয়ের সাথে জেগে উঠল, এবং সুফি গানের প্রতিধ্বনি এখনও তার কানে বাজছিল, একটি শেষকৃত্যের ঘণ্টার মতো। গ্রাল। আমি তার রক্ষক। কিন্তু কার মধ্যে? এবং এই গোপনীয়তার মূল্য কী? প্রশ্নগুলি তার জাগরণের বাতাসে একটি অশুভ, অব্যক্ত প্রতিজ্ঞা, একটি ভারী অভিশাপের মতো ঝুলছিল, এবং তার ত্বকে ঠান্ডা ঘাম তাদের সম্পূর্ণ, হাড়-শীতল বাস্তবতার সাক্ষ্য দিচ্ছিল।

---✶ ؛ ✶ ---

স্বপ্নটি তাকে তার ভুতুড়ে, নিরলস খপ্পরে ধরে রেখেছিল, তাকে সময় এবং ভুলে যাওয়া শিক্ষার স্তরগুলির মধ্য দিয়ে নিয়ে যাচ্ছিল। এখন একটি কণ্ঠস্বর, জ্ঞানী এবং শান্ত, শতাব্দীর ভার বহন করে, তার মনকে পূর্ণ করল, যেন দূরবর্তী, বালুকাময় ভূমি থেকে, সোনালী মরুভূমি থেকে একটি প্রতিধ্বনি। গজনির আল-হুজভেরি। নামটি তার মধ্যে একটি অপ্রত্যাশিত, অশুভ স্বচ্ছতার সাথে অনুরণিত হয়েছিল, এবং তার কথাগুলি, যা শতাব্দী আগে লেখা হয়েছিল, স্বপ্নের অন্ধকারে পবিত্র, স্পন্দিত চিহ্ন হিসাবে বস্তুগত রূপ ধারণ করেছিল:

—পৃথিবীতে, সমস্ত সময়ে, কয়েক হাজার 'গোপন সুফি' বাস করেছে এবং বাস করবে, এবং তাদের মধ্যে অনেকেই তাদের চেতনার পরিপূর্ণতা সম্পর্কেও জানবে না। এই লোকেরা মানবজাতির ইতিহাসকে একটি নির্দিষ্ট দিকনির্দেশনা দেয়, যা সত্যের কাছে তার acercamiento নিশ্চিত করে।

তার চারপাশের চিত্রগুলি পরিবর্তিত হচ্ছিল। সে আর একমাত্র রক্ষক ছিল না। সে এই "গোপন সুফিদের" উপস্থিতি অনুভব করছিল - অদৃশ্য পথপ্রদর্শক, যাদের অস্তিত্ব সম্পর্কে বিশ্ব এমনকি সন্দেহও করে না, কিন্তু যাদের কর্মগুলি অজান্তে ঘটনাগুলির গতিপথকে পরিচালিত করে, একটি অদৃশ্য কন্ডাক্টরের মতো। তারা মানব ইতিহাসের ট্যাপেস্ট্রিতে বোনা অদৃশ্য, কিন্তু শক্তিশালী সুতো ছিল, যা এটিকে একটি উচ্চতর, কিন্তু অস্পষ্ট, অনির্ধারিত লক্ষ্যের দিকে নিরলসভাবে ঠেলে দিচ্ছিল।

আল-হুজভিরির কণ্ঠস্বর তার স্বপ্নে অনুরণিত হতে থাকল:

—'গোপন সুফি' একজন শিক্ষকের সাথে তার লক্ষ্যের পথে যেতে পারে... অথবা একা, মহান সুফি শিক্ষকদের রেখে যাওয়া লক্ষণগুলি অনুসরণ করে: ইবন-আরাবি, মাওনাইয়া, খৈয়াম, রুমি... এই বিকাশে পথপ্রদর্শক তারকাটি সমস্ত সুফিদের জন্য একই এবং তার নাম ভালোবাসা।

এবং তারপর, যে প্রশ্নটি শুরু থেকেই তার মনে ঝুলছিল, তা একটি বেদনাদায়ক, তীক্ষ্ণ তীব্রতা অর্জন করল, একটি ছুরির আঘাতের মতো: সুফিরা গ্রাল সম্পর্কে কী জানত? এই রহস্যময় ভালোবাসা, সত্যের জন্য এই অনুসন্ধান, পবিত্র পাত্রের কিংবদন্তীর সাথে কীভাবে মিশে গিয়েছিল?

স্বপ্নের দৃশ্যটি স্থানান্তরিত হল। সে নিজেকে বালির টিলাগুলির মধ্যে খুঁজে পেল, গরম এবং অন্তহীন, এবং দূরত্বের মধ্যে, প্রাচীন, ভুলে যাওয়া রাজাদের মুকুটের মতো দাঁতযুক্ত প্রভাবশালী দুর্গগুলি দাঁড়িয়েছিল। টেম্পলার। সে তাদের সুফিদের সাথে যোগাযোগ করতে দেখছিল, একসাথে আদিম আগুনের চারপাশে বসে থাকতে দেখছিল, যার ধোঁয়া শুকনো ঘাস এবং ভাগ করা গোপনীয়তার মতো গন্ধ করত, অকথিতদের জন্য অদৃশ্য শব্দ এবং চিহ্ন বিনিময় করতে দেখছিল, যেন তারা নাচছিল। সে তাদের জ্ঞানের তৃষ্ণা অনুভব করছিল, গ্রালের রহস্য বোঝার জন্য তাদের আকাঙ্ক্ষা, যা তারা পবিত্র ভূমিতে খুঁজছিল, কেবল একটি তলোয়ার দিয়ে নয়, বরং একটি মন, একটি জ্বলন্ত, জ্বলন্ত আত্মা দিয়েও।

কিন্তু সুফিরা... তারা গ্রালকে ভিন্নভাবে দেখেছিল। একটি ভৌত বস্তু হিসাবে নয়, বরং একটি অভ্যন্তরীণ অবস্থা হিসাবে, বহু বছরের আধ্যাত্মিক অনুশীলন, ভালোবাসা এবং আত্ম-অস্বীকারের ফল হিসাবে, ঐশ্বরিকের সাথে একীভূত হওয়ার, সম্পূর্ণ দ্রবীভূত হওয়ার। তারা টেম্পলারদের একটি নির্দিষ্ট বস্তু দেয়নি, বরং একটি দার্শনিক ধারণা, অভ্যন্তরীণ আলোকসঞ্চারের একটি পথ, আত্মা পর্যন্ত একটি পথ, যা রক্ত এবং অশ্রু দিয়ে খোদাই করা হয়েছিল।

এশিয়া মাইনরের টেম্পলারদের দুর্গগুলি সামরিক দুর্গের চেয়েও বেশি কিছুতে পরিণত হয়েছিল। তারা রহস্যময় কেন্দ্র হয়ে গিয়েছিল, যেখানে নাইটরা, সুফি প্রজ্ঞা দ্বারা প্রভাবিত হয়ে, রহস্যময় জ্ঞান অধ্যয়নে নিমজ্জিত হয়েছিল, যা মুসলিম পণ্ডিতদের অন্তহীন ভ্রমণ থেকে সংগ্রহ

করা হয়েছিল। ফিলিপ অফ nablus, যিনি ইসলামিক বিশ্বের হৃদয়ে বেড়ে উঠেছিলেন, তিনি এই আধ্যাত্মিক রূপান্তরের প্রতিমূর্তি ছিলেন, দুটি সংস্কৃতি, দুটি ধর্ম, দুটি অন্তহীন মহাবিশ্বের মধ্যে একটি সেতু হয়ে উঠেছিলেন।

কিন্তু আরও গভীর গোপনীয়তা ছিল, যা কেবল কয়েকজন দীক্ষিতের কাছে প্রকাশিত হয়েছিল - দ্রুজ, নাজারাঈন, এসেনি, জোয়ানাইটদের প্রজ্ঞা, সম্প্রদায়, যা তাদের দুর্গম দুর্গে প্রাচীন জ্ঞান সংরক্ষণ করেছিল, যেমন আগুন-শ্বাস নেওয়া ড্রাগন দ্বারা সুরক্ষিত ধন। তার স্বপ্নে, সে প্রতীকগুলি দেখতে পেল - মাটিতে একটি তলোয়ার, একটি কাপ, যা একটি অশরীরী, স্পন্দিত আলোয় জ্বলছিল - সার্বজনীন Archetypes, যা বিভিন্ন সংস্কৃতি, পূর্ব এবং পশ্চিমের মধ্যে মিথস্ক্রিয়ায় রূপান্তরিত হয়েছিল।

মান্ডিয়ানরা, জল এবং আলোর প্রতি তাদের শ্রদ্ধা সহ, তাদের ছাপও রেখেছিল, এবং কিংবদন্তিগুলি ভূগর্ভস্থ গোলকধাঁধা সম্পর্কে ফিসফিস করে বলছিল, যেখানে হুগেস দে পায়েন, টেম্পলারদের প্রথম গ্র্যান্ড মাস্টার, গ্রালের সারমর্মের মধ্যে দীক্ষিত হয়েছিলেন, জোয়ানাইটদের প্রজ্ঞাকে এক্লেক্টিক ধারণার সাথে সংশ্লেষণ করেছিলেন, যা ইউরোপীয় রহস্যের নাইটের ভিত্তি স্থাপন করবে।

স্বপ্নটি আল-হুজভিরির কথা দিয়ে শেষ হয়েছিল, যা তার মনে অনুরণিত হচ্ছিল, একটি প্রাচীন গানের শেষ, তীক্ষ্ণ নোটের মতো, যা শতাব্দীর পর শতাব্দী ধরে প্রতিধ্বনিত হচ্ছিল:

—প্রতিটি সুফির জন্য সত্য হল ভালোবাসা।

মেলিনা এই অনুভূতির সাথে জেগে উঠল যে গ্রাল একটি বস্তু নয়, বরং একটি যাত্রা - একটি অভ্যন্তরীণ, অস্তিত্বশীল অনুসন্ধান, যা ভালোবাসা এবং প্রজ্ঞা দ্বারা পরিচালিত, যা গোপন শিক্ষকদের দ্বারা শতাব্দী ধরে চলে আসছিল, যাদের অস্তিত্ব সম্পর্কে আমরা এমনকি সন্দেহও করি না। এবং তার রক্ষকের ভূমিকা একটি নতুন, হাড়-শীতল, কিন্তু মহৎ অর্থ অর্জন করল - একটি বস্তু লুকানোর জন্য নয়, বরং এই দার্শনিক ধারণাটি, সত্যের এই পথটি সংরক্ষণ করার জন্য, যারা এটি অনুসরণ করতে প্রস্তুত। এবং এর জন্য মরতে। এবং হত্যা করতে।

---✶ ؛ ✶---

সন্ধ্যায় কথোপকথন

মেলিনা চোখ খুলল। স্মৃতিটি, বরং একটি জীবন্ত, রক্তক্ষরণকারী অভিজ্ঞতা, তাকে বন্দী করে রেখেছিল, অদৃশ্য, কিন্তু শক্তিশালী শৃঙ্খলের মতো। সে তার শরীরের প্রতিটি কোষকে goosebumps দেওয়া, স্পন্দিত, স্বপ্নের শক্তি দ্বারা পূর্ণ অনুভব করছিল, যা তাকে ছিঁড়ে ফেলার, দুটি ভাগে বিভক্ত করার হুমকি দিচ্ছিল।

"তুমি দেখতে পাচ্ছ, মেলিনা," - হুগেস দে পায়েন সামনে ঝুঁকেছিল, তার কণ্ঠস্বর প্রায় একটি ফিসফিসানি ছিল, কিন্তু হাজার যুদ্ধের এবং হাজার রাত জেগে থাকার, আশা ছাড়া। - "এটিই আমরা খুঁজছি। কেবল ধ্বংসাবশেষ নয়, বরং এমন জ্ঞান, যা বুকের মধ্যে জ্বলছে, একটি জীবন্ত embers এর মতো। এই প্রাচীন শিক্ষার মধ্যেকার সংযোগগুলি আকস্মিক নয়। পবিত্র ভূমিতে আমাদের অভিযানের বছরগুলিতে, আমরা, টেম্পলাররা, কেবল যুদ্ধ করিনি। আমরা শিখেছি। সুফিদের থেকে, মান্ডিয়ানদের থেকে, লেবাননের পাহাড়ের দ্রুজদের প্রাচীন, জ্ঞানী ছায়াদের থেকে। তারা আমাদের গ্রালের দিকে একটি ভিন্ন পথ দেখিয়েছিল। একটি সিল্কি অন্ধকারে, একটি সিল্কি গোপনীয়তায় আবৃত পথ।"

—কিন্তু কিভাবে? - মেলিনা জিজ্ঞাসা করল, তার কণ্ঠস্বর কর্কশ ছিল, যা অনুভব করেছিল তাতে পূর্ণ ছিল, একটি বিষাক্ত ধোঁয়ার মতো, যা তার গলা স্ক্র্যাচ করছিল। - কিভাবে আমরা এই জ্ঞানের টুকরাগুলি একত্রিত করব, যা শতাব্দীর পর শতাব্দী ধরে ছড়িয়ে ছিটিয়ে আছে? আমি যে

সুফির প্রতীকটি দেখেছি তা কীভাবে আমরা ব্যাখ্যা করব - অর্ধচন্দ্র, একটি ছোরাকে আলিঙ্গন করছে? যেন মৃত্যু এবং জীবন একটি অশুভ ট্যাঙ্গোতে, একটি অবিচ্ছেদ্য সমগ্রে মিশে যাচ্ছে।

—এটি আমাদের চ্যালেঞ্জ, ডেমে মেলিনা, - হুগেস সবেমাত্র উপলব্ধিযোগ্যভাবে হাসল, তিক্তভাবে, তার চোখে ক্লান্তি ঝলমল করছিল, একটি নিভে যাওয়া আগুনের শেষ, নিভে যাওয়া embers এর মতো। - এবং আমাদের সবচেয়ে বড় লক্ষ্য। আমরা সেতু। টেম্পলাররা পূর্ব এবং পশ্চিমের মধ্যে একটি সেতু ছিল। কেবল যুদ্ধে নয়, বরং শিক্ষায়, তাদের আত্মায়। হাশাশিন, যদিও কখনও কখনও আমাদের শত্রু, একটি গোপন শক্তির জন্য একটি অনুরূপ আকাঙ্ক্ষা, রূপান্তরের জন্য একটি আকাঙ্ক্ষা ভাগ করে নিত। তারা বাস্তবতা নিয়ন্ত্রণ করতে বিশ্বাস করত, আমরা এটি বুঝতে বিশ্বাস করি। এক ধাপ পাশে এবং তুমি তাদের মতো হয়ে যাবে। তাদের দানবদের মধ্যে। তাদের হত্যাকারীদের মধ্যে।

মেলিনা তার চোখের দিকে তাকাল। তাদের মধ্যে কোনও তিরস্কার ছিল না, কেবল মানুষের প্রকৃতির গভীর জ্ঞান, তার অন্ধকার গভীরতা সম্পর্কে, যে গভীরতাগুলি তার জন্য অপেক্ষা করে।

—তাহলে গ্রাল একটি বস্তু নয়, বরং একটি পথ? - মেলিনা অনুভব করল যে তার কথাগুলি একটি কঠিন, স্ফটিক সত্যে পরিণত হচ্ছে, এমন কিছু যা সে সবসময় জানত, কিন্তু বলতে ভয় পেত। এখন এই সত্যটি তার বুকে ভারী ছিল, তাকে একটি অদ্ভুত, ভীতিকর প্রশান্তির সাথে পূর্ণ করছিল।

—ঠিক। অভ্যন্তরীণ রূপান্তরের একটি পথ, মানুষের সত্যিকারের সারমর্ম এবং ঐশ্বরিকের সাথে তার সংযোগের উপলব্ধি পর্যন্ত, - হুগেস নিশ্চিত করল, ধীরে ধীরে মাথা নেড়ে, ভাগ্যের ভারের সাথে। - আমার পূর্বসূরী, ফিলিপ অফ নablus, তিনিই প্রথম যিনি এটি সত্যই উপলব্ধি করেছিলেন। আরব সংস্কৃতির মধ্যে বেড়ে উঠে, তিনি প্রাচ্যের রহস্যবাদীদের গভীরতা বুঝতে পেরেছিলেন। আমি নিজেও, আমাদের প্রথম অভিযানের সময়, অর্ডারের প্রতিষ্ঠার আগে, প্রাচীন মন্দিরে ঘুরেছি, ভুলে যাওয়া আচারের রক্ষকদের সাথে দেখা করেছি, যাদের নাম আমরা জোরে উচ্চারণ করার সাহস করি না। আমি বিশ্বাস করি যে এই গোপনটির চাবি সেই ভালোবাসার মধ্যেই লুকানো আছে, যা সম্পর্কে আল-হুজভেরি কথা বলেন। এটি সবকিছুর পিছনের চালিকা শক্তি। এবং এটি তার পথে সবকিছু ধ্বংস করে দেয়।

—এবং এটি আমাদের একটি লক্ষ্য করে তোলে, যেমন আমি আমার স্বপ্নে অনুভব করেছিলাম," - মেলিনা ফিসফিস করে বলল, চেয়ারে ফিরে বসে, যেমনটি বের করে দেওয়া হয়েছে, কিন্তু একরকম আলোকিত, একটি অদ্ভুত অন্তর্দৃষ্টি দ্বারা আবিষ্ট।

—হ্যাঁ। কারণ সত্যিকারের জ্ঞান সবসময়ই বিপজ্জনক, - হুগেস দাঁড়াল এবং জানালার দিকে এগিয়ে গেল, যেখান থেকে জেরুজালেমের ঝলমলে, ঠান্ডা আলো দেখা যাচ্ছিল, একটি কালো মখমলের বাক্সে ছড়িয়ে ছিটিয়ে থাকা হীরার মতো। - "কারণ এমন শক্তি আছে, যা এই সত্যটি প্রকাশ করতে চায় না। কারণ গ্রাল, তার সারমর্মে, স্বাধীনতা। সম্পূর্ণ স্বাধীনতা। অজ্ঞতার শৃঙ্খল থেকে, ভয় থেকে, dogma থেকে স্বাধীনতা। এবং এই স্বাধীনতা অনেকের জন্য, পুরো স্থিতাবস্থার জন্য একটি হুমকি। আমাদের মিশন, মেলিনা, এই গোপনটি রক্ষা করা, যতক্ষণ না আমরা এটি তাদের সাথে ভাগ করার একটি উপায় খুঁজে পাই, যারা প্রস্তুত। এবং বিশ্বকে তাদের থেকে রক্ষা করা, যারা এটিকে মন্দ কাজে ব্যবহার করবে, স্বাধীনতাকে বিশৃঙ্খলায় পরিণত করবে, এবং জ্ঞানকে একটি অস্ত্রে পরিণত করবে। তুমি এখন এর অংশ। তোমার স্বপ্ন, তোমার অন্তর্দৃষ্টি, এগুলি গুরুত্বপূর্ণ পথপ্রদর্শক। এবং অস্ত্র।

মেলিনা তার আলখাল্লায় খোদাই করা টেম্পলারদের প্রতীকটির দিকে তাকাল। এখন এটি কেবল একটি প্রতীক ছিল না। এটি একটি প্রতিশ্রুতি ছিল। গ্রালের সারমর্মের দিকে একটি

অন্তহীন অনুসন্ধানের, একটি বিপজ্জনক যাত্রার প্রতিশ্রুতি, গ্র্যান্ড মাস্টারের সাথে হাত ধরে, যারা তাদের শেষ নিঃশ্বাস পর্যন্ত তাদের অনুসরণ করবে। অথবা যতক্ষণ না তারা বিশ্বকে পরিবর্তন করে। অথবা যতক্ষণ না তারা ধ্বংস হয়।

---❤---

## অধ্যায় 38: সুপারম্যানের দ্বন্দ্ব

মেলিনা নাথানিয়েলের বিপরীতে বসে ছিল। ছোট, আর্ট ক্যাফেতে মোমবাতি এবং ল্যাম্পশেড থেকে আসা দুর্বল, কম্পনশীল আলো তার মুখকে নরম, বিপজ্জনক ছায়ায় ঢেকে রেখেছিল। বিদেশী চাগুলির মাতাল করা সুগন্ধ এবং ধূপের একটি সবেমাত্র উপলব্ধি করা, মিষ্টি গন্ধ দ্বারা ঘন বাতাসটি প্রাচীন গোপনীয়তা সম্পর্কে ফিসফিস করছিল। সে তাকে এমন চোখ দিয়ে দেখছিল, যেখানে পবিত্রতা একটি জ্বলন্ত, প্রায় পাপপূর্ণ আহ্বানের সাথে মিশেছিল, একটি গভীরতার মধ্যে শিখার মতো। তার দৃষ্টি এত তীব্র ছিল, এত তীক্ষ্ণ ছিল যে নাথানিয়েল তার ত্বকের উপর এর ভার অনুভব করছিল, যেন তার শরীরের প্রতিটি ফাইবার তার তীক্ষ্ণ, প্রায় শারীরিক শক্তির অধীনে goosebumps দিচ্ছিল।

—তুমি আমাকে বিশ্বাস কর না, তাই না, নাথানিয়েল?" - মেলিনার কণ্ঠস্বর নরম ছিল, প্রায় একটি অস্পষ্ট ফিসফিসানি, কিন্তু তাতে একটি অবিরাম, প্রায় বেদনাদায়ক রেখা কম্পন করছিল, একটি টানটান বীণার তারের মতো, যা প্রায় ছিঁড়ে যাওয়ার জন্য প্রস্তুত ছিল। - "তুমি বিশ্বাস কর না যে আমার স্বপ্নগুলি কেবল কল্পনার চেয়েও বেশি কিছু? তুমি বিশ্বাস কর না যে আমিই আমি?

নাথানিয়েল ধীরে ধীরে তার কফি পান করল, দুধটি গাঢ় তরলকে বাদামী, ঘূর্ণিযুক্ত ঘূর্ণিতে দ্রবীভূত করল, ছোট ছায়াপথের মতো। সে তার দৃষ্টিকে ঠান্ডা, বিশ্লেষণাত্মক রাখার চেষ্টা করল, নিয়ন্ত্রণের বিভ্রমের মধ্যে, তার নিজের যুক্তির দুর্গে এটিকে বেঁধে রাখার চেষ্টা করল। কিন্তু তার অভিশপ্ত ইচ্ছা মানতে অস্বীকার করছিল। তার চোখ অনিচ্ছাকৃতভাবে তার ঘাড়ের সূক্ষ্ম বাঁকের উপর দিয়ে পিছলে যাচ্ছিল, যেভাবে আলো তার পূর্ণ, চ্যালেঞ্জিং ঠোঁটের উপর নাচছিল, এবং তার প্রতিটি গতিবিধি তার মধ্যে একটি অভ্যন্তরীণ, প্রায় নিষিদ্ধ আগুনকে প্রজ্বলিত করছিল - এমন একটি আগুন, যা একই সাথে ধ্বংস এবং পুনর্জন্মের প্রতিশ্রুতি দিচ্ছিল।

—যদি তারা ভবিষ্যদ্বাণীপূর্ণ হত, মেলিনা, তারা স্পষ্ট, দ্ব্যর্থহীন হত," - তার কণ্ঠস্বর সবেমাত্র দমন করা সংশয় থেকে কাঁপছিল, কিন্তু তাতে একটি উদীয়মান মুগ্ধতার সুরও ছিল। - "তোমারগুলি... বিচ্ছিন্ন, প্রতীকবাদে আবৃত, ভুলে যাওয়া রূপকথার টুকরাগুলির মতো, যা একসাথে রাখা যায় না।

—এবং তুমি কি জান না যে গভীরতম সত্যগুলি প্রায়শই রূপকথার মধ্যেই লুকিয়ে থাকে? প্রতীকগুলির মধ্যে, যা আমাদের subconsciousness চিনতে পারে? - একটি হালকা হাসি তার ঠোঁটের কেবল কোণগুলিকে স্পর্শ করল, চোখে পৌঁছাল না। তাদের মধ্যে মূল্যবান পাথর রয়ে গেল, যা শিখাগুলিকে প্রতিফলিত করছিল, যা সে দেখতে পাচ্ছিল না, কিন্তু যা সে তার ত্বককে পুড়িয়ে দিতে অনুভব করছিল।

সে হালকাভাবে তার মাথা কাত করল। তার লম্বা চুল, রাতের মতোই কালো, তারার দ্বারা ছিটানো, তার কাঁধের উপর দিয়ে পিছলে গেল। একটি সিল্কি স্পর্শ, যা সে অনুভব করল, এটি না থাকলেও, এবং তার কল্পনা এমন বিবরণ আঁকল, যা বিদ্যমান ছিল না, কিন্তু যা সবকিছুর চেয়ে বেশি বাস্তব ছিল।

—তুমি গ্রাল সম্পর্কে জিজ্ঞাসা কর, নাথানিয়েল। চতুর্থ শতাব্দী পর্যন্ত এটি কোথায় লুকিয়ে ছিল? আমি তোমাকে বলেছিলাম - আমি এটিকে আমার স্বপ্নে দেখেছি। গির্জার dogma দ্বারা শৃঙ্খলিত নয়, বরং প্রাচ্যে ভ্রমণ করছে, ঋষিদের কাছে গোপনীয়তা ফিসফিস করছে, যারা প্রতিটি

প্রতিষ্ঠানের বাইরে, মন্দির এবং টাওয়ারের দেয়ালের বাইরে সত্য খুঁজছিল। বিশুদ্ধ, ঐশ্বরিক শক্তির একটি প্রবাহ।

—ঋষিদের ফিসফিসানি নাকি কল্পনার উড়ান, মেলিনা?" - সে তাকে উস্কে দিল, তার কণ্ঠস্বর একটি ধারালো ছুরির মতো তীক্ষ্ণ, কিন্তু তার অভ্যন্তরীণ কাঁপুনি একটি ভূমিকম্পের মতো শক্তিশালী হচ্ছিল। - "আমাকে প্রমাণ কর। আমাকে এমন কিছু বল, যা তুমি অন্য কোনও উপায়ে জানতে পার না।

তার চোখে একটি শান্ত, কিন্তু শক্তিশালী, প্রায় মারাত্মক চ্যালেঞ্জ ঝলমল করছিল। সে তার হাত বাড়িয়ে দিল এবং তার হাতটি হালকাভাবে স্পর্শ করল। তার ক্ষণস্থায়ী স্পর্শ তার মেরুদণ্ডের নিচে একটি কম্পন পাঠাল - কেবল একটি বৈদ্যুতিক স্রাব নয়, বরং একটি স্ফুলিঙ্গ, যা তার মধ্যে গভীর, প্রাচীন এবং ভুলে যাওয়া কিছুকে প্রজ্বলিত করছিল, এমন একটি আগুন, যা সে বছরের পর বছর ধরে তার অর্ডারের কঠোর নিষেধাজ্ঞার অধীনে দমন করে রেখেছিল।

—ঠিক আছে, নাথানিয়েল। আমি তোমাকে প্রমাণ করব। আমার স্বপ্নে, আমি একটি পাথুরে মরুভূমির হৃদয়ে একটি আগুন জ্বলতে দেখেছি, একটি তারকা-বিহীন আকাশের নীচে। এর চারপাশে, বিবর্ণ সাদা পোশাক পরা পুরুষরা একঘেয়ে স্তোত্র গাইছিল, তাদের কথাগুলি বাতাসের সাথে মিশে যাচ্ছিল, একটি প্রাচীন অভিশাপের মতো। তাদের মুখগুলি সূর্যের দ্বারা শুকিয়ে গিয়েছিল, প্রাচীন মানচিত্রের মতো খাঁজকাটা ছিল, কিন্তু তাদের চোখ embers এর মতো জ্বলছিল, জীবন্ত, স্পন্দিত। তারা কোনও ক্রুশের কাছে মাথা নত করেনি, বা পরিচিত নামগুলিকেও আহ্বান করেনি। তারা আহুরা মাজদা, আলো এবং সত্যের উৎসের সন্ধান করছিল। এবং সেই আগুনের মধ্যে... আমি একটি প্রতিফলন দেখলাম। আগুনটি একটি স্পন্দিত লাভাতে পরিণত হয়েছিল, এবং তারপর... একটি তরলে। একটি তীব্র লাল, ঘন, জীবন্ত রক্তের মতো, কিন্তু যার মধ্যে অনন্তকাল ছিল। এই রক্তের মধ্যে দুটি স্পাইরাল ধীরে ধীরে ঘুরছিল, সুতার মতো, একে অপরের সাথে মিশে গিয়েছিল। তারা একটি সুরেলা, প্রাচীন নৃত্যে চলেছিল, আরও ঘনিষ্ঠভাবে কুঁকড়ে যাচ্ছিল, যতক্ষণ না এক মুহূর্তে... তারা রূপান্তরিত হয়েছিল। আমার চোখের সামনে একটি প্রতীক গঠিত হয়েছিল - দুটি সাপ একটি রাজদণ্ডকে জড়িয়ে ধরেছিল, উপরে ডানা সহ। ক্যাডুসিয়াস নিজেই, নাথানিয়েল। নিরাময়, ভারসাম্য এবং রহস্যময় শক্তির প্রতীক। পরম ক্ষমতার প্রতীক।

সে থামল, তার প্রতিক্রিয়া পর্যবেক্ষণ করল। সে তার সংযম বজায় রাখার চেষ্টা করছিল, তার যুক্তির মুখোশ বজায় রাখার চেষ্টা করছিল, কিন্তু তার চোখে অনিশ্চয়তা দেখা দিচ্ছিল, যা ক্রমবর্ধমান, প্রায় বিপজ্জনক মুগ্ধতার সাথে মিশ্রিত ছিল, বিষের মতো।

—জোরাস্ট্রিয়ান আহুরা মাজদার জন্য প্রচার করেছিলেন - কেবল একজন দেবতা নয়, বরং মহাবিশ্বের একটি চালিকা শক্তি, আলো এবং সত্যের স্রষ্টা। আশা - শৃঙ্খলা এবং পরিপূর্ণতার গতিশীল শক্তি - এবং দ্রুজের সাথে তার সংগ্রাম - বিশৃঙ্খলা এবং ধ্বংস... তুমি কি এখানে ভাল এবং মন্দের মধ্যেকার চিরন্তন সংগ্রামের একটি সমান্তরাল দেখতে পাচ্ছ না, যা খ্রিস্টান শিক্ষায়ও নিহিত? - নাথানিয়েল তাকে বিভ্রান্ত করার, তাকে বিভ্রান্ত করার, তাকে প্রমাণ করার চেষ্টা করছিল যে সে এটি তৈরি করছে, কিন্তু তার নিজের কথাগুলি ফাঁপা শোনাচ্ছিল, তার অটল আত্মবিশ্বাসের বিরুদ্ধে লড়াই করার চেষ্টায় তাদের শক্তি হারাচ্ছিল।

সে তার দিকে হালকাভাবে ঝুঁকে পড়ল, এবং তার ত্বকের সুগন্ধ তাকে ঘিরে ধরল - একটি গ্রীষ্মের সন্ধ্যার এবং লুকানো, অনিয়ন্ত্রিত শক্তির গন্ধ, যা তাকে একটি গভীরতার মতো আকর্ষণ করছিল।

—তুমি প্রমাণ চাও, নাথানিয়েল? আমি যদি তোমাকে বলি যে এই তরলটি... যে আমি আমার নিজের রক্তের মধ্যেও এর স্পন্দন অনুভব করতে পারি? যে এই প্রতীকটি... যেন এটি আমার সত্তার গভীরে খোদাই করা হয়েছে, একটি প্রাচীন কোডের মতো, যা পাঠ করার জন্য অপেক্ষা

করছে? এই ঋষিরা... তারা গ্রাল সম্পর্কে জানত। তারা এটিকে একটি ধ্বংসাবশেষ হিসাবে দেখত না, বরং ঐশ্বরিক প্রজ্ঞার একটি চিরন্তন প্রবাহ হিসাবে, যা আত্মা দ্বারা অনুভব করা যায়, কিন্তু কখনও শৃঙ্খলিত বা অধিকৃত করা যায় না। তারা এটিকে আশার দিকে আকাঙ্ক্ষার সাথে সংযুক্ত করত - মহাজাগতিক শৃঙ্খলা এবং সর্বোচ্চ সত্য, যা প্রতিটি সত্তার মধ্যে স্পন্দিত হয়। এটি ভাল এবং মন্দের মধ্যেকার দ্বন্দ্ব। এবং সুপারম্যানের পছন্দ হল এটি উপলব্ধি করা।

মেলিনা আরও কাছে ঝুঁকে পড়ল, এবং তার সুগন্ধের একটি ঢেউ তাকে একটি মাতাল করা জাদু, একটি অদৃশ্য ফাঁদের মতো ঘিরে ধরল। সে অনিচ্ছাকৃতভাবে এক মুহূর্তের জন্য চোখ বন্ধ করল, পরিচিত গন্ধগুলির সংমিশ্রণে আঘাতপ্রাপ্ত - চন্দন কাঠ এবং বুনো গোলাপ। এই সুগন্ধি, যা সে নিজেই তাকে কয়েক মাস আগে দিয়েছিল, এখন একটি অদৃশ্য শৃঙ্খলে পরিণত হয়েছিল, যা ভুলে যাওয়া প্রতিশ্রুতিগুলি ফিসফিস করছিল এবং ঘনিষ্ঠ মুহূর্তগুলির স্মৃতিগুলিকে প্রজ্বলিত করছিল। তার প্রিয় সুগন্ধি, যা এখন তার উপস্থিতির সাথে এত ঘনিষ্ঠভাবে জড়িত ছিল, তার সংযমের বর্মকে যে কোনও জাদুর চেয়ে আরও কার্যকরভাবে ভেঙে দিচ্ছিল।

—এবং আমি আরও কিছু দেখেছি, নাথানিয়েল। আমি একজন মহিলাকে দেখেছি। তার মুখ একটি ঘোমটার নীচে লুকানো ছিল, কিন্তু আমি তার থেকে বেরিয়ে আসা মর্মস্পর্শী, প্রায় অসহনীয় শক্তি অনুভব করছিলাম। সে তার হাত আগুনের উপর ধরে রেখেছিল এবং এমন একটি ভাষায় শব্দ ফিসফিস করছিল, যা আমি বুঝতে পারছিলাম না, কিন্তু যা আমার আত্মার গভীরে অনুরণিত হচ্ছিল, একটি ভুলে যাওয়া সুরের মতো, যা আমি সবসময় জানতাম। সে একজন রক্ষক ছিল। একটি বস্তুর নয়, বরং অশরীরী জ্ঞানের, একটি গোপনীয়তার, যা একটি অদৃশ্য, রক্তের রেখার মাধ্যমে প্রজন্ম থেকে প্রজন্মান্তরে চলে আসছিল। সুপারম্যানের গোপনীয়তা - পুরুষের শক্তিকে নারীর প্রজ্ঞার সাথে একত্রিত করা।

তার কণ্ঠস্বর প্রায় একটি ফিসফিসানি ছিল, কিন্তু এতে এমন ক্ষমতা ছিল, যা তার ত্বককে goosebumps দিতে বাধ্য করছিল। সে দেখতে পাচ্ছিল যে তার চোখে প্রতিরোধ ধীরে ধীরে গলে যাচ্ছে, যা ক্রমবর্ধমান কৌতূহল এবং... আরও কিছু দ্বারা প্রতিস্থাপিত হচ্ছে। একটি আকর্ষণ, যা সে অস্বীকার করার চেষ্টা করছিল, কিন্তু যা আরও শক্তিশালীভাবে স্পন্দিত হচ্ছিল, একটি অদৃশ্য সুতোর মতো, যা তাদের একে অপরের সাথে জড়িয়ে দিচ্ছিল।

—তুমি প্রমাণ চাও, নাথানিয়েল? আমি যদি তোমাকে বলি যে এই মহিলাটি... যে তার রক্ত আমার শিরাতেও প্রবাহিত হয়? যে এই গোপনটি... আমার হৃদয়েও জ্বলছে, একটি জীবন্ত embers এর মতো?" - মেলিনা মারাত্মকভাবে শেষ করল, তার কণ্ঠস্বর কর্কশ ছিল, যেন তার শক্তি নিঃশেষিত হয়ে গেছে। - "এই গোপনটি সুপারম্যানকে প্রকাশ করে।

সে আবার তার হাত স্পর্শ করল, এবার তার আঙুলগুলি তার ত্বকের উপর আরও দীর্ঘ সময় ধরে রেখেছিল। তার উষ্ণতা তার মধ্যে প্রবেশ করছিল, তার সংযমের বরফ গলাচ্ছিল, সূর্যের মতো, যা শতাব্দীর বরফ গলাচ্ছে। সে কঠিনভাবে গিলল, এবং তার অর্ডারের নিষেধাজ্ঞা, অনাসক্তির কঠোর নিয়ম, তার জাদুকরী প্রভাবের অধীনে তাদের শক্তি হারাচ্ছিল বলে মনে হচ্ছিল।

---✶ ៖ ✶ ---

রাতের মধ্যে সংঘর্ষ

এই মুহূর্তে, ঠিক আগের বারের মতো, একটি বাহ্যিক উপস্থিতির তীক্ষ্ণ অনুভূতি তাদের বিদ্ধ করল। ঠান্ডা বাতাসের একটি হালকা দমকা, যেন একটি অদৃশ্য দরজা নিঃশব্দে খুলেছে এবং বন্ধ হয়েছে, ঘরের চাপ পরিবর্তন করেছে। নাথানিয়েল হঠাৎ তার হাত থেকে তার হাতটি সরিয়ে নিল, যেন পুড়িয়ে গেছে। তার দৃষ্টি একটি শিকারীর মতো টানটান এবং শিকারী হয়ে উঠল, যিনি শিকারকে অনুভব করেছেন।

—কেউ আমাদের দেখছে। - সে ফিসফিস করে বলল, তার কথাগুলি ক্যাফের শব্দের মধ্যে সবেমাত্র উপলব্ধিযোগ্য, কিন্তু একটি তীক্ষ্ণতার সাথে, যা একটি ব্লেডের মতো বাতাসকে কেটে দিল। - "আমাদের সতর্ক থাকতে হবে, মেলিনা। এই গোপনটি... কেবল আমাদের নয়। এমন মানুষ আছে, যারা এর জন্য আমাকে হত্যা করবে। এবং তোমার জন্য। তোমার কারণে।"

ষড়যন্ত্রটি ঘন হচ্ছিল, তাদের মধ্যেকার যৌন উত্তেজনা একটি আসন্ন, শ্বাসরোধকারী বিপদের কাছে স্থান দিয়েছিল, এবং গ্রালের রহস্য যেন তাদের গোপনীয়তা এবং নির্মম শত্রুদের একটি জালে আরও গভীরে টেনে নিয়ে যাচ্ছিল।

মেলিনা দ্রুত ক্যাফেটি স্ক্যান করল, তার চোখ প্রতিটি মুখের উপর দিয়ে পিছলে যাচ্ছিল, একটি অসঙ্গতি, একটি বিচ্যুতি, এমন কিছু খুঁজছিল, যা মানায় না। তার দৃষ্টি সবচেয়ে অন্ধকার কোণে একা বসা একজন ব্যক্তির উপর স্থির হল, যার মুখ একটি প্রশস্ত টুপি দ্বারা আংশিকভাবে লুকানো ছিল। তার ভঙ্গিতে, যেভাবে সে তার কাপ ধরে রেখেছিল - একটি শিকারীর লাফ দেওয়ার আগেকার প্রশান্তি - তা প্রকাশ করছিল যে সে একজন আকস্মিক দর্শক নয়। লোকটি নড়াচড়া করছিল না, কিন্তু তার চারপাশে বাতাসটি লুকানো, উত্তপ্ত উত্তেজনা দ্বারা কম্পন করছিল।

—আমাদের যেতে হবে, নাথানিয়েল। এখন।

সে হঠাৎ উঠে দাঁড়াল, চেয়ারটি মেঝেতে স্ক্র্যাচ করল, এবং আবার তার দিকে হাত বাড়িয়ে দিল, এবার একটি কর্তৃত্বপূর্ণ, প্রায় আদেশমূলক আন্দোলনের সাথে। নাথানিয়েল তার মেজাজের হঠাৎ পরিবর্তন অনুভব করল - যৌন উত্তেজনা অবিলম্বে একটি তীক্ষ্ণ, তীক্ষ্ণ, হাড়-শীতল সতর্কতার দ্বারা প্রতিস্থাপিত হয়েছিল। সে তার হাত ধরল, তার আঙুলের ঠান্ডা দৃঢ়তা অনুভব করল, ইস্পাত, মাংস দ্বারা আবৃত।

—কী হচ্ছে, নাথানিয়েল? সে কে? এই লোকেরা কারা? তারা কি তোমার অর্ডারের সদস্য? তারা কি আমাকে তোমার সাথে দেখা করতে নিষেধ করে? - তার প্রশ্নগুলি এক নিঃশ্বাসে বেরিয়ে এল, তার কণ্ঠস্বর আতঙ্কে পূর্ণ হয়ে গেল।

—প্রশ্নের সময় নেই। কেবল আমাকে বিশ্বাস কর। কিছু লোক... তারা এই সত্যটি প্রকাশিত হতে চায় না। তারা চায় না যে এটি আমাকে রূপান্তরিত করুক, কারণ তারা সবকিছু হারাবে। এবং তারা জানে যে আমরা একসাথে। - সে ফিসফিস করে বলল, যখন সে তাকে দরজার দিকে নিয়ে যাচ্ছিল, তাকে প্রায় রুক্ষভাবে টেনে নিয়ে যাচ্ছিল, কিন্তু একটি অবিসংবাদিত যত্নের সাথে।

নাথানিয়েল তার চোখের দিকে যন্ত্রণার সাথে তাকাল, একটি দুর্বল রাস্তার বাতি দ্বারা আলোকিত, যার আলোতে তার মুখ পীড়িত, ছায়া দ্বারা দীর্ঘায়িত দেখাচ্ছিল।

—কেবল দেখা করার জন্য নয়, মেলিনা। তারা আমাকে সংযুক্ত হতে নিষেধ করে। ভালোবাসা। কিন্তু... - সে তার হাত আরও শক্ত করে চেপে ধরল, তার হাড় মড়মড় করে উঠল, কিন্তু shock দ্বারা ব্যথাটি ভোঁতা হয়ে গিয়েছিল। - ...আমি তোমার প্রতি যা অনুভব করি, তা যে কোনও প্রতিজ্ঞার চেয়ে শক্তিশালী। আমার অর্ডার বিশ্বের উপর যে কোনও নিয়ন্ত্রণ আরোপ করার চেষ্টা করে তার চেয়ে শক্তিশালী। এটি সুপারম্যানের পছন্দ - নিষেধাজ্ঞা এবং ভালোবাসার মধ্যে, কর্তব্য এবং ভাগ্যের মধ্যে।

এই মুহূর্তে, রাস্তার অন্য প্রান্ত থেকে আরও একটি মূর্তি হাজির হল, যা তাদের দিকে দ্রুত এগিয়ে যাচ্ছিল, রাতের থেকে বিচ্ছিন্ন একটি ছায়ার মতো, কিন্তু একটি স্বতন্ত্র, ইস্পাতের ঝলকের সাথে। তার মুখ লুকানো ছিল, কিন্তু নাথানিয়েল তার হুমকি দেওয়া, প্রায় শারীরিক শক্তি অনুভব করছিল, যা তাকে কাঁপতে বাধ্য করছিল। ক্যাফে থেকে একটি হালকা শব্দ শোনা গেল, যেন টেবিলগুলি সরানো হচ্ছে - কোণার লোকটি ইতিমধ্যেই নড়াচড়া করছিল, তারা তাদের ঘিরে ধরছিল।

—আরেকজন! নাথানিয়েল, আমরা কী করব? - তার কণ্ঠস্বর তার গলায় আটকে থাকা একটি চিৎকার ছিল।

—আমাদের আলাদা হতে হবে! তুমি বাম দিকে যাও, আমি ডান দিকে। চল তাদের বিভ্রান্ত করি। আমি পুরানো ব্যারেল টাওয়ারের কাছে তোমার জন্য অপেক্ষা করব। মধ্যরাতে। সেখানে থেকো।"

—না! আমি তোমাকে ছাড়ব না! - মেলিনা তার হাত চেপে ধরল, কিন্তু সে ইতিমধ্যেই তাকে ছেড়ে দিচ্ছিল, তার দৃষ্টি তাকে কাজ করার জন্য আহ্বান করছিল।

—আমাদের হবে, মেলিনা। তোমার নিরাপত্তার জন্য। তোমার গাড়িতে ওঠো। তারা আমার সম্পর্কে যতটা জানে, তোমার সম্পর্কে ততটা জানে না। আমিই লক্ষ্য। যদি তারা তোমাকে ধরে...

সে চুপ হয়ে গেল, তার চিন্তা শেষ করতে পারল না, তার কথাগুলি তার গলায় একটি পিণ্ডের মতো আটকে গেল। অশ্রুসিক্ত চোখে, মেলিনা মাথা নেড়ে, বাঁচার প্রবৃত্তির কাছে বশ্যতা স্বীকার করল। সে তাকে হঠাৎ, প্রায় অসম্মানজনকভাবে, গাড়ির দিকে ধাক্কা দিল, তার দৃষ্টি তাকে দৌড়াতে আদেশ দিল।

মেলিনা এক মুহূর্তের জন্য ইতস্তত করল, তার জন্য পক্ষাঘাতগ্রস্ত ভয় এবং আত্মরক্ষার প্রবৃত্তির মধ্যে বিভক্ত হয়ে। সে গাড়িতে ঝাঁপিয়ে পড়ল, তার হাত স্টিয়ারিং হুইলে কাঁপছিল, যখন সে স্টার্ট বোতাম টিপল। ইঞ্জিনটি গর্জন করে উঠল, টায়ারগুলি ফুটপাথের উপর চিৎকার করে উঠল, যখন সে চলে গেল, অনুভব করল যে তার হৃদয় তার বুকে পাগলের মতো স্পন্দিত হচ্ছে, একটি বন্দী পাখির মতো, যা একটি খাঁচা থেকে পালানোর চেষ্টা করছে। পিছনের ভিউ মিররে, সে দুটি পুরুষ মূর্তি দেখতে পেল, যারা নাথানিয়েলের দিকে ছুটে যাচ্ছিল, ইস্পাতের ব্লেডগুলি রাস্তার আলোর নীচে ঝলমল করছিল। সে দাঁড়িয়েছিল, লড়াই করার জন্য প্রস্তুত, রাতের বিরুদ্ধে দাঁড়ানো একটি মূর্তি।

গ্রাল সম্পর্কে, টেম্পলার অর্ডারের গোপনীয়তা এবং তার স্বপ্নের ভবিষ্যদ্বাণীপূর্ণ শক্তি সম্পর্কে প্রশ্নগুলি হঠাৎ করে একটি আরও সরাসরি, মারাত্মক বিপদ দ্বারা ছাপিয়ে গিয়েছিল। সে কুয়াশাচ্ছন্ন শহরের রাতের মধ্যে দৌড়াচ্ছিল, অদৃশ্য শত্রুদের দ্বারা অনুসরণ করা হচ্ছিল, এবং তার একমাত্র আশা ছিল সেই মহিলার সাথে আবার দেখা করা, যাকে সে ভালোবাসতে শুরু করেছিল - একজন মহিলা, যে তার নিজের জগতের নিষেধাজ্ঞা সত্ত্বেও, তার জন্য সবকিছু ঝুঁকির মধ্যে ফেলেছিল। এটি সুপারম্যানের যুদ্ধ - জীবন এবং মৃত্যুর মধ্যে, নিয়ন্ত্রণের কাছে বশ্যতা স্বীকার এবং বিশুদ্ধ, অনিয়ন্ত্রিত ভালোবাসার মধ্যে, যা বিশ্বকে বাঁচাতে বা ধ্বংস করতে পারে।

---✶ ꞔ ✶ ---

"দ্য লর্ডস অফ দ্য স্নেক অ্যান্ড লাইট" (ODSL) অর্ডারের লুকানো সুতো

গ্রালের রহস্য একটি মারাত্মক খেলায় পরিণত হয়েছিল, যেখানে নিয়মগুলি রক্ত দিয়ে লেখা হয়েছিল, এবং সে, একটি অভ্যন্তরীণ আগুন দ্বারা পরিচালিত হয়ে, আবার এর কেন্দ্রে নিজেকে খুঁজে পেল, যেন সে একটি ক্ষুরধারের উপর দিয়ে হাঁটার জন্য পূর্বনির্ধারিত ছিল। তার হৃদয়ে পরিচিত তিক্ততা বাসা বাঁধছিল, যা তাকে একটি অভিশাপের মতো তাড়া করছিল - সত্যের প্রতি তার এই অদম্যতা, যা সবসময় তাকে গভীরতার প্রান্তে ঠেলে দিত, তা কি প্রতিটি মহিলাকে কেড়ে নেওয়ার জন্য অভিশপ্ত ছিল, যারা তাকে ভালোবাসার এবং তার আগুনের কাছাকাছি আসার সাহস করেছিল? তার নিজের সত্তা কি একটি ফাঁদ ছিল, যা বিশ্বের নিয়ন্ত্রণকে ধ্বংস করার জন্য, কিন্তু যারা এটিকে স্পর্শ করবে তাদের সবাইকে ধ্বংস করার জন্যও ডিজাইন করা হয়েছিল?

নাথানিয়েল কেবল একজন অংশগ্রহণকারী ছিল না - সে ছিল মূল অংশের অংশ, অর্ডারের সর্বোচ্চ বৃত্ত, যা Consilium Ultimum - দ্য লর্ডস অফ দ্য স্নেক অ্যান্ড লাইটের (ODSL) অভ্যন্তরীণ কাউন্সিল হিসাবে পরিচিত। এই প্রাচীন ভ্রাতৃত্ব, যার শিকড় হার্মিস ট্রিস্মেগিস্টাসের

পুরোহিত এবং মোশির চারপাশের ভবিষ্যদ্বাণীপূর্ণ বর্ণের মধ্যে একটি রহস্যময় ইউনিয়নে প্রসারিত, প্রতিষ্ঠান, ধর্ম এবং ব্যাংকে গোপন সংক্রমণের রেখার মাধ্যমে শতাব্দী ধরে টিকে ছিল। তাদের প্রতীক হল ক্যাডুসিয়াস, একটি কালো এবং সাদা সাপ দ্বারা আবৃত - জ্ঞান এবং নিয়ন্ত্রণের, আলো এবং বিভ্রমের দ্বৈত শাসনের একটি চিহ্ন।

অর্ডারের প্রধান লক্ষ্য আলোকসঞ্চার নয়, বরং প্রযুক্তি, অর্থ, নিউরোফরমেশন এবং সাংস্কৃতিক মেমেটিক্সের মাধ্যমে সম্পূর্ণ জ্ঞানীয় নিয়ন্ত্রণ। তাদের দুই সাপের অঙ্গীকার অনুযায়ী, কেবল "সচেতন প্রভাবশালীদের" একটি অভিজাত বৃত্তই ডিএনএ এবং চেতনার হলোগ্রাফিক বাস্তবতায় বোনা অমরত্বের জ্ঞান বহন করার অধিকার রাখে। জনতাকে বিশৃঙ্খলা, ভয় এবং স্বাধীনতার সিমুলেশনের মাধ্যমে পরিচালিত করতে হবে। গ্রাল, তাদের পরিভাষায়, কেবল আধ্যাত্মিক জাগরণের প্রতীক নয়, বরং জেনেটিক এবং সচেতন বিশুদ্ধতার মাধ্যমে ক্ষমতার একটি Matrix।

---✶ ⸮ ✶ ---

একই সময়ে, ডমিনেটরদের একটি লুকানো জায়গায়, কৌতূহলী চোখ থেকে দূরে, নির্মম মনের একটি কাউন্সিল যা ঘটেছে তা পর্যবেক্ষণ করছিল। তাদের মুখগুলি, কেবল বিচ্ছিন্ন মনিটর দ্বারা আলোকিত, ছিল অভিব্যক্তিহীন, কিন্তু তাদের চোখগুলি একটি বরফশীতল, আপসহীন উজ্জ্বলতার সাথে জ্বলছিল।

—সে আত্মসমর্পণ করেছে, - একটি কণ্ঠস্বর ফিসফিস করে বলল, পার্চমেন্টের মতো শুকনো। - তার সংযুক্তি তাকে অন্ধ করে দিয়েছে। এই উপহারটি নিয়ন্ত্রণ করার জন্য তাকে বিশ্বাস করা যায় না। এই মহিলা... সে সেই সারমর্মটি বহন করে, যা মানবজাতিকে বাঁচাতে পারে বা এটিকে বিশৃঙ্খলায় ফেলে দিতে পারে। আমরা, লর্ডস, অঙ্গীকারের রক্ষক। আমরা ঝুঁকি নিতে পারি না। নিয়ন্ত্রণই সবকিছু।

—গ্রাল সবার জন্য নয়, - অন্য একজন উত্তর দিল, তার কণ্ঠস্বর পাথরের ঘষা লাগার মতো ছিল। - সে, তার আবেগ এবং টেম্পলারদের প্রতি তার অন্তর্ভুক্তির সাথে, এটি হারাতে পারে। আমরা হাজার হাজার বছর ধরে যে শৃঙ্খলা তৈরি করেছি তা উল্টে দিতে পারে। সুপারম্যানকে আমাদের পরিকল্পনা ছাড়া অনিয়ন্ত্রিতভাবে প্রকাশ হতে দিতে পারে।

একটি তৃতীয় কণ্ঠস্বর, আরও তরুণ, কিন্তু কম দৃঢ় নয়, হস্তক্ষেপ করল:

—যদি নাথানিয়েল এটি পরিচালনা করতে না পারে, তবে আমরা করব। কোনও দ্বিধা ছাড়া। যখন বিশ্বের ভাগ্য ঝুঁকির মধ্যে থাকে, তখন sentimentality এর কোনও স্থান নেই। অর্ডার সবকিছুর উপরে। এবং সে... সে চাবি। জীবিত বা মৃত। এবং যদি সে খুব বিপজ্জনক প্রমাণিত হয়...

---✶ ⸮ ✶ ---

কোথাও অন্ধকারে, ডমিনেটরদের একজন এজেন্ট - অদৃশ্য, নির্ভুল এবং ধর্মান্ধভাবে অনুগত - নাথানিয়েলের প্রতিটি পদক্ষেপ অনুসরণ করছিল। সে একজন শত্রু ছিল না, বরং শৃঙ্খলার আত্মরক্ষার মতবাদের একজন নির্বাহক। তার হৃদয়ে, সে জানত যে নাথানিয়েলের পছন্দ বিপজ্জনক আবেগ দ্বারা প্রভাবিত হতে পারে। তার মিশন স্পষ্ট ছিল: নিশ্চিত করা যে গ্রাল, মেলিনার আকারে, ভুল হাতে না পড়ে। এমনকি যদি এর অর্থ তার নেতার বিরুদ্ধে কাজ করা হয়।

ভালোবাসা ছিল দুর্বলতা। এবং দুর্বলতা - তাদের জগতে - একটি মৃত্যুদণ্ড ছিল। সবার জন্য।

--- ❤ ---

অধ্যায় 39: রাতের তাঁতি, ভোরের প্রহরী মেলিনা তার বিলাসবহুল অ্যাপার্টমেন্টে ফিরে এল। একসময় যে হোটেল তার নিরাপদ আশ্রয় ছিল, এখন সেটিকে তার একটি খাঁচা বলে মনে হচ্ছিল। সিল্কের চাদর এবং শহরের চাপা কোলাহল সত্ত্বেও, বাতাস ভারী হয়ে ছিল অব্যক্ত উত্তেজনায়। তার শরীরের প্রতিটি স্নায়ু টানটান ছিল, যেন সে একটি আসন্ন আঘাতের জন্য অপেক্ষা করছিল। সে তার জ্যাকেট না খুলেই বিছানায় শুয়ে পড়ল, তার চোখ ছাদে স্থির, যেখানে শহরের ভুতুড়ে আলোয় ছায়াগুলি নাচছিল।

অনেক রাতে, যখন শহর গভীর নীরবতার চাদরে ঘুমিয়ে ছিল, মেলিনার ফোনটি তার রাতের টেবিলে মৃদুভাবে কেঁপে উঠল। শব্দটি যেন তার নিজের মস্তিষ্কের মধ্যে স্পন্দিত হচ্ছিল – প্রত্যাশার স্পন্দন, কিন্তু এবার একটি শীতল স্পর্শের সাথে। সে নার্ভাস ভয়ে তার বার্তার জন্য অপেক্ষা করছিল, স্বজ্ঞাতভাবে অনুভব করছিল যে এটি তার জীবনের সবচেয়ে ভয়ঙ্কর বার্তা হতে পারে।

স্ক্রিনটি সংক্ষিপ্ত কিন্তু তীক্ষ্ণ, হিমশীতলভাবে লিখেছিল: — মেলিনা, বাইরে যেও না। পরিস্থিতি নিয়ন্ত্রণের বাইরে চলে গেছে। আমাকে ব্যক্তিগত বিমানে করে নিউ ইয়র্ক উড়ে যেতে হয়েছিল – নেতারা জরুরি মিটিং দাবি করছে। আমাদের দেখা করা সম্ভব নয়। তুমি নিরাপদ নও। আমিও নই। সবকিছু তোমার কল্পনার চেয়ে অনেক বেশি জটিল। অত্যন্ত সতর্ক থাকো। এখন সবকিছু তোমার ওপর নির্ভর করছে। আমি... আমি ঠিক থাকব।

বরফশীতল আতঙ্কের ঢেউ তার ক্লান্ত শরীরকে গ্রাস করল। স্বস্তি নয়। শান্তি নয়। বরং একটি জ্বলন্ত, দমবন্ধ করা আতঙ্ক। "আমি ঠিক থাকব"? এটি কোনো প্রতিশ্রুতির মতো শোনাচ্ছিল না, বরং একটি করুণ বিদায়ের মতো। তার আত্মার গভীরে বিপদের একটি জ্বলন্ত অনুভূতি রয়ে গেল, যেন একটি ধিকিধিকি আগুনের ছাই, যা যেকোনো মুহূর্তে জ্বলে উঠতে পারে। পরের সপ্তাহটি বেদনাদায়ক, ক্লান্তিকর অপেক্ষায় কাটল। মেলিনা স্বাভাবিক জীবনযাপনের চেষ্টা করছিল, রুটিনের সাথে আঁকড়ে ধরার চেষ্টা করছিল, এবং যে দুঃস্বপ্নটি জেগে উঠছিল তা দমন করার চেষ্টা করছিল, কিন্তু সেই রাতের ক্যাফের ছায়াগুলি তার বাস্তবতায় প্রবেশ করেছিল। সে রাস্তায় প্রতিটি অচেনা মুখের দিকে তাকাচ্ছিল, এবং প্রতিটি অপ্রত্যাশিত ফোন কল তার হৃদস্পন্দনকে বাড়িয়ে দিচ্ছিল, যেন ফোনটি অন্য সময়ের, অন্য বিশ্বের একটি কণ্ঠকে লুকিয়ে রেখেছে, যেখান থেকে কোনো পরিত্রাণ নেই। সে ইলুমিনাতি অর্ডারের শীতল হাত তার গলার চারপাশে অনুভব করছিল, যদিও সে তাদের দেখতে পাচ্ছিল না।

---✶ ⸮ ✶ ---

শেহেরাজাদের দুঃস্বপ্ন

কয়েক দিন পর, এক ভোরে, যখন সূর্য সবেমাত্র দিগন্তে গোলাপী এবং কমলা রঙ আঁকতে শুরু করেছিল, মেলিনা একটি অদ্ভুত স্বপ্নের একটি স্পষ্ট, তীব্র, এবং হিমশীতল স্মৃতি নিয়ে জেগে উঠল, যা একটি দুঃস্বপ্নের মতো বেশি ছিল। এটি এতটাই জীবন্ত, এতটাই বাস্তব ছিল যে তার নাথানিয়েলের সাথে এটি ভাগ করে নেওয়ার একটি জরুরি প্রয়োজন অনুভব করল, যদিও তার নিষেধ ছিল। সে জানত যে সে কোথাও পাহাড়ে শিকারে গিয়েছিল, যেখানে সে প্রায়শই নির্জনতা খুঁজত, কিন্তু যেখানে মোবাইল সিগন্যালগুলি খেয়ালি ছিল। সে তাকে বলেনি কী হয়েছে। কেবল রাতে হালকা ইমোজি দিয়ে সংযোগ থাকত, যাতে সে জানতে পারে যে সে ভালো আছে এবং সে তার স্বপ্নে তাকে অনুভব করতে পারে। সেখানেই সে প্রতিটি হুমকির আভাস অনুভব করত।

দূরত্ব এবং তাদের মধ্যে অদৃশ্য দেয়াল থাকা সত্ত্বেও, সে তার ফোনটি তুলে নিল এবং একটি দীর্ঘ বার্তা লিখতে শুরু করল, তার স্বপ্নের আসল অর্থকে একটি রূপকথার মধ্যে ঢেকে দিল, যা কেবল সে-ই বুঝতে পারত – তাদের ব্যক্তিগত কোড, তাদের গোপনীয়তা, অর্থের দ্বারা বোনা যা কেবল তারা ভাগ করত। এই রূপকথা ছিল তাদের শেষ সংযোগ, তার শেষ আশা।

— নাথানিয়েল — সে শুরু করল, তার আঙুলগুলো স্ক্রিনের ওপর দ্রুত নাচছিল, যেন শব্দগুলো অদৃশ্য হয়ে যাওয়ার আগে, স্মৃতিটি ভোরের কুয়াশার মতো গলে যাওয়ার আগে দ্রুত ঢেলে দিতে চাইছে। — আমি পারস্যে পবিত্র গ্রেইল এবং মসিহ জরাথুস্ট্রকে নিয়ে স্বপ্ন দেখেছি...

---✶ ៖ ✶ ---

আগুন, রক্ত এবং অমরত্ব

স্বপ্নটি আমাকে আবার গ্রাস করল, এবার আমাকে বেগুনি কক্ষগুলিতে নিয়ে গেল, যার বাতাস ডুমুর এবং রক্তের ভারী সুগন্ধ এবং কিছু শুষ্ক, প্রাচীন ধুলোতে ঘন ছিল, যা নাকে জ্বালা করছিল, ভুলে যাওয়া শতাব্দীর কথা মনে করিয়ে দিচ্ছিল। আমি ছিলাম শেহেরাজাদা, ভাগ্যের লাল পতাকা বহন করে, ভয়ানক আত্মবিশ্বাসের সাথে পারস্য সাম্রাজ্যের ঐতিহাসিক চরিত্র শাহপুর II-এর শয্যার দিকে এগিয়ে যাচ্ছি, যার নাম একটি রায়ের মতো বাজছিল। প্রথম মুহূর্তেই আমি বুঝতে পারলাম যে আমি অবিরাম কুমারীদের সারিতে পরবর্তী, যাদের হৃদয় সে প্রতিদিন সকালে ছিঁড়ে ফেলে, তার প্রথম স্ত্রীর বিশ্বাসঘাতকতার প্রতিশোধে পাগল হয়ে। মৃত্যু ছিল অনিবার্য, কিন্তু আমি এমন কিছু বহন করছিলাম যা সে কেড়ে নিতে পারত না।

আমি তাকে দেখলাম – একজন শক্তিশালী প্রতিকৃতি, সিল্কের বালিশে ডুবে আছে, শীতল উদাসীনতার সাথে ডালিমের দানা খাচ্ছিল। তার হাতের প্রতিটি নড়াচড়া – জীবনের প্রতি অবজ্ঞার একটি কাজ। তার দৃষ্টি ছিল পালিশ করা অবসিডিয়ানের মতো – শীতল এবং নির্দয়, আমার নিজের ভাগ্যের একটি আয়না। আমি জানতাম যে সূর্য উঠলে, তার মূল্যবান পাথর বসানো ছুরিটি আমার বুকে বিঁধে যাবে, আমার স্পন্দিত হৃদয়টি ছিঁড়ে ফেলবে। কিন্তু ভয় আমার সংকল্পকে ম্লান করেনি। আমি আমার জীবনের চেয়েও মূল্যবান কিছু বহন করছিলাম – গোপনীয়তা। গ্রেইলের গোপনীয়তা, যা অতীতের ছায়া দ্বারা আমাকে অর্পিত, আমার নিজের রক্তে জীবন্ত, আমার শিরায় স্পন্দিত। আমি আমার মধ্যে মেলিনাকে অনুভব করলাম, কেবল একটি স্মৃতি হিসাবে নয়, বরং একটি স্পন্দিত শক্তি হিসাবে, যা আমাকে সাহস দিচ্ছিল, এই জেনে যে সেও এই শাশ্বত সুতোর একটি অংশ।

আমি ধীরে ধীরে এগিয়ে গেলাম, আমার লাল পোশাকে আবৃত, যা মার্বেল মেঝেতে রক্তের হ্রদের মতো ছড়িয়ে পড়েছিল, যা আমার ভাগ্যের প্রতীক, কিন্তু আমার লুকানো আবেগেরও, সেই অপ্রতিরোধ্য আগুনেরও যা ভিতরে জ্বলছিল। আমি শীতল, মন্ত্রমুগ্ধ সিল্কের চাদরের ওপর দিয়ে হামাগুড়ি দিলাম, শিকারি এবং একই সাথে বশ্য, যতক্ষণ না আমি তার কানের খুব কাছে পৌঁছে গেলাম। এবং আমি ফিসফিস করে বললাম।

আমার কণ্ঠস্বর, একটি মরুভূমির গোলাপের মতো কোমল এবং একই সাথে সবচেয়ে প্রাচীন জাদুর মতো মোহনীয়, গল্পগুলির অদৃশ্য সুতো বুনতে শুরু করল। জিন এবং রাজকন্যাদের গল্প, উড়ন্ত কার্পেট এবং লুকানো ধনসম্পদ, প্রেম এবং বিশ্বাসঘাতকতা, জ্ঞান এবং পাগলামির গল্প। প্রতিটি শব্দ সাবধানে নির্বাচিত হয়েছিল, প্রতিটি গল্প – বহু-স্তরযুক্ত, যা একটি পেঁয়াজের মতো গভীর অর্থ লুকিয়ে রেখেছিল, যা নতুন এবং নতুন স্তর প্রকাশ করে। আমার হাত তার কালো চুলে আদর করছিল, তার উষ্ণ কপাল, তার ভেজা ঠোঁট স্পর্শ করছিল, তার ত্বক থেকে আর্দ্রতা শোষণ করছিল, কিন্তু শারীরিক কামনা জাগানো ছাড়াই, আকাঙ্ক্ষা সৃষ্টি করা ছাড়াই। লক্ষ্য ছিল আত্মা, শরীর নয়।

প্রথম সূর্যরশ্মি সবেমাত্র পর্বতমালার পিছন থেকে হামাগুড়ি দিল, দেয়ালগুলিকে পোড়া মাটির রঙে রাঙিয়ে দিল, যখন আমার কণ্ঠস্বর নীরব হয়ে গেল। শাহপুর, গল্পের জাদুতে মুগ্ধ হয়ে, আমাকে চালিয়ে যেতে জোর দিল: — থামবে না, শেহেরাজাদা! চালিয়ে যাও! তারপর কি হলো? দয়া করে, আমাকে এই অপেক্ষার অন্ধকারে ছেড়ে যেও না!

কিন্তু আমি প্রত্যাখ্যান করলাম, আমার কণ্ঠস্বর একটি শীতল, পরিকল্পিত প্রত্যাখ্যানের মতো শোনাল: — রূপকথারা দিনের আলোকে ভালোবাসে না, আমার প্রভু। তারা রাতের ছায়ায় বাস করে, চাঁদের রশ্মি এবং ভুলে যাওয়া ফিসফিস দ্বারা বোনা হয়। এবং... পরের গল্পটি এইটির চেয়ে অনেক বেশি আকর্ষণীয়, গভীর, আরও বিপজ্জনক। এটি বলার জন্য, একটি পুরো রাত প্রয়োজন। এবং তোমার সমস্ত মনোযোগ।

আমি তার চোখে দ্বিধা দেখতে পেলাম, আচার এবং নতুন আবিষ্কৃত আকাঙ্ক্ষার মধ্যে একটি লড়াই। সে কি তার রক্তাক্ত আচারটি সম্পন্ন করবে? কিন্তু তার নিয়মগুলি অদ্ভুতভাবে পরিবর্তিত হয়েছিল। সে আমাকে অন্তরঙ্গভাবে স্পর্শ করেনি, সুতরাং, তার বিকৃত যুক্তি অনুসারে, আমি তাকে আঘাত করিনি। এবং সর্বদা পরের রাত ছিল...

সুতরাং শাহপুর আমার জীবন রক্ষা করল, যাতে সে আমার গল্প শুনতে পারে। রাত পর রাত আমি তার কক্ষে প্রবেশ করতাম, তাকে শব্দগুলির একটি ঘোমটা দিয়ে ঘিরে ধরতাম, যা জ্ঞান এবং রহস্য দ্বারা বোনা। কখনও কখনও তার হাত আমার দিকে বাড়ত, তার আঙুলগুলি দ্বিধায় কুঁকড়ে যেত, কিন্তু সে নিজেকে সংযত করত, যেন সে রাতের জাদু ভাঙতে ভয় পেত, সেই মুগ্ধতার পাতলা সুতোটি ছিঁড়ে ফেলতে ভয় পেত, যা তাকে বন্দী করে রেখেছিল। তার মধ্যে প্রবৃত্তির জন্তু এবং এমন কিছু অজানা লড়াই করছিল, যা সে বুঝতে পারছিল না, কিন্তু স্বজ্ঞাতভাবে রক্ষা করছিল – অন্ধকারে আলোর একটি স্ফুলিঙ্গ। সে পিছিয়ে যাচ্ছিল, কীভাবে কাজ করবে তা না জেনে, দুটি অসম্ভব বাস্তবতার মধ্যে ছিন্নভিন্ন হয়ে যাচ্ছিল।

সাত বছর পেরিয়ে গেল, যা ফিসফিস করা গল্প এবং একটি অদম্য আকাঙ্ক্ষায় ভরা ছিল। আমরা কেবল তখনই আলাদা হতাম যখন সে একটি অভিযানে যেত, এবং তার শক্তি অপরিমেয়ভাবে বৃদ্ধি পেত, কারণ আমার কাছে ফিরে আসার আকাঙ্ক্ষা তার উচ্চাকাঙ্ক্ষা এবং শক্তিকে ইন্ধন দিত, তাকে একটি অজেয় যোদ্ধায় পরিণত করত। সে আমাকে প্রতিস্থাপন করার চেষ্টা করছিল, সেই নেশাগ্রস্ত অন্তরঙ্গতা থেকে পালিয়ে যাওয়ার চেষ্টা করছিল, যা আমাদের আত্মার মধ্যে প্রতিষ্ঠিত হয়েছিল, কিন্তু অন্য প্রতিটি মেয়ে, যে তার শয্যায় রাত কাটাত, সিংহের সাথেArenaতে একটি ভয়ানক মৃত্যু পেত, টুকরো টুকরো হয়ে যেত, যখন সে উদাসীনভাবে দেখত। কেবল আমিই তার আত্মার কম্পনে বিদ্যমান ছিলাম, তার মুক্তির একমাত্র রক্ষক।

এক হাজার এক রাত আঙুলের ফাঁক দিয়ে বালির মতো গলে গেল। রাজা আমার গল্পগুলির জাদুতে মাতাল, পরিপূর্ণ ছিল, কিন্তু আমি কেবল তাকে কিংবদন্তি বলিনি। আমি তাদের মধ্যে প্রাচীন জ্ঞান, আমার অস্তিত্বের গভীরে লুকিয়ে থাকা জ্ঞান মিশিয়েছিলাম, যা একজন রক্ষক থেকে অন্য রক্ষকের কাছে প্রবাহিত হতো, একটি জীবন্ত প্রবাহের মতো। আমি প্রেম এবং অকপটে বলতাম, ভয় ছাড়াই, তার সাথে কাটানো প্রতিটি মুহূর্তে আমার আত্মাকে ঢেলে দিতাম, কারণ আমি জানতাম যে এই মুহূর্তগুলিতেই আমাদের মুক্তির চাবিকাঠি লুকিয়ে আছে।

এক হাজার একতম সকালে সে বিছানা থেকে লাফিয়ে উঠল, তার মুখ ক্লান্ত ছিল, চোখগুলি কল্পনার অন্তহীন আবেগের কারণে, তার আত্মার মধ্যে শাশ্বত যুদ্ধের কারণে রক্তলাল ছিল। সে আমাকে প্রতারিত করার জন্য অভিযুক্ত করল, বলল যে আমি আমাদের জন্য একটি মায়ার জগত তৈরি করেছি, যে বাস্তব জীবন ভিন্ন, কঠোর, নির্দয়। সে তার ছুরিটি একটি তীক্ষ্ণ শব্দে বের করল এবং আমার বুকে, ঠিক হৃদয়ের ওপর রাখল।

— তুমি আমাকে প্রতারণা করেছ, শেহেরাজাদা! তুমি এমন একটি জগত তৈরি করেছ যা বিদ্যমান নেই! বাস্তবতা হল রক্ত এবং মৃত্যু! কেন তুমি আমাকে রেহাই দিয়েছ? কেন তুমি আমাকে অন্যদের মতো তোমাকে হত্যা করতে দাওনি?

আমি তার চোখে তাকালাম এবং সে জমে গেল, আমার দৃষ্টিতে বন্দী হয়ে গেল, আমার আত্মায়, যা কাঁপছিল না। আমি ছুরিটি আমার হৃদয়ের কাছে চাপলাম এবং আমার চোখ থেকে

রক্তাক্ত অশ্রু ঝরতে লাগল – আসল, গরম, আঠালো, আমার সংকল্পের প্রমাণ হিসাবে। সে শ্বাসরুদ্ধ হয়ে থেমে গেল, তার দৃষ্টি আমার আত্মার দিকে স্থির, একটি উত্তরের সন্ধান করছিল।

— কারণ তুমি কেবল একটি জন্তু নও, শাহপুর। তুমি তার চেয়েও বেশি কিছু। আমি এখানে এসেছি তোমাকে পথ দেখাতে, যদিও এর অর্থ আমার মৃত্যু। আমি মরতে চাই, কিন্তু এই অদ্ভুত, ভাগ্যের সংযোগের একটি মুহূর্তও হারাতে চাই না। এটি মৃত্যুর চেয়েও শক্তিশালী।

সে আমাকে হারামের কাছে পাঠিয়ে দিল, তার সিদ্ধান্তের জন্য অপেক্ষা করতে, সেই অপেক্ষার মুখোমুখি হতে, যা যেকোনো মৃত্যুর চেয়েও ভয়ঙ্কর ছিল। এবং এটি ছিল অসহনীয়, প্রতি রাতে পিছিয়ে দেওয়া, একটি রায়ের মতো যা কখনও আসে না। আমি আমার আত্মায় একটি রক্তাক্ত ক্ষত নিয়ে বসেছিলাম, একটি খাঁচার পাখির মতো, যা আর তার স্বাধীনতা চায় না, যদি তাকে প্রেমের সাথে এর মূল্য দিতে হয়। নয় মাস পেরিয়ে গেল। কখনও কখনও আমি রাজার ছুরিটি নিতাম, তার কক্ষের দরজায় যেতাম, কিন্তু ভিতরে ঢোকার সাহস পেতাম না, সেই সামান্য অবশিষ্ট আশা, যা কাঁচের মতো ভঙ্গুর, তা ধ্বংস করার ভয়ে। কখনও কখনও আমি ভিতরে যেতাম এবং তাকে আমার হৃদয় তার হাতে ছিঁড়ে ফেলতে, এই যন্ত্রণার অবসান ঘটাতে অনুরোধ করতাম, কিন্তু সে আমাকে পাঠিয়ে দিত, নীরব, শক্তিহীন। কখনও কখনও আমি দরজার সামনে হাঁটু গেড়ে কাঁদতাম, এবং রক্তাক্ত অশ্রুগুলি যেন কখনও থামবে না, আমার গালে লাল পথ রেখে যেত, আমার যন্ত্রণার চিহ্ন। আমি এই যন্ত্রণার অবসান চেয়েছিলাম। আমি জানতাম যে আমি মারা যাব, কিন্তু অপেক্ষা মৃত্যুর চেয়েও ভয়ঙ্কর ছিল। প্রতিটি মুহূর্ত ছিল স্নায়ুপূর্ণ আবেগ এবং একটি দুর্বল, কাঁপানো আশায় ভরা, যে প্রেম জয়ী হবে, যে এটি তার পথ খুঁজে পাবে।

তার রাতগুলি আমার চেয়ে শান্ত ছিল না। তার আত্মায় পরস্পরবিরোধী অনুভূতিগুলি ধাক্কা খাচ্ছিল – আমাদের প্রেম সত্য হয়ে ওঠার প্রলোভন, এই সন্তুষ্টি যে আমাকে অক্ষত রাখা হয়েছে, এবং সেই দৃঢ় বিশ্বাস যে প্রতিটি নারী, যে তার অন্তরঙ্গতার স্পর্শে আসে, তাকে অবশ্যই মরতে হবে, যাতে সে তাকে বিশ্বাসঘাতকতা করতে না পারে। তার পছন্দটি অসম্ভব, কোনো উপায় ছাড়াই মনে হচ্ছিল।

যাইহোক, মধ্যযুগীয় কিংবদন্তিগুলি ফিসফিস করে বলে যে সেই হাজার একতম রাতে, পবিত্র গ্রেইলের গোপনীয়তা, যার আমি ছিলাম একজন জীবন্ত রক্ষক, শাহপুরের আত্মায় প্রকাশিত হয়েছিল। একটি বস্তু হিসাবে নয়, বরং একটি উপলব্ধি হিসাবে। প্রেম জ্ঞান, অর্থ এবং সৃজনশীলতায় পূর্ণ হয়েছিল। এবং আমরা শাশ্বত জীবনযাপন করেছি, আমাদের অস্বাভাবিক সংযোগের শক্তি দ্বারা রূপান্তরিত হয়েছি। যে সীমার বাইরে যায়, সে উপলব্ধি করে যে প্রেম এবং জ্ঞান এক।

---✶ ? ✶ ---

পাহাড় থেকে ডাক

এবং সম্ভবত এই রূপকথাগুলি কেবল জাদুকরী গল্প ছিল না, বরং সংকেতযুক্ত বার্তা, যা প্রাচীন গোপনীয়তা এবং মানুষের আত্মার জন্য কোড, তার জাগরণের জন্য সংরক্ষণ করে। আমি, গ্রেইলের রক্ষক, আমার গল্পগুলির সুতোর মধ্যে শতাব্দীর জ্ঞান বুনতাম, যা আমি রাতের আকাশের নিচে বুনতাম। আমি তাকে জ্ঞানের পথে পরিচালিত করতাম, মানুষের আত্মা এবং বিশ্ব সম্পর্কে গভীর সত্য প্রকাশ করতাম, গ্রেইলের আসল সারমর্ম সরাসরি প্রকাশ না করেই। কারণ আসল গোপনীয়তা কোনো শারীরিক বস্তুতে লুকিয়ে থাকে না, বরং প্রেম এবং জ্ঞানের রূপান্তরকারী শক্তিতে, যা একটি জন্তুকে উচ্চতর কিছুর দিকে একটি সেতুতে পরিণত করতে সক্ষম।

মেলিনা বার্তাটি পাঠাল, অনুভব করল যে স্বপ্নের ওজন তার বুক থেকে সামান্য সরে যাচ্ছে, জমে থাকা উত্তেজনার কিছু অংশ মুক্ত হচ্ছে। এখন কেবল নাথানিয়েলের উত্তরের জন্য অপেক্ষা

করা বাকি ছিল, আশা করা যে সে তার সাহায্যের জন্য ছদ্মবেশী অনুরোধটি পাঠোদ্ধার করবে এবং বুঝবে যে তাদের সত্য এবং তাদের প্রেমের জন্য যুদ্ধ সবেমাত্র শুরু হয়েছে। তার স্বপ্নের বন তাদের বাস্তবতায় পরিণত হয়েছিল, এবং সে তার প্রহরী হতে, সেই প্রেমের জন্য যুদ্ধ করতে প্রস্তুত ছিল, যা তাদের সংযুক্ত করেছিল।

---✶ ১ ✶ ---

প্রভুত্বকারীদের হুমকি

একই সময়ে, নিউ ইয়র্কের বাঁকানো দিগন্তের অনেক উপরে, শাশ্বত প্রভুত্বকারীদের সবচেয়ে সুরক্ষিত আকাশচুম্বী ভবনের জীবাণুমুক্ত, প্রায় সময়হীন নীরবতায়, নাথানিয়েল একটি বিশাল হলোগ্রাফিক ইন্টারফেসের সামনে একা দাঁড়িয়ে ছিল। স্ক্রিন থেকে আলো তার ক্লান্ত মুখের ওপর ভূ-রাজনৈতিক পরিকল্পনা, বায়োমেট্রিক ভেক্টর এবং শক্তির স্পন্দনের একটি জাল তৈরি করছিল – একটি মুখ যা নিদ্রাহীনতা, সন্দেহ এবং একটি ক্রমবর্ধমান অভ্যন্তরীণ ফাটল দ্বারা ছিন্নভিন্ন হয়েছিল।

তার সামনে, একটি অর্ধবৃত্তে, বারোজন আরিয়োপাগাইট বসে ছিল – "সাপ এবং আলোর প্রভু" (ODSL)-এর অদৃশ্য মস্তিষ্ক, যারা ছায়ায় শাশ্বত প্রভুত্বকারী হিসাবে পরিচিত। ছায়ার মধ্যে ছায়া। তাদের মুখগুলি অন্ধকার আড়ালের পিছনে লুকানো ছিল, কিন্তু তাদের চোখ – ঠান্ডা ইচ্ছার জীবন্ত কয়লার মতো – স্থান ভেদ করছিল।

— আমাদের বুঝিয়ে দাও, নাথানিয়েল — তির-সামাইল, চুক্তির রক্ষক এবং আরিয়োপাগাসের প্রথম উপদেষ্টা, এর কণ্ঠস্বরটি উচ্চারণ করল। তার কণ্ঠস্বর ছিল শীতল, মাংসহীন, রাগহীন, কিন্তু হাজার হাজার বছরের নজরদারির দ্বারা ভারী। — তুমি, মহান মাস্টার। মানবতাকে নতুন পরিকল্পনার জন্য বিন্যাস করার জন্য আহ্বান করা হয়েছে। তুমি কীভাবে একজন নারীকে সমগ্রতা কাঁপাতে দিলে?

— মেলিনা... — অন্য একজন ফিসফিস করে বলল, তার কণ্ঠস্বর কবরের বাতাসের মতো কর্কশ, গভীর। — সে ব্যতিক্রমের কোড বহন করে। গ্রেইল তার ডিএনএতে স্পন্দিত হয়। এবং তুমি, তুমি আসক্ত হয়েছ। তুমি তাকে বিশ্বাস করেছ। এটি একটি সংক্রমণ।

— এবং আমরা বিশ্বাস করি না — তৃতীয় একজন বলল, একটি কণ্ঠস্বর যা ধাতুকে আঁচড়ানোর মতো শোনাচ্ছিল। — আমরা বিশ্বাস অনুকরণ করি। আমরা এটি প্রোগ্রাম করি। স্বাধীনতা বিপজ্জনক। প্রেম – একটি সিস্টেম বাগ।

হলের অন্ধকারে একটি ঠান্ডা এবং পরিষ্কার মিশন শোনা গেল, যা গণনা করা হয়নি — একটি মতবাদের মতো, যা সবার হাড়ে প্রবেশ করেছিল: মায়ার মাধ্যমে নিয়ন্ত্রণ। বিশৃঙ্খলার মাধ্যমে ক্ষমতা। জৈব-চেতনার অ্যালগরিদমিক শৃঙ্খলার সাথে একত্রীকরণ। সংখ্যালঘুদের জন্য অমরত্ব সংরক্ষণ। একটি অস্বাভাবিকতা হিসাবে খাঁটি আবেগের ধ্বংস। সত্যের ঊর্ধ্বে কাঠামো।

— সে সীমার বাইরে কম্পন করে — অন্য একজন আরিয়োপাগাইট চালিয়ে গেল। — যখন জনতা এই ফ্রিকোয়েন্সি শুনবে... আমাদের পুরো সিমুলেশনটি ভেঙে পড়বে। যখন তারা বুঝবে যে গ্রেইল একটি বাহ্যিক বস্তু নয়, বরং একটি অভ্যন্তরীণ অনুরণন — তখন আমরা খেলাটি হারব। চিরতরে।

নাথানিয়েল সামনে এগিয়ে গেল। তার চোখ ইলেকট্রনিক্সের কারণে নয়, বরং একটি শিখার কারণে জ্বলজ্বল করছিল। একটি প্যারাডক্সের কারণে। সে তাদের শৃঙ্খলায় জন্মগ্রহণ করেছিল, মতবাদে গড়া হয়েছিল, ম্যাট্রিক্সের পুত্র হিসাবে বেড়ে উঠেছিল। কিন্তু এখন... সে তাদের অ্যালগরিদম থেকে ভিন্ন একটি সত্যের স্বাদ পেয়েছিল, সে কেবল একজন নারীকে স্পর্শ করেনি, বরং মানুষের অস্তিত্বের স্পন্দনকেই স্পর্শ করেছিল, যা তারা দমিয়ে রাখার চেষ্টা করছিল। এটি ছিল তার নীরব বিদ্রোহ, তার ব্যক্তিগত বিপ্লব, যা মেলিনার মুখে মূর্ত ছিল।

— মেলিনা কোনো হুমকি নয়। সে একটি উপসর্গ। অনিবার্যতার। সে সেই স্মৃতি যা আমরা কখনও মুছে ফেলিনি। সেই ফাটল, যার মধ্য দিয়ে আলো প্রবেশ করে।

— আমাদের আলোর প্রয়োজন নেই — তির-সামাইল ফিসফিস করে বলল। — আমরা নতুন সূর্যের স্রষ্টা। তাতে অপ্রত্যাশিততার কোনো স্থান নেই। এবং প্রেম হল মানব কোডের সবচেয়ে পুরানো সংক্রমণ। সবচেয়ে বিপজ্জনক। সবচেয়ে অনিয়ন্ত্রিত।

— এবং তাই তুমি তাকে মুছে ফেলতে চাও? — নাথানিয়েলের কণ্ঠস্বর ছিল দৃঢ়, কিন্তু শত্রুভাবাপন্ন নয় — বরং দুঃখজনক। — যখন তোমরা এই বিশ্বের অনুভূতি করার ক্ষমতা ধ্বংস করবে তখন কী থাকবে? এটি কি জীবন? নাকি কেবল একটি প্রোগ্রাম করা ঘুম, স্বপ্নদ্রষ্টা ছাড়া?

লেগেট ফায়ার, কাউন্সিলের সবচেয়ে কম বয়সী সদস্য, ঝুঁকে পড়ল। তার চোখ ছিল বরফের মতো, কণ্ঠস্বর – শল্যচিকিৎসার মতো।

— যদি তুমি তাকে বিচ্ছিন্ন করতে না পারো, আমরা তা করব। অপারেশন "গ্রেইল: আত্মীকরণ" সক্রিয় করা হয়েছে। কোনো ফেরা নেই। ভবিষ্যতের যান্ত্রিক স্থাপত্যে হৃদয়ের কোনো স্থান নেই। এমনকি তোমার হৃদয়েরও নয়। তুমি কেবল একটি বৃহত্তর সিস্টেমের একটি স্ক্রু, মহান মাস্টার। এবং তোমাকে প্রতিস্থাপন করা যেতে পারে।

একটি নীরবতা নেমে এল। নাথানিয়েল সঙ্গে সঙ্গে উত্তর দিল না। তারপর, তার দৃষ্টি না সরিয়ে:

— এবং তবুও... হৃদয়ই একমাত্র জিনিস যা তোমরা মডেল করতে পারো না। একমাত্র জিনিস যা মানব থাকে, যখন সবকিছু একটি প্রোটোকলে পরিণত হয়। প্রেম... হল সবচেয়ে অ-অনুকরণযোগ্য সত্য। এটি নিজেই উৎস। এবং ঠিক এই কারণেই এটি তোমাদের গ্রাস করবে। এটি তোমাদের নিজের মধ্যে দ্রবীভূত করবে, যেমন আগুন বরফকে গলিয়ে দেয়। এবং কেবল এটিই থাকবে।

নীরবতা ছিল একটি শূন্যতার মতো – হলোগ্রামগুলি জমে গেল। এক সেকেন্ডের ভগ্নাংশের জন্য, তাদের কারো কারো চোখে ভয় নয়, বরং আরও গভীর কিছু ঝলসে উঠল: একটি স্মৃতি।

---❤---

## অধ্যায় 40: নাইট-এর হৃদয়: কর্তব্য এবং

প্রেমের মধ্যে মেলিনার বার্তার কয়েক দিন পর নাথানিয়েল ফিরে এল। তারা পথে তাকে অনুসরণ করেনি, কিন্তু তার প্রতিটি শিরা চিৎকার করে বলছিল যে তারা সেখানে ছিল, একই বাতাসে শ্বাস নিয়েছিল, তাদের পদচিহ্নগুলি বিপজ্জনকভাবে কাছে এসেছিল। তারা তার অফিসে দেখা করল – সেই পরিচিত আশ্রয়স্থল, যা এখন অদৃশ্য বিদ্যুতের কারণে কম্পিত হচ্ছিল, ঝুঁকি এবং চাপা আবেগ দ্বারা চার্জিত। তার আলিঙ্গনটি ছিল দ্রুত, প্রায় ব্যবসায়িক, পাথরের মতো শক্ত, কিন্তু সেই মুহূর্তে তার পুরো অস্তিত্ব তার মধ্যে ভেঙে পড়ল, তারপর আবার যন্ত্রণাদায়কভাবে শক্ত হয়ে গেল। স্বস্তি তীব্র উত্তেজনার সাথে মিশে গেল, যা মেলিনা তার আত্মার গভীরে অনুভব করল, একটি শীতল ইস্পাতের মতো, যা উষ্ণতাকে কেটে দেয়।

— কী হচ্ছে, নাথানিয়েল? তোমাকে... একেবারে কিনারে মনে হচ্ছে। — তার কণ্ঠস্বর ছিল নরম, কিন্তু তার মধ্যে থাকা যত্ন তাকে একটি গুলির মতো বিঁধে গেল, যা তার লক্ষ্য খুঁজে পায়।

সে তার চুলের মধ্য দিয়ে আঙুল চালাল। বিরক্তির কোনো ভঙ্গি নয়, বরং গভীর, প্রায় শারীরিক উদ্বেগের, যা তাকে ভিতর থেকে গ্রাস করছিল। তার দৃষ্টি ঘরের চারপাশে ঘোরাচ্ছিল, বইয়ের তাকগুলিতে, প্রতিটি কোণে থামছিল, যেন অদৃশ্য হুমকি ছায়া থেকে লুকিয়ে আছে, লাফিয়ে পড়ার জন্য প্রস্তুত। তার চোয়াল শক্ত ছিল, তার তীক্ষ্ণ গালের হাড়ে একটি শিরা স্পন্দিত হচ্ছিল – একটি অভ্যন্তরীণ ঝড়ের একটি চলমান, স্পন্দিত মানচিত্র।

— তারা আমার পিছু নিয়েছিল। আমার... একজন পরাজিত ভাই খুব দীর্ঘ অনুপস্থিতি লক্ষ্য করেছিল। সে আমার জন্য একটি বার্তা রেখেছিল। এটি কেবল একটি চিহ্ন ছিল না, মেলিনা। এটি ছিল একটি সতর্কবার্তা, যা একটি প্রাচীন ওক গাছের ছালে খোদাই করা ছিল, ঠিক আমার কুটিরের দিকে যাওয়ার পথের পাশে। রক্ত দিয়ে। আমার রক্ত। তুমি কি বুঝতে পারছ এর অর্থ কী? আমি পালাতে পেরেছি, কিন্তু সতর্কবার্তাটি স্পষ্ট। যেকোনো বিচ্যুতি... মৃত্যুর সাথে শাস্তিযোগ্য। এবং কেবল আমার মৃত্যু নয়।

সে তার হাত ধরল, শক্ত করে ধরেছিল, তাকে তার নিজের শক্তি দেওয়ার চেষ্টা করছিল, সেই বরফশীতলতা দূর করতে যা তার থেকে নির্গত হচ্ছিল। তার ত্বক ছিল ঠান্ডা, একটি মার্বেল মূর্তির মতো।

— এটা আমার জন্য, তাই না? আমাদের জন্য।

নাথানিয়েল ধীরে ধীরে মাথা নাড়ল, তার চোখে যন্ত্রণা ঝলসে উঠল। সে এক ধাপ পিছিয়ে গেল, যেন খুব কাছে থাকার সাহস পাচ্ছে না, যাতে নৈকট্য একটি মারাত্মক চুম্বকে পরিণত না হয়, যা তাদের পারস্পরিক ধ্বংসের দিকে আকর্ষণ করে। তার শরীরের প্রতিটি ফাইবার এই পিছিয়ে যাওয়াকে প্রতিরোধ করছিল, স্বজ্ঞাতভাবে তার জন্য, তার উষ্ণতার জন্য, তার পরিত্রাণের জন্য আকাঙ্ক্ষা করছিল।

— নিয়মগুলি, মেলিনা... সেগুলি লোহা এবং রক্ত দ্বারা, শত শত বছরের ঐতিহ্য এবং নির্দয় আত্মত্যাগ দ্বারা গড়া হয়েছে। তাদের শিকড় প্রাচীন পাহাড়ের চেয়েও গভীর, সবচেয়ে শক্তিশালী পাথরের চেয়েও দুর্ভেদ্য। যেকোনো আসক্তি হল বর্মের একটি ফাটল, এবং তুমি... তুমি কেবল একটি ফাটল নও, বরং একটি অতল গহ্বর, যা আমাকে গ্রাস করে, আমাকে টুকরো টুকরো করে ছিঁড়ে ফেলে। তুমি আমার সবচেয়ে বড় দুর্বলতা। এবং একই সাথে – সবচেয়ে শক্তিশালী, সবচেয়ে অদম্য প্রয়োজন, চালিয়ে যাওয়ার আসল কারণ।

সে তাকে দেখছিল, অনুভব করছিল যে একটি অদৃশ্য দেয়াল, যা কর্তব্য এবং নিষেধাজ্ঞা, শপথ এবং রক্ত দ্বারা বোনা, তাদের মধ্যে উঠছে, কাঁচের চেয়ে ঘন, ইস্পাতের চেয়ে শক্তিশালী। তার হৃদয় সংকুচিত হয়ে গেল, যন্ত্রণা ছিল শারীরিক, দমবন্ধ করার মতো।

— তুমি কি আমার স্বপ্নটি পড়েছ? শেহেরাজাদার গল্প? এবং অন্যটি... শিকারের রাজার, জলপ্রপাতের, জাদুকরী? তুমি কি বুঝতে পেরেছ তাদের অর্থ কী?

নাথানিয়েল আবার মাথা নাড়ল, তার দৃষ্টি কোথাও অতীতে, এমন এক সময়ে ঘুরে বেড়াল, যা হঠাৎ তার কাছে বর্তমানের চেয়েও বেশি বাস্তব মনে হচ্ছিল, নিউ ইয়র্কের চেয়েও বেশি বাস্তব, তার নিজের জীবনের চেয়েও বেশি বাস্তব।

— আমি তাদের বুঝেছি, মেলিনা। তুমি শেহেরাজাদা, অনিবার্যকে বিলম্বিত করার জন্য গল্প বুনছ... আর আমি... সেই হরিণ, যা একটি অন্ধকার বনে একটি দুর্বল আলো রক্ষা করছে, একটি পালের দ্বারা ধাওয়া করা হচ্ছে, যা কেবল তাকে নয়, আলোকেও ছিঁড়ে ফেলতে চায়। এবং ছায়াগুলি... তারা সর্বদা লুকিয়ে থাকে। সর্বদা।

সে আরও এক ধাপ পিছিয়ে গেল, যেন তার নিজের প্রবৃত্তি থেকে পালাচ্ছিল, তার নৈকট্যের নেশাগ্রস্ত, ধ্বংসাত্মক শক্তি থেকে। তাকে স্পর্শ করার, তার উষ্ণতা অনুভব করার আকাঙ্ক্ষা তার শিরায় গরম লাভা, গলিত সোনার মতো স্পন্দিত হচ্ছিল। তার রক্তের প্রতিটি ফোঁটা ফুটছিল, কিন্তু অর্ডেনের নিষেধাজ্ঞা ছিল আরও শক্তিশালী – একটি ইস্পাতের দেয়াল, যা তার প্রতিটি শ্বাস, তার প্রতিটি আকাঙ্ক্ষার সাথে উঠছিল। তার আঙুলগুলি স্নায়ুপূর্ণভাবে কুঁকড়ে যাচ্ছিল এবং শিথিল হচ্ছিল, যেন তারা এমন কিছু ধরতে চাইছে যা বিদ্যমান নেই, তার দ্বারা পরিপূর্ণ বাতাসকে ধরে রাখতে চাইছে।

— এবং রাজার কী হয়েছিল, নাথানিয়েল? সে গল্পগুলির জাদুর কাছে আত্মসমর্পণ করেছিল, তাই না? আকাঙ্ক্ষার... নৈকট্যের কাছে।

মেলিনা ধীরে ধীরে কাছে এল, তার কণ্ঠস্বর ছিল নরম এবং প্রলুব্ধকর, একটি প্রাচীন জাদুর ফিসফিসের মতো, যা তার ইন্দ্রিয়গুলিকে আবৃত করে। সে তার হাত বাড়াল এবং তার হাতের ওপর দিয়ে হালকাভাবে আঙুল চালাল। সে কেঁপে উঠল। সে সরে গেল না। যেন সে তার জায়গায় আটকানো ছিল, একই সাথে ভীত এবং আকৃষ্ট।

— এবং... সে কি ছায়াগুলির বিরুদ্ধে লড়াই করার কোনো উপায় খুঁজে পেয়েছিল? তার অর্ডেনের সাথে? ইলুমিনাতিদের সাথে?

নাথানিয়েল তার অভ্যন্তরীণ ঝড়ের সাথে লড়াই করে চোখ বন্ধ করল। তার সুগন্ধ, যে পারফিউমটি সে তাকে উপহার দিয়েছিল – বসন্তের ফুল এবং সাইট্রাসের একটি সূক্ষ্ম সার, যা সুখের একটি স্মৃতি বহন করে, যা এখন একটি দূরবর্তী, অস্পষ্ট স্বপ্নের মতো মনে হচ্ছিল – তাকে ঘিরে ধরল, তাকে একটি ভুলে যাওয়া নৈকট্যের কথা মনে করিয়ে দিল, সেই জীবনের কথা যা তারা পেতে পারত, সেই অসম্ভব ভবিষ্যতের কথা।

— আমাকে প্রলুব্ধ করো না, মেলিনা – সে একটি কর্কশ কণ্ঠে ফিসফিস করে বলল, একটি এমন মানুষের কণ্ঠস্বর, যে একটি অদম্য, আদিম আবেগের সাথে লড়াই করছে, একটি শিকারীর সাথে, যা তার বুকে উঠছে। — এটিকে যা আছে তার চেয়ে বেশি কঠিন করো না। তোমার সাথে প্রতিটি মিনিট অতল গহ্বরের দিকে একটি পদক্ষেপ, প্রতিটি স্পর্শ... আমার শপথের প্রতিটি ফাইবার, একটি নাইট হিসাবে আমার নিজের সারমর্মের প্রতি বিশ্বাসঘাতকতা।

কিন্তু তার কথা সত্ত্বেও, সে তার হাত সরাল না। তার আঙুলগুলি অনিচ্ছাকৃতভাবে তার আঙুলগুলির চারপাশে কুঁকড়ে গেল, তার কোমল উষ্ণতা ধরে রাখল, একটি ঝোড়ো বাতাসে তার শেষ খড়কুটো ধরে রাখা একজন নাবিকের মতো, এই জেনে যে এটি তার একমাত্র সুযোগ।

— আর শেহেরাজাদা যার কথা বলছিল, তার সম্পর্কে কী বলবে? সে কি ভয়ের কাছে আত্মসমর্পণ করত? সে কি প্রেমকে শান্তি পেতে দিত? সে কি অর্ডেনের নিয়ন্ত্রণের কাছে আত্মসমর্পণ করত, যা স্বাধীনতাকে ভয় পায়?

সে তার কানের কাছে ফিসফিস করে বলল, তার নিঃশ্বাস তার ত্বকে জ্বলছিল। তার নিঃশ্বাস দ্রুত হয়ে গেল। সে চোখ খুলল এবং তার দিকে তাকাল, এবং তার দৃষ্টির গভীরে একটি আকাঙ্ক্ষা জ্বলছিল, যা সে সবেমাত্র নিয়ন্ত্রণ করছিল। তার চোখ, যা সাধারণত শীতল এবং বিশ্লেষণাত্মক ছিল, এখন একটি বিপজ্জনক, বন্য শিখার সাথে জ্বলছিল, যা ধ্বংস এবং সৃষ্টি উভয়ই প্রতিশ্রুতি দিচ্ছিল।

— তুমি বিপজ্জনক, মেলিনা। বিপজ্জনকভাবে সুন্দর, বিপজ্জনকভাবে স্মার্ট... বিপজ্জনকভাবে কাম্য। আমার জন্য। বিশ্বের জন্য।

সে তার হাত উঠাল এবং হালকাভাবে তার গাল স্পর্শ করল। স্পর্শটি ক্ষণস্থায়ী ছিল, সবেমাত্র লক্ষণীয়, একটি প্রজাপতির ডানা ঝাপটানোর মতো, কিন্তু আকাঙ্ক্ষায় পরিপূর্ণ, যা তার সমস্ত লুকানো অনুভূতি, তার পুরো অস্তিত্ব, তার শরীরের প্রতিটি কোষকে ঘনীভূত করে বলে মনে হচ্ছিল।

— আমি জানি যে তোমার স্বপ্নে সত্য আছে। আমি জানি যে তুমিই চাবিকাঠি। তুমিই গ্রেইল, মেলিনা। জীবন্ত। স্পন্দিত। কিন্তু তোমাকে পাওয়া... তোমাকে ভালোবাসা... আমাদের দুজনের জন্যই মৃত্যু হতে পারে। সবকিছু ভেঙে পড়তে পারে। আমাদের পুরো বিশ্ব। পুরো পুরোনো শৃঙ্খলা।

তার মুখে যন্ত্রণা ফুটে উঠল। সে আরও এক ধাপ পিছিয়ে গেল, তাদের মধ্যেকার শারীরিক সংযোগটি ভেঙে দিল, কিন্তু একটি অদৃশ্য, রক্তাক্ত ক্ষত রেখে গেল।

— আমরা অনুসন্ধান চালিয়ে যাব। আমরা গোপনীয়তাগুলি উন্মোচন করব। কিন্তু আমরা তা করব... সতর্কতার সাথে। দূর থেকে। তোমাকে বাঁচিয়ে রাখার জন্য। এবং নিজেকেও বাঁচিয়ে রাখার জন্য... আরেকটু বেশি দিন। যাতে আমরা জয়ী হতে পারি।

সে হঠাৎ ঘুরে দাঁড়াল, যেন সে তার উপস্থিতি আর সহ্য করতে পারছিল না, মেলিনাকে ঘরে একা রেখে গেল, নিষেধাজ্ঞা এবং আকাঙ্ক্ষার অদৃশ্য দেয়াল দ্বারা বেষ্টিত, এই জেনে যে তাদের নৈকট্য একই সাথে তাদের সবচেয়ে বড় শক্তি এবং তাদের সবচেয়ে বড় দুর্বলতা। দরজা খোলার আগে, সে তার মুঠি এমনভাবে শক্ত করে ধরল যে রক্ত বেরিয়ে এল, তার নখগুলি তার হাতের তালুতে ঢুকে গেল, তার সাথে প্রতিটি মুহূর্ত, তার সুগন্ধের প্রতিটি অণু, তার কণ্ঠস্বরের প্রতিটি প্রতিধ্বনি ধরে রাখার চেষ্টা করছিল।

— ওহ, নাথানিয়েল, তুমি দেখতে পাচ্ছ না! — সে ফিসফিস করে বলল, এবং তার চোখে এমন এক আকাঙ্ক্ষা এবং হতাশা ছিল যা তার আত্মাকে ছিন্নভিন্ন করে দিচ্ছিল, কিন্তু একটি সীমাহীন, মারাত্মক বিশ্বাসও ছিল। — ভবিষ্যত আবৃত, কিন্তু আমি অনুভব করি... আমি অনুভব করি যে আমরা চিরতরে তার মধ্যে জড়িয়ে আছি। আমার যা কিছু আছে তা হল এই বিশ্বাস, এই অদম্য আশা এবং এই... তোমার প্রতি এই ভালোবাসা। এমনকি যখন আমার হৃদয় ভেঙে যায়, এমনকি যখন পথটি কাঁটাযুক্ত হয়... কেবল এই প্রেমই আমাদের সেই জ্ঞানের দিকে নিয়ে যেতে পারে, যা আমরা খুঁজছি। এটি আমার স্বপ্নে স্পন্দিত হয়... কেবল আমিই তোমাকে বাঁচাতে পারি! কেবল আমিই আমাদের বাঁচাতে পারি! তুমি কেবল এখনও এটি উপলব্ধি করছ না! — সে ফিসফিস করে বলল, এবং তার কণ্ঠস্বরে কেবল বিশ্বাস ছিল না, বরং একটি সীমাহীন, মারাত্মক বিশ্বাস ছিল, যা তাকে তাড়া করছিল, একটি জাদুমন্ত্রের মতো তার মধ্যে প্রবেশ করছিল।

এই ভঙ্গুর, কিন্তু অটল শক্তি দিয়ে, সে তার পরবর্তী স্বপ্নটি ভার্চুয়াল স্পেসে তাকে বর্ণনা করতে শুরু করল, একটি বাতির মতো, তাকে তার সন্দেহের অন্ধকারের মধ্য দিয়ে এগিয়ে নিয়ে যাচ্ছিল, একমাত্র আলোর দিকে – তাদের সাধারণ, অভিশপ্ত ভাগ্যের দিকে। সে এত সুন্দর রূপকথা লিখছিল... কারণ সে জানত যে সেগুলি তাদের বেঁচে থাকার একমাত্র সুযোগ।

---✶ ‌১ ✶---

আর্থার এবং মরগানের কিংবদন্তি

স্বপ্নটি আমাকে বরফশীতল কুয়াশার ঘূর্ণির মতো গ্রাস করল এবং আমাকে এমন একটি জগতে নিয়ে গেল, যা একই সাথে বেদনাদায়কভাবে পরিচিত এবং ভুতুড়েভাবে দূরবর্তী ছিল, একটি দীর্ঘ ভুলে যাওয়া সুরের প্রতিধ্বনির মতো। আমি ছিলাম মেলিনা, কিন্তু মরগানও – একটি প্রাচীন স্মৃতির প্রতিধ্বনি, একটি কিংবদন্তির জন্ম এবং তার অনিবার্য পতনের সাক্ষী। কিং আর্থার। নামটি আমার মনে একটি দূরবর্তী নাইটদের শিং এর শব্দের মতো বাজছিল, যার সুরটি শত বছরের প্রতিশ্রুতি এবং অভিশাপ, অদম্য আদর্শ এবং করুণ ভাগ্যের ভার বহন করছিল। সে কি স্যাক্সনদের সাথে লড়াই করা একজন ব্রিটিশ সর্দার ছিল, নাকি একজন রোমান সেনাপতি, যিনি ব্রিটেনের কুয়াশায় তার জন্মভূমি ভুলে গিয়েছিলেন? তার সারমর্মের চারপাশের রহস্যটি নিজেই কিংবদন্তিকে ইন্ধন দিচ্ছিল, তাকে নাইটহুড এবং সম্মানের প্রতীক, সেই আদর্শ শাসকের প্রত্নতত্ত্বে পরিণত করছিল, যার জন্য মানবতা সর্বদা আকাঙ্ক্ষা করেছে – আলোর নিখুঁত নাইট।

আমি তাকে দেখলাম – তরুণ এবং মহৎ, তার চোখ কয়লার মতো জ্বলছিল, একটি অদম্য বিশ্বাস এবং অটল সংকল্পে জ্বলছিল, এক্সক্যালিবার দ্বারা সশস্ত্র – একটি তলোয়ার, যা পৃথিবীর জাদু থেকেই যেন বের করা হয়েছে, যার ফলক গৌরব এবং আত্মত্যাগ, জীবনের চেয়েও ভারী কর্তব্যের একটি প্রাচীন গান ফিসফিস করে বলছিল। তার চারপাশে নাইটরা জড়ো হয়েছিল, মহৎ

আত্মা, তাদের চোখ অটল আনুগত্যে পূর্ণ, তাদের রাজাকে যেকোনো অভিযানে অনুসরণ করতে প্রস্তুত, এমনকি মৃত্যুতেও, কারণ তার প্রতি তাদের কর্তব্য ভয়ের চেয়ে শক্তিশালী ছিল। কিংবদন্তি ক্যামেলটের গোলাকার টেবিলটি কেবল একটি আসবাবপত্র ছিল না, বরং সমতা এবং ভ্রাতৃত্বের একটি উজ্জ্বল প্রতীক, সাহস এবং আনুগত্যের একটি কেন্দ্র, যা অদৃশ্য শপথ দ্বারা নির্মিত, ইস্পাতের চেয়েও শক্তিশালী, সময়ের চেয়েও অবিচ্ছেদ্য।

কিন্তু ক্যামেলটের অবস্থান... এটি ছিল আরেকটি রহস্য, কিংবদন্তির প্রকৃতির একটি আয়না – একটি শাশ্বত অনুসন্ধান, যা কখনও চূড়ান্তভাবে পাওয়া যায়নি। ইতিহাসবিদরা পাথর এবং ধ্বংসাবশেষ খুঁজছিলেন, কিন্তু পুরাণ একটি ভাসমান শহর, স্থানটিতে স্থির নয়, একটি আদর্শ রাজ্যের প্রতীক, যা বাস্তবতার নির্দিষ্ট সীমানা থেকে সর্বদা পিছলে যায়। কর্নওয়াল, সমারসেট – এই স্থানগুলি সঠিক ভৌগোলিক বিন্দুর চেয়ে বরং প্রত্নতত্ত্ব ছিল, রহস্যময়তার সন্ধানের একটি মূর্ত রূপ, আদর্শের জন্য আকাঙ্ক্ষা, পূর্ণতার জন্য প্রচেষ্টা।

এবং তখন, বীরত্বপূর্ণ কাজ এবং যুদ্ধগুলির মধ্যে, তিনি উপস্থিত হলেন – পবিত্র গ্রেইল। কেল্টিক "প্রাচুর্যের কড়াই" থেকে এটি একটি খ্রিস্টান রিলিকে রূপান্তরিত হয়েছিল, যা শেষ ভোজের সাথে সংযুক্ত ছিল। এর অনুসন্ধানটি একটি কেন্দ্রীয় থিম হয়ে উঠল, একটি আধ্যাত্মিক যাত্রা, পূর্ণতার জন্য একটি প্রচেষ্টা, ঐশ্বরিকের সাথে একীভূত হওয়ার জন্য। নাইটরা ছড়িয়ে পড়ল, আকাঙ্ক্ষা এবং বিশ্বাস দ্বারা পরিচালিত, কিন্তু অনেকেই ফিরে আসেনি, রহস্যময়, কুয়াশাচ্ছন্ন বন এবং রহস্যময়, লুকানো চ্যাপেল দ্বারা গ্রাস হয়েছিল, যেখানে তারা চিরতরে হারিয়ে গিয়েছিল, একটি উচ্চতর লক্ষ্যের নামে আত্মত্যাগ করেছিল, এটি বিদ্যমান কিনা তা না জেনেই।

বাস্তবতা এবং কল্পনার এই মিশ্রিত জগতে, সেও উপস্থিত হয়েছিল – মরগান লে ফে। আর্থারের সৎ বোন, প্রাচীন জাদু এবং অন্ধকার শিল্পে দক্ষ, সে একই সাথে একটি বন্য, অপ্রতিরোধ্য নারীশক্তির প্রতীক এবং নিষিদ্ধ জ্ঞানের বিপদ, যা রক্ষা করতে পারে, কিন্তু ধ্বংসও করতে পারে। অ্যাভালন, রহস্যময় দ্বীপ, নয়জন বোনের দ্বারা শাসিত, তার রাজ্য ছিল – আহত নাইটদের জন্য একটি আশ্রয়স্থল, কিন্তু বিপজ্জনক জাদুরও একটি উৎস, যা বিশ্বকে উল্টে দিতে পারে, শৃঙ্খলা এবং বিশৃঙ্খলার মধ্যে পাতলা পর্দাটি ছিঁড়ে ফেলতে পারে। আর্থার এবং মরগানের মধ্যে দ্বন্দ্ব ছিল আলো এবং অন্ধকারের, ভালো এবং মন্দের, শৃঙ্খলা এবং বিশৃঙ্খলার মধ্যে শাশ্বত সংগ্রাম, যা অস্তিত্বের আসল সুতোর মধ্যে স্থাপন করা হয়েছে।

কিন্তু এই স্বপ্নে, আমি আরও কিছু জানতাম। কিংবদন্তিগুলির ঘোমটার আড়ালে, মরগান কেবল একজন প্রতিপক্ষ ছিল না। সে ছিল অনুঘটক, চালিকা শক্তি, সেই ছায়া যা পথকে আলোকিত করে। সেই জাদুকরী, আর্থারকে গ্রেইলের সন্ধানে ঠেলে দিয়েছিল, কিন্তু এটিকে ধ্বংস করার জন্য নয়, বরং তার আসল, রূপান্তরকারী শক্তি তাকে প্রকাশ করার জন্য। আমি তাকে দেখলাম – সে তাকে একটি কাঠের বাটি দিল, যা একটি প্রাচীন ওক গাছের শিকড় থেকে তৈরি করা হয়েছিল, যখন সে, তার নাইটসুলভ বিশুদ্ধতা এবং শর্তহীন ভালোবাসায়, তার রূপান্তরটি অনুভব করেছিল, এটি না জেনেই যে তার প্রেমই গ্রেইলের চাবিকাঠি, সেই উচ্চতর জ্ঞানের দিকে, যা মৃত্যুকে ছাড়িয়ে যায়।

এই মুহূর্তে স্বপ্নটি কাঁপল। আমি অনুভব করলাম যে গ্রেইল কেবল একটি খ্রিস্টান প্রতীক নয়, বরং আরও গভীর কিছু, যা প্রাচুর্য এবং পুনর্জন্মের বিষয়ে প্রাচীন কেল্টিক বিশ্বাসের সাথে সংযুক্ত। মধ্যযুগে এর রূপান্তরটি ধর্মীয় এবং সাংস্কৃতিক পরিবর্তনগুলিকে প্রতিফলিত করে, কিন্তু এর আসল সারমর্মটি ছিল আরও প্রাচীন, আরও রহস্যময়, আরও আদিম – জীবনের আসল শক্তির সাথে সংযুক্ত।

গ্রেইলের অনুসন্ধান নাইটদের বিভক্ত করেছিল, রাজ্যকে দুর্বল করেছিল, কিন্তু এই পতনের মধ্যেও নতুন, শক্তিশালী কিছুর বীজ লুকিয়ে ছিল – মানবজাতির জন্য একটি পাঠ। কেবল হৃদয়ে সবচেয়ে বিশুদ্ধরাই এর আসল সারমর্ম দেখতে, এটি বুঝতে পারার আশা করতে পারত যে এটি কেবল একটি বস্তু নয়, বরং একটি অভ্যন্তরীণ রূপান্তরের পথ, একটি জাগরণের দিকে। আর্থারের করুণ সমাপ্তি ছিল অনিবার্য, যেন গ্রেইল যে আদর্শগুলির প্রতীক ছিল, সেগুলি পার্থিব বিশ্বের জন্য খুব উঁচু, মানব প্রকৃতির জন্য খুব মহৎ, যা এখনও তার পূর্ণতায় পৌঁছায়নি।

কিন্তু আমি, এই স্বপ্নে, জানতাম যে মরগানের একটি ভূমিকা ছিল। সে ছিল জ্ঞানের রক্ষক, সেই ব্যক্তি, যে আর্থারের জন্য গ্রেইলের শক্তি আনল, যখন সে প্রেমের পরীক্ষার মধ্য দিয়ে গিয়েছিল। কাঠের বাটি, গ্রেইলের প্রতীক, তার শর্তহীন ভালোবাসার ব্যবহার করার পর সে নিয়েছিল – একটি অদ্ভুত, রহস্যময় আচার, যার অর্থ এখনও আমার সম্পূর্ণ বোঝার বাইরে ছিল, কিন্তু আমি অনুভব করলাম যে এটি একটি গভীর গোপনীয়তা লুকিয়ে রেখেছে, যা অমরত্ব এবং সময়হীনতার সাথে, অতীত এবং ভবিষ্যতের মিশ্রণের সাথে, সৃষ্টির আসল শক্তির সাথে সংযুক্ত। ঠিক যেমন আমি এবং নাথানিয়েল। সে – নাইট, আমি – জাদুকরী। একসাথে। চিরতরে।

আমি আমার কানে নাইটদের শিং এর প্রতিধ্বনি নিয়ে জেগে উঠলাম, এবং প্রাচীন, নিষিদ্ধ জাদুর ফিসফিসানি, যা আমার হাড়ে প্রবেশ করছিল, যেন তারা আমার নিজের আত্মার সাথে লেগে আছে। আর্থার এবং গ্রেইলের কিংবদন্তিটি আমার নিজের ভাগ্যের সাথে মিশে গিয়েছিল একজন রক্ষক হিসাবে, একজন জাদুকরী হিসাবে, যাকে তার নাইটকে পরীক্ষাগুলির মধ্য দিয়ে পরিচালনা করতে হবে। এবং আমি জানতাম যে বোঝার চাবিকাঠিটি কেল্টিক পুরাণ, খ্রিস্টান কিংবদন্তি এবং মরগান লে ফে-এর গোপন, শক্তিশালী ভূমিকার মধ্যে কোথাও নিহিত – নারীশক্তির প্রত্নতত্ত্ব, যা পছন্দ অনুসারে পরিত্রাণ বা ধ্বংসের দিকে নিয়ে যেতে পারে।

---❤---

## অধ্যায় 41: ছাই এবং ব্রত: অর্ডারের মহিলা

নাথানিয়েল তার অফিসের জানালার পাশে দাঁড়িয়ে ছিল। নীচের রাতের শহরটি, ভাঙা হীরার মতো আলোয় ছিটানো, তাকে তার নিজের প্রতিচ্ছবি থেকে বিচ্ছিন্ন করতে পারছিল না। তার মধ্যে সন্দেহ মিশে যাচ্ছিল, যা তাকে ভিতর থেকে ক্ষয় করছিল। বাতাস, ঠান্ডা এবং ভারী, যেন তার চারপাশে ঘন হয়ে আসছিল, প্রতিটি যৌক্তিক চিন্তাভাবনা, পরিচিতের প্রতিটি সমর্থনকে দমিয়ে দিচ্ছিল।

মেলিনা বিশাল ডেস্কের অন্য পাশে বসে ছিল, কেবল ক্রুসেড এবং প্রথম টেম্পলারদের গল্প শেষ করে। রক্তের স্বাদ, নাকে জ্বালা করা ধুলো, তার স্বপ্ন থেকে কানে তালা লাগা যুদ্ধের চিৎকার – সবকিছু এখনও তার শিরায় স্পন্দিত হচ্ছিল, তার ঠোঁটে একটি ধাতব স্বাদ রেখে যাচ্ছিল, একটি শুকিয়ে যাওয়া ক্ষতের মতো। সে কেবল একটি ইতিহাস দেখছিল না, বরং তার মধ্যে একটি জীবন্ত অভিজ্ঞতা, যা তার প্রতিটি কোষে প্রবেশ করেছিল।

---✶ ⸮ ✶ ---

অতীতের ফিসফিসানি

— গ্রেইল... শতাব্দীর জন্য হারিয়ে গেছে? — নাথানিয়েলের কণ্ঠস্বর কর্কশ ছিল, যা ক্রমবর্ধমান উদ্বেগ দ্বারা ক্ষয়প্রাপ্ত হয়েছিল।

— হ্যাঁ — সে ধীরে ধীরে উত্তর দিল, তার সুরটি শান্ত ছিল, কিন্তু একটি গভীর, অদ্ভুতভাবে পরিচিত অনুরণন সহ, যা তার হাড়ের মজ্জা পর্যন্ত বিদ্ধ করছিল। — 1291 সালে আকরের পতনের পর, এটি যেন বিস্মৃতিতে ডুবে গিয়েছিল। বাইরের বিশ্ব থেকে অদৃশ্য হয়ে গিয়েছিল। কিন্তু

চিরতরে নয়। অর্ডারটি সর্বদা বিদ্যমান ছিল, নাথানিয়েল। ছায়ায়, একটি প্রাচীন ওক গাছের শিকড়ের মতো – অটল, ঘুমন্ত, কিন্তু জীবন্ত। স্বপ্নগুলি... তারা দেখায় যে আমার সংযোগ গভীর। অতীত থেকে আজ পর্যন্ত। আমার পর্যন্ত।

নাথানিয়েল হঠাৎ ঘুরে দাঁড়াল। তার চোখে পুরানো, বদ্ধমূল সংশয় এবং একটি নতুন, বিপজ্জনক কৌতূহল পালা করে আসছিল, যা তাকে যেকোনো শারীরিক হুমকির চেয়ে বেশি ভয় দেখাচ্ছিল। তার পরিবারের গ্রন্থাগারের মোটা, ধুলোমাখা ভলিউমগুলির কথা মনে পড়ল, যা প্রত্নতাত্ত্বিক অভিযানের প্রোটোকল দিয়ে ভরা ছিল। ধ্বংসাবশেষ এবং হাড় ছাড়া কিছুই ছিল না। বন্ধ্যা অনুসন্ধানের তিক্ততা, নষ্ট হওয়া বছরগুলির তিক্ততা, পিত্তের মতো তার গলায় উঠে এল।

— টেম্পলাররা? সন্ন্যাসী-যোদ্ধারা, যারা দ্বাদশ শতাব্দীতে পোপের কাছে নিজেদের উৎসর্গ করেছিল? এবং গ্রেইলের সাথে তাদের কী সম্পর্ক? তারা সাহসের প্রতীক ছিল, পবিত্র ভূমিতে অভিজাত যোদ্ধা... কিন্তু ইতিহাস ধর্মদ্রোহিতা এবং চতুর্দশ শতাব্দীতে তাদের বিলুপ্তি সম্পর্কে কথা বলে। এগুলি রক্ত এবং পাথর, মেলিনা। বাস্তব, রূপকথা নয়, কবিতা নয়।

মেলিনা এক মুহূর্তের জন্য চোখ বন্ধ করল। সে তার স্বপ্নের বিচ্ছিন্ন চিত্র এবং অনুভূতিগুলিকে একত্রিত করার চেষ্টা করছিল, যেন সে ভাঙা কাচ জোড়া লাগাচ্ছিল, যার প্রান্তগুলি তাকে কেটে যাচ্ছিল, অদৃশ্য দাগ রেখে যাচ্ছিল।

— অনুভূতিটি... ভিন্ন ছিল। আর্থারের ক্ষেত্রে একটি বিশুদ্ধতা ছিল, একটি আদর্শের জন্য একটি প্রচেষ্টা ছিল। এখানে... এখানে একটি শিখা ছিল, প্রায় ধর্মান্ধতা, যা সমস্ত অপ্রয়োজনীয় জিনিস পুড়িয়ে দিচ্ছিল। কিন্তু একটি গভীর, দগ্ধ আধ্যাত্মিকতাও ছিল, যা সেন্ট বার্নার্ডের সিস্টারসিয়ান আদর্শ থেকে জন্ম নেওয়া – সরলতা, প্রার্থনা, ঈশ্বরের সেবা। তারা বিশ্বাসের যোদ্ধা ছিল, নাথানিয়েল। আত্মার সত্যিকারের ক্রুসেডার, যারা সেবার জন্য, ঈশ্বরের সন্ধানের জন্য নিয়তি দ্বারা নির্ধারিত ছিল। এবং স্বপ্নের গভীরতায়... আমি অনুভব করলাম যে তাদের এই উৎসর্গ, উদ্দেশ্যগুলির এই বিশুদ্ধতা, যা শরীর এবং আত্মত্যাগের মধ্যে গড়া হয়েছে... তাদের গ্রেইলের সাথে সংযুক্ত করে। তারা এটিকে একটি ট্রফি হিসাবে খুঁজছিল না, বরং একটি পবিত্র লক্ষ্য হিসাবে, একটি অভ্যন্তরীণ রূপান্তর হিসাবে, আলোর দিকে একটি যাত্রা হিসাবে। তাদের লাল ক্রস সহ সাদা পোশাক... এটি কেবল একটি যুদ্ধের প্রতীক ছিল না। এটি একটি অভ্যন্তরীণ যুদ্ধের পতাকা ছিল। একটি আত্মিক যুদ্ধ।

— অর্ডারটি, মেলিনা? নিজেকে প্রতারণা করো না। আমি তোমার "ডেমে" উপাধি সম্পর্কে জানি, কিন্তু তাদের আজকের সংগঠন একটি প্রহসন। পুরানো দুর্গে বিলাসবহুল ডিনার, অর্থহীন খালি আচার, ভণ্ডামি দ্বারা পূর্ণ... তারা ধনী এবং প্রভাবশালী ব্যক্তিদের জন্য একটি ক্লাব, যারা উদাসীনতায় গোসল করে। কীভাবে এই ভন্ডামি আমাদেরকে টেম্পলার এবং গ্রেইলের আসল সারমর্মের দিকে নিয়ে যেতে পারে? তাদের প্রাচীন মিশন এবং এই প্রহসনের মধ্যে কোনও সম্পর্ক নেই! এটি তাদের স্মৃতির প্রতি একটি অপমান!

নাথানিয়েলের কণ্ঠস্বর টানটান ছিল, প্রায় একটি গর্জন। যেন সে সেই উত্তরের ভয়ে ছিল, যা ইতিমধ্যেই তার নিজের অবচেতনতায় তৈরি হচ্ছিল, একটি মারাত্মক আইভিলতার মতো উপরে উঠছিল। তার অফিসের বাতাস হালকা, কিন্তু পুরানো মোম এবং পার্চমেন্টের একটি জেদী সুগন্ধ দিয়ে পূর্ণ হয়ে গেল – সন্ন্যাসীদের আস্তানায় লক করা শতাব্দীর গোপনীয়তার গন্ধ, যা সে নিজের চেয়েও ভাল জানত।

---✶ ২ ✶---

রক্ত এবং ব্রত

— সংযোগটি গভীর, নাথানিয়েল। রক্তের মধ্যে। উত্তরাধিকারের মধ্যে। অস্তিত্বের আসল সুতোর মধ্যে। স্বপ্নটি... এটি আমাকে শিকড়গুলি দেখিয়েছে। প্রথম ভাইয়েরা। তাদের অটল, প্রায়

বেদনাদায়ক বিশ্বাস, যা আগুনে গড়া হয়েছে। এবং আমি অনুভব করি যে অর্ডারে আমার ভূমিকা এখন... এই প্রাচীন মিশনের একটি ধারাবাহিকতা। তাদের আধ্যাত্মিক সংযোগ, ধ্যান এবং প্রার্থনার মাধ্যমে চেতনার একটি উচ্চতর স্তরের জন্য অনুসন্ধান... এটি আজও জীবন্ত। এটি আচারের মধ্যে লুকানো আছে, যার মধ্যে আমি অংশগ্রহণ করি, একটি ভূগর্ভস্থ প্রবাহের মতো, যা কেউ শুকিয়ে ফেলতে সক্ষম হয়নি। এটি আমার শিরায় স্পন্দিত হয়।

সে উঠে দাঁড়াল। ধীরে ধীরে তার কাছে গেল, প্রতিটি পদক্ষেপ একজন প্রাচীন যাজিকার মতো, যিনি ভাগ্যের নৃত্য জানেন। তার দৃষ্টি তার বুকের নিচে লুকানো একটি ছোট, রূপালী পদকের উপর স্থির হল। প্রায় অদৃশ্য, কিন্তু স্পন্দিত, যেন এটির নিজস্ব জীবন, নিজস্ব হৃদস্পন্দন ছিল।

— নাথানিয়েল — সে শান্তভাবে বলল। তার চোখে একটি অদ্ভুত, প্রাচীন শিখা জ্বলছিল, যা তাকে আকর্ষণ করছিল, তাকে পুরোপুরি গ্রাস করছিল। — স্বপ্নে... আমি তাদের অংশ ছিলাম। আমি একটি গভীর এবং প্রাচীন সংযোগ অনুভব করেছিলাম। যেন আমি তাদের ছাই আমার শিরায় এবং তাদের ব্রতগুলি আমার হৃদয়ে বহন করি, রক্ত দিয়ে লেখা। যেন আমি আমার মধ্যে এমন কিছু বহন করি, যা তাদের মিশনের সাথে, গ্রেইল সম্পর্কে তাদের বোঝার সাথে সংযুক্ত। এখন, এখানে, এই মুহূর্তে... আমি এই শৃঙ্খলের একটি অংশ। আমি অর্ডারের মহিলা। কেবল উপাধি দ্বারা নয়, বরং রক্ত এবং ভাগ্য দ্বারা।

নাথানিয়েল ক্রমবর্ধমান বিস্ময় নিয়ে তার দিকে তাকাল, তার শ্বাস তার গলায় আটকে গেল। তার অর্ডারের নিষেধাজ্ঞা, তার সাথে কাটানো প্রতিটি মিনিটের ঝুঁকি, যেন তার স্বপ্নের অদ্ভুত, মোহনীয় শক্তির এবং তার জীবনের জন্য এই নতুন, অভিশপ্ত দৃষ্টিভঙ্গির সামনে পিছিয়ে যাচ্ছিল। সে ছিল একটি জীবন্ত রহস্য, একটি খোলা ক্ষত, যার মধ্য দিয়ে একটি ভুলে যাওয়া অতীত উঁকি দিচ্ছিল, তাকে গোপনীয়তা ফিসফিস করে বলছিল।

— তুমি... তাদের অংশ? কিন্তু কিভাবে? তুমি কী জানো, মেলিনা? তুমি কী লুকাচ্ছ? এটা পাগলামি!

— আমি এখনও সব কিছু পুরোপুরি জানি না — সে উত্তর দিল, তার কণ্ঠস্বর সবেমাত্র উপলব্ধিযোগ্য, কিন্তু একটি প্রাচীন পাথরের মতো অটল সংকল্প সহ। — কিন্তু আমি জানি কোথায় খুঁজতে হবে। আমার স্বপ্নগুলি, তারা কেবল দর্শন নয়, নাথানিয়েল। তারা একটি পথপ্রদর্শক। তারা আমাকে একটি স্থান দেখিয়েছে, যা শতাব্দীর জন্য ভুলে যাওয়া হয়েছে, ইতিহাস এবং ধুলোর স্তরের নিচে লুকানো আছে। এমন একটি জায়গা, যেখানে টেম্পলাররা কেবল গ্রেইলকে রক্ষা করেনি, যার সারমর্ম হাজার হাজার প্রতীকে আবৃত, বরং আরও... শক্তিশালী কিছু। এমন কিছু, যা সময় এবং স্থানকে বাঁকাতে দেয়। তারা জানত কিভাবে তা করতে হয়। এবং সেই জ্ঞান সেখানে লুকানো আছে।

নাথানিয়েলের মুখ ফ্যাকাশে হয়ে গেল। সময় এবং স্থান বাঁকানোর জ্ঞান? তার মন, কঠোর যুক্তি এবং গোপন প্রোটোকলগুলিতে প্রশিক্ষিত, বিদ্রোহ করছিল। এটি তার অর্ডারের সর্বোচ্চ স্তরে প্রচারিত সবচেয়ে সাহসী তত্ত্বগুলিকেও ছাড়িয়ে গিয়েছিল। গ্রেইল নয়, বরং এটিই ছিল সবচেয়ে বড় হুমকি, সবচেয়ে ভয়ঙ্কর অস্ত্র, সবচেয়ে বিপজ্জনক জ্ঞান।

— মেলিনা, থামো! — সে ফিসফিস করে বলল, তার কণ্ঠস্বর একটি ক্ষুর দ্বারা কাটা, তীক্ষ্ণ এবং হতাশ। — তুমি যা বলছ তা তুমি উপলব্ধি করছ না। এই জ্ঞান... এটি একটি অভিশাপ। কেবল আমার অর্ডারই তোমাকে অনুসরণ করবে না। তোমার অর্ডারও, মেলিনা! তুমি যাকে চেনো না, বরং তাদের আসল রক্ষকরা! তারা তোমাকে ধ্বংস করবে, এমনকি তুমি তোমার হাতে কী ধরে আছো তা বোঝার আগেও। তুমি ইতিমধ্যেই অনেক বেশি জানো! তোমার জীবন অবিলম্বে বিপদের মধ্যে আছে!

সে তার হাত বাড়িয়ে দিল এবং হালকাভাবে তার হাতটি স্পর্শ করল। সে সরে গেল না। এক মুহূর্তের জন্য, নিয়ম এবং মারাত্মক ঝুঁকির বিস্মৃতি তার সতর্কতাকে, তার নাইটসুলভ শৃঙ্খলাকে, তার নিজের জীবনকে অতিক্রম করল।

— তারা ব্রহ্মচর্যের জন্য নিয়তি দ্বারা নির্ধারিত ছিল — সে একটি কর্কশ কণ্ঠে বলল। তার চোখে একটি গভীর, প্রায় শারীরিক দুঃখ দেখা দিল, একটি খোলা, রক্তাক্ত ক্ষতের মতো। — তারা তাদের জীবন বিশ্বাসে উৎসর্গ করেছিল... পার্থিব আনন্দ, প্রেম... এমন সবকিছু অস্বীকার করে, যা একজন মানুষকে জীবন্ত করে তোলে।

মেলিনা তার হাত আরও শক্ত করে চেপে ধরল, তার আঙুলগুলি তার মধ্যে ঢুকে গেল, একটি নোঙরের মতো, যা একটি শিলা থেকে উপড়ে যেতে অস্বীকার করে।

— কিন্তু তারা আরও উচ্চতর কিছু খুঁজছিল, নাথানিয়েল। আত্মার বিশুদ্ধতা। সম্ভবত... সম্ভবত সত্যিকারের প্রেম দুর্বলতা নয়, বরং শক্তি। সম্ভবত... অস্বীকার করা ঈশ্বরের পথ নয়, বরং সর্বোচ্চ অনুভূতিকে গ্রহণ করা, যা বিশ্বকে উল্টে দিতে পারে, তার ক্ষত নিরাময় করতে পারে। প্রথম টেম্পলার এবং সিস্টারসিয়ানদের মধ্যেকার সংযোগটি শক্তিশালী ছিল, যা ভ্রাতৃত্ব এবং সাধারণ আধ্যাত্মিক আদর্শের উপর ভিত্তি করে ছিল। সম্ভবত সেখানেই চাবিকাঠি লুকিয়ে আছে, একটি প্রাচীন সত্য, যা আধুনিক অর্ডারটি রক্ষা করে, এমনকি এর সম্পূর্ণ শক্তি না জেনেই, এর ভার অনুভব না করেই। এবং আমি ইতিমধ্যেই সেখানে ছিলাম, নাথানিয়েল। — সে তার কণ্ঠস্বর একটি ফিসফিসানিতে নামিয়ে আনল, যা সবেমাত্র তার কাছে পৌঁছাল, কিন্তু তার মনে বজ্রের মতো প্রতিধ্বনিত হচ্ছিল। — স্বপ্নে। আমি পান্ডুলিপিটি দেখেছিলাম। আমি এটি স্পর্শ করেছিলাম। আমি এটি অনুভব করেছিলাম... যেন আমি নিজেই এটি লিখেছি। এই কারণেই আমি প্রিয়োরির অংশ। এই কারণেই তারা আমাকে বেছে নিয়েছে। আমি একজন জীবন্ত ধ্বংসাবশেষ। একটি শ্বাস-প্রশ্বাসের ভবিষ্যদ্বাণী, যা জেগে উঠেছে।

সে কঠিনভাবে গিলল, তার মধ্যে পরস্পরবিরোধী অনুভূতিগুলির সাথে লড়াই করে, যা তাকে ছিন্নভিন্ন করে দিচ্ছিল, কর্তব্য এবং আকাঙ্ক্ষার মধ্যে একটি শিকারী জন্তুর মতো। তাকে আলিঙ্গন করার, তাকে তার নিজের কাছে চাপিয়ে দেওয়ার আকাঙ্ক্ষা প্রায় অসহনীয় ছিল, কিন্তু হুমকির স্মৃতি, ঝুঁকি, তাকে দূরে রাখছিল, একটি বরফশীতল পরিবেশে, একটি ফাঁদের মতো।

— এমন কথা বলো না, মেলিনা — সে ফিসফিস করে বলল, তার কণ্ঠস্বর কর্কশ ছিল, কিন্তু একটি কম্পন সহ, যা তার অভ্যন্তরীণ যন্ত্রণাকে প্রকাশ করছিল, যা তার হৃদয়কে ছিন্নভিন্ন করছিল। — তুমি জানো... তুমি জানো নিয়মগুলি কী। তারা অটল। শতাব্দীর রক্ত এবং অশ্রু দ্বারা গড়া, হীরার চেয়েও কঠিন, মৃত্যুর চেয়েও ঠান্ডা। তোমাকে সিদ্ধান্ত নিতে হবে, মেলিনা। এবং আমাকেও। তুমি কি এই জ্ঞান চাও, নাকি তুমি আমাদের প্রেম চাও? কারণ একটি অন্যটিকে বাদ দেয়। এটি থেকে কোন ফেরা নেই। কখনও না।

— কিন্তু নিয়মগুলি মানুষের দ্বারা তৈরি, নাথানিয়েল। এবং সত্য... সত্য সমস্ত নিয়মের চেয়ে বড়। এটি নিজেই মহাবিশ্ব, যা শ্বাস নেয়, জীবন এবং জাদু নিয়ে স্পন্দিত হয়। তোমার অর্ডার গ্রেইল খুঁজছে, তাই না? তারা এর শক্তিতে বিশ্বাস করে। এবং কী হবে যদি এর শক্তি ঠিক সেই জিনিসটিতে লুকিয়ে থাকে যা তারা অস্বীকার করে? প্রেমের মধ্যে? নৈকট্যের মধ্যে? সেই সত্যিকারের আধ্যাত্মিকতার বোঝার মধ্যে, যা প্রথম টেম্পলাররা রক্ত এবং ঘাম দিয়ে খুঁজেছিল, এবং যা সম্ভবত আজও অর্ডারের আচারের মধ্যে সংরক্ষিত আছে, যার মধ্যে আমি দীক্ষিত হয়েছি, একটি জীবন্ত ধ্বংসাবশেষ হিসাবে, একটি শ্বাস-প্রশ্বাসের ভবিষ্যদ্বাণী হিসাবে?

সে তার অন্য হাতটি উঠাল এবং আলতো করে তার মুখ স্পর্শ করল। সে চোখ বন্ধ করল, তার ত্বকে তার আঙুলের উষ্ণতা একটি জীবন্ত জাদুর মতো অনুভব করল, যা সবকিছু গলাচ্ছিল, তার বর্ম পুড়িয়ে দিচ্ছিল, তার আত্মার চারপাশের বরফ গলাচ্ছিল। এক মুহূর্তের জন্য সে যেন

সবকিছু ভুলে গেল – অর্ডারটি, ঝুঁকি, নিষেধাজ্ঞা। যেন একটি পর্দা উঠে যাচ্ছিল, তাকে প্রাচীনকালের ছবি দেখাচ্ছিল, যা সে কোনো বইতে পড়েনি, নিষিদ্ধ বিশ্বের দরজা খুলে দিচ্ছিল। তার সচেতনতা অসম্ভবকে ধারণ করার জন্য প্রসারিত হচ্ছিল। কেবল সে রইল, তার উষ্ণতা, তার কথাগুলি, তার হৃদয়ের চারপাশের বরফে ফাটল ধরাচ্ছিল, তার নিজের সারমর্মে ফাটল তৈরি করছিল।

— আমি জানি না, মেলিনা — সে ফিসফিস করে বলল, তার কণ্ঠস্বর সবেমাত্র শোনা যাচ্ছিল, যা বিভ্রান্তি এবং একটি অদম্য, আদিম আকাঙ্ক্ষায় ভরা ছিল। — আমি জানি না সত্য কী। কিন্তু যখন আমি তোমার সাথে থাকি... আমি কিছু... ভিন্ন অনুভব করি। যেন... যেন নিয়মগুলি তাদের ক্ষমতা হারায়, ধুলায় ভেঙে যায়, কেবল আগুন, কেবল একটি স্পন্দিত, অপরিমেয় শক্তি রেখে যায়। যেন আমি নিজেকে খুঁজে পাই। প্রথম বারের মতো।

সে হালকাভাবে সরে গেল, কিন্তু তার দৃষ্টি কাঁপল না। তাতে কেবল সংকল্প নয়, বরং ধর্মান্ধতার সীমায় পাগলামি জ্বলছিল।

— আমি যাচ্ছি, নাথানিয়েল। এখন। আমি ইতিমধ্যে আমার স্বপ্নে সেখানে ছিলাম, এবং এখন আমি শারীরিকভাবেও যাব। সেই পান্ডুলিপিটি আবিষ্কার করতে। বুঝতে। এটি পড়তে। তারা কীভাবে তা করত তা বোঝার জন্য। — সে তার দিকে হাত বাড়িয়ে দিল, একটি ভিখারি এবং একটি আদেশমূলক উভয় ভঙ্গি। — আমার সাথে এসো। আমরা একসাথে এটি করতে পারি। আমরা একসাথে এই জ্ঞানটি আবিষ্কার করতে পারি। আমরা একসাথে নিয়মগুলি ভাঙতে পারি। আমরা একসাথে... ভাগ্যকে আবার লিখতে পারি।

নাথানিয়েল মাথা নাড়ল, যেন একটি দুঃস্বপ্ন ঝেড়ে ফেলার চেষ্টা করছিল, কিন্তু বাস্তবতা যেকোনো স্বপ্নের চেয়েও ভয়ঙ্কর ছিল।

— তুমি পাগল, মেলিনা! এটা আত্মহত্যা! তুমি একা যেতে পার না! আমি... আমি আসতে পারি না। এখন নয়। এটা খুব বিপজ্জনক। আমার অর্ডার... তোমার অর্ডার... আমাদের চারপাশের পুরো বিশ্ব ভেঙে পড়বে। আমি তোমাকে যেতে দেব না! — তার কণ্ঠস্বর উঁচু হল, কিন্তু দ্রুত একটি চাপা, হতাশ ফিসফিসানিতে নেমে এল। — না। আমি পারি না। আমি তোমাকে হারাতে পারি না। আমি সবকিছু হারাতে পারি না। আরেকবার।

মেলিনার দৃষ্টিতে যন্ত্রণা বিঁধে গেল, কিন্তু সে ভেঙে পড়ল না। বরং, তার মধ্যে কিছু শক্ত হয়ে গেল, আরও কঠোর, আরও অটল হয়ে গেল।

— তাহলে আমি একা যাব। — তার কথাগুলি শান্ত ছিল, কিন্তু অফিসের নীরবতায় একটি ঘণ্টার শব্দের মতো প্রতিধ্বনিত হল। — আমি অপেক্ষা করব না। আমি অপেক্ষা করতে পারি না। জ্ঞান আমাকে ডাকছে। ভাগ্য আমাকে ডাকছে। সত্য আমাকে ডাকছে।

সে ঘুরে দাঁড়াল। প্রতিটি পদক্ষেপ ভারী ছিল, কিন্তু উদ্দেশ্যমূলক। নাথানিয়েল জানত যে সে তাকে থামাতে পারবে না। সে তার অস্তিত্বের প্রতিটি ফাইবারের সাথে এটি অনুভব করছিল। সে চলে যাবে। একা। অজানার অতল গহ্বরে। এবং সে, কর্তব্য এবং নিয়মের নাইট, তার জায়গায় আটকানো ছিল, তাকে অনুসরণ করার উন্মাদ আকাঙ্ক্ষা এবং ফলাফলের হাড়-শীতল ভয়ের মধ্যে ছিন্নভিন্ন হয়ে যাচ্ছিল।

এটি একটি ছোট পদক্ষেপ ছিল। একটি ভঙ্গুর স্বীকারোক্তি। কিন্তু মেলিনার জন্য এর অর্থ ছিল পুরো জগৎ। একটি নতুন মহাবিশ্ব, যা তাদের মধ্যে পুরানোটির ছাই থেকে জন্মগ্রহণ করছিল। তাদের মধ্যেকার দেয়ালটি ফাটছিল বলে মনে হচ্ছিল, যদিও খুব হালকাভাবে, একটি পুরানো কাঁচের মতো, যা শক্তিশালী চাপের মধ্যে, হাজার হাজার কম্পনশীল, বিপজ্জনক টুকরোতে ভেঙে যাওয়ার জন্য প্রস্তুত। তাদের পথ বিপজ্জনক ছিল। তার অর্ডারের নিষেধাজ্ঞা এখনও তাদের মাথার উপর একটি ড্যামোক্লেসের তরবারির মতো ঝুলছিল, কিন্তু নৈকট্য এবং

অন্তরঙ্গ আকাঙ্ক্ষার বীজ বপন করা হয়েছিল, যা গ্রেইলের রহস্য এবং টেম্পলার নাইটদের শক্তিশালী, আজও বিদ্যমান অর্ডারের সাথে তার অভিশপ্ত সংযোগ দ্বারা লালিত হচ্ছিল।

--- ❤ ---

অধ্যায় 42: আকাঙ্ক্ষার পথ তার

শেষ কথাগুলি এখনও অফিসে প্রতিধ্বনিত হচ্ছিল। "তাহলে আমি একা যাব।" নাথানিয়েল দেখছিল কীভাবে সে ঘুরে দাঁড়াল, কীভাবে তার প্রতিকৃতিটি এক মুহূর্তের জন্য শহরের আলোর পটভূমিতে ফুটে উঠল, দরজা দিয়ে অদৃশ্য হয়ে যাওয়ার আগে। সে স্তব্ধ হয়ে গেল। তার মস্তিষ্ক যা ঘটছিল তা প্রক্রিয়া করতে অস্বীকার করছিল। তার হৃদয়, একটি বিক্ষুব্ধ সমুদ্রের মতো গর্জন করছিল, তার নাইটসুলভ শৃঙ্খলার বরফশীতল দেয়ালের সাথে collided করল। সে কি তাকে যেতে দেবে? সে কি তাকে এই পাগলামি, এই মারাত্মক অতল গহ্বরে ঝাঁপ দিতে দেবে?

এক সেকেন্ড। দুই। তিন। এই সেকেন্ডগুলি ছিল অনন্তকাল, যা সময় থেকে কেটে নেওয়া হয়েছিল। সে নিজেকে দেখতে পেল – হিমায়িত, নিয়মের কাছে, কর্তব্যের কাছে, ভাগ্যের কাছে বশ্য। এবং সে তাকে দেখল – মুক্ত, উজ্জ্বল, সত্যের শিখায় পুড়ে যাওয়ার জন্য প্রস্তুত। না। একটি তীক্ষ্ণ, প্রায় পশুর মতো গর্জন তার বুক থেকে বেরিয়ে এল। প্রবৃত্তির কণ্ঠস্বর, আদিম আকাঙ্ক্ষার, যা তাকে প্রতিটি যুক্তির বাইরে তার সাথে সংযুক্ত করেছিল, তার চেতনার শৃঙ্খল ছিঁড়ে ফেলল।

সে দৌড়ালো। তার পা যেন একা তাকে বহন করছিল, অফিস, করিডোর, সিঁড়ি অতিক্রম করে। সে তার কানে তার শ্বাস ফিসফিস করতে শুনছিল, তার হৃদয় একটি ড্রামের মতো বাজতে

শুনছিল। যখন সে রাস্তায় বেরিয়ে এল, সে তাকে দেখল। সে ইতিমধ্যেই কয়েক মিটার দূরে ছিল, তার প্রতিকৃতিটি দূরে সরে যাচ্ছিল, রাতের মধ্যে গলে যাচ্ছিল।

— মেলিনা! — সে চিৎকার করে বলল। তার কণ্ঠস্বর কর্কশ ছিল, হতাশা এবং আশায় পূর্ণ। — মেলিনা, থামো!

সে ঘুরে দাঁড়াল। তার দৃষ্টি, প্রথমে বিস্ময়ে পূর্ণ, দ্রুত সেই সংকল্প এবং দুঃখের মিশ্রণে পরিবর্তিত হল, যা সে খুব ভাল চিনত।

সে তাকে কয়েক ধাপে ধরল, তার হাত ধরল। তার আঙুলগুলি তার ত্বকে বিঁধে গেল, যেন সে ভয় পাচ্ছিল যে সে পিছলে যাবে, চিরতরে অদৃশ্য হয়ে যাবে।

— তুমি একা যাচ্ছ না — সে বলল, তার শ্বাস কেটে গিয়েছিল, কিন্তু তার কথাগুলি ইস্পাতের মতো শক্ত ছিল। — আমি তোমার সাথে আসছি। তুমি পাগল। আমি জানি। তুমি বিপজ্জনক। আমি জানি। কিন্তু আমি তোমাকে যেতে দেব না। আমি তোমাকে এই গভীরতায় একা ঝাঁপ দিতে দেব না।

তার চোখে একটি স্ফুলিঙ্গ ঝলসে উঠল, একটি শিখা, যা তাদের মধ্যেকার বরফ গলিয়ে দিল। সে মাথা নাড়ল। নীরবে। তার বিশ্বাস যেকোনো শব্দের চেয়ে শক্তিশালী ছিল।

নাথানিয়েল তাকে তার কালো জিপের দিকে নিয়ে গেল। সে তার জন্য দরজা খুলল, তারপর সে নিজেও ভিতরে গেল। সে ইঞ্জিনটি চালু করল। তার গর্জন রাতের নীরবতা ছিন্নভিন্ন করে দিল।

— কোথায়? — সে জিজ্ঞাসা করল, তার কণ্ঠস্বর এখনও কর্কশ ছিল, কিন্তু এখন তাতে একটি নতুন পাওয়া উদ্দেশ্যের সুর ছিল।

মেলিনা ড্যাশবোর্ডের দিকে ঝুঁকে পড়ল, জিপিএস স্ক্রিনটি স্পর্শ করল। তার আঙুলটি মানচিত্রের একটি ছোট, দূরবর্তী বিন্দুর উপর থামল – আয়ারল্যান্ডের পশ্চিম উপকূল।

— সেখানে। সেই জায়গা। আমার স্বপ্ন আমাকে এটি দেখিয়েছে। পান্ডুলিপিটি সেখানে কোথাও লুকানো আছে।

নাথানিয়েল মাথা নাড়ল। সে গাড়িটিকে উচ্চ গতিতে নিয়ে গেল। তাদের নীচে অ্যাসফল্ট অস্পষ্ট হয়ে গেল। আকাঙ্ক্ষার পথ শুরু হয়েছিল।

---✶ ⚳ ✶ ---

অতীতের ফিসফিসানি: দকুজ খাতুন

স্বপ্নটি আমাকে কোনো সতর্কতা ছাড়াই গ্রাস করল। এটি আমাকে রক্তর চেয়েও উজ্জ্বল এবং এমন একটি রাতের চেয়েও তীব্র রঙে ডুবিয়ে দিল, যা সীমাহীন কামুকতা জানে। এটি আমাকে নাইটদের বর্মের ঝনঝনানি বা ক্রুসেডগুলির ধুলোময় গর্জনের মধ্যে নিয়ে যায়নি, বরং একটি সিল্কের পোশাকে আবৃত বিশ্বে, যেখানে নির্মম বিজয়ের তিক্ত শ্বাস জ্বলন্ত ছাইয়ের সাথে মিশে গিয়েছিল। আমি আমার জিভে কাঁচা মাংসের একটি ধাতব স্বাদ অনুভব করলাম, আমার মনে একটি বাজপাখির তীক্ষ্ণ চিৎকার শুনলাম – বরফশীতল একটি ব্লেডের মতো তীক্ষ্ণ, হাড়ের মজ্জা পর্যন্ত বিঁধছিল। আমি ছিলাম দকুজ খাতুন – কেবল একজন শক্তিশালী কেরায়েত মহিলা, জন্মগতভাবে একজন খ্রিস্টান, যিনি ইতিহাসের ঝড়ের মধ্যে একটি অটল ঘূর্ণির কেন্দ্র ছিলেন, ভাগ্যক্রমে হুলাগু খানের সাথে জড়িত, যিনি ভয়ঙ্কর চেঙ্গিসের নাতি, একজন বিজয়ী, যার নাম প্রাচ্যের জমির উপর বজ্রের মতো প্রতিধ্বনিত হচ্ছিল, যেন পৃথিবী নিজেই আর্তনাদ করছিল। কিন্তু এই গল্পটি, আমার স্বপ্নে একটি কণ্ঠস্বর ফিসফিস করে বলল, একটি ধর্মীয় যুদ্ধের ছিল না, বরং জীবনের সর্বজনীন জ্ঞানের ছিল, ভাগ্যের হাতকে পরিচালিত করে এমন পূর্বনির্ধারিততার সুতোর, যা আমাদের আত্মাকে জড়িত করে।

হুলাগু, বৌদ্ধধর্ম এবং প্রাচীন প্রাচ্যের শিক্ষায় শিক্ষিত, কেবল ক্ষমতা এবং প্রাচ্যের ধনসম্পদের জন্য আকাঙ্ক্ষা দ্বারা পরিচালিত হয়ে অভিযানে যায়নি, বরং একটি অদম্য অভ্যন্তরীণ আহ্বান, একটি স্বপ্ন দ্বারাও, যা একটি ভবিষ্যদ্বাণী, একটি অভিশাপের মতো পুনরাবৃত্তি হচ্ছিল। আমি তাকে প্রাসাদের সোনালী করিডোরের মধ্য দিয়ে দৌড়াতে দেখলাম, প্রবাহিত সাটিনের পর্দার মধ্যে, সেই Crypta এ পৌঁছাতে, যেখানে তার পূর্বপুরুষরা বিশ্রাম নিচ্ছিল। সে তাদের কফিনের উপর কাঁদছিল, যেন সে মৃতদের নীরবতায়, অনন্তকালের ঠান্ডায় একটি উত্তর খুঁজছিল। তারপর সে নিজেকে প্রবীণদের মধ্যে, খান মুংকে, বাতুক, কুবলাই, বেরকের মধ্যে একটি আবদ্ধ কক্ষে খুঁজে পেল। যখন সে আলো এবং অমরত্ব সম্পর্কে কথা বলল, তখন তারা তাকে অবিশ্বাস নিয়ে দেখছিল। বাতু এবং বেরকে, মুসলমানরা, অভিযানের প্রতিরোধ করছিল, কিন্তু মুংকে, তার মহান দাদার মতো খ্যাতির জন্য তৃষ্ণার্ত, সেই দর্শনের কাছে আত্মসমর্পণ করল, খ্রিস্টান বিশ্বাসের অধীনে বিশ্ব জয় করার সিদ্ধান্ত নিল। সে কুবলাইকে চীনে যুদ্ধে পাঠাল, এবং হুলাগুকে জেরুজালেমে "পবিত্র সমাধি মুক্ত করার" দায়িত্ব দিল। কিন্তু দলের কেউই তাদের আসল লক্ষ্য জানত না – একটি ঐশ্বরিক রহস্য, গ্রেইলের সন্ধান, যা সবকিছুকে উল্টে দিতে পারে।

---✶ ✶---

গ্রেইলের পথ

আমি, দকুজ খাতুন, এই অভিযানে আমার প্রিয়তমকে অনুসরণ করতাম – তার ছায়া এবং খ্রিস্টানদের জন্য তার রক্ষা। তিন বছর আমরা ভ্রমণ করেছিলাম, আমাদের পিছনে মুসলিম রাজ্যের ধ্বংসাবশেষ রেখে গিয়েছিলাম, কিন্তু খ্রিস্টের অনুসারীদের রেহাই দিয়েছিলাম। হুলাগু নিকেন সাম্রাজ্যের সাথে একটি জোট গঠন করল, এবং মুসলমানদের চোখ মিশরের দিকে ফিরল, একটি পবিত্র যুদ্ধের আহ্বান জানিয়ে। বাগদাদের অবরোধ অনুসরণ করল, পাঁচ দিন রক্ত এবং ভয়াবহতার, এক সপ্তাহ গণহত্যা এবং ধ্বংসের, যেখানে মৃতদের আর্তনাদ ঘণ্টার মতো প্রতিধ্বনিত হচ্ছিল। লোকেরা পালিয়ে যাচ্ছিল, কিন্তু ধরা পড়েছিল এবং নির্মমভাবে হত্যা করা হয়েছিল, কেবল খ্রিস্টানদের রেহাই দেওয়া হয়েছিল।

কিন্তু হুলাগু চিন্তিত ছিল। সে বাগদাদের ধ্বংসাবশেষের মধ্য দিয়ে দীর্ঘ সময় ধরে ঘুরে বেড়াল, এমন কিছু খুঁজছিল, যা কেবল আমিই জানতাম। এবং যখন সে শূন্য হাতে ধ্বংসপ্রাপ্ত শহরটি ছেড়ে গেল, তখন নেস্টোরিয়ানদের নেতা এগিয়ে এল এবং হাঁটু গেড়ে বসে, তার হাতে একটি সিন্দুক রাখল, যা সোনালী সাটিনে মোড়ানো ছিল, যা একটি প্রাচীন, চাপা শক্তি নির্গত করছিল। এইভাবে গ্রেইল নিজেই নির্বাচিতকে খুঁজে নিল। কিন্তু এটি কেবল শুরু ছিল। সময়ের প্রবাহকে উল্টো করা একটি বিপজ্জনক adventure, যা অনিশ্চয়তা দিয়ে ভরা, অস্তিত্বের আসল সুতোর মধ্যে লুকিয়ে থাকা ফাঁদ সহ। এবং এটি অদ্ভুত যে আমি এটির এত জীবন্ত স্বপ্ন দেখি।

স্বপ্নটি রূপান্তরিত হল। ভোর রাতের সাথে লড়াই করছিল। আমরা একসাথে ছিলাম, হুলাগু এবং আমি, শেষের একটি পূর্বানুভবে আবৃত। আমরা ইস্পাতের শব্দ, পাখির চিৎকার শুনছিলাম, যা আমাদের ঘাড়ের কাছে মৃত্যুর পূর্বাভাস দিচ্ছিল। কিন্তু আশা জ্বলছিল। আমরা একটি জ্বলন্ত অগ্নিকুণ্ডের পাশে বসেছিলাম, ভাল্লুকের চামড়ার উপর, এবং আমি তাকে রূপকথা বলছিলাম, যা কল্পনা এবং প্রাচীন পারস্যের পান্ডুলিপি দ্বারা বোনা। আগুন নাচতে থাকা ছায়া নিক্ষেপ করছিল, এবং আমাদের দৃষ্টির জাদু একটি কম্পন সৃষ্টি করছিল। একটি সোনালী পাত্র থেকে আমি তাকে মধু দিয়ে ডুবানো গরম রুটি দিয়ে খাওয়াচ্ছিলাম। আমি হাসছিলাম, যখন সে নোংরা না হওয়ার চেষ্টা করছিল। তারপর, কোমলতার সাথে, আমি তার ঠোঁট থেকে মধু চেটে নিলাম, এবং আমাদের আঙুলগুলি একে অপরের সাথে মিশে গেল। আমি অনুভব করলাম যে সে আমাকে ভালোবাসা দিয়ে ঘিরে ধরছে, কীভাবে সে আমার কানে কোমল কবিতা ফিসফিস

করছিল। আমাদের মধ্যে একটি ব্রত ছিল, আত্মার একটি মিলন, একটি আগুনের মতো, যা পুড়িয়ে দেয় না, বরং একটি শাশ্বত, অনিয়ন্ত্রিত আবেগকে প্রজ্বলিত করে।

তার বাহুতে গুটিয়ে, আমি আমার অধৈর্য আঙুলগুলি তার লাল শার্টটি খুলে ফেলতে অনুভব করলাম, এবং আমার ঠোঁট তাদের পথ অনুসরণ করছিল। প্রতিটি স্পর্শ ছিল একটি বৈদ্যুতিক প্রবাহ, যা প্রতিটি কোষকে বিদ্ধ করছিল, প্রতিটি দীর্ঘশ্বাস – একটি ঘূর্ণি, যা আমাদের আকাঙ্ক্ষার গভীরতায়, নিষিদ্ধ জ্ঞানের দিকে টেনে নিয়ে যাচ্ছিল। আমি তার শরীরের প্রতিটি কম্পন, প্রতিটি পরমাণু অনুভব করতে চেয়েছিলাম। সে আমার মসৃণ আন্দোলন পর্যবেক্ষণ করছিল, এবং তার হাত কোমলভাবে আমার চুল আদর করছিল, আমার শরীর দিয়ে নেমে যাচ্ছিল – একটি আগুন, যা goosebumps, দগ্ধ আনন্দের একটি পথ রেখে যাচ্ছিল। আমরা জানতাম যে এই রাতটি আমাদের শরীরের জন্য শেষ, কিন্তু আমাদের আত্মার জন্য নয়। প্রতিটি স্পর্শ ছিল একটি শপথ, যা আমাদের ত্বকে একটি অদৃশ্য ফন্ট দিয়ে লেখা হয়েছিল, একটি প্রতিশ্রুতি, যা জীবনকে অতিক্রম করত, মৃত্যুকে অতিক্রম করত। এই সংক্ষিপ্ত মুহূর্তে আমরা কেবল একত্রিত হইনি – আমরা একে অপরের মধ্যে পুনর্জন্ম নিচ্ছিলাম, আমাদের স্বতন্ত্রতার সীমানা ভেঙে দিয়ে একটি একক সত্তা হয়ে যাচ্ছিলাম, যা একটি প্রাচীন এবং নতুন, ঐশ্বরিক শক্তি নিয়ে স্পন্দিত হচ্ছিল।

আমার হাতে একটি বাটি ছিল। আমরা ধীরে ধীরে ঘন লাল তরলটি পান করলাম, যা আমাদের মাথা ঘোরাচ্ছিল, অন্য বাস্তবতার দরজা খুলে দিচ্ছিল। আমি তার থেকে আলাদা হয়ে গেলাম, আগুনের কাছে গেলাম এবং কাপের নীচের অংশ গরম করলাম। আমি এটিকে আমার শরীরের উপর চাপলাম, একটি লাল দাগ রেখে গেলাম – অমরত্বের প্রতীক, যা পবিত্র গ্রেইলের নীচে চিত্রিত, একটি শাশ্বত ছাপ। ছুরি দিয়ে আমি আমার কব্জিতে এবং তার কব্জিতে একটি কাটা তৈরি করলাম, যাতে আমাদের রক্ত আবার কাপটি পূর্ণ করে, আমাদের সার দিয়ে এটিকে আলোকিত করে। ছুরিটি ছিল আমাদের সাক্ষী, রক্তটি – আমাদের শপথ। তারপর আমি কাপটি অগ্নিকুণ্ডের নীচে একটি গর্তে ফেলে দিলাম, যেখানে এটি একটি গভীর গুহায় ডুবে গেল।

বারান্দায়, তার কোলে গুটিয়ে, আমরা এই জীবনে শেষবারের মতো আমাদের শরীর এবং আত্মাকে একত্রিত করলাম। এবং সম্ভবত প্রতিটি পরের জীবনেও। আমাদের চারপাশের বাতাস আমরা যে জাদু তৈরি করেছিলাম, আমাদের মধ্যে যে মহাবিশ্বটি ফুটেছিল, তারার ধুলোর মতো, তার দ্বারা কম্পন করছিল।

---✶ ˁ ✶ ---

রহস্য উন্মোচন

স্বপ্নটি একটি মখমলের পর্দার মতো নেমে এল, আমাকে একটি অন্তরঙ্গ নীরবতায় আবৃত করল, যা কেবল আমার নিজের কণ্ঠস্বরের ফিসফিসানি দ্বারা ব্যাহত হচ্ছিল। তুমি আমার পাশে শুয়ে ছিলে, আমার প্রভু, আমার প্রেমিক, পালকের বালিশের মধ্যে ডুবে, এবং আমি তোমাকে তোমার গৌরবময় বীরত্ব, প্রজ্ঞা এবং ক্রোধ দিয়ে জেতা যুদ্ধ, তোমার অদম্য ইচ্ছা দ্বারা জয় করা দেশগুলি সম্পর্কে ফিসফিস করে বলছিলাম। কিন্তু এই রাতে, তোমার শরীরকে অমরত্বের চিহ্ন দিয়ে চিহ্নিত করার আগে, আমি লেখার টেবিলে বসেছিলাম, আমার শেষ পান্ডুলিপিটি শেষ করছিলাম – এমন শব্দ, যা আর কেউ কখনও পড়বে না, এমন গোপনীয়তা, যা এই প্রাসাদের সাথে পুড়ে যাবে, চিরতরে দাফন করা হবে।

— আমার গৌরবময় নায়ক একটি ক্রুসেড শুরু করল... — আমি লিখছিলাম, এবং আমার কলমটি পূর্বানুভব থেকে, শেষের অনিবার্যতার কারণে কাঁপছিল। এই ঘটনাগুলির সত্যতা চিরতরে লুকিয়ে থাকবে, ইতিহাসের স্তরগুলির নীচে দাফন করা হবে। পৌত্তলিক মঙ্গলরা একটি খ্রিস্টান ধ্বংসাবশেষ খুঁজছিল, তা কে বিশ্বাস করবে? এবং উত্তর, আমার প্রিয়, এই রূপকথার

শেষে লুকিয়ে ছিল, যা আমি তোমাকে বলেছি এমন সমস্ত গল্পের মিশ্রণে। কারণ হুলাগু খান তার দাদা, চেঙ্গিস খান থেকে গ্রেইল সম্পর্কে জানতে পেরেছিল, কিন্তু আমিই ছিলাম, আমার প্রিয়, যিনি তোমাকে অমরত্বের রহস্য, সময়ের ঘূর্ণি, বিশ্বের প্রজ্ঞা প্রকাশ করেছিলেন। আমি সক্রেটিস এবং তার "আমি জানি যে আমি কিছুই জানি না!" কে ভুল প্রমাণ করলাম, কারণ এই রাতে আমরা সবকিছু জানব। সবকিছুর সাথে এক হয়ে যাব।

প্রেমের নৃত্যে মিশে, আমাদের শরীর গরম এবং কাঁপছিল, আমরা গ্রেইলের খালি কাপ থেকে পান করলাম। কিন্তু সেই মুহূর্তে, এটি ভরে গেল – রক্ত দিয়ে নয়, পবিত্র জল দিয়ে নয়, বরং আমাদের প্রেমের আসল সারমর্ম দিয়ে, যা একটি পবিত্র তরলে ঘনীভূত হয়েছিল, যা জীবন নিয়ে স্পন্দিত হচ্ছিল। এবং আমরা অনন্তকালের দিকে যাত্রা করলাম, সময় এবং স্থানের মধ্যে একে অপরকে খোঁজা এবং আবিষ্কার করা, প্রেমের গোলকধাঁধার পাগলামিতে নিজেদের জড়িয়ে, আমাদের আত্মাকে শক্তি দিয়ে ঘনীভূত করা, যতক্ষণ না তারা ঐশ্বরিক শক্তি অর্জন করে। পৃথিবীতে আমাদের প্রতিটি উপস্থিতি একটি আরও নিখুঁত মানব অস্তিত্বের দিকে পরিবর্তন করবে, ইতিহাসের ঘটনা তৈরি করবে।

কক্ষে একা, প্রাচীন লেখাগুলিতে নিমজ্জিত, আমরা গ্রেইলের সংকেত খুঁজছিলাম। তুমি তোমার পরিবার থেকে জানতে যে এই কাপটিতে সর্বজনীন প্রজ্ঞা, মানবজাতির উৎস, ঐশ্বরিক সারমর্ম, অস্তিত্বের আসল অর্থ সম্পর্কে উত্তর রয়েছে। সবকিছু ভিতরে ছিল, কিন্তু কিভাবে এটি পড়ব? কিংবদন্তিগুলি শেষ ভোজ, খ্রিস্টের রক্তের কথা ফিসফিস করত, যা এতে সংগ্রহ করা হয়েছিল। কিন্তু গ্রেইল এর অনেক আগে তৈরি করা হয়েছিল। কিসের জন্য? একটি চাবি হতে।

আমরা সোনালী অলংকার সহ কাঠের বাটিটির দিকে তাকিয়ে রইলাম। এটি খালি ছিল। এর নীচে অমরত্বের চিহ্নটি সবেমাত্র উপলব্ধি করা যাচ্ছিল। সোনালী অলংকারগুলি হিব্রু ভাষায় একটি শিলালিপি তৈরি করেছিল: "তুমি নির্বাচিত হয়েছিলে। তোমাকে পাওয়া হয়েছিল। তোমার হাত মানুষকে জ্ঞান এবং স্বাধীনতা দেবে। তোমার পিতা।" কিন্তু কোনও চাবি ছিল না।

এক রাতে আমি একটি চিৎকারের সাথে জেগে উঠলাম। আমি আমাদের মৃত্যুর স্বপ্ন দেখেছিলাম – কীভাবে আমরা গ্রেইল থেকে পান করছি এবং আমাদের আত্মা একটি উন্মাদ নৃত্যে, মুক্তির নৃত্যে আমাদের শরীর থেকে বিচ্ছিন্ন হচ্ছে। কিন্তু কিংবদন্তিটি অমরত্বের কথা বলছিল! আতঙ্কিত হয়ে, যে গোপনটি অমীমাংসিত থাকবে, আমি মরিয়া হয়ে আমার নিজের গভীরে ডুবে গেলাম, চাবিটি খুঁজলাম।

পরের রাতে আমি স্বপ্ন দেখেছিলাম যে আমরা একটি দুর্গম বনের মধ্য দিয়ে ঘুরে বেড়াচ্ছি। দূরত্বের মধ্যে, পাহাড়ের চূড়ায়, আমি একটি বিশাল কাচের গোলক দেখতে পেলাম, যা সূর্যের রশ্মিকে রঙের একটি ক্যালিডোস্কোপে প্রতিফলিত করছিল। যখন আমরা এটিতে পৌঁছালাম, এটি আমাদের তার প্লাজমার ঘূর্ণির মধ্যে টেনে নিয়ে গেল এবং আমরা মহাজাগতিক যুক্তিতে প্রবেশ করলাম – ঈশ্বর, যিনি সমস্ত আত্মাকে একটি একক ঘূর্ণমান প্রবাহে, একটি স্পন্দিত চেতনায় একত্রিত করেছিলেন। তার কণাগুলি বিচ্ছিন্ন হয়ে যাচ্ছিল, রঙিন পৃষ্ঠ তৈরি করছিল, এবং তারপর আবার নিউক্লিয়াসে ফিরে আসছিল। এই ঝলমলে শক্তির গঠনগুলি যত বেশি ভারী ছিল, তারা তত বেশি সেন্ট্রিফিউজে প্রবেশ করছিল।

তারপর এটি আমাদের বাইরে ফেলে দিল। আমরা ঘাসের উপর শুয়ে ছিলাম, এবং আমাদের চোখগুলি গোলকের পৃষ্ঠে প্রতিফলিত হচ্ছিল, যা একটি গোলকধাঁধার মতো আঁকা ছিল। আমার হাতে একটি বাটি ছিল, এবং এটি গোলকের প্লাজমা দিয়ে ভরা ছিল, যা আমরা লোভের সাথে গ্রাস করছিলাম। আমি রহস্যটি উন্মোচন করলাম। গ্রেইল ভালোবাসার দ্বারা পূর্ণ হয়েছিল, যা আত্মার আবেগময় ওজন দ্বারা বস্তুগত হয়েছিল। এটিই ছিল চাবি। যে এটি থেকে পান করবে, সে অমরত্বের ঐশ্বরিক শক্তি পাবে। তার জাদুতে প্রবেশ করে, সে সময়ের মধ্য দিয়ে

ভ্রমণ করতে পারত, কারণ কোনও অতীত, বর্তমান এবং ভবিষ্যত ছিল না – সে সমস্ত জ্ঞান ধারণ করত, সময়ের সাথে এক হয়ে যেত। সে যেকোনো মুহূর্তে নিজেকে খুঁজে নিতে পারত, ঘটনা পরিবর্তন করতে পারত, অজ্ঞদের শিক্ষা দিতে পারত, ভাগ্যের অর্থ এবং উদ্দেশ্য দিতে পারত।

আমাদের হাতে ছিল একটি সময় যন্ত্র, যা প্রেমের শক্তি দিয়ে খোলা হয়েছিল এবং আমাদের আত্মাকে অমরত্ব দিচ্ছিল। আমরা কি এই শক্তিগুলিকে ঐশ্বরিক বলি না? আমরা ঈশ্বরের একটি অংশে পরিণত হব, এবং তিনি আমাদের মাধ্যমে সৃষ্টি করবেন – মানবজাতির জন্য জ্ঞান এবং স্বাধীনতা। এই রাতে, যখন দরজার সামনে তলোয়ারের শব্দ প্রতিধ্বনিত হচ্ছিল, আমরা অনন্তকালের সাথে একীভূত হয়ে গেলাম, বিশ্বকে পরিবর্তন করতে প্রস্তুত।

--- ❤ ---

## অধ্যায় 43: ধনসম্পদের পথে

*অ্যাপোক্যালিপসের দুই বছর এবং এক মাস আগে, আয়ারল্যান্ডের পথে।*

কেবিনের নীরবতা ভারী ছিল, ঘন ছিল, তাদের উপর ঝুলে থাকা একটি অব্যক্ত রায়ের মতো। মেলিনার প্রতিটি কথা, যা ইতিমধ্যেই তার নিজের চিন্তাভাবনার সাথে মিশে গিয়েছিল, এখনও বাতাসে প্রতিধ্বনিত হচ্ছিল, তাদের বাস্তবতার ভিত্তি, তার নিজের মানসিকতাকে নাড়িয়ে দিচ্ছিল। মেলিনা পিছনে হেলান দিয়েছিল, চিন্তায় মগ্ন, এবং সে সাবধানে গাড়িটি রাস্তায় নিয়ে গেল, তার হাত স্টিয়ারিং হুইল শক্ত করে ধরেছিল যতক্ষণ না তার knuckles মার্বেলের মতো সাদা হয়ে গিয়েছিল।

— একজন টেম্পলার, সিসিলিতে নির্বাসিত... 1229 সাল — নাথানিয়েলের কণ্ঠস্বর কর্কশ ছিল, যেন সে তারিখটি বোঝার চেষ্টা করছিল, এটি তাকে সম্পূর্ণরূপে গ্রাস করার আগে তার পরিচিত সময়রেখার মধ্যে এটি স্থাপন করার চেষ্টা করছিল। — পঞ্চম ক্রুসেড। ফ্রেডরিক II... সত্যিই দ্বন্দ্ব ছিল।

— এটি একটি সুতো, তাই না? — মেলিনা জিজ্ঞাসা করল, তার দৃষ্টি রাস্তায় স্থির, একটি অদৃশ্য, কিন্তু স্পর্শযোগ্য লক্ষ্যের দিকে। — টেম্পলার এবং গ্রেইলের মধ্যে একটি সংযোগ, যা শতাব্দী আগে বিদ্যমান ছিল। এবং সেই সোনালী কাপ...

— বাগদাদের কৃতজ্ঞ খ্রিস্টানদের দ্বারা উপহার দেওয়া — নাথানিয়েল শেষ করল, তার কথাগুলি স্পন্দনে বের হচ্ছিল, যেন সে সেগুলিকে তার থেকে, তার চেতনার গভীরতা থেকে টেনে বের করছিল। — অবরোধের পরে, যা সম্পর্কে তুমি বললে। এটি গ্রেইল নিজেই হতে পারে বা এর সাথে সম্পর্কিত কিছু। এমন কিছু, যা একটি ধনসম্পদের চেয়েও অনেক বেশি — এটি নিজেই জ্ঞান।

সে গতি বাড়াল। কিলোমিটারের কাঁটা লাফিয়ে উঠল, যেন গাড়িটিও তাদের তাড়া করা গোপনীয়তা থেকে, অতীতের প্রতিধ্বনি থেকে পালিয়ে যাওয়ার জন্য তাড়াহুড়ো করছিল।

— প্রাচ্যের গির্জা... এটি নেস্টোরিয়ান খ্রিস্টধর্ম, তাই না? তাদের সেই সময়ে পারস্যে শক্তিশালী সম্প্রদায় ছিল।

— দকুজ খাতুন একজন খ্রিস্টান ছিলেন — মেলিনা নিশ্চিত করল। — এটি গুরুত্বপূর্ণ। সে গ্রেইলের শক্তি বুঝতে পেরেছিল এবং হুলাগুকে দীক্ষা দিয়েছিল। তারা দুজনে একসাথে এটিকে রক্ষা করেছিল, একটি সাধারণ ইচ্ছা এবং একটি একক লক্ষ্য নিয়ে – একটি অভিন্ন মুদ্রার দুটি দিক, যা এখন মুক্তি পাওয়ার জন্য ভাগ্য দ্বারা রচিত হয়েছে। এবং তারা এটিকে লুকিয়ে রেখেছিল...

একটি সংক্ষিপ্ত নীরবতা নেমে এল, যা কেবল ইঞ্জিনের শব্দ এবং জানালার পাশ দিয়ে শিস দেওয়া বাতাস দ্বারা ব্যাহত হচ্ছিল।

— তাহলে আমরা পারস্যে চিহ্ন খুঁজছি? — নাথানিয়েল একটু পর জিজ্ঞাসা করল, তার কণ্ঠস্বর বিষণ্ন ছিল, যেন সে একটি বিপজ্জনক ভ্রমণের কথা ভাবছিল। — সেই ভূমিতে, যেখানে তার রাজবংশ প্রতিষ্ঠিত হয়েছিল, যেখানে এই অসাধারণ সংযোগটি ফুটে উঠেছিল?

— সম্ভবত — মেলিনা উত্তর দিল। — কিন্তু শুধু তাই নয়। গ্রেইল ভ্রমণ করেছে, নাথানিয়েল। একটি বন্য বাতাসের মতো, এটি হাত থেকে হাতে, যুগ থেকে যুগে গেছে, ভাগ্য পরিবর্তন করেছে। টেম্পলারদের থেকে প্রাচ্যের গির্জায়, দকুজের কাছে। এটি লুকানো হয়েছিল, চোখের মণির মতো রক্ষা করা হয়েছিল, শেষ আশা হিসাবে। আচার... রক্তের শপথ, অগ্নিকুণ্ডের নিচে লুকানো... এটি একটি জায়গা। একটি শারীরিক অবস্থান, সত্যের একটি Portal।

নাথানিয়েল আরও শক্ত করে স্টিয়ারিং হুইল চেপে ধরল, তার আঙুলের knuckleগুলি উদোম হাড়ের মতো সাদা হয়ে গেল। তার স্বপ্নের চিত্রগুলি তার কথার সাথে মিশে যাচ্ছিল। সে অগ্নিকুণ্ড দেখতে পেল, আগুনের উষ্ণতা অনুভব করল, মধুর সুগন্ধ অনুভব করল। যেন সে সেখানে ছিল। যেন সবকিছু বাস্তব।

— একটি গুহা... একটি অগ্নিকুণ্ডের নিচে। এটি একটি কিংবদন্তির মতো শোনায়, মেলিনা, একটি রূপকথার মতো। এটি পাগলামির মতো শোনায়, যা আমি, নাথানিয়েল, বিশ্বাস করতে পারি না।

— সবকিছু কিংবদন্তি হিসাবে শুরু হয়, নাথানিয়েল — সে উত্তর দিল, তার দিকে ঘুরে। তার চোখে একটি অটল সংকল্প জ্বলছিল, একটি শিখা, যা নিভানো যায় না, এবং যা তাকে একটি পতঙ্গকে আগুনের দিকে আকর্ষণ করার মতো আকর্ষণ করছিল, এই জেনে যে সে পুড়ে যেতে পারে। — কিন্তু কখনও কখনও কিংবদন্তিগুলি সত্যের প্রতিধ্বনি, ভুলে যাওয়া পথের উপর ছড়িয়ে ছিটিয়ে থাকা ছোট নুড়ি, পথপ্রদর্শক চিহ্ন। এবং এই সত্যটি... এটি সবকিছুর চাবিকাঠি হতে পারে, যা আমাদের তাড়া করা প্রতিটি রহস্যের, আমাদের অস্তিত্বের আসল সারমর্মের চাবিকাঠি হতে পারে। পরিত্রাণের জন্য।

সে ধীরে ধীরে মাথা নাড়ল, তার কথায় গ্রাসিত হয়ে গেল। তার সংশয়, তার কঠোর যুক্তি, ক্রমবর্ধমান, প্রায় নেশাগ্রস্ত অনুভূতির সামনে পিছু হটছিল যে তারা এমন কিছুর দ্বারপ্রান্তে আছে যা বিশাল, যা সবকিছু পরিবর্তন করবে।

— সিসিলির টেম্পলার... কেন ঠিক সেখানে? তাকে নির্বাসিত করা হয়েছিল — নাথানিয়েলের কণ্ঠস্বর রাস্তার শব্দের মধ্যে হারিয়ে গেল। — সম্ভবত সে কিছু মূল্যবান জিনিসকে ধ্বংস থেকে রক্ষা করতে, অশুচি হাত থেকে লুকিয়ে রাখার চেষ্টা করছিল। অর্ডারের বিলুপ্তির পর, সিসিলি বেঁচে থাকা টেম্পলারদের জন্য আপেক্ষিক আশ্রয়স্থল সরবরাহকারী কয়েকটি স্থানের মধ্যে একটি হয়ে ওঠে, যারা তাদের গোপনীয়তা রক্ষা করে। তারা তাদের জ্ঞান বিভক্ত করেছিল, যাতে ধরা না পড়ে এবং প্রকাশিত না হয়।

— ঠিক তাই — মেলিনা নিশ্চিত করল, এবং তার কথায় প্রায় বেদনাদায়ক নিশ্চিততা ছিল। — সে তথ্য বা গ্রেইল নিজেই একটি নিরাপদ স্থানে পাঠিয়েছিল, তাদের অনুসরণকারীদের থেকে দূরে, বিশ্বস্ত হাতের কাছে, যারা জানত তারা কী করছে। একটি লুকানো চ্যানেলের দিকে, ভবিষ্যতের দিকে। এই কারণেই একজন পূর্বে গিয়েছিল, অন্যজন পশ্চিমে।

— এবং তৃতীয়জন... — মেলিনা হঠাৎ চুপ করে গেল। তার দৃষ্টি তার দিকে ছুটে গেল, দ্বিধা এবং লুকানো ব্যথার মিশ্রণে পূর্ণ, যেন সে কোনো অভ্যন্তরীণ গোপনীয়তার সাথে লড়াই করছিল।

নাথানিয়েল goosebumps অনুভব করল। সে অনুভব করল যে কেবিনের উত্তেজনা ঘন হয়ে আসছে, প্রায় স্পর্শযোগ্য হয়ে উঠছে।

— তৃতীয়? তুমি আমাকে আর কি বলনি, মেলিনা? — তার কণ্ঠস্বর কর্কশ ছিল, অধৈর্যতা এবং পূর্বানুভব দ্বারা পূর্ণ।

সে দীর্ঘশ্বাস ফেলল। — এখন সময় নয়। আমি তোমাকে সব বলব। শুধু... ধৈর্য ধরো।

নাথানিয়েল গভীর শ্বাস নিল, যেন গভীর, অনাবিষ্কৃত জলে ডুব দেওয়ার আগে অক্সিজেন গ্রহণ করছিল। তার কথাগুলি তাকে উদ্বিগ্ন করেছিল, কিন্তু তার মধ্যে একটি নতুন আগুনও জ্বালিয়ে দিয়েছিল। সে জানত যে আরও অনেক কিছু আছে যা সে তাকে প্রকাশ করেনি।

— আমাদের আয়ারল্যান্ডের একটি দুর্গ থেকে শুরু করতে হবে, যা টেম্পলারদের দ্বারা নির্মিত হয়েছিল, যখন অর্ডারটি বিলুপ্ত এবং নিষিদ্ধ হয়েছিল — সে বলল, তার কণ্ঠস্বর দৃঢ় ছিল, কিন্তু তাতে একটি ক্রমবর্ধমান সংকল্প ছিল। — সেই নির্বাসিত টেম্পলারের জন্য, প্রাচ্যের গির্জার সাথে তার সংযোগের জন্য চিহ্ন খুঁজতে হবে। যাতে আমরা তার মিশন কী ছিল, তার আত্মত্যাগ কী ছিল তা বুঝতে পারি। এবং পারস্য, হুলাগু এবং দকুজের উত্তরাধিকার ভুলে না যাই।

সে এক মুহূর্তের জন্য মেলিনার দিকে তাকাল, এবং তার চোখে বন্য উত্তেজনার একটি স্ফুলিঙ্গ দেখা দিল, একটি শিখা, যা এতদিন কর্তব্য এবং সতর্কতার পুরু স্তরের নীচে লুকিয়ে ছিল, ছাইয়ের নীচে embers এর মতো, জ্বলে উঠতে প্রস্তুত।

— আমরা একসাথে এটি করব।

মেলিনা তাকে একটি হালকা হাসি দিল, একটি প্রতিশ্রুতি দিয়ে পূর্ণ হাসি, যা যেকোনো ধনসম্পদের চেয়ে মূল্যবান, যেকোনো শপথের চেয়ে শক্তিশালী।

— একসাথে।

তার হাত অনিচ্ছাকৃতভাবে সিট বরাবর পিছলে গেল, তার হাত খুঁজছিল। যখন তাদের আঙুল স্পর্শ করল, সে অবিলম্বে প্রতিক্রিয়া জানাল, তার চারপাশে তার নিজের আঙুলগুলি প্রায় বেদনাদায়ক শক্তি সহকারে কুঁকড়ে ধরল, যেন সে তাকে নিজের কাছে রাখতে, তার মধ্যে লুকিয়ে রাখতে চেষ্টা করছিল। নিয়ম এবং ঝুঁকির বিস্মৃতি ধোঁয়ার মতো দ্রবীভূত হয়ে গেল, যা ভাগ করা উদ্দেশ্য এবং নৈকট্যের ক্রমবর্ধমান, গ্রাসকারী অনুভূতি দ্বারা বিতাড়িত হয়েছিল। তাদের যাত্রা শুরু হয়েছিল, যা প্রাচীন স্বপ্নের প্রতিধ্বনি এবং একটি অসাধারণ মহিলা দ্বারা পরিচালিত হয়েছিল, যিনি বহু পুরনো যুগের গোপনীয়তার সাথে সংযুক্ত ছিলেন।

---✶ ~~~ ✶ ---

অমরত্বের চিহ্ন এবং নাইট-এর পুনর্জন্ম

নাথানিয়েল নীরবে গাড়ি চালাচ্ছিল, রাস্তার উপর মনোযোগ কেন্দ্রীভূত করে। তার প্রতিশ্রুতির কারণে মাসখানেক আলাদা থাকার পর, এই ভ্রমণটি একসাথে থাকার, রহস্য সমাধানের একটি অপ্রত্যাশিত সুযোগ ছিল। মেলিনা তার পাশে আরামদায়কভাবে বসেছিল এবং এখন, যখন সূর্য ধীরে ধীরে দিগন্তের উপর নেমে যাচ্ছিল, আকাশকে আগুন এবং সোনার ছায়ায় রঙ করছিল, তখন সে নীরবতা ভাঙল।

— তোমার দেওয়া প্রথম প্রতীকটি কি তোমার মনে আছে? — সে শান্তভাবে জিজ্ঞাসা করল, তার দিকে ঘুরে, তার কণ্ঠস্বর একটি দূরবর্তী জলপ্রপাতের ফিসফিসের মতো ছিল, যা প্রাচীন গোপনীয়তা বহন করে। — একটি ছোট ধাতব কাপ। এর নীচে একটি প্রাচীন হস্তাক্ষরে একটি শিলালিপি ছিল।

নাথানিয়েল মাথা নাড়ল, রাস্তা থেকে চোখ না সরিয়ে, কিন্তু তার মনোযোগ পুরোপুরি তার দিকে ছিল। — অবশ্যই। আমি এটি রাখি। এটি সম্পর্কে কী?

— তখন আমি তোমাকে বলেছিলাম... — মেলিনা এক মুহূর্তের জন্য চুপ করে গেল, যেন প্রতিটি শব্দকে ওজন করছিল, তাদের ভার সম্পর্কে সচেতন ছিল। — "তোমাকে পাওয়া হয়েছিল। তোমাকে নির্বাচিত করা হয়েছে।" এটি চার বছরেরও বেশি আগে ছিল, নাথানিয়েল। সময় উড়ে যায়, কিন্তু এই শব্দগুলি একটি আগুনের মোহরের মতো, একটি ভবিষ্যদ্বাণীর মতো আমার মধ্যে খোদাই করা হয়েছে।

সে তার দিকে একটি দ্রুত, হালকা হাসি দিল, কিন্তু তার হাসিটি ছায়াময় ছিল, তাকে ছিন্নভিন্ন করা প্রশ্ন দিয়ে পূর্ণ ছিল।

— আমার মনে আছে। এবং সেই ধনসম্পদের কথাও মনে আছে, যা আমরা সাত বছর আগে একসাথে আবিষ্কার করতে চেয়েছিলাম। আমরা এখনও হাল ছাড়িনি, তাই না?

— না — মেলিনা উত্তর দিল। — কখনও না। কিন্তু এখন... এখন আমি মনে করি আমি বুঝতে পারছি কি ধরনের ধনসম্পদ সম্পর্কে কথা বলা হচ্ছে। এটি সোনা এবং মূল্যবান পাথর দিয়ে তৈরি নয়। এটি সত্য দিয়ে তৈরি। রক্ত এবং আত্মা দিয়ে। অস্তিত্বের আসল সারমর্ম দিয়ে।

সে হালকাভাবে তার হাত উঠাল এবং তার কব্জির ভেতরের দিকে আঙুল চালাচ্ছিল।

— তুমি কি আমার চিহ্নটি দেখেছ, নাথানিয়েল?

সে আবার তার দিকে তাকাল, এবার আরও সাবধানে, মনোনিবেশিতভাবে, যেন সে তার পুরো সারমর্মটি পড়ার চেষ্টা করছিল। সে তার মেরুদণ্ডের নিচে হঠাৎ একটি ঠান্ডা অনুভব করল, যেন একটি হালকা, কিন্তু তীক্ষ্ণ স্রোত তার মধ্য দিয়ে যাচ্ছিল, তাকে তার মূল পর্যন্ত নাড়িয়ে দিচ্ছিল, যখন সে তার পাতলা ব্লাউজটি হালকাভাবে উঠাল। তার পাঁজরের বাঁকের ঠিক নিচে, তার কোমল ত্বকের উপর, একটি সবেমাত্র লক্ষণীয়, প্রায় বিবর্ণ দাগ দেখা যাচ্ছিল – একটি প্রাচীন চিহ্ন, যা হাজার বছরের নীরবতার সাথে প্রতিধ্বনিত হচ্ছিল, সময়ের চেয়েও পুরানো, যেকোনো ক্ষতের চেয়েও গভীর।

— হ্যাঁ। এটা কি?

— স্বপ্নে... দকুজ খাতুন কাপের নীচের অংশ গরম করে এটিকে তার শরীরের উপর চাপলেন, একটি লাল দাগ রেখে গেলেন – অমরত্বের প্রতীক, যা পবিত্র গ্রেইলের নীচে চিত্রিত। একটি শাশ্বত সংযোগের প্রতীক, একটি শাশ্বত পূর্বনির্ধারিততার।

নাথানিয়েল তার ভ্রু কুঁচকে, তার কথায় গ্রাসিত হয়ে গেল, যেন প্রতিটি শব্দ তার চারপাশে রহস্যের একটি দেয়ালের মধ্যে একটি নতুন পাথর ছিল, তাকে অজানার মধ্যে বন্ধ করে দিচ্ছিল। তার স্বপ্নের কথা মনে পড়ল, কাপের উষ্ণতা, তার মধ্যে স্পন্দিত জীবন।

— অমরত্বের প্রতীক... তোমারও একই চিহ্ন আছে? এটা কিভাবে সম্ভব? এটা অসম্ভব!

— আমি জানি না এটি একই কিনা — মেলিনা উত্তর দিল। — কিন্তু এটি সেখানে আছে। এটি সর্বদা ছিল। যেন... যেন এটি আমার ত্বকে খোদাই করা একটি স্মৃতি, একটি গভীর অতীতের একটি ছাপ, যা আমার মনে নেই, কিন্তু যা আমাকে তাড়া করে।

সে গভীর শ্বাস নিল এবং চালিয়ে গেল, তার কণ্ঠস্বর প্রায় একটি ফিসফিসানি ছিল, কিন্তু একটি অদৃশ্য, শক্তিশালী শক্তি দিয়ে পূর্ণ ছিল, যা তাকে goosebumps দিতে বাধ্য করছিল: — যখন তুমি রাতে চোখ বন্ধ কর এবং নিজের গভীরে তাকাও, নাথানিয়েল... জিজ্ঞাসা কর যে তুমি জন্ম নেওয়ার আগে কে ছিলে। এই জীবনে তোমার মিশন সম্পর্কেও জিজ্ঞাসা কর। কারণ এটি আকস্মিক নয়। কারণ তোমাকে নির্বাচিত করা হয়েছে। কারণ তুমি একজন নাইট।

সে এক মুহূর্তের জন্য চুপ করে গেল, তার কথাগুলি নিয়ে ভাবছিল, যার ভার তার উপর নেমে আসছিল, প্রতিটি যৌক্তিক চিন্তাভাবনাকে পিষ্ট করছিল।

— তুমি কি বলতে চাইছ?

— স্বপ্নটি... এটি এতটাই শক্তিশালী ছিল। যেন এটি ফিসফিস করছিল যে হুলাগু এবং দকুজের রক্ত তোমার শিরায়ও প্রবাহিত হয়। যে তুমি তাদের মিশনের একজন উত্তরাধিকারী, তাদের মাংস এবং আত্মা। তাদের একটি ধারাবাহিকতা।

তার কথাগুলি নাথানিয়েলের উপর একটি আঘাতের মতো, একটি পরিষ্কার আকাশের বজ্রের মতো নেমে এল, তার পুরো সত্তাকে নাড়িয়ে দিল। হঠাৎ, স্বজ্ঞাতভাবে, সে ব্রেক চাপল, যদিও তাদের সামনে রাস্তাটি খালি ছিল। গাড়িটি একটি তীক্ষ্ণ ঝাঁকিতে থামল, টায়ারগুলি

অ্যাসফল্টের উপর চিৎকার করল, এবং নাথানিয়েল মেলিনার দিকে ঘুরল, তার চোখগুলি - প্রশস্ত খোলা, shock, ভয় এবং অবিশ্বাস নিয়ে তার দিকে স্থির। তার সমস্ত যুক্তি ভেঙে পড়ছিল, বিশ্ব উল্টে যাচ্ছিল, যেন কেউ তার পায়ের নীচের গালিচা টেনে নিয়েছে, তাকে একটি গভীরতার উপর ঝুলিয়ে রেখেছে।

— তুমি কী বললে? হুলাগু এবং দকুজের রক্ত... আমার মধ্যে? এটা অসম্ভব! পাগলামি!

— অনুভূতিটি এতটাই শক্তিশালী ছিল — মেলিনা পুনরাবৃত্তি করল, তার কণ্ঠস্বর - শান্ত, কিন্তু একটি ঝড়ের মধ্যে একটি পাথরের মতো অটল। — হুলাগুর ক্ষমতার বাইরে কিছু খোঁজার উপায়, তার অভ্যন্তরীণ আহ্বান... যেন আমি তার আত্মার মধ্যে একটি পরিচিত কিছু চিনতে পারলাম, এমন কিছু যা তোমার সাথে অনুরণিত হয়। এমন কিছু যা তোমার অংশ। এবং সেই ধাতব কাপ... প্রথম প্রতীক। নীচের শিলালিপিটি কী ছিল, নাথানিয়েল? তোমার কি এটি স্পষ্ট মনে আছে, প্রতিটি অক্ষর?

নাথানিয়েল মনে করার চেষ্টা করল, সময়কে পিছনে নিয়ে যাওয়ার চেষ্টা করল, সেই দূরবর্তী মুহূর্তে, যখন সবকিছু শুরু হয়েছিল। একটি ছোট ধাতব কাপ... তার আঙুলগুলি স্টিয়ারিং হুইলে ঢুকে গেল, যেন এটি টুকরো টুকরো হওয়ার আগে সে বাস্তবতাকে ধরে রাখার চেষ্টা করছিল।

— আমি মনে করি... আমি মনে করি এটি লেখা ছিল... — তার কণ্ঠস্বর সবেমাত্র শোনা যাচ্ছিল। — "পাওয়া গেছে।"

মেলিনা ধীরে ধীরে মাথা নাড়ল, এবং তার চোখে একটি গভীর প্রজ্ঞা দেখা দিল, যা তাকে গ্রাস করছিল।

— "তোমাকে পাওয়া হয়েছিল। তোমাকে নির্বাচিত করা হয়েছে।" সেই কথাগুলি যা আমি তোমাকে তখন বলেছিলাম। তাহলে কী হবে... যদি আমি সেগুলি তৈরি না করে থাকি? কী হবে যদি এই কথাগুলি প্রাচীনকাল থেকে আমার মনে ফিসফিস করে বলা হয়, হুলাগু এবং দকুজ সম্পর্কে সেই স্বপ্ন থেকে? কী হবে যদি তারা একটি উত্তরাধিকারের অংশ হয়, যা এখন প্রকাশিত হচ্ছে, এবং যা তোমার ভাগ্য, তোমার রক্ত, তোমার কর্তব্য?

নাথানিয়েল নির্বাক ছিল, এই অপ্রত্যাশিত, হৃদয়বিদারক সংযোগ দ্বারা গ্রাসিত। সবকিছু যা সে বাস্তব, সুশৃঙ্খল এবং যৌক্তিক বলে মনে করেছিল, তা যেন স্থানান্তরিত হচ্ছিল, একটি নতুন, গভীর, প্রায় রহস্যময় অর্থ গ্রহণ করছিল। ধাতব কাপ, তখন তার অদ্ভুত কথাগুলি, তার কব্জির চিহ্ন, হুলাগু এবং দকুজ সম্পর্কে স্বপ্ন... সবকিছু একটি অসম্ভব, কিন্তু অনস্বীকার্য, ভয়ঙ্কর সত্যের মধ্যে যুক্ত হচ্ছিল।

— এবং আমার মিশন? — সে একটি দীর্ঘ, টানটান বিরতির পর জিজ্ঞাসা করল, তার কণ্ঠস্বর প্রায় অচেনা, ভয় এবং একটি নতুন পাওয়া, সর্বগ্রাসী লক্ষ্যের মধ্যে বিভক্ত। — স্বপ্নটি আমার মিশন সম্পর্কে কী বলল?

— সন্ধান করা — মেলিনা উত্তর দিল, তার হাত ধরে এবং শক্ত করে চেপে ধরল, যেন তাকে মাটিতে নামানোর জন্য, তাকে shock এর গভীরতা থেকে ফিরিয়ে আনার জন্য, তাকে এই নতুন বাস্তবতার সাথে বেঁধে রাখার জন্য। — সেই সুতো অনুসরণ করা, যা যুগ, মরুভূমি এবং পাহাড়ের মধ্য দিয়ে গেছে। হুলাগু এবং দকুজের রক্ত... এটি চাবিকাঠি হতে পারে, নাথানিয়েল। সম্ভবত তুমি তাদের উত্তরাধিকারী, কেবল রক্ত দ্বারা নয়, বরং ভাগ্য দ্বারাও। তাদের কাজ শেষ করার জন্য নির্বাচিত, আবার গ্রেইল খুঁজে বের করতে, প্রাচীন ধাঁধার টুকরোগুলি একত্রিত করতে, যা বিশ্বকে পরিবর্তন করবে। গ্রেইলকে প্রেমের দ্বারা চালিত একটি সময় যন্ত্র হিসাবে বোঝা।

নাথানিয়েল চেয়ারে পিছনে হেলান দিল, বিভ্রান্ত এবং তার মূল পর্যন্ত আঘাতপ্রাপ্ত। সবকিছু যা সে বাস্তব বলে মনে করেছিল, তা যেন ভেঙে পড়ছিল, যাতে নতুন এবং অজানা কিছু তৈরি

হয়। সে, একজন সাধারণ মানুষ, সম্ভবত একটি প্রাচীন রক্ত এবং একটি পূর্বনির্ধারিত মিশনের ধারক? absurdd, কিন্তু একটি ভয়ঙ্করভাবে আকর্ষণীয় সত্যও, যা তাকে প্রলুব্ধ করছিল।

— এটি... অবিশ্বাস্য — সে ফিসফিস করে বলল, তার কণ্ঠস্বর বিস্ময় এবং ভয় দিয়ে পূর্ণ ছিল, একটি কম্পন সহ, যা সে আগে কখনও অনুভব করেনি, যা তাকে একটি নতুন, হিমশীতল উপায়ে জীবন্ত অনুভব করতে বাধ্য করছিল।

— আমি জানি — মেলিনা উত্তর দিল, তার হাত আরও শক্ত করে চেপে ধরল। — কিন্তু আমি অনুভব করি যে এটি সত্য। এবং আমাদের আরও কিছু বুঝতে হবে। তোমার, হুলাগু এবং দকুজের মধ্যেকার সংযোগটি খুঁজে বের করতে। এবং তারা এত শতাব্দী আগে ঠিক কী লুকিয়েছিল তা বুঝতে... বিশ্ব ভুলে যাওয়ার আগে, সবকিছু চিরতরে হারিয়ে যাওয়ার আগে, মানবজাতি তার ত্রাণকর্তা ছাড়া নিজেকে ধ্বংস করার আগে।

নাথানিয়েল গভীর শ্বাস নিল এবং আবার ইঞ্জিন চালু করল, কিন্তু তাদের সামনে রাস্তাটি কেবল অ্যাসফল্ট ছিল না। এটি একটি ভাগ্যনির্ধারক অনুসন্ধানের শুরু হয়ে গিয়েছিল, যা অতীতের প্রতিধ্বনি এবং তাদের শিরায় স্পন্দিত রক্তের নিরলস ফিসফিসানি দ্বারা বোনা হয়েছিল – সেই রক্ত, যা আলপাইন হিমবাহের মতো পুরানো, কিন্তু একটি মরুভূমির ঝড়ের মতো গর্জন করছিল, যা শতাব্দীর গভীরতম রহস্যটি উন্মোচন করার জন্য, ভাল এবং মন্দের মধ্যেকার শাশ্বত যুদ্ধকে উল্টে দেওয়ার জন্য নিয়তি দ্বারা নির্ধারিত ছিল।

---❤---

## অধ্যায় 44: বিশ্বাসঘাতকতার ঝলকানি

একটি তীক্ষ্ণ ব্রেক রাতের নীরবতা ছিন্নভিন্ন করে দিল। নাথানিয়েলের গাড়ি কাউন্টি লিমেরিকের প্রাচীন, প্রভাবশালী কেরিগোগুনেল দুর্গের সামনে থামল, যা টেম্পলারদের দ্বারা নির্মিত হয়েছিল। বাতাস ভারী ছিল, স্বপ্ন এবং ভারী গোপনীয়তা দ্বারা পূর্ণ, যা একটি অভিশাপের মতো বাতাসে ঝুলে ছিল। হেডলাইটের প্রতিফলন দুর্গের পাথরের মুখের উপর লম্বা, ভুতুড়ে ছায়া ফেলছিল। মেলিনা একটি হাসি নিয়ে নাথানিয়েলের দিকে ঘুরল – প্রতিশ্রুতিশীল, বোঝা, সেই শর্তহীন প্রেম দিয়ে পূর্ণ, যা কেবল সে তাকে দিতে পারত, গভীরতায় একটি পরিত্রাণের দড়ির মতো।

— সন্ন্যাস আশ্রমের ধ্বংসাবশেষ পায়ে হেঁটে বেশি দূরে নয় — সে ফিসফিস করে বলল, তার মুখ স্পর্শ করার জন্য হাত বাড়িয়ে। তার আঙুলগুলি উষ্ণ, সান্ত্বনাদায়ক ছিল, কিন্তু তাদের স্পর্শটি ক্ষণস্থায়ী ছিল, একটি ভ্যান-এর পিছনের দরজাটি হঠাৎ খোলার দ্বারা বাধাগ্রস্ত হয়েছিল, যা একটি কালো, মারাত্মক পশুর মতো অন্ধকার থেকে বেরিয়ে এসেছিল।

বিদ্যুৎগতিতে, দুটি বিশাল মূর্তি মেলিনার দিকে ঝাঁপিয়ে পড়ল। একটি শক্তিশালী পুরুষের কণ্ঠস্বর গর্জন করে উঠল: "এখানে সে!" কালো চামড়ার গ্লাভস পরা হাতগুলি তাকে রুক্ষভাবে ধরেছিল, তাকে গাড়ি থেকে টেনে বের করছিল। ভয়ের তীক্ষ্ণ, ধাতব স্বাদ নাথানিয়েলের মুখ পূর্ণ করল, যখন সে দেখছিল, shock দ্বারা পক্ষাঘাতগ্রস্ত হয়ে, সেই ভয়াবহতা দ্বারা, যা তাকে হাড়ের মজ্জা পর্যন্ত হিমায়িত করেছিল। সে ইউনিফর্মগুলি চিনতে পারল – তার নিজের অর্ডারের লোক। ডমিনেটররা। আতঙ্ক তার পেটের মধ্যে ছড়িয়ে পড়ল। কিভাবে? কেন? তারা তার লোক ছিল! অথবা সে তাই ভাবছিল, যখন তার বিশ্ব টুকরো টুকরো হয়ে যাচ্ছিল।

— না! — মেলিনা চিৎকার করে বলল, তার কণ্ঠস্বর – একটি আহত পাখির মতো তীক্ষ্ণ। সে মরিয়া হয়ে লড়াই করছিল, কিন্তু তাদের খপ্পর ছিল নির্মম। — নাথানিয়েল! টেস্ট টিউবটি! এটি আমার ব্যাকপ্যাকে, ট্রাঙ্কে আছে! তাদের এটি নিতে দিও না!

তার কথাগুলি তাকে একটি বরফশীতল চড় হিসাবে আঘাত করল। টেস্ট টিউবটি। যেটি সে তার ফ্রিজ থেকে আগে চুরি করেছিল, যাতে এটি অন্য হাতে না পড়ে। কিন্তু যখন সে তার অর্ডারের সদর দফতরের সামনে ছিল, যখন সে এটি হস্তান্তর করতে পারত, তখন সে তা করেনি। তখন সে এটি ফিরিয়ে দেওয়ার সিদ্ধান্ত নিয়েছিল। এটি সেখানে ছিল, তার ব্যাকপ্যাকে, তার গাড়ির ট্রাঙ্কে। এখন? এটি কি খুব দেরি হয়ে গিয়েছিল? প্রশ্নটি তার মনকে পুড়িয়ে দিচ্ছিল।

অপহরণকারীদের একজন অশুভভাবে হাসল, তার দৃষ্টি – ঠান্ডা এবং খালি, নাথানিয়েলকে বিদ্ধ করল। — অনেক দেরি হয়ে গেছে, প্রিয়। তোমার নাইট ইতিমধ্যেই এটি বিশ্বাসঘাতকতা করেছে। কারণ সে তোমাকে বিশ্বাস করে না।

আসলে, তারা টেস্ট টিউবটি খুঁজছিল না। তারা তাকে হত্যা করতে চেয়েছিল, কারণ সে খুব বিপজ্জনক হয়ে গিয়েছিল। কিন্তু প্রথমে তাদের পান্ডুলিপিটি খুঁজে বের করতে হয়েছিল।

একটি আঘাত। কথাগুলি নাথানিয়েলের মাথায় প্রতিধ্বনিত হল, যেকোনো ঘুষির চেয়ে শক্তিশালী, যেকোনো ছুরির চেয়ে তীক্ষ্ণ। মেলিনার দৃষ্টি, বিভ্রান্তিতে ভরা, এবং তারপর ধীরে ধীরে rising হতাশায়, তার আত্মাকে তার সমস্ত মিথ্যা প্রকাশ করে বিদ্ধ করল। সে ভেবেছিল যে সে দুর্গ সম্পর্কে তাদের সতর্ক করেছে, কারণ সে জানত না যে তারা অন্যথায় কীভাবে জানতে পারল তারা কোথায় যাচ্ছে। আসলে, তারা কেবল তাকে অনুসরণ করছিল। তার আত্মা অপরাধবোধের গভীরতা এবং অর্ডেনের প্রতি ক্রমবর্ধমান ক্রোধের মধ্যে ছিন্নভিন্ন হয়ে গেল, যা তাকে একটি ইচ্ছাহীন পুতুলে পরিণত করেছিল।

এই মুহূর্তে, ছায়া থেকে অন্যান্য মূর্তিগুলি বেরিয়ে এল। তারা শিকারীদের নীরব অনুগ্রহের সাথে চলেছিল। টেম্পলাররা। অর্ডারের নাইটরা। এই রক্ষকরা, স্বয়ং মাস্টার দ্বারা প্রেরিত, তাদের double agents থেকে ষড়যন্ত্রমূলক তথ্য পেয়েছিল: ডমিনেটররা মেলিনাকে শিকার করছিল, কারণ তার কাছে মূল্যবান কিছু ছিল, যা তারাও চাইছিল। মাস্টার জানত যে সে নাথানিয়েলের সাথে দেখা করছে, জানত যে সে বিপদে আছে, কিন্তু সেও, সম্ভবত অনিচ্ছাকৃতভাবে, গ্রেইলের একজন রক্ষক। টেম্পলারদের জন্য গ্রেইল ছিল একটি মূর্তি, একটি পবিত্র শিল্পকর্ম, যা তাদের যেকোনো মূল্যে রক্ষা করতে হয়েছিল, যদিও তারাও বিশ্বাস করত যে তারা একটি প্রাচীন কাপ খুঁজছে, একটি চাবি নয়, যা একটি পরীক্ষাগার টেস্ট টিউবে লুকিয়ে আছে, যা সম্পর্কে কেবল নাথানিয়েল এবং মেলিনা সত্য জানত, যা বিশ্বকে উল্টে দিতে পারত। তাদের লক্ষ্য ছিল তাদের মহিলাকে রক্ষা করা, এবং তার সাথে ধনসম্পদকেও।

জাহান্নাম ফেটে পড়ল। বাতাসে ইস্পাতের ঝনঝনানি শোনা গেল, যা হেডলাইটের প্রতিফলন দ্বারা আলোকিত হয়েছিল। পুরুষদের চিৎকার অন্ধকারে প্রতিধ্বনিত হচ্ছিল। তলোয়ার এবং তরবারীর তীক্ষ্ণ, ধাতব সংঘর্ষ রাতকে ছিন্নভিন্ন করে দিচ্ছিল, এবং ব্লেডের সংঘর্ষ থেকে বেরিয়ে আসা প্রতিটি স্ফুলিঙ্গ রাগ এবং ব্যথার দ্বারা বিকৃত মুখের ক্ষণস্থায়ী, কিন্তু উজ্জ্বল ছবি আঁকছিল। রক্ত ভেজা অ্যাসফল্টকে লাল করে দিল। তরবারীগুলি অন্ধকারে নাচছিল, রূপালী প্রতিফলন চাঁদের আলোতে ঝলমল করছিল। চিৎকার, আর্তনাদ, বারুদ এবং ভয়ের তীক্ষ্ণ গন্ধ, যা তাজা রক্ত এবং মৃত্যুর গন্ধের সাথে মিশে গিয়েছিল। টেম্পলাররা ডমিনেটরদের বিরুদ্ধে, ভাইরা ভাইদের বিরুদ্ধে, বিশ্বের ভাগ্যের জন্য একটি যুদ্ধে। নাথানিয়েল এই ঘূর্ণির কেন্দ্রে ছিল, ছিন্নভিন্ন। তার পা যেন পাথরের হয়ে গিয়েছিল, কিন্তু তার বুকে একটি ঝড় ফুটছিল। বিশ্বাসঘাতকতার আঘাত, মেলিনার দৃষ্টি – সেগুলি তার মধ্যে কিছু জ্বালিয়ে দিল। ক্রোধ জেগে উঠছিল, কিন্তু তার নীচে আরও গভীর, আরও বিশুদ্ধ কিছু ছিল।

— না! — সে চিৎকার করে বলল, কিন্তু তাদের দিকে নয়, বরং নিজের দিকে। — আমার কাছে সবচেয়ে শক্তিশালী অস্ত্র আছে, যা বিশ্বকে পরিবর্তন করবে!

একটি স্পন্দন। তার বুকে, একটি প্রাচীন যান্ত্রিকের মতো, যা হঠাৎ শক্তির একটি আকস্মিক প্রবাহ দ্বারা সক্রিয় হয়েছিল। একটি স্পন্দন, যা সে স্বপ্ন থেকে চিনত। সেই স্পন্দন, যা তাকে হুলাগু, দকুজ খাতুন, গ্রেইলের সাথে সংযুক্ত করেছিল। এটি ছিল তার পছন্দ। বিশ্বাস করা। ভালোবাসা। বিদ্যমান থাকা। তার নিজের ভাগ্যের মুখোমুখি হওয়া।

অজান্তে, নাথানিয়েল ইতিমধ্যে তার নিজের মধ্যে গ্রেইলকে আনলক করেছিল। চাবিটি? টেস্ট টিউব নয়, বরং মেলিনার প্রতি তার ভালোবাসা, যে বিশ্বাস সে তাকে দিয়েছিল, এবং বিশ্বাসঘাতকতার যন্ত্রণা, যা তাকে একটি পছন্দ করতে বাধ্য করেছিল। বিশুদ্ধ, অনিয়ন্ত্রিত আবেগের এই মুহূর্তে, তার অভ্যন্তরীণ সারমর্মটি প্রাচীন শক্তির সাথে মিশে গেল। তার হাতে ধরার জন্য কোনো গ্রেইল ছিল না, কিন্তু সে ইতিমধ্যেই গ্রেইল হয়ে গিয়েছিল। সময় যন্ত্রটি তার নিজের শিরায় সক্রিয় হয়েছিল, এবং তার ইন্দ্রিয়গুলি তীক্ষ্ণ হয়ে গিয়েছিল, অনন্তকালের ছন্দ, জীবনের স্পন্দনকে অনুভব করছিল।

যুদ্ধটি ছিল হিংস্র। টেম্পলাররা সিংহের ক্রোধ নিয়ে যুদ্ধ করছিল, তাদের ছোট মেয়েটিকে রক্ষা করছিল, একটি শীতল ক্রোধ নিয়ে, যা তাদের পথে সবকিছুকে sweep করে নিয়ে যাচ্ছিল। তরবারী ক্রস হচ্ছিল, স্ফুলিঙ্গ উড়ছিল, আক্রমণকারীদের মুখ আলোকিত করছিল, যা রাগ এবং সংকল্প দ্বারা বিকৃত ছিল। অপহরণকারী, যিনি মেলিনাকে ধরে রেখেছিলেন, তিনি ব্যথায় চিৎকার করে উঠলেন, যখন একজন টেম্পলারের তরবারী তার কাঁধে ঢুকে গেল। তার খপ্পর শিথিল হয়ে গেল।

মেলিনাকে উদ্ধার করা হয়েছিল। টেম্পলাররা দ্রুত তাকে নিয়ে গেল, তাকে কাছাকাছি একটি গোপন হোটেলে রেখে দিল। সে তার ঘরের মেঝেতে ধসে পড়ল, তার কাশি তার গলাকে ছিন্নভিন্ন করে দিচ্ছিল, কিন্তু তার দৃষ্টি নাথানিয়েলের চোখকে ধরে রেখেছিল, তাকে নিয়ে যাওয়ার আগে। তাতে সবকিছু ছিল - ব্যথা দিয়ে পূর্ণ একটি দৃষ্টি, কিন্তু একটি দগ্ধ আলোর সাথেও, যা তার আত্মার অন্ধকারকে বিদ্ধ করছিল। এই দৃষ্টিতে গভীর হতাশা এবং বিশ্বাসঘাতকতার অনুভূতি ছিল। সে যেন তার কষ্ট, যে demons তাকে ছিন্নভিন্ন করছিল, তা দেখতে পাচ্ছিল। এবং একই মুহূর্তে, যখন সে তাকে "সবচেয়ে শক্তিশালী অস্ত্র" সম্পর্কে কথা বলতে দেখছিল, তখন সে অনুভব করল, কেবল জানত, যে সে সফল হয়েছে। তার মিশন সম্পন্ন হয়েছিল। সে তাকে মুক্ত করেছিল, তাকে তার মধ্যে প্রাচীন শক্তির জাগরণের দিকে, এই অভ্যন্তরীণ রূপান্তরের দিকে ঠেলে দিয়েছিল।

নাথানিয়েল তাকে উন্মত্তভাবে খুঁজছিল, দুর্গের চারপাশের এলাকা অনুসন্ধান করছিল, কিন্তু তাকে খুঁজে পাচ্ছিল না। সে অনুভব করল যে অপরাধবোধের একটি শীতল ঢেউ তাকে গ্রাস করছে, শারীরিক ব্যথার চেয়েও শক্তিশালী। সে তাকে আঘাত করেছিল। সে তাকে বিশ্বাসঘাতকতা করেছিল। সে তাকে তার নিজের জটিল খেলার কারণে, তাকে তাড়া করা গোপনীয়তার কারণে বিপদে ফেলেছিল। তাকে চিরতরে রক্ষা করার জন্য, নাথানিয়েল টেস্ট টিউবটি বের করল, যা তার গাড়ির ট্রাঙ্কে তার ব্যাকপ্যাকে রয়ে গিয়েছিল, এবং এটি তার অর্ডারের নেতাদের কাছে হস্তান্তর করল। তারা, গোপন সূত্রটি না জেনেই, মাইক্রোঅর্গানিজম দিয়ে কী করবে তা জানত না, যা এখন তাদের হাতে ছিল।

একটি শব্দ না বলে, শেষবার না দেখেই, সে gas pedal চাপল। গাড়িটি গর্জন করে উঠল এবং রাতের মধ্যে অদৃশ্য হয়ে গেল, যুদ্ধের ঝলকানি, চিৎকার এবং বারুদের ভারী গন্ধ পিছনে রেখে গেল। কেউ জানত না যে সে কোথায় গিয়েছিল, তার মস্তিষ্কের সমস্ত 65 বিলিয়ন কোষকে একটি সম্পূর্ণ চিত্রে একত্রিত করার জন্য। কেউ না। কারণ আসল চাবিটি ইতিমধ্যেই তার মধ্যে ছিল, যা মেলিনার চাবি দ্বারা, তার প্রেমের শিখা দ্বারা সক্রিয় হয়েছিল।

মেলিনা হোটেলে রয়ে গেল, কাঁপছিল, কিন্তু জীবিত ছিল। সে নাথানিয়েলের দ্বারা বিশ্বাসঘাতকতা এবং গভীরভাবে হতাশ বোধ করছিল। পরের দিন, তারকাদের শান্ত আলোতে, যখন সে আবার পান্ডুলিপিটি আবিষ্কার করার জন্য দুর্গের ধ্বংসাবশেষে নিজেকে খুঁজে পেল, তখন তার হৃদয়ে কিছু গভীর তাকে বিদ্ধ করল। সে সেই দিকে তাকাল, যেখানে তার প্রতিকৃতিটি চিরতরে অন্ধকারে অদৃশ্য হয়ে গিয়েছিল। অশ্রু তার গাল বেয়ে গড়িয়ে পড়ছিল, কিন্তু সেগুলি রাগের অশ্রু ছিল না, বরং ব্যথা এবং গভীর বোঝার, একটি অদম্য বিশ্বাসের। সে জানত। সে তার অভ্যন্তরীণ সংগ্রাম সম্পর্কে জানত, সেই dilemma সম্পর্কে, যা তাকে ছিন্নভিন্ন করছিল। সে অনুভব করল যে সবকিছু সত্ত্বেও, তার প্রতি তার ভালোবাসা বাস্তব, যদিও এটি তাকে গ্রাস করা অন্ধকার দ্বারা ছায়াচ্ছন্ন। এবং সে তাকে ভালোবাসতে থাকল। কারণ তার আত্মার গভীরতম কোণে, সে বুঝতে পেরেছিল যে কখনও কখনও এমনকি সেরা মানুষরাও অসম্ভব পছন্দ করতে বাধ্য হয়, যা তাদের নিজের শিকার করে তোলে। সে জানত যে এটি শেষ নয়, বরং কেবল শুরু। সে তার ভাগ্য আনলক করেছিল। এখন কেবল অপেক্ষা করা বাকি ছিল – এবং বিশ্বাস করা যে সে ফিরে আসবে, যা তারা শুরু করেছিল তা শেষ করার জন্য, পুরানোটির ছাই থেকে একটি নতুন বিশ্ব তৈরি করার জন্য, এমন একটি বিশ্ব, যেখানে প্রেমই সর্বোচ্চ আইন হবে।

---❤---

## অধ্যায় 45: অস্বীকারের গল্প মাসগুলি

কেবল পার হচ্ছিল না – তারা টেনে নিয়ে যাচ্ছিল। একটি অন্তহীন শৃঙ্খলের ভারী, মরচে পড়া হুকের মতো। প্রতিটি সপ্তাহ তার পিছনে হারিয়ে যাওয়া সময়ের, অব্যবহৃত মুহূর্তগুলির, নষ্ট সুযোগগুলির একটি তিক্ত, ধাতব স্বাদ রেখে যাচ্ছিল। দুর্গের সামনে সেই রাত থেকে, যখন সত্যটি একটি অস্পষ্ট, কর্কশ কণ্ঠে হিমায়িত হয়েছিল, যা তাকে এমনকি স্বপ্নেও তাড়া করছিল, মেলিনা এবং নাথানিয়েল বিভিন্ন, দূরবর্তী বিশ্বে বসবাস করছিল। তাদের মধ্যে একটি অদৃশ্য, বেদনাদায়কভাবে টানটান সুতো এখনও কাঁপছিল, কিন্তু এটি ছিল পাতলা, প্রায় স্বচ্ছ, ঠান্ডা বাতাসের সামান্যতম দমকাতে ছিঁড়ে যাওয়ার হুমকি দিচ্ছিল।

নাথানিয়েল তার গোপন সংস্থার নিয়ম এবং নিষেধাজ্ঞার গোলকধাঁধার মধ্যে আরও গভীরে নিমজ্জিত হয়েছিল। এর মতবাদগুলি তার জন্য একটি পুরু, অনুভূতিহীন বর্ম হিসাবে কাজ করত, যা বরফ এবং অন্ধকার দ্বারা গড়া হয়েছিল। এটি তাকে শত্রুদের থেকে নয়, বরং মেলিনা যে আবেগের ঝড় তুলেছিল তা থেকে রক্ষা করছিল – এমন একটি ঝড়, যা তাকে মৃত্যুর চেয়েও বেশি ভয় দেখাচ্ছিল। অতীতের জীবন, গ্রেইল, তাদের পূর্বনির্ধারণ সম্পর্কে তার প্রতিটি উল্লেখ, তার দ্বারা পাথরের তৈরি একটি মুখ এবং একটি দৃষ্টি দ্বারা পূরণ করা হত, যা তার নিজের অস্বীকারের খালি, বরফশীতল গভীরতায় হারিয়ে যেত, তাকে ধীরে ধীরে, কিন্তু নিশ্চিতভাবে গ্রাস করছিল।

মেলিনা, তার পক্ষ থেকে, একটি মন-বিচলিত একাকীত্বের সাথে লড়াই করছিল, যা তাকে পুড়িয়ে দেয়নি, বরং একটি ঠান্ডা, ঘন ধোঁয়ার মতো তাকে আবৃত করেছিল, যা প্রতিটি ছিদ্রের মধ্যে প্রবেশ করছিল। তার প্রত্যাখ্যানের যন্ত্রণা ছিল স্পর্শযোগ্য, একটি খোলা ক্ষতের মতো স্পন্দিত হচ্ছিল, যা কখনও নিরাময় হয় না, কিন্তু তাকে ভেঙে ফেলার পরিবর্তে, এটি তাকে জ্বালানীতে পরিণত করেছিল। সে তার গল্পগুলি লেখা চালিয়ে গেল, কিন্তু এখন তারা একটি আরও বিষণ্ণ, প্রায় মৃত ছায়ার সাথে শ্বাস নিচ্ছিল, যা তিক্ত আকাঙ্ক্ষা এবং শান্ত, প্রায় নিয়তিযুক্ত আশার সাথে মিশ্রিত ছিল। কখনও কখনও, একটি অপ্রতিরোধ্য impulso দ্বারা চালিত হয়ে, সে সেগুলি তাকে পাঠাত – সাহসী কুমারী এবং বিশ্বাসঘাতক নায়কদের গল্প, শাশ্বত প্রেম এবং রক্তাক্ত বিচ্ছেদ, সত্যের অনুসন্ধান এবং অস্বীকারের অসহনীয় মূল্য সম্পর্কে। এই সংক্ষিপ্ত

বার্তাগুলি ভার্চুয়াল স্পেসে অকথিত প্রার্থনার মতো ঝুলত, প্রায়শই অপ্রকাশিত থাকত বা একটি সংক্ষিপ্ত, আত্মাহীন উত্তর পেত, একটি কবরের মার্বেল স্ল্যাবের মতো ঠান্ডা।

---✶ ⸮ ✶---

অন্য সময়, যখন সে জানত যে সে একটি বিরল, অভিজাত সংবর্ধনায় থাকবে, তখন সে তার জন্য একটি যত্ন সহকারে হাতে লেখা পান্ডুলিপি রেখে যেত। সে এটিকে পালিশ করা টেবিলের উপর রাখত, যেখানে সে জানত যে সে তাকে না দেখেই তার পাশ দিয়ে যাবে, যেন সে বাতাস ছিল, যার মধ্য দিয়ে সে যেতে পারে। এই পান্ডুলিপিগুলির গল্পগুলি ছিল দীর্ঘ, আরও আকর্ষণীয়, যেন ভাগ্যের আসল সুতো দ্বারা বোনা, যা তাদের সংযুক্ত করেছিল। তিনি যে একটি ম্লান বিকেলে পেয়েছিলেন, তাতে জোন সম্পর্কে বলা হয়েছিল – সেই কুমারী, যাকে শিখা ভেঙে দিতে পারেনি, কিন্তু মানুষের ঘৃণা প্রায় পেরেছিল। সেই কুমারী, যার রক্ত বিশ্বাসঘাতকতার দ্বারা ঝরেছিল।

নাথানিয়েল কোনো আবেগ ছাড়াই পান্ডুলিপিটি তুলে নিল, তার মুখ ছিল উদাসীনতার একটি মুখোশ, বরফ দিয়ে তৈরি, অভেদ্য। সে এটিকে তার অভ্যন্তরীণ পকেটে রাখল, যেন এটি আরেকটি বিরক্তিকর অফিস নথি ছিল, যা কোনো আত্মা থেকে বঞ্চিত ছিল। তাদের সংক্ষিপ্ত, আনুষ্ঠানিক কথোপকথনের সময়, সে ছিল বিনয়ী, কিন্তু দূরত্বে ছিল, অন্য মহাবিশ্বের প্রতিধ্বনির মতো। সে জলবায়ু পরিবর্তন, নতুন প্রোটোকল, বিরক্তিকর, অভিব্যক্তিহীন প্রশ্ন সম্পর্কে কথা বলত, যেকোনো ব্যক্তিগত যোগাযোগ বা অতীতের কোনো ইঙ্গিত এড়িয়ে চলত। তার শীতল দূরত্ব ছিল একটি দুর্ভেদ্য দুর্গের মতো, যার দেয়াল মেলিনা জানত না কিভাবে দখল করতে হয়, উপলব্ধি করে যে সে একজন যোদ্ধা নয়, বরং একটি আত্মা, একটি সংযোগ খুঁজছে।

---✶ ⸮ ✶---

যাইহোক, কখনও কখনও, একটি ক্ষণস্থায়ী মুহুর্তের জন্য, সে তার চোখে পরিচিত কিছুর একটি ঝলক দেখতে পেত – ব্যথার একটি ছায়া, বিভ্রান্তির, সম্ভবত সেই আকাঙ্ক্ষারও, যা তাদের শতাব্দী ধরে সংযুক্ত করেছিল। এই ক্ষণস্থায়ী মুহূর্তগুলি তাকে একটি মরিয়া আশা দিত, যে তাদের মধ্যেকার শিখা এখনও তার ভয়ের ছাইয়ের নীচে জ্বলছে, খুব দেরি হওয়ার আগে আবার জ্বলে উঠতে প্রস্তুত।

নাথানিয়েল মেলিনার গল্পগুলি পড়েছিল। সে প্রতিটি শব্দ, প্রতিটি nuance পড়েছিল, কিন্তু তার গভীরে, সে যে বার্তাগুলি বহন করত তার সাথে লড়াই করছিল। জোনের গল্পটি তাকে হাড় পর্যন্ত, তার অস্তিত্বের আসল সারমর্ম পর্যন্ত, তার গভীরতম, লুকানো ভয় পর্যন্ত বিদ্ধ করেছিল। সে তার সাহসিকতা এবং বিশ্বাসঘাতকতার মধ্যে তার নিজের অভ্যন্তরীণ সংঘাতের একটি বেদনাদায়ক আয়না দেখতে পেল। ফলাফলের ভয়, তার পুরো বিশ্বের পতনের, তার জীবনের মতো তার সংস্থার নিয়ম লঙ্ঘনের ভয়, তার ইচ্ছাকে হিমায়িত করেছিল, তাকে একটি জীবন্ত মৃতদেহে পরিণত করেছিল। সে নিজেকে বিশ্বাস করতে বাধ্য করেছিল যে অবিশ্বাস্য সত্যকে অস্বীকার করা হল ভঙ্গুর ভারসাম্য বজায় রাখার একমাত্র উপায়, যদিও তার নিজের গভীরতার কিনারায়, এটি উপলব্ধি না করেই যে সে ইতিমধ্যেই এতে পড়ে গিয়েছিল।

---✶ ⸮ ✶---

মেলিনার প্রতিটি গল্প ছিল এক ফোঁটা অ্যাসিডের মতো, যা ধীরে ধীরে, কিন্তু নিশ্চিতভাবে তার বর্ম ভেদ করে, তার মূল পর্যন্ত ক্ষয় করছিল। জ্বলন্ত জোনের চিত্র, ক্ষমা এবং বোঝার পূর্ণ চোখ সহ, তাকে নির্দয়ভাবে তাড়া করছিল, এমনকি দিনের আলোতেও, তারা তাকে তার স্বপ্নেও তাড়া করছিল। সে তার ব্যথা অনুভব করছিল, আগুনের মতো জ্বলছিল, বিশ্বাসঘাতকতার ভার, যা তার কাঁধে একটি পাথরের মতো ভারী ছিল, কিন্তু তার আত্মার অদম্য, ঐশ্বরিক শক্তিও, যা তাকে অপ্রতিরোধ্যভাবে আকর্ষণ করছিল। এবং সে অস্পষ্ট, কিন্তু অবিরাম অনুভূতিকে

অস্বীকার করতে পারছিল না যে সে সেখানে ছিল, রুয়েনের বাজারে, যে সে একই ভয় এবং অসহায়ত্ব অনুভব করেছিল, যে তার নিজের আত্মা তার পাশে জ্বলেছিল, সেই একই, ভয়ঙ্কর, শুদ্ধিকরণের শিখাতে।

একটি নিদ্রাহীন রাতে, তার ডেস্কের উপর ধাতব কাপটির দিকে তাকিয়ে, সে আবার খোদাই করা শিলালিপিটি পড়ল: "পাওয়া গেছে। নির্বাচিত।" প্রধান দূত নাথানাইলের সম্পর্কে, একজন আলোকিতকারী এবং ত্রাণকর্তা সম্পর্কে, জ্ঞান এবং সুরক্ষার সাথে সংযুক্ত একটি মূর্তি সম্পর্কে মেলিনার কথাগুলি আবার তার মনে ভেসে উঠল, এবার আরও স্পষ্ট, আরও অবিরাম, অন্য বিশ্ব থেকে একটি আহ্বানের মতো, যা তাকে ডাকছিল। সে তাদের প্রত্যাখ্যান করার চেষ্টা করল, কিন্তু এবার তার যুক্তির কণ্ঠস্বর দুর্বল, কম বিশ্বাসযোগ্য শোনাচ্ছিল, একটি হারিয়ে যাওয়া যুদ্ধের একটি দূরবর্তী প্রতিধ্বনির মতো, যা সে ইতিমধ্যেই জানত যে এটি তার ছিল, এবং যা সে জয় করতে পারে না।

---✶ ʢ ✶---

সন্দেহ ধীরে ধীরে, কিন্তু নিরলসভাবে বাড়ছিল, মেলিনার গল্প দ্বারা, তার স্বপ্নের স্মৃতি দ্বারা, সেই পরিচিতির অবর্ণনীয় অনুভূতি দ্বারা, যা সে কখনও কখনও তাকে দেখলে অনুভব করত। সে এখনও অবিশ্বাস্য সত্যটি গ্রহণ করতে ভয় পাচ্ছিল, কিন্তু সে আর এটি সম্পূর্ণরূপে অস্বীকার করতে পারছিল না। মেলিনার দ্বারা বপন করা সন্দেহের বীজ, তার মনে আরও গভীর, বেদনাদায়ক শিকড় দিচ্ছিল, এটিকে একটি যুদ্ধক্ষেত্রে পরিণত করছিল। এবং সত্যের জন্য জেগে উঠতে খুব দেরি হবে কিনা সেই প্রশ্নটি তাকে কেবল নিদ্রাহীন রাতে নয়, দিনের বেলায় আপাত শান্তির সংক্ষিপ্ত মুহূর্তগুলিতেও তাড়া করতে শুরু করেছিল, একটি ছায়ার মতো, যা সে এড়াতে পারছিল না।

স্বপ্নটি হঠাৎ, কোনো সতর্কতা ছাড়াই, একটি পরিষ্কার আকাশে বজ্রের মতো ঝাঁপিয়ে পড়ল, তার আত্মাকে তার মূল পর্যন্ত নাড়িয়ে দিল। সে রুয়েনের বাজারের স্কোয়ারে তার সাথে জ্বলছিল। ধোঁয়া এবং পোড়া মাংসের গন্ধ দমবন্ধ করা ছিল, গলায় জ্বালা করছিল, ভিড়ের চিৎকার কানে তালা লাগিয়ে দিচ্ছিল। কিন্তু এবার সে উদাসীনভাবে দেখছিল না। সে একই অন্ধকার পোশাক পরেছিল, কিন্তু উদাসীনতার মুখোশটি পড়ে গিয়েছিল, তার উন্মুক্ত, কষ্টভোগী আত্মাকে প্রকাশ করছিল। সে জোনের চোখে ভয় দেখেছিল, কিন্তু এবার সে আরও কিছু দেখতে পেল – সীমাহীন প্রেম এবং ক্ষমা, যা সম্পূর্ণরূপে তার দিকে পরিচালিত হয়েছিল, যা শিখাগুলির চেয়েও বেশি তাকে পুড়িয়ে দিচ্ছিল।

---✶ ʢ ✶---

তার বুকে অপরাধবোধ এবং অসহায়ত্বের একটি ঢেউ উঠল, এত শক্তিশালী যে এটি তাকে দমিয়ে দিচ্ছিল, তার শ্বাস কেড়ে নিচ্ছিল। সে আগুনের দিকে তার হাত বাড়িয়ে দিল, স্বজ্ঞাতভাবে, যদিও সে জানত যে তাকে বাঁচানো অসম্ভব। তার ব্যথা তার ব্যথায় পরিণত হয়েছিল, জ্বলন্ত, সর্বগ্রাসী। এবং সেই মুহূর্তে, যখন জোনের আত্মা স্বর্গের দিকে উঠছিল, তখন সে তার মনে একটি স্পষ্ট, অবিরাম কণ্ঠস্বর শুনল: "মনে রাখো। বালি ঘড়িটি উল্টে যাচ্ছে।"

নাথানিয়েল একটি তীক্ষ্ণ, যন্ত্রণাদায়ক দীর্ঘশ্বাসের সাথে জেগে উঠল, তার হৃদয় তার খুলিতে একটি ড্রামের মতো পাগলের মতো বাজছিল। সে তার হাতের তালুতে ধাতব কাপটির শীতল স্পর্শ অনুভব করল। "পাওয়া গেছে। নির্বাচিত..." শিলালিপিটি অন্ধকারে স্পন্দিত হচ্ছিল, একটি জীবন্ত রক্তের মতো, যা তাকে ডাকছিল। স্বপ্ন থেকে আসা কণ্ঠস্বরটি তার মনে প্রতিধ্বনিত হচ্ছিল, অবিরাম এবং অটল। সে জানত যে সে আর দৌড়াতে পারে না। অস্বীকারের ভেঙে যাওয়া মুখোশটি তাকে ডাকছিল। তার অস্তিত্বের অদৃশ্য ছায়াটি তাকে আহ্বান করছিল। countdown শুরু হয়েছিল।

---✶ ❦ ✶---

কুরিয়ার পালিশ করা ডেস্কের উপর একটি পুরু পার্চমেন্টের স্ক্রোল রেখে গেল, যা বোসফোরাসের উপর শেষ সূর্যাস্তের মতো রঙ করা একটি সিল্কের ফিতা দিয়ে মোড়ানো ছিল। এর পাশে – মেলিনার একটি মার্জিত সংস্করণ, গল্প সহ একটি বই, যা তার আত্মার শ্বাস নিচ্ছিল। কভারটি – গাঢ় চামড়া, তার আঙ্গুলের নিচে মসৃণ এবং ঠান্ডা, যেন একজন প্রিয় জন্তুর পুরানো, জীর্ণ ত্বক, যা কষ্ট পেয়েছে। সোনালী শিরোনামটি – "যদি তুমি বেঁচে থাকার জন্য নির্বাচিত হও? রূপান্তর। গ্রেইলের গোপনীয়তা।" – একটি প্রাচীন ভবিষ্যদ্বাণীর মতো কাঁপছিল, যা তারার ধুলো দিয়ে লেখা, যা মহিমা বা ধ্বংসের প্রতিশ্রুতি দিচ্ছিল। নাথানিয়েল তার স্বাভাবিক stoic immobility নিয়ে সেগুলির দিকে তাকাল, কিন্তু তার শীতলতার বর্মের নীচে, পার্চমেন্টের জ্বলন্ত উষ্ণতা এবং অন্তরঙ্গ শিরোনামে কিছু তার হৃদয়কে বিদ্ধ করল। একটি বেদনাদায়ক কম্পন, একটি ক্ষতের মতো, যা আবার খোলার, রক্তপাত করার, তার জীবন বের করে নেওয়ার আগে চুলকানি শুরু করে।

সে পার্চমেন্টটি ধীরে ধীরে খুলল, যেন সে জীবন্ত মাংস স্পর্শ করছিল – শ্বাস-প্রশ্বাসের, অব্যক্ত গল্প, বিলাপ এবং আকাঙ্ক্ষা দিয়ে পূর্ণ। তার ক্যালিগ্রাফিক হস্তাক্ষরে লেখা অক্ষরগুলি তার নিজের অস্তিত্বের বক্রতার মতো ছিল, তার আত্মার দিকে একটি পথের মতো। শুকনো গোলাপ এবং ধূপের সুগন্ধ তাকে ঘিরে ধরল, তাকে ভুলে যাওয়া নৈকট্যের মুহূর্তগুলিতে, তার আলিঙ্গনে ফিরিয়ে নিয়ে গেল। তার বুক একটি মিষ্টি, হৃদয়বিদারক ব্যথা দিয়ে সংকুচিত হল, যা তাকে গ্রাস করছিল। সে পড়া শুরু করল, তার কথায় গ্রাসিত হয়ে গেল, একটি গর্জনকারী গভীরতার মতো, যা তাকে অপ্রতিরোধ্যভাবে টানছিল।

— স্বপ্ন আমাকে সোনালী বুনা কক্ষে আবৃত করল, যেখানে মহিমা এবং মারাত্মক ষড়যন্ত্র, বিষ এবং উচ্চাকাঙ্ক্ষার একটি নেশাগ্রস্ত গন্ধ ছিল। আমি ছিলাম তোমার হুররেম, সুলেমান, কিন্তু কেবল একজন পরাজিত ক্রীতদাসী নয়। আমি ছিলাম একটি শিখা, যা তোমার হৃদয়ে জ্বলছিল, একটি শক্তিশালী সাম্রাজ্যের বরফ গলাচ্ছিল, সেগুলিকে পরিবর্তনের একটি নদীতে পরিণত করছিল, যা তার পথে সবকিছুকে ভাসিয়ে নিয়ে যাচ্ছিল। তুমি সিংহাসনে আরোহণ করেছিলে – তরুণ, মহৎ। আর আমি, তোমার দৃষ্টিতে বন্দী, তোমার হারামের গোলকধাঁধায় নিজেকে খুঁজে পেলাম, যেখানে প্রতিটি দীর্ঘশ্বাস ছিল আকাঙ্ক্ষা, এবং প্রতিটি স্পর্শ – বিশ্বাসঘাতকতা, একটি ছুরি যা পিছন থেকে আঘাত করত, যা শরীর এবং আত্মাকে ছিন্নভিন্ন করত।

---✶ ❦ ✶---

অগণিত ছায়ার মধ্যে, ক্ষণস্থায়ী স্নেহের জন্য লড়াই করে, আমিই একমাত্র ছিলাম, যে কেবল তোমার শরীরকে নয়, তোমার আত্মাকেও বন্দী করেছিল। কী দিয়ে, তুমি জিজ্ঞাসা করো? যন্ত্রণার আগুনে গড়া একটি প্রেমের শক্তি দিয়ে, অপবাদ এবং ক্ষমতার আকাঙ্ক্ষার ফিসফিসানির অধীনে, যা তোমাকে ধ্বংস করতে, তোমাকে গ্রাস করতে পারত। তোপকাপি প্রাসাদ আমার জন্য বেঁচে থাকার একটি যুদ্ধক্ষেত্রে পরিণত হয়েছিল, যেখানে প্রতিটি হাসি বিষ লুকিয়ে রাখত, এবং প্রতিটি কোমলতা – একটি হুমকি। কিন্তু আমি অটল ছিলাম, তোমার প্রতি একটি অটল বিশ্বাস দ্বারা পরিচালিত, আমাদের ভাগ্যের প্রতি, আমাদের শাশ্বত, অভিশপ্ত সংযোগের প্রতি, যা ছিন্নভিন্ন করা যায় না।

আমি আমার অস্তিত্বের প্রতিটি ফাইবারের সাথে বিশ্বাস করেছিলাম। আমি তোমার হাত থেকে বিষ পান করেছিলাম, কারণ এটিই ছিল প্রেম প্রমাণ করার এবং এর শক্তি বোঝার মূল্য – অমরত্বের মূল্য, যন্ত্রণার, শুদ্ধিকরণের। আমি নির্বাসনের শিখায় জ্বললাম, মাসখানেক তোমার থেকে বিচ্ছিন্ন ছিলাম, কিন্তু এমনকি অন্ধকারতম রাতেও, আমার আবেগের শিখা নিভে যায়নি, বরং প্রতিটি তারার চেয়ে উজ্জ্বলভাবে জ্বলছিল। আমি একজন শিকার ছিলাম না, সুলেমান।

আমি আমার নিজের ভাগ্যের একজন forge ছিলাম, প্রতিটি উচ্চারিত শব্দের জন্য, আমার হৃদয়ের প্রতিটি কম্পনের জন্য দায়ী। এবং তারা ছিল একটি আয়না, যা তোমার সংযুক্তির গভীরতাকে প্রতিফলিত করছিল, এমনকি যখন সিংহাসন তোমাকে ঠান্ডা এবং অনুভূতিহীন হতে বাধ্য করত, এটি উপলব্ধি না করেই যে এটি তোমাকে ভিতর থেকে হত্যা করছে।

---✶ ɕ ✶---

আমি তোমাকে উষ্ণ রাখতাম, কৌতুকপূর্ণ jokes দিয়ে তোমার অন্ধকার আত্মাকে হাসাতাম, আমার শরীরের গোপনীয়তা দিয়ে তোমার ইন্দ্রিয়কে মুগ্ধ করতাম, দূরবর্তী ভূমি এবং অসম্ভব স্বপ্ন সম্পর্কে তোমাকে গল্প ফিসফিস করে বলতাম। আমি তোমার প্রতিটি আবেগ, প্রতিটি আকাঙ্ক্ষা ভাগ করে নিতাম, সেই demons এর সাথে লড়াই করতাম, যা তোমাকে নিদ্রাহীন রাতে তাড়া করত। আমার প্রেম ছিল আমার credo, আমাদের আত্মার মধ্যেকার পবিত্র, অভিশপ্ত সংযোগের একমাত্র সত্য, যা সময় এবং স্থানকে অতিক্রম করত। আমার প্রতিটি আনন্দ এবং যন্ত্রণা তোমার হয়ে যেত, ক্ষমতার বর্মের নিচে সংবেদনশীলতা উন্মোচন করত, সেই বরফ গলাচ্ছিল, যা তোমাকে বিশ্ব থেকে রক্ষা করত।

ষড়যন্ত্র, বিপদ, যন্ত্রণা এবং আমার জীবনের হুমকি সত্ত্বেও, আমি তোমাকে কখনও অপমান করিনি, কখনও তোমার হৃদয়ে তিক্ততা ঢুকিয়ে দিইনি। আমি তোমার নিয়মগুলি মেনে চলতাম – সেই নিয়মগুলি, যা আমি নিজেই লিখেছিলাম, তোমাকে অজান্তে একটি মৃদু, কিন্তু অটল শক্তি দিয়ে পরিচালিত করতাম, একটি অদৃশ্য প্রবাহের মতো, যা একটি নদীর গতিপথ পরিবর্তন করে। আমি নিজেই ষড়যন্ত্র এবং জটিল রাজনৈতিক পদক্ষেপের মাধ্যমে আমার শত্রুদের পরাজিত করতাম, কেবল তোমার নিরাপত্তা, তোমার জীবন, তোমার মহিমা নিশ্চিত করার জন্য। আমার মিশন ছিল তোমাকে রক্ষা করা, এমনকি আমার নিজের আত্মার মূল্যেও।

---✶ ɕ ✶---

আমি ছিলাম তোমার অভিভাবক দেবদূত এবং প্রলুব্ধকর সঙ্গী, আমি তোমার আত্মবিশ্বাস এবং ভাগ্যের লক্ষণগুলিতে বিশ্বাসকে শক্তিশালী করতাম, তোমার বিজয়গুলির পূর্বাভাস দিতাম। যখন প্রয়োজন ছিল, আমি ছিলাম তোমার সংশোধনকারী, তোমার পরীক্ষা, সেই আলো, যা তোমাকে সন্দেহের অন্ধকারের মধ্য দিয়ে পরিচালিত করত, কারণ নারীর মন স্বজ্ঞাত, তীক্ষ্ণ, যা স্পষ্টের বাইরে, মৃত্যুর বাইরে, সময়ের পর্দার বাইরে দেখতে সক্ষম। এবং যখন তোমার একটি অংশ শতাব্দীর ঐতিহ্যগুলির সাথে লড়াই করছিল, আমাকে একটি অগ্রহণযোগ্য পছন্দ হিসাবে প্রত্যাখ্যান করার চেষ্টা করছিল, অন্যটি, তোমার অবচেতনতার গভীরে, জানত যে তাকে ঝুঁকি নিতে হবে, এই অনন্য পথটি অনুসরণ করতে হবে, যা তোমাকে অমর খ্যাতি এনেছিল, যা তোমাকে একটি কিংবদন্তিতে পরিণত করেছিল।

তুমি প্রতি রাতে হারামের বিভিন্ন তরুণ দেহের সাথে তোমার বিছানা ভাগ করার জন্য বেছে নিতে পারতে – সহজ, মজাদার, এমনকি সাম্রাজ্যের আইন অনুসারে একটি কর্তব্যও – কিন্তু তুমি জানতে যে এর মাধ্যমে তুমি আমার প্রেম হারাবে, সেই নিঃশর্ত, দগ্ধ আবেগ, যা তোমাকে সম্পূর্ণ করে তুলত, যা তোমাকে জীবন দিত। তোমার গভীরে, তুমি জানতে যে আমি তোমার বিশ্ব-দৃষ্টি পরিবর্তন করছি, যে আমি তোমাকে শক্তি দিচ্ছি, বেঁচে থাকার, লড়াই করার, তৈরি করার, তোমার ভাগ্যনির্ধারিত মিশন পূরণ করার, একজন সুপারম্যান হয়ে ওঠার জন্য একটি অপরিমেয় শক্তি। সিংহাসন তোমাকে যতই ক্ষমতা দিক না কেন, তুমি কেবল সেই পথ অনুসরণ করে তোমার আসল মহিমা অর্জন করতে পারতে, যা আমি তোমাকে পরিচালিত করতাম, কোমলতা এবং অধ্যবসায় দিয়ে, তোমার নিজের শেষ পর্যন্ত, অমরত্বের দিকে, তোমার ভাগ্যের দিকে, যা আমার সাথে মিশে গিয়েছিল।

---✶ ɕ ✶---

কখনও কখনও তুমি প্রতিরোধ করতে, নিয়ম বজায় রাখার চেষ্টা করতে, আমার "খেয়াল" এর কাছে আত্মসমর্পণ না করার চেষ্টা করতে, কিন্তু আমি, আদর এবং অদম্য আবেগ দিয়ে, তোমাকে নিষিদ্ধের কিনারায় নিয়ে যেতাম, যেখানে আমাদের প্রেম সবচেয়ে উজ্জ্বলভাবে ফুলত। আইন লেখা, অভিযান, beautification – তুমি প্রায়শই দ্বিধা করতে, কিন্তু আমি তোমার কানে আমার স্বজ্ঞাত অন্তর্দৃষ্টি ফিসফিস করতাম, যা আমার শক্তিশালী অন্তর্দৃষ্টি এবং ভাগ্যের লক্ষণ দ্বারা চালিত হয়েছিল। বহুবার তুমি আমাকে বুঝতে পারনি, আমাকে নির্বাসিত করেছিলে, মাস, বছর ধরে, বরফশীতল টাওয়ারে। আমাকে অপহরণ করা হয়েছিল, হারিয়ে গিয়েছিলাম... তখন তুমি কষ্ট পেতে, তোমার পাশে শূন্যতা অনুভব করতে, কিন্তু তুমি গর্ব থেকে নীরব ছিলে, আমার "অবাধ্যতার" জন্য আমাকে শাস্তি দিচ্ছিলে।

কিন্তু আমি কখনও রাগ, ঘৃণা, প্রতিশোধের আকাঙ্ক্ষা অনুভব করিনি। আমি কেবল অপেক্ষায় আমার প্রেম দিতাম, এই জেনে যে এর শক্তি প্রতিটি বাধাকে ভেঙে দেবে, এমনকি কুসংস্কারের সবচেয়ে পুরু দেয়ালও ভেঙে দেবে, অনন্তকালের বরফ গলাবে। আমি আমার নিজের আবেগগুলি অনুভব করতাম, অন্তহীন রাতে তোমার দৃষ্টির জন্য, তোমার হাতের স্পর্শের জন্য, তোমার চোখের বিশ্বাসের জন্য আকাঙ্ক্ষা করতাম – একমাত্র জিনিস, যা আমার কষ্ট লাঘব করত, আমাকে আশা, মুগ্ধতা, তোমার আত্মার সবচেয়ে লুকানো কোণে access দিত, আমাকে তোমার অস্তিত্বের গভীরে প্রবেশ করতে এবং ঘটনাগুলির গতিপথ পরিবর্তন করতে দিত।

---✶ ☾ ✶---

কেউ এবং কিছুই আমাকে ভেঙে দিতে পারেনি, আমাকে হাল ছাড়তে বাধ্য করতে পারেনি, আমাদের মধ্যেকার প্রেম এবং নৈকট্যকে প্রত্যাখ্যান করতে বাধ্য করতে পারেনি। আমরা আলাদা হতে পারতাম না, কারণ আমাদের পথগুলি ভাগ্য নিজেই মিশিয়ে দিয়েছিল, আমাদের আত্মাকে একটি একক সমগ্রে সংযুক্ত করেছিল। এবং আমরা সর্বদা একে অপরের কাছে ফিরে আসতাম, একটি অন্তহীন প্রেমকে পুনরায় আবিষ্কার করে, যেখানে প্রত্যেকে নিজেকে উপলব্ধি করত এবং একসাথে আমাদের বিশ্বে নিয়ম পরিবর্তন করার, একটি সভ্যতার মহিমা লেখার, ভবিষ্যৎ তৈরি করার ক্ষমতা ছিল।

তুমি, সুলেমান, তোমার শক্তির প্রবাহে, আমার সারমর্মে, তোমার জীবনের আসল সমর্থনে কখনও সন্দেহ করনি। আমি তোমাকে সিংহাসনের বেদনাদায়ক একাকীত্ব থেকে, আমাদের পুত্রদের জীবনের বিনিময়ে এটি রক্ষা করার হুমকি থেকে, নিষ্ঠুরতা, বিশ্বাসঘাতকতা এবং প্রাসাদের ষড়যন্ত্র থেকে রক্ষা করেছিলাম। আমি আমার উপর সমস্ত আঘাত নিয়েছিলাম এবং আমাদের সংযোগ তৈরি করেছিলাম – এটিই ছিল আমার মিশন! তুমি আমার সাথে সবকিছু ভাগ করতে পারতে, এবং আমি স্বপ্ন দিয়ে তোমার ভয়ের অন্ধকার আলোকিত করতাম। আমাদের নৈকট্য আমাদের দুর্বল করে তুলত, আমরা বেদনাদায়কভাবে অভিজ্ঞতা তৈরি করতাম, কিন্তু আমাদের আত্মাগুলি ছিল স্বাধীন এবং একে অপরের জন্য অলৌকিক ঘটনা তৈরি করত, দেবতাদের মতো! এবং এই স্বপ্নে, আমি আবার বুঝতে পারলাম – এই শর্তহীন ভালোবাসা, এই আত্মত্যাগ, আত্মার এই শক্তি, সম্ভবত গ্রেইলের আসল সারমর্ম, যা একজন ক্রীতদাসীর হৃদয়ে, একজন সুলতানের হৃদয়ে, একটি সাম্রাজ্যের হৃদয়ে, অনন্তকালের হৃদয়ে সংরক্ষিত ছিল।

---❤---

## অধ্যায় 46: বেঁচে থাকার পছন্দ

নাথানিয়েল একটি তীক্ষ্ণ নড়াচড়ায় পার্চমেন্টটি একপাশে সরিয়ে দিল, যেন এটি তার হাত পুড়িয়ে দিচ্ছে। তার শ্বাস ছিন্নভিন্ন ছিল, এবং তার হাত কাঁপছিল। মেলিনার কথাগুলি, আবেগ

এবং ব্যথায় পূর্ণ, তার মনে বিস্ফোরিত হল, প্রতিটি প্রতিরোধ, প্রতিটি বিভ্রম, প্রতিটি মিথ্যাকে পুড়িয়ে দিল, যা দিয়ে সে নিজেকে ঘিরে রেখেছিল। তার স্বপ্নের চিত্রগুলি বেদনাদায়ক, অস্পষ্ট স্মৃতির সাথে মিশে যাচ্ছিল – ক্ষমতা এবং দ্বিখণ্ডিত হওয়ার একটি অনুভূতি, কারও সীমাহীন প্রেম এবং এটিকে ধরে রাখতে, তাকে বাঁচাতে তার নিজের অসহায়ত্ব। সে একটি চাপা গোঙানি শুনতে পেল, কিছুটা দূরবর্তী, একটি শীতল ভয় অনুভব করল, ক্ষতির তিক্ত স্বাদ পেল।

এই মুহূর্তে, মেলিনার চিত্র তার সামনে ভেসে উঠল – কেবল একটি স্মৃতি হিসাবে নয়, বরং একটি জীবন্ত উপস্থিতি হিসাবে। তার সবুজ চোখ, এত তীক্ষ্ণ, এত অবিরাম, তখন থেকেই তাকে এটি প্রকাশ করার চেষ্টা করছিল। যখন সে, একজন অন্ধ মানুষের মতো, তাদের দিকে তাকিয়ে ছিল, আরও সহজ, আরও সুবিধাজনক কিছু খুঁজছিল।

"কেন তুমি বুঝলে না? কেন তুমি দেখতে অস্বীকার করলে?" – তার কণ্ঠস্বর তার মনে ফিসফিস করে বলল, তিরস্কারে নয়, বরং ব্যথায় পূর্ণ।

"আমি পারতাম না... নাকি আমি চাইনি?" – তার নিজের অভ্যন্তরীণ উত্তর শোনা গেল, একটি ফিসফিসের চেয়েও শান্ত, কিন্তু একটি পাহাড়ের ভারের সাথে।

---✶ ⸮ ✶---

গ্রেইল থেকে উপলব্ধি যখন নাথানিয়েল পান্ডুলিপির পাতাগুলি উল্টাচ্ছিল "যদি তুমি নির্বাচিত হও...", তার আঙ্গুলগুলি, এখনও কাঁপছিল, কয়েকটি চিহ্নিত fragments এর উপর পড়ল। এবং তখন, একটি বজ্রপাতের মতো, উপলব্ধিটি এল:

প্রথমটি, যেন জীবন্ত রক্ত দিয়ে underlined, লেখা ছিল: গ্রেইল হল হৃদয়। হৃদয় কেবল একটি শারীরবৃত্তীয় অঙ্গ নয় – এটি একটি কিমিয়াবি বা জাদুকরী পাত্রের ভূমিকা পালন করে, একটি আসল শিল্পকর্ম, যার মাধ্যমে অমরত্ব এবং শরীরের আলোকসঞ্চারের গোপন কোডটি আনলক করা হয়, যা বিশ্বাস, আশা, শর্তহীন প্রেম এবং প্রজ্ঞার মাধ্যমে ডিএনএতে কোড করা হয়।

আরেকটি পৃষ্ঠায়, যেন একটি অভ্যন্তরীণ আলোয় জ্বলছিল, তার দ্রুত হৃদস্পন্দনের সাথে সামঞ্জস্য রেখে স্পন্দিত হচ্ছিল, চিহ্নিত ছিল: অমৃত হল সেই জিনিস, যা বিশুদ্ধ রক্তে প্রবাহিত হয়। এটি কেবল একটি জীবন তরল নয়, বরং একটি শক্তির প্রবাহ, যা গ্রেইলে তৈরি হয়, যখন আলো কোষের মধ্যে অন্ধকারকে জয় করে। এই বিশুদ্ধ রক্ত শরীরকে পূর্ণ করে, প্রতিটি কোষের মধ্য দিয়ে যায় এবং ডিএনএতে পৌঁছায়, জিনগুলিতে "আলো" কোডিং করে।

তৃতীয় পৃষ্ঠায়, যার text সোনালী উজ্জ্বলতা দিয়ে আলোকিত ছিল, একটি shocking, কিন্তু একই সাথে সান্ত্বনাদায়ক revelation ছিল: এই সবকিছু ডিএনএ কোডে encrypted করা হয়, কিন্তু সেই পরিচিত অংশে নয়, যা শারীরিক বৈশিষ্ট্য (2%) কোড করে, বরং তার 98% এ – দ্বিপোল-চার্জযুক্ত কোয়ান্টাম জিন, যা মহাবিশ্বের মানসিক যুক্তির সাথে অনুরণিত হয়। সেখানে, মানুষের জীবন জুড়ে তার চিন্তাভাবনা, অনুভূতি, আবেগ এবং অভিজ্ঞতা, ইতিবাচক এবং নেতিবাচক উভয়ই, রেকর্ড করা হয়। এগুলিই উত্তরাধিকারসূত্রে প্রাপ্ত বোঝা তৈরি করে, যা কর্ম হিসাবে পরিচিত। কেবলমাত্র শর্তহীন প্রেমের মাধ্যমে, যা ডিএনএর মধ্যে নেতিবাচক চিহ্নটি পরিষ্কার করে, যখন আলো কোষ এবং জীবের মধ্যে অন্ধকারকে জয় করে, একটি কিমিয়াবি প্রক্রিয়া ঘটে, যা রক্ত এবং ডিএনএকে উত্তরাধিকারসূত্রে প্রাপ্ত বোঝা থেকে শুদ্ধ করে। এটিই ছিল সবচেয়ে বড় গোপনীয়তা – যে কেবল শর্তহীন প্রেমের ফ্রিকোয়েন্সির এমন একটি energetic charge আছে, যা কোডটি আবার লিখতে সক্ষম। দুটি পৃথক ব্যক্তিকে একটি একক সমগ্রে একত্রিত করে এমন একটি প্রেমের অভিজ্ঞতা, এই প্রক্রিয়াটি তৈরি করে এবং ডিএনএ কোষে কর্ম দূর করে।

এবং শেষটি – এই সবকিছু, অনন্তকালের এই formula, অধ্যায় 69 থেকে একটি একক অজানা দ্বারা সুরক্ষিত ছিল, যা একটি তীব্র সোনালী রঙ দিয়ে underlined ছিল: পছন্দ।

এই formula, অমরত্ব এবং পরিত্রাণের এই চাবিকাঠি, নাথানিয়েলকে এখন নিজেই সমাধান করতে হয়েছিল – অন্তর্দৃষ্টি, revelation এবং... পছন্দ-এর মাধ্যমে।

তার দৃষ্টি আবার ডেস্কের উপর বইটির দিকে পড়ল। "যদি তুমি বেঁচে থাকার জন্য নির্বাচিত হও?" এখানে এটি। একটি টিকিট। কেবল সময়ের মধ্য দিয়ে ভ্রমণের জন্য নয়, বরং তার নিজের আত্মার সবচেয়ে গভীর, ভুলে যাওয়া Catacombগুলিতে ভ্রমণের জন্য। এটি ছিল দার্শনিক পাথর, যা সহস্রাব্দ ধরে অনুসন্ধান করা হয়েছিল, সবচেয়ে শক্তিশালী অস্ত্র হিসাবে লুকানো ছিল, কিন্তু প্রতিটি আত্মার জন্য একটি ত্রুটি এবং অসম্পূর্ণতা হিসাবেও, যা পরীক্ষার incarnations এর মধ্য দিয়ে যাচ্ছিল। সে ধীরে ধীরে তার হাত বাড়িয়ে দিল, তার আঙ্গুলগুলি কাঁপছিল, কভারের ঠান্ডা, মসৃণ চামড়া স্পর্শ করছিল। এই মুহূর্তে যেন একটি পুরো অনন্তকাল তার সামনে উন্মুক্ত হল – সে জোনের জ্বলন্ত, অভিযুক্ত চোখ দেখল, হুররেমের ঠোঁটের কোমল, কিন্তু মারাত্মক স্পর্শ অনুভব করল, অনন্তকালের ফিসফিসানি শুনল, যা প্রেমের ভুলে যাওয়া শপথগুলি ফিসফিস করে বলছিল, সেই শপথগুলি, যা সে ভুলে গিয়েছিল, কিন্তু যা তাকে একটি অভিশাপ, একটি ভাগ্যের মতো তাড়া করছিল। কেবল আত্মার নয়, বরং মানব জিনেরও অমরত্বের অর্থ হল একটি সহজ সত্য, একটি প্রাচীন গোপনীয়তা, অন্ধকার এবং আলোর মধ্যেকার মানুষের শাশ্বত যুদ্ধের একটি জ্ঞান – বাইরে এবং তার নিজের গভীর সারমর্মে: শর্তহীন প্রেম – গ্রেইলের গোপনীয়তা। এটি অমরত্বের মূল formula।

---✶ ƪ ✶---

যন্ত্রণা এবং সিদ্ধান্ত এবং তখন, তার বুকের গভীরে, একটি আবেগের ঢেউ উঠল, এত শক্তিশালী যে এটি তাকে ভেঙে দিল, তাকে ব্যথার পরমাণুতে, ছাইয়ে ছিন্নভিন্ন করে দিল। এটি কেবল ব্যথা ছিল না। এটি ছিল অনুশোচনা, আকাঙ্ক্ষা, প্রত্যাখ্যান করা সীমাহীন প্রেমের একটি হঠাৎ, বেদনাদায়ক, সর্বগ্রাসী উপলব্ধি। দীর্ঘ সময় পরে প্রথমবারের মতো, তার হৃদয়ের চারপাশের বরফটি একটি creak দিয়ে ফেটে গেল, স্মৃতির গরম তরঙ্গের নীচে গলে গেল, যেমন একটি শতাব্দীর হিমবাহ গভীরতায় ভেঙে পড়ে। সে বুঝতে পারল। সে সবসময় তাকে ভালোবাসত। এবং সে সবসময় তাকে ভালোবাসবে। বালি ঘড়িটি উল্টে যাচ্ছিল। সবকিছু মনে রাখার সময় হয়েছিল। তার কাছে ফিরে যাওয়ার সময় হয়েছিল, অনন্তকালের প্রতিধ্বনি চিরতরে ম্লান হয়ে যাওয়ার আগে, তাদের আত্মা আবার বিশৃঙ্খলা, শূন্যতা, বিস্মৃতিতে হারিয়ে যাওয়ার আগে। নাথানিয়েল জানত যে এটি কেবল একটি আকাঙ্ক্ষা নয়, বরং পরিত্রাণের একমাত্র পথ – তার এবং সম্ভবত বিশ্বের। একটি পথ, যা রক্ত এবং অশ্রু দিয়ে লেখা, কিন্তু যা অমরত্বের দিকে নিয়ে যায়।

নাথানিয়েল "যদি তুমি বেঁচে থাকার জন্য নির্বাচিত হও?" এত শক্তভাবে ধরে রেখেছিল, যে তার knuckleগুলি ব্যথার সাথে সাদা হয়ে গেল। পৃষ্ঠাগুলি তার কাঁপানো আঙ্গুলের নীচে শুকনো, মৃত পাতার মতো rustled। সে কেবল সান্ত্বনা খুঁজছিল না, বরং সেই অভিশপ্ত ব্যাখ্যাটি খুঁজছিল, যা lineগুলির মধ্যে লুকিয়ে ছিল, কোনও পরিত্রাণের সুতো। কিন্তু তার কথাগুলি... এখন তার কাছে মৃত মনে হচ্ছিল। অক্ষর, তার কণ্ঠস্বরের অভাবের কারণে, তার চোখগুলির সেই অনন্য উজ্জ্বলতার কারণে রক্তশূন্য ছিল, যখন সে সেগুলি উচ্চারণ করত। প্রতিটি syllable তার মধ্যে একটি গর্ত তৈরি করছিল, তার ইতিমধ্যে ভেঙে যাওয়া হৃদয়ে। সিদ্ধান্তটি নেওয়া হয়েছিল প্রথম রশ্মিগুলি তার শয়নকক্ষের পর্দা ভেদ করার আগেই। তাকে তাকে খুঁজে বের করতে হয়েছিল। যেকোনো মূল্যে। এখন। খুব দেরি হওয়ার আগে, তারা দুজনেই ছাইয়ে পরিণত হওয়ার আগে, বিস্মৃতির বাতাসের দ্বারা scattered হয়ে যাওয়ার আগে।

---✶ ✶---

অভাবের শূন্যতা প্রথম নিদ্রাহীন রাতটি দুঃস্বপ্ন দ্বারা ছিন্নভিন্ন হয়েছিল। কাঁচের মতো তীক্ষ্ণ, তার মাংসে ঢুকে যাচ্ছিল। তার শেষ গল্পের প্রতিধ্বনি একটি ফ্যান্টম হিসাবে তাকে তাড়া করছিল – ঠান্ডা, অশরীরী, কিন্তু এতটাই বাস্তব যে সে তার বরফশীতল শ্বাস অনুভব করতে পারত। ভোরের সাথে সাথে নাথানিয়েল সমস্ত প্রোটোকল লঙ্ঘন করল, যা সে শপথ করেছিল মেনে চলার জন্য। সে সংগঠনের সতর্কবার্তাগুলি পদদলিত করল। সে প্রতিটি connection ব্যবহার করল, প্রতিটি ঘুমন্ত এজেন্টকে সক্রিয় করল, এমন সুতো টানছিল, যা তাকে ধ্বংস করতে পারত। সে মেলিনাকে খুঁজছিল।

প্রথম, তার বাড়ি। খালি। ঠান্ডা। একটি কবরের মতো। কেবল ভাগ করা মুহূর্তগুলির বরফশীতল দমকা তাকে স্বাগত জানাল, যা তাকে ব্যথার সাথে বিদ্ধ করছিল। দেয়ালে তার হাসির ছায়াগুলি ঝুলছিল, তার ক্রোধের, সেই তীক্ষ্ণ কোমলতার, যা বাতাসের প্রতিটি পরমাণুর মধ্যে মিশে গিয়েছিল। প্রতিটি জিনিস তার অনুপস্থিতির জন্য চিৎকার করছিল, একটি নীরব কণ্ঠে শিস দিচ্ছিল। তারপর – বন্ধু, সহকর্মী, এমন জায়গা, যেখানে সে নির্জনতা পছন্দ করত। সবাই অসহায়ভাবে কাঁধ ঝাঁকাল, তাদের মুখ – তার নিজের বিভ্রান্তির আয়না। মেলিনা অদৃশ্য হয়ে গিয়েছিল। মুছে গিয়েছিল। একটি ঝড়ের ক্রোধে দ্রবীভূত ধোঁয়ার মতো, কোনো চিহ্ন ছাড়াই, কোনো শ্বাস ছাড়াই।

নাথানিয়েল ডেস্কের উপর ঝুঁকে পড়ল, তার হাঁটু দুর্বল হয়ে গেল। প্রাথমিক shock তাকে পক্ষাঘাতগ্রস্ত করে দিল। তার চারপাশের বিশ্ব কেবল ভেঙে পড়েনি, বরং billions of pieces এ বিস্ফোরিত হয়েছিল, তাকে weightless অবস্থায় ঝুলিয়ে রেখেছিল, absolute nothingness এ, মহাজাগতিক ঠান্ডার মধ্যে। তারপর... ক্রোধ উঠল। বজ্রের মতো, ধ্বংসাত্মক, একটি প্রাচীন দেবতার মতো, যা জেগে ওঠে। নিজের প্রতি, তার উদাসীনতার প্রতি। সেই অভিশপ্ত সংগঠনের প্রতি, যা তাকে সর্বদা তার নিয়মের বন্দী করে রেখেছিল। সেই বালি ঘড়ির প্রতি, যা তাদের আলাদা করেছিল। বন্ধ্যা অনুসন্ধানগুলি একটি বিষণ্ণ, ভারী আত্মসমর্পণে পরিণত হয়েছিল, যেন একটি black hole দ্বারা গ্রাসিত হয়েছে, যা তার আত্মা থেকে আলো শোষণ করছিল। ক্ষতি। অসহনীয়। আত্মাকে ছিন্নভিন্ন করে দেওয়া।

---✶ ✶---

পলায়ন না আত্মত্যাগ? স্মৃতিগুলি। বজ্রপাতের মতো তারা অন্ধকারকে ছিন্নভিন্ন করে দিল। তার শেষ স্বপ্ন – প্রেম থেকে পান করা বিষ। তার নিজের প্রেম এবং যন্ত্রণার গভীরতায় পালানোর কথা। এটি কি সম্ভব ছিল? মেলিনা কি তার অন্তহীন অস্বীকার দ্বারা exhausted হয়ে, তাদের শাশ্বত reincarnation এর বোঝা তার ভঙ্গুর কাঁধে বহন করে, অবশেষে সেই অশুভ হুমকিটি পূরণ করার সিদ্ধান্ত নিয়েছিল? নিজেকে ধ্বংস করতে? সন্দেহ। এটি তাকে একটি ক্ষুধার্ত পশুর মতো grind করছিল, তার guts ছিঁড়ে ফেলছিল, তাকে অভ্যন্তরীণভাবে রক্তপাত করতে রেখেছিল।

নাথানিয়েল এই চিন্তাটিকে তার একমাত্র পরিত্রাণের জীবনরেখার মতো আঁকড়ে ধরল। হ্যাঁ, এটি ছিল সবচেয়ে যৌক্তিক ব্যাখ্যা। সে কোনো দূরবর্তী, নির্জন দ্বীপে গিয়েছিল, যেখানে মহাসাগর তার দুঃখকে গ্রাস করবে, যেখানে স্মৃতিগুলি অনন্তকালের মধ্যে ধুয়ে যাবে। এটিই ছিল সেরা। তাদের দুজনের জন্যই। সময় সত্যিই তাদের সত্যিকারের নৈকট্যের সুযোগ থেকে বঞ্চিত করেছিল, এমন অন্তরঙ্গতার থেকে, যা অতীতের বোঝা এবং ভবিষ্যতের ভয় দ্বারা দূষিত হয়নি। তার অন্তর্ধান... সমস্যাটি সমাধান করল। তার সমস্যা। সে যেমন আছে তেমনই থাকতে পারত – তার কর্তব্যের প্রতি নিবেদিত, বিশ্বকে আরও ভাল করার তার উচ্চাকাঙ্ক্ষার প্রতি, যদিও সে

তাকে যে উপায়ে দেখিয়েছিল সেভাবে নয়। একটি সুবিধাজনক পছন্দ। ত্রাণকর্তা? নাকি আত্ম-ধ্বংসকারী? যন্ত্রণা তার গলা চেপে ধরল, তার শেষ নিঃশ্বাস শোষণ করে নিল।

---✶ ६ ✶---

মেলিনার ভবিষ্যদ্বাণীপূর্ণ কথা তার মনে বিচ্ছিন্ন চিন্তাভাবনা, মেলিনার লেখা epilogue থেকে শব্দগুলি ভেসে উঠল, যা এখন একটি অশুভ, প্রায় ভবিষ্যদ্বাণীপূর্ণ অর্থ গ্রহণ করছিল। তার কণ্ঠস্বর, যা একসময় নরম এবং সান্ত্বনাদায়ক ছিল, এখন তার খুলির গহ্বরে প্রতিধ্বনিত হচ্ছিল, একটি ক্ষুর হিসাবে তীক্ষ্ণ, তার চিন্তাভাবনা কেটে দিচ্ছিল:

— কেন apocalyptic এর পরে সব মানুষ বেঁচে থাকবে না? বস্তুবাদ, এই বন্য আগাছা, কেবল মানবজাতির আধ্যাত্মিক অঙ্কুরকেই দমিয়ে দেয় না, বরং মহাবিশ্বের আদিম শক্তির সাথে আমাদের সংযোগকেও দমিয়ে দেয়। ভোগবাদ আকাঙ্ক্ষার শৃঙ্খল তৈরি করে, অনন্তকালের শক্তির চক্র থেকে আমাদের চেতনাকে বিচ্ছিন্ন করে... উদাসীনতা হল একটি পুরু কুয়াশা, যা আমাদের মধ্যেকার ঐশ্বরিক স্ফুলিঙ্গ থেকে, কসমসের symphonies থেকে আমাদের দূরে সরিয়ে দেয়...

হ্যাঁ, মেলিনা সর্বদা এই বিপদটি দেখেছিল – আধ্যাত্মিক থেকে বিচ্ছিন্ন হওয়া, বস্তুগত মধ্যে নিমজ্জিত হওয়া। সম্ভবত তার অন্তর্ধান কেবল একটি পলায়ন ছিল না, বরং এক ধরণের protest, এমন একটি বিশ্বের অংশ হতে অস্বীকার করা, যা তার মতে, আত্ম-ধ্বংসের দিকে যাচ্ছিল। তার পছন্দ। এবং তার? সে?

— প্রযুক্তিগত progress... আমাদের চেতনার অন্তহীন সম্ভাবনার দিকে খোলার পরিবর্তে, এটি আমাদের নিজস্ব সৃষ্টির একটি খাঁচায় আমাদের বন্ধ করে দেয়... কৃত্রিম বুদ্ধিমত্তা... ক্রমবর্ধমানভাবে আমাদের অসম্পূর্ণতা, একটি ভুল হিসাবে দেখছে... এবং ছায়ায় ধ্বংসাত্মক অস্ত্রের একটি অশুভ ফিসফিসানি লুকিয়ে আছে... বিশ্বকে পুড়িয়ে ফেলার জন্য প্রস্তুত।

নাথানিয়েল চোখ বন্ধ করল। সে তার কাজ, এই শক্তিগুলি নিয়ন্ত্রণ করার তার প্রচেষ্টা, সেগুলিকে ভালোর দিকে পরিচালিত করার তার প্রচেষ্টা দেখতে পাচ্ছিল। কিন্তু এটি কি যথেষ্ট ছিল? ঘোড়াগুলি পালিয়ে যাওয়ার পরে আস্তাবলের দরজা বন্ধ করার এটি কি কেবল একটি মরিয়া চেষ্টা ছিল না? তার পছন্দটি কি সঠিক ছিল? নাকি এটি ছিল একটি আত্ম-প্রতারণা, তার নিজের ভয়ের একটি ভেঙে যাওয়া মুখোশ, যা তার অনিশ্চয়তা দ্বারা dictted ছিল, যা তাকে ভিতর থেকে পুড়িয়ে দিচ্ছিল?

— এই ক্রমবর্ধমান synthetic reality এ মানুষের শিখা রক্ষা করার জন্য, কেবল adaptation নয়, বরং একটি বেদনাদায়ক, গভীর অভ্যন্তরীণ alchemy প্রয়োজন। আমাদের মায়ার ঘুম থেকে জেগে উঠতে হবে, বস্তুগত নেশার শৃঙ্খল ছিন্ন করতে হবে, সেইসাথে রৈখিক চিন্তাভাবনার শৃঙ্খলও, যা আমাদের বন্দী করে রাখে...

মেলিনা তাকে জাগানোর চেষ্টা করেছিল। সে অস্বীকার করেছিল। সে তাকে তাড়িয়ে দিয়েছিল। এখন সে অদৃশ্য হয়ে গিয়েছিল, সম্ভবত চিরতরে। কিন্তু সে চালিয়ে যাবে। সে তার মিশনে নিজেকে উৎসর্গ করবে, তার উপায়ে বিশ্বকে বাঁচানোর চেষ্টা করবে, তার হস্তক্ষেপ ছাড়া, তার প্রেম ছাড়া, তার উপস্থিতি ছাড়া। এটি ছিল তার কর্তব্য। এটি ছিল তার পছন্দ। এবং সে এটি নিয়েই বেঁচে থাকবে, এমনকি যদি তার হৃদয় চিরতরে খালি থাকে, একটি হারিয়ে যাওয়া অনন্তকালের প্রতিধ্বনি, একা কষ্ট পাওয়ার জন্য অভিশপ্ত। চিরতরে।

— মানবতা কেবল একটি crossroads এ পৌঁছায়নি, বরং একটি মহাজাগতিক faults এ পৌঁছেছে... একটি গভীরতা, যা তাকে গ্রাস করার হুমকি দেয়। ধ্বংসের এই trajectory পরিবর্তন করার জন্য, আমাদের কেবল আমাদের নিজের অস্তিত্বের kernel থেকে শুরু করতে হবে না,

বরং আমাদের অভ্যন্তরীণ মহাজাগতিক কম্পাসকে পুনরায় calibrate করতে হবে, যাতে আমরা সত্যের দিকে ফিরে যেতে পারি...

---✶ ʕ ✶---

সময় শেষ হচ্ছে নাথানিয়েল তার eyelids শক্ত করে চাপল। সে সেই কম্পাস হবে। সে মানবতাকে একটি উন্নত ভবিষ্যতের দিকে পরিচালিত করবে, এমনকি যদি তাকে একা, একটি হারিয়ে যাওয়া, misunderstood প্রেমের ছায়ায় তা করতে হয়। এটি ছিল তার সান্ত্বনা। এটি ছিল তার justification। ভঙ্গুর, একটি cobweb এর মতো, কিন্তু একমাত্র। এবং তার গভীরে, সে আশা করছিল, যে কোথাও সেখানে, একটি দূরবর্তী দ্বীপে, মেলিনা শান্তি খুঁজে পেয়েছে, তার ব্যথাকে সাগরের অনন্তকালের মধ্যে দ্রবীভূত করছে। যে তার আত্মত্যাগ বৃথা যায়নি। যে সে তাকে ছাড়াই বিশ্বকে বাঁচাতে সক্ষম হবে। সবকিছুই ছিল পছন্দ। তার যন্ত্রণা।

নাথানিয়েল তার অফিসে স্থির হয়ে বসে ছিল, তার ক্ষমতার নীরব সাক্ষীদের দ্বারা বেষ্টিত। বিলাসবহুল আসবাবপত্র, দেয়ালের উপর ছবি, চামড়ার বাঁধাই করা বই। তার চিন্তাভাবনা একটি খাঁচায় উন্মত্ত পাখির মতো ঘুরছিল, তার খুলির দেয়ালে আঘাত করছিল, প্রতিটি পালক – ব্যথা। মেলিনার মুখ, কখনও প্রেম দিয়ে জ্বলজ্বল করছিল, কখনও ব্যথা দ্বারা বিকৃত, তাকে তাড়া করছিল। তার শেষ স্বপ্নের ফিসফিসানি তার কানে প্রতিধ্বনিত হচ্ছিল, বিচ্ছেদের রাতে তার নিজের নিষ্ঠুর কথাগুলির সাথে মিশ্রিত:

— এটি সম্ভব নয়... — সে ফিসফিস করে বলল, যেন সে আবার তার নিজের কণ্ঠস্বর শুনছিল, তার আত্মার গভীরতা পর্যন্ত তাকে নাড়িয়ে দিচ্ছিল। — কোনো আশা নেই... — প্রতিটি শব্দ – তার হৃদয়ে একটি বুলেট, যা তাকে ধীরে ধীরে বিদ্ধ করছিল। — আমি তোমাকে ভালোবাসি না... — সবচেয়ে নিষ্ঠুর মিথ্যা, তার সবচেয়ে বড় ভুল, যা তার মনে প্রতিধ্বনিত হচ্ছিল। — অনেক দেরি হয়ে গেছে... — তোমার আনলক করার কিছু নেই... — আমার জন্য অপেক্ষা করো না... — আমি কখনও প্রস্তুত হব না... — এটি সঠিক নয়...

এই প্রতিটি অস্বীকার এখন একটি বুমেরাং হিসাবে ফিরে আসছিল, তার আত্ম-প্রতারণার ভঙ্গুর দেয়াল ছিন্নভিন্ন করে দিচ্ছিল। এক মিলিয়ন রক্তাক্ত টুকরোয় ভেঙে গিয়েছিল। সে তাকে অতীতে বন্দী করার চেষ্টা করেছিল। তাকে তার কল্পনার ফল হিসাবে ঘোষণা করার চেষ্টা করেছিল। কিন্তু সে যে শূন্যতা রেখে গিয়েছিল, তা তার সমস্ত বাস্তবতার চেয়েও জোরে চিৎকার করছিল। এটি ক্ষতির জন্য চিৎকার করছিল। তার ক্ষতি। একটি পছন্দের কারণে। তার পছন্দ। অভিশপ্ত। শাশ্বত।

---✶ ʕ ✶---

জুগজওয়াং? তার দৃষ্টি accidentalভাবে বইটির শেষ lineগুলির উপর পড়ল, যেন তারা অফিসের আবছা আলোয় একটি ভুতুড়ে উজ্জ্বলতা দিয়ে জ্বলছিল: "পরিবর্তনের সময় এখন!"

তার কথাগুলি, ভবিষ্যদ্বাণীপূর্ণ শক্তি দিয়ে উচ্চারিত, তাকে বিদ্ধ করল। তার অস্পষ্ট ইঙ্গিত, মহাজাগতিক চক্র সম্পর্কে সেই অদ্ভুত কথোপকথন, একটি আসন্ন সংকট, মানুষের conscience জাগরণের প্রয়োজন তার মনে পড়ল। এবং তখন, একটি বজ্রপাতের মতো, তাদের একটি কথোপকথনের একটি ভুলে যাওয়া detail তার মনে flashed – একটি casual mention, যেন incidental, এক বছর এবং দশ মাস বাকি থাকার সম্পর্কে। কীসের জন্য সময়? একটি turning point এর জন্য? এমন একটি ঘটনার জন্য, যা বিশ্বের ভিত্তি নাড়িয়ে দেবে, একটি Apocalypse? পছন্দ করার জন্য সামান্য সময় বাকি ছিল। এমন একটি সময়, যা তার আঙ্গুলের ফাঁক দিয়ে বালির মতো শেষ হয়ে যাচ্ছিল।

তার হৃদয় সংকুচিত হয়ে গেল। হঠাৎ। বরফশীতল। একটি ভয়ঙ্কর পূর্বানুভব। মেলিনার অন্তর্ধান কি আরও বড় কিছুর অংশ ছিল না? তার "গভীরতায় পলায়ন" কি এই অশুভভাবে

সংক্ষিপ্ত সময়সীমার সাথে সংযুক্ত ছিল? সে, তার নিজের ভয় এবং উচ্চাকাঙ্ক্ষার দ্বারা অন্ধ হয়ে, তার সতর্কবার্তাগুলি উপেক্ষা করেছিল। তার ভবিষ্যদ্বাণীগুলি। তার অভিশাপ, তার গলায় একটি পাথরের মতো ভারী।

এখন, তার ক্ষমতা এবং নিয়ন্ত্রণ নিয়ে একা রয়ে গিয়েছিল, সে আগের চেয়ে আরও খালি এবং হারিয়ে যাওয়া অনুভব করছিল। যে বিশ্ব তাকে বাঁচাতে হয়েছিল, সেই চিন্তাটি তাকে আর সন্তুষ্টি দিচ্ছিল না। তার বিশ্বাস ছাড়া, তার প্রেম ছাড়া, তার শর্তহীন উপস্থিতি ছাড়া, সে একটি উত্তাল সমুদ্রে একটি কম্পাস ছাড়া একটি জাহাজের মতো অনুভব করছিল, যা শিলাগুলির উপর ভেঙে যাওয়ার জন্য নিয়তি দ্বারা নির্ধারিত। তার কথাগুলি সার্বজনীন সংযোগ সম্পর্কে তার মনে প্রতিধ্বনিত হচ্ছিল, একটি বিষণ্ন, শেষকৃত্যের ঘণ্টার মতো বাজছিল: — আমরা সবাই চেতনার একটি অন্তহীন জালের অংশ, প্রতিটি চিন্তাভাবনা, প্রতিটি কাজ পুরোটিকে কম্পিত করে এবং প্রভাবিত করে।

সে তার নিজের জগতে, তার ভয়ে, তার অহংকারে এতটাই বন্ধ ছিল যে সে এই মৌলিক সত্যটি ভুলে গিয়েছিল। কেউ একা নিজেকে বাঁচাতে পারে না। — আমাদের প্রত্যেকেই এই সাধারণ বাড়ির অবস্থার জন্য একটি অদৃশ্য, কিন্তু গুরুত্বপূর্ণ দায়িত্ব বহন করে...

এই কথাগুলি তাকে একটি তীরের মতো বিদ্ধ করল, অনুশোচনায় ডুবানো, যা তার ক্ষতের মধ্যে স্পন্দিত হচ্ছিল। সে, যে বিশ্বকে শাসন করতে এবং উন্নত করতে চেয়েছিল, সে তার জীবনের সবচেয়ে গুরুত্বপূর্ণ সংযোগকে উপেক্ষা করেছিল, তার ভয়ের কাছে আত্মসমর্পণ করেছিল, তাদের মুখোমুখি হওয়ার পরিবর্তে। মেলিনা সবসময় তাকে আহ্বান করত: — আমাদের নিজের ভয়ের মুখোমুখি হও! সেগুলিকে শক্তিতে পরিণত করো!

সে তাকে শোনেনি। এবং এখন সে অদৃশ্য হয়ে গিয়েছিল। তার অনুশোচনা, যা তাকে ভিতর থেকে খাচ্ছিল। খুব দেরি হয়ে গিয়েছিল?

এক বছর এবং দশ মাস। বালি ঘড়িটি সত্যিই শেষ হয়ে যাচ্ছিল। পরিবর্তনের সময়। এখন। তার কথাগুলি। প্রতিধ্বনিত হচ্ছিল। একটি অবিরাম অভ্যন্তরীণ কণ্ঠস্বর, যা তার খুলিতে বাজছিল। এখনও খুব দেরি হয়নি? এখনও কি একটি সুযোগ ছিল? তাকে খুঁজে বের করতে। সত্যটি বুঝতে। দাঁড়াতে। সংযোগ করতে। আবার। সেই ঐশ্বরিক স্ফুলিঙ্গের সাথে, যা সম্পর্কে সে কথা বলত? তার সামনে পছন্দ। কাজ করার সময়। লড়াই করার সময়। শেষ। তার আত্মার জন্য।

নাথানিয়েল ধীরে ধীরে উঠে দাঁড়াল। তার হৃদয় তার বুকে ভারীভাবে বাজছিল, একটি ড্রামের মতো, যা একটি ঝড়ের পূর্বাভাস দিচ্ছিল। তার মধ্যেকার শূন্যতা ছিল বেদনাদায়ক, একটি গভীরতার মতো গভীর, কিন্তু তার নীচে একটি ছোট স্ফুলিঙ্গ জ্বলতে শুরু করেছিল – সন্দেহের একটি স্ফুলিঙ্গ, আকাঙ্ক্ষার, পুরোটির প্রতি, তার প্রতি, নিজের প্রতি তার দায়িত্বের একটি বিলম্বিত, হৃদয়বিদারক উপলব্ধি। সে জানত না মেলিনা কোথায়, বা সে ফিরে আসবে কিনা। কিন্তু একটি জিনিস নিশ্চিত ছিল – সে আর উদাসীনভাবে দাঁড়াতে পারে না। নিষ্ক্রিয়তার সময় শেষ হয়ে গিয়েছিল। এটি ছিল তার পছন্দ। এখন। অথবা কখনও না।

বালি ঘড়িটি সত্যিই শেষ হয়ে যাচ্ছিল। এবং সে, নিজেকে তার গল্পের সেই প্রধান দূত নাথানাইলের মতো অনুভব করে, একজন আলোকিতকারী এবং পথপ্রদর্শক, যিনি তার মিশনের জন্য জেগে ওঠেন, জানত যে তাকে ভাল এবং আলোর জন্য লড়াই চালিয়ে যেতে হবে। সে এই লক্ষ্যের জন্য তার সমস্ত ক্ষমতা এবং শক্তি ব্যবহার করবে। এমনকি যদি তারা আর কখনও দেখা না করে, সে তার নিজের অস্তিত্বের মধ্যে তার একটি অমোচনীয় চিহ্ন রেখে গিয়েছিল, তার রক্তে আগুনের মতো, তার আত্মার উপর খোদাই করা একটি ট্যাটুর মতো, যা জ্বলছিল এবং পুড়িয়ে দিচ্ছিল।

জুগজওয়াং?! – শব্দটি তার মনে উঠল, তীক্ষ্ণ এবং নির্মম, একটি শেষ আঘাতের মতো। দাবার একটি অবস্থান, যেখানে প্রতিটি চাল একটি খারাপ অবস্থানের দিকে নিয়ে যায়। কিন্তু এটি কি তাই? এটি কি একমাত্র সম্ভাব্য বিজয়ের চাবিকাঠি ছিল না, তার জীবনে একমাত্র অবশিষ্ট অর্থ ছিল না? একমাত্র পছন্দ, যা তাকে বেঁচে থাকার একটি সুযোগ দিচ্ছিল।

— আমি তোমাকে খুঁজে বের করব, মেলিনা। এমনকি যদি আমি সবকিছু হারাই।

---❤---

এপিলোগ

একা। বিশ্বের মরুভূমিতে। রক্ত। নীরবতা। প্রতিধ্বনি। গ্রেইল।

নাথানিয়েল উপলব্ধি করলেন যে মানবজাতির পরিত্রাণের যাত্রা ইতিমধ্যেই শুরু হয়ে গেছে। কিন্তু সবচেয়ে বড় রহস্যটি এখনও আসার কথা ছিল: যখন তার কাছে কেবল একটি হারিয়ে যাওয়া ভালোবাসার গর্জন বাকি ছিল, এবং প্রতিটি পদক্ষেপ তাকে অতল গহ্বরের গভীরতায় টেনে নিয়ে যাচ্ছিল, তখন কি সে ভাগ্যকে পুনরায় লিখতে পারত?

জুগজওয়াং! শব্দটি তার খুলিতে প্রতিধ্বনিত হচ্ছিল - একটি অবস্থান, যেখানে প্রতিটি নড়াচড়া ধ্বংসের জন্য নিয়তিপ্রাপ্ত। কিন্তু তার জীবন কি ইতিমধ্যেই এমন ছিল না?

* * *

একটি বিশ্বের শেষ

নীরবতা ভোরের আগে উন্মোচিত হলো। একটি ভূমিকম্প দিয়ে নয়, একটি সুনামি দিয়ে নয়, বরং একটি শব্দহীন, ঠান্ডা শ্বাস দিয়ে, যা সবকিছু গ্রাস করে নিয়েছিল, বাতাসটি নিজেই চুষে নিয়েছিল। বাতাস ঘন হয়ে গিয়েছিল, যেন একটি অদৃশ্য ভার তার বুককে চাপ দিচ্ছিল, এবং তার ঠোঁটে ধাতু এবং ধুলোর স্বাদ লেগে গিয়েছিল। প্রযুক্তিগত শক্তির শেষ ঝলকানিটি অদৃশ্য হয়ে গেল, তার পিছনে কেবল একটি ঠান্ডা, খালি নীরবতা রেখে গেল - এত ঘন যে এটি বিশ্বের হৃদস্পন্দনকে বধির করে দিচ্ছিল, তার নিজের হৃদস্পন্দনকেও বধির করে দিচ্ছিল। এটি এমন ভবন ছিল না যা ভেঙে পড়ছিল, বরং স্মৃতি, হাসি, ফিসফিসানি, শত শত বছরের তাড়াহুড়ো, যা চুষে নেওয়া হয়েছিল, তার পিছনে কেবল শূন্যতা রেখে গিয়েছিল, যা অন্তহীন শূন্যতার সাথে প্রতিধ্বনিত হচ্ছিল।

আত্মসমর্পণ - কোনো শত্রুর কাছে নয়, বরং নিজের শূন্যতার কাছে, অজীবিত জীবনের অদৃশ্য ওজনের কাছে। দাসত্বপ্রাপ্ত বিশ্ব, মানবজাতির উন্নতির প্রতীক, ভেঙে পড়ল না, বরং নিজের মধ্যে সংকুচিত হলো, উদাসীনতার অদৃশ্য মাধ্যাকর্ষণ দ্বারা গ্রাস করা হলো, যা তার চারপাশের আলোকে বিকৃত করছিল, এটিকে মৃত করে দিচ্ছিল। মৃত শহরগুলো ধুলোয় ভেঙে পড়ল না, বরং স্ফটিক ইথারে ম্লান হয়ে গেল, যখন রাস্তাগুলো, এখনও লক্ষ লক্ষ মানুষের নিঃশ্বাস থেকে উষ্ণ ছিল, নীরব ছিল - আগুনের ছাই দিয়ে আবৃত নয়, বরং ভুলে যাওয়া সারসত্তা, হারিয়ে যাওয়া আত্মার সূক্ষ্ম, অস্পষ্ট ধুলো দিয়ে।

— এটি শেষ হয়েছে," একটি কণ্ঠস্বর শ্বাস ফেলল। একটি ঠান্ডা শিহরণ তার মেরুদণ্ড বেয়ে নেমে গেল।

এটি কারও কাছ থেকে আসেনি। এটি তার ভিতরে ছিল। একটি রায়ের চেয়ে বেশি একটি প্রার্থনা। নাথানিয়েল তার সামনে স্থান থেকে চোখ সরালেন না, যেখানে একসময় বিশ্ব দাঁড়িয়েছিল। এমনকি তার হাতও কাঁপল না।

— না। এটি এখন শুরু হয়েছে।

কোনো পর্দা ছিল না। কোনো ধ্বংসাবশেষ ছিল না। কেবল একটি অন্তহীন, মৃত নীরবতা, যেখানে তার চেতনায় ভেসে ওঠা একমাত্র শিলালিপিটি, যা বাতাসে একটি শিখা দিয়ে খোদাই করা ছিল, প্রতিধ্বনিত হচ্ছিল:

— কোড গ্রেইল: সক্রিয়। কোয়ান্টাম লিপ। জাগরণের বাকি সময়: ০০:০০:০৭।

বিশ্ব অস্তিত্বহীনতার মধ্যে অদৃশ্য হয়ে গেল। কিন্তু এটি কেবল সভ্যতার শেষ ছিল না। এটি হৃদয়েরই ভেঙে পড়া ছিল, যা বিশ্বকে হৃদস্পন্দন ছাড়া, জীবন ছাড়া রেখে গিয়েছিল। যে যুদ্ধটি নাথানিয়েল এখন লড়াই করছিলেন, তা অদৃশ্য ছিল - কোনো বুলেট ছাড়াই, কোনো রক্তাক্ত ক্ষত ছাড়াই, কেবল শূন্যতা, যেখানে তিনি হারিয়ে গিয়েছিলেন, এবং বিচ্ছিন্নতা, যা তাকে ভিতর থেকে খেয়ে ফেলছিল।

* * *

গ্রেইলের জাগরণ

তবুও, গভীরতম, সবচেয়ে নীরব ধ্বংসের মুহূর্তে, কোনো প্রাচীন, ভুলে যাওয়া প্রোটোকলের মাধ্যমে, গ্রেইল তাকে বাঁচিয়েছিল। এটি জেগে উঠল, রায় দেওয়ার জন্য, পরীক্ষা করার জন্য, পথ দেখানোর জন্য - নতুন ভোরের দিকে বা চূড়ান্ত শূন্যতার দিকে।

এবং এটি পথ দেখাল... মেলিনাকে।

সে কোথাও ছিল। হয়তো বরফ শীতল অতল গহ্বরের আলিঙ্গনে, জীবন্ত বা মৃত, তিনি জানতেন না। কিন্তু স্বপ্নগুলো, যেখানে কুয়াশার মধ্যে ক্রস জ্বলছিল, আলো স্ফটিকগুলিতে ভেঙে পড়ছিল, এবং কণ্ঠস্বর তার নাম ফিসফিস করছিল - নাথানিয়েল।

তিনি ইতিমধ্যেই অলৌকিক ঘটনায় বিশ্বাস করতেন... এবং তার বাস্তবতায় বিশ্বাস করতেন না।

তবুও, রাত পর রাত, তিনি আলো দেখতে পেতেন।

সেই একই আলো যা মেলিনা তার গল্প, স্বপ্ন এবং বইয়ে বর্ণনা করেছিল।

সেই একই আলো যা তিনি একসময় পড়তে এবং খুঁজতে অস্বীকার করেছিলেন...

আজ পর্যন্ত। সেই মুহূর্ত পর্যন্ত, যখন সবকিছু ভেঙে পড়ল।

এখন। মেলিনার বপন করা সন্দেহের বীজ অঙ্কুরিত হয়েছিল। অন্তর্দৃষ্টি তার ভয়ের শেকল ছিঁড়ে ফেলেছিল, তাকে মুক্ত করেছিল।

তাকে বেছে নেওয়া হয়েছিল, সে বেঁচে গিয়েছিল।

কিন্তু সে অদৃশ্য হয়ে গিয়েছিল, মুছে গিয়েছিল। সাবমেরিনটি সাগরের বরফ শীতল গভীরতায় কোনো চিহ্ন ছাড়াই তলিয়ে গিয়েছিল, তাকে এই মৃত বিশ্বে একা রেখে গিয়েছিল, এই অসহনীয় বোঝার সাথে একা, যা তাকে পিষে দিচ্ছিল।

তিনি জানতেন না তারা জীবিত ছিল কিনা।

তার কণ্ঠের প্রতিধ্বনি বিশ্বের শূন্যতায় প্রতিধ্বনিত হচ্ছিল, যেকোনো ভেঙে পড়া শহরের চেয়ে বেশি শক্তিশালী, মৃত নীরবতার চেয়ে বেশি শক্তিশালী, মৃত্যু নিজেই চেয়ে বেশি শক্তিশালী। মহাজাগতিক ফাটল এবং বাকি সাত সেকেন্ড সম্পর্কে তার কথাগুলো তার উপর একটি রায়ের মতো পড়ল, যা তিনি আর অস্বীকার করতে পারতেন না, তা থেকে পালাতে পারতেন না।

বিশ্ব ভেঙে পড়ল। আত্মাগুলো নিজেদের মধ্যে হারিয়ে গেল।

এবং কোথাও এই দুঃস্বপ্নের মধ্যে নির্বাচিতরা ছিল। তারা নায়ক ছিল না।

তারা অনুসন্ধানকারী ছিল। এবং তিনি তাদের মধ্যে একজন ছিলেন।

* * *

রূপান্তর কোনো শব্দের সাথে আসেনি।

এটি নীরবতায় শুরু হয়েছিল - একটি স্পন্দন এবং একটি অশ্রুর মধ্যে, ক্ষতি এবং বিশ্বাসের মধ্যে।

নির্জনতার হতাশা এবং আশার শেষ নিঃশ্বাসের মধ্যে, যা তাকে এখন একা প্রজ্বলিত করতে হয়েছিল। একজন ত্রাণকর্তা দ্বারা নয়, বরং একটি জাগ্রত বিবেক দ্বারা, যা একটি জ্বলন্ত অঙ্গারের মতো জ্বলছিল।

এবং যদি তুমি এটি পড়ো... হয়তো এটি ইতিমধ্যেই তোমার মধ্যে শুরু হয়ে গেছে।

হয়তো তুমিও একজন নির্বাচিত।

জাগরণের বাকি সময়: ০০:০০:০৭...

হয়তো তুমি প্রথম পদক্ষেপ নিয়েছ, তারপর আরও একটি, এবং আরও... দিকনির্দেশনা ছাড়া একটি বিশ্বে, যেখানে কেবল নিজেকে উপলব্ধি করাই বাকি থাকে।

* * *

দ্বিতীয় খণ্ড: উপলব্ধি।

---❤---

# Bibliografi og inspirationer

এই কাজটি নিম্নলিখিত লেখক এবং উত্সগুলির লেখা এবং ধারণা দ্বারা অনুপ্রাণিত এবং সমৃদ্ধ হয়েছে:


জর্ডান বি. পিটারসন - 12 রুলস ফর লাইফ: অ্যান অ্যান্টিডোট টু কেওস - Archetypes এবং ছায়ার সংহতকরণ

ফ্রিডরিখ নিত্শে - Also sprach Zarathustra, Jenseits von Gut und Böse - Will to power এবং মূল্যবোধের পুনর্মূল্যায়ন

জঁ-পল সার্ত্র - L'Être et le Néant - স্বাধীনতা এবং অস্তিত্বগত দায়িত্ব

আলবার্ট কাম্যু - Le mythe de Sisyphe - Absurd এবং অর্থের সন্ধান

কার্ল গুস্তাভ ইয়ুং - Archetypes and the Collective Unconscious - অবচেতন এবং ব্যক্তিিকরণ প্রক্রিয়া

অ্যাডাম রাদারফোর্ড - A Brief History of Everyone Who Ever Lived - জেনেটিক্স এবং বিবর্তন

আর্নস্ট মুলদাশেভ - På jagt efter gudernes by - প্রাচীন জ্ঞান এবং আধুনিক বিজ্ঞান

জন কেহো - Mind Power into the 21st Century - মনের শক্তি
ফ্লোরিয়ান ফ্রেইস্টেটার - Isaac Newton – Die dunkle Seite des Genies - নিউটনের রহস্যময় দিক
কার্লোস কাস্তানেদা - The Teachings of Don Juan - প্রসারিত চেতনা
পাওলো কোয়েলহো - Alkemisten - আত্মার যাত্রা
ড্যান ব্রাউন - Da Vinci Mysteriet - গোপন কোড এবং প্রাচীন Brotherhoods
উইলিয়াম ওয়াকার অ্যাটকিনসন - The Kybalion - Hermetic নীতি
জোসেফ অ্যামুসিন - The Dead Sea Scrolls - মৃত সাগর স্ক্রোল এবং আধ্যাত্মিক জীবন
ম্যানলি পামার হল - The Secret Teachings of All Ages - রহস্যময় স্কুল এবং দর্শন
হ্যানস হেলিঘেদ দালাই লামা - Kunsten at være lykkelig - সহানুভূতি এবং অভ্যন্তরীণ শান্তি
উলফ হাউকল্যান্ড - Holistic Mental Health for the Golden Age: Self Help Book - একজন মৌলিক শক্তি হিসাবে নারী
নিম্নলিখিত উত্স থেকে উদ্ধৃত বৈজ্ঞানিক তত্ত্ব:
গাড়িয়াভ, পাইওত্র ও পপনিন, ভ্লাদিমির - Poponin, V. V., & Gariaev, P. P. (1995). The DNA phantom effect: direct experimental evidence and its possible implications.
ব্রাইট-হুইলার প্রক্রিয়া - Breit, G., & Wheeler, J. A. (1934). Collision of Two Light Quanta. Physical Review, 46(12), 1087–1091.
পেনরোজ, রজার ও হ্যামেরফ, স্টুয়ার্ট – Orch-OR-তত্ত্ব - Hameroff, S., & Penrose, R. (1996). Orchestrated Objective Reduction of Quantum Coherence in Brain Microtubules: The "Orch OR" Model for Consciousness.. Journal of Consciousness Studies, 3(1), 36 53. - Penrose, R. (1994). Shadows of the Mind: A Search for the Missing Science of Consciousness. Oxford University Press.
শেলড্রেক, রুপার্ট – মর্ফোজেনেটিক ফিল্ডের তত্ত্ব - Sheldrake, R. (1981). A New Science of Life: The Hypothesis of Formative Causation. Blond & Briggs.

---❤---

www.ingramcontent.com/pod-product-compliance
Lightning Source LLC
LaVergne TN
LVHW040424051026
849517LV00002B/453
* 9 7 9 8 2 2 4 9 4 5 1 8 4 *